Herausgegeben von
Melissa Andersson
und
Gerd Rottenecker

Juliet Marillier bei Excalibur – Fantasy bei Knaur:

Die Tochter der Wälder
Der Sohn der Schatten

Weitere Romane sind in Vorbereitung.

Über die Autorin:

Juliet Marillier wurde in Neuseeland geboren und wuchs in Dunedin, Australien, auf. Bereits seit frühester Kindheit begeistert sie sich für keltische Musik und irische Geschichte. Heute lebt sie mit ihrem Mann, ihren zwei Söhnen und zwei Töchtern in der Nähe von Perth. Ihr erster Roman *Die Tochter der Wälder* wurde zum internationalen Bestseller.

Juliet Marillier

DER SOHN DER SCHATTEN

Roman

Aus dem australischen Englisch von
Regina Winter

Knaur

Die australische Originalausgabe erschien 2000 unter dem Titel
Son of Shadows bei Pan Macmillan Australia Pty Ltd.

Ein Glossar mit den wichtigsten keltischen und irischen Ausdrücken und ihrer Aussprache finden Sie am Ende dieses Buchs!

Besuchen Sie uns im Internet:
www.knaur-fantasy.de
www.knaur.de

Deutsche Erstausgabe Mai 2002

Redaktion: Ralf Reiter
Umschlaggestaltung: ZERO Werbeagentur, München
Umschlagabbildung: John Jude Palencar, Ohio/USA
Satz: Ventura Publisher im Verlag
Druck und Bindung: Clausen & Bosse, Leck
Printed in Germany
ISBN 3-426-70247-9

4 5 3

Für Godric, Reisender und Mann der Erde,
und für Ben, einen wahren Sohn von Manannán mac Lir

Ich danke Paul Kelly, der unschätzbare Hilfe bei Fragen der irischen Ausdrucksweise geleistet hat. Außerdem verdanken mein Roman und ich dem beständigen Vertrauen und der Unterstützung durch Cate Paterson von *Pan Macmillan* und dem Verständnis und der Kompetenz meiner Lektorin Anna McFarlane viel.

Juliet Marillier

KARTE

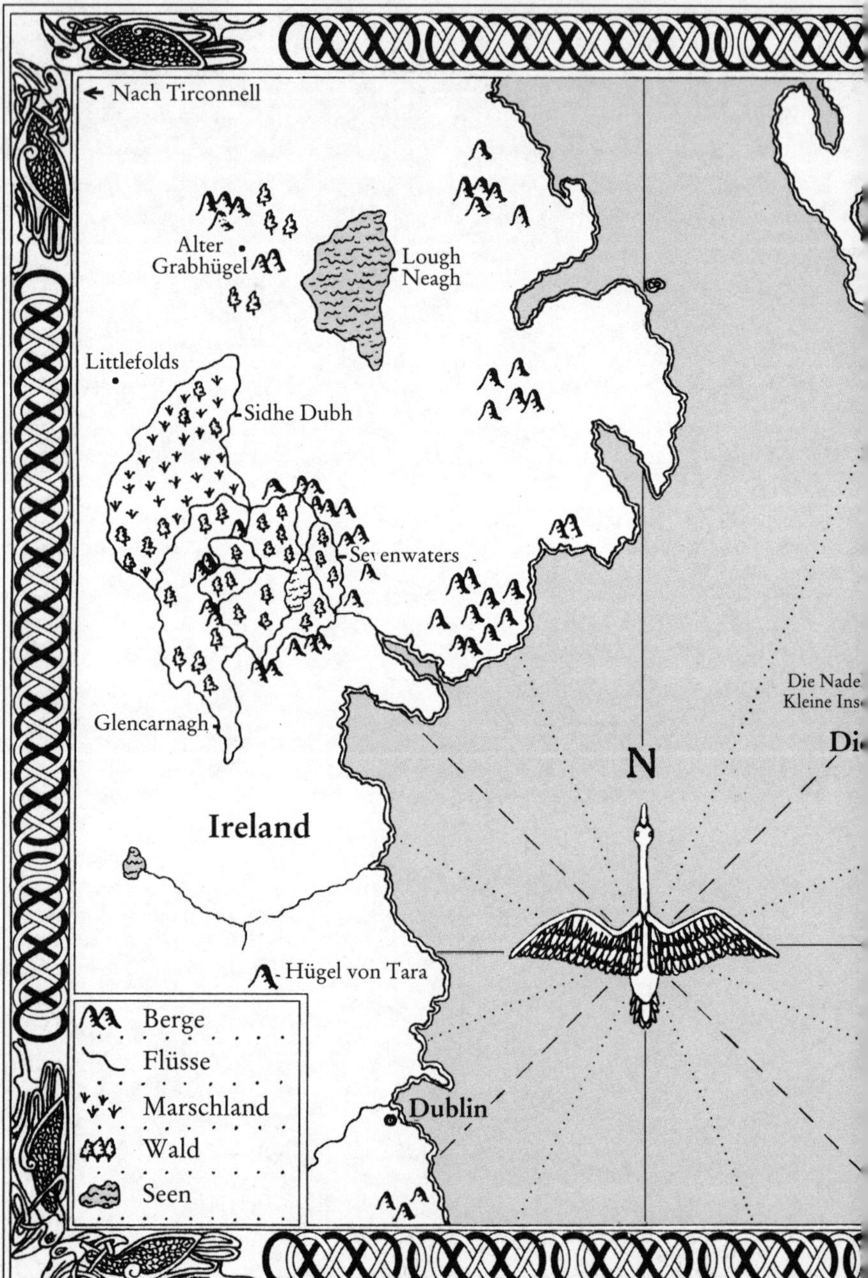
← Nach Tirconnell
Alter Grabhügel
Lough Neagh
Littlefolds
Sidhe Dubh
Sevenwaters
Glencarnagh
Ireland
Hügel von Tara
Dublin
N
Berge
Flüsse
Marschland
Wald
Seen

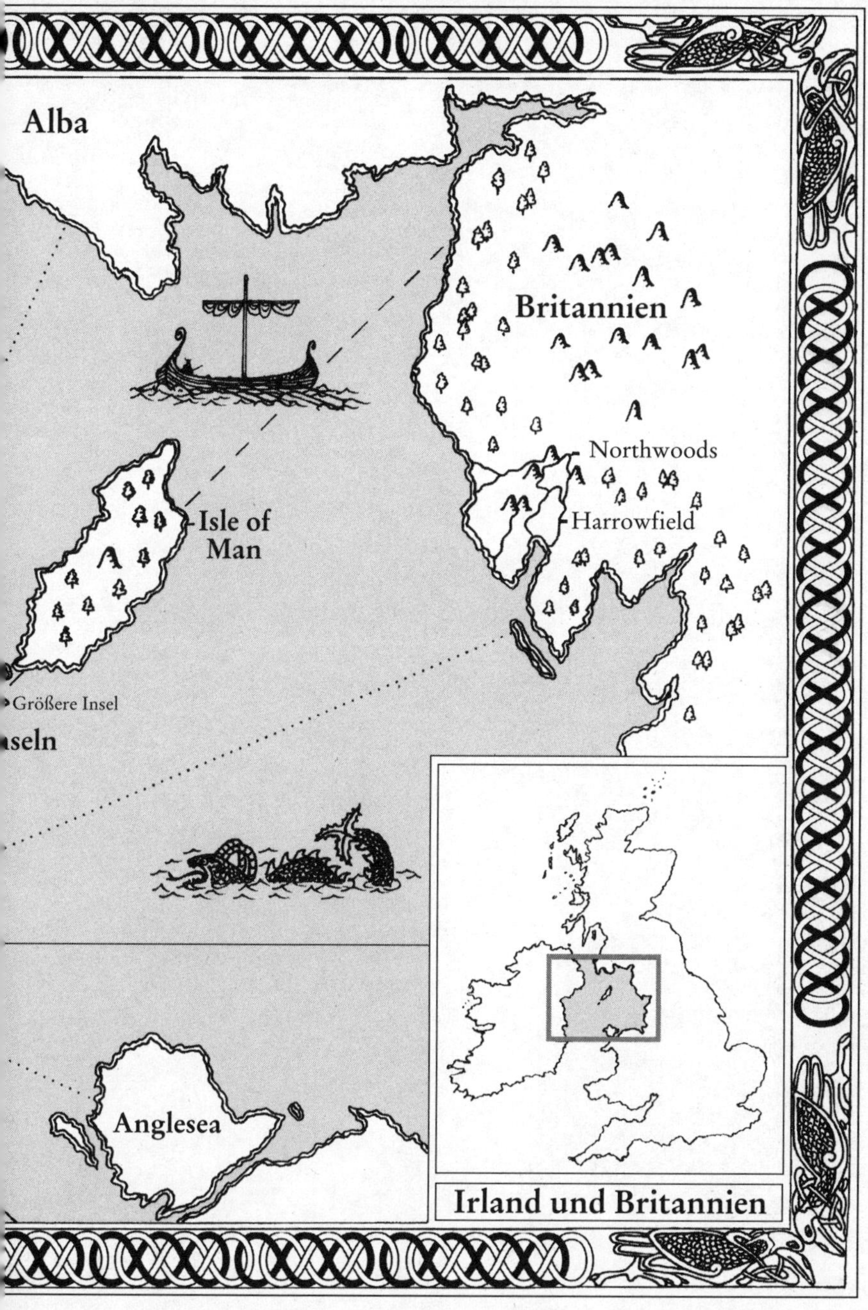

Alba
Britannien
Northwoods
Harrowfield
Isle of Man
Größere Insel
seln
Anglesea
Irland und Britannien

KAPITEL 1

Meine Mutter kannte jede Geschichte, die jemals an den Feuerstellen Erins erzählt worden war, und darüber hinaus noch viele andere. Nach einem langen, arbeitsreichen Tag saßen die Leute schweigend rund um das Feuer, um ihr zuzuhören, und staunten über die wunderbaren Bilderteppiche, die sie mit ihren Worten webte. Sie erzählte die zahlreichen Abenteuer von Cú Chulainn dem Helden, und sie berichtete von Fionn MacCumhaill, der ein großer Krieger und ausgesprochen schlau und tückisch war. In einigen Haushalten waren solche Geschichten nur für die Männer da. Aber nicht in unserem; denn meine Mutter webte eine Magie mit ihren Worten, die alle in Bann schlug. Sie konnte Geschichten erzählen, die alle herzlich lachen ließen, und andere, die bewirkten, dass selbst starke Männer schwiegen. Aber es gab eine Geschichte, die sie nie erzählen wollte, und das war ihre eigene. Meine Mutter war das Mädchen, das seine Brüder vor dem Fluch einer Zauberin gerettet und dabei beinahe sein eigenes Leben verloren hatte. Sie war das Mädchen, dessen sechs Brüder drei lange Jahre als wilde Schwäne verbracht hatten und nur durch Mutters eigenes Schweigen und Leiden wieder Menschengestalt erhalten hatten. Es war nicht nötig, diese Geschichte zu erzählen, denn sie hatte längst einen Platz in den Köpfen der Menschen gefunden. Außerdem gab es in jedem Dorf einen oder zwei, die auch den Bruder gesehen hatten, der nur für kurze Zeit zurückgekehrt war, und das mit einer schimmernden Schwanenschwinge an Stelle seines linken Arms. Selbst ohne diesen Beweis wussten alle, dass es sich um eine wahre Geschichte handelte, und wenn meine Mutter, eine schlanke, zierliche Gestalt, mit einem Korb voller Arzneien an ihnen vorbeikam, grüßten sie sie mit großer Hochachtung.

Wenn ich meinen Vater bat, eine Geschichte zu erzählen, lachte er nur und zuckte die Achseln und erklärte, er sei ungeschickt mit Worten, und außerdem kannte er nur eine oder vielleicht zwei Geschichten, die bereits allgemein bekannt waren. Dann warf er meiner Mutter einen Blick zu, und sie schaute ihn an, auf jene Weise, die wie Sprechen ohne Worte war, und dann lenkte mein Vater mich mit irgendetwas ab. Er brachte mir bei, wie man mit einem kleinen Messer schnitzt, und er lehrte mich, Bäume zu pflanzen und zu kämpfen. Mein Onkel hielt das für reichlich seltsam. Es war schon in Ordnung für meinen Bruder Sean, aber wann würden meine Schwester Niamh oder ich uns je mit Fäusten und Füßen, einem Stock oder einem kleinen Dolch verteidigen müssen? Warum sollten wir Zeit darauf verschwenden, wenn wir so viele andere Dinge zu lernen hatten?

»Meine Töchter werden diese Wälder nicht schutzlos verlassen«, sagte Vater einmal zu meinem Onkel Liam. »Man kann den Menschen nicht trauen. Ich möchte keine Krieger aus meinen Mädchen machen, aber ich werde ihnen zumindest die Möglichkeit geben, sich zu verteidigen. Ich bin überrascht, dass du fragen musst, warum. Ist dein Gedächtnis so schlecht?«

Ich fragte ihn nicht, was er damit meinte. Wir hatten alle schon früh erkannt, dass es unklug war, bei solchen Gelegenheiten zwischen ihn und Liam zu geraten.

Ich lernte rasch. Ich folgte meiner Mutter durch die Dörfer, und sie brachte mir bei, wie man Wunden näht, Brüche schient und Husten oder Nesselfieber heilt. Ich beobachtete meinen Vater und erfuhr, wie man eine Eule, einen Hirsch und einen Igel aus einem Stück feinen Eichenholzes schnitzt. Wenn ich meinen Bruder dazu bringen konnte, übte ich den Zweikampf mit ihm, und ich arbeitete an einer Vielzahl von Kunstgriffen, die selbst dann funktionierten, wenn der Gegner größer und stärker war. Und es kam mir häufig so vor, als wäre jeder in Sevenwaters größer als ich. Mein Vater schnitt mir einen Stock zurecht, der genau die richtige Größe hatte, und schenkte mir seinen eigenen kleinen Dolch. Sean war darüber ein oder zwei Tage ziemlich verärgert. Aber er nahm einem nie lange etwas übel. Außerdem war er ein Junge, und er hatte seine eigenen Waffen. Was meine Schwester Niamh anging – bei ihr wusste man nie so recht, was sie dachte.

»Vergiss nicht, Kleines«, sagte Vater ernst zu mir, »dass dieser Dolch töten kann. Ich hoffe, dass du ihn nie zu diesem Zweck einsetzen wirst, aber wenn es sein muss, benutze ihn sauber und mutig. Hier in Sevenwaters hast du wenig Böses erlebt, und ich hoffe, du wirst dich niemals gegen einen Mann verteidigen müssen. Aber eines Tages wird es vielleicht doch nötig, und daher solltest du dafür sorgen, dass der Dolch stets scharf und glänzend ist, und viel üben.«

Es kam mir so vor, als fiele ein Schatten über sein Gesicht, und sein Blick wurde leer, wie es manchmal geschah. Ich nickte schweigend und steckte die kleine, tödliche Waffe weg.

Solche Dinge lernte ich von meinem Vater, den die Leute Iubdan nannten, obwohl sein wirklicher Name anders lautete. Wenn man die alten Geschichten kannte, wusste man, dass dieser Name ein Scherz war, den er gut gelaunt akzeptierte. Denn der Iubdan der Geschichten war so winzig, dass er schreckliche Probleme bekam, als er in eine Schale Haferbrei fiel, obwohl er später belohnt wurde. Mein Vater hingegen war sehr groß und kräftig gebaut, und sein Haar hatte die Farbe von Herbstblättern in der Nachmittagssonne. Er war ein Brite, aber die Leute neigten dazu, das zu vergessen. Als er seinen neuen Namen erhielt, wurde er ein Teil von Sevenwaters, und jene, die diesen Namen nicht benutzten, riefen ihn einfach Großer.

Ich wäre selbst gerne ein bisschen größer gewesen, aber ich war klein, dünn und dunkelhaarig – die Art Mädchen, die kein Mann zweimal ansah. Nicht, dass mir das etwas ausmachte. Ich hatte genug zu tun, ohne an so etwas denken zu müssen. Es war Niamh, der sie mit Blicken folgten, denn sie war hoch gewachsen und breitschultrig, unserem Vater viel ähnlicher, und sie hatte langes, helles Haar und einen Körper, der an den richtigen Stellen über die richtigen Rundungen verfügte. Ohne es auch nur zu wissen, bewegte sie sich auf eine Art, die die Blicke der Männer anzog.

»Die da wird noch viel Ärger machen«, murmelte unsere Köchin Janis über ihren Töpfen und Pfannen. Was Niamh selbst anging, war sie eher kritisch mit sich selbst.

»Ist es nicht schon schlimm genug, halb britisch zu sein«, meinte sie verärgert, »ohne auch noch danach auszusehen? Sieh dir das nur an!« Sie zog an ihrem dicken Zopf, und die rotgoldenen Strähnen lösten sich zu einem schimmernden Vorhang. »Wer würde mich für eine Tochter von Sevenwaters halten? Mit diesem Haar könnte ich eine Sächsin sein! Warum kann ich nicht zierlich und anmutig sein wie Mutter?«

Ich sah sie einen Augenblick lang an, während sie kräftige Striche mit der Haarbürste ausführte. Für eine, die so unzufrieden mit ihrem Aussehen war, verbrachte sie relativ viel Zeit damit, neue Frisuren auszuprobieren und Kleider und Bänder zu wechseln.

»Schämst du dich, die Tochter eines Briten zu sein?«, fragte ich sie.

Sie sah mich wütend an. »Das ist typisch für dich, Liadan. Immer so direkt wie möglich, wie? Für dich ist das alles kein Problem, du bist eine Kopie von Mutter, ihre kleine rechte Hand. Kein Wunder, dass Vater dich so abgöttisch liebt! Für dich ist es einfach.«

Ich ließ ihre Worte über mich hinwegrauschen. Manchmal war es, als hätte sie zu viele Gefühle in sich, die einfach aus ihr herausbrechen mussten. Die Worte selbst bedeuteten nichts. Ich wartete.

Niamh benutzte ihre Haarbürste wie zur Strafe. »Und Sean ebenfalls«, sagte sie und starrte sich wütend in dem Spiegel aus polierter Bronze an. »Hast du gehört, wie Vater ihn genannt hat? Er sagte, er sei der Sohn, den Liam nie hatte. Was hältst du davon? Sean passt hierher, er kennt seinen zukünftigen Weg genau. Er ist der Erbe von Sevenwaters, geliebter Sohn von nicht nur einem, sondern gleich zwei Vätern – und er sieht auch so aus. Er wird genau das Richtige tun: Aisling heiraten, was alle glücklich machen wird, und ein großer Anführer werden, vielleicht sogar derjenige, der uns die Inseln zurückgewinnt. Seine Kinder werden in seine Fußstapfen treten und so weiter und so weiter. Brighid, steh uns bei, es ist so langweilig! Es ist so vorhersehbar.«

»Du kannst nicht beides haben«, sagte ich. »Entweder du passt hierher oder nicht. Außerdem sind wir die Töchter von Sevenwaters, ob es dir nun gefällt oder nicht. Ich bin sicher, dass Eamonn dich gerne heiraten wird, wenn es an der Zeit ist, goldenes Haar oder nicht. Ich habe zumindest noch keinen Widerspruch von ihm gehört.«

»Eamonn? Ach, der!« Sie stellte sich in die Mitte des Zimmers, wo ein goldener Lichtstrahl auf die Eichendielen fiel, und an diesem Fleck begann sie, sich langsam zu drehen, so dass ihr weißes Gewand und ihr schimmerndes Haar sie wie eine Wolke umgaben. »Sehnst du dich nicht auch danach, dass etwas geschieht, etwas so Aufregendes, Neues, dass es dich wie eine große Flut mit sich reißt – etwas, das dein Leben aufflackern und brennen lässt, so dass die ganze Welt es sehen kann? Etwas, das dich mit Freude oder mit Schrecken erfüllt und das dich weit weg von diesem sicheren kleinen Pfad auf eine große, wilde Straße führt, deren Ende niemand kennt? Sehnst du dich nie nach so etwas, Liadan?« Sie drehte und drehte sich und hatte die Arme um den Oberkörper geschlungen, als wäre dies die einzige Möglichkeit, ihre Gefühle in sich zu behalten.

Ich saß auf der Bettkante und beobachtete sie schweigend. Nach einer Weile sagte ich: »Du solltest vorsichtig sein. Solche Worte könnten das Feenvolk in Versuchung führen, sich in dein Leben einzumischen. Es geschieht hier und da. Du kennst Mutters Geschichte. Man hat ihr eine solche Gelegenheit gegeben, und sie hat sie genutzt, und am Ende hat nur ihr eigener und Vaters Mut sie vor dem Tod gerettet. Um die Spiele des Feenvolks zu überleben, muss man sehr stark sein. Für Mutter und für Vater gab es ein gutes Ende. Aber es gab auch Verlierer in dieser Geschichte. Was ist mit ihren sechs Brüdern? Nur zwei oder vielleicht drei sind geblieben. Was geschehen ist, hat ihnen allen Schaden zugefügt. Und es gab andere, die noch schlimmer dran waren. Du solltest dein Leben lieber Tag für Tag genießen. Für mich liegt genug Aufregung darin, bei der Geburt eines Lamms zu helfen oder zu sehen, wie die Eichenschösslinge im Frühlingsregen wachsen. Oder darin, mit einem Pfeil direkt ins Ziel zu treffen oder den Husten eines Kindes zu heilen. Warum sehnst du dich nach mehr, wenn das, was wir haben, so gut ist?«

Niamh fuhr sich mit der Hand durchs Haar und zerstörte damit das Ergebnis des langwierigen Bürstens mit einer einzigen achtlosen Bewegung. Sie seufzte. »Du klingst so sehr wie Vater, dass mir davon schlecht wird«, sagte sie, aber ihr Tonfall war liebevoll. Ich kannte meine Schwester gut. Ich ließ nicht oft zu, dass sie mich durcheinander brachte.

»Ich habe nie verstanden, wie er das tun konnte«, fuhr sie fort. »Alles einfach aufgeben. Sein Land, seine Macht, seine Stellung, seine Familie. Er hat es einfach aufgegeben. Er wird niemals Herr von Sevenwaters sein – das ist Liams Platz. Sein Sohn wird zweifellos erben, aber Iubdan wird immer nur der Große sein, der in aller Ruhe seine Bäume pflanzt, sich um seine Herden kümmert und die Welt an sich vorbeiziehen lässt. Wie könnte ein echter Mann ein solches Leben wählen? Er ist kein einziges Mal auch nur nach Harrowfield zurückgekehrt.«

Ich lächelte in mich hinein. War sie denn blind, dass sie nicht erkannte, was zwischen Sorcha und Iubdan war? Wie konnte sie hier jeden Tag leben und sehen, wie sie einander anschauten, und nicht verstehen, warum er getan hatte, was er getan hatte? Außerdem wäre Sevenwaters ohne seine Fürsorge nichts weiter als eine gut bewachte Festung. Unter seiner Führung blühte unser Land. Alle wussten, dass wir das beste Vieh züchteten und die beste Gerste in ganz Ulster anbauten. Es war die Arbeit meines Vaters, die es meinem Onkel Liam ermöglicht hatte, bessere Verbündete zu finden und in den Krieg zu ziehen. Aber es hatte wohl wenig Sinn, das meiner Schwester zu erklären. Wenn sie es immer noch nicht wusste, würde sie es nie begreifen.

»Er liebt sie«, sagte ich. »So einfach ist das. Und dennoch gibt es noch mehr. Sie spricht nicht davon, aber es hat mit dem Feenvolk zu tun. Und sie werden sie nicht aus den Augen verlieren.«

Endlich war Niamh aufmerksam geworden. Sie kniff ihre schönen blauen Augen ein wenig zusammen, als sie mich ansah. »Jetzt klingst du schon genau wie sie«, verkündete sie anklagend. »Als wolltest du eine Geschichte erzählen. Eine Geschichte, aus der ich etwas lernen soll.«

»Nein«, sagte ich. »Du bist ohnehin nicht in der Stimmung dafür. Ich wollte nur sagen, dass wir eben anders sind, du und ich und Sean. Wegen Dingen, die das Feenvolk getan hat, sind unsere Eltern einander begegnet und haben geheiratet. Und deshalb existieren wir drei. Vielleicht dreht sich der nächste Teil der Geschichte ja um uns.«

Niamh schauderte, als sie sich neben mich hockte und die Röcke über die Knie zog.

»Weil wir weder aus Britannien noch aus Erin stammen und gleichzeitig aus beiden Ländern«, sagte sie bedächtig. »Du glaubst, eine von uns sei das Kind der Prophezeiung, das unserem Volk die Inseln zurückgeben wird?«

»Ich habe gehört, dass Leute das sagten.« Man hörte es tatsächlich relativ oft, nun, da Sean beinahe ein Mann war und zu einem ebenso guten Kämpfer und Anführer heranwuchs, wie sein Onkel Liam es war. Außerdem warteten die Menschen nur darauf, dass endlich etwas geschah. Die Fehde um die Inseln bestand schon seit vor den Tagen meiner Mutter, denn es war lange Jahre her, dass die Briten unserem Volk diesen geheimsten aller Orte genommen hatten. Die Menschen waren inzwischen noch verbitterter, denn wir waren so nah daran gewesen, das wiederzuerhalten, was uns gehörte. Als Sean und ich noch Kinder waren, nicht einmal sechs Jahre alt, hatten unser Onkel Liam und zwei seiner Brüder, unterstützt von Seamus Rotbart, ihre Krieger zusammengerufen und direkt ins Herz des umstrittenen Gebiets geführt. Sie hatten es beinahe geschafft. Sie hatten den Boden der Kleinen Insel berührt und dort insgeheim ihr Lager aufgeschlagen. Sie hatten gesehen, wie die großen Vögel um die Nadel herumflatterten, diesen hoch aufragenden Felsen, der von eisigem Wind und Gischt gepeitscht wurde. Schließlich hatten sie das Lager der Briten auf der Größeren Insel angegriffen und waren am Ende zurückgeschlagen worden. In diesem Kampf waren zwei Brüder meiner Mutter umgekommen. Cormack war von einem Schwertstoß direkt ins Herz getroffen worden und in Liams Armen gestorben. Und Diarmid, der versucht hatte, seinen Bruder zu rächen, kämpfte wie ein Besessener und wurde schließlich von den Briten gefangen genommen. Liams Männer fanden seine Leiche später an einer seichten Stelle treibend, als sie erschöpft und geschlagen ihre kleinen Boote zur Flucht rüsteten. Diarmid war ertrunken, aber erst, nachdem der Feind seinen Spaß mit ihm gehabt hatte. Nachdem sie seine Leiche nach Hause gebracht hatten, ließen sie nicht zu, dass meine Mutter sie sah.

Diese Briten waren das Volk meines Vaters. Aber Iubdan hatte keinen Anteil an diesem Krieg. Er hatte einmal geschworen, dass er nicht gegen sein eigenes Volk kämpfen würde, und er hielt sich an sein Wort. Mit Sean war es etwas anderes. Mein Onkel Liam hatte nie geheiratet, und meine Mutter sagte, er würde es auch niemals tun. Es hatte einmal ein Mädchen gegeben, das er geliebt hatte. Aber dann waren er und seine Brüder verzaubert worden. Drei Jahre sind eine lange Zeit, wenn man erst sechzehn ist. Als er schließlich wieder die Gestalt eines Menschen annahm, war seine Liebste verheiratet und bereits Mutter eines Sohnes. Sie hatte Liam für tot gehalten und getan, was ihr Vater von ihr verlangte. Also würde Liam nicht heiraten. Und er brauchte auch keinen eigenen Sohn, denn er liebte seinen Neffen so leidenschaftlich wie ein Vater und erzog ihn, ohne es zu wissen, zu seinem eigenen Abbild. Sean und ich waren Zwillinge, er ein winziges bisschen älter. Aber mit sechzehn war er bereits mehr als einen Kopf größer als ich, beinahe ein erwachsener Mann, mit breiten Schultern, schlank und muskulös. Liam hatte dafür gesorgt, dass er ein meisterhafter Kämpfer wurde. Sean lernte auch, wie man Kriege plante, wie man zu Gericht saß und wie man sowohl das Denken eines Verbündeten als auch das eines Feindes verstand. Liam machte hier und da eine tadelnde Bemerkung über das jugendliche Ungestüm seines Neffen, aber Sean würde einmal ein großer Anführer sein, daran zweifelte niemand.

Was unseren Vater anging … er lächelte und ließ es zu. Er erkannte die Last des Erbes, die Sean eines Tages aufgebürdet würde, aber er beanspruchte seinen Sohn auch selbst. Es gab Zeiten, in denen die beiden über die Felder ritten oder sich die Hütten und Scheunen der Bauernhöfe ansahen, denn Iubdan brachte seinem Sohn bei, sich um sein Volk und sein Land zu kümmern und sie nicht nur vor Feinden zu schützen. Sie unterhielten sich lange und häufig und hatten große Hochachtung voreinander. Nur ich bemerkte manchmal, dass Mutter erst Niamh ansah, dann Sean und dann mich, und ich wusste, was sie beunruhigte. Früher oder später würde das Feenvolk der Ansicht sein, dass der richtige Zeitpunkt gekommen war – der Zeitpunkt, sich wieder in unser Leben einzumischen, den halb vollendeten Wandteppich aufzuheben und ein paar weitere komplizierte Muster zu weben. Wen würden sie wählen? War einer von uns das Kind der Prophezeiung und würde schließlich Frieden zwischen unserem Volk und den Briten von Northwoods schließen und uns die Inseln mit ihren geheimnisvollen Höhlen und heiligen Bäumen zurückgewinnen? Ich glaubte das eigentlich nicht. Wenn man das Feenvolk kannte, dann wusste man, wie heimtückisch und hinterhältig sie sein konnten. Ihre Spiele waren von komplizierter Art, ihre Wahl nie offensichtlich. Und was war mit dem anderen Teil der Prophezeiung, den die Leute passenderweise immer vergaßen? Ging es da nicht darum, dass dieses Kind beider Länder das Zeichen des Raben trug? Niemand wusste genau, was das bedeutete, aber es wollte so recht zu keinem von uns passen. Außerdem musste es wohl noch ein paar mehr Verbindungen zwischen umherziehenden Briten und irischen Frauen gegeben haben. Wir konnten kaum die einzigen Kinder sein, in deren Adern das Blut beider Völker floss. Das sagte ich mir immer wieder, und dann sah ich, wie der Blick meiner Mutter auf uns ruhte, wie sie uns aus grünen, wachsamen Augen betrachtete, und ein Schauder überlief mich. Ich spürte, dass die Zeit nah war. Eine Zeit der Veränderung.

In diesem Frühling hatten wir Besuch. Hier, tief im Herzen des großen Waldes, folgten die meisten noch dem alten Weg, obwohl sich viele Gemeinschaften von Männern oder Frauen in unserem Land ausgebreitet hatten, für die das christliche Kreuz ein strenges Symbol ihres neuen Glaubens darstellte. Von Zeit zu Zeit berichteten Reisende, die über das Meer kamen, von großem Unrecht, das Menschen, die sich an die alten Traditionen hielten, dort angetan wurde. Es gab grausame Strafen bis hin zum Tod für jene, die vielleicht den Erntegöttern ein Opfer brachten oder einen einfachen Glückszauber versuchten oder einen Trank brauten, um einen treulosen Liebsten zurückzubringen. Die Druiden wurden dort drüben alle getötet oder verbannt. Die Macht des neuen Glaubens war groß. Wie hätte er mit der Unterstützung großzügiger Geldbeutel und tödlicher Armeen denn auch scheitern können?

Aber hier in Sevenwaters, in dieser abgelegenen Ecke von Erin, waren wir von anderer Art. Wenn heilige Väter herkamen, waren es überwiegend stille, gelehrte Männer, die ruhig debattierten und ebenso viel zuhörten, wie sie sprachen. Von ihnen konnte ein Junge lernen, Latein und Irisch zu lesen, mit klarer Handschrift zu schreiben, Farben zu mischen und kunstvolle Muster auf Pergament zu zeichnen. Bei den Schwestern lernte ein Mädchen vielleicht die Heilkunst oder wie man engelsgleich sang. In ihren Häusern war immer Platz für die Armen und Ausgestoßenen. Sie waren gute Menschen. Aber niemand aus unserem Haushalt schloss sich ihnen an. Als mein Großvater davonging und Liam Herr von Sevenwaters wurde und all die Verantwortung übernahm, die dazu gehörte, wurden viele Fäden miteinander verwoben, um den Stoff unseres Haushalts zu stärken. Liam rief die Familien, die in der Nähe wohnten, zusammen, baute eine starke Streitmacht auf und wurde der Anführer, den unser Volk so dringend gebraucht hatte. Mein Vater half dabei, den Bauern Wohlstand zu bringen, indem er dafür sorgte, dass der Ertrag unserer Felder besser war als je zuvor. Er pflanzte Eichen, wo das

Land einmal brachgelegen hatte. Er gab Menschen neuen Mut, die der Verzweiflung nahe gewesen waren. Meine Mutter war ein Zeichen dessen, was durch Glauben und Kraft erreicht werden konnte, eine lebendige Erinnerung an jene andere Welt unter der Erdoberfläche. Durch sie spürten die Menschen von Sevenwaters jeden Tag die Wahrheit darüber, was sie wirklich waren und woher sie kamen, die heilende Botschaft des Geisterreiches.

Und dann war da noch ihr Bruder Conor. Die Geschichte berichtet von sechs Brüdern. Liam habe ich bereits erwähnt, und die beiden, die ihm im Alter am nächsten standen und bei der ersten Schlacht um die Inseln umkamen. Der Jüngste, Padraic, war ein Seefahrer, der nur selten nach Sevenwaters zurückkehrte. Conor war der vierte Bruder, und er war Druide. Während anderswo der alte Glaube verging, wurden wir Zeugen, wie sein Licht in unserem Wald immer stärker leuchtete. Es war, als gäbe jeder Festtag, der mit Liedern und Ritualen den Wechsel der Jahreszeiten kennzeichnete, unserem Volk ein wenig mehr von der Einheit zurück, die es beinahe verloren hätte. Jedes Mal kamen wir einen Schritt näher daran, bereit zu sein. Bereit, wieder zu beanspruchen, was uns die Briten vor vielen Generationen genommen hatten. Die Inseln waren das Herz und die Wiege unseres Glaubens. Prophezeiung oder nicht, die Menschen begannen zu glauben, dass Liam die Inseln zurückerobern würde, und wenn nicht er, dann doch zumindest Sean, der nach ihm Herr von Sevenwaters sein sollte. Der Tag kam näher, und die Menschen waren sich dessen immer besonders bewusst, wenn die Weisen aus dem Wald kamen, um den Beginn der neuen Jahreszeit zu verkünden. So war es auch an Imbolc in dem Jahr, als Sean und ich sechzehn waren – einem Jahr, das sich tief in meine Erinnerung eingebrannt hat. Conor kam, und mit ihm eine Gruppe von Männern und Frauen, einige in Weiß, einige in den schlichten selbst gewebten Gewändern jener, die noch in der Ausbildung sind, und sie führten tief in den Wäldern von Sevenwaters die Zeremonie zu Ehren von Brighid durch.

Sie kamen am Nachmittag, so still wie immer. Zwei sehr alte Männer und eine alte Frau, die mit einfachen Sandalen über den Waldweg gingen. Ihr Haar war in viele kleine Zöpfe geflochten und mit bunten Fäden durchzogen. Es gab jüngere Leute in den grob gewebten Gewändern, Jungen und Mädchen, und Männer in mittleren Jahren, zu denen auch mein Onkel Conor gehörte. Er hatte erst spät Gelegenheit gehabt, sich den großen Mysterien zu widmen, und war nun der Erzdruide, ein bleicher, ernster Mann von mittlerer Größe mit grauen Strähnen im langen rötlich braunen Haar. Er grüßte uns alle mit ruhiger Höflichkeit, meine Mutter, Iubdan, Liam und uns drei. Und unsere Gäste, denn mehrere Haushalte hatten sich hier zum Fest versammelt. So war Seamus Rotbart zu Besuch gekommen, ein kräftiger alter Mann, dessen schneeweißes Haar nicht mehr so recht zu seinem Namen passen wollte, und er hatte seine neue Frau mitgebracht, ein liebenswertes Mädchen, das nicht viel älter war als ich. Niamh war über diese Ehe entsetzt gewesen.

»Wie *kann* sie nur?«, flüsterte sie hinter vorgehaltener Hand. »Wie kann sie sich zu ihm legen? Er ist so alt! Und fett. Und er hat eine rote Nase. Sieh nur, jetzt lächelt sie ihn auch noch an! Ich würde lieber sterben!«

Ich warf ihr einen etwas säuerlichen Blick zu. »Dann solltest du also lieber Eamonn nehmen, wenn du einen hübschen jungen Mann willst«, flüsterte ich zurück. »Einen besseren wirst du wohl nicht finden. Außerdem hat er große Ländereien.«

»Eamonn? Ha!«

Das war ihre übliche Antwort, wann immer ich diesen Vorschlag machte. Ich fragte mich nicht zum ersten Mal, was Niamh wirklich wollte. Es gab keine Möglichkeit, das herauszufinden. Sie war anders als Sean und ich. Vielleicht lag es daran, dass er und ich Zwillinge waren, vielleicht an etwas anderem, aber wir beide hatten nie Probleme damit gehabt, uns ohne Worte zu verständigen. Es wurde sogar notwendig, den eigenen Geist mitunter gut zu bewachen, damit der andere nicht alles sofort erkennen konnte. Es war gleichzeitig eine nützliche Fähigkeit und eine Last.

Ich schaute zu Eamonn hin, der nun neben seiner Schwester Aisling stand und Conor und den Rest der Druiden begrüßte. Ich begriff nicht, was Niamh an ihm so störte. Eamonn hatte das richtige Alter – ein oder zwei Jahre älter als meine Schwester. Er sah recht gut aus, war vielleicht ein wenig ernst, aber dagegen konnte man vermutlich etwas tun. Er war gut gebaut, hatte glänzendes braunes Haar und schöne dunkle Augen. Er hatte gute Zähne. Bei ihm zu liegen wäre – nun, ich wusste wenig von solchen Dingen, aber ich stellte mir vor, dass es zumindest nicht abstoßend wäre. Und beide Familien würden diese Verbindung sehr begrüßen. Eamonn hatte sein Erbe sehr jung angetreten und besaß gewaltige Ländereien, umgeben von gefährlichem Marschland, im Osten des Landes von Seamus Rotbart und bis zum Pass im Norden hin. Eamonns Vater, der denselben Namen getragen hatte, war vor ein paar Jahren unter recht geheimnisvollen Umständen ums Leben gekommen. Mein Onkel Liam und mein Vater waren nicht immer derselben Ansicht, aber in ihrer Weigerung, über dieses Thema zu sprechen, waren sie sich vollkommen einig. Eamonns Mutter war bei Aislings Geburt gestorben. Also war Eamonn mit gewaltigem Wohlstand und großer Macht aufgewachsen, und mit einem Überfluss an einflussreichen Beratern: Seamus, der sein Großvater war, Liam, einstmals der Verlobte seiner Mutter, mein Vater, der auch irgendwie mit der ganzen Sache zu tun hatte. Es war beinahe überraschend, dass Eamonn trotzdem er selbst war und schon so jung über seine Ländereien und eine beträchtliche eigene Armee herrschte. Das erklärte vielleicht auch seinen Ernst. Ich bemerkte, dass ich ihn zu lange angesehen hatte, denn als er sein Gespräch mit einem der jüngeren Druiden beendete, schaute er mich an. Er lächelte, als wollte er meiner Einschätzung trotzen, und ich wandte den Blick ab und spürte, dass ich errötete. Niamh war wirklich albern, dachte ich. Sie würde kaum einen Besseren finden, und mit siebzehn würde sie sich rasch entscheiden müssen, bevor jemand anders diese Entscheidung für sie traf. Es würde eine sehr starke Verbindung sein, noch stärker durch die Verwandtschaft zu Seamus, dem das Land gehörte, das zwischen den Ländereien Eamonns und Sevenwaters lag. Wer auch immer all dies beherrschte, würde, wenn die Zeit gekommen war, den Briten einen gewaltigen Schlag versetzen können.

Die Druiden waren inzwischen am Ende der Reihe angekommen und fertig mit ihrer Begrüßung. Die Sonne stand niedrig am Himmel. Auf dem Feld hinter der Scheune waren in ordentlichen Reihen die Pflüge und Mistgabeln und andere Werkzeuge, die für die Arbeit der kommenden Jahreszeit gebraucht werden würden, bereitgelegt. Wir gingen über Wege, die vom Frühlingsregen immer noch ein wenig rutschig waren, und stellten uns in einem großen Kreis um dieses Feld herum auf. Im schwindenden Nachmittagslicht waren die Schatten schon sehr lang. Ich sah, wie Aisling ihrem Bruder davonschlüpfte und kurz darauf wie durch Zufall wieder an Seans Seite auftauchte. Sie irrte sich, wenn sie glaubte, dass niemand sie bemerkt hätte, denn ihr schimmerndes rötlich braunes Haar zog alle Blicke auf sich, ganz gleich, wie sehr sie versuchte, die wilden Locken mit Bändern zu zähmen. Als sie neben meinem Bruder stand, wehte der aufkommende Wind eine lange, lockige Strähne über ihr Gesicht, und Sean streckte die Hand aus und strich ihr das Haar sanft zurück. Ich brauchte sie nicht länger zu beobachten, um zu spüren, wie sie ihre Hand in seine gleiten ließ und sich die Finger meines Bruders schützend um sie schlossen. Nun, dachte ich, hier ist jemand, der weiß, was er will. Vielleicht war es gleich, wie Niamh sich entschied, denn es sah so aus, als würde dieses Bündnis ohnehin zu Stande kommen.

Die Druiden bildeten einen Halbkreis um die Reihen von Werkzeugen, und in der Mitte stand Conor, dessen weißes Gewand mit Goldlitze gesäumt war. Er hatte die Kapuze zurückgestrichen und entblößte damit den goldenen Reif, den er um den Hals trug – ein weiteres Zeichen, dass er der Anführer dieser mystischen Bruderschaft war. Nach ihren Maßstäben war er noch jung, aber sein Gesicht war ein uraltes Gesicht, und in seinem ernsten Blick stand das Wissen mehr als eines einzigen Lebens. Diese achtzehn Jahre, die er im Wald verbracht hatte, waren eine lange Reise gewesen.

Nun trat Liam als Herr des Haushalts vor und reichte seinem Bruder einen Silberkelch mit unserem besten Met, hergestellt aus dem feinsten Honig und gebraut mit Wasser aus einer ganz bestimmten Quelle, die sich an einem geheimen

Ort befand. Conor nickte. Dann begann er, langsam an den Pflügen und Sicheln, den Mistgabeln, Spaten, Baumscheren und Schaufeln entlangzugehen, und sprühte ein paar Tropfen des kräftigen Getränks auf jedes Werkzeug.

»Ein gutes Kalb im Bauch der Kuh. Ein Strom süßer Milch aus ihrem Euter. Ein warmes Fell auf dem Rücken der Schafe. Eine üppige Ernte nach dem Frühlingsregen.«

Conor ging gleichmäßigen Schritts, und sein weißes Gewand bewegte sich, als hätte es ein eigenes Leben. Er hielt den silbernen Kelch in einer Hand, einen Birkenstab in der anderen. Alle Anwesenden schwiegen. Selbst die Vögel in den Bäumen hatten aufgehört zu zwitschern. Hinter mir lehnten sich ein paar Pferde über den Zaun und richteten ihren feierlichen Blick auf den Mann mit der leisen Stimme.

»Möge Brighid eure Felder segnen. Möge sie ihre schützende Hand über die sprossenden Pflanzen halten. Möge die Erde Leben hervorbringen, möge eure Saat sprießen. Herz der Erde, Leben des Herzens, alles ist eins.«

So ging er weiter und streckte über jedes Werkzeug die Hand aus und vergoss ein wenig von dem kostbaren Met. Das Licht färbte sich golden, als die Sonne hinter die Wipfel der Eichen sank. Als Letztes kam ein Achtochsenpflug, den die Männer vor vielen Jahren nach Iubdans Anweisung hergestellt hatten. Mit diesem Pflug waren auch die steinigsten Felder weich und fruchtbar gemacht worden. Wir hatten ihn mit Girlanden aus Gänsefingerkraut und duftendem Heidekraut geschmückt, und Conor blieb davor stehen und hob seinen Stock.

»Möge nichts Böses unsere Arbeit befallen«, sagte er. »Mögen unsere Ernte und unsere Herden von Krankheit verschont bleiben. Lasst die Arbeit dieses Pfluges und unserer Hände zu einer guten Ernte und einer fruchtbaren

Jahreszeit führen. Wir danken der Erde, die unsere Mutter ist, für den Regen, der Leben bringt. Wir ehren den Wind, der die Samen aus den großen Eichen schüttelt, wir ehren die Sonne, die die neuen Pflanzen wärmt. In all dem ehren wir dich, Brighid, die du die Frühlingsfeuer entzündest.«

Der Kreis der Druiden wiederholte seinen letzten Satz mit tiefen, wohlklingenden Stimmen. Dann kehrte Conor zu seinem Bruder zurück und reichte ihm den Kelch, und Liam sagte etwas darüber, den Rest dessen, was noch in der Flasche war, nach dem Essen zu teilen. Die Zeremonie war beinahe vorüber.

Conor drehte sich um und ging einen, zwei, drei Schritte vorwärts. Er streckte die rechte Hand aus. Ein hoch gewachsener junger Schüler mit Locken vom tiefsten Rot, das ich je gesehen hatte, kam rasch vorwärts und nahm den Stock seines Meisters. Er trat beiseite und betrachtete Conor mit einem Blick, dessen Intensität mich schaudern ließ. Conor hob die Hände.

»Neues Leben! Neues Licht! Neues Feuer!«, sagte er, und nun war seine Stimme nicht mehr leise, sondern mächtig und klar und schallte durch den Wald wie eine feierliche Glocke. »Neues Feuer!«

Er hob die Hände über den Kopf, griff zum Himmel hinauf. Ein Schimmern war zu sehen, ein seltsames Summen erklang, und plötzlich wurde es über seinen Händen hell, ein Strahlen, das die Augen blendete und die Sinne erschreckte. Der Druide senkte langsam die Arme, und in seinen zu einer Schale gebogenen Händen flackerte ein Feuer, ein so echtes Feuer, dass ich entsetzt erwartete, dass Conors Hände von der Hitze verbrennen würden. Der junge Schüler ging zu ihm, eine Fackel in der Hand. Unter unseren gebannten Blicken berührte Conor diese Fackel mit den

Fingern, und goldenes Licht flackerte auf, und als Conor die Hände wegzog, waren es einfach die Hände eines Menschen, und das geheimnisvolle Feuer war aus ihnen verschwunden. Das Gesicht des jungen Mannes strahlte vor Stolz und Ehrfurcht, als er seine kostbare Fackel zum Haus trug, wo nun die Herdfeuer neu entzündet würden. Die Zeremonie war vollendet. Morgen würde die Arbeit der neuen Jahreszeit beginnen. Auf dem Rückweg zum Haus, wo es nach Sonnenuntergang ein Festessen geben würde, schnappte ich Gesprächsfetzen auf.

»... wirklich klug? Es gab doch sicher auch andere, die man für diese Aufgabe hätte auswählen können?«

»Es war Zeit. Er kann nicht immer im Verborgenen leben.«

Das waren Liam und sein Bruder. Dann sah ich meine Mutter und meinen Vater, die gemeinsam den Weg entlang kamen. Sie stolperte im Schlamm; er stützte sie sofort, beinahe noch bevor es geschehen war, so schnell war er. Er legte ihr den Arm um die Schultern, und sie blickte zu ihm auf. Ich spürte einen Schatten über den beiden und wurde plötzlich unruhig. Sean lief grinsend an mir vorbei, dicht gefolgt von Aisling. Sie folgten dem hoch gewachsenen jungen Mann, der die Fackel trug. Mein Bruder sagte nichts, aber ich fing in meinem Geist auf, wie glücklich er war. Heute Abend war er einfach nur sechzehn Jahre alt und verliebt, und alles in seiner Welt war in Ordnung. Und wieder spürte ich diese plötzliche Kälte. Was war nur los mit mir? Es war, als wünschte ich meiner Familie an diesem schönen Frühlingstag, an dem alles hell und stark war, Böses. Ich mahnte mich, nicht so dumm zu sein. Aber der Schatten wollte nicht weichen und lauerte weiterhin am Rand meiner Gedanken.

Du spürst es also auch.

Ich erstarrte. Es gab nur einen einzigen Menschen, der auf diese Weise – ohne Worte – zu mir sprechen konnte, und das war Sean. Aber es war nicht die innere Stimme meines Bruders, die jetzt meinen Geist berührte.

Hab keine Angst, Liadan. Ich werde nicht in deine Gedanken eindringen. Wenn ich in all den langen Jahren eines gelernt habe, dann ist es, diese Fähigkeit zu beherrschen. Du bist unglücklich. Unruhig. Was geschieht, wird nicht dein Werk sein. Das darfst du nicht vergessen. Wir wählen alle unseren Weg selbst.

Immer noch ging ich weiter auf das Haus zu, umgeben von einer lachenden, schwatzenden Menschenmenge, jungen Männern, die ihre Sensen über den Schultern trugen, jungen Frauen mit Spaten oder Sicheln. Hier und da fanden sich zwei, und das eine oder andere Paar verschwand unauffällig im Wald, um dort eigenen Angelegenheiten nachzugehen. Vor mir auf dem Weg ging mein Onkel, und der goldene Saum seines Gewandes blitzte in den letzten Strahlen der untergehenden Sonne.

Ich ... ich weiß nicht, was ich spüre, Onkel. Dunkelheit ... irgendetwas ist schrecklich falsch. Und dennoch, es ist, als würde ich es auf uns herabbeschwören, indem ich daran denke. Wie ist das möglich, gerade jetzt, wenn alles so gut ist und alle so glücklich sind?

Die Zeit ist gekommen. Mein Onkel ließ nicht auch nur durch die geringste Geste erkennen, dass er mit mir sprach. *Wunderst du dich, dass ich mit dir reden kann? Du solltest mit Sorcha sprechen, wenn du sie dazu bringen kannst zu antworten. Sie und Finbar waren es, die diese Fähigkeit einmal wunderbar beherrschten. Doch es tut ihr vielleicht weh, sich daran zu erinnern.*

Du sagtest, es sei Zeit. Zeit wozu?

Wenn es möglich war, lautlos zu seufzen, dann war es dies, was Conor mir jetzt übermittelte. *Zeit, dass ihre Hände im Topf rühren. Zeit, dass ihre Finger ein Stück weiter am Muster weben. Zeit, dass ihre Stimmen mit dem Lied beginnen. Du brauchst dich nicht schuldig zu fühlen, Liadan. Sie benutzen uns alle, und wir können nicht viel dagegen tun. Ich habe das auf sehr schlimme Weise entdecken müssen. Und ich fürchte, es wird dir nicht anders gehen.*

Wie meinst du das?

Das wirst du schon bald herausfinden. Warum freust du dich nicht und bist jung, solange du noch Gelegenheit dazu hast?

Das war alles. Er schloss seine Gedanken so plötzlich vor mir ab, als würde eine Falltür zugeworfen. Dann sah ich, wie er stehen blieb und wartete, dass meine Mutter und Iubdan ihn einholten, und dann gingen die drei zusammen ins Haus. Ich wusste immer noch nicht, was ich mit diesem seltsamen Gespräch anfangen sollte.

Meine Schwester war an diesem Abend sehr schön. Man hatte die Feuer im Haus wieder entzündet, und draußen gab es ein Freudenfeuer und Apfelwein und Tanz. Es war recht kühl. Ich hatte einen Schal um die Schultern gelegt und schauderte immer noch. Aber Niamhs Schultern über ihrem dunkelblauen Gewand waren nackt, und sie hatte sich Seidenbänder und kleine Frühveilchen ins Haar geflochten. Als sie tanzte, schimmerte ihre Haut im Feuerlicht, und in ihren Augen stand eine Herausforderung. Die jungen Männer konnten die Blicke kaum von ihr wenden, als sie erst mit einem, dann mit dem anderen davontanzte. Selbst die jungen Druiden hatten, wie ich dachte, Schwierigkeiten, nicht mit den Füßen zu zucken und weiter angemessen ernst dreinzuschauen. Seamus hatte Musiker mitgebracht. Sie waren gut – ein Mann mit einer Flöte, ein Geiger und einer, der alles spielen konnte, was er anfasste, ob Bodhran oder Flöte. Auf dem Hof standen Tische und Bänke, und die älteren Druiden saßen dort neben den Leuten, die zum Haushalt gehörten, unterhielten sich und tauschten Geschichten aus und sahen zu, wie die jungen Leute Spaß hatten.

Es gab nur einen, der weitab von ihnen stand, und das war der junge Druide, der mit dem dunkelroten Haar, der die Feuer des Haushalts mit seiner geheimnisvollen Fackel wieder entzündet hatte. Er allein hatte nichts gegessen und nichts getrunken. Während der ganze Haushalt um ihn herum fröhlich war, legte er kein Zeichen von Freude an den Tag. Sein Fuß bewegte sich zu keinem der alten Lieder. Er hob die Stimme nicht, um mitzusingen. Stattdessen stand er aufrecht und schweigend und wachsam hinter der Hauptgruppe von Menschen. Ich hielt das nur für vernünftig. Es war klug, dass einige nichts von dem starken Bier tranken, dass einige nach unerwünschten Gästen lauschten und schon die ersten Anzeichen von Gefahr wahrnehmen würden. Ich wusste, dass Liam zusätzlich zu den üblichen Wachen und Spähern Männer aufgestellt hatte, die das Haus an strategischen Punkten bewachten. Ein Angriff auf Sevenwaters heute Nacht würde nicht nur die Oberhäupter der mächtigsten Familien im Nordosten, sondern auch ihre geistlichen Führer treffen. Also ging er kein Risiko ein.

Aber dieser junge Mann stand nicht Wache, oder falls das seine Aufgabe war, gab er einen jämmerlichen Wächter ab. Denn der Blick seiner dunklen Augen richtete sich nur auf eines, und das war meine reizende, lachende Schwester Niamh, wie sie da im Feuerlicht tanzte, umweht von ihrem

Vorhang rotgoldenen Haars. Ich sah, dass der junge Mann sich kaum regte, dass er sie mit Blicken verschlang, und dann wandte ich mich ab und ermahnte mich, nicht dumm zu sein. Das hier war immerhin ein Druide; ich nahm an, sie hatten Bedürfnisse wie alle anderen Menschen, also war sein Interesse ganz natürlich. Mit solchen Dingen umzugehen, war zweifellos Teil der Disziplin, die sie lernten. Und es ging mich nichts an. Dann schaute ich wieder meine Schwester an, und ich bemerkte den Blick, mit dem sie ihn unter ihren langen, wunderschönen Wimpern her bedachte. *Tanz mit Eamonn, du dumme Gans*, sagte ich ihr, aber sie war nie im Stande gewesen, meine innere Stimme zu hören.

Die Musik wechselte von einem Kreistanz zu einer langen, anmutig klagenden Melodie. Es gab Worte dazu, und die Menge hatte inzwischen genug getrunken, um mit dem Flötenspieler zu singen.

»Würdest du mit mir tanzen, Liadan?«

»Oh.« Eamonn hatte mich erschreckt, als er da plötzlich neben mir aus dem Dunkel auftauchte. Im Feuerlicht war sein Gesicht so ernst und gefasst wie immer. Er sah nicht gerade danach aus, als ob ihm das Fest gefiel. Und jetzt, als ich darüber nachdachte, fiel mir auf, dass ich ihn bisher noch nicht auf der Tanzfläche gesehen hatte.

»Oh. Wenn du – aber vielleicht solltest du meine Schwester bitten. Sie tanzt viel besser als ich.« Das klang seltsam, beinahe unhöflich. Wir schauten beide über das Meer der Tanzenden hinaus, dorthin, wo Niamh lächelnd stand, umgeben von Bewunderern, und sich mit der Hand durchs Haar fuhr. Eine hoch gewachsene, goldene Gestalt aus flackerndem Licht.

»Ich habe aber dich gebeten.« Keine Spur von Lächeln lag auf Eamonns Zügen. Ich war froh, dass er nicht im Stande war, meine Gedanken zu lesen, wie mein Onkel Conor es konnte. Früher an diesem Abend war ich rasch genug der Ansicht gewesen, ihn zu kennen. Nun brannten mir die Wangen, als ich daran dachte. Ich erinnerte mich daran, dass ich eine Tochter von Sevenwaters war und mich höflich verhalten musste. Ich stand auf, wollte mein Schultertuch liegen lassen, und Eamonn überraschte mich, indem er es mir abnahm und es ordentlich faltete, bevor er es auf einen Tisch legte. Dann nahm er meine Hand und führte mich in den Kreis der Tänzer.

Es war ein langsamer Tanz, bei dem sich Paare begegneten und wieder trennten, Rücken an Rücken im Kreis tanzten, sich an den Händen fassten und wieder gehen ließen. Ein Tanz, der gut zum Fest der Brighid passte, bei dem es immerhin um das neue Leben und das Tosen des Bluts geht, das ihm Gestalt verleiht. Ich konnte sehen, wie sich Sean und Aisling in vollendetem Schritt umeinander bewegten, als teilten die beiden dieselben Atemzüge. Das Staunen in ihren Augen bewirkte, dass mir beinahe das Herz stehen blieb. Ich merkte, wie ich lautlos sagte: *Macht, dass es ihnen erhalten bleibt. Bitte, nehmt es ihnen nicht.* Aber zu wem ich das sagte, wusste ich nicht.

»Was ist denn, Liadan?« Eamonn hatte die Veränderung in meinem Blick bemerkt, als er wieder auf mich zukam. Er nahm meine rechte Hand und drehte mich unter seinem Arm hindurch. »Was ist los?«

»Nichts«, log ich. »Nichts. Ich bin wohl müde, das ist alles. Wir waren schon früh auf, haben Blumen gepflückt, das Festessen vorbereitet, all diese Dinge.«

Er nickte anerkennend.

»Liadan ...« Er setzte dazu an, etwas zu sagen, wurde aber von einem überschäumenden Paar gestört, das drohte mit uns zusammenzustoßen, als es wild vorbeiwirbelte. Geschickt zog mein Partner mich aus dem Weg, und einen Augenblick lang hatte er beide Arme um meine Taille gelegt, und mein Gesicht war dicht an seinem.

»Liadan. Ich muss mit dir sprechen. Ich muss dir etwas sagen.«

Der Augenblick war vorüber; die Musik spielte weiter, und Eamonn ließ mich los, als wir wieder in den Kreis gezogen wurden.

»Dann rede doch«, meinte ich eher ungnädig. Ich konnte Niamh nirgendwo mehr sehen; sie hatte sich doch sicher noch nicht so früh zurückgezogen. »Was wolltest du sagen?«

Er schwieg einige Zeit. Wir erreichten den Anfang der Reihe; er legte eine Hand an meine Taille, ich eine auf seine Schulter, und wir führten ein paar Drehungen durch, während wir unter einem Bogen ausgestreckter Arme ans andere Ende tanzten. Dann schien es plötzlich, als hätte Eamonn genug vom Tanzen. Er hielt meine Hand fest und zog mich an den Rand des Kreises.

»Nicht hier«, sagte er. »Das hier ist nicht die richtige Zeit und nicht der richtige Ort. Morgen. Ich möchte mit dir allein sprechen.«

»Aber ...«

Ich spürte kurz seine Hände auf meinen Schultern, als er mir den Schal wieder umlegte. Er war sehr nah. Etwas in mir gab eine Art Warnung von sich, aber ich begriff es immer noch nicht.

»Morgen Früh«, sagte er. »Du arbeitest doch früh im Garten, nicht wahr? Ich werde dorthin kommen. Ich danke dir für den Tanz, Liadan. Vielleicht solltest du mich Richter deiner Fähigkeit sein lassen.«

Ich blickte zu ihm auf, versuchte herauszufinden, was er damit meinte, aber seine Miene verriet nichts. Dann rief jemand nach ihm, und mit einem knappen Nicken war er fort.

Ich arbeitete am nächsten Morgen im Garten, denn das Wetter war schön, wenn auch kühl, und es gab an den Kräuterbeeten viel zu tun. Mutter kam nicht zu mir heraus, um mitzuarbeiten, was ungewöhnlich war. Vielleicht, dachte ich, war sie nach dem Fest noch müde. Ich jätete und putzte und fegte, machte einen Huflattichsud, den ich später ins Dorf bringen wollte, und bündelte Heidekraut zum Trocknen. Es war ein geschäftiger Morgen. Ich hatte Eamonn vollkommen vergessen, bis mein Vater gegen Mittag in den Raum kam, wo wir die Kräuter aufbewahrten und verarbeiteten. Er duckte sich unter dem niedrigen Türsturz durch, setzte sich dann auf das breite Fensterbrett und streckte die langen Beine vor sich aus. Auch er hatte gearbeitet und seine Stiefel noch nicht gewechselt, an denen noch frisch gepflügte Erde hing. Aber das würde ich leicht wegfegen können.

»Viel zu tun?«, fragte er und warf einen Blick auf die wohl geordneten Bündel trocknender Kräuter, die Fläschchen mit Arzneien, die Werkzeuge, die noch auf dem Arbeitstisch lagen.

»Ja«, meinte ich und beugte mich vor, um mir in dem Eimer an der Tür nach draußen die Hände zu waschen. »Wo war Mutter heute Früh? Hat sie sich noch ausgeruht?«

Er runzelte ein wenig die Stirn. »Sie ist früh aufgestanden. Erst hat sie mit Conor gesprochen. Später dann mit Liam. Sie muss sich ausruhen.«

Ich säuberte die Messer, Mörser und Stößel und räumte

alles wieder auf die Regale. »Das wird sie nicht tun«, sagte ich. »Du kennst sie doch. So ist es eben, wenn Conor herkommt. Es ist, als hätten sie nie genug Zeit füreinander, als wäre immer zu viel zu besprechen. Als könnten sie nie die Jahre einholen, die sie verloren haben.«

Vater nickte, aber er sagte nichts weiter. Ich holte den Reisigbesen heraus und begann zu fegen.

»Ich werde später ins Dorf gehen«, sagte ich zu ihm. »Dann braucht sie das nicht zu tun. Vielleicht wird sie ja dann versuchen zu schlafen, wenn du es ihr sagst.«

Iubdans Mund zuckte an einer Seite zu einem halben Lächeln.

»Ich sage deiner Mutter nie, was sie tun soll«, meinte er. »Das weißt du doch.«

Ich grinste ihn an. »Nun, dann werde ich es ihr sagen. Die Druiden sind immerhin noch einen oder zwei Tage hier. Sie hat Zeit genug, mit ihm zu reden.«

»Das erinnert mich an etwas«, sagte Vater und hob die Füße, damit ich den Boden direkt vor dem Sims fegen konnte. Als er die Stiefel wieder absetzte, rieselte ein neuer Regen von Erde auf die Pflastersteine. »Ich habe eine Botschaft für dich.«

»Oh?«

»Von Eamonn. Er hat mich gebeten, dir zu sagen, dass man ihn dringend nach Hause gerufen hat. Er ist heute sehr früh aufgebrochen – zu früh, als dass es angemessen gewesen wäre, mit dir zu sprechen, wie er es ausgedrückt hat. Er lässt ausrichten, dass er mit dir sprechen wird, wenn er zurückkehrt. Weißt du, um was es da geht?«

»Eigentlich nicht«, sagte ich und fegte den letzten Dreck aus der Tür und die Treppe hinunter. »Er hat mir nicht gesagt, worüber er mit mir reden wollte. Warum hat man ihn weggeholt? Was war denn so dringend? Ist Aisling auch weg?«

»Aisling ist noch hier; sie ist unter unserem Schutz sicherer. Es war eine Angelegenheit, die nach raschen Entscheidungen verlangte. Er hat seinen Großvater und diejenigen unter seinen Männern mitgenommen, die sofort aufbrechen konnten. Wenn ich es recht verstehe, hat man seine Grenze wieder angegriffen. Aber niemand wusste so recht, wer es war. Ein Feind, der sich insgeheim angeschlichen und skrupellos zugeschlagen hat wie ein Raubvogel – das war die Beschreibung. Der Mann, der die Nachricht brachte, hatte vor Angst offenbar fast den Verstand verloren. Wir werden wohl mehr erfahren, wenn Eamonn zurückkommt.«

Wir gingen hinaus in den Garten. In dieser kühlen Jahreszeit war der Frühling noch kaum mehr als ein Gedanke; die winzigsten, zerbrechlichsten Krokussprösslinge erschienen aus dem festen Boden, ein Hauch von Knospen schwoll an den Zweigen der jungen Eichen. Früh blühendes Gänsefingerkraut leuchtete in lebhaftem Gelb vor dem gräulichen Grün des Lavendels. Die Luft roch kühl und sauber. Die gepflasterten Wege waren frisch gefegt, die Kräuterbeete unter ihrem Strohmulch ordentlich.

»Setz dich eine Weile zu mir, Liadan«, sagte mein Vater. »Man braucht uns noch nicht. Es wird schwierig genug sein, deine Mutter und ihre Brüder zu überreden, auf einen Bissen hereinzukommen. Ich muss dich etwas fragen.«

»Du auch?«, sagte ich, als wir uns zusammen auf die Steinbank setzten. »Es scheint, als hätte jeder mich etwas zu fragen.«

»Meine Frage ist mehr allgemeiner Art. Hast du schon einmal an Heirat gedacht? An deine Zukunft?«

Damit hatte ich nicht gerechnet.

»Eigentlich nicht. Ich nehme an … ich nehme an … als Jüngste hatte ich mir ein paar Jahre mehr zu Hause erhofft«, schloss ich, und plötzlich wurde mir kalt. »Ich habe keine Eile, Sevenwaters zu verlassen. Vielleicht … vielleicht dachte ich, ich könnte hier bleiben, weißt du, und mich später um meine uralten, schwachen Eltern kümmern. Vielleicht sollte ich überhaupt keinen Mann suchen. Immerhin werden sowohl Niamh als auch Sean gute Partien machen und für starke Verbündete sorgen. Muss ich denn unbedingt heiraten?«

Vater sah mich sehr direkt an. Seine Augen waren von einem hellen, intensiven Blau; er versuchte herauszufinden, wie viel von dem, was ich gesagt hatte, ernst gemeint und was nur ein Scherz gewesen war.

»Du weißt, dass ich dich gerne hier bei uns behalten würde, Liebes«, sagte er bedächtig. »Dir Lebewohl zu sagen wäre nicht einfach für mich. Aber du wirst Angebote bekommen. Ich möchte nicht, dass du dir um unseretwillen deinen Weg verengst.«

Ich runzelte die Stirn. »Vielleicht könnten wir es noch eine Weile dabei belassen. Immerhin wird Niamh vor mir heiraten. Ehe das geschehen ist, wird doch sicher niemand von mir Notiz nehmen.« Vor meinem geistigen Auge stand das Bild meiner Schwester, schimmernd und golden im Feuerlicht, in ihrem blauen Gewand, wie sie ihr helles Haar zurückstrich, umgeben von gut aussehenden jungen Männern. »Niamh sollte vor mir heiraten«, fügte ich mit fester Stimme hinzu. Es kam mir so vor, als wäre es wichtig, aber ich konnte nicht sagen, warum.

Er schwieg einen Augenblick lang, als wartete er darauf, dass ich eine Verbindung sähe, die ich nicht recht begreifen konnte.

»Warum sagst du das? Dass es keine Angebote für dich geben wird, bevor deine Schwester heiratet?«

Diese Angelegenheit wurde schwieriger, viel schwieriger als sie hätte sein sollen, denn mein Vater und ich hatten einander immer nahe gestanden und direkt und ehrlich miteinander gesprochen.

»Welcher Mann würde mich haben wollen, wenn er Niamh haben könnte?«, fragte ich. In meiner Frage lag kein Neid. Es kam mir nur so offensichtlich vor, dass es mir schwer fiel zu glauben, dass es ihm nicht aufgefallen war.

Mein Vater zog die Brauen hoch. »Vielleicht solltest du Eamonn diese Frage stellen, wenn er dir die Ehe anbietet«, sagte er leise. In seinem Tonfall lag eine Spur von Heiterkeit.

Ich war verblüfft. »Eamonn? Mich heiraten? Das kann ich mir nicht vorstellen. Sollte er nicht Niamh heiraten? Ich bin sicher, dass du dich irrst.« Aber im Hinterkopf dachte ich wieder an den vergangenen Abend, an die Art, wie er mit mir gesprochen hatte, wie wir miteinander getanzt hatten, und Zweifel keimte in mir auf. Ich schüttelte den Kopf und wollte es einfach nicht wahrhaben. »Es wäre nicht richtig, Vater, Eamonn sollte Niamh heiraten. Das erwarten schließlich alle. Und – und Niamh braucht jemanden wie ihn. Einen Mann, der ... der eine feste Hand hat, aber auch gerecht ist. Niamh sollte ihn heiraten.« Und dann dachte ich erleichtert an etwas anderes. »Außerdem«, fügte ich hinzu, »würde Eamonn ein Mädchen nie bitten, bevor er das Einverständnis des Vaters eingeholt hat. Er wollte ganz früh heute Morgen mit mir sprechen, es muss um etwas anderes gegangen sein.«

»Was, wenn ich dir sagte«, meinte Iubdan vorsichtig,

»dass dein junger Freund heute Früh auch mit mir sprechen wollte? Nur die Tatsache, dass er so schnell nach Hause gerufen wurde, um seine Grenzen zu verteidigen, hat verhindert, dass er sich zuerst an mich wandte.«

Ich schwieg.

»Welche Art Mann würdest du für dich wählen, Liadan?«, fragte er mich.

»Einen, der vertrauenswürdig ist und zu sich selbst steht«, antwortete ich sofort. »Einen, der furchtlos ausspricht, was er denkt. Einen, der ebenso mein Freund wie mein Mann sein kann. Damit wäre ich zufrieden.«

»Du würdest einen hässlichen alten Mann ohne ein Fitzelchen Silber heiraten, wenn er dieser Beschreibung entspricht?«, fragte mein Vater amüsiert. »Du bist eine ungewöhnliche junge Frau, Tochter.«

»Um ehrlich zu sein«, meinte ich trocken, »wenn er außerdem jung, gut aussehend und wohlhabend wäre, wüsste ich das zu schätzen. Aber solche Dinge sind weniger wichtig. Wenn ich das Glück hätte – wenn ich wirklich das Glück hätte, aus Liebe zu heiraten wie du ... aber ich weiß, das ist unwahrscheinlich.« Ich dachte an meinen Bruder und an Aisling, die in einem verzauberten Kreis getanzt hatten, der nur ihnen gehörte. Es war zu viel, für mich das Gleiche zu erwarten.

»So etwas bringt eine Zufriedenheit, die unvergleichlich ist«, sagte Iubdan leise. »Und außerdem Angst, die dich trifft, wenn du sie am wenigsten erwartest. Wenn du auf diese Weise liebst, lieferst du dem Schicksal Geiseln. Es wird mit der Zeit immer schwerer zu akzeptieren, was die Zukunft bringt. Bisher hatten wir Glück.«

Ich nickte. Ich wusste, wovon er sprach. Es war eine Angelegenheit, über die wir nicht offen redeten – noch nicht.

Wir standen auf und gingen langsam durch den Torbogen und den Weg zum Haupthof entlang. Weiter entfernt, im Schutz einer großen Weißdornhecke, saß meine Mutter auf einer niedrigen Steinmauer, eine schlanke, zierliche Gestalt, das bleiche Gesicht gerahmt von einer Masse dunkler Locken. Liam stand neben ihr, einen gestiefelten Fuß auf die Mauer gestützt, den Ellbogen auf dem Knie, und er erklärte mit sparsamen Gesten etwas. Auf ihrer anderen Seite saß Conor, sehr reglos in seinem weißen Gewand, und lauschte gebannt. Wir störten sie nicht.

»Ich nehme an, wenn Eamonn zurückkehrt, wirst du herausfinden, ob ich Recht hatte«, sagte mein Vater. »Er wäre zweifellos eine angemessene Partie für deine Schwester oder auch für dich selbst. Du solltest in der Zwischenzeit zumindest einmal darüber nachdenken.«

Ich antwortete nicht.

»Bitte versteh, dass ich dich nie zu einer Entscheidung zwingen würde, Liadan, ebenso wenig wie deine Mutter. Wenn du einen Mann nimmst, wird es deine Wahl sein. Wir könnten nur darum bitten, dass du darüber nachdenkst und dich vorbereitest und alle Angebote in Betracht ziehst. Wir wissen, dass du eine kluge Wahl treffen wirst.«

»Was ist mit Liam? Du weißt, was er sich wünscht. Wir müssen an unser Land denken und an die Macht und den Einfluss unserer Verbündeten.«

»Du bist die Tochter deiner Mutter und meine, nicht Liams«, sagte mein Vater. »Er wird sich damit zufrieden geben, dass Sean sich für genau die Frau entschieden hat, die sich Liam am meisten für ihn wünschte. Du wirst deine eigene Wahl treffen können, Kleines.«

In diesem Augenblick hatte ich ein ganz seltsames Gefühl. Es war, als flüsterte eine leise Stimme *Diese Worte werden ihn noch verfolgen.* Ein kaltes, dunkles Gefühl. Es war einen Augenblick später vorüber, und als ich Vater ansah, war seine Miene ruhig und gleichmütig. Was immer es gewesen war, er hatte es nicht bemerkt.

Die Druiden blieben noch mehrere Tage in Sevenwaters. Conor unterhielt sich lange mit seiner Schwester und seinem Bruder, oder manchmal sah ich ihn mit meiner Mutter allein, und die beiden standen schweigend nebeneinander. Zu solchen Zeiten unterhielten sie sich lautlos in der Sprache des Geistes, und niemand wusste, was zwischen ihnen vorging. So hatte Mutter einmal mit Finbar gesprochen, dem Bruder, der ihrem Herzen am nächsten stand und der mit dem Flügel eines Schwans statt eines Arms aus den verzauberten Jahren zurückgekehrt war, und etwas hatte in seinem Geist nicht mehr gestimmt. Sie hatte dieselbe Verbindung zu ihm gehabt wie ich zu Sean. Ich wusste, ob mein Bruder Schmerz oder Freude empfand, ohne dass wir dazu Worte brauchten. Ich konnte ihn erreichen, ganz gleich, wie weit entfernt er war, und ihm Botschaften übermitteln, die niemand außer ihm je hören würde. Und so verstand ich, wie es für meine Mutter, für Sorcha, sein musste, einen Menschen verloren zu haben, der ihr so nahe stand, dass er beinahe ein Teil ihrer selbst war. Denn, so erklärte die Geschichte, Finbar konnte nie mehr ein Mensch werden, nicht ganz. Ein Teil von ihm war, als er zurückkam, immer noch wild, immer noch den Bedürfnissen und Instinkten von Geschöpfen des weiten Himmels und der endlosen Tiefe zugewandt. So war er eines Abends einfach zum Seeufer gegangen und hatte sich der kalten Umarmung des Wassers überlassen. Man hatte ihn nie gefunden, aber es bestand kein Zweifel daran, sagten die Leute, dass er an jenem Abend ertrunken war. Wie konnte ein solches Geschöpf schwimmen, mit dem rechten Arm eines jungen Mannes und auf der linken Seite einem weiß gefiederten Flügel?

Ich verstand die Trauer meiner Mutter, die Leere, die sie selbst nach so langer Zeit noch in sich tragen musste, obwohl sie nie von diesen Dingen sprach, nicht einmal mit Iubdan. Aber ich glaubte, dass sie sie mit Conor teilte, während dieser langen Zeiten des Schweigens. Ich nahm an, dass sie ihre Gabe benutzten, um einander zu stützen, als könnte ein Teilen des Schmerzes bewirken, dass sie es jeweils dem anderen ein wenig erträglicher machten.

Der gesamte Haushalt versammelte sich zum Abendessen, wenn die Arbeit des langen Tages vorüber war, und nach dem Abendessen zum Singen und Trinken und Geschichtenerzählen. In unserer Familie gab es ein Talent zum Geschichtenerzählen, das weithin bekannt und geachtet war. Meine Mutter war dabei am besten, und ihre Gabe bestand darin, einen mit Worten vollkommen aus dieser Welt herausholen und in eine andere versetzen zu können. Aber auch wir anderen waren keine schlechten Worteschmiede. Conor war ein wunderbarer Geschichtenerzähler. Selbst Liam trug hin und wieder die Geschichte eines Helden mit ausführlichen Kampfesbeschreibungen und Einzelheiten über bewaffneten und unbewaffneten Zweikampf bei. Die Männer hatten dafür sehr viel übrig. Iubdan erzählte, wie ich schon sagte, nie etwas, aber er lauschte aufmerksam. Zu solchen Zeiten erinnerten sich die Leute daran, dass er ein Brite war, aber man achtete ihn für seine Gerechtigkeit, seine Großzügigkeit und vor allem dafür, dass er so schwer arbeitete, also nahm ihm niemand seine Abstammung übel.

Am Imbolcabend jedoch war es niemand aus unserem Haushalt, der erzählte. Meine Mutter wurde um eine Geschichte gebeten, entschuldigte sich aber.

»In solch gelehrter Gesellschaft«, sagte sie freundlich, »muss ich das heute Abend ablehnen. Conor, wir wissen alle, wie begabt die von deiner Art für solche Aufgaben sind. Vielleicht möchtest du uns zum Brighidstag eine Geschichte erzählen?«

Als ich sie ansah, bemerkte ich, dass sie immer noch müde war und eine Spur von Schatten unter ihren leuchtenden grünen Augen hatte. Sie war immer bleich gewesen, aber heute Abend war ihre Haut auf eine Art durchscheinend, die mir Unbehagen verursachte. Sie setzte sich neben Iubdan auf eine Bank, und ihre kleine Hand wurde von seiner großen verschlungen. Er hatte den anderen Arm um ihre Schultern gelegt, und sie lehnte sich an ihn. Wieder tauchten dieselben Worte in meinem Geist auf: *Bitte, nehmt es ihnen nicht,* und ich zuckte zusammen. Ich mahnte mich streng, mit diesen Dummheiten aufzuhören. Wofür hielt ich mich, für eine Seherin? Eher ein dummes kleines Mädchen!

»Danke«, sagte Conor ernst, aber er blieb sitzen. Stattdessen schaute er quer durch den Saal und nickte knapp. Und so war es der junge Druide – jener, der am Abend zuvor die Fackel getragen hatte, mit der unsere Herdfeuer wieder entzündet wurden –, der nun vortrat und sich anschickte, uns zu unterhalten. Er war tatsächlich ein gut aussehender junger Bursche, hoch gewachsen, mit gerader Haltung und der Disziplin seines Standes; sein lockiges Haar hatte nicht das helle Rot wie das meines Vaters und meiner Schwester, sondern es war von einem dunkleren Ton, der Farbe im Herzen eines Wintersonnenuntergangs. Seine Augen waren dunkel wie reife Maulbeeren, und ihr Ausdruck war schwer zu deuten. Er hatte eine kleine Kerbe im Kinn und Grübchen, die aber selten zu sehen waren. Es ist ganz gut so, dachte ich, dass er der Bruderschaft angehört. Wenn nicht, würde sich die Hälfte der jungen Mädchen von Sevenwaters um ihn streiten. Und ich fürchtete, das würde ihm gefallen.

»Was für eine Geschichte könnte besser für Imbolc geeignet sein«, begann der junge Druide, »als die von Aengus Óg und der schönen Caer Ibormeith? Eine Geschichte von Liebe, Geheimnis und Verwandlung. Wenn ihr erlaubt, werde ich euch heute Abend diese Geschichte erzählen.« Ich hatte erwartet, dass er nervös wäre, aber seine Stimme war stark und voller Selbstvertrauen. Ich nahm an, dass es von Jahren und Jahren intensiver Studien kam. Es braucht lange, um zu lernen, was ein Druide wissen muss, und es gibt keine Bücher, die einem dabei helfen. Ich sah aus dem Augenwinkel, wie Liam Sorcha einen Blick zuwarf und dabei leicht die Stirn runzelte. Sie nickte kaum merklich, als wollte sie sagen: Schon gut, lass ihn weitersprechen. Denn diese Geschichte war eine, die wir hier in Sevenwaters nicht hören wollten. Sie ging uns allen zu nahe. Ich stellte mir vor, dass dieser junge Mann wenig von unserer Vergangenheit wusste, sonst hätte er sich nicht dafür entschieden. Conor konnte sicher nicht geahnt haben, was er erzählen wollte, oder er hätte taktvoll etwas anderes vorgeschlagen. Aber Conor saß still neben seiner Schwester, und seine Gelassenheit schien ungetrübt.

»Selbst ein Sohn der Túatha Dé Danann«, begann der junge Mann, »kann sich schrecklich verlieben. So erging es Aengus. Er war jung, kräftig, gut aussehend, ein erprobter Krieger, und man hätte nicht geglaubt, dass ihm so etwas leicht zustoßen würde. Aber eines Nachmittags, als er auf der Jagd war, überfiel ihn plötzlich eine tiefe Müdigkeit, und er streckte sich aus, um im Gras in dem Schatten zu schlafen, den ein paar Eiben spendeten. Er schlief sofort ein, und dann träumte er. Oh, wie er träumte! Und in seinem Traum war sie da: eine Frau, so schön, dass sie selbst die Sterne am Himmel verblassen ließ. Eine Frau, die einem das Herz zerriss. Er sah, wie sie barfuß an einem einsamen Strand entlangging, hoch gewachsen und mit gerader Haltung, ihre Brüste, wo sie sich über die dunklen Falten ihres Gewandes hoben, weiß wie Mondlicht auf Schnee, ihr Haar wie Buchenblätter im Herbst, vom hellen Rotgold polierten Kupfers. Er sah, wie sie sich bewegte, die süße Verlockung ihres Körpers, und als er aufwachte, wusste er, er musste sie haben oder er würde sterben.«

Das hier wurde, wie ich dachte, viel zu persönlich erzählt. Aber als ich mich umsah, während der Geschichtenerzähler Atem holte, schien es, als wäre das nur mir aufgefallen. Mir und einer anderen. Sean stand neben Aisling nah dem Fenster, und es sah aus, als hörten sie ebenso gebannt zu wie ich, aber ich wusste, dass ihre Gedanken einander galten, dass jedes Bisschen von Bewusstsein auf die Art konzentriert war, wie seine Hand an ihrer Taille lag, wie ihre Finger sanft seinen Ärmel berührten. Iubdan beobachtete den jungen Druiden, aber sein Blick war abgelenkt; meine Mutter hatte den Kopf an seine Schulter gelegt und die Augen geschlossen. Conor sah ernst und gelassen aus, Liam kühl. Der Rest des Haushalts lauschte höflich. Nur meine Schwester Niamh war wie gebannt, hockte angespannt auf der Kante der Bank, mit tiefroten Wangen und blitzenden blauen Augen. Er hatte diese Worte für sie gewählt, daran bestand kein Zweifel – war ich denn die Einzige außer ihr, die das bemerkte? Es war beinahe, als hätte er die Macht, unsere Reaktionen mit seinen Worten zu bestimmen.

»Auf diese Weise litt Aengus ein Jahr und einen Tag«, fuhr er fort. »Jede Nacht hatte er Visionen von ihr, manchmal erschien sie an seinem Bett, nur in dünnstes weißes Tuch gekleidet, und war so nah, dass er sie beinahe hätte berühren können. Er stellte sich vor, wenn sie sich über ihn beugte, dass er die Berührung ihres langen Haars auf seinem nackten Körper spürte. Aber wenn er die Hand ausstreckte, war sie sofort verschwunden. Er war zerfressen von Sehnsucht nach ihr, und er bekam ein Fieber, und sein Vater, der Dagda, fürchtete um sein Leben oder zumindest doch um seinen Verstand. Wer war sie? War diese Frau echt oder ein Geschöpf, das Aengus aus der Tiefe seines Geistes heraufbeschworen hatte und das er nie im Leben besitzen konnte?

Aengus war dem Tode nah, sein Körper verbrannte, sein Herz klopfte wie eine Trommel, die zum Kampf ruft, seine Augen glühten vor Fieber. Also bat der Dagda den König von Munster um Hilfe. Sie suchten im Osten, im Westen und auf allen Straßen und Seitenstraßen von Erin, und schließlich erfuhren sie den Namen des Mädchens. Sie hieß Caer Ibormeith – Eibenbeere –, und sie war die Tochter eines gewissen Eathal, eines Herrn der Túatha Dé, die in der Provinz Connacht an einem Ort der Anderwelt lebten.

Als man Aengus dies berichtete, erhob sich der junge Mann von seinem Krankenbett und machte sich auf, um sie zu finden. Nach einer langen Reise erreichte er einen Ort, den man Drachenmaul nennt, den See, an dessen abgelegenem Ufer er seine Geliebte zum ersten Mal erblickt hatte. Er wartete dort drei Tage und drei Nächte, aß und trank nicht, und endlich kam sie, ging barfuß am Strand entlang, wie er sie in seiner Vision gesehen hatte, ihr langes Haar wurde vom Seewind um sie herumgepeitscht wie Locken aus lebendigem Feuer. Seine Begierde drohte ihn zu überwältigen, aber es gelang ihm, sich ihr höflich zu nähern, und er stellte sich ihr vor.

Das Mädchen Caer Ibormeith trug einen Silberreif um den Hals, und nun sah er, dass eine Kette sie mit einem anderen Mädchen verband und wieder mit einem anderen, und um den See gingen dreimal fünfzig junge Frauen, die miteinander durch Silberketten verbunden waren. Als Aengus Caer bat, die seine zu werden, als er von seiner Sehnsucht nach ihr sprach, glitt sie so lautlos davon, wie sie erschienen war, und die anderen mit ihr. Von allen war sie die Größte und die Schönste gewesen. Sie war tatsächlich die Frau seines Herzens.«

Der Erzähler hielt inne, aber er warf nicht einen einzigen Blick in Niamhs Richtung, dorthin, wo sie wie eine schöne Statue saß, die blauen Augen voller Staunen. Ich hatte sie nie so lange so stillsitzen sehen.

»Danach ging der Dagda zu Caers Vater nach Connacht und verlangte, die Wahrheit zu hören. Wie konnte sein Sohn Aengus diese Frau für sich gewinnen, da er ohne sie zweifellos nicht leben konnte? Wie warb man um ein solch seltsames Geschöpf? Eathal wollte ihm nicht helfen, aber schließlich gab er unter einigem Druck nach. Die schöne Caer, sagte ihr Vater, hatte sich dafür entschieden, jedes zweite Jahr als Schwan zu verbringen. An Samhain würde sie ihre Vogelgestalt wieder annehmen, und an dem Tag, an dem sie sich veränderte, musste Aengus sie zu sich nehmen, denn um diese Zeit war sie am verwundbarsten. Aber er musste auch darauf vorbereitet sein, warnte Eathal, einen Preis dafür zu zahlen.

Es geschah, wie Eathal gesagt hatte. Am Samhainabend kehrte Aengus zurück zum Drachenmaul, und dort am Strand befanden sich dreimal fünfzig wunderschöne Schwäne, jeder mit einem Kragen aus gehämmertem Silber. Dreimal fünfzig und einer, denn er wusste, dass der Schwan mit dem stolzesten Gefieder und dem längsten, anmutigsten Hals seine reizende Caer Ibormeith war. Aengus ging zu ihr und fiel vor ihr auf die Knie, und sie legte ihren Hals an seine Schulter und spreizte die Flügel. In diesem Augenblick spürte er, wie er sich selbst veränderte. Ein Beben ging durch seinen Körper, von den Zehenspitzen bis zum Haar auf seinem Kopf, vom kleinsten Finger bis zu seinem heftig klopfenden Herzen, und dann sah er, wie seine Haut sich veränderte und schimmerte und auf seinen Armen schneeweißes Gefieder wuchs, und sein Blick wurde klarer und reichte weiter als je zuvor, und er wusste, dass auch er zum Schwan geworden war.

Sie flogen dreimal um den See und sangen ihre Freude heraus, und so schön war ihr Lied, dass es noch Meilen entfernt vom See alle in friedlichen Schlaf versetzte. Danach kehrte Caer Ibormeith mit Aengus nach Hause zurück, und die Geschichte berichtet nicht, ob sie das in Gestalt von Mann und Frau oder als zwei Schwäne taten. Aber es heißt, wenn man am Samhainabend zum Loch Béal Dragan geht und in der Abenddämmerung sehr still am Ufer stehen bleibt, kann man ihre Stimmen hören, draußen im Dunkeln über dem See. Und wenn man dieses Lied einmal gehört hat, wird man es nie mehr vergessen, nicht solange man lebt.«

Das Schweigen, das folgte, war ein Zeichen der Hochachtung, die man nur den besten Geschichtenerzählern zuteil werden ließ. Er hatte diese Geschichte tatsächlich mit großer Kunstfertigkeit erzählt, beinahe so gut, wie jemand aus unserer eigenen Familie es getan hätte. Ich sah Niamh nicht an; ich hoffte, dass ihre roten Wangen niemandem auffallen würden. Am Ende war es meine Mutter, die sprach.

»Tretet vor, junger Mann«, sagte sie leise, und sie stand auf, aber ihre Hand lag immer noch in der meines Vaters. Der junge Druide kam auf sie zu, ein wenig bleicher als zuvor. Vielleicht war dies trotz all seines offensichtlichen Selbstvertrauens schwierig für ihn gewesen. Immerhin war er noch jung, kaum zwanzig, hätte ich angenommen.

»Ihr habt Eure Geschichte mit Geist und Fantasie erzählt. Ich danke Euch, dass Ihr uns heute Abend so gut unterhalten habt.« Sie lächelte ihn freundlich an, aber ich bemerkte, wie sie hinter ihrem Rücken Iubdans Finger so fest hielt, als müsste sie sich stützen.

Der junge Mann neigte kurz den Kopf. »Ich danke Euch, Herrin. Solches Lob von einer Geschichtenerzählerin von Eurem Ruf weiß ich wirklich zu schätzen. Ich verdanke, was ich kann, dem besten Lehrer.« Er warf einen Blick zu Conor.

»Wie heißt Ihr, Sohn?« Das war Liam, der auf der gegenüberliegenden Seite des Raums bei seinen Männern saß. Der Junge drehte sich um.

»Ciarán, Herr.«

Liam nickte. »Ihr seid in meinem Haus willkommen, Ciarán, wann immer mein Bruder Euch mitbringen möchte. Wir wissen hier unsere Geschichten und unsere Musik zu schätzen, nachdem all das einmal beinahe aus diesen Hallen verschwunden war. Seid in der Tat willkommen, alle von der Bruderschaft und Schwesternschaft, die heute am Brighidsabend unser Haus mit ihrer Anwesenheit ehren.

Wer möchte jetzt Harfe oder Flöte spielen oder uns ein Lied von verlorenen und gewonnenen Schlachten singen?«

Mein Onkel, der schließlich ein guter Taktiker war, versuchte offenbar, bewusst sicheres Gelände zu erreichen. Der junge Mann, der sich Ciarán nannte, kehrte wieder zurück zu der Gruppe grau gewandeter Gestalten, die still in einer Ecke saßen, und dann wurden Metkrüge herumgereicht, Fiedel- und Flötenklänge ertönten, und der Abend ging in vollendeter Harmonie weiter.

Nach einer Weile sagte ich mir, ich müsse dumm gewesen sein. Eine überreizte Fantasie, das war alles. Es war ganz natürlich für Niamh, mit jungen Männern zu spielen; sie tat das ohne nachzudenken. Es lag keine wirkliche Absicht darin. Dort saß sie nun und lachte und scherzte mit ein paar von Liams jungen Kriegern. Was die Geschichte anging, so war es nicht ungewöhnlich, die Beschreibung eines Helden oder einer Dame einer der Anwesenden entsprechend zu gestalten. Ein Junge, der in den heiligen Hainen aufgewachsen war, weit entfernt von der Halle eines Herrn und Häuptlings, hatte vermutlich wenig Beispiele, wenn es darum ging, von unvergleichlicher Schönheit zu sprechen. Es war also kaum überraschend, dass er sich als Vorbild die schöne Tochter des Hauses wählte. Es war harmlos. Ich war dumm. Die Druiden würden in den Wald zurückkehren, und dann würde Eamonn wiederkommen, und er würde Niamh heiraten, und alles würde so sein, wie es sein sollte. Wie es sein musste. Als es auf Mitternacht zuging und wir uns bereitmachten, ins Bett zu gehen, hatte ich mich beinahe selbst überredet. Beinahe. Als ich auf die Treppe zuging, die Kerze in der Hand, warf ich zufällig noch einen Blick durchs Zimmer und begegnete dem stetigen Blick meines Onkels Conor. Er stand bei einer Gruppe von Menschen, die redeten und lachten und ihre Kerzen an einer Lampe entzündeten. Er war so reglos, als bestünde er aus Stein, wären seine Augen nicht gewesen.

Vergiss es nicht, Liadan. Es geschieht, wie es geschehen muss. Folge deinem Weg voller Mut. Etwas anderes können wir nicht tun.

Aber ... aber ...

Er hatte sich bereits abgewandt, und ich konnte seine Gedanken nicht mehr berühren. Aber ich sah Sean, wie er mir abrupt den Kopf zuwandte, weil er meine Verwirrung spürte, ohne sie zu verstehen. Es war zu viel. Namenlose schlechte Vorzeichen, plötzliches Schaudern, geheimnisvolle Warnungen. Ich wollte nur noch mein stilles Zimmer und einen Schluck Wasser und dann schlafen. Schlichte, sichere Dinge. Ich griff nach meinem Kerzenhalter, raffte die Röcke und ging nach oben ins Bett.

KAPITEL 2

Es ist nicht einfach, eine Schöllkrauttinktur herzustellen. Die Methode selbst ist nicht schwierig, es sind die Mengen, die das Problem darstellen. Meine Mutter hatte mir beide Arten gezeigt, mit frischen und mit trockenen Blättern, und zerrieb nun die trockenen Blätter mit Mörser und Stößel, während ich die frisch gesammelten klein geschnitten und sie mit einem winzigen bisschen des kostbaren Gebräus getränkt hatte, das Conor benutzt hatte, um den Segen Brighids auf unsere Felder herabzurufen. Ich folgte Sorchas Anweisungen, froh, nicht zu denen zu gehören, die von schmerzlichen Schwellungen der Haut befallen sind, bei denen dieses besondere Kraut hilft. Die Hände meiner Mutter waren glatt und bleich, trotz all ihrer täglichen Arbeit im Garten und mit Kräutern. Der einzige Schmuck, den sie trug, war ihr Ring, den ihr Mann ihr vor vielen, vielen Jahren geschnitzt hatte. Heute hatte sie ein uraltes Kleid angezogen, das einmal blau gewesen war, und ihr langes Haar war mit einem einfachen Leinenstreifen zurückgebunden. Dieses Kleid, dieser Ring, diese Hände hatten alle ihre eigene Geschichte, und bei dieser Geschichte verharrten meine Gedanken, als ich meine eigene Schale mit Kräutern zubereitete.

»Gut«, sagte Mutter, die mich beobachtet hatte. »Ich möchte, dass du das nicht vergisst und im Stande bist, den Prozess auch mit anderen Kräutern durchzuführen. Diese Tinktur wird die meisten Magenkrankheiten beheben, aber sie ist sehr stark. Benutze sie nur einmal bei einem Patienten, oder du wirst mehr Schaden anrichten als Gutes tun.

Und jetzt leg dieses dünne Tuch über deine Schale, und stelle sie vorsichtig weg. Genau so. Lass es einundzwanzig Nächte ruhen, und dann rühre es, gieße es ab und bewahre es fest verkorkt im Dunkeln auf. Eine solche Tinktur hält sich viele Monde lang. Dies hier wird für den ganzen Winter genügen.«

»Warum setzt du dich nicht eine Weile hin, Mutter?« Das Wasser über dem kleinen Feuer kochte; ich nahm zwei Steingutbecher und öffnete Tiegel mit getrockneten Blättern.

»Du verwöhnst mich, Liadan«, sagte sie lächelnd, aber sie setzte sich tatsächlich hin – eine zierliche Gestalt in ihrem alten Arbeitskleid. Die Sonne fiel hinter ihr durchs Fenster und zeigte mir, wie bleich sie war. In dem intensiven Licht konnte man die Spuren ausgeblichener Stickerei am Halsausschnitt und Saum ihres Kleides erkennen. Es waren Efeublätter, winzige Blüten, hier und da ein kleines geflügeltes Insekt. Ich goss vorsichtig das heiße Wasser in die Becher.

»Ist das eine neue Mischung?«

»Ja«, antwortete ich und begann, die Messer und Schalen und anderen Dinge, die wir benutzt hatten, zu säubern und wegzuräumen. »Sieh mal, ob du mir sagen kannst, was sich darin befindet.« Der Geruch des Kräutertranks breitete sich in der kühlen, trockenen Luft unseres Arbeitsraumes aus.

Mutter schnupperte vorsichtig. »Es ist Baldrian – die getrockneten Blüten müssten es sein; dann Braunholz, vielleicht ein Hauch Johanniskraut und ... Mistel?«

Ich fand einen Tiegel mit unserem besten Honig und löffelte ein wenig davon in jeden Becher. »Du kennst dich zweifellos immer noch aus«, sagte ich. »Du brauchst dir keine Gedanken zu machen. Ich weiß, wie man dieses Kraut sammelt und wie man es benutzt.«

»Eine machtvolle Mischung, Tochter.«

Ich warf ihr einen Blick zu, und sie erwiderte ihn direkt.

»Du weißt es, nicht wahr?«, sagte sie leise.

Ich nickte, nicht in der Lage zu sprechen. Ich stellte einen Becher des Heiltees auf das Steinsims neben sie und meinen eigenen auf meinen Arbeitsplatz.

»Deine Auswahl von Kräutern ist sehr kundig. Aber es ist zu spät, als dass es mir mehr als kurze Erholung bringen könnte. Auch das weißt du.« Sie trank einen Schluck des Tees, verzog das Gesicht und lächelte ein wenig. »Ein bitteres Gebräu.«

»Wahrhaftig«, sagte ich und nippte meinen eigenen Tee, der einfach aus Pfefferminzblättern bestand. Es gelang mir gerade so eben, meine Stimme zu beherrschen.

»Ich sehe, dass wir dich gut unterrichtet haben, Liadan«, sagte meine Mutter und betrachtete mich forschend. »Du hast meine Fähigkeiten beim Heilen und die Gabe deines Vaters zu lieben. Er sammelt alle in seinem schützenden Schatten, wie ein großer Baum im Wald. Ich sehe dieselbe Kraft in dir, Tochter.«

Diesmal wagte ich nicht weiterzusprechen.

»Es wird schwer für ihn sein«, sagte sie, »sehr schwer. Er ist nicht wirklich einer von uns, obwohl wir das manchmal vergessen. Er versteht nicht, dass es kein wahrer Abschied ist, sondern nur ein Weitergehen, eine Veränderung.«

»Das Rad dreht sich und dreht sich«, sagte ich.

Wieder lächelte Mutter. Sie hatte den Tee beinahe unberührt abgestellt. »Du hast auch etwas von Conor«, sagte sie.

»Setz dich noch eine Weile hin, Liadan. Ich muss dir etwas sagen.«

»Du auch?« Nur mit Mühe konnte ich mich zu einem dünnen Lächeln zwingen.

»Ja. Dein Vater hat mir von Eamonn erzählt.«

»Und was hältst du davon?«

Sie runzelte ein wenig die Stirn. »Ich weiß nicht«, sagte sie bedächtig. »Ich kann dir nicht raten. Aber ... aber ich würde sagen, eile dich nicht zu sehr. Du wirst hier noch eine Weile gebraucht.«

Ich fragte sie nicht warum. »Hast du mit Vater gesprochen?«, fragte ich schließlich.

Mutter seufzte. »Nein. Er wird mich nicht fragen, denn er weiß, dass ich ihm die Wahrheit sagen werde. Ich brauche keine Worte dazu. Nicht für den Roten. Sein Wissen vermittelt sich in einer Berührung seiner Hand, darin, wie er sich beeilt, vom Pflügen nach Hause zu kommen, wie er am Bett sitzt, wenn er glaubt, dass ich schlafe, und meine Hand hält und ins Dunkel schaut. Er weiß es.«

Ich schauderte. »Was wolltest du mir sagen?«

»Etwas, das ich noch nie jemandem mitgeteilt habe. Aber nun glaube ich, ist es an der Zeit, es weiterzugeben. Du bist die letzte Zeit unruhig gewesen, das habe ich an deinem Blick gesehen. Nicht nur ... nicht nur darüber, sondern wegen etwas anderem.«

Ich hielt meinen Becher zwischen den Handflächen und wärmte sie damit. »Manchmal habe ich so ein seltsames Gefühl. Als würde plötzlich alles kalt und ... und dann höre ich eine Stimme ...«

»Erzähl weiter.«

»Ich sehe ... ich spüre, dass etwas Schreckliches geschehen wird. Ich sehe jemanden an und spüre eine ... eine Art

Finsternis über ihnen. Conor weiß es. Er hat mir gesagt, ich solle mich dafür nicht schuldig fühlen. Ich fand es nicht sonderlich hilfreich.«

Mutter nickte. »Mein Bruder war etwa in deinem Alter, als er es zum ersten Mal spürte. Ich spreche von Finbar. Conor erinnert sich daran. Es ist eine quälende Fähigkeit, eine, die sich nur wenige wünschen.«

»Was ist es?«, fragte ich schaudernd. »Ist es der Blick? Warum habe ich dann keine Krämpfe oder schreie und werde schlaff wie Biddy O'Neill unten an der Kreuzung? Sie hat den Blick, sie hat das Hochwasser vor zwei Wintern vorhergesagt, und den Tod von diesem Mann, dessen Wagen an Fergals Felsen umstürzte. Aber das hier ist ... anders.«

»Anders und dennoch dasselbe. Deine eigene Kraft und deine eigenen Talente bestimmen, auf welche Weise es zu dir kommt. Und was du siehst, kann dich auch in die Irre führen. Finbar hat häufig die Wahrheit gesehen, und er fühlte sich schuldig, weil er nicht verhindern konnte, dass bestimmte Dinge geschahen. Aber was seine Visionen bedeuteten, war nicht leicht zu verstehen. Es ist eine grausame Gabe, Liadan. Und mit ihr kommt noch eine andere, die zu entwickeln du noch keinen Grund hattest.«

»Welche?« Ich war nicht sicher, ob ich es wirklich wissen wollte. Genügte nicht ein solches Talent – wenn man überhaupt von einem Talent sprechen konnte?

»Ich kann es nicht erklären – nicht ganz. Er hat es einmal bei mir angewandt. Er und ich ... er und ich hatten dieselbe Verbundenheit, wie du sie mit Sean kennst, eine Nähe, die zuließ, dass wir von Geist zu Geist sprachen, die einen Menschen auf das tiefste Innere des anderen einstimmt. Finbar konnte das besser als ich; in jenen letzten Tagen hatte er gelernt, mich fern zu halten. Es gab Zeiten, da glaubte ich, dass er befürchtete, in seiner Wachsamkeit nachzulassen; er hatte eine tiefe Wunde im Geist hinnehmen müssen, und er wollte sie nicht teilen, nicht einmal mit mir. Aber er hatte auch andere Fähigkeiten; die Fähigkeit, die Kraft seines Geistes zum Heilen zu nutzen. Als ich … als ich verletzt war und glaubte, dass die Welt nie wieder richtig sein könnte … berührte er mich mit seinem Geist, schob die schlimmen Dinge weg, hielt meine Gedanken mit seinen eigenen, bis die Nacht vorüber war. Später benutzte er dieselbe Fähigkeit bei meinem Vater, dessen Geist zutiefst durch das Werk einer Zauberin, der Lady Oonagh, geschädigt war. Sie hatte Vater drei lange Jahre nach ihrem Willen tanzen lassen, während meine Brüder verzaubert waren. Und Lord Colum war kein schwacher Mensch; er rang mit seiner eigenen Schuld und seiner Schande, und dennoch konnte er sich ihr nicht verweigern. Als wir schließlich nach Hause zurückkehrten, kannte er uns kaum noch. Ihn wieder zu sich selbst zurückzubringen, kostete viele geduldige Tage und Nächte. Diese Heilkraft einzusetzen, fordert einen hohen Preis. Danach war Finbar … ausgelaugt. Er war kaum mehr er selbst. Er war wie ein Mann, der an Körper und Geist die schlimmsten Prüfungen durchgestanden hat. Nur die Allerstärksten können so etwas ertragen.«

Ich sah sie fragend an.

»Du bist stark, Liadan. Ich weiß nicht, ob und wann du gerufen wirst, diese Gabe zu nutzen. Vielleicht niemals. Aber du solltest es zumindest wissen. Er könnte dir mehr darüber sagen.«

»Er? Sprichst du von … Finbar?« Nun waren wir wirklich auf schlüpfrigem Boden.

Mutter drehte sich um, um aus dem Fenster zu sehen. »Es ist wieder alles so schön geworden«, sagte sie. »Die kleine

Eiche, die der Rote für mich gepflanzt hat, wird eines Tages so groß und edel sein! Der Flieder, die Heilkräuter! Die Zauberin konnte uns nicht zerstören. Gemeinsam waren wir zu stark für sie.« Wieder schaute sie mich an. »Der Zauber ist stark in dir, Liadan. Und es spricht noch eins zu deinen Gunsten.«

»Was ist das?«, fragte ich. Ihre Worte waren gleichzeitig faszinierend und erschreckend.

»Er hat es mir einmal gezeigt. Finbar. Ich hätte ihn beinahe gefragt, was die Zukunft für mich bringt. Er zeigte mir einen kurzen Augenblick. Ich sah Niamh, die mit ihrem Haar wie goldenes Feuer über einen Waldweg tanzt. Ein Kind, das zum Glücklichsein begabt ist. Und Sean, der sich beeilte, sie einzuholen. Ich sah meine Kinder und die des Roten. Und ... und es gab noch ein Kind, ein Kind, das ... ausgeschlossen war, am Rand, so dass ich es nicht genau sehen konnte. Aber dieses Kind warst nicht du, Tochter, da bin ich sicher. Wärst du es gewesen, dann hätte ich das gewusst, in dem Augenblick, in dem du zur Welt gekommen bist und man dich in meine Arme legte.«

»Aber ... aber warum war ich nicht da? Sean und ich haben dasselbe Alter. Warum kam ich in deiner Vision nicht vor?«

»Ich hatte dieselbe Vision früher schon einmal«, sagte meine Mutter leise. »Als ich ... aber beide Male warst du nicht da. Nur dieses andere Kind, ausgeschlossen aus dem Bild. Ich glaube, dass du irgendwie außerhalb des Musters stehst, Liadan. Wenn das so ist, könnte es dir große Macht verleihen. Gefährliche Macht. Es könnte dir gestatten ... Dinge zu verändern. In diesen Visionen wurde nicht vorhergesagt, dass Seans Geburt noch ein zweites Kind bringen würde. Das trennt dich von allem. Ich habe lange Zeit geglaubt, dass das Feenvolk unsere Schritte führt. Dass sie ihre Pläne durch uns wahr machen. Aber du kommst darin nicht vor. Vielleicht hast du dadurch eine Art von Schlüssel.«

Es war zu viel für mich. Dennoch, ich musste ihr glauben, denn meine Mutter sagte immer die Wahrheit, nicht mehr und nicht weniger.

»Was ist dann mit dem dritten Kind in der Vision?«, fragte ich. »Dem Kind am Rand, im Schatten?«

»Ich kann dir nicht sagen, wer das war. Nur ... es war ein Kind, das alle Hoffnung aufgegeben hatte. Das ist etwas Schreckliches. Warum man es mir zeigte, weiß ich nicht. Du wirst es mit der Zeit vielleicht herausfinden.«

Wieder schauderte ich. »Ich bin nicht sicher, ob ich das will.«

Mutter lächelte und stand auf. »Diese Dinge neigen dazu, dich zu finden, ob du es willst oder nicht«, sagte sie. »Conor hatte Recht. Es gibt keinen Grund, dass du dich schuldig fühlst oder dir darüber Gedanken machst, was auf dich zukommen wird. Setze einen Fuß vor den anderen und folge deinem Weg. Mehr können wir ohnehin nicht tun.«

»Hm.« Ich sah sie an. Das klang, als wäre mein eigener Weg ein wenig komplizierter, als mir lieb gewesen wäre. Ich verlangte nicht viel. Die Sicherheit und den Frieden von Sevenwaters, die Möglichkeit, meine Fähigkeiten gut zu nutzen und mich an der Liebe meiner Familie zu wärmen. Ich war nicht sicher, ob ich es in mir hatte, mehr als das zu tun. Ich konnte mich nicht als eine sehen, die vielleicht den Verlauf des Schicksals beeinflusste. Wie Sean darüber lachen würde, wenn ich es ihm erzählen würde!

Die Tage zogen dahin, und Eamonn kehrte nicht zurück. Die Druiden verließen uns wieder, gingen leise in der Abenddämmerung in den Wald. Niamh wurde ungewöhnlich still und gewöhnte sich an, oben auf den Dachschindeln zu sitzen, über die Bäume hinauszuspähen und vor sich hin zu summen. Häufig, wenn ich beim Nähen oder der Vorbereitung von Obst zum Trocknen ihre Hilfe brauchte, war sie nirgendwo zu finden. An den Abenden wollte sie nicht reden, sondern lag nur lächelnd auf ihrem Bett, bis sich die Lider über ihre schönen Augen senkten und sie schlief wie ein Kind. Ich schlief weniger leicht. Wir hörten widersprüchliche Berichte aus dem Norden. Eamonn kämpfte an zwei Fronten. Er war aufs Gelände seines Nachbarn vorgestoßen. Er hatte sich bis hinter seine inneren Mauern zurückgezogen. Seine Gegner waren Nordmänner, die zurückgekehrt waren, um eine Küste zu erobern, die wir längst für sicher gehalten hatten. Sie hatten Siedlungen tief im Süden, an der Mündung eines großen Flusses, und sie versuchten, ihre Ländereien an der Küste entlang auszudehnen, selbst ins Herz unseres eigenen Landes. Es waren keine Nordmänner, sondern Briten. Sie waren keins von beidem, sondern Männer, die von weiter her kamen, Männer, die ihre Identität in einem geheimen, rätselhaften Muster auf der Haut trugen. Männer mit Gesichtern wie seltsame Vögel und große, wilde Katzen und Hirsche und Eber; Männer, die lautlos angriffen und gnadenlos töteten. Einer hatte ein Gesicht so schwarz wie der Nachthimmel. Vielleicht waren es nicht einmal Menschen, sondern Krieger aus der Anderwelt. Ihre Waffen waren so seltsam wie ihr Erscheinungsbild: heimtückische Röhren, durch die ein Pfeil mit einer vergifteten Spitze in die Luft geschossen wurde; winzige Metallkugeln mit Stacheln, die rasch durch die Luft schossen und fest zuschlugen. Feine Schnüre, die sie geschickt benutzten. Kein Schwert, kein Speer, keine ehrlichen Waffen.

Wir wussten nicht, welche von diesen Geschichten wir glauben sollten, obwohl Sean und Liam die Theorie mit den Nordmännern für die wahrscheinlichste hielten. Immerhin waren sie am ehesten dafür bekannt, rasch zuzuschlagen und sich wieder zurückzuziehen. Und auf dem Meer, wo sie sowohl die Ruder als auch die Segel benutzten, um sich rascher zu bewegen als der Wind über das Wasser, waren sie nicht zu schlagen. Vielleicht waren es ihre gehörnten Helme, die Anlass zu den seltsamen Geschichten gegeben hatten. Und dennoch, sagte Liam, kämpften die Nordmänner auf ganz offene Art, mit Breitschwert, Keule und Axt. Sie waren auch nicht dafür bekannt, sich auf bewaldetem Gelände sonderlich gut zu schlagen, sondern zogen es vor, sich an die Küste zu halten und nicht ins innere Land vorzustoßen. Diese Theorie passte nicht ganz so gut, wie sich alle wünschten.

Endlich, zur Zeit der Tag-und-Nacht-Gleiche, als Vater schon intensiv mit der Pflanzarbeit beschäftigt war, bat Eamonn durch einen Boten um Hilfe, und Liam schickte ihm dreißig wohlbewaffnete Männer nach Norden. Sean wäre gerne mitgegangen, und ich glaube, mein Onkel ebenfalls. Aber etwas hielt sie beide zurück. Da war Aisling, die immer noch in unserem Haus lebte, wo sie in Sicherheit war, und die sich große Sorgen um ihren Bruder machte. Es genügte im Augenblick, um Sean zu Hause zu halten. Und Liam sagte, es sei zu gefährlich, solange nicht ganz klar war, worin die Gefahr nun bestand, zusammen mit Eamonn und seinem Großvater in die vordersten Linien zu ziehen. Sie würden warten, bis Eamonn selbst oder Seamus ihnen

Genaueres berichtete. Das wären dann Tatsachen und keine Fantasien. Dann würden sie entscheiden, was weiter zu tun wäre.

Ich bemerkte allerdings, dass sie sich an den Abenden lange und ernst unterhielten und ihre Landkarten studierten. Auch Iubdan war mit dabei. Mein Vater hatte vielleicht geschworen, keine Waffen mehr zu ergreifen – nicht, wenn der Feind vielleicht von seinem eigenen Volk stammte –, aber Liam war Stratege genug, um zu erkennen, wie gut sein Schwager mit Landkarten umgehen konnte, und diese Fähigkeiten zu benutzen und sie zur Planung von Angriff und Verteidigung einzusetzen. Ich hörte, wie er bemerkte, es sei eine Schande, dass Padraic nie zurückgekehrt sei, nachdem er das letzte Mal davongesegelt war, um neues Land und neue Abenteuer zu suchen. Das wäre ein Mann, der wüsste, wie man ein Schiff baute, und besser damit zurechtkam als jeder Nordmann. Das wäre ein Mann, dem zu jedem Problem andere Lösungen einfielen. Aber es war nun drei Jahre her, dass Liam seinen jüngeren Bruder zum letzten Mal gesehen hatte. Niemand hoffte sonderlich darauf, dass Padraic nach so langer Zeit noch unversehrt zurückkehrte. Ich konnte mich recht gut an diesen Onkel erinnern. Wer hätte ihn schon vergessen können? Er verbrachte hin und wieder einige Zeit zu Hause, erzählte die wunderbarsten Geschichten und machte sich dann wieder zu einer neuen Reise auf. Er war so braun gebrannt wie eine Nuss, trug das Haar geflochten und drei Ringe in einem Ohr, und er hatte einen seltsamen bunten Vogel, der auf seiner Schulter saß und einen höflich fragte, ob man wohl mit ihm ins Heu gehen wollte. Ich wusste, dass meine Mutter ebenso wenig an seinen Tod glaubte wie an den von Finbar. Ich fragte mich, was sie wusste. Ich fragte mich, ob ich es wissen würde, wenn Sean davonging und in einer Schlacht durch das Schwert eines Fremden umkam. Würde ich es in meinem eigenen Herzen spüren, diesen Augenblick, in dem das Blut in den Adern langsamer wurde und der Atem innehielt und die Augen blicklos in den weiten Himmel starrten?

Ich hatte nie vorgehabt, Niamh nachzuspionieren. Was meine Schwester in ihrer Freizeit tat, war ihre eigene Angelegenheit. Ich machte mir Sorgen, das war alles. Sie war sich selbst so unähnlich geworden, wie sie sich da in Schweigen zurückzog und so viel Zeit allein verbrachte. Selbst Aisling machte eine freundliche Bemerkung darüber.

»Niamh ist so still«, sagte sie eines Nachmittags, als wir zusammen in die Felder hinter dem Haus zogen, um dort wilde Endivien zu sammeln.

In einigen Haushalten wurde es für unangemessen gehalten, dass die Töchter des Herrn solch niedrige Arbeiten erledigten, und man überließ sie den Dienern. So war es in Sevenwaters nie gewesen, jedenfalls nicht, soweit ich mich erinnern konnte. Hier arbeiteten alle. Es stimmt: Janis und ihre Frauen erledigten die schwereren Arbeiten, schleppten die riesigen eisernen Kochtöpfe herum, schrubbten die Böden, schlachteten Hühner. Aber sowohl Niamh als auch ich hatten unsere Alltagsroutine und bestimmte Arbeiten in bestimmten Jahreszeiten und wussten, wie man sie angemessen erledigt. Darin folgten wir dem Beispiel unserer Eltern, denn Sorcha verbrachte den ganzen Tag zwischen Kräutergarten, Arbeitsraum und dem Dorf, wo sie sich um die Kranken kümmerte, und mein Vater, der einmal Herr von Harrowfield gewesen war, zögerte nicht, selbst zu pflügen, wenn es notwendig wurde. Niamh und ich würden gute Ehefrauen abgeben und hervorragend im Stande sein, die häusliche Seite des Anwesens unserer Männer zu ordnen. Wie konnte man denn auch eine gute Herrin sein, wenn man nicht verstand, was die Diener tun sollten? Allerdings bin ich nicht sicher, wie es Niamh je gelungen war, ihre Fähigkeiten zu erwerben, denn sie widmete sich nie lange einer einzelnen Aufgabe. Sie war jedoch ein kluges Mädchen, und wenn sie etwas vergaß, brauchte sie nicht lange, um Janis oder mich oder sonst jemanden dazu zu überreden, ihr zu helfen.

Dennoch, sie war nicht da, als es darum ging, Endivien zu pflücken. Aisling pflückte sorgfältig und hielt hier und da inne, um ihre unordentlichen Locken wieder unter das Band zu schieben, dem sie entfliehen wollten. Nun, da es wärmer wurde, hatte sie einen Hauch von Sommersprossen auf der Nase.

»Achte darauf, dass du genug übrig lässt, damit sie sich weiter aussäen«, warnte ich sie.

»Ja, Mutter«, kicherte Aisling und fügte ein paar weitere goldene Blüten der Ernte hinzu, die sich bereits in ihrem Korb befand. Sie half immer gern bei solchen Aufgaben. Vielleicht glaubte sie, das bereitete sie darauf vor, die richtige Art Frau für Sean zu werden. Ich hätte ihr sagen können, dass diese Seite überhaupt nicht zählen würde, jedenfalls nicht für ihn. Mein Bruder hatte sich schon längst entschieden.

»Aber ehrlich, Liadan, glaubst du, dass es Niamh gut geht? Ich habe mich schon gefragt, ob ... nun, ob es etwas mit Eamonn zu tun hat.«

»Eamonn?«, wiederholte ich dümmlich.

»Nun«, sagte Aisling nachdenklich, »er ist jetzt schon eine Weile weg, und niemand weiß genau, was los ist. Ich bin nicht sicher, wie die Dinge zwischen den beiden stehen, aber ich dachte, sie macht sich vielleicht Sorgen. Ich weiß, dass ich mir welche mache.«

Ich umarmte sie tröstend. »Ich bin sicher, dass das nicht nötig ist. Wenn jemand weiß, wie er auf sich aufpassen soll, dann Eamonn. Er wird bestimmt jetzt jeden Tag zurückkehren, und zweifellos als Sieger.« Und ich wette ein Silberstück darauf, sagte ich zu mir selbst, dass was immer meine Schwester beunruhigt, nichts mit ihm zu tun hat. Ich bezweifle, dass sie auch nur einen Augenblick an ihn gedacht hat, seit er davongeritten ist. Vermutlich war er mehr in meinen Gedanken als in ihren.

Wir waren fertig mit Pflücken, setzten den Frühlingswein zusammen mit Honig und Jasmin an, die die Bitterkeit der Endivien ein wenig aufheben würden, und schoben ihn an einen dunklen Platz, und immer noch war keine Spur von Niamh zu sehen. Aisling und ich gingen nach oben und wuschen uns Hände und Gesicht und kämmten und flochten der jeweils anderen das Haar und zogen unsere Arbeitsschürzen aus. Es war beinahe Zeit zum Abendessen, und draußen streifte die kühle Dämmerung den Himmel und färbte ihn violett und mattgrau. Dann sah ich schließlich aus meinem schmalen Fenster, wie Niamh vom Waldrand aus über das Feld aufs Haus zueilte, mit einem raschen Blick nach rechts und nach links, um zu sehen, ob irgendwelche neugierigen Augen sie beobachteten. Sie verschwand aus meinem Blickfeld. Nicht lange danach war sie an der Tür, um Atem ringend, die Röcke immer noch gerafft, die Wangen gerötet. Ich sah sie an, und Aisling sah sie an, und wir sagten beide kein Wort.

»Gut, ich bin noch nicht zu spät.« Sie ging direkt zur Eichentruhe, hob den Deckel und suchte nach einem sauberen Kleid. Nachdem sie gefunden hatte, was sie wollte, knöpfte sie das Kleid auf, das sie trug, und zog es aus, gefolgt von ihrem Unterhemd, ohne sich dabei um uns zu kümmern. Aisling ging taktvoll ans Fenster, um hinauszuschauen; ich brachte meiner Schwester eine Schüssel Wasser und eine Haarbürste, während sie in frische Unterwäsche schlüpfte und dann das Kleid über den Kopf zog. Sie drehte mir den Rücken zu, und ich begann, die vielen kleinen Haken zu schließen. Sie atmete immer noch schwer, was meine Aufgabe nicht leichter machte.

»Du kannst dich wieder umdrehen, Aisling«, meinte ich trocken. »Vielleicht könntest du mit den Haaren helfen. Es ist beinahe Zeit zum Abendessen.« Aisling war geschickt mit den Fingern und besser darin, in der geringen Zeit, die uns noch blieb, mit den zerzausten Locken meiner Schwester etwas Vernünftiges anzufangen. Sie begann, die Haarbürste gleichmäßig durch Niamhs goldenes Haar zu ziehen.

»Wo um alles in der Welt bist du gewesen?«, fragte sie staunend. »Du hast Stroh im Haar und Blätter, und was sind diese kleinen blauen Blüten?« Sie bürstete weiter, mit so unschuldiger Miene wie eh und je.

»Du hast uns heute Nachmittag gefehlt«, meinte ich, während ich immer noch an ihrem Kleid beschäftigt war. »Wir haben den Frühlingswein ohne dich gemacht.«

»Willst du mich dafür etwa tadeln?«, sagte Niamh, drehte sich hin und her, um ihre Röcke zurechtzuzupfen, und verzog das Gesicht, als die Haarbürste eine besonders zerzauste Stelle fand.

»Es war nur eine Aussage, keine Frage«, meinte ich. »Ich bezweifle, dass irgendjemand außer Aisling und mir gemerkt hat, dass du weg warst. Diesmal zumindest. Wir sind gut ohne dich zurechtgekommen, also brauchst du dich deshalb nicht schuldig zu fühlen.«

Sie sah mir sehr direkt in die Augen, sagte aber kein Wort – nicht solange Aisling da war. Aisling sah nur das Gute an Menschen und hatte keine Ahnung von Heimlichtuerei und Tücke. Sie war so harmlos wie ein Schaf, obwohl dieser Vergleich vielleicht ein wenig ungerecht war. Sie mochte schlicht sein, aber nicht einfältig.

Als die ganze Familie am Abendbrottisch saß, spürte ich wieder dieses Unbehagen. Unsere Mahlzeit war einfach. Zum Teil, weil meine Mutter kein Fleisch anrührte, aßen wir immer recht schlicht, hauptsächlich Getreide und Gemüse von den Bauernhöfen, die zur Festung gehörten. Janis hatte ein großes Repertoire an schmackhaften Eintöpfen und guten, ehrlichen Broten, und es ging uns hervorragend dabei. Die Männer aßen vielleicht einen gebratenen Vogel oder zwei, und hin und wieder wurde für sie ein Schaf geschlachtet, denn sie arbeiteten schwer, sei es nun auf den Bauernhöfen oder als Krieger, und sie waren nicht immer zufrieden mit einer Mahlzeit aus Kürbis und Bohnen und Roggenbrot. An diesem Abend freute ich mich zu sehen, dass es Mutter gelang, ein wenig Suppe und ein Stück Haferbrot oder zwei zu essen. Sie war so dünn geworden, dass sie der Nordwind sicherlich hätte davontragen können, und es war nie leicht gewesen, sie zum Essen zu überreden. Während ich sie beobachtete, spürte ich Iubdans Blick auf mir, und ich sah ihn nur kurz an, denn ich konnte seine Miene nicht ertragen. Sein Blick sagte, dies ist ein langer Abschied, und dennoch genügt die Zeit nicht. Ich habe keine Möglichkeit, damit zurechtzukommen, ich kann es nicht lernen. Ich würde mich anklammern und anklammern, bis meine Hand nur noch Leere umfängt.

Niamh saß sauber und ordentlich wie eine Katze da, aß ihre Suppe und schlug den Blick nieder. Nicht ein Haar war, wo es nicht hingehört hätte. Das viel sagende Glühen der Wangen war verschwunden, ihre Haut golden und glatt im Licht der Öllampen. Ihr gegenüber saß Sean mit Aisling neben sich, und sie flüsterten miteinander und hielten sich unter dem Tisch an den Händen. Nach dem Abendessen gab es keine Geschichten, nicht an diesem Abend. Stattdessen zog sich die Familie auf Liams Anweisung in eine kleine ruhige Kammer zurück, wo man unter sich war, und überließ die Männer und Frauen des Haushalts ihren Liedern und dem Bier am Küchenfeuer.

»Du hast Neuigkeiten, Liam«, sagte mein Vater, sobald wir uns hingesetzt hatten. Ich goss Wein ein, zunächst meiner Mutter, dann meinem Onkel, meinem Vater, Sean, und schließlich den beiden anderen Mädchen.

»Danke, Liadan.« Liam nickte mir anerkennend zu. »Ich habe tatsächlich Neuigkeiten, die ich bis jetzt zurückgehalten habe, denn Aisling sollte die Erste sein, die es erfährt. Gute Neuigkeiten, Kind«, fügte er hastig hinzu, als Aisling erschrocken den Kopf hochriss, weil sie zweifellos das Schlimmste befürchtete. »Es geht deinem Bruder gut, und er sollte noch vor Beltaine hier sein, um dich abzuholen. Die Gefahr ist im Augenblick gebannt.«

»Was ist mit diesem unbekannten Feind?«, fragte Sean aufgeregt. »Was gibt es Neues vom Kampf?«

Liam runzelte die Stirn. »Nicht viel. Es gab einige Verluste. Der Mann, der die Botschaft brachte, wusste nur wenig, da er es von einem anderen gehört hatte. Ich weiß, dass Eamonn seine Grenze wieder sichern konnte, aber wie er das genau getan hat und gegen wen, scheint immer noch ein Geheimnis. Ich muss auf seine Rückkehr warten. Auch ich bin begierig, mehr zu erfahren. Es könnte unseren gesamten Plan bezüglich der Briten beeinflussen. Es wäre dumm, in einer Seeschlacht gegen Nordmänner einen Sieg zu erwarten.«

»Das ist wahr«, meinte Sean. »Ich würde an so etwas nicht einmal denken, solange ich keine entsprechend fähigen Seeleute zur Verfügung hätte. Aber die Nordmänner interessieren sich nicht für unsere Inseln; wenn sie sie bräuchten, um dort vor Anker zu gehen, hätten sie sie sich längst genommen. Die Inseln sind zu unfruchtbar, um dort etwas anzubauen, zu abgelegen, um sich dort niederzulassen – ein Gelände, das von allen bis auf die Alten längst aufgegeben wurde. Die Briten benutzen sie nur, weil sie dadurch leichter zu unserem eigenen Land gelangen können.«

»Und, denke ich, um euch zu provozieren«, fügte Iubdan leise hinzu. »Ich habe einmal sagen hören, wenn man einen Mann aus Erin zu einer Reaktion bringen will, müsse man das stehlen, was seinem Herzen am nächsten sei: vielleicht sein Pferd oder seine Frau. Einen Krieg beginnt man, indem man einem Volk das wegnimmt, was seinem Geist am nächsten steht: sein Erbe, seine Mysterien. Vielleicht haben sie keinen anderen Grund als diesen.«

»Ihre Anstrengungen, an unserer Küste Fuß zu fassen, waren bisher nicht sonderlich beeindruckend«, meinte Liam. »Ähnlich wie wir sind sie mit dem Krieg von See aus nicht sonderlich vertraut. Und dennoch haben sie sich seit mehr als drei Generationen an die Inseln geklammert. Wer weiß, was sie tun würden, wenn sie einen Verbündeten mit einer starken Flotte und der Fähigkeit hätten, sie zu nutzen.«

»Es ist unwahrscheinlich, dass sich die Briten mit den

Nordmännern verbünden.« Sean kratzte sich nachdenklich am Kopf. »Die Briten von der Westküste haben keinen Grund, den Nordmännern zu trauen. Sie haben durch die Beutezüge der Wikinger schwerere Verluste erlitten als wir. Viele, viele Jahre sind sie Zeuge der Wildheit dieser Eindringlinge geworden. Das wäre tatsächlich ein unheiliges Bündnis.«

»Wenn unser alter Feind Richard von Northwoods dahinter steckt«, meinte Liam stirnrunzelnd, »hielte ich die Briten für zu allem fähig.«

»Wir sollten warten«, warf meine Mutter taktvoll ein. »Eamonn wird uns mehr sagen können, wenn er zurückkehrt. Ich bin froh, dich wieder lächeln zu sehen, meine Liebe«, fügte sie mit einem Seitenblick zu Aisling hinzu.

»Deine Sorge um deinen Bruder spricht für dich«, sagte Liam. »Aber der Junge ist ein Anführer, daran besteht kein Zweifel. Ich nehme an, dass seine Verluste nicht allzu groß sind. Und es gibt noch andere Neuigkeiten. Welche, die dich interessieren werden, Niamh.«

»Hm ...? Was?« Sie war weit weg gewesen, tief in Gedanken versunken.

»Ein Brief«, sagte mein Onkel ernst. »Von einem Mann, dem ich nie begegnet bin, von dem ich aber viel gehört habe. Du wirst ihn ebenfalls kennen, Iubdan. Er heißt Fionn und stammt vom Klan Uí Néill, dem Zweig, der sich im Nordwesten niedergelassen hat. Sie haben auch enge Verbindung mit dem Hochkönig von Tara. Aber die beiden Zweige dieser Familie haben nichts füreinander übrig. Fionn ist der ältere Sohn des Klanhäuptlings in Tirconnell, eines Mannes von großem Einfluss und beträchtlichem Reichtum.«

»Ich habe von ihm reden hören, ja«, sagte Vater. »Er hat

einen guten Ruf. Es ist nicht recht angenehm, hier mitten zwischen den beiden Uí-Néill-Ländereien zu sitzen. Sie sind alle machthungrig.«

»Diese Tatsache macht seinen Brief nur noch interessanter«, sagte mein Onkel. »Dieser Fionn und sein Vater suchen eine engere Allianz mit Sevenwaters. Er macht mir ziemlich direkte Angebote zu diesem Zweck.«

»Ist das eine umständliche Methode, uns zu sagen, dass er eine der Töchter dieses Haushalts heiraten will?« Meine Mutter hatte ihre eigene Art, ihren Bruder direkt zum Thema zu bringen, wenn er ein wenig zu förmlich wurde. »Wirbt er um eines unserer Mädchen?«

»In der Tat. Er schreibt, dass er davon gehört hat, es gäbe eine Tochter von außergewöhnlicher Schönheit und außergewöhnlichen Fähigkeiten im Haushalt von Sevenwaters. Er teilt mir mit, dass er eine Frau sucht und dass sein Vater eine solche Verbindung im Interesse beider Familien für gut halten würde. Er macht eine verdeckte Andeutung auf unsere Fehde mit den Briten von Northwoods und weist auf die Armee hin, die ihm zur Verfügung steht und die sich ganz in unserer Nähe befindet. Er erwähnt auch die strategische Position von Sevenwaters im Hinblick auf seine Verwandten weiter im Süden, sollte er aus dieser Richtung bedroht werden. Für einen kurzen Brief enthält der seine eine ganze Menge.«

»Was für ein Mann ist dieser Fionn?«, warf Aisling recht mutig ein. »Ist er jung oder alt? Sieht er gut oder schlecht aus?«

»Er ist in mittleren Jahren, soweit ich weiß«, meinte Liam. »Vielleicht dreißig. Ein Krieger. Ich weiß nicht, wie er aussieht.«

»Dreißig!« Aisling war eindeutig entsetzt bei dem Gewurde im Laufe der nächsten Tage recht angespannt, und Fionns Brief blieb unbeantwortet. Es gab kein Zeichen für einen Kompromiss, und mein Onkel wurde gereizt. Alle begriffen, dass Niamhs Reaktion über das hinausging, was zu erwarten gewesen war (nämlich schockierte, aber geschmeichelte Überraschung, gefolgt von mädchenhaftem Zögern und schließlich errötender Zustimmung). Was sie nicht begriffen, war der Grund. Meine Schwester war, wie Liam bereits erklärt hatte, schon recht alt für eine unverheiratete Frau, und das bei ihrer Schönheit. Warum hatte sie dieses Angebot nicht angenommen? Ein Uí Néill! Und ein künftiger Häuptling! Gerüchte verkündeten, dass es Eamonn war, den sie wirklich wollte, und dass sie wartete, bis er zurückkehrte. Ich hätte ihnen sagen können, dass sie sich irrten, aber ich hielt den Mund. Ich hatte eine gewisse Vorstellung davon, was in ihrem Kopf vorging. Ich hatte einen Verdacht darüber, wohin sie an jenen Tagen ging, wenn sie von Sonnenaufgang bis Sonnenuntergang verschwunden war. Aber die Gedanken meiner Schwester waren undurchdringlich; ich konnte nur raten, um was es tatsächlich ging und leidenschaftlich hoffen, dass meine Spekulationen unbegründet waren.

Ich versuchte, mit ihr zu reden, erreichte aber nichts. Zuerst war ich freundlich und taktvoll, denn sie weinte viel und lag auf dem Bett und starrte zur Decke hinauf oder stand am Fenster, das Gesicht im Mondlicht tränenüberströmt, und spähte hinaus zum Wald.

Als Freundlichkeit keine Wirkung zeigte, wurde ich direkter.

»Ich glaube nicht, dass du einen sonderlich guten Druiden abgeben würdest, Niamh«, sagte ich ihr eines Abends, als wir allein in unserem Zimmer saßen und nur eine kleine

Kerze auf der Truhe zwischen unseren schmalen Betten brannte.

»*Was?*« Damit hatte ich zweifellos ihre Aufmerksamkeit geweckt. »*Was hast du da gesagt?*«

»Du hast mich schon verstanden. Es gibt dort keine warmen Decken, keine freundlichen Diener, keine Samtgewänder. Es gibt nur ein Leben der Disziplin und des Lernens und der Selbstbeschränkung. Es ist ein Leben des Geistes, nicht des Fleisches.«

»Halt den Mund!« Ihre wütende Reaktion sagte mir, dass ich der Wahrheit sehr nahe gekommen war. »Was weißt du denn schon? Was weißt du denn über irgendetwas? Meine kleine Schwester, die so beschäftigt ist mit ihren Kräutern und Tränken und ihrer gemütlichen Runde im Dorf! Welche Männer werden dich schon haben wollen, außer vielleicht einem Bauern mit großen Händen und Schlamm an den Stiefeln?« Sie warf sich aufs Bett, schlug die Hände vors Gesicht, und ich nahm an, dass sie weinte.

Ich holte tief Luft und atmete langsam wieder aus. »Mutter hat einen Bauern mit großen Händen und Schlamm an den Stiefeln geheiratet«, sagte ich leise, »und es gab mehr als nur ein paar Frauen in Sevenwaters, die glaubten, dass er als junger Mann ein guter Fang war. Das sagen sie zumindest.«

Sie regte sich nicht, gab keinen Laut von sich. Ich spürte die tiefe Verzweiflung, die zu ihren grausamen Worten geführt hatte.

»Du kannst ruhig mit mir reden, Niamh«, sagte ich. »Ich werde mein Bestes tun, dich zu verstehen. Du weißt doch, dass es so nicht weitergehen kann. Alle sind aufgeregt. Ich habe den Haushalt noch nie so gespalten gesehen. Warum erzählst du es mir nicht? Vielleicht kann ich etwas tun.«

Sie hob den Kopf und sah mich an. Ich war entsetzt darüber, wie bleich sie war und welch tiefe Schatten sie unter den Augen hatte.

»Oh, jetzt ist es alles auf einmal meine Schuld!«, sagte sie mit halb erstickter Stimme. »Ich habe alle durcheinander gebracht, wie? Wer hat denn beschlossen, mich zu verheiraten, damit sie irgendeinen dummen Krieg gewinnen können? Ich kann dir sagen, das war nicht meine Idee!«

»Manchmal kann man eben nicht haben, was man will«, meinte ich ruhig. »Du musst es vielleicht einfach akzeptieren, so schwer es dir jetzt vorkommen mag. Dieser Fionn ist vielleicht gar nicht so schlecht. Du könntest ihn dir zumindest einmal ansehen.«

»Das ist wirklich ein guter Vorschlag, und ausgerechnet von dir! Du würdest doch keinen echten Mann erkennen, wenn du einen sähst. Hast du nicht Eamonn als möglichen Kandidaten für mich vorgeschlagen? *Eamonn?«*

»Es schien mir ... möglich.«

Das folgende Schweigen dauerte lang. Ich blieb still, saß in meinem einfachen Nachthemd aus Leinen im Schneidersitz auf meinem Bett. Ich nahm an, was sie über mich gesagt hatte, entsprach der Wahrheit, und ich fragte mich wieder, ob sich mein Vater wegen Eamonn nicht geirrt hatte. Ich versuchte, mich mit den Augen eines Mannes zu sehen, aber das war recht schwierig. Zu klein, zu dünn, zu blass, zu still. Das alles hätte man über mich sagen können. Ich war allerdings nicht unzufrieden mit dem Gesicht und dem Körper, die ich von meiner Mutter geerbt hatte. Ich war glücklich mit dem, was Niamh verächtlich als meine »kleine Runde durch die Dörfer« bezeichnet hatte. Ich wünschte mir keine Abenteuer. Ein Bauer wäre genau richtig für mich.

»Worüber lächelst du?« Wütend sah mich meine Schwester an. Die Kerze ließ ihren Schatten riesig und bedrohlich wirken, als sie sich nun aufsetzte und die Tränen aus den Augen wischte. Noch jetzt, wo ihr Gesicht vom Weinen geschwollen war, war es von blendender Schönheit.

»Nichts Besonderes.«

»Wie kannst du lächeln, Liadan? Es ist dir gleich, oder? Wie kannst du dir vorstellen, dass ich dir je etwas sagen könnte? Sobald du es weißt, weiß Sean es auch, und dann wissen es alle.«

»Das ist ungerecht. Einiges verrate ich Sean nicht, und es gibt auch Dinge, die er mir nicht erzählt.«

»Ach ja?«

Ich antwortete nicht, und Niamh legte sich wieder hin, mit dem Gesicht zur Wand. Als sie schließlich sprach, war es in einem anderen Ton, zitternd und tränenreich.

»Liadan?«

»Hhm?«

»Es tut mir Leid.«

»Was?«

»Was ich gesagt habe. Über dich. Ich habe es nicht ernst gemeint.«

Ich seufzte. »Schon gut.« Immer, wenn sie wütend war, sagte sie verletzende Dinge und nahm sie später zurück. Niamh war wie ein Herbsttag, voller Überraschungen, Regen und Sonnenschein, Schatten und Helligkeit. Selbst wenn sie grausame Worte sprach, war es schwer, wütend auf sie zu sein, denn sie meinte es nicht böse. »Ich suche ohnehin nicht nach einem Mann«, sagte ich ihr, »also zählt es wohl kaum.«

Sie schnaubte und zog die Decke über den Kopf, und weiter kamen wir nicht.

Die Jahreszeit ging weiter auf Beltaine zu, die Arbeit auf dem Hof nahm ihren Lauf, und Niamh zog sich tiefer und tiefer in sich selbst zurück. Hinter verschlossenen Türen gab es hitzige Wortwechsel. Der Haushalt war ganz anders als üblich. Als Eamonn schließlich zurückkehrte, wurde er ganz besonders herzlich willkommen geheißen, denn ich glaube, wir waren alle froh über ein wenig Abwechslung, die die Spannung zwischen uns lindern würde. Und die Geschichte, die er zu erzählen hatte, war tatsächlich so seltsam, wie die Gerüchte nahe gelegt hatten.

Wir hörten sie am Abend seiner Ankunft, als wir nach dem Abendessen in der Halle saßen. Trotz der Jahreszeit war es kalt, und Aisling und ich hatten Janis geholfen, Glühwein zu machen. Unser Haushalt war in Sicherheit, und wir trauten jedem hier, also erzählte Eamonn seine Geschichte ganz offen, denn er wusste, wie sehr sich alle dafür interessierten, was mit ihm und Seamus und seinen Männern geschehen war. Von den dreißig, die Liam geschickt hatte, waren nur siebenundzwanzig zurückgekehrt. Eamonns eigene Verluste waren viel größer gewesen, ebenso wie die von Seamus Rotbart. In drei Haushalten weinten nun Frauen. Dennoch war Eamonn als Sieger zurückgekehrt, wenn auch nicht ganz auf die Weise, wie er sich das vorgestellt hatte. Ich beobachtete ihn, wie er seine Geschichte erzählte, hier und da etwas mit einer Geste unterstrich, und manchmal fiel ihm eine Strähne braunen Haars in die Stirn, die er automatisch zurückstrich. Ich glaubte, dass sein Gesicht mehr Linien hatte als früher; er trug für einen so jungen Mann eine schwere Verantwortung. Kein Wunder, dass einige ihn für humorlos hielten.

»Ihr wisst bereits«, sagte er, »dass wir mehr gute Männer verloren haben, als wir uns bei diesem Unternehmen leisten konnten. Ich kann euch versichern, dass ihr Leben nicht leichtfertig weggeworfen wurde. Wir haben es hier mit einem ganz anderen Feind zu tun als denen, die wir kennen, den Briten, den Nordmännern, den feindlichen Häuptlingen in unserem eigenen Land. Von den einundzwanzig Kriegern, die in meinem Dienst gestorben sind, wurden nicht zwei auf dieselbe Art getötet.«

Alle begannen aufgeregt zu murmeln.

»Ihr habt die Geschichten sicher gehört«, fuhr Eamonn fort. »Es mag gut sein, dass sie sie selbst verbreitet haben, um die Angst zu vergrößern. Aber diese Gerüchte beruhen auf Tatsachen, wie wir selbst entdecken konnten, als wir schließlich diesem Feind gegenüberstanden.« Er erzählte weiter von einem nördlichen Nachbarn, mit dem er einen lange währenden Disput geführt hatte, der schließlich zu Taten führte, zu Überfällen und Viehdiebstählen und Vergeltungsschlägen.

»Er kannte die Stärke meiner Truppe. Er hätte in der Vergangenheit nie mehr gewagt, als ein paar Tiere zu stehlen oder ein kleines Feuer irgendwo nahe an einem meiner Wachtürme zu entzünden. Er wusste, dass er mir im offenen Kampf nicht entgegentreten konnte und dass alles, was er tat, zu einem sofortigen Vergeltungsschlag führen würde. Aber er begehrt ein Stück Land, das mir gehört und das an der Grenze zu seinem fruchtbarsten Gelände liegt, und er intrigiert schon lange, um es zu erwerben. Er hat einmal versucht, es von mir zu kaufen, und ich habe abgelehnt. Nun, er hat für sein Silber anderen Nutzen gefunden.«

Eamonn trank einen Schluck Wein und wischte sich den Mund ab. Seine Miene war ernst.

»Wir hatten schon von einigen Blitzaktionen eines unsichtbaren Feindes gehört. Keine Wachtürme wurden be-

»Ein Söldner kennt keine Treue«, sagte Eamonn. »Er gehört dem Mann mit dem prallsten Beutel.«

»Dennoch«, sagte Sean bedächtig, als wäre er noch dabei, über etwas nachzudenken, »ich möchte gerne wissen, ob ihre Fähigkeiten zur See jenen gleichkommen, die sie bei dem Hinterhalt zeigten. Eine solche Streitmacht, gemeinsam mit einer disziplinierten größeren Kriegertruppe eingesetzt, würde einem große Vorteile verschaffen. Weißt du, wie viele Männer er hat?«

»Du würdest doch nicht ernsthaft daran denken, einen solchen Abschaum in deine Dienste zu nehmen?«, meinte Liam entsetzt.

»Abschaum? Nach dem, was Eamonn sagt, handelt es sich nicht um einfache Banditen. Sie schlagen mit vollkommener Beherrschung zu, planen ihre Überfälle aufs Intelligenteste.« Sean dachte immer noch angestrengt nach.

»Sie sind vielleicht klug, aber sie sind schlimmer als Fianna, weil sie ihre Aufträge ohne Stolz durchführen, ohne Verpflichtung, außer gegenüber der Tat selbst und der Bezahlung«, sagte Eamonn. »Dieser Mann sollte mich nicht unterschätzen. Wenn er stirbt, dann von meiner Hand. Er wird in Blut zahlen, wenn er Fuß auf mein Land setzt oder berührt, was mir gehört. Das habe ich geschworen. Und ich werde dafür sorgen, dass er davon erfährt. Sein Leben ist nichts wert, falls er mir noch einmal begegnen sollte.«

An diesem Punkt hielt Sean klugerweise den Mund, obwohl ich seine mühsam unterdrückte Aufregung spüren konnte. Eamonn trank noch einen Kelch Wein und war bald von begierigen Fragestellern umgeben. Wahrscheinlich war es das, was er im Augenblick am wenigsten wollte, nachdem seine Geschichte die Erinnerung an seine Verluste zurückgebracht hatte. Aber ich war nicht seine Hüterin.

An diesem Abend hatte ich zum ersten Mal erlebt, dass Eamonn zugegeben hatte, eine Situation nicht vollkommen zu beherrschen. Wenn er etwas hatte, was ihn über alle hervorhob, war es seine Autorität, dicht gefolgt von seiner Hingabe an alles, woran er glaubte. Es war daher kein Wunder, dass die Präzision und Waghalsigkeit des Angriffs des Bemalten Mannes und die Arroganz, die er an den Tag legte, ihn zutiefst verstörten. Er wollte seine Schwester am nächsten Tag nach Hause bringen, denn dort warteten viele Angelegenheiten, um die er sich kümmern musste. Ich war daher überrascht, als er in meinen Garten kam, kurz nachdem ich mit der Morgenarbeit begonnen hatte, als wäre die Verabredung, die wir Wochen zuvor getroffen hatten, nur verschoben worden.

»Guten Morgen, Liadan«, sagte er höflich.

»Guten Morgen«, erwiderte ich und machte mich daran, weiter die verblühten Blüten der alten Heckenrose zu schneiden. Wenn ich sie jetzt zurückschnitt, würden sie im Spätsommer viele weitere Blüten treiben. Die Hagebutten konnten später als kraftvolles Heilmittel verwendet oder zu einem wohlschmeckenden Gelee gekocht werden.

»Du hast zu tun – ich will dich nicht von der Arbeit abhalten. Aber wir brechen bald auf, und ich wollte vorher mit dir sprechen.«

Ich wagte einen Blick. Er sah tatsächlich recht blass und ausgesprochen ernst aus. Der Krieg hatte ihn weit über seine Jahre hinaus altern lassen.

»Ich nehme an, du ahnst, worüber ich mit dir sprechen möchte.«

»Nun ja«, sagte ich und begriff, dass ich keine andere Wahl hatte, als aufzuhören, so zu tun, als wäre ich beschäftigt, und ihm zuzuhören. Es wäre hilfreich gewesen, wenn ich auch nur die geringste Ahnung gehabt hätte, wie ich antworten sollte. »Möchtest du dich eine Weile hinsetzen?« Wir gingen zu der Steinbank, und ich setzte mich hin, den Korb auf den Knien, das Messer immer noch in der Hand, aber Eamonn setzte sich nicht. Stattdessen ging er auf und ab und ballte dabei die Fäuste. Wie konnte er nach allem, was er durchgemacht hatte, wegen dieser Sache so unruhig sein? Aber das war er tatsächlich, daran bestand kein Zweifel.

»Du hast gestern Abend gehört, was ich erzählt habe«, sagte er. »Diese Verluste haben bewirkt, dass ich lange und intensiv über vieles nachgedacht habe. Tod, Rache, Blut. Finstere Angelegenheiten. Ich hätte nicht geglaubt, dass ich so hassen könnte; es ist kein angenehmes Gefühl.«

»Dieser Mann hat dir ganz sicher Unrecht getan«, sagte ich bedächtig, »aber vielleicht solltest du es hinter dir lassen und dich weiterbewegen. Hass kann dich verschlingen, wenn du es zulässt. Er kann dein ganzes Leben beherrschen.«

»Das werde ich nicht zulassen«, sagte er und wandte sich zu mir. »Mein Vater hat sich Männer, die eigentlich seine Verbündeten hätten sein sollen, zu bitteren Feinden gemacht; auf diese Weise hat er zu seinem eigenen Untergang beigetragen. Ich möchte mich von dieser Sache nicht verschlingen lassen. Aber ich kann es auch nicht einfach geschehen lassen. Ich hoffte, dass ... vielleicht sollte ich noch einmal von vorne anfangen.«

Ich blickte zu ihm auf.

»Ich muss heiraten«, meinte er schlicht. »Nach dieser Sache erscheint es mir nur noch wichtiger. Ich brauche ... ich brauche einen Ausgleich zu diesen finsteren Dingen. Ich habe genug davon, zu einer kalten Feuerstelle und leeren

Hallen nach Hause zurückzukehren. Ich will ein Kind, das die Zukunft meines Namens sichert. Meine Ländereien sind, wie du weißt, nicht unbedeutend, und sie sind sicher, wenn man von diesem Emporkömmling und seiner Bande von Halsabschneidern absieht, und um die werde ich mich bald schon kümmern. Ich habe viel zu bieten. Ich habe ... ich habe dich nun schon bewundert, seit du noch zu jung warst, auch nur an so etwas zu denken. Deinen Fleiß, deine Hingabe an deine Aufgaben, deine Freundlichkeit, deine Treue gegenüber deiner Familie. Wir würden gut zueinander passen. Und die Entfernung ist nicht so groß; du könntest deine Verwandten oft sehen.« Er entsetzte mich, indem er näher kam und neben mir auf die Knie sank. »Willst du mich heiraten, Liadan?«

Für einen Heiratsantrag war es recht ... geschäftsmäßig gewesen. Vermutlich hatte er alle wichtigen Dinge ausgesprochen. Aber ich fand, dass irgendetwas fehlte. Vielleicht hatte ich zu viele alte Geschichten gehört.

»Ich werde dich etwas fragen«, sagte ich ruhig. »Wenn du antwortest, vergiss nicht, dass ich nicht die Art Frau bin, die nach Schmeicheleien oder falschen Komplimenten verlangt. Ich erwarte immer die Wahrheit von dir.«

»Du wirst die Wahrheit hören.«

»Sag mir«, meinte ich, »warum hast du nicht um meine Schwester Niamh geworben statt um mich? Das ist es, was alle erwarteten.«

Eamonn nahm meine Hände in seine und hob sie an die Lippen.

»Deine Schwester ist tatsächlich sehr schön«, sagte er mit einer Spur von einem Lächeln. »Ein Mann könnte von einer solchen Frau träumen. Aber es ist dein Gesicht, das er beim Aufwachen auf dem Kissen sehen möchte.«

Ich spürte, wie ich scharlachrot wurde, und mir fehlten die Worte.

»Es tut mir Leid, wenn ich dich beleidigt habe«, sagte er hastig, ließ aber meine Hand nicht los.

»Oh nein ... überhaupt nicht«, gelang es mir zu sagen. »Ich bin nur ... überrascht.«

»Ich habe mit deinem Vater gesprochen«, sagte er. »Er hat nichts dagegen, dass wir heiraten. Aber er sagte auch, dass die Entscheidung bei dir liegt. Er erlaubt dir große Freiheiten.«

»Du hast etwas dagegen?«

»Das hängt von deiner Antwort ab.«

Ich holte tief Luft und hoffte auf Inspiration. »Wenn das eine der alten Geschichten wäre«, sagte ich langsam, »würde ich dich bitten, drei Aufgaben zu erledigen oder drei Ungeheuer für mich zu töten. Aber es ist nicht notwendig, dich auf solche Weise zu prüfen. Mir ist klar, dass dies eine ausgesprochen ... passende Verbindung wäre.«

Eamonn hatte meine Hand losgelassen und betrachtete den Boden zu meinen Füßen, wo er immer noch kniete.

»Ich höre unausgesprochene Worte«, meinte er stirnrunzelnd. »Einen Vorbehalt. Du solltest es mir lieber sagen.«

»Es kommt zu rasch«, meinte ich. »Ich bin nicht in der Lage, dir eine Antwort zu geben, noch nicht.«

»Warum nicht? Du bist sechzehn Jahre alt – eine Frau. Ich bin mir sicher, was ich will. Du weißt, was ich dir bieten kann. Warum kannst du nicht antworten?«

Ich holte tief Luft. »Du weißt, dass meine Mutter sehr krank ist. So krank, dass sie sich nicht erholen wird.«

Eamonn warf mir einen scharfen Blick zu, dann setzte er sich neben mich auf die Bank. Die Spannung zwischen uns ließ ein wenig nach.

»Ich habe gesehen, wie blass sie ist, und nicht gefragt«, sagte er sanft. »Ich wusste nicht, dass es so ernst ist. Es tut mir Leid, Liadan.«

»Wir sprechen nicht davon«, sagte ich. »Nicht viele wissen, dass wir jede Jahreszeit, jeden Mond zählen, jeden Tag, der vergeht. Aus diesem Grund kann ich mich weder dir noch einem anderen verpflichten.«

»Es gibt einen anderen?« Plötzlich klang er zornig.

»Nein, Eamonn«, sagte ich hastig. »Darum brauchst du dir keine Sorgen zu machen. Ich bin mir bewusst, welches Glück ich habe, dass du um mich wirbst.«

»Du unterschätzt dich wie immer.« Wieder schwiegen wir. Eamonn starrte auf seine Hände und runzelte die Stirn.

»Wie lange werde ich auf eine Antwort warten müssen?«, fragte er schließlich.

Es war schwer zu antworten, denn dies bedeutete gleichzeitig, Sorchas Tage zu messen.

»Um meiner Mutter willen werde ich vor Beltaine im nächsten Jahr keine Entscheidung treffen«, sagte ich. »Ich denke, das ist lange genug. Dann werde ich dir antworten.«

»Es ist zu lange«, sagte er. »Wie kann ein Mann so lange warten?«

»Ich muss hier bleiben, Eamonn. Sie werden mich mehr und mehr brauchen. Außerdem weiß ich nicht, was ich tun soll. Es tut mir Leid, wenn dich das verletzt, aber ich werde deiner Ehrlichkeit nur die reine Wahrheit entgegnen.«

»Ein ganzes Jahr«, sagte er. »Du verlangst viel von mir.«

»Es ist eine lange Zeit. Aber ich will dich für diese vier Jahreszeiten nicht an mich binden. Du bist mir gegenüber zu nichts verpflichtet. Wenn du während dieser Zeit einer anderen begegnest, wenn du deine Ansicht änderst, bist du frei, dich zu binden, zu heiraten, zu tun, was immer du willst.«

»Das wird nicht geschehen«, erklärte er mit vollkommener Sicherheit und Endgültigkeit.

In diesem Augenblick spürte ich, wie ein Schatten auf mich fiel, und plötzlich war mir kalt. Ob es die Intensität seiner Stimme war oder sein Blick oder etwas ganz anderes, einen Augenblick lang wurde der friedliche sonnige Garten dunkel. Etwas in meiner Miene musste sich verändert haben.

»Was ist?«, fragte er unruhig. »Was ist los?«

Ich schüttelte den Kopf. »Nichts«, sagte ich ihm. »Mach dir keine Sorgen. Es ist nichts.«

»Ich muss gehen«, sagte er und stand auf. »Sie warten sicher schon auf mich. Ich wäre glücklicher, wenn wir zu einer ... Übereinkunft gekommen wären. Vielleicht zu einer Verlobung. Wir könnten die Heirat verschieben, bis ... bis du bereit bist. Oder ... würde es Lady Sorcha nicht gefallen, dass du glücklich verheiratest wärst, bevor ... würde sie nicht bei deiner Hochzeit anwesend sein wollen?«

»So einfach ist es nicht, Eamonn.« Plötzlich war ich schrecklich müde. »Ich kann keiner Verlobung zustimmen. Ich will keine Verpflichtung. Ich habe dir gesagt, wann ich antworten werde, und daran wird sich nichts ändern. Ein Jahr ist gar nicht so lange.«

»Es kommt mir vor wie eine Ewigkeit. In einem Jahr kann sich viel verändern.«

»Geh jetzt«, sagte ich. »Aisling wartet sicher schon. Geh nach Hause. Kümmere dich um deinen Haushalt und um deine Leute. Ich werde am nächsten Beltaineabend immer noch hier sein. Geh nach Hause, Eamonn.«

Ich dachte schon, er würde ohne ein weiteres Wort

gehen, so lange schwieg er, die Arme verschränkt, den Kopf nachdenklich gesenkt. Dann sagte er: »Es wird erst ein Zuhause sein, wenn ich sehe, dass du dort in der Tür auf mich wartest, mit meinem Kind in deinen Armen. Erst dann.« Dann ging er durch den Torbogen davon und warf keinen Blick mehr zurück.

KAPITEL 3

Ich dachte nicht mehr lange an Eamonns Werbung, denn bald schon überfielen die Ereignisse unseren Haushalt mit einer Geschwindigkeit, die uns beinahe überwältigte. Wir waren bereits unglücklich und gespalten durch Niamhs Unwillen, das Angebot ihres Bewerbers auch nur in Erwägung zu ziehen, und durch ihr vollkommenes Schweigen über die Gründe; ebenso wie durch Liams Zorn und die Unzufriedenheit meines Vaters, weil er nicht im Stande war, Frieden zwischen ihnen zu schließen. Meine Mutter war bedrückt, ihre Männer so uneins zu sehen. Sean vermisste Aisling und war bei der kleinsten Gelegenheit gereizt. An einem warmen Nachmittag nahe an Mitsommer ging ich verzweifelt allein in den Wald hinaus. Es gab eine Stelle, an der wir als Kinder oft gewesen waren, einen tiefen, abgeschiedenen Tümpel, umgeben von Farnen, der von einem plätschernden Wasserfall gespeist und vom sanften Schatten der Trauerweiden geschützt wurde. Wir drei hatten hier oft an heißen Sommertagen gespielt, waren geschwommen, hatten die Luft mit unserem Kreischen und Lachen und Platschen erfüllt. Nun waren wir selbstverständlich zu alt dazu. Männer und Frauen, wie Eamonn mich erinnert hatte. Zu alt, um Spaß zu haben. Aber ich erinnere mich an die süßen Kräuter, die nahe diesem Teich üppig und wild wuchsen, Petersilie, Kerbel und Unmengen Kresse, und ich dachte daran, einen kleinen Kuchen mit Eiern und Weichkäse zu backen, der vielleicht Mutters Appetit verlockte. Also nahm ich einen Korb mit, band mir das Haar zurück und machte mich auf in den Wald, froh, der angespannten Atmosphäre des Hauses entkommen zu können.

Es war ein warmer Tag, und die Kräuter wucherten üppig. Ich pflückte und pflückte, summte leise vor mich hin, und bald war mein Korb voll. Ich setzte mich hin und lehnte mich gegen eine Weide. Überall im Wald waren leise Geräusche zu hören: das Rascheln von Eichhörnchen im Unterholz, das Lied einer Drossel, aber auch seltsamere Stimmen, leises Flüstern in der Luft, dessen Worte ich nicht begreifen konnte. Es mochte eine Botschaft darin liegen, aber wohl kaum für mich. Ich saß reglos da und glaubte, sie vielleicht sehen zu können: durchsichtige ätherische Gestalten, die zwischen den Zweigen hindurchflimmerten, einen Fetzen eines schwebenden Schleiers, einen Flügel, so durchscheinend und zerbrechlich wie der einer Libelle, Haar, das wie silberne und goldene Fäden aussah. Vielleicht eine schlanke Hand, die winkte. Und glockenhelles Lachen. Ich blinzelte und schaute wieder hin. Die Sonne musste mich wohl ganz durcheinander gemacht haben, denn nun war nichts mehr zu sehen. Ich musste zum Haus zurückkehren und meine Pastete backen und hoffen, dass sich meine Familie wieder miteinander anfreunden würde.

Irgendetwas war dort. Dort, zwischen den Ebereschen, ein Aufblitzen dunklen Blaus, das so schnell verschwunden war, wie es erschien. Hatte ich Schritte auf dem weichen Waldweg gehört? Ich stand auf, den Korb am Arm, und folgte leise. Der Weg führte den Hügel abwärts auf den Tümpel zu, bog sich unter den Bäumen hindurch, an dichten Büschen vorbei. Ich sagte nichts. Ich war nicht sicher, ob ich nur das Spiel des Lichts auf den dunklen Blättern gesehen hatte oder mehr. Und ich hatte gelernt, mich lautlos durch die Wälder zu bewegen. Es war, wie Vater sagte, eine wichtige Fähigkeit, wenn man überleben wollte. Da war es wieder, direkt vor mir, hinter den Ebereschen, ein Hauch von Blau wie eine Tuchfalte und ein Aufblitzen von Weiß, eine schmale, zarte Hand. Diesmal war die Geste unmissverständlich. Hier entlang, winkte sie. Komm hierher. Leise folgte ich dem Weg. Niamh hat später nie geglaubt, dass ich nicht absichtlich dorthin gekommen war, um ihr Geheimnis zu erkunden. Ich bewegte mich leise unter den Weiden, bis die stille Oberfläche des Teichs in Sicht kam. Dann blieb ich erstarrt vor Schreck stehen. Sie hatte mich nicht gesehen. Er auch nicht. Sie hatten nur Augen füreinander, als sie dort standen, bis zur Taille im Wasser, ihre Körper und die Baumwipfel von der Wasseroberfläche widergespiegelt, ihre Haut gefleckt vom Sonnenlicht, das durch die Sommerblätter fiel. Sie hatte die weißen Arme fest um seinen Hals geschlungen; sein Kopf mit den dunkelroten Locken war gesenkt, weil er sie gerade auf die Schulter küsste, und ihr Rücken bog sich in einer primitiven Anmut, als sie auf die Berührung seiner Lippen reagierte. Der lange, schimmernde Vorhang ihres Haars fiel über sie, spiegelte das Gold des Sonnenlichts wider und verbarg nicht ganz, dass sie nackt war.

Meine Gefühle lagen im Widerstreit. Entsetzen, Angst, der intensive Wunsch, dass ich woanders hingegangen wäre, um meine Kräuter zu sammeln. Das Wissen, dass ich sofort aufhören sollte hinzuschauen. Die vollkommene Unfähigkeit, meinen Blick abzuwenden. Denn was ich sah, war einerseits zutiefst falsch, aber andererseits auch unvorstellbar schön. Das Spiel des Lichts auf Wasser, die Schatten auf der perligen Haut, die Art, wie ihre Körper ineinander verschlungen waren, wie sie so vollkommen ineinander verloren waren – dies war ebenso wundervoll wie zutiefst beunruhigend. Wenn es das war, das ich für Eamonn empfinden sollte, dann hatte ich gut daran getan, ihn warten zu lassen. Es gab einen Punkt, als die Hände des jungen Druiden über den Körper meiner Schwester glitten und er sie anhob, sie drängend auf sich zuzog, als ich wusste, dass ich nicht mehr hinsehen durfte, und mich lautlos unter die Weiden zurückzog und blind nach Hause stürmte, die Gedanken in Aufruhr. Von dem seltsamen Wesen, das mich gelockt hatte, sie zu finden, gab es keine Spur mehr.

Pech. Der falsche Zeitpunkt. Oder vielleicht hatte es so sein sollen, dass der erste Mensch, dem ich begegnete, ausgerechnet mein Bruder war. Und dass dies auf halbem Weg über die Wiesen geschah, während ich noch deutlich das Bild dieser beiden jungen Körper vor Augen hatte, die sich so eng miteinander verbanden, als seien sie nur ein einziges Geschöpf. Vielleicht hatte das Feenvolk damit zu tun, oder vielleicht war es, wie Niamh später sagte, nur meine Schuld, weil ich sie ausspioniert hatte. Ich habe schon erwähnt, wie es mit meinem Bruder und mir war. Als wir jünger waren, teilten wir oft unsere Gedanken und Geheimnisse direkt, Geist an Geist, und brauchten nicht zu sprechen. Alle Zwillinge stehen einander nahe, aber die Verbindung zwischen uns war viel tiefer; wir konnten in einem Augenblick den anderen herbeirufen, beinahe, als hätten wir einen Teil unseres Geistes gemeinsam besessen, bevor einer von uns die Außenwelt zu sehen bekam. Aber in der letzten Zeit hatten wir uns einem unausgesprochenen Übereinkommen zufolge entschlossen, diese Verbindung zu trennen. Die Geheimnisse eines jungen Mannes, der um seine erste Liebste wirbt, sind zu zart, um sie mit einer Schwester zu teilen. Was mich anging, ich hatte nicht den Wunsch, ihm von meiner Angst um Niamh zu erzählen, oder von meinen Sorgen um die Zukunft. Aber nun konnte ich es nicht verhindern. Denn es ist nun einmal so, dass jene, die einander so nahe stehen wie Sean und ich, spüren, wenn der andere verzweifelt ist oder Schmerz oder intensive Freude empfindet– es fließt derart über, dass der andere es einfach teilen muss. Ich hatte keine Möglichkeit, ihn zu solchen Zeiten fern zu halten, konnte meinen Geist nicht abschirmen. Ich konnte das kleine, kristallklare Bild meiner Schwester und ihres Druiden, wie sie sich im Wasser widerspiegelten, nicht wegschieben. Und was ich sah und spürte, sah mein Bruder ebenfalls.

»Was ist das?«, rief Sean entsetzt. »Heute? Jetzt?«

Ich nickte bedrückt.

»Bei den Dagda, ich werde diesen Burschen mit meinen eigenen Händen umbringen! Wie kann er es wagen, meine Schwester so zu besudeln?«

Es kam mir vor, als wollte er sofort in den Wald rennen und den Druiden bestrafen.

»Hör auf! Hör auf, Sean. Mit Zorn wirst du nichts erreichen. Es ist vielleicht gar nicht so schlimm.«

Er packte meine Schultern, als wir dort mitten auf dem Feld standen, und zwang mich, ihm direkt in die Augen zu sehen.

Auf seiner Miene spiegelte sich, was ich schon in seinem Geist gelesen hatte – Entsetzen, Zorn, Empörung.

»Ich kann es einfach nicht glauben«, murmelte er. »Wie konnte Niamh sich freiwillig auf etwas so vollkommen Dummes einlassen? Begreift sie denn nicht, dass sie alles in Gefahr bringt? Gnädige Götter, wie konnten wir so blind sein? Wir alle! Komm, Liadan, wir müssen ins Haus gehen und es ihnen sagen.«

»Nein! Sag es ihnen nicht, noch nicht. Lass mich wenigstens erst mit Niamh sprechen. Ich sehe ... ich sehe, dass Böses daraus entsteht. Schlimmeres, als du dir vorstellen könntest. Sean. Sean, hör auf.«

»Es ist zu spät. Viel zu spät.« Sean hatte seine Entscheidung bereits getroffen und hörte mir nicht mehr zu. Er drehte sich zum Haus und winkte mir, ihm zu folgen. »Sie müssen es wissen, und zwar jetzt. Wir können vielleicht noch etwas aus diesem Durcheinander retten, wenn es verschwiegen wird. Warum hast du es mir nicht gesagt? Wie lange weißt du schon davon?«

Als wir auf das Haus zugingen, der grimmige Sean vornweg und ich zögernd folgend, kam es mir vor, als brächten wir einen Schatten mit, den tiefsten aller Schatten. »Ich habe es nicht gewusst. Nicht vor heute. Ich habe es geahnt; aber nicht, dass es so weit gegangen war. Sean – musst du es ihnen wirklich sagen?«

»Es gibt keine andere Wahl. Sie muss den Uí Néill heiraten. Unser ganzes Unternehmen hängt von diesem möglichen Bündnis ab. Ich wage nicht, mir vorzustellen, was das Mutter antun wird. Wie kann Niamh so etwas tun? Es ist vollkommen unvernünftig.«

Vater war draußen und arbeitete auf einem seiner Felder. Mutter ruhte. Aber Liam war im Haus, und so war er der Erste, der es erfuhr. Ich war auf zornige Ablehnung gefasst, auf Wut. Ich war vollkommen verblüfft über die Weise, wie sich die Miene meines Onkels veränderte, als Sean ihm sagte, was er gesehen hatte. In seinen Augen stand mehr als nur Entsetzen. Ich sah Ablehnung, und war das etwa Angst? Sicherlich nicht. Liam ängstlich?

Als mein Onkel schließlich sprach, wurde deutlich, dass er größte Selbstbeherrschung brauchte, um die Ruhe zu bewahren. Dennoch bebte seine Stimme.

»Sean. Liadan. Ich muss euch um eure Hilfe bitten. Diese Angelegenheit darf niemals über den Kreis dieser Familie hinausgelangen. Das ist von äußerster Wichtigkeit. Sean, ich möchte, dass du Conor holst. Geh selbst, und geh allein. Sag ihm, es ist dringend, aber sprich mit niemandem über den Grund. Du solltest sofort gehen. Und beherrsche deinen Zorn um unser aller willen. Liadan, ich zögere, dich in solche Angelegenheiten zu verwickeln, denn es gehört sich nicht für die Augen und Ohren einer jungen Frau. Aber du gehörst zur Familie, und du hast jetzt Anteil daran, ob es dir gefällt oder nicht. Danke den Göttern, dass Eamonn und seine Schwester nicht mehr in Sevenwaters sind. Ich möchte, dass du auf Niamh wartest; halte am Garteneingang Wache, bis du sie nach Hause kommen siehst. Dann bring sie direkt in mein Zimmer. Abermals, das kann ich nicht stark genug betonen, ohne irgendjemandem etwas zu sagen. Ich werde nach eurem Vater schicken und es ihm selbst mitteilen.«

»Was ist mit Mutter?«, musste ich fragen.

»Sie muss es erfahren«, erklärte er nüchtern, »aber noch nicht jetzt. Lass ihr noch ein wenig Frieden, bevor sie es hört.«

Also wartete ich auf Niamh, und während ich wartete, sah ich, wie Sean davonritt, in die Richtung, wo die Druiden lebten, tief im Herzen des Waldes. Staub wirbelte unter den Hufen seines Pferdes auf.

Ich wartete lange, beinahe bis zur Abenddämmerung. Es war kalt, mein Kopf tat weh, und ich war erfüllt von einer seltsamen Angst, die selbst für dieses Problem zu groß schien. Wieder und wieder hatte ich darüber nachgedacht. Vielleicht liebte sie ihn wirklich, und er sie. Es hatte ganz sicher so ausgesehen. Vielleicht war er der Sohn einer guten

Familie, und vielleicht war es gleich, ob er Druide blieb oder nicht und ... und dann erinnerte ich mich an Liams Blick, und ich wusste, dass meine Gedanken vollkommen vergeblich waren. Es ging hier um viel mehr, als ich verstehen konnte.

Es war sehr schwierig, es Niamh zu sagen. Sie strahlte vor Glück, ihre Haut schimmerte, ihre Augen blitzten wie Sterne. Sie trug einen Kranz aus Wildblumen in ihrem glänzenden Haar, und ihre Füße unter dem Saum ihres weißen Gewandes waren nackt.

»Liadan! Was um alles in der Welt tust du hier draußen? Es ist beinahe dunkel.«

»Sie wissen es«, sagte ich direkt und sah zu, wie sich ihr Gesicht veränderte, als das Licht aus ihren Augen wich, so rasch erlosch wie bei einer Kerze. »Ich ... ich habe Kräuter gepflückt, und ich habe euch gesehen, und ...«

»Du hast es verraten! Du hast es Sean verraten! Liadan, wie konntest du so etwas tun?« Sie packte mich an den Armen, bohrte mir ihre Finger ins Fleisch, bis ich vor Schmerz aufkeuchte. »Du hast alles verdorben! Alles! Ich hasse dich!«

»Niamh. Hör auf. Ich habe nichts gesagt, ich schwöre es. Aber du weißt, wie es mit mir und Sean ist. Ich konnte es nicht vor ihm verbergen«, sagte ich bedrückt.

»Spionin! Petze! Du benutzt deine dumme Geistessprache, oder was immer es sein mag, als Ausrede. Du bist einfach nur eifersüchtig, weil du keinen eigenen Mann finden kannst! Aber mir ist es gleich. Ich liebe Ciarán, und er liebt mich, und niemand wird uns voneinander fern halten können! Hast du mich gehört? Niemand!«

»Liam hat mir gesagt, ich solle auf dich warten und dich direkt zu ihm bringen«, konnte ich schließlich sagen und bemerkte, dass ich mich anstrengen musste, nicht zu weinen. Ich schluckte meine Tränen herunter. Sie würden niemandem helfen. »Er sagt, wir müssen Schweigen darüber bewahren. Es muss in der Familie bleiben.«

»Oh ja, die Familienehre. Wunderbar. Wir dürfen keinesfalls die Möglichkeit einer Allianz mit den Uí Néill aufs Spiel setzen, nicht wahr? Schon gut, Schwester. Nun, nachdem ich die wichtige Familie beschämt habe, wirst du ja vielleicht den berühmten Fionn, Häuptling von Tirconnell, heiraten. Es könnte dein Glück sein.«

Liams Reaktion war zutiefst beunruhigend gewesen, und Angst hatte mich erfasst, eine Angst, deren Ursache ich nicht verstand. Ich hatte versucht, ruhig zu bleiben und um meiner Schwester willen stark zu sein. Aber Niamhs Worte verletzten mich, und nun konnte ich meinen Zorn nicht mehr zurückhalten.

»Brighid helfe uns«, fauchte ich. »Wann wirst du endlich begreifen, dass es noch mehr auf der Welt gibt als dich selbst? Du wirst es nicht leicht haben, Niamh. Es kommt mir so vor, als wärst du nur zu begierig, jene zu verletzen, die dir helfen könnten. Und jetzt komm, bringen wir es hinter uns.«

Ich ging zur Tür meines Kräuterraumes. Von hier aus war es möglich, über die Hintertreppe zu dem Zimmer zu gelangen, wo Liam wartete, und dabei vielleicht nicht bemerkt zu werden. Niamh schwieg. Ich drehte mich um und hoffte, sie nicht mit Gewalt hinter mir herzerren zu müssen. »Kommst du?«

Hufschlag war hinter der Gartenmauer zu hören, galoppierte zum Haupteingang. Stiefel knirschten auf Kies, als Männer aus dem Sattel sprangen. Sean hatte von seinem Botengang nicht unbeobachtet zurückkehren können.

»Liadan.« Die Stimme meiner Schwester war leise.

»Was?«

»Versprich mir eines. Versprich mir, dass du bei mir bleiben wirst. Versprich mir, dass du dich für mich einsetzt.«

Ich kehrte zu ihr zurück und legte ihr den Arm um die Schultern. Sie schauderte in ihrem dünnen Kleid, und Tränen schimmerten in ihren blauen Augen. »Selbstverständlich werde ich bleiben, Niamh. Und jetzt komm mit. Sie warten schon auf uns.«

Als wir oben eintrafen, waren sie schon alle da. Alle bis auf Mutter. Liam, Conor, Sean und Vater standen alle vier bereit, die Gesichter im Zwielicht noch grimmiger, denn nur eine kleine Lampe brannte auf dem Tisch, und draußen war es dunkel geworden. Die Atmosphäre war angespannt. Ich sah, dass sie miteinander gesprochen hatten und nun schwiegen, nachdem wir eingetroffen waren. Wenn etwas mich wirklich verängstigte, als ich dort neben meiner Schwester stand, dann war das Conors Gesicht. Seine Miene spiegelte wider, was ich vor nicht allzu langer Zeit schon auf den Zügen seines Bruders gesehen hatte. Nicht ganz Angst. Mehr die Erinnerung an Angst.

»Mach die Tür zu, Liadan.« Ich tat, was Liam mir sagte, und kehrte dann an die Seite meiner Schwester zurück, die mit hocherhobenem Kopf dastand wie eine Prinzessin in einer traurigen alten Geschichte. Ihr Haar schimmerte golden im Lampenlicht. In ihren Augen glitzerten die ungeweinten Tränen.

»Sie ist deine Tochter«, sagte mein Onkel barsch. »Vielleicht solltest du zuerst mit ihr sprechen.«

Vater stand hinten im Zimmer, sein Gesicht lag im Schatten. »Du weißt, um was es geht, Niamh.« Er klang ganz ruhig.

Niamh sagte nichts, aber ich sah, wie sie sich noch gerader aufrichtete und den Kopf noch ein wenig höher hob.

»Ich habe immer von meinen Kindern erwartet, dass sie die Wahrheit sagen, und jetzt will ich die Wahrheit von dir hören. Wir hatten auf eine gute Heirat für dich gehofft. Vielleicht habe ich dir mehr Freiheiten erlaubt, als einige für klug hielten. Freiheit, deine eigene Wahl zu treffen. Im Austausch dafür hatte ich ... zumindest Ehrlichkeit erwartet. Vernunft. Ein gewisses Urteilsvermögen.«

Immer noch schwieg sie.

»Du solltest es uns lieber sagen, und die ganze Wahrheit. Hast du dich diesem jungen Mann hingegeben? Hat er bei dir gelegen?«

Ich spürte das Beben, das den Körper meiner Schwester durchzuckte, und wusste, dass es Zorn war, keine Angst.

»Und was wenn?«, fauchte sie.

Sie schwiegen kurz, dann sagte Liam grimmig: »Antworte deinem Vater.«

Niamhs Augen blitzten vor Trotz, als sie ihn wütend anstarrte.

»Was geht es dich an?«, wollte sie wissen und sprach jetzt lauter, und sie packte meine Hand so fest, dass ich glaubte, sie würde mir die Finger brechen. »Ich bin nicht deine Tochter und bin es nie gewesen. Deine Familienehre, deine dummen Bündnisse sind mir gleich. Ciarán ist ein guter Mann, und er liebt mich, und das ist alles, was zählt. Der Rest ist nicht deine Sache, und ich werde sie nicht besudeln, indem ich in einem Zimmer voller Männer darüber spreche! Wo ist meine Mutter? Warum ist sie nicht hier?«

Oh Niamh. Ich entzog ihr meine Hand und wandte mich ab. Ein Gewicht, kalt wie Stein, lag in meinem Herzen.

Es war Sean, der vortrat, und ich hatte noch nie solchen

Zorn in seinem Blick gesehen oder in meinem Geist solche Wut und solche Trauer gespürt, wie ich sie in diesem Augenblick von ihm empfing. Es war unmöglich, ihn aufzuhalten. Vollkommen unmöglich.

»Wie kannst du es wagen!«, sagte er mit vor Wut kalter Stimme, und er hob die Hand und schlug Niamh auf die reizende tränennasse Wange. Sofort erschienen rote Flecken auf der goldenen Haut. »Wie kannst du es wagen, das zu fragen? Wie kannst du es wagen, zu erwarten, dass sie dies erträgt? Hast du auch nur die geringste Ahnung, was deine eigensüchtige Dummheit ihr antun wird? Weißt du denn nicht, dass unsere Mutter im Sterben liegt?«

Und so unglaublich es war, sie hatte es nicht gewusst. Die ganze Zeit, während Sean und ich und Iubdan und ihre Brüder zugesehen hatten, wie Sorcha jeden Tag ein bisschen weniger wurde, als wir gespürt hatten, dass unsere Herzen kalt wurden, während sie sich mit jedem Mond einen weiteren Schritt von uns entfernte, war Niamh so in ihrer eigenen Welt versunken gewesen, dass ihr nichts aufgefallen war. Sie wurde weiß wie Pergament, wenn man von dem Fleck auf ihrer Wange absah, und sie presste die Lippen fest aufeinander.

»Das genügt, Sean.« Iubdan sah aus wie ein alter Mann, als er nun aus dem Schatten heraustrat, und das Licht zeigte die Falten und Furchen des Kummers auf seinem Gesicht. Er nahm meinen Bruder am Arm und führte ihn weg von Niamh, die wie erstarrt mitten im Zimmer stand. »Das genügt, Sohn. Ein Mann von Sevenwaters hebt nicht die Hand im Zorn gegen eine Frau. Setz dich. Setzen wir uns alle.« Er war ein starker Mann, mein Vater. So stark, dass er manchmal alle anderen beschämte. »Vielleicht solltest du gehen, Liadan. Wir können zumindest dir etwas ersparen.«

»Nein!« Niamhs Stimme war schrill vor Angst. »Nein! Ich will, dass sie hier bleibt. Ich will, dass meine Schwester hier bleibt!«

Vater warf mir einen Blick zu und zog die Brauen hoch.

»Ich werde bleiben«, sagte ich, und meine Stimme klang wie die einer Fremden. »Ich habe es versprochen.« Ich warf Conor einen Blick zu und sah, wie bleich er war, wie schmal sein Mund. Er hatte mir gesagt, ich dürfe mich nicht schuldig fühlen an dem, was geschehen würde. Aber dies hätte er nicht vorhersehen können. Ich sah ihn an. *Du hast mir nicht gesagt, dass es so sein würde!*

Ich wusste es nicht. Ich hätte viel dafür gegeben, es verhindern zu können. Dennoch, was geschehen muss, geschieht.

»Also gut«, sagte Vater müde, als wir schließlich alle saßen, Niamh und ich zusammen auf einer Bank, denn sie hatte wieder meine Hand gepackt und ließ diesmal nicht mehr los. »Wir werden heute nichts mehr aus dir herausholen, das sehe ich. Ich verstehe auch, wie die Antwort auf meine Frage lautet, obwohl du sie nicht laut gegeben hast. Aber mir ist klar, dass du nicht begreifst, was du da getan hast. Wäre dies einfach nur eine jugendliche Eskapade, hättest du dich nur der Stimmung von Imbolc ausgeliefert, dem Drängen deines Körpers, könnte es eher akzeptiert, wenn auch nicht entschuldigt werden. Solche Fehler passieren, und man kann über sie hinwegsehen, wenn sie nur einmal geschehen.«

»Aber ...«, begann Niamh.

»Still, Mädchen.« Sie klappte bei Liams Worten den Mund zu; aber in ihrem Blick stand immer noch gewaltiger Zorn. »Dein Onkel ist ein kluger Mann. Du solltest hören, was Conor zu sagen hat. Er trägt selbst eine gewisse Verantwortung dafür; es ist zum Teil sein eigener Fehler, der uns dies auferlegt hat. Was hast du uns zu sagen, Bruder?«

Ich hatte nie zuvor gehört, dass mein Onkel ein einziges kritisches Wort gegen seine Brüder oder seine Schwester geäußert hätte, nicht in all den Jahren meiner Kindheit und Jugend. Aber hier lag ein alter Schmerz verborgen, den ich nur ahnen konnte.

»So ist es«, sagte Conor sehr leise und sah Niamh direkt mit seinen ernsten grauen Augen an, diesen Augen, die so viel sahen und in deren Tiefe alles verborgen lag. »Ich war es, der beschlossen hat, ihn hierher zu bringen; ich war es, der glaubte, dass es an der Zeit war, dass er vortrat und gesehen wurde. Trotz des Schmerzes, den er bewirkt hat, trotz allem, was er ist, ist Ciarán ein guter junger Mann und war bisher nur ein Gewinn für die Bruderschaft. Er ist sehr fähig. Sehr gewandt.«

»Ach tatsächlich«, knurrte Sean. »Gib ihm eine einzige Gelegenheit, sich in der Öffentlichkeit zu zeigen, und er hat nichts Besseres zu tun, als als Erstes die Tochter des Hauses zu verführen. Wirklich sehr gewandt.«

»Das genügt, Sean.« Es kostete Iubdan einen hohen Preis, so ruhig zu bleiben. »Deine Jugend verleitet dich zu übereilten Worten. Dies hier ist ebenso sehr Niamhs Tat wie die des jungen Mannes. Er hatte eine sehr behütete Jugend und hat vielleicht nicht vollkommen verstanden, was er da tat.«

»Ciarán ist viele Jahre bei der Bruderschaft gewesen, obwohl er erst einundzwanzig ist.« Conor sah Niamh direkt an, und im Lampenlicht war sein schmales Asketengesicht so hell wie sein Gewand. »Er war, wie ich schon sagte, ein vorbildlicher Schüler. Bis jetzt. Er hat sich als sehr geschickt erwiesen. Klug. Willig. Diszipliniert. Gewandt mit Worten und mit anderen Begabungen, die er gerade erst begonnen hatte, in sich zu erkennen. Niamh, dieser junge Mann gehört dir nicht.«

»Er hat es mir gesagt«, sagte Niamh mit brechender Stimme. »Er hat es mir gesagt. Er liebt mich. Ich liebe ihn. Nichts ist wichtiger als das. Nichts!« Ihre Worte waren trotzig, aber darunter spürte man ihre Angst. Sie hatte Angst vor dem, was Conor nicht ausgesprochen hatte.

»Es kann nichts zwischen dir und diesem jungen Mann geben.« Liams Worte waren schwer, als enthielten sie gewaltigen unausgesprochenen Kummer. »Du wirst so bald wie möglich angemessen verheiratet werden und Sevenwaters verlassen. Niemand darf davon erfahren.«

»Was!« Niamh wurde rot vor Zorn. »Einen anderen heiraten, nachdem ... Das darfst du nicht sagen! Das darfst du einfach nicht! Sag es ihnen, Liadan! Ich werde keinen anderen als Ciarán heiraten! Es ist doch gleich, ob er ein Druide ist, das ist egal, er kann immer noch heiraten, er hat mir gesagt ...«

»Niamh.«

Beim Klang von Vaters Stimme kam ihre Wörterflut abrupt in einem Schluckauf zum Stillstand.

»Du wirst diesen Mann nicht heiraten. Es ist nicht möglich. Vielleicht kommt dir das ungerecht vor. Vielleicht hast du den Eindruck, dass wir zu schnell entscheiden, ohne alles zu bedenken. Das ist nicht so. Wir können nur unsere Gründe nicht vollständig erklären, denn glaub mir, das würde dir noch mehr Schmerz verursachen. Aber Liam hat Recht, Tochter. Diese Verbindung ist unmöglich. Und nun, nachdem du deinem Begehren nachgegeben hast, wirst du so bald wie möglich einen Mann nehmen, damit ... du musst heiraten, damit kein schlimmeres Übel über dieses Haus hereinbricht.«

Er klang unglaublich müde, und ich fand seine Worte seltsam. Was meine Schwester getan hatte, war dumm und vielleicht gedankenlos, aber es schien kaum eine solche Behandlung zu verdienen. Und mein Vater war der gerechteste aller Männer und fällte seine Entscheidungen immer erst, nachdem er alles sorgfältig abgewogen hatte.

»Darf ich etwas sagen?«, warf ich zögernd ein.

Ihre Reaktion war nicht ermutigend. Sean starrte mich wütend an, Liam runzelte die Stirn. Vater sah überhaupt nicht hin. Niamh stand wie erstarrt da, bis auf die Tränen, die ihr über die Wangen liefen.

»Was ist, Liadan?«, fragte Conor. Er bewachte seine Gedanken gut; ich wusste nicht, was in seinem Geist vorging, aber ich spürte tiefen Schmerz. Noch mehr Geheimnisse.

»Ich will Niamh oder den jungen Druiden nicht entschuldigen«, sagte ich leise. »Aber ist euer Urteil nicht zu hart? Ciarán scheint ein angenehmer Mann zu sein, er hat gute Manieren und ist klug und ehrlich. Er hat Mutter mit großer Hochachtung behandelt. Könntet ihr nicht zumindest über eine solche Verbindung nachdenken? Warum weist ihr jeden Gedanken daran von vornherein von euch?«

»Es ist unmöglich.« Ich hörte Liams Tonfall an, dass diese Worte endgültig waren. Es hatte keinen Sinn, weiter zu widersprechen. »Wie dein Vater schon sagte, wir können nur noch versuchen, zu retten, was zu retten ist. Dies ist eine sehr ernste Angelegenheit; eine, deren vollständige Bedeutung du nicht erfahren wirst. Es darf nie über diese vier Wände hinausgehen. Es ist von äußerster Wichtigkeit, es geheim zu halten.«

Es kam mir so vor, als sei etwas Dunkles erwacht und bei uns im Raum anwesend. Es war anwesend in dem roten Fleck, der die Wange meiner Schwester zeichnete. Es war anwesend in Liams Kritik seines weisen Bruders. Es war anwesend in den Falten und Furchen, die sich deutlich auf dem Gesicht meines Vaters abzeichneten. Es stand in Niamhs Augen, als sie sich mir wütend zuwandte.

»Das ist deine Schuld!«, schluchzte sie. »Wenn du dich nicht eingemischt hättest, wenn du mir nicht gefolgt wärst, mir nachspioniert hättest, hätte keiner je etwas erfahren. Wir wären davongegangen, wir hätten zusammen sein können ...«

»Halt den Mund, Niamh«, sagte Iubdan in einem Ton, den ich nie zuvor an ihm gehört hatte. Sie schluckte, und ihre Schultern zuckten im Schluchzen.

»Ich will mit Mutter sprechen«, sagte sie leise.

»Nicht heute Abend«, erwiderte Vater, nun wieder sehr ruhig. »Ich habe ihr davon erzählt, während wir auf Conor gewartet haben, und sie ist sehr bedrückt. Sie hat einen Schlaftrunk genommen und ruht nun. Sie hat nach dir gefragt, Liadan. Ich habe ihr gesagt, du würdest noch bei ihr hereinschauen, bevor du schlafen gehst.« Er klang schrecklich müde.

»Ich will sie sehen«, sagte Niamh wie ein kleines Kind, dem man etwas verweigert hat.

»Du hast das Recht verwirkt, deine eigenen Entscheidungen zu treffen.« Die Worte meines Vaters trafen in grausames Schweigen.

Ich hätte nie geglaubt, dass er einmal so etwas sagen würde. Er sprach aus der Tiefe seiner Verletztheit, und mein Herz blutete für ihn. Niamh schwieg.

»Wir werden später darüber weiterreden«, fuhr Vater fort. »Inzwischen gehst du auf dein Zimmer, und dort wirst du bleiben, bis wir entschieden haben, was geschehen soll. Diese Entscheidung muss rasch getroffen werden, und du wirst dich daran halten, Niamh. Jetzt geh. Du wirst deine Mutter heute Abend nicht mehr aufsuchen. Und du wirst nicht darüber sprechen, mit niemandem, hast du das verstanden? Liam hat Recht, wir müssen diese Angelegenheit für uns behalten, oder es wird noch größerer Schaden entstehen.«

»Was ist mit dem Jungen?«, fragte Liam.

»Ich werde heute Abend mit ihm sprechen«, erwiderte Conor, und auch er klang müde bis zur Erschöpfung. »Wir werden an der Art, wie er damit zurechtkommt, sehen, was er wert ist.«

Ich saß bei Mutter, bis sie in einen unruhigen Schlaf fiel. Wir sprachen nicht über das, was geschehen war, aber ich sah, dass sie geweint hatte. Dann ging ich in mein Zimmer, wo Niamh aufrecht auf ihrem Bett saß und die Wand anstarrte. Es hatte keinen Sinn zu versuchen, mit ihr zu reden. Ich legte mich hin und schloss die Augen, aber Schlaf war unmöglich. Ich fühlte mich krank und hilflos, und trotz Conors weiser Worte hatte ich irgendwie das Gefühl, meine Schwester verraten zu haben. Es lag tatsächlich eine Dunkelheit über unserem Haushalt, als sei der Schatten vergangenen Übels wieder zum Leben erwacht. Ich verstand nicht, was es war; aber ich spürte, dass es mein Herz umklammerte und sah, wie es das bleiche tränennasse Gesicht meiner Schwester berührte.

»Liadan!«

Ich öffnete die Augen, als ich Niamhs drängendes Flüstern hörte. Sie stand am Fenster.

»Er ist hier! Ciarán. Er ist gekommen, um mich zu holen!«

»Was?«

»Sieh, da unten! An den Bäumen.«

Es war dunkel, und ich konnte nur wenig erkennen, aber

ich hörte gedämpften Hufschlag, als ein einzelner Reiter sehr schnell, zu schnell, vom Rand des Waldes auf das Haus zuritt. Die Hufe des Pferdes knirschten auf Kies, dann war es wieder still. Jemand hämmerte an die Außentür, und eine Lampe flackerte auf.

»Er ist hier«, sagte meine Schwester wieder, ihre Stimme lebhaft vor Hoffnung.

»So viel zu Liams Plan, es geheim zu halten«, meinte ich trocken.

»Ich muss gehen. Ich muss hinunter zu ihm ...«

»Hast du denn überhaupt nicht zugehört?«, fragte ich sie. »Du kannst nicht runtergehen. Du kannst ihn nicht sehen. Es ist dir verboten. Hat Vater nicht etwas darüber gesagt, dass du in deinem Zimmer bleiben sollst?«

»Aber ich muss ihn sehen! Liadan, du musst mir helfen!« Sie wandte mir diese großen, flehenden Augen zu, wie schon so oft zuvor.

»Ich werde es nicht tun, Niamh. Und du hast Unrecht. Er ist nicht hier, um dich insgeheim wegzuholen. Ein Geliebter tut das nicht, indem er beinahe die Tür des Vorderhauses einschlägt. Er ist hier, weil er gehört hat, was geschehen ist, und es nicht begreift. Er ist hier, weil er verletzt und zornig ist und Antworten will.«

Drunten war der nächtliche Besucher hereingelassen worden, und die Tür schloss sich hinter ihm. Es war wieder still geworden.

»Ich muss es wissen«, zischte Niamh und packte mich an den Armen, genau da, wo sie mir zuvor schon blaue Flecken beigebracht hatte. »Geh du, Liadan. Geh nach unten und hör zu. Finde heraus, was geschieht, und erzähl mir, was sie gesagt haben. Ich muss es wissen.«

»Niamh ...«

»Bitte. Bitte, Liadan. Du bist meine Schwester. Ich werde nicht gegen ihre Verbote verstoßen, ich werde hier bleiben, das verspreche ich dir. Bitte.«

Trotz all ihrer Fehler liebte ich meine Schwester, und es war mir nie leicht gefallen, ihr etwas abzuschlagen. Außerdem musste ich zugeben, dass auch ich wissen wollte, was dort hinter verschlossenen Türen besprochen wurde. Ich fühlte mich nicht wohl in einem Haus voller Geheimnisse. Aber ich hatte Liams Miene gesehen und den Zorn in der Stimme meines Vaters vernommen. Ich wollte nicht an einem Ort entdeckt werden, an dem ich nicht sein sollte.

»Bitte, Liadan. Du musst mir helfen. Du musst einfach.«

In dieser Weise machte sie noch einige Zeit weiter, weinte und flehte, und ihre Stimme wurde heiser vor Tränen. Am Ende hatte sie mich überredet.

Mit einem Schal über dem Nachthemd schlich ich leise den Flur entlang, bis ich schwaches Licht unter der Tür des Zimmers hindurchfallen sah, in dem wir zuvor miteinander gesprochen hatten. Es war niemand in der Nähe. Offenbar war es Liam gelungen, eine öffentliche Szene zu vermeiden.

Von drinnen erklangen Stimmen, aber ich konnte die Worte nicht verstehen. Es klang, als wären vier Männer dort drinnen. Liam, barsch und entschieden; dann die gemessenere Stimme von Conor. Die Stimme meines Vaters war tiefer und leiser. Sean hatte man offenbar ausgeschlossen. Vielleicht nahmen sie an, er sei noch zu jung und zu unbesonnen für eine solche Beratung. Ich stand zitternd oben an der Treppe. Nun erklang Ciaráns Stimme; die Worte waren nicht zu erkennen, der Tonfall barsch vor Kummer und Empörung. Ich spürte, wie sich jemand im Zimmer bewegte und versuchte, mich zurückzuziehen. Aber ich war nicht schnell genug. Die Tür wurde aufgerissen, und der junge Druide stürzte heraus, das Gesicht kreideweiß, die Augen blitzend. Als die Tür wieder zufiel, hörte ich Liam sagen: »Nein. Lass ihn gehen.«

Ciarán blieb stehen und starrte mich an, wie ich dort reglos in meinem alten Nachthemd und mit einem Wollschal stand. Ich dachte, dass er wohl kaum sah, was sich vor ihm befand, seine Augen waren voller Geister. Aber er wusste, wer ich war.

Er griff in den Beutel, den er an seinem Gürtel trug. »Sag ihr, dass ich weggehe. Sag ihr ... gib ihr das hier.« Er ließ etwas Kleines in meine Hand fallen, und dann war er weg, ohne einen Laut, die Treppe hinab und in der Dunkelheit verschwunden.

Als ich sicher wieder in meinem Zimmer war, gab ich Niamh den glatten weißen Kiesel mit dem säuberlich hineingebohrten Loch darin, und ich sagte ihr, was er gesagt hatte, und hielt sie in den Armen, während sie weinte und weinte, als wollte sie nie wieder aufhören. Und tief drinnen in meinem Geist hörte ich das Geräusch von Hufschlägen, als Ciarán davonritt, weiter und weiter, so viele Meilen von Sevenwaters weg, wie sein Pferd ihn bis zum Sonnenaufgang tragen würde.

Noch vor Mitsommer heiratete meine Schwester Fionn, den Sohn des Häuptlings der Uí Néill, und am selben Tag nahm er sie mit sich nach Tirconnell. Ich ritt mit ihnen bis zu dem Dorf Littlefolds. Das war zumindest der Plan. Schweigend, erstarrt, unerreichbar in ihrem Kummer, hatte Niamh eine einzige Bitte geäußert: dass ich sie ein kleines Stück ihres Weges begleiten sollte.

»Bist du sicher, dass du mich entbehren kannst?«, hatte ich Mutter gefragt.

»Wir kommen schon zurecht«, meinte sie lächelnd, aber dieser Tage stand große Trauer in ihrem Blick. »Du musst dein eigenes Leben leben, Tochter. Wir werden schon eine Weile ohne dich auskommen.«

Ich hatte daran gedacht, sie zu fragen, was es bedeutete, dass ein Geschöpf aus der Anderwelt mich angeleitet hatte, das Geheimnis meiner Schwester zu entdecken, und sie auf einen Weg gebracht hatte, der von Sevenwaters und vom Wald wegführte. Denn ich hatte keinen Zweifel daran, dass das Feenvolk damit zu tun hatte – ich wusste bloß nicht, warum sie es taten. Meine Mutter würde es vielleicht wissen, denn sie hatte diese mächtigen Wesen mehrmals von Angesicht zu Angesicht gesehen und war von ihren Wünschen geleitet worden. Aber ich fragte nicht. Mutter hatte genug, das sie belastete. Und außerdem war es zu spät. Zu spät für Niamh und zu spät für Ciarán, der davongegangen war, und niemand wusste, wohin.

Vater war nicht ganz so bereit, mich davonziehen zu lassen, aber er erkannte, wie es mit Niamh aussah, und stimmte zögernd zu. »Bleib nicht so lange weg, Liebes«, sagte er. »Bestenfalls fünf oder sechs Tage. Und geh nirgendwo unbewacht hin. Liam wird Bewaffnete mitschicken, die dich sicher wieder nach Hause bringen.«

Vor ihrer Hochzeit machte ich eine schöne, starke Schnur, die meine Schwester um den Hals tragen konnte. Während ich sie webte, erzählte ich mir selbst noch einmal die Geschichte von Aengus Óg und der schönen Caer Ibormeith, und ich spürte das Gewicht ungeweinter Tränen hinter meinen Augen. Ich webte einen Goldfaden vom Gewand meines Onkels Conor in die Schnur. Es waren Heidekraut- und Lavendelfasern in dieser Schnur, Schöllkraut und Wacholder. Ich versuchte, sie so gut wie möglich zu schützen. Es gab einfache Leinenfäden aus meinem eigenen Arbeitsgewand und einen blauen Faden aus Mutters ältestem, liebsten Kleid. Seans Reitumhang lieferte dunkle Wolle, und die Lederstreifen, mit denen das Ende der Schnur gebunden war, stammten von Iubdans alten Arbeitsstiefeln. Den schlammigen Stiefeln eines Bauern. Ich drehte alles zu einer Schnur, die schön und glatt und so fein geflochten war, dass es mehr als die Kraft eines Sterblichen brauchen würde, sie zu zerreißen. Ich sagte nichts, als ich sie in Niamhs Hand gleiten ließ, und auch sie sprach kein Wort. Aber sie wusste, wozu sie da war. Sie nahm den kleinen weißen Stein aus ihrer Tasche, fädelte die Schnur durch das kleine Loch darin und hängte sie sich um den Hals, und ich hob ihr schönes goldenes Haar hoch und band die Lederstreifen fest zusammen. Als sie den Stein unter ihr Kleid gleiten ließ, war er nicht mehr zu sehen.

Seit jenem Abend, als sie gelernt hatte, dass es Männer sind, die Entscheidungen fällen, und die Frauen ihnen folgen müssen, hatte meine Schwester Ciarán nicht ein einziges Mal erwähnt. Tatsächlich hatte sie überhaupt nicht viel gesprochen. Diese Tränen waren ihre letzten gewesen, die letzten Zeichen von Schwäche. Ich sah die Bitterkeit in ihrem Blick, als sie Liam erzählte, sie werde Fionn heiraten, wie er es wünschte. Ich sah den Schmerz in ihrem Blick, als sie ihre Kleider und Schuhe und Schleier packte, als sie zusah, wie die Frauen ihr Hochzeitskleid nähten und aus dem Fenster auf den Sommerwald von Sevenwaters schaute. Sie sagte kaum etwas, sie sprach nicht einmal mit Mutter. Vater versuchte, mit ihr zu reden, aber sie kniff die Lippen zusammen und hörte nicht auf seine ruhigen Worte, als er versuchte, ihr zu erklären, dass dies tatsächlich das Beste für sie sei; dass sie später erkennen würde, dass man die richtige Entscheidung für sie getroffen hatte. Danach gewöhnte sich Vater an, lange auf dem Feld zu bleiben, damit er mit keinem von uns sprechen musste. Sean beschäftigte sich mit den Männern im Übungshof und ging seinen beiden Schwestern aus dem Weg.

Was mich anging, ich liebte Niamh und wollte ihr helfen. Aber sie ließ mich nicht ein. Nur einmal, am Abend vor ihrer Hochzeit, als wir schlaflos ein letztes Mal das Zimmer teilten, sagte sie sehr leise: »Liadan?«

»Was ist, Niamh?«

»Er hat gesagt, dass er mich liebt. Aber dann ist er weggegangen. Er hat mich angelogen, Liadan. Wenn er mich wirklich geliebt hätte, hätte er mich nie verlassen. Er hätte nicht so leicht aufgegeben.«

»Ich denke nicht, dass es ihm leicht gefallen ist«, sagte ich und erinnerte mich an die Miene des jungen Druiden im Schatten des Flurs und an den Schmerz in seiner Stimme.

»Er sagte, er würde mich ewig lieben.« Die Stimme meiner Schwester war angespannt und kalt. »Alle Männer sind Lügner. Ich habe ihm gesagt, dass ich nur ihm gehören würde. Er hat ein solches Versprechen nicht verdient. Ich hoffe, er leidet, wenn er erfährt, dass ich einen anderen geheiratet habe und weit vom Wald weggegangen bin. Vielleicht wird er dann wissen, wie es sich anfühlt, verraten zu werden.«

»Oh Niamh«, sagte ich, »er liebt dich wirklich, da bin ich sicher. Zweifellos hatte er seine Gründe dafür, von hier wegzugehen. An dieser Geschichte ist mehr, als wir wissen; es gibt Geheimnisse, die man uns nicht verraten hat. Du solltest Ciarán nicht für das hassen, was er getan hat.«

Aber sie hatte das Gesicht der Wand zugewandt, und ich konnte nicht sagen, ob sie mich gehört hatte oder nicht.

Fionn war, wie mein Onkel schon gesagt hatte, ein Mann in mittleren Jahren, entschlossen und höflich und begleitet von einem Gefolge, wie man es von einem Mann in seiner Position erwarten würde. Er folgte meiner Schwester mit Blicken und versuchte erst gar nicht, die Begierde darin zu verbergen. Aber seine Worte waren kalt. Ich mochte ihn nicht. Was der Rest meiner Familie dachte, wusste keiner, denn wir gaben eine überzeugende Vorstellung einer fröhlichen Feier, und es fehlte am Hochzeitstag nicht an Musik und Blumen und Festessen. Die Uí Néills waren ein christlicher Haushalt, und es war ein christlicher Priester, der die Worte sprach und die Gelübde des Paares hörte. Aisling war anwesend, und mit ihr war auch Eamonn gekommen. Ich war erleichtert, dass es keine Möglichkeit gab, allein mit ihm zu sprechen. Er hätte in meinen Augen gesehen, wie unglücklich ich war, und verlangt, den Grund zu wissen. Conor war nicht da, und auch keine anderen von seiner Brüderschaft. Unter all der Fröhlichkeit lag eine eisige Falschheit, und es gab absolut nichts, was ich dagegen tun konnte. Dann ritten wir nach Nordwesten, Niamh und ihr Mann und die Männer aus Tirconnell und die sechs Bewaffneten aus unserem eigenen Haushalt mit mir in der Mitte, und ich fühlte mich ein wenig lächerlich.

Das Dorf Littlefolds liegt am Fuße eines Hügels in dicht bewaldetem Hügelland. Es liegt westlich von Eamonns Ländereien und nordwestlich seiner Grenze mit Seamus Rotbart. Unsere Reise hatte uns bis dahin durch vertrautes und freundliches Gelände geführt. Nun war es Zeit, mich von meiner Schwester zu verabschieden und mich auf den Heimweg zu machen. Es war der dritte Tag. Wir hatten auf dem Weg ein Lager aufgeschlagen und waren dafür gut ausgerüstet gewesen. Niamh und ich und die Zofe, die sie begleitete, hatten ein Zelt geteilt, während die Männer sich um sich selbst kümmerten. Ich nahm an, dass Fionn warten würde, bis sie Tirconnell erreichten, bevor er die Ehe vollzog. Um meiner Schwester willen hoffte ich, dass er warten würde.

Wir verabschiedeten uns. Es gab keine Zeit für Vertraulichkeit. Fionn wollte sich rasch auf den Weg machen. Ich umarmte Niamh und sah ihr in die Augen, und ihr Blick war leer, ihre Augen wie die einer in Stein gemeißelten Statue.

»Ich werde dich besuchen kommen«, flüsterte ich. »Sobald ich kann. Sei stark, Niamh. Ich halte dich in meinem Herzen.«

»Lebe wohl, Liadan«, sagte sie mit angespannter Stimme, drehte sich so, dass Fionn ihr aufs Pferd helfen konnte, und ritt ohne ein weiteres Wort davon. Ich weinte nicht. Meine Tränen würden niemandem helfen.

Nachdem die Männer aus Tirconnell verschwunden waren, wurde die Atmosphäre ein wenig ruhiger. Meine sechs Bewaffneten hatten genau das getan, was Liam ihnen gesagt hatte: mich, wenn wir unterwegs waren, grimmig umgeben, so dass ich vor jedem möglichen Angriff geschützt war, und sie hatten auch zu anderen Zeiten Wache gehalten. Als sie nun die Pferde und das Gepäck für die Rückkehr nach Sevenwaters vorbereiteten, machte einer einen Scherz und die anderen lachten, und einer fragte mich freundlich, ob alles in Ordnung sei und ob es mir passen würde, bald aufzubrechen. War ich müde? Konnte ich vielleicht einen halben Tag reiten, bevor wir wieder Rast einlegten? Ich sagte Ja, denn ich wünschte mir nichts sehnlicher, als wieder nach Hause zurückzukehren und damit zu beginnen, die Wunden dieser schmerzlichen Zeit zu heilen. Also saß ich auf einem Stein und sah zu, wie sie sich für den Aufbruch vorbereiteten. Der Himmel war schwer von Wolken; es würde vor Sonnenuntergang noch regnen.

»Herrin!« Das war eine Dorfbewohnerin, eine junge Frau mit einem abgehärmten, faltigen Gesicht, das Haar in einem alten grünen Tuch zurückgebunden. »Herrin!« Sie kam auf mich zugerannt, atemlos in ihrer Hast. Liams Männer waren gut ausgebildet. Bevor die Frau auch nur in meine Nähe kam, standen zwei von ihnen direkt neben mir, die Hände am Schwertgriff. Ich stand auf. »Was ist? Was ist los?«

»Oh Herrin«, keuchte sie und hielt sich die Seite. »Ich bin so froh, dass Ihr noch nicht weg seid. Ich bin noch rechtzeitig gekommen! Es ist mein Junge, Dan. Ich habe gehört ... sie sagen, Ihr seid die Tochter einer großen Heilerin. Herrin, Danny hat ein Fieber, das einfach nicht nachlässt. Er zittert und bebt und redet Unsinn, und ich habe so schreckliche Angst um ihn. Könntet Ihr nicht schnell, bevor Ihr aufbrecht, mitkommen und ihn Euch einmal ansehen?«

Ich suchte bereits nach meinem Gepäck, denn ich reiste nie ohne die grundlegenden Vorräte eines Heilers.

»Das ist keine gute Idee, Herrin.« Der Anführer meiner Bewaffneten runzelte die Stirn. »Wir sollten direkt aufbrechen, damit wir bei Einbruch der Dunkelheit einen sicheren Ort erreicht haben. Lord Liam hat gesagt, direkt hin und direkt zurück.«

»Habt ihr denn keine eigenen Heiler?«, fragte ein anderer Mann die Frau.

»Nicht solche wie die Herrin hier«, erklärte die Frau mit einer Spur von Hoffnung in der Stimme. »Es heißt, sie hätte magische Hände.«

»Das gefällt mir einfach nicht«, sagte der Anführer.

»Bitte, Herrin. Er ist mein einziger Sohn, und ich habe

schon beinahe den Verstand verloren vor Sorge, denn ich weiß wirklich nicht, was ich noch tun soll.«

»Es wird nicht lange dauern«, erklärte ich, griff nach meiner Tasche und ging auf das Dorf zu. Die Männer sahen einander an.

»Ihr beiden geht mit der Lady Liadan«, wies der Anführer sie an. »Einer an jeder Tür, und ihr lasst niemanden hinein oder hinaus bis auf diese Frau und die Lady selbst. Haltet die Augen und Ohren offen und zieht die Waffen. Du stehst Wache, wo du den Weg zur Hütte sehen kannst. Du unten am Ende des Weges. Fergus und ich werden auf die Pferde aufpassen. Beeilt Euch bitte, Herrin. Man kann dieser Tage nicht vorsichtig genug sein. Es gibt eine Menge Banditen auf der Welt.«

Es war dunkel in der Hütte, deren Wände aus Rohrgeflecht und Schlamm bestanden und die mit Stroh gedeckt war. Neben dem Strohsack des Jungen brannte eine abgeschirmte Kerze. Die Männer taten, was man ihnen gesagt hatte. Den an der Hintertür konnte ich nicht sehen; der andere stand direkt vor der Vordertür, wo er sowohl mich als auch den Eingang bewachen konnte. Ich legte dem Jungen die Hand auf die Stirn und berührte mit den Fingern sein Handgelenk, wo das Blut pulsierte.

»Er ist nicht so sehr krank, dass ein Kräutertee nicht helfen würde«, sagte ich. »Gebt immer eine Hand voll davon in einen großen Becher mit heißem Wasser. Lasst es ziehen, bis die Farbe tiefgolden ist, dann rührt gut um und lasst es abkühlen, bis Ihr bequem einen Finger hineinstecken könnt. Gebt dem Jungen zweimal am Tag einen Becher davon. Versucht nicht, ihn zum Essen zu drängen; er wird es bald genug tun, wenn er bereit ist. Dieses Sommerfieber ist recht weit verbreitet. Ich bin überrascht, dass Ihr ...«

Ich sah eine Veränderung im Blick des Jungen, als er über meine Schulter und über mich hinwegschaute, und ich sah, wie die Frau lautlos zurückwich, eine stumme Bitte um Verzeihung in ihrem abgehärmten Gesicht. Ich versuchte mich aufzurichten und umzudrehen, aber als ich das tat, legte sich eine große Hand über meinen Mund, und ein muskulöser Arm packte mich um die Taille, und mir wurde klar, dass ich in die Falle gegangen war. Iubdans Ausbildung hatte dafür gesorgt, dass ich in einer solchen Situation nicht völlig hilflos war. Ich schlug die Zähne in die Hand meines Gegners, so dass er seinen Griff einen Augenblick lang lockerte, gerade lange genug, dass ich den Fuß rasch hochziehen und ihn zwischen den Beinen erwischen konnte. Aber er ließ mich nicht los. Er sog scharf den Atem ein, das war alles. Ich schmeckte sein Blut. Ich hatte ihn gezeichnet. Aber er schwieg. Er fluchte nicht. Er hielt mich nur fester. Wo waren meine Wachen? Wie war er hereingekommen? Nun war selbst die Frau nirgendwo mehr zu sehen. Der Mann begann sich zu bewegen, versuchte, mich zur Hintertür zu ziehen. Ich machte mich schlaff; er würde mich tragen müssen, um mich dort hinauszubringen. Ich spürte, wie der Druck auf meinen Mund nachließ, nur ein wenig, als er seinen Griff veränderte. Ich holte tief Luft, um laut um Hilfe zu schreien. Einen Augenblick später spürte ich einen Übelkeit erregenden Schlag auf den Hinterkopf, und alles wurde dunkel.

Mein Kopf dröhnte. Mein Mund war so trocken wie Spreu im Sommerwind. Es gab kaum einen Teil meines Körpers, der nicht schmerzte, denn offenbar hatte man mich auf den Boden geworfen und dort so liegen lassen, einen Arm unter mir, mit dem Bauch auf dem harten Boden. Ich war nicht gefesselt. Vielleicht würde ich eine Möglichkeit haben zu entfliehen, wenn ich erst herausgefunden hatte, was geschehen war. Sie hatten mir das kleine Messer vom Gürtel genommen. Das überraschte mich nicht. Ich lag reglos, die Augen geschlossen. Ich konnte Vögel singen hören, viele Vögel, und Wind in den Blättern, und Wasser, das über Steine lief. Also war ich weit draußen, irgendwo in diesem großen, bewaldeten Bereich hinter dem Dorf. Es war nicht mehr länger Tag; als ich die Augen ein winziges bisschen öffnete, schloss ich, dass die Dämmerung rasch näher kam. Wie lange würde es dauern, fragte ich mich, bevor jemand Alarm gab? Wie lange, bevor jemand versuchte, mich zu finden? Man hatte mir einen wirkungsvollen Schlag versetzt, dazu berechnet, mich bewusstlos zu machen, damit ich lange genug schwieg, aber keinen größeren Schaden davontrug. In gewisser Weise war das ein gutes Zeichen. Die Frage war, wozu?

»Sie werden bei Sonnenuntergang zurückkehren.«

»Und?«

»Wer wird es ihm dann sagen? Wer wird es erklären? Ich ganz bestimmt nicht, das ist sicher.«

»Schade, dass wir es nicht verschweigen können. Ihn irgendwie auf einen Auftrag schicken, so weit weg wie möglich. Sieht es langsam danach aus, als würde sie aufwachen?«

»Sie regt sich nicht. Du hast sie doch nicht umgebracht, Hund?«

»Wer, ich? Eine kleine Frau wie die da töten? Bei meinem empfindsamen Herzen?«

Dann hörte ich ein schreckliches Ächzen, als läge ein Mensch im Sterben. Das entsetzte mich so sehr, dass ich vergaß, so zu tun als ob ich schlief und mich rasch aufsetzte. Ein Fehler. Der Schmerz in meinem Kopf war so gewaltig, dass mir übel wurde, und einen Augenblick lang sah ich nur Sterne. Ich drückte die Hände an die Schläfen und schloss die Augen, bis das Pochen aufhörte. Das schreckliche Ächzen ging weiter.

»Hier«, sagte eine Stimme. Ich öffnete vorsichtig die Augen. Ein Mann hockte neben mir, einen Becher in der Hand. Der Becher war aus einfachem dunklem Metall. Die Hand, die ihn hielt, war sogar noch dunkler. Ich sah dem Mann ins Gesicht, und er grinste und zeigte dabei schimmernde weiße Zähne mit einer oder zwei Lücken. Sein Gesicht war so schwarz wie die Nacht. Ich vergaß meine gute Erziehung und starrte ihn an.

»Du hast sicher Durst«, sagte er. »Hier.«

Ich nahm den Becher mit Wasser und trank ihn leer. Langsam konnte ich wieder klarer sehen. Wir waren auf flachem Boden bei einem kleinen Bach, wo die Büsche und Bäume weniger dicht wuchsen. Es gab große, moosbedeckte Steine und dichten Farn am Ufer. Es hatte geregnet, aber wir waren von überhängenden Weiden geschützt worden. Noch zwei andere Männer waren anwesend, die jetzt beide standen, die Hände auf die Hüften gestützt, und auf mich niederstarrten. Alle drei waren außergewöhnlich; der Stoff für fantasievolle Geschichten. Der eine hatte die Hälfte seines Schädels kahl rasiert und die andere nicht, so dass das Haar dort lang und verfilzt war, dunkel bis auf eine weiße Strähne an der Schläfe. Um den Hals trug er eine Lederschnur, auf die drei große Krallen aufgefädelt waren, vielleicht die eines Wolfes, obwohl das ein größerer Wolf gewesen sein musste, als die meisten Menschen je sehen würden oder sehen wollten. Das Gesicht dieses Mannes war von kleinen Pockennarben gekennzeichnet, und er hatte wilde gelbe Augen. Sein Kinn war mit einem ordentlichen Muster versehen, die Tinte in einander überschneidenden Ovalen von der Lippe bis zum Kinnrand gezogen. Der zweite Mann hatte Zeichen rund um seine Handgelenke, die Schlangen darstellten, und über seinem Hemd trug er ein seltsames Gewand, das offenbar aus Schlangenhaut bestand. Auch auf seinem Gesicht befanden sich Zeichen, diesmal auf der Stirn. Es waren kunstvoll ausgeführte Schuppen und eine gespaltene, giftig aussehende Zunge, die über den Nasenrücken gezogen war. Er war jünger, vielleicht nicht einmal fünfundzwanzig, aber sah ebenso hart aus wie die anderen, ein Mann, mit dem sich nur ein Dummkopf anlegen würde. Der Dunkle war schlichter gekleidet, und wenn er auf seiner schwarzen Haut Muster hatte, konnte ich sie nicht erkennen. Sein einziger Schmuck bestand in seinem Haar, das er in vielen Zöpfen bis auf die Schultern trug. Hinter dem linken Ohr bildete eine einzelne Feder einen helleren Fleck vor dem Schwarz. Er sah, dass ich ihn anschaute.

»Möwe«, sagte er. »Erinnert mich ans Meer.« Er nickte den anderen zu. »Hund. Schlange. Keine anderen Namen hier.«

»Also gut«, sagte ich höflich und war froh, dass meine Stimme einigermaßen fest klang. Es schien wichtig zu sein, sie nicht wissen zu lassen, wie große Angst ich hatte. »Dann brauche ich auch meinen nicht zu nennen. Wem von euch verdanke ich diese Kopfschmerzen?«

Zwei sahen den mit den Wolfskrallen und dem halb rasierten Kopf an. Hund. Er war ein sehr großer, kräftiger Mann.

»Ich hatte nicht erwartet, dass du dich wehrst«, meinte er mürrisch. »Und ich konnte nicht riskieren, dass du schreist. Frauen schreien immer.«

Das Ächzen begann wieder. Es kam aus dem Felsen hinter uns.

»Jemand ist verletzt«, sagte ich und erhob mich vorsichtig.

»Ja«, meinte der Schwarze, Möwe. »Du bist die Heilerin, oder? Die, von der sie gesagt haben, dass sie vielleicht durchs Dorf kommt?«

»Ich kenne mich ein wenig aus«, sagte ich vorsichtig, denn ich wollte nicht mehr verraten, als unbedingt notwendig war. Wenn sie tatsächlich waren, wofür ich sie hielt, dann wäre es ratsam, sehr, sehr vorsichtig zu sein. »Was ist mit diesem Mann los? Kann ich ihn mir ansehen?«

»Deshalb bist du hier«, sagte Hund. »Und beeil dich. Unser Anführer kommt bald zurück, und wir brauchen eine Erklärung für ihn, oder dieser Mann sieht den nächsten Sonnenaufgang nicht mehr.« Die Sprache, die sie benutzten, war recht seltsam, eine Mischung aus Irisch und der Sprache der Briten, wobei sie Worte und Sätze bildeten, wie sie ihnen passten. Sie sprachen fließend, aber mit einem Akzent; Schlange kam vielleicht aus Ulster, aber ich bezweifelte, dass die beiden anderen eine dieser Sprachen schon als Kinder gesprochen hatten. Es war gut, dass meine Eltern aus jeweils einem dieser Länder stammten; ich konnte ihnen recht gut folgen, wenn ich mich konzentrierte, obwohl sie hier und da ein Wort verwendeten, dessen Bedeutung ich nicht kannte, als fügten sie noch eine weitere Sprache hinzu.

Ich hatte viele Verletzungen gesehen und mich darum gekümmert, darunter auch einige sehr ernste. Eine entzündete Messerwunde, ein unangenehmer Unfall mit einer Mistgabel. Aber so etwas hatte ich noch nie vor Augen gehabt. Der Mann lag geschützt in einer Art Halbhöhle unter überhängenden Felsen, sicher vor Regen, Wind und der Sonnenhitze. Man hatte versucht, es ihm so bequem wie möglich zu machen, ihn auf einen improvisierten Strohsack gelegt, ein grober Hocker stand in der Nähe, und es gab Wasser und eine gewisse Menge fleckigen Leinens. Auf dem Boden stand eine kleine Flasche und noch einer dieser dunklen Metallbecher. Der Mann keuchte nun, drehte den Kopf schmerzerfüllt von einer Seite auf die andere, und seine Haut war gräulich blass und schweißbedeckt. Sein rechter Arm war von der Schulter bis zu den Fingerspitzen verbunden, und der Verband war überall blutrot. Auch ohne das fleckige Tuch abzuwickeln, konnte ich sehen, dass der Arm mehr als nur gebrochen war. Die Haut seiner nackten Brust und Schulter zeigte matte, zornig rote Streifen.

»Was habt ihr ihm gegen die Schmerzen gegeben?«, fragte ich und rollte die Ärmel auf.

»Er kann nichts bei sich behalten«, sagte Hund. »In der Flasche ist starker Wein; wir haben es versucht, aber er kann nicht schlucken, oder wenn er es tut, gibt er es wieder von sich, bevor man bis fünf zählen kann.«

»Normalerweise behandeln wir uns hier selbst. Kommen damit gut zurecht«, sagte Möwe. »Aber das da – zu viel für uns. Kannst du ihm helfen?«

Ich wickelte den blutigen Verband ab und versuchte, bei dem Gestank nicht das Gesicht zu verziehen.

»Wann ist das passiert?«, fragte ich.

»Vor zwei Tagen.« Auch Schlange war jetzt da, ein Auge auf mich und meinen Patienten gerichtet, mit dem anderen hielt er Ausschau. Nach ihrem Hauptmann, nahm ich an. »Er ist sonst immer vorsichtig. Diesmal ist er abgerutscht. Hat versucht, allein den Wagen abzuladen. Hat ein Eisengewicht abbekommen, das ihm den Arm zerquetscht hat. Er wäre hinüber gewesen, hätte Hund ihn nicht rechtzeitig rausgezogen.«

»Nicht schnell genug«, meinte Hund und kratzte sich die kahle Seite seines Kopfs.

Ich war damit fertig, das fleckige, stinkige Leinen abzurollen, und der Verletzte biss sich auf die Lippe und richtete den fiebrigen Blick auf mein Gesicht. Er war bei Bewusstsein, obwohl ich nicht annahm, dass er wirklich begriff, was hier geschah, oder die Worte verstand, die gesprochen wurden. Ich wandte mich von dem jämmerlichen, zerschmetterten Überrest seines Arms ab.

»Dieser Mann hat nur wenig Chancen«, sagte ich leise. »Die üblen Körpersäfte verbreiten sich bereits von der Wunde aus durch den ganzen Körper. Der Arm kann nicht gerettet werden. Er hat Tage schrecklicher Schmerzen vor sich. Dagegen kann ich ihm helfen. Aber es ist unwahrscheinlich, dass ich sein Leben retten kann. Es wäre vielleicht besser gewesen, wenn er gleich gestorben wäre. Ich sehe, dass ihr euer Bestes getan habt. Aber dies geht sehr wahrscheinlich über die Fähigkeiten eines Heilers hinaus.«

Alle schwiegen. Draußen wurde es dunkler.

»Ich kann zumindest dafür sorgen, dass er es bequemer hat«, sagte ich schließlich. »Ich hoffe, ihr wart vernünftig genug, meine Sachen mitzubringen.« Ich wollte gar nicht an die Aussicht denken, ohne Werkzeug, ohne Vorrat an starken Kräutermixturen mit einer solchen Verletzung zurechtkommen zu müssen.

»Hier«, sagte Hund, und da war meine kleine Tasche, ordentlich gepackt und verschlossen. Er warf sie mir vor die Füße.

»Was ist aus meinen Wachen geworden?«, fragte ich und

bückte mich, um die Tasche zu öffnen und zu suchen, was ich brauchte.

»Das brauchst du nicht zu wissen«, sagte Schlange von dort aus, wo er immer noch Wache hielt. »Je weniger du weißt, desto besser. Wenn du wieder nach Hause zurückkehren willst.«

Ich stand wieder auf. Alle drei beobachteten mich forschend. Es wäre Furcht einflößend gewesen, hätte ich mich nicht so auf meine Aufgabe konzentriert.

»Wir hatten gehofft, dass du mehr tun könntest«, meinte Möwe. »Sein Leben retten, wenn schon nicht den Arm. Er ist ein guter Mann. Stark. Zuverlässig.«

»Ich kann keine Wunder wirken. Ich habe euch gesagt, was ich davon halte. Ich kann nicht mehr versprechen, als ihm seine letzten Tage zu erleichtern. Kann mir jetzt jemand heißes Wasser holen, und gibt es irgendwo sauberes Leinen? Schafft das hier weg und verbrennt es, es hat keinen Sinn mehr, das Zeug zu waschen. Und dann brauche ich eine Art Krug, wenn ihr so etwas habt, und einen Eimer oder eine Schüssel.«

»Jetzt nicht«, sagte Schlange scharf. »Der Hauptmann kommt.«

»Verflucht.« Hund und Schlange waren sofort verschwunden. Möwe blieb im Eingang stehen.

»Ich nehme an, dass dieser Hauptmann mich nicht freundlich willkommen heißen wird?«, fragte ich, versuchte aber, meine Angst nicht zu zeigen. »Ihr habt eine Regel gebrochen, indem ihr mich hergebracht habt?«

»Mehr als nur eine«, erwiderte Möwe. »Meine Schuld. Du solltest am besten den Mund halten. Der Hauptmann kann Frauen nicht ausstehen. Überlass mir das Reden.« Dann war auch er verschwunden. Ich hörte weiter entfernt Stimmen.

Mein Patient atmete aus, atmete dann plötzlich wieder ein und begann, am ganzen Körper zu zittern.

»Schon gut. Es ist alles in Ordnung«, sagte ich und verfluchte lautlos den Mangel an vorbereitetem Material und zuverlässiger Hilfe. Verflucht sollten sie sein. Von mir zu erwarten, dass ich hier etwas erreichen konnte war, als ... als erwarteten sie, dass jemand ein Feld mit bloßen Händen pflügte. Wie konnten sie mir das antun. Wie konnten sie es einem von ihnen antun?

»... Hilfe ... hilf mir ...« Der Verwundete sah mich jetzt direkt an, und in seinen zu glänzenden Augen stand eine Art von Erkennen. Er war so bleich, dass es schwierig war zu sehen, welche Art von Mann er einmal gewesen war, wie alt und von welcher Abstammung. Er war groß und kräftig gebaut, wie es sich für sein Handwerk gehörte. Der linke Arm war muskulös, die Brust, die sich schwer hob und senkte, so kräftig wie ein Fass. Das ließ das jämmerliche Bündel von Haut und Knochen auf seiner rechten Seite nur noch schlimmer erscheinen. Es würde lange dauern, bis er starb.

»... Herrin ... hilf ...«

Die Stimmen draußen kamen näher, und nun konnte ich die Worte verstehen.

»Ich bin nicht sicher, ob ich euch richtig verstanden habe. Ganz gegen mein eigenes Urteil lasse ich euch zwei Tage, um zu beweisen, dass ihr es besser wisst als ich. Jetzt ist die Zeit vorüber. Es geht ihm nicht besser. Und ihr habt das Unvermeidliche nur verzögert. Und nun bringt ihr eine Frau hierher. Ein Mädchen, das ihr von der Straße weggeschleppt habt! Ich habe dich falsch eingeschätzt, Möwe. Es sieht aus, als wäre dir dein Platz in meiner Truppe weniger wert, als ich dachte.«

»Hauptmann.«

»Habe ich Unrecht? Geht es ihm besser? Hat dieses Weib ein Wunder bewirkt?«

»Nein, Hauptmann, aber ...«

»Was ist aus deiner Vernunft geworden, Möwe? Und ihr anderen? Was ist in euch gefahren? Ihr wisst, wie das hätte ausgehen müssen, und zwar gleich, als er sich verletzt hat. Ich hätte nicht zulassen sollen, dass ihr euch mir in den Weg stellt. Wenn ihr nicht den Mut für solche Entscheidungen habt, dann gibt es hier für euch keinen Platz.«

Sie waren jetzt nahe den Felsen, beinahe in Sichtweite. Ich hielt die Hand meines Patienten und zwang mich, langsam und stetig zu atmen.

»Hauptmann. Das ist nicht irgendein Mann. Wir reden hier von Evan.«

»Und?«

»Ein Freund, Häuptling, ein guter Freund und ein guter Mann.«

»Und außerdem«, warf Hund ein, »wer wird sich um unsere Waffen kümmern, wenn er weg ist? Er ist der beste Schmied diesseits von Gallien. Du kannst nicht ...« Seine Stimme erstarb, als sei ihm jetzt erst etwas aufgefallen. Alle schwiegen.

»Ein einarmiger Schmied nützt nicht viel.« Die Stimme war kalt und leidenschaftslos. »Habt ihr mal daran gedacht, was der Mann sich selbst wünschen würde?«

In diesem Augenblick kamen sie um die Felsen herum und unter den Überhang, dorthin, wo ich bei dem Verletzten saß. Ich stand auf, richtete mich so hoch auf, wie ich konnte, strengte mich an, ruhig und zuversichtlich auszusehen. Es machte keinen großen Unterschied. Der Hauptmann gönnte mir nur einen Seitenblick, dann konzentrierte er sich auf den Mann, der neben mir lag. Ich hätte genauso gut überhaupt nicht anwesend sein können. Ich beobachtete ihn, als er näher kam und dem Schmied die Hand auf die Stirn legte – eine Hand, die von der Ärmelmanschette bis zu den Fingerspitzen mit Federn und Spiralen und ineinander verflochtenen Mustern geschmückt war, so kompliziert und faszinierend wie ein altes Rätsel. Ich blickte auf, und einen Augenblick lang sah er mich über den Strohsack hinweg direkt an. Ich schnappte nach Luft. Ein solches Gesicht hatte ich noch nie gesehen, nicht einmal in den wildesten Träumen. Dieses Gesicht war auf seine eigene Weise ein Kunstwerk. Denn es war hell und dunkel, Nacht und Tag, diese Welt und die Anderwelt. Auf der linken Seite war es das Gesicht eines jüngeren Mannes, die Haut vom Wetter gezeichnet, aber hell, das Auge grau und klar, der Mund schön geformt, wenn auch unnachgiebig. Auf der rechten Seite, direkt von der Mitte ausgehend, gab es Linien und Bögen und ein Federmuster wie die Maske eines wilden Raubvogels. Ein Adler? Ein Habicht? Nein, dachte ich, es war ein Rabe, bis hin zu den Kreisen um das Auge und der Andeutung eines Schnabels um die Nase. Das Zeichen des Raben. Wäre ich nicht so verängstigt gewesen, hätte ich über die Ironie gelacht. Das Muster zog sich über seinen Hals und unter den Rand seiner Lederweste und das Leinenhemd, das er darunter trug. Er hatte den Kopf vollkommen rasiert, und auch der Schädel wies dasselbe Muster auf, halb Mensch, halb wildes Tier. Ein großer Künstler mit Tinte und Nadel musste viele Tage daran gearbeitet haben, und ich nahm an, dass der Schmerz gewaltig gewesen sein musste. Was war das für ein Mann, der einen solchen Schmuck brauchte, um seine Identität zu finden? Ich starrte ihn an. Daran war er wahrscheinlich gewöhnt. Mit einiger

Schwierigkeit riss ich meinen Blick los und sah Möwe und Hund und Schlange an, die stumm neben ein paar anderen ebenfalls schweigenden Männern standen.

Ihre Kleidung war zusammengewürfelt, wie Eamonn es beschrieben hatte: ein zerzaustes Fell dort, Federn hier, Kettenhemden, Lederflicken, Schnallen und Riemen, Silberkragen und Armreife und die nicht unbeträchtliche Zurschaustellung muskulösen Fleisches in unterschiedlichen Schattierungen. Etwas verspätet fiel mir auf, dass dies vielleicht nicht der sicherste Ort der Welt für eine junge Frau war. Ich konnte beinahe die Stimme meines Vaters hören: *Hast du auch nur ein einziges Mal zugehört, als ich dich unterrichtet habe, Liadan?*

Der Anführer hatte ein Messer vom Gürtel gezogen. Es war ein scharfes, tödliches Messer.

»Bringen wir es zu Ende«, sagte er. »Ihr hättet mich nicht so lange aufhalten sollen. Dieser Mann hat keinen Nutzen mehr. Er kann zu nichts mehr beitragen, hier oder anderswo. Ihr habt nur sein Leiden sinnlos verlängert.« Er bewegte sich beinahe unbemerkt, so dass der verwundete Mann seine Hände nicht sehen konnte, und packte das Messer fester. Die anderen schwiegen. Niemand rührte sich. Niemand sagte ein Wort. Er hob das Messer.

»Nein!« Ich streckte eine Hand über den Strohsack und schirmte damit den Hals des Verwundeten ab. »Das kannst du nicht tun! Du kannst nicht einfach ... du kannst ihn nicht einfach schlachten, als wäre er ein Kaninchen in der Schlinge oder ein Schaf, das in den Topf wandern soll. Das hier ist ein Mensch. Einer wie du.«

Der Häuptling zog die Brauen ein wenig hoch. Sein schmaler Mund blieb unverändert. Sein Blick war kalt.

»Würdest du es etwa nicht tun, wenn es sich um deinen

Hund oder deinen Falken oder deine Stute handelte, die an einer so tödlichen Verletzung litte? Würdest du solche Qual grundlos verlängern wollen? Aber nein, ich nehme an, es gab immer einen Mann, der die Dreckarbeit für dich gemacht hat. Was sollte eine Frau auch schon von solchen Dingen wissen? Nimm die Hand weg.«

»Das werde ich nicht tun«, erwiderte ich zorniger. »Du sagst, dieser Mann hätte keinen Nutzen mehr, als wäre er ... nur ein Werkzeug, eine Waffe in deiner Rüstkammer. Du sagst, er kann nichts mehr beitragen. Zu deinen Zwecken vielleicht nicht. Aber er lebt noch. Er kann eine Frau lieben und ein Kind zeugen. Er kann lachen und singen und Geschichten erzählen. Er kann die Früchte der Felder genießen und abends einen Krug guten Biers. Er kann zusehen, wie sein Sohn ein Schmied wird, wie er es gewesen ist. Dieser Mann kann vielleicht leben. Es gibt eine Zukunft nach ...« Ich sah mich um in diesem Kreis grimmiger Männer. »Nach dem hier.«

»Wo hast du gelernt, was du über das Leben weißt?«, fragte mich der Rabenmann barsch. »In einem Märchen? Wir leben alle nach unseren Regeln. Wir haben keine Namen, keine Vergangenheit, keine Zukunft. Wir haben Aufgaben zu erledigen, und zwar solche, bei denen wir gut sind. Für diesen Mann – für uns alle – gibt es darüber hinaus kein Leben. Es kann keines geben. Geh von dem Bett weg.« Es war inzwischen recht dunkel geworden, und einer der Männer hatte eine kleine Laterne angezündet. Wild zuckende Schatten fielen auf die zerklüfteten Felswände, und im Gesicht des Hauptmanns stand eine Drohung, die ebenso echt war wie die Waffe in seiner Hand. Es wurde sehr deutlich, wie er einem Feind das Fürchten beibringen konnte, denn im unregelmäßigen Licht schien er tatsächlich halb Rabe zu sein, sein Auge durchdringend hell und gefährlich in den Wirbeln und Spiralen des kunstvoll gezeichneten Musters.

»Weg da«, sagte er.

»Nein«, erwiderte ich. Und er hob die linke Hand, als wollte er mich ins Gesicht schlagen. Mit großer Willenskraft gelang es mir, nicht zurückzuzucken. Ich starrte ihm in die Augen und hoffte, dass er nicht erkennen konnte, wie ich vor Angst zitterte. Der Mann starrte mit leerem Blick zurück, und dann senkte er langsam die Hand.

»Hauptmann«, wagte Möwe sich vor – der Einzige, der den Mut hatte, etwas zu sagen.

»Sei still! Du wirst weich, Möwe. Erst bittest du um zwei Tage Gnade für einen Mann, von dem du weißt, dass er keine Hoffnung hat zu überleben, der nicht einmal leben wollte, wenn er könnte. Dann bringst du dieses dumme Mädchen her. Wo hast du sie gefunden? Sie hat eine scharfe Zunge, das kann ich nicht abstreiten. Können wir jetzt endlich weitermachen? Wir haben zu tun.« Vielleicht glaubte er, mich so eingeschüchtert zu haben, dass ich schwieg.

»Er hat eine Chance.« Ich war erleichtert, dass er sich offenbar entschieden hatte, mich nicht zu schlagen, denn mein Kopf schmerzte noch von dem vorhergehenden Schlag. »Eine geringe, aber es ist eine Chance. Er wird allerdings seinen Arm verlieren. Den kann ich nicht retten. Aber vielleicht sein Leben. Ich glaube nicht, dass er sterben möchte. Er hat mich gebeten, ihm zu helfen. Lasst es mich wenigstens versuchen.«

»Warum?«

»Warum nicht?«

»Verflucht, Frau, ich habe weder Zeit noch Lust, darüber mit dir zu reden. Ich weiß nicht, woher du gekommen bist und wohin du gehst, und ich habe auch kein Interesse daran, eines von beidem zu erfahren, aber hier bist du nicht mehr als eine Last. Hier ist kein Platz für Frauen.«

»Glaub mir, ich bin nicht freiwillig hier. Aber da deine Männer mich schon einmal hierher gebracht haben, gib mir zumindest die Gelegenheit, etwas zu tun. Ich werde dir zeigen, was möglich ist. Sieben oder acht Tage ... lange genug, um mich ordentlich um den Mann zu kümmern und ihm die Möglichkeit zu geben, um sein Leben zu kämpfen. Das ist alles, worum ich bitte.« Ich sah Möwes Gesicht, ein Ausbund der Überraschung. Immerhin hatte ich vollkommen meinen vorherigen Worten widersprochen. Vielleicht war ich wirklich dumm. In Hunds Gesicht stand Hoffnung; die anderen sahen die Felswände an, den Boden, ihre Hände, alles, nur nicht ihren Anführer. Irgendjemand hinten pfiff leise, als wollte er sagen: *Jetzt hat sie es wirklich getan.*

Der Rabenmann regte sich einen Augenblick lang nicht und sah mich nur mit halb zugekniffenen Augen an, dann steckte er das Messer lässig wieder ein.

»Sieben Tage«, meinte er. »Glaubst du, das wird genügen?«

Ich konnte den schweren Atem des Schmieds und den zynischen Tonfall in dieser Frage hören.

»Der Arm muss ab«, sagte ich. »Jetzt gleich. Und dabei brauche ich Hilfe. Ich kann euch sagen, wie es gemacht werden muss, aber ich habe nicht genug Kraft, um selbst zu schneiden. Danach werde ich mich um ihn kümmern. Zehn Tage wären besser.«

»Sechs Tage«, sagte er kalt. »In sechs Tagen ziehen wir weiter. Später geht es nicht; man braucht uns anderswo, und wir benötigen Zeit für den Weg. Wenn Evan uns dann nicht begleiten kann, lassen wir ihn zurück.«

»Du bittest um etwas Unmögliches«, flüsterte ich. »Und du weißt es.«

»Du wolltest einen Versuch. Das ist eine Gelegenheit. Und wenn du uns jetzt entschuldigen würdest, wir haben zu tun. Du, Möwe, und du«, er nickte Hund zu, »ihr könnt ihr bei der Arbeit helfen, da ihr dumm genug wart, sie herzubringen. Beschafft ihr, was sie braucht. Tut, was sie sagt. Und ihr anderen ...« Er sah sich im Kreis seiner Männer um, und sie schwiegen. »Ihr lasst die Finger von der Frau. Das sollte ich nicht sagen müssen. Wer immer sie anrührt, wird am nächsten Tag große Schwierigkeiten haben, seine Waffe anzufassen. Sie wird hier bleiben und die ganze Zeit bewacht werden. Wenn jemand auch nur wagt, daran zu denken, gegen meine Anordnungen zu verstoßen, wird schon sehen, was er davon hat.«

KAPITEL 4

Ich bemühte mich, mir nichts anmerken zu lassen, aber ich war wie versteinert vor Angst. Ich, das Mädchen, das sich nichts mehr wünschte, als zu Hause bleiben und sich um ihren Kräutergarten kümmern zu können, ich, das Mädchen, das es über alles liebte, nach dem Abendessen mit der Familie Geschichten auszutauschen, wies wilde Söldner an, wie man einem Sterbenden den Arm abhackt und die Wunde mit einem heißen Eisen schließt. Ich, die Tochter von Sevenwaters, allein im Versteck des Bemalten Mannes und seiner Bande von Mördern – denn es war mir nur zu deutlich geworden, dass es sich hier um dieselben Gesetzlosen handeln musste, von denen Eamonn erzählt hatte. Ich, Liadan, feilschte mit einem Mann, der ... was hatte Eamonn gesagt? Dass er seine Aufträge ohne Stolz oder Treue erledigte? Ich war nun nicht mehr sicher, ob diese Beschreibung wirklich zutraf. Ich glaubte, dass er über beides verfügte, wenn auch vielleicht nicht in der Weise, wie Eamonn es definiert hätte. Dieser Mann war ausgesprochen unangenehm, daran bestand kein Zweifel. Aber warum hatte er meinem Vorschlag zugestimmt, wenn er ihn für so falsch hielt?

Darüber dachte ich nach, während ich Hund anwies, ein Kohlebecken vor der Höhle vorzubereiten und das Feuer am Brennen zu halten. Und einen breiten Dolch wenn möglich bis zu rotem Glühen zu erhitzen. Möwe holte die anderen Dinge, die ich brauchte. Besonders eine kleine Schale warmen Wassers und ein sehr scharfes Messer mit einer gezähnten Klinge. Schlange brachte weitere Laternen und stellte sie rings um den Felsüberhang auf. Inzwischen saß ich bei dem Schmied Evan und versuchte, mit ihm zu sprechen. Manchmal war er bei Bewusstsein, manchmal nicht, in einem Augenblick brabbelte er im Fieber Unsinn vor sich hin, dann war er plötzlich wieder bei uns und starrte mich in einer Mischung aus Hoffnung und Entsetzen an. Ich versuchte, ihm während dieser kurzen, klaren Augenblicke zu erläutern, was geschehen würde.

»... Ich kann deinen Arm nicht retten ... um dein Leben zu retten, müssen wir deinen Arm abschneiden ... Ich werde dich so gut wie möglich in Schlaf versetzen, aber du wirst es wahrscheinlich immer noch spüren. Es wird eine Weile sehr schlimm sein ... Versuch, dich nicht zu rühren. Vertrau mir. Ich weiß, was ich tue ...« Ich hätte nicht sagen können, ob er mich verstand oder nicht, oder ob er mir glaubte. Ich war nicht sicher, ob ich mir selbst glaubte. Draußen erklangen die Geräusche ruhiger, geordneter Aktivität. Die Männer kümmerten sich um ihre Pferde. Eimer schepperten. Waffen wurden geschliffen. Niemand redete sonderlich viel.

»Wir sind bereit«, sagte Möwe.

Ich hatte aus der tiefsten Ecke meiner Tasche einen kleinen Schwamm geholt und den einige Zeit in der kleinen Schale eingeweicht. Möwe schnupperte.

»Das bringt mich tief in die Vergangenheit zurück. Erinnert mich an die Kräutertränke meiner Mutter. Ziemlich starkes Zeug. Maulbeeren, Bilsenkraut, Hopfen, Alraune? Wo hat ein braves kleines Mädchen wie du gelernt, so etwas zuzubereiten? Das kann einen Mann ebenso töten wie ihn heilen.«

»Deshalb brauchen wir den Essig«, sagte ich und sah ihn neugierig an. Hatte ein Mann ohne Vergangenheit eine

Mutter? »Die Kräuter sind in den Schwamm getrocknet. Sehr nützlich, wenn man unterwegs ist. Du kennst dich ein wenig mit diesen Dingen aus?«

»Das meiste habe ich längst vergessen. Das ist Frauenarbeit.«

»Es könnte nützlich sein, es wieder zu lernen. Für Männer, die solche Gefahren eingehen, habt ihr offenbar wenig Möglichkeiten, eure Wunden und Krankheiten zu behandeln.«

»Es passiert nicht oft«, sagte Hund. »Wir sind die Besten. Meistens werden wir nicht verwundet. Das da war ein Unfall, schlicht und ergreifend.«

»Sein eigener Fehler«, stimmte Möwe zu. »Außerdem hast du den Hauptmann gehört. Wir haben unsere eigene Art, damit fertig zu werden. Hier wird niemand mitgeschleppt.«

Ich schauderte. »Hast du das selbst schon einmal getan? Einem Mann die Kehle durchgeschnitten statt zu versuchen, ihn zu retten?«

Hund kniff seine gelben Augen ein wenig zusammen und sah mich an. »Wir leben in unterschiedlichen Welten. Keiner hier erwartet, dass du das verstehst. Jemand, der so schwer verwundet ist, dass er seine Arbeit nicht mehr machen kann, hat keinen Platz bei uns. Und anderswo gibt es auch keinen Platz für ihn. Der Hauptmann hat Recht. Frag die anderen. Alle. Wenn einer von uns an Evans Stelle wäre, würden wir um das Messer bitten.«

Ich dachte darüber nach, während ich den Schmied überredete, ein paar Tropfen, die ich aus dem kleinen Schwamm drückte, herunterzuschlucken.

»Das ist Unsinn«, sagte ich. »Vielleicht gehört es zu euren Regeln, worin immer die bestehen mögen. Aber warum habt ihr dann versucht, das Leben dieses Mannes entgegen dem Befehl eures Hauptmanns zu retten? Wieso habt ihr es nicht einfach beendet, wie er es getan hätte?«

Es sah nicht so aus, als ob sie antworten wollten. Ich drückte den Schwamm in der Hand, und ein wenig mehr von der äußerst giftigen Mixtur tröpfelte in Evans Mund. Er schloss die Augen. Schließlich begann Möwe, leise zu sprechen.

»Das hier ist anders. Evan ist ein Schmied, kein Kämpfer. Er hat ein friedliches Handwerk gelernt. Er hat eine Chance, draußen leben zu können, wenn er erst genug gespart hat, um wegzugehen. Es müsste aber schon weit weg sein; Armorica, Gallien, übers Meer. Er hat eine Frau, die in Britannien auf ihn wartet, er kann sich davonmachen, sobald er genug Silber hat, um sich sicheres Geleit zu verschaffen. Auf seinen Kopf ist eine Belohnung ausgesetzt wie bei uns allen. Aber er hat zumindest diese Hoffnung.«

»Das konnten wir dem Hauptmann nicht sagen«, murmelte Schlange. »Es war schwierig genug, ein paar Tage zu erbetteln. Ich hoffe, dass du Wunder wirken kannst, Heilermädchen. Du wirst eines brauchen.«

»Ich heiße Liadan«, sagte ich, ohne nachzudenken. »Ihr könnt mich bei meinem Namen nennen, das wird einfacher für uns sein. Und jetzt sollten wir lieber anfangen. Wer wird schneiden?«

Möwe sah Hund an, und Schlange sah Hund an, und Hund betrachtete das tödliche, gezahnte Messer.

»Sieht aus, als würde es mich treffen«, meinte er.

»Größe und Kraft sind nicht alles«, warnte ich. »Du musst auch sehr ruhig bleiben können. Der Schnitt muss rasch und sauber geführt werden. Und er wird schreien. Dieser Betäubungstrank ist stark, aber nicht so stark.«

»Ich werde es machen.«

Niemand hatte gehört, wie der Hauptmann hereinkam. So gut seine Männer waren, er war offensichtlich besser. Ich hoffte, dass er uns noch nicht lange belauscht hatte. Er sah sich aus kalten grauen Augen um, kam dann herüber und griff nach dem Messer. Hund machte einen ausgesprochen erleichterten Eindruck.

»So schnell kommst du nicht davon«, sagte ich ihm. »Du bist hier der Größte und Kräftigste, also hältst du ihn an den Schultern fest. Aber halt dich fern von wo der – von wo dieser Mann hier schneiden wird. Ihr beiden nehmt die Beine. Er sieht vielleicht aus, als wäre er bewusstlos, aber er wird diesen Schmerz spüren, und die Nachwirkungen. Wenn ich es euch sage, müsst ihr eure ganze Kraft einsetzen, um ihn fest zu halten.«

Sie taten, was ich ihnen gesagt hatte, denn sie waren daran gewöhnt, Befehlen zu gehorchen.

»Hast du so etwas schon einmal gemacht?«, fragte ich den Mann mit dem Messer.

»Nicht genau dasselbe. Aber zweifellos wirst du mir ebenfalls Anweisungen geben.«

Ich entschied mich rasch, nicht die Nerven zu verlieren, ganz gleich, wie arrogant er sich gab.

»Wir gehen Schritt für Schritt vor. Wenn wir anfangen, musst du sofort tun, was ich dir sage. Es wird viel einfacher sein, wenn du mir einen Namen nennst, den ich benutzen kann. Ich werde dich nicht Hauptmann nennen.«

»Nenn mich, wie du willst«, sagte er und zog die Brauen hoch. »Wir haben hier keine Namen außer denen, die du gehört hast.«

»Es gibt Geschichten über einen Mann namens Bran«, sagte ich. »Das bedeutet Rabe. Ich werde diesen Namen benutzen. Ist der Dolch heiß genug? Du musst ihn schnell holen, wenn ich es dir sage, Hund.«

»Er ist bereit.«

»Also gut. Und nun, Bran, siehst du diese Stelle an der Schulter, wo der Knochen noch ganz ist?«

Der Mann, den ich nach einem Reisenden der Legende benannt hatte, nickte mit ablehnender Miene.

»Du musst hier ansetzen, um den Schnitt sauber führen zu können. Lass das Messer nicht bis an diesen Punkt gleiten, denn die Wunde wird niemals heilen, wenn wir Knochensplitter drinnen lassen. Konzentriere dich auf das, was du tust. Überlass es den anderen, ihn festzuhalten. Ich werde erst die Haut mit meinem kleinen Messer zurückschneiden ... Wo ist mein kleines Messer?«

Möwe griff nach unten und holte es aus seinem Stiefel.

»Danke. Ich werde jetzt anfangen.«

Später fragte ich mich, wie es mir gelungen war, mich weiterhin zu beherrschen. Wie ich es geschafft hatte, so ruhig und fähig zu wirken, während mein Herz dreimal so schnell raste wie üblich und mir überall vor Angst kalter Schweiß ausbrach. Angst davor, zu versagen. Angst vor den Folgen des Versagens, nicht nur für den unglücklichen Evan, sondern auch für mich selbst. Niemand hatte mir genau gesagt, was geschehen würde, wenn diese Sache nicht gut ausging, aber ich konnte es mir vorstellen.

Der erste Teil war nicht so schlimm. Säuberlich durch die Schichten trennen, die Haut zurückschälen bis an die Stelle, wo jemand ein schmales Stück Leinen ausgesprochen fest um den Arm gebunden hatte, direkt unterhalb der Schulter. Meine Hände waren bald rot bis zu den Handgelenken. So weit, so gut. Der Schmied zuckte und zitterte, erwachte aber nicht.

»Also gut«, sagte ich. »Und jetzt schneidest du, Bran. Direkt hier. Hund, halt ihn gut fest. Halt ihn fest. Es muss schnell gehen.«

Zu solchen Zeiten ist vielleicht tatsächlich ein Mann, der keine menschlichen Empfindungen hat, der beste Helfer. Ein Mann, der Knochen ebenso säuberlich und entschieden durchtrennen kann wie ein Stück Holz. Ein Mann, dessen Miene keine Reaktion zeigt, wenn sein Opfer zuckt und plötzlich beginnt, um sich zu schlagen, sich gegen die muskulösen Arme sträubt, die ihn niederhalten, und ein schauderndes Stöhnen ausstößt, das tief aus dem Bauch kommt.

»Jesus Christus«, hauchte Schlange und lehnte sich quer über die Beine des Schmieds, um ihn am Boden zu halten. Das schreckliche, sägende Geräusch ging weiter. Der Schnitt war so gerade wie eine Schwertklinge. An meiner Seite hatte Hund einen massiven Unterarm auf den linken Arm des Patienten gestützt, den anderen oben auf die Brust gedrückt.

»Vorsichtig, Hund«, sagte ich. »Er muss immer noch atmen können.«

»Ich glaube, er kommt zu sich.« Möwe drückte die Hände schwer auf Evans rechte Seite. »Es wird schwer, ihn festzuhalten. Kannst du ihm nicht noch etwas von dem …?«

»Nein«, sagte ich. »Ihm mehr zu geben würde ihn umbringen. Wir sind fast fertig.« Es gab ein wirklich schreckliches Geräusch, als das letzte Stück Knochen abgetrennt wurde und die zermalmten Überreste des Armes herunterfielen. Bran blickte auf. Seine Hände und Arme waren blutig bis zu den Ellbogen, sein Hemd voller Blutspritzer. Ich bemerkte keine Veränderung in seiner Miene. Er zog die Brauen zu einer lautlosen Frage hoch.

»Hol den Dolch vom Feuer.« Díancécht helfe mir, diesen Teil musste ich selbst durchführen. Ich wusste, was geschehen würde, und wappnete mich dagegen. Bran ging nach draußen und kehrte mit der Waffe in der Hand zurück, den Griff in ein Tuch gewickelt, die Klinge glühend wie ein frisch geschmiedetes Schwert. In seinen Augen stand eine weitere Frage.

»Nein«, sagte ich. »Gib ihn mir. Das ist meine Sache. Löse den Leinenstreifen hier – den, mit dem der Arm abgebunden war. Es wird bluten. Dann komm auf die andere Seite und hilf Hund, ihn am Boden zu halten. Er wird schreien. Halt ihn ganz fest. Haltet ihn ruhig.«

Er löste den Leinenstreifen, und das Blut schoss heraus, aber es war weniger, als ich erwartet hatte. Das war kein gutes Zeichen, denn es bedeutete vielleicht, dass das Fleisch bereits am Absterben war. Ohne ein Wort ging ich zur anderen Seite, und Bran tauschte den Platz mit mir, bereit, den Schmied fest zu halten, sobald er sich rührte.

»Jetzt«, sagte ich und drückte das rot glühende Eisen auf die offene Wunde. Es gab ein unangenehmes Zischen und einen widerlichen Geruch nach gebratenem Fleisch. Der Schmied schrie. Es war ein schauerlicher Schrei, wie man ihn in Alpträumen hören würde, wieder und wieder, vielleicht jahrelang. Sein ganzer Körper verkrampfte sich vor Schmerz, die Brust zuckte, ebenso der verbliebene Arm und die Beine, und der Kopf und die Schultern blieben nur durch die gemeinsamen Anstrengungen von Hund und Bran ruhig, die ihn mit angespannten Muskeln niederzwangen. Der große, hässliche Hund war kreidebleich geworden.

»Jesus Christus«, murmelte Schlange.

»Tut mir Leid, noch nicht fertig«, sagte ich, blinzelte die Tränen zurück und berührte die Wunde abermals mit dem Dolch und bewegte die Klinge, so dass der ganze Bereich versiegelt war. Ich zwang mich, das glühende Metall so lange wie möglich auf die Wunde zu drücken, während ein weiterer schaudernder Schrei durch den kleinen Unterstand hallte. Dann nahm ich schließlich das heiße Eisen weg und richtete mich auf, während die Stimme des Schmieds zu einem ächzenden, keuchenden Wimmern verklang. Die vier Männer ließen los und erhoben sich ebenfalls langsam. Ich hatte den Eindruck, mich nicht bewegen zu können. Einen Augenblick später nahm Möwe mir den Dolch ab und ging mit ihm nach draußen, und Hund begann, die anderen Sachen vom Boden aufzulesen und in einen Eimer zu werfen. Schlange nahm den kleinen Essigbecher und begann, die Flüssigkeit auf mein Nicken hin tröpfchenweise auf Evans geschwollene Lippen zu träufeln.

»Ich werde dich nicht fragen, wo du das gelernt hast«, meinte Bran. »Bist du froh, dass er das durchmachen musste? Immer noch überzeugt, dass du Recht hast?«

Ich blickte zu ihm auf. Seine strengen Züge mit ihrem seltsamen Halbmuster verschwommen vor meinen Augen, die Federn der Zeichnung bewegten sich und zuckten im Lampenlicht. Mir wurde plötzlich klar, wie müde ich war.

»Ich stehe zu meiner Entscheidung«, sagte ich leise. »Die Zeit, die du mir gelassen hast, ist zu kurz. Aber ich weiß, dass ich Recht habe.«

»Nach sechs Tagen in diesem Lager bist du vielleicht nicht mehr so sicher«, meinte er Unheil verkündend. »Wenn du ein wenig mehr von der wirklichen Welt gesehen hast, wirst du begreifen, dass jeder ersetzbar ist. Es gibt keine Ausnahmen, ob es ein fähiger Schmied oder ein abgehärteter Krieger oder ein kleines Heilermädchen ist. Man leidet und stirbt, und dann ist man bald vergessen. Das Leben geht trotzdem weiter.«

Ich schluckte. Die Felswände schienen sich um mich zu schließen.

»Man wird nach mir suchen«, flüsterte ich. »Mein Onkel, mein Bruder, mein ... sie suchen sicher schon nach mir, und sie haben Möglichkeiten.«

»Sie werden dich nicht finden.« Er ließ keinen Zweifel zu.

»Was ist aus den Männern geworden, die bei mir gewesen sind?« Ich klammerte mich nun an Strohhalme, denn ich befürchtete, dass sie alle tot waren. »Sie können nicht weit weg sein. Irgendjemand muss gesehen haben, was geschehen ist – jemand wird euch folgen ...«

Meine Stimme verklang, und ich musste mich festhalten, um im Gleichgewicht zu bleiben, als sich alles vor meinen Augen zu drehen begann.

»Tut mir Leid«, murmelte ich dümmlich, als entschuldigte ich mich aus Höflichkeit. Plötzlich packte mich jemand sehr fest am Arm und zog mich zu dem Hocker und drückte mich darauf.

»Schlange. Lass das jetzt. Er atmet immer noch, er wird vorerst am Leben bleiben. Hol dem Mädchen saubere Sachen, wenn du irgendwas finden kannst, was klein genug ist. Eine Decke und Waschwasser. Geh zum Feuer, hol dir was zu essen und bring ihr auch etwas mit, wenn du zurückkommst. Sie ist ohnehin zu nicht viel nütze, und das wird noch schlimmer werden, wenn wir sie hungern lassen.« Dann wandte er sich mir wieder zu. »Erste Kampfregel: Nur die abgehärtetsten Krieger sind noch gut, wenn sie zu wenig essen und noch weniger Schlaf bekommen. Das schafft man nur mit langer Übung. Wenn du deiner

Aufgabe vernünftig nachkommen willst, dann bereite dich vernünftig darauf vor.«

Ich war viel zu müde, um zu widersprechen.

»Du wirst heute Nacht zwei Wachtposten haben. Einen draußen, einen, der Evan beobachtet, während du schläfst. Glaub deshalb nicht, dass du es leicht haben wirst. Du hast dir diese Aufgabe selbst ausgesucht, und nach dieser Nacht wirst du dich allein darum kümmern müssen.«

Endlich ging er. Ich schloss die Augen und schwankte vor Müdigkeit. Der Schmied lag im Augenblick ruhig da.

»Oh, und noch eins.«

Ich riss die Augen wieder auf.

»Das hier hat dir eine gewisse ... Hochachtung eingebracht. Bei den Männern. Sorg dafür, dass nicht mehr daraus wird. Sobald einer gegen die Regeln verstößt, wird er der schwersten Strafe gegenüberstehen. Du hast auch ohne das schon genug auf deinem Gewissen.«

»Was weiß ein Mann wie du schon von Gewissen?«, murmelte ich, als er sich auf dem Absatz umdrehte und davonging. Ich wusste nicht, ob er mich gehört hatte.

Es war eine seltsame Zeit. Es gibt Geschichten über Männer und Frauen, die in einer mondhellen Nacht im Wald vom Feenvolk entführt werden, die in die Anderwelt reisen und dort ein Leben kennen lernen, das sich so von dem unseren unterscheidet, dass sie, wenn sie zurückkehren, kaum mehr wissen, was Wirklichkeit und was Traum ist. Der Bemalte Mann und seine Truppe waren von den visionären Geschöpfen der Anderwelt so weit entfernt, wie man sich nur vorstellen konnte, aber dennoch fühlte ich mich vollkommen aus meinem normalen Leben herausgerissen, und obwohl es schwer zu glauben ist, dachte ich während meiner Tage in dem verborgenen Lager nicht viel an mein

Zuhause oder meine Eltern oder sogar daran, wie es meiner Schwester Niamh ergehen mochte, die ganz allein war und das Bett eines Fremden teilen musste. Es gab Augenblicke, in denen mir kalt vor Angst wurde, wenn ich mich an Eamonns Geschichte erinnerte. Ich begriff, dass meine Situation wahrhaft gefährlich war. Die Wachen, die Liam mir mitgegeben hatte, waren sehr wahrscheinlich mit gnadenloser Kälte getötet worden. So erledigten diese Männer ihre Arbeit. Was ihre Regeln anging – sie würden mich vielleicht schützen, und vielleicht auch nicht. Am Ende würde mein Leben wahrscheinlich davon abhängen, ob der Schmied überlebte oder starb. Aber mein Vater hatte mir einmal gesagt, dass Angst keine Kämpfe gewinnt. Ich krempelte meine Ärmel hoch und sagte mir, dass ich keine Zeit für Hysterie hätte. Das Leben eines Menschen stand auf dem Spiel. Außerdem hatte ich etwas zu beweisen und war entschlossen, es zu tun.

Während jener ersten Nacht und des nächsten Tages bewachten sie mich so intensiv, dass es mir vorkam, als hätte ich stets einen hoch gewachsenen, bewaffneten Schatten hinter mir. Ich musste sie sogar daran erinnern, dass Frauen gewisse körperliche Bedürfnisse hatten, denen sie am besten in aller Abgeschiedenheit nachgingen. Wir entwickelten dann einen Kompromiss, der zuließ, dass ich zumindest kurz außer Sichtweite blieb, immer vorausgesetzt, es dauerte nicht zu lange und ich kehrte sofort dorthin zurück, wo Hund oder Möwe oder Schlange warteten, die Waffe in der Hand. Niemand brauchte mir zu erklären, wie vollkommen sinnlos ein Fluchtversuch gewesen wäre. Sie brachten mir Essen und Wasser, sie brachten mir einen Eimer, damit ich mich waschen konnte. Gekleidet in jemandes altes Unterhemd, das mir bis über die Knie reichte, und ein weites

Hemd mit nützlichen Taschen hier und da, flocht ich mir das Haar streng im Nacken, damit es aus dem Weg war, und machte mit dem weiter, was ich begonnen hatte. Sorgfältig abgemessene Kräutertränke gegen die Schmerzen, Mischungen, die auf dem Kohlebecken verbrannt wurden und die üblen Körpersäfte veranlassen sollten, den Körper zu verlassen. Verbände für die hässliche Brandwunde. Kompressen für die Stirn. Einen großen Teil der Zeit saß ich einfach neben dem Strohsack, hielt Evans Hand in meiner, sprach leise auf ihn ein oder sang ihm kleine Lieder vor wie einem fiebernden Kind.

Am zweiten Abend ließ man mich bis zum Lagerfeuer. Hund führte mich durchs Lager, wo viele Zelte und Unterschlüpfe zwischen Bäumen und Büschen aufgeschlagen waren, bis wir zu einer Art Lichtung kamen, auf der ein heißes rauchloses Feuer ordentlich zwischen Steinen brannte. Rings um dieses Feuer saßen ein paar Männer und löffelten ihr Essen aus kleinen Gefäßen, wie sie die meisten Reisenden irgendwo in ihrem Gepäck tragen. Es roch nach Kanincheneintopf. Ich war hungrig genug, nicht wählerisch zu sein, und nahm die Schale entgegen, die man mir in die Hand drückte. Es war still bis auf das Zirpen der Grillen und das leise Singen eines Vogels, bevor er auf den Zweigen über uns einschlief.

»Hier«, sagte Hund. Er reichte mir einen kleinen Löffel, der aus Knochen geschnitzt war. Er war nicht sonderlich sauber. Viele Blicke richteten sich im Halbdunkel auf mich.

»Danke«, sagte ich, da ich begriff, dass man mir ein seltenes Vorrecht zuteil werden ließ. Die anderen aßen mit den Fingern oder vielleicht mit einem Stück harten Brots. Niemand lachte, kaum jemand sprach. Meine Gegenwart hatte ihre Gespräche zum Verstummen gebracht. Selbst als Bier ausgeschenkt und Becher herumgereicht wurden, gab kaum einer einen Laut von sich. Ich aß meine Mahlzeit, lehnte einen Nachschlag ab. Jemand bot mir einen Becher Bier an, und ich nahm ihn.

»Gute Arbeit«, meinte jemand schlicht.

»War sicher nicht leicht«, stimmte ein anderer zu. »Hab schon öfter gesehen, wie so was versaut wurde. Einer kann leichter verbluten als ... was ich sagen will ist, so was muss man richtig machen.«

»Danke«, erwiderte ich ernst. Ich blickte von der Bank nahe dem Feuer, auf der ich saß, zu dem Kreis von Gesichtern auf. Alle hielten drei oder vier Schritte Abstand von mir. Ich fragte mich, ob auch das zu den Regeln gehörte. Sie waren eine seltsam gemischte Gruppe; ihre bizarre, zusammengeflickte Sprache wies darauf hin, dass sie aus aller Herren Länder kamen und schon lange miteinander umherzogen. Von all diesen Männern, dachte ich, waren nur zwei oder drei hier in Erin geboren. »Ich hatte Helfer«, fügte ich hinzu. »Allein hätte ich es nicht geschafft.«

Ein sehr großer, dünner Mann betrachtete mich forschend und verzog nachdenklich das Gesicht.

»Trotzdem«, sagte er nach einer Weile, »ohne dich wäre das nicht möglich gewesen. Oder?«

Ich sah mich rasch um, weil ich niemandem Ärger machen wollte. »Vielleicht«, meinte ich schließlich.

»Jetzt hat er eine Chance, oder?«, fragte der Mann, beugte sich vor, die langen dünnen Arme um knochige Knie geschlungen. Erwartungsvolles Schweigen trat ein.

»Ja, eine Chance«, sagte ich vorsichtig. »Nicht mehr. Ich werde mein Bestes tun.«

Einige nickten. Dann gab jemand ein leises Geräusch von

sich, halb ein Zischen, halb ein Pfeifen, und plötzlich vermieden alle angestrengt, mich anzusehen.

»Hier, Hauptmann.« Eine Schale mit Essen wurde weitergereicht, ein voller Becher.

»Es ist sehr still hier«, sagte ich nach einer Weile. »Singt ihr keine Lieder oder erzählt euch nach dem Essen Geschichten?«

Jemand schnaufte kurz und unterdrückte es sofort.

»Geschichten?« Hund war verblüfft und kratzte sich die kahle Seite seines Kopfes. »Wir kennen keine Geschichten.«

»Du meinst, von Riesen und Ungeheuern und Meerjungfrauen?«, fragte der sehr große, schlaksige Bursche. Ich glaubte, ein winziges Aufblitzen in seinen Augen zu entdecken.

»Solche und andere«, meinte ich ermutigend. »Es gibt auch Geschichten von Helden und großen Schlachten und Reisen zu fernen, wunderbaren Ländern. Es gibt viele Geschichten.«

»Kennst du ein paar davon?«, fragte der große Mann.

»Halt den Mund, Spinne«, zischte jemand.

»Genug, um jeden Abend des Jahres eine neue zu erzählen, und dann sind immer noch welche übrig«, sagte ich. »Wollt ihr eine hören?«

Während des folgenden Schweigens wechselten die Männer Blicke, und einige rutschten unruhig hin und her.

»Du bist hier, um deine Arbeit zu machen und nicht, um uns zu unterhalten.« Ich brauchte nicht aufzublicken, um zu wissen, wer das gewesen war. »Das hier sind Männer, keine kleinen Kinder.«

Interessant – wenn dieser Mann mit mir sprach, redete

er in einfachem Irisch, ganz flüssig und beinahe ohne Akzent.

»Ist Geschichtenerzählen gegen die Regeln?«, fragte ich leise.

»Was ist mit diesem Kerl Bran?«, fragte Möwe mutig. »Ich wette, über ihn gibt es ein, zwei Geschichten. Ich würde gerne eine davon hören.«

»Das ist eine sehr lange Geschichte, die viele Abende dauert«, sagte ich. »Ich werde nicht lange genug hier sein, um sie zu Ende zu erzählen. Aber es gibt viele andere.«

»Komm schon, Hauptmann«, sagte Möwe. »Es kann doch nichts schaden.«

»Warum fange ich nicht einfach an«, sagte ich, »und wenn du der Meinung bist, dass meine Worte gefährlich sind, kannst du mich immer noch aufhalten? Das wäre nur gerecht.«

»Ach ja?«

Nun, er hatte nicht Nein gesagt, und die seltsame Bande, die sich ums Feuer versammelt hatte, wirkte erwartungsvoll. Also fing ich an.

»Eine Truppe von Kriegern wie ihr«, sagte ich, »sollte vielleicht am besten die Geschichte des größten aller Krieger, Cú Chulainn, des Helden von Ulster, hören. Auch seine Geschichte ist lang und besteht aus vielen einzelnen Geschichten. Aber ich werde euch erzählen, wie er lernte zu kämpfen und so gut ausgebildet wurde, dass kein Mann auf dem Feld gegen ihn bestehen konnte, und sei es der größte Kriegsheld seines Stammes. Ihr müsst verstehen, dass dieser Cú Chulainn kein gewöhnlicher Mann war. Es gab Gerüchte, und vielleicht lag einige Wahrheit darin. Es hieß, er sei ein Kind von Lugh, dem Sonnengott, und einer sterblichen

Frau. Niemand war sich so recht sicher, aber eines war klar: Wenn Cú Chulainn vor einem Kampf stand, veränderte er sich. Sie nannten es Riastradh, die Kampfeswut. Sein ganzer Körper zitterte und begann zu glühen, sein Gesicht wurde rot wie Feuer, sein Herz klopfte wie eine gewaltige Trommel in seiner Brust, die Haare standen ihm ab und sprühten Funken. Es war, als würde ihn tatsächlich sein Vater, der Sonnengott, zu solchen Zeiten inspirieren, denn seinen Feinden kam es so vor, als umspielte ihn ein wildes, schreckliches Licht, wenn er sich ihnen näherte, das Schwert in der Hand. Und nachdem er den Kampf gewonnen hatte, brauchte es, so sagen die Leute, drei Fässer eisigen Flusswassers, um ihn wieder abzukühlen. Wenn sie ihn in das Erste steckten, brachen die Reifen und das Fass fiel auseinander. Das Wasser im Zweiten kochte über, das Dritte dampfte und dampfte, bis die Hitze ihn verlassen hatte und Cú Chulainn wieder er selbst war.

Dieser große Krieger hatte schon als Junge ungewöhnliche Fähigkeiten. Er konnte springen wie ein Lachs und schwimmen wie ein Otter. Er konnte schneller laufen als ein Hirsch und im Dunkeln sehen wie eine Katze. Aber dann kam eine Zeit, in der er versuchte, seine Kunst noch zu vervollkommnen mit dem Ziel, eine schöne Dame namens Emer zu gewinnen. Als er Emers Vater um ihre Hand bat, meinte der alte Mann, Cú Chulainn habe sich als Krieger noch nicht genug bewiesen und solle sich weiterhin von den Besten ausbilden lassen. Was die Dame anging, sie hätte ihn auf der Stelle genommen, denn wer hätte einem solchen Ausbund an Männlichkeit widerstehen können? Aber sie war ein braves Mädchen und folgte ihrem Vater. Also hörte sich Cú Chulainn überall um, und schließlich erfuhr er, dass der beste Lehrer der Kriegskunst eine Frau war, Scáthach, ein seltsames Geschöpf, das auf einer winzigen Insel an der Küste von Alba lebte.«

»Eine Frau?«, wiederholte jemand verächtlich. »Wie soll das möglich sein?«

»Nun, wie unser Held schon bald herausfand, war es keine gewöhnliche Frau. Als er an den wilden Strand von Alba kam und über das tosende Wasser zur Insel hinüberschaute, wo sie mit ihren Kriegerinnen lebte, begriff er, dass es Schwierigkeiten geben konnte, bevor er auch nur einen Fuß auf die Insel setzte. Denn der einzige Weg dorthin führte über eine hohe schmale Brücke, die gerade so eben breit genug für einen einzigen Menschen war. Und sobald man seinen Fuß auf die Brücke setzte, begann sie zu beben und sich zu biegen und auf und ab zu hüpfen, und das über ihre ganze beträchtliche Länge, so dass jeder, der dumm genug gewesen wäre weiterzugehen, auf der Stelle auf nadelspitze Felsen oder in die tosende Brandung geworfen worden wäre.«

»Warum hat er kein Boot genommen?«, fragte Spinne verblüfft.

»Hast du nicht gehört, was Liadan gesagt hat?«, erwiderte Möwe verächtlich. »Tosendes Wasser? Nadelspitze Felsen? Kein Boot hätte dieses Meer überqueren können, würde ich wetten.«

»In der Tat«, sagte ich und lächelte ihn an. »Viele hatten es versucht, und alle waren umgekommen, verschlungen vom Meer oder den riesigen spitzzähnigen Geschöpfen, die dort lebten. Nun, was sollte Cú Chulainn tun? Er war nicht die Art Mann, der aufgab, und er begehrte Emer mit einer Sehnsucht, die jede Faser seines Körpers durchdrang. Er maß die Entfernung über die Brücke mit scharfem Auge, dann holte er tief Luft, atmete wieder aus, holte wieder tief

Luft und ließ sich vom Riastradh überwältigen, bis sein Herz ihm beinahe aus der Brust gesprungen wäre und jede Ader seiner Haut schwoll und vorstand wie ein fest gespanntes Seil. Dann sammelte sich Cú Chulainn und machte einen gewaltigen Sprung wie ein Lachs einen großen Wasserfall hinauf, und er landete leichtfüßig genau in der Mitte der bebenden Brücke, fein säuberlich auf den Ballen seines linken Fußes. Die Brücke bockte und hüpfte und versuchte, ihn abzuwerfen, aber er war zu schnell und sprang abermals, und so weit, dass er mit dem nächsten Schritt das Ufer von Scáthachs Insel erreichte.

Oben auf den Zinnen von Scáthachs Haus, das ein befestigter Turm aus Granit war, stand die Kriegerin mit ihrer Tochter und sah zu.

›Tüchtiger Bursche‹, murmelte sie. ›Er kennt schon ein paar Tricks. Ich könnte ihm noch mehr beibringen.‹

›Ich hätte nichts dagegen, ihm selbst ein wenig beizubringen‹, sagte die Tochter, die etwas ganz anderes im Sinn hatte.«

Lachen erklang. Diese Männer waren vielleicht nicht an Geschichten gewöhnt, aber sie schienen durchaus Gefallen daran zu finden. Was mich angeht, so erwärmte ich mich langsam für meine Tätigkeit und fragte mich flüchtig, was Niamh wohl sagen würde, wenn sie mich jetzt sehen könnte. Ich erzählte weiter.

»›Also gut‹, sagte die Mutter, ›wenn du ihn haben willst, nimm ihn dir. Drei Tage kannst du ihn haben, um ihm die Kunst der Liebe beizubringen, dann gehört er mir.‹

So war es also Scáthachs Tochter, die zum Ufer ging, um den Helden zu begrüßen. Und tatsächlich hieß sie ihn derart willkommen, dass es nach drei Tagen nicht viel gab, was er nicht von den Bedürfnissen einer Frau wusste und davon, sie zu erfreuen. Glückliche Emer! Dann war die Mutter dran, und als der Unterricht begann, begriff Cú Chulainn bald, dass Scáthach tatsächlich die beste Lehrerin war.

Sie unterrichtete ihn ein Jahr und einen Tag, und von ihr lernte er seinen Kampfsprung, mit dem er hoch über einen Speer springen konnte, der von seinem Gegner geworfen wurde. Er lernte, einen Mann mit raschen Schwertstreichen zu rasieren, eine Fähigkeit von vielleicht wenig praktischem Nutzen, die aber half, einen Feind gewaltig zu erschrecken.«

Hund fuhr sich unruhig über die kahle Seite seines Schädels.

»Cú Chulainn konnte den Boden unter den Füßen eines Feindes wegschneiden, denn sein Schwert bewegte sich so rasch, dass man es kaum mehr sehen konnte. Er konnte einfach auf den Schild seines Gegners springen. Er lernte, einen Streitwagen mit Sensenblättern an den Rädern zu fahren, so dass seine Gegner nicht wussten, wie ihnen geschah, bis sie sterbend auf dem Schlachtfeld lagen. Er lernte auch zu jonglieren, was er ebenso gut mit scharfen Messern und brennenden Fackeln tun konnte wie mit den ledernen Jonglierbällen. Während er auf der Insel war, legte sich Cú Chulainn mit einer Kriegerin namens Aoife nieder, und sie gebar ihm einen Sohn, Conlai, und damit beginnt eine andere Geschichte, eine sehr traurige Geschichte. Aber Cú Chulainn selbst kehrte nach Hause zurück, nach Jahr und Tag, und bat wieder um die Hand der schönen Emer.«

»Und?«, drängte Möwe ungeduldig, als ich innehielt. Es war spät. Das Feuer war beinahe niedergebrannt, und ein Netz von Sternen breitete sich über den Himmel. Der Mond war im Abnehmen begriffen.

»Nun, Fogall, Emers Vater, hatte nie erwartet, dass der junge Mann zurückkehren würde. Er hatte gehofft, dass Scáthach ihn umbringen würde, wenn es die Brücke über das Meer schon nicht tat. So begegnete er Cú Chulainn mit bewaffnetem Widerstand. Aber Cú Chulainn hatte nicht umsonst bei den Besten der Welt gelernt. Mit seiner kleinen Kriegertruppe, von denen jeder sorgfältig ausgewählt war, besiegte er Fogalls Armee ohne große Anstrengung. Fogall selbst verfolgte er bis zum Rand der Klippen, und dort kämpften sie Mann gegen Mann. Bald schon stürzte Fogall auf die Steine tief drunten. Dann nahm Cú Chulainn die schöne Emer zur Frau, und sie hatten noch viel Freude miteinander.«

»Ich wette, er hat ihr das eine oder andere beigebracht«, meinte einer leise.

»Das reicht.« Bran trat in den Kreis, und beim Klang seiner Stimme wurden die Männer sofort still. »Die Geschichte ist zu Ende. Die Männer auf Wachablösung verschwinden jetzt. Die anderen gehen schlafen. Erwartet nicht noch eine Vorstellung.«

Sie gingen ohne ein weiteres Wort. Ich fragte mich, wie es sich wohl anfühlte, solche Angst vor einem Mann zu haben, dass man seine Befehle nie in Frage stellte. Ein derartiges Leben konnte wohl kaum zufrieden stellend sein.

»Du gehst wieder an die Arbeit.«

Ich brauchte einen Augenblick, bevor ich begriff, dass Bran mit mir sprach.

»Was soll ich dazu sagen? ›Jawohl, Hauptmann‹?« Ich stand auf. Hund war direkt hinter mir, ein ständiger Schatten.

»Wie wäre es damit, einfach den Mund zu halten und zu

tun, was ich dir sage? Das würde es uns allen leichter machen.«

Ich warf ihm einen ablehnenden Blick zu. »Ich bin dir keine Rechenschaft schuldig«, sagte ich. »Ich mache die Arbeit, für die ich hier bin. Das ist alles. Ich lasse mich nicht herumscheuchen wie deine Männer. Wenn sie sich entschieden haben, dir wie verängstigte Sklaven zu folgen, ist das ihre Angelegenheit. Aber ich kann nicht arbeiten, wenn ich Angst habe und ständig behindert werde. Und du hast selbst gesagt, man müsse gut vorbereitet sein, um seine Arbeit gut erledigen zu können. Zumindest erinnere ich mich an etwas in dieser Richtung.«

Eine Weile sagte er kein Wort. Etwas hatte ihn zweifellos getroffen, obwohl in diesem seltsamen Gesicht wie Sommer und Winter kaum ein Muskel zuckte.

»Es würde auch helfen, wenn du meinen Namen benutzt«, erklärte ich ernst. »Ich heiße Liadan.«

»Diese Geschichten«, meinte Bran zerstreut, als konzentrierte er sich auf etwas ganz anderes. »Sie sind gefährlich. Sie bringen die Männer dazu, von etwas zu träumen, was sie nicht haben können. Oder was niemals sein kann. Sie bringen Menschen dazu, in Frage zu stellen, wer sie sind und was sie vielleicht erreichen können. Für meine Männer gibt es keine solchen Geschichten.«

Einen Augenblick lang wusste ich nicht, was ich sagen sollte.

»Ach, komm schon, Hauptmann«, widersprach Hund unklugerweise. »Was ist denn gegen Cú Chulainn und seinen Sohn Conlai zu sagen? Eine sehr traurige Geschichte, hat sie gesagt. Was hast du gegen Meerjungfrauen und Ungeheuer und Riesen?«

»Du redest wie ein Kind«, meinte Bran wegwerfend. »Das

hier ist eine Truppe abgehärteter Männer, und wir haben für solchen banalen Unsinn keine Zeit.«

»Vielleicht solltet ihr Zeit dafür finden«, meinte ich entschlossen, ihm etwas deutlich zu machen. »Wenn ihr siegen wollt, was wäre da besser, um deine Männer zu inspirieren, als eine Heldengeschichte, eine Geschichte von einem Kampf, der vollkommen ungleich beginnt, aber durch Kunstfertigkeit und Mut gewonnen wird? Wenn deine Männer müde und niedergeschlagen sind, was wäre besser, um sie aufzuheitern, als eine alberne Geschichte – zum Beispiel die von dem kleinen Mann Iubdan und dem Teller Haferbrei oder die von dem Bauern, der drei Wünsche hat und sie alle verdirbt? Was wäre besser, ihnen Hoffnung zu geben, als eine Liebesgeschichte?«

»Du begibst dich in Gefahr, wenn du von Liebe sprichst. Bist du so unschuldig oder so dumm, dass du dir nicht vorstellen kannst, was für eine Wirkung solche Worte in der Gesellschaft von Männern haben? Oder vielleicht ist es das, was du willst. Du könntest deine Wahl haben. Ein neuer Mann jede Nacht. Vielleicht auch zwei.«

Ich spürte, wie ich blass wurde.

»Du zeigst, was für ein Mann du bist, wenn du mich so beleidigst«, sagte ich sehr leise.

»Und was für eine Art Mann ist das?«

»Ein Mann, der kein Gefühl für Recht und Unrecht hat. Ein Mann, der selbst nicht lachen kann und der es anderen aus Angst verbietet. Ein ... ein Mann, der keinen Respekt vor Frauen hat. Es gibt welche, die schreckliche Rache nehmen würden, wenn sie hören könnten, wie du mit mir sprichst.«

Er schwieg.

»Und worauf stützt du dieses Urteil?«, fragte er schließlich. »Du hast nur sehr kurze Zeit in meiner Gesellschaft verbracht. Und du hältst mich bereits für eine Art Ungeheuer. Du ziehst wahrhaftig rasche Schlüsse über das Wesen eines Mannes!«

»Ebenso wie du über eine Frau«, erwiderte ich direkt.

»Ich brauche dich nicht zu kennen, um zu erkennen, was du bist«, meinte er barsch. »Die von deiner Art sind alle gleich. Ihr fangt einen Mann in eurem Netz, zieht ihn an euch, nehmt ihm seinen Willen und seine Urteilskraft. Es geschieht so unmerklich, dass er für immer verloren ist, bevor er die Gefahr erkennt. Dann werden andere mit hineingezogen, und das Muster von Dunkelheit erstreckt sich weiter und weiter, so dass selbst die Unschuldigen nicht mehr entkommen können.« Er hielt abrupt inne, und es wurde deutlich, dass er seine Worte bedauerte.

»Du«, sagte er zu Hund, der mit offenem Mund gelauscht hatte. »Bring sie zurück zu ihrem Schutzbefohlenen, und dann leg dich schlafen. Möwe wird heute Nacht Wache stehen.«

»Ich könnte es tun, Hauptmann. Ich kann eine weitere Wache …«

»Möwe wird es tun.«

»Jawohl, Hauptmann.«

Das war der zweite Tag. Der Schmied Evan hielt durch, obwohl ich nicht froh darüber war, wie er zitterte und schauderte und sein Fieber nicht nachließ, ganz gleich, wie oft ich ihn mit kaltem Wasser abrieb. Ein gewisser Wettbewerb entwickelte sich unter meinen drei Helfern. Alle waren begierig, bei der Pflege zu helfen, und obwohl sie ungeschickt waren, nützte mir ihre Kraft beim Heben und Umdrehen des Patienten. Brans Männer schienen immer etwas zu tun zu haben, übten sich im Kampf, kümmerten sich um Pferde und Geschirr, säuberten und schärften ihre Waffen. Eamonn hatte zumindest damit Unrecht gehabt – sie benutzten die geläufigeren Waffen wie Schwerter, Speere, Bögen und Dolche ebenso wie eine größere Menge anderer Geräte, deren Namen und Funktion ich nicht kannte und nicht kennen wollte. Das Lager war gut durchorganisiert. Ich war verblüfft, am nächsten Morgen mein Kleid und mein Hemd ordentlich zusammengefaltet auf den Steinen neben dem Unterschlupf zu finden, gewaschen und getrocknet und beinahe so gut wie neu. Es gab auch zumindest einen fähigen Koch hier und keinen Mangel an guten Jägern, um ständig für frisches Fleisch für den Topf zu sorgen. Wo die Möhren und Rüben herkamen, fragte ich lieber nicht.

Die Zeit war knapp. Sechs Tage, bevor sie weiterzogen. Der Schmied hatte Schmerzen und brauchte die schmerzlindernden Kräuter. Dennoch, wenn er ohne mich zurechtkommen wollte, musste er die Wahrheit wissen. Es gab Zeiten, an denen er die Stelle ansah, wo einmal sein starker Arm mit seiner Schulter verbunden gewesen war. Aber in seinen fiebrigen Augen stand kein wirkliches Erkennen, wenn ich mit ihm darüber sprach, was geschehen war und wie es weitergehen sollte.

Am dritten Tag ging ich, dicht gefolgt von Schlange, durch das Lager. Meine geliehenen Kleider mussten gewaschen werden, denn nun waren sie fleckig vom Blut meines Patienten und hier und da von den Flüssigkeiten, die er nicht länger im Magen behalten konnte, bis man bis zehn zählte, bevor er sie wieder herauswürgte.

Als wir das Bachufer erreichten, trafen wir dort den großen dünnen Mann Spinne und einen anderen, den sie Otter nannten. Sie rangen im Gras. Otter war kurz davor, zu gewinnen, denn bei diesem Sport gibt einem Körpergröße wenig Vorteile, wenn der Gegner rasch und klug ist. Es gab ein lautes Klatschen, und dann lag Spinne im Wasser und schaute sehr überrascht drein. Otter wischte sich die Hände an der Lederhose ab. Sein Oberkörper war nackt, und er hatte ein kompliziertes Muster auf der Brust, wie viele Kettenglieder, die einen gewundenen Kreis bilden.

»Morgen, Schlange. Morgen, Liadan. Hier, du Dummkopf. Steh auf. Du musst ein bisschen mehr üben.« Otter streckte die Hand aus und zog den verlegenen Spinne aus dem Wasser.

»Dummköpfe«, meinte Schlange freundlich. »Lasst euch dabei nicht vom Hauptmann erwischen.«

Ich rollte mein Bündel aus und begann, das fleckige Tuch auf den glatten Steinen an der seichten Stelle zu reiben.

»Ihr solltet lieber ins Lager zurückgehen oder wo immer ihr jetzt hingehört«, fuhr Schlange fort. »Der Hauptmann wird nicht glücklich sein, wenn er sieht, dass ihr mit der Dame hier redet.«

»Und du?«, murmelte Spinne, dem es zweifellos nicht passte, triefend nass und besiegt dazustehen. »Wie ist es dir denn gelungen, ihr Wachtposten zu sein?«

»Das geht dich nichts an.«

»Warum habt ihr alle solche Angst vor ihm?«, fragte ich und hielt mit meiner Arbeit inne, um zu den Dreien aufzublicken. Es war schade, dass es hier in der Nähe kein Seifenkraut gab. Ich nahm mir vor zu fragen, wie sie mein Kleid so sauber bekommen hatten.

»Angst?« Spinne war verdutzt.

Schlange runzelte die Stirn. »Das hast du falsch verstanden«, sagte er. »Wir haben Respekt vor dem Hauptmann, keine Angst.«

»Was?« Verblüfft hockte ich mich auf die Hacken. »Wenn ihr alle schweigt, wenn er auch nur das Wort erhebt? Wenn er euch mit den heftigsten Strafen droht, wenn ihr euch über Regeln hinwegsetzt, die er zweifellos selbst erfunden hat? Wenn ihr in einer Bruderschaft an ihn gebunden seid, aus der ihr offenbar nie entkommen könnt? Was ist das denn sonst, wenn nicht eine Herrschaft der Angst?«

»Still«, sagte Schlange beunruhigt. »Sprich leiser.«

»Siehst du?«, forderte ich ihn heraus, aber mit leiserer Stimme. »Ihr wagt es nicht einmal, offen über diese Dinge zu sprechen, damit er es nicht hört und euch bestraft.«

»Das stimmt«, meinte Spinne und ließ seine schlaksige Gestalt auf den Steinen neben mir nieder, aber immer noch vorsichtige drei oder vier Schritte entfernt. »Er weiß, wie man Regeln aufstellt und wie man dafür sorgt, dass sich alle daran halten. Aber es ist gerecht. Die Regeln sind dazu da, um uns zu schützen. Voreinander. Vor uns selbst. Alle verstehen das. Wenn wir sie brechen, ist es unsere eigene Entscheidung, und wir tragen die Folgen.«

»Aber was hält euch hier, wenn nicht die Angst vor ihm?«, fragte ich staunend. »Was für ein Leben ist das, für Geld zu töten, nie im Stande zu sein, in die wirkliche Welt hinauszugehen, nie im Stande zu sein zu ... zu lieben, eure Kinder aufwachsen zu sehen, zu sehen, wie ein Baum, den ihr gepflanzt habt, wächst und Schatten auf eure Hütte wirft, oder in einem Kampf zu stehen, bei dem ihr das Recht auf eurer Seite habt? Es ist kein Leben.«

»Bilde dir nicht ein, dass du das versehen könntest«, meinte Schlange.

»Ich könnte es versuchen«, sagte ich.

»Ohne den Hauptmann« – das war jetzt Otter – »wären wir gar nichts. Nichts. Tot, im Kerker oder noch schlimmer. Abschaum. Jeder Einzelne von uns. Du kannst nicht behaupten, dass das hier kein Leben ist. Er hat uns ein Leben gegeben.«

»Otter hat Recht«, meinte Schlange. »Frag doch Hund. Frag ihn nach seiner Geschichte, bitte ihn, dir die Narben an seinen Händen zu zeigen.«

»Wir sind Männer, die sonst niemand wollte«, sagte Spinne. »Der Hauptmann hat uns geholfen, nützlich zu sein, er hat uns einen Platz und Ziele gegeben.«

»Was ist mit Möwe?«, fuhr Schlange fort. »Er kommt von weit her, von einem weit abgelegenen Ort, wo es heiß ist wie in der Hölle und es überall Sand gibt. Und lauter schwarze Menschen wie er selbst. Jedenfalls, irgendjemand hat ihn wirklich fertig gemacht. Er hat zusehen müssen, wie seine Familie vor seinen Augen in Stücke gehackt wurde. Frau, Kinder, Eltern. Er wollte nur noch sterben. Der Hauptmann hat ihn rausgeholt, hat ihn überredet. Das war nicht einfach. Jetzt ist Möwe unser bester Kämpfer, wenn man vom Hauptmann selbst absieht.«

Ich hatte meine Wäsche beinahe vergessen, und sie wäre fast davongetrieben. Schlange griff an mir vorbei, um sie festzuhalten, gab sie mir wieder in die Hand und trat dann die obligatorischen drei, vier Schritte zurück.

»Jeder Mann hier hat eine Geschichte«, sagte Otter. »Aber wir versuchen, sie zu vergessen. Keine Vergangenheit, keine Zukunft, nur heute. Das ist einfacher. Wir sind alle Ausgestoßene. Keiner von uns kann zurückkehren, wenn man vielleicht einmal von dem Schmied absieht. Das hier ist unsere Existenz, hier in diesen Wäldern, oder da draußen bei der Arbeit, wo wir wissen, dass wir bei dem, was wir tun, die Besten sind. Es ist unsere Identität: die Bande des Bemalten Mannes. Er verlangt einen guten Preis und teilt gerecht mit uns. Ich arbeite lieber für ihn, als dass ich die Uniform irgendeiner Privatarmee eines Emporkömmlings anziehe.«

»Wer würde dich auch schon nehmen?«, sagte Schlange mit leisem Lachen. »Zu viel seltsame Tricks. Du hättest schon Ärger, bevor du deinen ersten Befehl hörst.«

»Ich befolge seine Befehle jeden Tag«, erwiderte Otter ernst. »Der Hauptmann hat mir das Leben gerettet. Aber das Leben ist billig genug. Ich verdanke ihm etwas viel Wertvolleres. Meine Selbstachtung.«

»Aber ...« Ich war vollkommen verwirrt. Ich begann, die Wäsche auszuwringen. »Aber ... ich verstehe das nicht. Begreift ihr denn nicht, dass das, was ihr tut ... ungeheuerlich ist? Böse? Ohne Skrupel und für Geld zu töten? Wie könnt ihr das ein Handwerk nennen, als wäre es nichts anderes als ... Schweine zu züchten oder Schiffe zu bauen?«

»Ihr züchtet Schweine, um sie zu essen«, warf Otter ein. »Das ist nicht sonderlich anders.«

»Oh!« Es war, als stritte man sich mit einer Wand. »Wir reden hier von Menschen, nicht von Tieren, die für den Kochtopf gezüchtet werden. Macht es euch denn nichts aus, dass ihr vom Töten lebt? Ihr tötet, wo und wie euer Hauptmann entscheidet, und für jeden, der den Preis zahlen kann. Heute erhaltet ihr eure Befehle vielleicht von einem Briten, morgen von einem Herrn aus Connacht oder einem Piktenhäuptling. Es ist alles vollkommen wahllos.«

»Ich könnte mich nicht auf die eine oder andere Seite schlagen«, meinte Spinne, offensichtlich überrascht. »Jedenfalls nicht dauernd. Wir kommen aus allen möglichen Völkern. Sachsen, Pikten, Leute aus dem Süden und einige, wie Möwe, von Orten, von denen wir vorher nicht einmal den Namen wussten. Wir sind ein gemischter Haufen.«

»Aber das bedeutet doch nicht, dass ihr – oh!« Ich gab auf.

»Wie war das mit Cú Chulainn?«, fragte Schlange. Das kam unerwartet. »Er hat den Vater seiner zukünftigen Frau getötet. Ich frage mich, was sie wohl davon hielt? Seine Männer haben die Armee ihres Vaters besiegt. Wozu? Damit er eine Frau haben und seine Lust befriedigen konnte. Damit er zeigen konnte, dass er der Stärkste ist. Wie sehr unterscheidet sich das davon, für Geld zu töten? Nicht sonderlich, würde ich sagen.«

Im Augenblick waren mir die Antworten ausgegangen. Außerdem war es Zeit zurückzukehren. Ich konnte Hund mit seinen beschränkten Fähigkeiten bei der Krankenpflege nicht zu lange mit dem Schmied allein lassen.

Aber als wir näher zum Unterschlupf kamen, war die ruhige Stimme nicht die von Hund. Ich bedeutete Schlange mit einer Geste zu schweigen.

»... ein Mann, du brauchst seinen Namen nicht zu wissen ... von der Küste von Wessex gegenüber Gallien ... er kann dafür sorgen, dass du weiterreist nach ... nein, keine Ursache, wir kümmern uns darum ...«

»Hauptmann.« Evans Antwort war schwach, aber er klang, als ob er verstand. Also war er wohl wach, und sein Geist war wieder klar, zumindest im Augenblick. Schlange hatte sich weiter zurückgezogen und sich mit irgendetwas beschäftigt. Ich wartete direkt vor dem Unterschlupf, weil ich einfach nicht widerstehen konnte.

»Was hat dich zurückgehalten?«, fragte Evan. »Als du

gesehen hast, was von mir übrig war – was hat dich aufgehalten?«

Stille.

»Ich werde dich nicht belügen, Evan«, sagte Bran schließlich leise. »Ich hätte es getan. Und ich bin noch nicht ganz davon überzeugt, dass es richtig war, es nicht zu tun.«

Wieder Schweigen. Der Schmied wurde müde.

»Ein dreistes kleines Mädchen, nicht wahr?«, sagte er schließlich und brachte den Geist eines Kicherns hervor. »Kommandiert Leute gerne herum. Hat mich mit ihrem Gerede durchgebracht. Ich hätte nicht sagen können, ob ich wach war oder schlief, aber ich habe sie gehört. Und sie hat mir die Wahrheit gesagt. Der Arm ist ab, hat sie gesagt, aber das ist nicht das Ende der Welt. Sie hat mir erzählt, was ich ohne Arm machen kann. Hat mir ein paar Ideen in den Kopf gesetzt, Sachen, von denen ich zuvor nicht geträumt hätte. Wenn du mich gestern gefragt hättest, hätte ich dich verflucht, weil du mir nicht auf der Stelle ein Ende gemacht hast. Aber jetzt bin ich nicht mehr so sicher.«

»Du solltest dich lieber ausruhen«, meinte Bran. »Oder sie wird noch behaupten, dass ich ihre Pläne störe.«

»Sie hat ihren eigenen Kopf. Genau wie du, Hauptmann. Und sie ist auch hübsch anzuschauen.«

Es dauerte eine Weile, bevor Bran antwortete. Als er es schließlich tat, war die Wärme aus seiner Stimme gewichen. »Du solltest mich besser kennen als das, Schmied.«

»Mhm.«

Jetzt kam er heraus. Plötzlich beschäftigte ich mich hektisch damit, die nassen Kleider zum Trocknen auf die Weißdornbüsche in der Nähe zu hängen. Er blieb im Eingang stehen.

»Wo ist Hund?«, fragte ich, ohne mich umzudrehen.

»Nicht weit weg. Ich bleibe hier, bis er wiederkommt.«

»Das ist nicht nötig«, sagte ich. »Schlange ist immer noch da. Ein Wachtposten genügt. Du kannst mir vertrauen, dass ich meinen Schutzbefohlenen nicht verlasse. Ich hätte nicht zugestimmt, das zu tun, was ich getan habe, wenn ich vorgehabt hätte, bei der nächstbesten Gelegenheit davonzulaufen.«

Ich blickte zu ihm auf. Er sah mich ernst an, und ich dachte nicht zum ersten Mal über sein seltsames Zwei-in-einem-Gesicht nach. Das kunstvolle Muster auf der rechten Seite ließ sein Auge bedrohlich aussehen, gab seiner Nase einen arroganten Bogen, seinem Mund Strenge. Und dennoch, wenn man die andere Seite für sich betrachtete, war die Haut hell und glatt, die Nase gerade, das Auge von klarem Grau wie Seewasser an einem Wintermorgen. Nur der Mund war derselbe, fest und unnachgiebig. Er war wie zwei Männer in einem einzigen Körper. Wieder starrte ich ihn an. Ich zwang mich, den Blick abzuwenden.

»Vertrauen?«, fragte er. »Dieses Wort hat keine Bedeutung.«

»Mach doch, was du willst«, sagte ich und setzte dazu an, in den Unterschlupf zurückzukehren.

»Noch nicht«, sagte Bran. »Ich nehme an, du hast es gehört? Du hast gehört, was der Schmied gesagt hat?«

»Einen Teil davon. Ich bin froh zu hören, dass er so klar gesprochen hat. Es scheint ihm besser zu gehen.«

»Hm.« Er klang nicht überzeugt. »Dank dir hat er gewisse Hoffnungen auf eine Zukunft. Du hast sie ihm mit Worten ausgemalt wie gestern Abend für meine Männer. Ein rosiger Neuanfang voller Liebe, Leben und Sonnenlicht. Du tust das, und dennoch wagst du es, ein Urteil über uns zu fällen.«

»Wie meinst du das?«, fragte ich leise. »Ich habe ihm nur die Wahrheit gesagt. Ich habe die Tatsachen nicht vor ihm verborgen, habe ihn nicht über das Ausmaß seiner Verletzung hinweggetäuscht und wie es ihn einschränken würde. Und wie ich dir schon zuvor sagte, muss sein Leben deshalb nicht vorüber sein. Es gibt viele Dinge, die er tun kann.«

»Falsche Hoffnungen«, sagte er trostlos und trat mit der Stiefelspitze Erde weg. »Das ist kein Leben für einen aktiven Mann. Auf deine weiche Art bist du grausamer als ein Meuchelmörder, der sein Opfer rasch und wirkungsvoll erledigt. Das Opfer eines solchen Mörders leidet nicht lange. Dein Opfer verbringt vielleicht den Rest seines Lebens damit, zu begreifen, dass es nie wieder so sein kann wie früher.«

»Ich habe ihm nicht gesagt, dass es so sein wird wie früher. Gut, aber anders, habe ich gesagt. Und ich habe davon gesprochen, dass er stark sein muss, stark im Geist und Willen und nicht nur körperlich. Dass er gegen seine Verzweiflung kämpfen muss. Du beurteilst mich ungerecht. Ich war ehrlich mit ihm.«

»Du kannst wohl kaum von Urteilen sprechen«, meinte Bran. »Du hältst mich für eine Art Ungeheuer, das ist klar.«

Ich betrachtete ihn ruhig. »Kein Mensch ist ein Ungeheuer«, erwiderte ich. »Menschen tun ungeheuerliche Dinge, so viel ist sicher. Und ich habe dich nicht so übereilt beurteilt, wie du es mit mir tust. Ich wusste von dir, bevor man mich überfallen und gegen meinen Willen hierher gebracht hat. Wie du zweifellos weißt, eilt dir ein gewisser Ruf voraus.«

»Was hast du gehört und von wem?«

Ich bedauerte bereits meine Worte. »Dieses und jenes«, sagte ich vorsichtig. »Gerüchte von Morden, die scheinbar zufällig geschahen, auf eine Weise ausgeführt, die ebenso wirkungsvoll wie ... exzentrisch war. Geschichten von einer Söldnerbande, die vor nichts zurückschreckt, wenn man sie nur gut genug bezahlt, und die sich mit solchen Kleinigkeiten wie Loyalität, Ehre und Gerechtigkeit nicht abgibt. Von Männern, die aussehen wie wilde Tiere oder Geschöpfe aus der Anderwelt. Angeführt von einem schattenhaften Hauptmann, den sie den Bemalten Mann nennen. Man hört oft von diesen Geschichten.«

»Und was für ein Haus war das, wo solche Gerüchte an deine Ohren drangen?«

Ich antwortete nicht.

»Beantworte meine Frage«, sagte er immer noch leise. »Es ist an der Zeit, dass du mir sagst, wer du bist und wo du herkommst. Meine Männer waren seltsam vage, als sie erzählt haben, wie sie dich gefunden haben und wer dich auf der Straße begleitete. Ich erwarte immer noch eine angemessene Erklärung von ihnen.«

Ich schwieg weiter und sah ihn nur an.

»Antworte mir, verflucht!«

»Wirst du mich diesmal wirklich schlagen?«, fragte ich, ohne die Stimme zu heben.

»Führ mich nicht in Versuchung. Wie heißt du?«

»Ich dachte, wir hätten hier keine Namen.«

»Du gehörst nicht hierher, und du kannst nicht hierher gehören«, fauchte Bran. »Ich kann dich schon dazu bringen, zu antworten, wenn es sein muss. Es wird für uns beide leichter sein, wenn du es einfach tust. Ich bin verblüfft, dass du nicht erkennst, in welcher Gefahr du dich befindest. Vielleicht bist du ein wenig arm im Geist.«

»Also gut«, meinte ich. »Ich sage dir meinen Namen und wo ich herkomme, wenn du mir deinen wahren Namen sagst und wo du geboren wurdest. Ich würde annehmen, du kommst aus Britannien, obwohl du unsere Sprache fließend sprichst. Aber keine Mutter nennt ihren Sohn Hauptmann.«

Er schwieg einen Augenblick. Dann sagte er: »Du begibst dich auf gefährliches Gelände.«

»Ich will dich an eines erinnern«, erwiderte ich mit klopfendem Herzen. »Ich bin nicht freiwillig hier. Die Männer meines Haushalts werden nach mir suchen, und sie sind sowohl bewaffnet als auch gute Kämpfer. Glaubst du wirklich, ich würde sie gefährden, indem ich dir sage, wer sie sind und woher sie kommen? Ich mag vielleicht dumm sein, aber nicht so dumm. Ich habe dir gesagt, mein Name ist Liadan, und das muss dir genügen, bis du mir deinen verrätst.«

»Ich kann mir nicht vorstellen, wieso sich jemand die Mühe machen würde, nach dir zu suchen«, meinte er verärgert. »Führt nicht deine Gewohnheit, Widerworte zu geben und dich wie ein neugieriger Terrier in alles einzumischen, dazu, dass deine Leute deiner bald müde werden?«

»Das ist nicht so«, meinte ich freundlich. »Zu Hause bin ich als ein stilles, pflichtbewusstes Mädchen bekannt. Ich habe gute Manieren, bin fleißig und gehorsam. Ich denke, du bist es, der das Schlimmste in mir zu Tage fördert.«

»Hm«, sagte er. »Still, pflichtbewusst. Das bezweifle ich. Das erfordert zu viel Fantasie. Es ist wahrscheinlicher, dass du, wie alle von deiner Art, lügst, wenn es dir passt. Das sollte einer solchen Geschichtenerzählerin leicht fallen.«

»Du beleidigst mich«, sagte ich, und es fiel mir immer schwerer, ruhig zu bleiben. Ich hätte einen Schlag ins Gesicht vorgezogen. »Geschichten sind keine Lügen, sie sind auch keine Wahrheiten, sondern etwas dazwischen. Sie können so wahr oder so falsch sein, wie der Hörer es sich aussucht oder wie der Erzähler ihn glauben lassen will. Es ist ein Zeichen des engen Kreises, den du um dich ziehst, um andere fern zu halten, dass du dies nicht verstehst. Es fällt mir nicht leicht zu lügen, und ich würde es auch nicht aus einem oberflächlichen Grund tun.«

Er starrte mich wütend an, die grauen Augen wie Eis. Endlich hatte ich eine Reaktion hervorgerufen.

»Bei Gott, Frau, du kannst einen wirklich mit dieser verdrehten Logik ermüden!«, sagte er ungeduldig. »Es genügt. Wir haben zu tun.«

»In der Tat«, sagte ich leise, drehte mich um, ging zu meinem Patienten und warf keinen Blick zurück.

Evan ging es besser; er war klar im Geist und schlief besser. Ich achtete darauf, dass niemand sah, wie sehr mich das überraschte. An diesem Abend hielt Möwe Wache, und ich fragte ihn, wie man den Kranken in Sicherheit bringen wollte, wenn die Zeit dazu gekommen war, aber er war ausweichend mit seinen Antworten. Dann schickte ich ihn eine Weile nach draußen, so dass ich mich für die Abendmahlzeit waschen und vorbereiten konnte. Der Schmied schlief beinahe, hatte die Augen bis auf Schlitze geschlossen und atmete ruhig genug nach all den Schmerzen, die der Verbandwechsel ihm bereitet hatte. Er hatte ein wenig Brühe gegessen.

»Das hier ist ein wenig peinlich«, sagte ich ihm. »Schließ die Augen, wende den Kopf ab und rege dich nicht, bis ich es dir sage.«

»Still wie ein Grab«, flüsterte er mit einer gewissen Ironie und schloss die Augen.

Ich zog mich rasch aus und schauderte, als ich mich mit Wasser aus dem Eimer wusch und dabei das Stück grober Seife benutzte, das Hund für mich gefunden hatte. Als ich mich wieder abspülte, spürte ich Gänsehaut, Sommer oder nicht. Ich drehte mich um, griff nach dem rauen Handtuch und wollte mich so rasch wie möglich anziehen, und dann fiel mir auf, dass Evan die tief liegenden braunen Augen weit geöffnet hatte, als er da auf seinem Strohsack lag, mich anstarrte und von einem Ohr zum anderen grinste.

»Schande über dich«, rief ich und spürte, wie ich am ganzen nackten Körper errötete. Es blieb mir nichts übrig, als mich rasch abzutrocknen und so schnell wie möglich meine Unterwäsche anzuziehen, dann das Hemd und das Kleid, und froh zu sein, dass ich die Verschlüsse am Rücken ohne Hilfe erreichen konnte. »Ein erwachsener Mann wie du benimmt sich wie ein ... wie ein schlecht erzogener Junge, der den Mädchen nachspioniert. Habe ich dir nicht gesagt ...«

»Es war nicht böse gemeint, Mädel«, meinte Evan, und das Grinsen entspannte sich zu einem Lächeln, das seinen stumpfen Zügen eine überraschende Liebenswürdigkeit verlieh. »Es wäre über meine Kraft gegangen, nicht hinzusehen. Und es war ein sehr angenehmer Anblick, wenn ich das sagen darf.«

»Nein, das darfst du nicht sagen«, fauchte ich, aber ich hatte ihm schon verziehen. »Tu das nicht wieder, hast du das verstanden? Es ist schlimm genug, die einzige Frau hier zu sein, auch ohne ...«

Plötzlich war er ernst.

»Diese Männer würden dir nie etwas tun, Mädchen«, sagte er leise. »Sie sind keine Barbaren, die Frauen vergewaltigen. Wenn sie eine Frau wollen, brauchen sie keine zu zwingen. Es gibt viele, die es freiwillig tun, und nicht alle nur für Geld, glaub mir. Außerdem wissen sie, dass sie dich nicht anrühren dürfen.«

»Wegen dem, was er gesagt hat? Der Hauptmann?«

»Nun ja, er hat ihnen doch wohl klar gemacht, dass sie die Finger von dir lassen sollen. Aber das hätte er sich auch sparen können. Jeder, der Augen im Kopf hat, sieht, dass du eine Frau fürs Ehebett bist, nicht eine, die man sich rasch am Straßenrand nimmt, wenn du verzeihst, dass ich so etwas erwähne. Hast du zu Hause einen Mann?«

»Nicht genau«, sagte ich, unsicher, wie ich darauf antworten sollte.

»Was meinst du damit? Entweder du hast einen oder nicht. Ehemann? Liebster?«

»Ich habe einen ... Ich nehme an, man würde ihn als Bewerber bezeichnen. Aber ich habe noch nicht eingewilligt, ihn zu heiraten. Noch nicht.«

Evan seufzte tief, als ich die Decke fest um ihn stopfte und das improvisierte Kissen zurechtzupfte.

»Armer Junge«, meinte er schließlich. »Lass ihn nicht zu lange warten.«

»Wenn ich dir das nächste Mal sage, du sollst die Augen schließen, lässt du sie geschlossen«, erklärte ich ernst.

Er murmelte etwas und schlief dann ein, immer noch mit der Spur eines Grinsens auf seinen Zügen.

An diesem Abend erzählte ich ihnen Geschichten, um sie zum Lachen zu bringen. Alberne Geschichten. Komische

Geschichten. Iubdan und der Teller Haferbrei. Und wie er anschließend Rache an den großen Leuten nahm. Die Geschichte von dem Mann, dem das Feenvolk drei Wünsche gewährte, so dass er Gesundheit, Wohlstand und Glück hätte haben können. Der arme Dummkopf hatte am Ende nur eine Wurst. Als ich fertig war, bogen sich die Männer vor Lachen und baten um eine weitere Geschichte. Selbstverständlich alle bis auf den Hauptmann. Ich ignorierte ihn, so gut ich konnte.

»Noch eine«, sagte ich. »Nur eine. Und jetzt ist es Zeit, wieder ernst zu werden und über die Sterblichkeit aller Wesen nachzudenken. Ich habe euch gestern Abend von einem unserer größten Helden, von Cú Chulainn von Ulster, erzählt. Ihr erinnert euch vielleicht, dass er bei der Kriegerin Aoife lag, und wie sie ihm einen Sohn geboren hat, lange nachdem er die Insel verlassen hatte. Nicht, dass er ihr sonst nichts hinterließ. Er gab ihr einen kleinen Goldring für ihren kleinen Finger, bevor er davonzog, um seine Geliebte Emer zu heiraten.«

»Nett von ihm«, meinte jemand trocken.

»Aoife war daran gewöhnt. Sie war eine selbstbewusste Frau und stark, und sie hatte wenig Zeit für die Eigensüchtigkeit der Männer. An einem Tag brachte sie ihr Kind zur Welt, und am nächsten war sie wieder draußen und schwang ihre Kampfaxt. Sie nannte den Jungen Conlai, und wie ihr euch vorstellen könnt, wuchs er zu einem Experten in allen Kriegskünsten heran, so dass sich wenige im Feld mit ihm messen konnten. Als er zwölf Jahre alt war, gab ihm seine Mutter, die Kriegerin, einen kleinen, goldenen Ring, den er an einer Kette um den Hals tragen konnte, und sie erklärte ihm, wer sein Vater gewesen war.«

»Keine gute Idee?«, wollte Schlange wissen.

»Das kommt darauf an. Ein Junge muss wissen, wer sein Vater ist. Und wer kann schon sagen, was für ein Ende die Geschichte gehabt hätte, hätte Aoife ihm dieses Wissen vorenthalten? Es war Cú Chulainns Blut, das in seinen Adern floss, ob er den Namen trug oder nicht. Er war dazu ausersehen, Krieger zu werden, Gefahren auf sich zu nehmen, und er hatte den ganzen waghalsigen Mut seines Vaters.

Sie hielt ihn zurück, solange sie konnte, aber dann kam der Tag, als Conlai vierzehn Jahre alt war und sich für einen Mann hielt, und er machte sich auf, um seinen Vater zu suchen und ihm zu zeigen, was für einen feinen Sohn er gezeugt hatte. Aoife bedauerte das und versuchte, den Jungen zu schützen. Sie erklärte ihm, er müsse vorsichtig sein und dürfe niemandem verraten, dass er der Sohn des größten Helden war, den Ulster je gekannt hatte. Zumindest, bis er zur Halle seines Vaters kam. Dort würde er in Sicherheit sein; aber auf dem Weg dorthin war es gut möglich, dass er an Leute geriet, deren Söhne oder Brüder oder Väter von Cú Chulainn besiegt worden waren, und wer wusste schon, ob die nicht Rache nehmen würden, indem sie den Sohn des Helden töteten? Also sagte sie zu Conlai: Verrate keinem einzigen Krieger deinen Namen. Versprich es mir. Und er versprach es ihr, denn sie war seine Mutter. So besiegelte sie, die ihn nur in Sicherheit wissen wollte, ohne es zu ahnen, sein Schicksal.«

Vollkommenes Schweigen herrschte, wenn man von der leichten Brise in den Blättern absah. Es war Neumond.

»Conlai kam also von Alba aus über das ganze Land Erin, den ganzen Weg nach Ulster und schließlich zum Zuhause seines Vaters, des großen Helden Cú Chulainn. Er war ein hoch gewachsener, kräftiger Junge, und in seinem Hemd und seiner Rüstung hätte ihn niemand von einem erfahrenen Krieger unterscheiden können. Er ritt zum Tor und hob sein Schwert zur Herausforderung, und heraus kam Conall, der Pflegebruder Cú Chulainns.

›Wie ist dein Name, du dreister Emporkömmling?‹, rief Conall. ›Sag es mir, so dass ich weiß, wessen Sohn zu meinen Füßen liegt, wenn unser Zweikampf vorüber ist!‹

Aber Conlai sagte kein Wort, denn er hielt sein Versprechen gegenüber seiner Mutter. Ein kurzer Kampf brach aus, den Cú Chulainn und seine Krieger interessiert von den Zinnen beobachteten. Und am Ende war es nicht der Herausforderer, der besiegt am Boden lag.«

Dann erzählte ich, wie der Junge jeden Mann besiegte, der mit Schwert oder Stock oder Dolch gegen ihn antrat, bis Cú Chulainn sich selbst entschied, sich der Herausforderung zu stellen, denn ihm gefiel, wie der junge Mann die Schultern hielt, und seine ordentliche Fußarbeit, und zweifellos erkannte er etwas von sich selbst in ihm.

»›Ich werde runtergehen und es selbst mit diesem Burschen aufnehmen‹, sagte er. ›Er scheint ein würdiger Gegner zu sein, wenn auch etwas arrogant. Wir werden schon sehen, was er aus Cú Chulainns Kampfkunst macht. Wenn er mir widerstehen kann, bis die Sonne hinter diesen Ulmen dort untergeht, werde ich ihn in meinem Haus und in meiner Truppe willkommen heißen, falls er das möchte.‹

Also ging er hinunter und vor das Tor und erklärte dem Jungen, wer er sei und was er vorhatte. *Vater,* flüsterte Conlai leise, aber er sagte kein lautes Wort, denn er hatte es seiner Mutter versprochen, und er würde seinen Eid nicht brechen. Cú Chulainn war beleidigt, weil der Herausforderer nicht einmal die Höflichkeit besaß, ihm seinen Namen zu nennen, und so begann er mit dem Kampf bereits zornig, was nie eine gute Idee ist.«

Die Männer murmelten zustimmend. Ich beobachtete Bran; ich konnte es nicht vermeiden, denn er saß in meiner Nähe, das Gesicht vom Feuer beleuchtet, in das er starrte, und seine Miene war tatsächlich sehr seltsam. Es war etwas an dieser Geschichte, das seine Aufmerksamkeit erregte, wie es die anderen nicht getan hatten, und hätte ich nicht gewusst, was für eine Art Mann er war, hätte ich gesagt, dass ich etwas Ähnliches wie Angst in seiner Miene las. Das musste am Licht liegen, sagte ich mir und fuhr fort.

»Nun, dies war ein Zweikampf, wie man ihn nur selten sieht: der erfahrene, abgehärtete Schwertkämpfer gegen den flinken, ungeduldigen jungen Mann. Sie kämpften mit Schwert und Dolch, umkreisten einander, bewegten sich vor- und rückwärts, hin und her, duckten sich, wichen aus, sprangen und drehten sich, so dass es manchmal schwierig war zu erkennen, wer wer war. Einer der Männer, die von oben her zusahen, bemerkte, dass sich die beiden Kämpfer im Körperbau so ähnlich waren wie Erbsen in der Schale. Die Sonne sank tiefer und tiefer und berührte die Wipfel der höchsten Ulme. Cú Chulainn dachte daran, den Kampf für beendet zu erklären, denn in Wahrheit spielte er nur mit diesem Herausforderer.

Seine eigenen Fähigkeiten waren viel größer, und er hatte immer noch vorgehabt, den anderen zu prüfen, bis die Zeit, die er sich vorgenommen hatte, vorüber war, und ihm dann Freundschaft anzubieten.

Aber Conlai, verzweifelt bemüht, sich zu beweisen, zuckte einmal mit dem Schwert vor, und siehe da!, in seiner Hand lag eine feuerrote Locke von Cú Chulainns Haar, die er fein säuberlich abgetrennt hatte. Einen Augenblick lang, nur einen Augenblick lang, überfiel die Kampfeswut Cú Chulainn, und bevor er wusste, was er tat, gab er einen Schrei von sich und stieß sein Schwert tief in die Eingeweide seines Gegners.«

Um mich herum erklang Gemurmel – einige meiner Zuhörer hatten es kommen sehen, aber alle spürten das plötzliche Gewicht solch entsetzlicher Taten.

»Sobald er das getan hatte, kam Cú Chulainn wieder zu sich. Er riss das Schwert heraus, und Conlais Lebensblut ergoss sich rot auf den Boden. Cú Chulainns Männer kamen herunter, nahmen dem Fremden den Helm ab und sahen, dass er nur ein Junge war, dessen Augen bereits verdunkelt waren vom Schatten des Todes, dessen Gesicht bleicher und bleicher wurde, während die Sonne hinter die Ulmen sank. Dann lockerte Cú Chulainn das Gewand des Jungen, um ihm sein Ende bequemer zu machen. Und er sah den kleinen Ring, der an einer Kette um Conlais Hals hing. Den Ring, den er Aoife vor beinahe fünfzehn Jahren gegeben hatte.« Bran hatte eine Hand an die Stirn gelegt. Immer noch starrte er in die Flammen. Was hatte ich gesagt?

»Er hat seinen eigenen Sohn getötet«, flüsterte jemand.

»Seinen Jungen«, sagte ein anderer. »Seinen eigenen Jungen.«

»Es war zu spät«, sagte ich nüchtern. »Zu spät, noch um Verzeihung zu bitten. Zu spät, um Lebewohl zu sagen, denn sobald Cú Chulainn erkannte, was er getan hatte, tat sein Sohn seinen letzten Atemzug, und Conlais Geist floh aus seinem Körper.«

»Das ist schrecklich«, sagte Hund entsetzt.

»Es ist eine traurige Geschichte«, stimmte ich zu, und ich fragte mich, ob auch nur einer von ihnen diese Geschichte in irgendeiner Weise mit ihren eigenen Aktivitäten in Verbindung brachte. »Es heißt, Cú Chulainn hätte den Jungen auf seinen eigenen Armen nach drinnen getragen und ihn mit allem Prunk begraben. Wie er sich fühlte und was er sagte, erzählt die Geschichte nicht.«

»Ein Mann kann so etwas nicht tun und es einfach hinter sich lassen«, meinte Möwe sehr leise. »Es würde ihn stets begleiten, ob er es wollte oder nicht.«

»Was ist mit seiner Mutter?«, fragte Hund. »Was hatte sie dazu zu sagen?«

»Sie war eine Frau«, meinte ich trocken. »Die Geschichte beschäftigt sich nicht weiter mit ihr. Ich nehme an, sie hat den Verlust ertragen und weitergemacht, wie es Frauen tun.«

»In gewisser Weise war es ihr Fehler«, warf jemand ein. »Wenn er seinen Namen genannt hätte, hätten sie ihn willkommen geheißen, statt zu kämpfen.«

»Es war die Hand eines Mannes, die das Schwert in seine Eingeweide trieb. Es war der Stolz eines Mannes, der Cú Chulainn zustoßen ließ. Ihr könnt der Mutter nicht die Schuld geben. Sie hat nur versucht, ihren Sohn zu schützen, denn sie wusste, wie Männer sind.«

Schweigen folgte meinen Worten. Zumindest hatte die Geschichte sie nachdenken lassen. Nach der vergnüglichen Stimmung des früheren Abends war nun wirklich alles anders.

»Glaubt ihr, dass ich ein zu hartes Urteil fälle?«, sagte ich und stand auf.

»Keiner von uns hat je seinen eigenen Sohn getötet«, erklärte Spinne zornig.

»Ihr habt den Sohn eines anderen Mannes getötet«, sagte ich leise. »Jeder Mann, der vor eurem Messer oder euren

Händen oder euren kleinen Seilschlingen fiel, ist der Liebste einer Frau, der Sohn einer Frau. Jeder Einzelne.«

Niemand sagte etwas. Ich dachte, ich hätte sie beleidigt. Nach einer Weile ging einer herum und goss Bier nach, und ein anderer warf mehr Holz aufs Feuer, aber niemand sprach mehr. Ich wartete darauf, dass Bran etwas sagte, mir vielleicht befahl, ich solle den Mund halten und aufhören, seine Krieger zu verstören. Stattdessen stand er auf, drehte sich auf dem Absatz um und ging ohne ein Wort davon. Ich starrte ihm hinterher, aber er war wie ein Schatten in den Bäumen verschwunden. Die Nacht war sehr dunkel. Leise begannen die Männer, miteinander zu reden.

»Bleib noch eine Weile sitzen, Liadan«, sagte Möwe freundlich. »Trink noch ein Bier.«

Langsam setzte ich mich wieder hin. »Was ist mit ihm los?«, flüsterte ich und spähte über den Kreis hinaus. »Was habe ich gesagt?«

»Lass ihn lieber ihn Ruhe«, murmelte Hund, der mich gehört hatte. »Er wird heute Nacht Wache stehen.«

»Was?«

»Neumond«, sagte Möwe. »Da übernimmt er immer die Wache. Er hat uns beiden gesagt, wir sollten schlafen. Er ist jetzt raufgegangen, um Schlange abzulösen. Ist ja auch ganz vernünftig – wenn er ohnehin wach sein wird, kann er genauso gut Wache halten.«

»Warum schläft er nicht? Ihr wollt mir doch hoffentlich nicht erzählen, dass er sich beim Verschwinden des Monds in ein Ungeheuer verwandelt – vielleicht halb Mensch, halb Wolf?«

Möwe kicherte. »Der doch nicht! Er kann nur nicht schlafen. Ich kann dir nicht sagen, warum. Es ist so, seit ich ihn kenne. Sechs, sieben Jahre. Er bleibt wach, bis es dämmert.«

»Hat er Angst einzuschlafen?«

»Er? Angst?« Schon die Idee schien ihm lächerlich vorzukommen.

Möwe begleitete mich zurück zum Unterschlupf und ließ mich dort. Bran war drinnen, die Hand auf der Stirn des Schmieds, und sprach leise mit ihm. Es war nur eine Laterne angezündet, und sie breitete einen goldenen Schimmer über die Felswände und den Mann, der auf dem Strohsack lag. Sie berührte Brans Züge mit Licht und Schatten und ließ den grimmigen Mund weicher wirken.

»Er ist wach«, sagte er, als ich hereinkam. »Gibt es etwas, wobei du Hilfe brauchst, bevor ich nach draußen gehe?«

»Ich komme schon zurecht«, sagte ich. Schlange hatte auf meine Anweisung hin eine Schale Wasser mit ein paar der rasch schwindenden Heilkräuter vorbereitet, und ich stellte sie auf einen Hocker am Bett.

»Du bist ein gutes Mädchen«, sagte Evan schwächlich. »Ich habe das schon öfter gesagt, aber ich werde es weiterhin sagen.«

»Schmeichelei wird dir auch nicht helfen«, sagte ich und knöpfte sein schweißdurchtränktes Hemd auf.

»Das weiß ich nicht.« Es gelang ihm, schief zu grinsen. »Es passiert mir nicht jeden Tag, dass eine schöne Frau wie du mich auszieht. Das ist es beinahe wert, den Arm dafür zu verlieren.«

»Ach, lass das«, sagte ich und wischte ihm mit dem feuchten Tuch über den Körper. Er hatte schrecklich abgenommen; ich konnte die Rippen deutlich unter seiner Haut spüren und sah die tiefen Höhlen an seinen Schlüsselbeinen. »Du bist ohnehin zu dünn für meinen Geschmack«, sagte ich ihm. »Wir werden dich ordentlich auffüttern müssen. Du weißt, was das bedeutet: noch mehr Brühe, bevor ich dich schlafen lasse.«

Sein Blick war so vertrauensvoll wie der eines treuen Hundes, als ich ihm über die Stirn fuhr.

»Bran. Schlange hat den Topf mit Brühe zum Abkühlen am Kohlebecken gelassen. Könntest du mir davon etwas in einem Becher holen?«

»Brühe«, sagte Evan angewidert. »Brühe! Könnt ihr einem Mann nichts Anständiges zu essen bringen?«

Aber am Ende fiel es ihm schwer genug, sogar diese ein, zwei Schlucke zu trinken. Und ich musste Bran bitten, mir zu helfen und den Kopf des Schmieds zu heben, während ich ihm die Mixtur zwischen die Lippen löffelte. Evan würgte trotz seiner Anstrengungen.

»Ganz langsam atmen, wie ich dir gesagt habe«, meinte ich leise. »Du musst versuchen, das im Magen zu behalten. Noch einen Löffel.«

Bald war er erschöpft. Und er hatte nur so wenig gegessen! Schweißperlen standen ihm bereits auf der Stirn. Ich würde ein paar aromatische Kräuter verbrennen müssen, denn es gab keine Möglichkeit, ihm genug Schlaftrunk einzuflößen, um ihm etwas Erleichterung zu verschaffen. Er sprach nie von seinen Schmerzen, nur im Scherz, aber ich wusste, dass sie schrecklich waren.

»Könntest du das Kohlebecken ein wenig weiter hereinschieben?«

Bran sagte nichts, aber er tat, was ich ihm auftrug. Er beobachtete mich schweigend, als ich alles, was ich brauchte, aus meinem Gepäck holte, und die Mischung auf die noch immer glühenden Kohlen streute. Es war nicht mehr viel übrig. Aber drei Tage waren nicht lang. Ich gestattete mir nicht, über diesen Punkt hinauszudenken. Der durchdringende Geruch erhob sich in die Luft. Hanf, Fichtennadeln, Wacholder. Wenn es mir nur gelungen wäre, dem Mann ein wenig Tee einzuflößen, denn nur eine halbe Tasse Lavendel- und Birkenblättertee kann den Schmerz lindern und heilenden Schlaf bringen. Aber ich hatte nicht die Zutaten für einen solchen Tee, und Evan hatte nicht die Energie, ihn zu trinken. Außerdem war Mittsommer schon vorbei. Birkenblätter sind für diesen Zweck nur gut, wenn man sie frisch benutzt und im Frühling pflückt. Ich wünschte mir, dass meine Mutter bei mir wäre. Sie hätte gewusst, was zu tun war. Der Schmied wurde ruhiger, schloss die Augen halb, aber sein Atem ging schwer. Ich wrang das Tuch aus und begann aufzuräumen.

»Was, wenn Conlai nie den Namen seines Vaters erfahren hätte?«, sagte Bran plötzlich vom Eingang her. »Was, wenn er zum Beispiel in der Familie eines Bauern oder bei heiligen Brüdern in einem Gebetshaus aufgewachsen wäre? Was dann?«

Ich war so überrascht, dass ich überhaupt nichts sagte, und meine Hände arbeiteten automatisch weiter, als ich die Schale leerte und sie auswischte und dann meine Decke auf den harten Boden ausrollte.

»Du hast gesagt, es sei das Blut seines Vaters, der Wille seines Vaters, ein Krieger zu werden, der ihn dazu geführt hat. Aber seine Mutter hat ihn in den Kriegskünsten ausgebildet, sie hat ihn auf diesen Weg geschickt, bevor er auch nur wusste, wer Cú Chulainn war. Willst du damit sagen, dass, wie immer er auch aufgewachsen wäre, dieser Junge vom Schicksal dazu ausersehen war, dem Beispiel seines Vaters zu folgen? Beinahe, dass die Art, wie er starb, bereits bei seiner Geburt vorbestimmt gewesen war?«

»Oh nein!« Seine Worte entsetzten mich. »Das wäre, als

würde ich behaupten, dass man bei dem Weg, den man geht, überhaupt keine Wahl hat. Das meine ich nicht. Nur, dass wir alle von unseren Müttern und Vätern gemacht werden, und wir tragen viel von ihnen in uns. Wäre Conlai als heiliger Bruder aufgewachsen, hätte es vielleicht viel länger gedauert, bis der Mut seines Vaters und sein wilder kriegerischer Geist in ihm erwacht wären. Aber er hätte es sicherlich in sich gefunden, auf die eine oder andere Art. Er war diese Art Mann, und nichts hätte etwas daran ändern können.«

Bran lehnte sich gegen die Felsmauer, seine Gestalt fast ganz im Schatten.

»Was, wenn ...«, sagte er. »Die ... die Essenz, der Funke, was immer es ist, der kleine Teil seines Vaters, den er in sich trug ... das hätte verloren gehen können, zerstört, bevor er wusste, dass es da war. Man hätte ... man hätte es ihm nehmen können.«

Ich spürte eine seltsame Kälte, und in meinem Nacken sträubten sich die Haare. Es war, als breitete sich Finsternis über mich aus, über uns beide. Und Bilder tauchten so rasch vor meinem geistigen Auge auf, dass ich sie kaum erkennen konnte, bevor sie wieder verschwunden waren.

... dunkel, so dunkel. Die Tür geht zu. Ich kann nicht atmen. Sei still, schluck die Tränen herunter, gib keinen Laut von dir. Schmerzen, Krämpfe wie Feuer. Ich muss mich bewegen, aber ich wage es nicht, sonst werden sie mich hören. Wo bist du? Wo bist du? Wo bist du hingegangen?

Ich riss mich zurück in die wirkliche Welt, ich zitterte. Mein Herz klopfte heftig.

»Was ist los?« Bran trat aus dem Schatten und starrte mich forschend an. »Was ist?«

»Nichts«, flüsterte ich. »Nichts.« Und dann wandte ich mich ab, denn ich wollte ihm nicht in die Augen sehen. Was immer die finstere Vision gewesen war, sie war von ihm ausgegangen. Unter dieser Oberfläche lag tiefes, unvermessenes Wasser; gefährliche und seltsame Reiche.

»Du brauchst deinen Schlaf«, sagte er, und als ich mich schließlich umdrehte, war er weg. Das Kohlebecken glühte. Ich drehte die Lampe herunter, löschte sie aber nicht, falls der Schmied aufwachen und mich brauchen würde. Dann legte ich mich hin, um zu schlafen.

KAPITEL 5

Etwas weckte mich. Ich setzte mich abrupt auf, mit heftig klopfendem Herzen. Das Feuer im Kohlebecken war ausgegangen; die Laterne war heruntergebrannt und warf nur noch einen schwachen Lichtkreis. Draußen war es vollkommen dunkel. Alles war still. Ich stand auf und ging zum Strohsack, die Laterne in der Hand. Evan schlief. Ich zupfte die Decke um ihn zurecht und wollte mich wieder hinlegen. Für eine Sommernacht war es recht kühl.

Dann hörte ich es. Ein Geräusch wie ein unterdrücktes Keuchen, ein schwaches Einatmen. Konnte mich eine solche Kleinigkeit derart aufgeschreckt haben? Ich ging zögernd nach draußen, mit meinen bloßen Füßen und in dem geliehenen Unterhemd, das ich zum Schlafen trug, ein wenig schaudernd, und das nicht nur von der Kälte. Es war tiefe, tiefe Nacht, intensiv in ihrer Allgegenwart. Selbst die Nachtvögel schwiegen. Mit meiner kleinen, trüben Laterne hatte ich das Gefühl, das einzige Geschöpf zu sein, das sich in dieser schwarzen, undurchdringlichen Welt rührte.

Ich ging einen Schritt vorwärts und noch einen und sah, dass Bran am Eingang zur Höhle an die Felsen gelehnt saß und geradeaus ins Dunkel starrte. Vielleicht hatte auch er etwas gehört. Ich öffnete den Mund, um ihn zu fragen, und seine Hand zuckte vor und packte mich fest am Arm, ohne hinzusehen oder ein Wort zu sagen. Ich verkniff mir einen erschrockenen Aufschrei und musste mich anstrengen, die Laterne nicht fallen zu lassen. Seine Hand klammerte sich so fest, dass ich befürchtete, er würde mir den Arm brechen.

Er sagte nichts, aber ich hörte es wieder, in meinem Geist, eine Stimme wie die eines verängstigten Kindes; die Stimme eines Jungen, der so lange geweint hatte, dass er keine Tränen mehr hatte. *Geh nicht. Geh nicht weg.* Und im Licht der Laterne, die nun gefährlich in meiner freien Hand wackelte, bemerkte ich, dass Bran mich nicht wirklich sah. Er hielt mich fest, aber er starrte geradeaus, blind in dieser mondlosen Nacht.

Der Schmerz von seinem Griff zog sich durch meinen ganzen Arm. Aber das zählte nicht mehr. Ich erinnerte mich, dass ich Heilerin war. Ich setzte mich vorsichtig neben ihn auf den Boden. Er atmete rasch und unregelmäßig; er schauderte. Dies schien eine Art wacher Albtraum zu sein.

»Schon gut«, sagte ich leise, weil ich ihn nicht erschrecken und alles noch schlimmer machen wollte. Ich stellte die Laterne ab. »Ich bin hier. Jetzt ist alles gut.« Ich wusste genau, dass er nicht mich wollte. Dieses Kind, das ich hörte, rief nach jemandem, der längst nicht mehr da war. Aber ich war nun einmal hier. Ich fragte mich, wie viele solcher Nächte er ertragen hatte – Nächte, in denen er nicht schlafen wollte, damit diese finsteren Visionen ihn nicht überfielen.

Ich versuchte, seine Finger von meinem Arm zu lösen, aber er hielt mich weiterhin fest. Tatsächlich krallte er seine Finger noch fester in mein Fleisch, als ich seine Hand berührte, wie ein Ertrinkender, der in seiner Panik beinahe den Retter mit sich abwärts zieht. Tränen traten mir in die Augen.

»Bran«, sagte ich leise. »Du tust mir weh. Es ist jetzt alles gut. Du kannst mich jetzt loslassen.«

Aber er reagierte nicht, sondern packte mich nur noch

fester, so dass ich gegen meinen Willen vor Schmerz wimmerte. Ich wollte ihn nicht aus der Trance wecken, in der er sich befand. So etwas ist unklug, denn solche Anfälle haben einen Sinn, und man muss ihnen ihren Lauf lassen. Dennoch, er brauchte sich dem nicht allein zu stellen, obwohl es schien, dass er genau das vorgehabt hatte.

Also blieb ich sitzen und zwang mich dazu, tief und ruhig zu atmen, und sagte mir, was ich anderen schon so oft gesagt hatte: Atme, Liadan. Der Schmerz wird vorübergehen. Die Nacht war sehr still; die Dunkelheit da draußen wie ein lebendiges Geschöpf, das um uns herumschlich. Ich spürte, wie angespannt Bran war, ich spürte sein Entsetzen und wie er sich anstrengte, es zu bewältigen. Ich konnte nicht hoffen, seinen Geist zu berühren, und ich wollte nichts weiter von den finsteren Bildern sehen, die sich dort befanden. Aber ich konnte immer noch sprechen, und es schien, dass Worte mein einziges Werkzeug waren, um hier draußen im Dunkeln zu bestehen.

»Es wird einen neuen Morgen geben«, sagte ich leise. »Die Nacht kann sehr dunkel sein, aber ich werde bei dir bleiben, bis die Sonne aufgeht. Diese Schatten können dich nicht berühren, solange ich hier bin. Bald schon sehen wir die erste Spur Grau am Himmel, von der Farbe von Taubenfedern, dann die winzige Berührung des Fingers der Sonne, und ein Vogel wird mutig genug sein, als Erster von hohen Bäumen und dem offenen Himmel und der Freiheit zu singen. Dann wird alles heller, und die Farben kommen wieder zurück, und ein neuer Tag bricht an. Bis dahin werde ich bei dir bleiben.«

Langsam ließ sein Griff ein wenig nach, und der Schmerz in meinem Arm wurde erträglicher. Mir war sehr kalt, aber ich würde auf keinen Fall näher zu ihm rücken. Das wäre ganz sicher gegen die Regel. Er würde das am nächsten Morgen ausgesprochen unangenehm finden. Die Zeit verging, und ich redete weiter und weiter, von harmlosen, sicheren Dingen, Bildern des Lichts und der Wärme. Ich wob aus meinen Worten ein helles Schutznetz, um die Schatten fern zu halten. Am Ende wurde es so kalt, dass ich aufgab und näher zu ihm hinrutschte, mich an seine Schulter lehnte und meine andere Hand über seine Finger legte, wo sie mich immer noch umklammerten. Evan, drinnen in der Höhle, hatte sich nicht gerührt.

Wir saßen lange da, ich redete weiter, und Bran war still bis auf einen schaudernden Seufzer hier und da oder ein gemurmeltes Wort. Ich wunderte mich. Ich konnte kaum glauben, dass es irgendwo in diesem gnadenlosen Söldner ein kleines Kind gab, das Angst vor der Dunkelheit hatte. Ich wollte es unbedingt verstehen. Aber ich würde ihn niemals fragen können.

In dem Augenblick, den ich beschrieben hatte, als der Himmel das erste, schwache Grau zeigte, kam er abrupt wieder zu sich. Das Schaudern hörte auf, er regte sich nicht mehr und atmete entschlossen und langsam. Einen Augenblick später musste ihm bewusst geworden sein, dass er nicht allein war. Er musste die Berührung meiner Hand an seiner gespürt haben, das Gewicht meines Kopfs an seiner Schulter, die Wärme meines Körpers an seinem eigenen. Die Laterne stand vor uns auf dem Boden und leuchtete immer noch schwach in der Dunkelheit vor dem Morgengrauen. Wir schwiegen lange. Keiner von uns regte sich. Es war Bran, der als Erster Worte fand.

»Ich weiß nicht, was du dir einbildest«, sagte er, »oder was du hoffst, damit zu erreichen. Ich schlage vor, dass du jetzt leise aufstehst und wieder hinein an deine Arbeit gehst und dich in Zukunft weniger wie eine billige Schlampe und mehr wie die Heilerin benimmst, die du angeblich bist.«

Meine Zähne klapperten vor Kälte. Ich konnte mich nicht entscheiden, ob ich lachen oder weinen sollte. Es wäre sehr angenehm gewesen, ihm ins Gesicht zu schlagen, aber ich konnte nicht einmal das tun.

»Wenn du meinen Arm loslassen würdest«, sagte ich so höflich wie ich konnte, aber meine Stimme zitterte ein wenig, »würde ich das nur zu gerne tun. Es ist ziemlich kalt hier draußen.«

Er starrte seine Hand an, als hätte er sie nie zuvor gesehen. Dann löste er sehr langsam seine Finger, löste den schraubstockartigen Griff, in dem er mich die ganze Nacht gehalten hatte. Meine Kehle war ausgetrocknet vom Reden, meine Hand taub, und gewaltiger Schmerz breitete sich in meinem Arm aus. Erinnerte er sich denn an gar nichts? Er drehte sich um, sah mich im schwachen Licht des frühen Tagesanbruchs an, wie ich da barfuß in meinem alten Hemd saß und meine Hand bewegte, um sie zum Leben zurückzubringen. Bei Díancécht, das tat vielleicht weh! Ungelenk kam ich auf die Beine, denn ich wollte keinen Augenblick länger als notwendig in seiner Gegenwart verbringen.

»Nein, warte«, sagte er. Und als der erste Vogel seinen Ruf durch die kühle Morgenluft sandte, stand er auf, nahm seinen Umhang ab und legte ihn mir um die Schultern. Einen Augenblick lang hob ich den Kopf und sah ihm direkt in die Augen, und was ich dann empfand, entsetzte mich mehr als jeder Dämon, den ich dort entdeckte. Ich drehte mich ohne ein Wort um und floh nach drinnen, wo gerade der Schmied erwachte. Ein neuer Tag begann; der vierte Tag.

Ein geschäftiger Morgen. Hund half mir, den Schmied zu

heben und ihn zu waschen, ihm die schweißdurchtränkten Kleider auszuziehen und sie durch frische zu ersetzen. Beide bemerkten, dass ich häufig gähnte. Ich reagierte nicht darauf. Mein Arm tat weh. Meine Gedanken waren völlig verwirrt. Ich versuchte mir vorzustellen, wie es sein würde, wenn ich schließlich nach Hause kam. Falls ich nach Hause kam. Das Mädchen, das nach Sevenwaters zurückkehrte, dachte ich, würde eine andere sein als die, die vor nicht allzu langer Zeit davongeritten war. Was würden Vater und Mutter und Sean sagen, wenn sie mich sahen? Was würde Eamonn sagen? Ich versuchte mir Eamonn vorzustellen, wie er unruhig im Garten auf und ab ging, während er versuchte, mir mitzuteilen, was er empfand. Aber ich konnte sein Gesicht nicht mehr klar vor meinem geistigen Auge entstehen lassen. Es war, als hätte ich vergessen, wie er aussah. Meine Hand zitterte; Wasser schwappte über den Rand der Schale, die ich hielt.

»He! Ho!« Hund streckte rasch die Hand aus, um die Schale festzuhalten, und stieß dabei gegen meinen Arm. Ich keuchte schmerzerfüllt. Evan sah mich an, und dann sah mich Hund an, während er die Schale vorsichtig absetzte.

»Was ist los, Mädchen?« Evans Stimme war leise, aber er betrachtete mich forschend.

»Nichts. Ich habe mir etwas gezerrt oder so; es wird vergehen.«

»Gezerrt, wie?«, meinte Hund, nahm meinen Ärmel vorsichtig in seine großen Finger und rollte ihn ein wenig hoch, um die blauen Flecken zu enthüllen, die sich auf der hellen Haut meines Arms ausbreiteten.

»Wer hat dir das angetan, Liadan?« Es war gut, dass der Schmied zu schwach war, um aufzustehen.

»Es ist nichts«, sagte ich abermals. »Denk nicht mehr daran.«

Sie wechselten einen Blick, beide mit grimmiger Miene.

»Bitte«, fügte ich hinzu. »Es war ein Unfall. Niemand hat mir wehtun wollen.«

»Ein Mann sollte darauf achten, solche ... Unfälle zu vermeiden«, knurrte Evan. »Er sollte seine Hände bei sich behalten.«

»Wir hätten es besser wissen sollen«, stimmte Hund stirnrunzelnd zu. »Ein kleines, zartes Ding wie du, ein Windstoß könnte dich schon wegblasen. Du bist leicht zu verletzen. Wir hätten es besser wissen sollen.«

»Es geht mir gut, wirklich«, sagte ich. »Vergessen wir das einfach und machen weiter. Vielleicht einen Schluck Brühe und ein Stück Brot oder zwei?«

Evan verdrehte die Augen. »Gnade! Sie wird mich mit ihrem endlosen Fluss von Brühe umbringen.«

Er aß ein wenig und schlief wieder, und ich unterhielt mich mit Hund und spielte mit ihm ein Ringsteinspiel auf dem Boden. Es war nicht einfach. Wir suchten die flachsten Steine, die wir finden konnten, aber sie waren nicht im Gleichgewicht und wir endeten beinahe hysterisch vor Lachen, beide erbärmliche Verlierer. Am Ende häufte ich die Steine auf und wischte den ordentlich gezeichneten Kreis und sein Netz von Linien weg. Als ich aufblickte, starrte mich Hund an. Er war plötzlich sehr ernst geworden.

»Ich höre, du hast einen Mann zu Hause«, sagte er.

»Nicht genau«, erwiderte ich vorsichtig. »Einen Bewerber. Weiter ist es nicht gegangen.«

»Du könntest vielleicht an einen anderen denken.« Sein Ton war bewusst lässig. »Einen anderen Bewerber, meine ich. Ich habe viel gespart. Ich bin jetzt drei, vier Jahre beim

Hauptmann. Ich habe genug gespart, um ein gutes Stück Land zu kaufen, ein wenig Vieh, ein Haus zu bauen. Irgendwo weit weg. Vielleicht auf einer der Inseln im Norden. Oder wir können ein Boot nehmen, davonsegeln und von vorn anfangen. Ich habe nie eine Frau wie dich getroffen. Ich würde mich um dich kümmern. Ich sehe vielleicht nicht nach viel aus, aber ich bin stark, ich kann arbeiten. Du wärst bei mir sicher. Was meinst du?« Er nestelte an den langen Krallen, die um seinen Hals hingen, der Blick seiner gelben Augen zögernd, als er mir ins Gesicht sah.

Ich starrte ihn verblüfft an. Ich stellte mir vor, wie ich gefolgt von Hund nach Sevenwaters zurückkehrte. Ich stellte mir die Miene meines Vaters vor, wenn er den halb rasierten Kopf sah, das Muster auf dem Kinn, diese Augen, das pockennarbige Gesicht, den Wolfsfellumhang und das barbarische Halsband.

»Du lachst über mich«, meinte Hund bedrückt. »Ich wusste selbstverständlich, dass du Nein sagst. Ich dachte nur, ich könnte mal fragen.«

»Es tut mir Leid«, sagte ich sanft und legte meine Hand auf seine. »Ich lache nicht, das verspreche ich. Ich will dich nicht beleidigen. Ich weiß dein Angebot wirklich zu schätzen, denn ich sehe, dass du ein guter Mann bist. Aber ich werde noch keinen Mann wählen, nicht, bis es wieder Sommer wird. Nicht dich, und auch keinen anderen.« Seine Handfläche unter meinen Fingern war schwielig und fest. Ich drehte die Hand herum und sah diese schrecklichen, schwieligen Narben an, die sie überzogen.

»Wo hast du die her?« Jemand hatte gesagt, ich solle Hund nach seiner Geschichte fragen. Ich konnte mir einen Teil davon vorstellen.

»Wikingerschiff«, sagte er. »Ich komme aus Alba, genau

wie deine Kriegerin Scáthach. Mein Bruder und ich, wir hatten ein Heringsboot, und wir konnten gut davon leben. Nordmänner haben das Dorf überfallen. Haben uns beide als Ruderer mitgenommen, als sie unsere Kraft sahen, verstehst du. Das war wirklich eine Zeit!«

Sein Blick umwölkte sich, und er fuhr mit der Hand den rasierten Schädel entlang. »Wir sind lange für sie gerudert. Zu lange. Meist benutzten sie ihre eigenen Leute, aber sie hatten zu wenig Männer, und sie hatten sechs Paar Ruderer angekettet und behielten sie. Ich und Dougal, wir hatten immer Ärger. Aber sie ließen uns leben, denn wir waren die Stärksten, die sie hatten. Dougal trieb es eines Tages zu weit und fing sich einen Peitschenhieb im Gesicht ein. Er ist gestorben. Es war vielleicht am besten so. Er hatte gesehen, wie seine Frau und seine Töchter vergewaltigt und umgebracht wurden. Er war von Hass erfüllt. Ich habe weitergemacht. War stärker, als gut für mich war.«

»Und wie bist du geflohen?«

»Ach, das ist eine Geschichte für sich. Der Hauptmann hat mich rausgeholt. Ich dachte damals, er hätte den Verstand verloren. Wir waren in einem Hafen im Osten, es war heiß wie in einem Backofen, und man hätte die Luft mit dem Messer schneiden können. Wir waren an unseren Ruderbänken angekettet – so machten sie es immer, wenn die Mannschaft an Land ging. Man hätte an Hitze und Durst sterben können, ebenso leicht, wie man Luft holt. Da waren wir eines Abends, schliefen so gut wie möglich, Hintern auf der Bank, Kopf, wo immer er hinpasste – nicht gerade das bequemste Bett. Es stank nach Pisse und Schweiß, wenn ich das sagen darf. Dann klirren Schlüssel leise, und dieser schwarze Mann geht zwischen den Bänken hindurch, ganz ruhig, und er sagt zu uns: Wer möchte sich anschließen?

Wir starren ihn alle an und warten darauf, dass die Nordmänner zurückkommen und ihn umbringen, aber nichts passiert, nur dass das Schiff zu knarren und ächzen anfängt, als würde es ablegen. Aber niemand rudert. Wir sagen kein Wort. Einige der Männer verstehen es sowieso nicht, weil sie aus einem halben Dutzend verschiedener Länder kommen. Dann sagte der schwarze Mann – das war natürlich Möwe mit seiner Feder im Haar und allem: Der Hauptmann ist oben und wird gleich ablegen. Eure Nordmänner werdet ihr nicht wieder sehen. Ihr habt jetzt die Wahl. Rudert dieses Schiff nach Gallien, und wenn wir dort an Land gehen, bekommt jeder von euch einen kleinen Beutel Silber und die Freiheit. Ihr werdet ohne Fesseln rudern, wenn ihr keinen Ärger macht. Was haltet ihr davon?

Also sage ich: Welch andere Wahl haben wir denn? Und dann steht ein anderer Mann hinter ihm, der Hauptmann, aber sein Gesicht war damals noch ein bisschen einfacher. Er ist jung, nicht viel mehr als ein Bürschlein, und ich denke mir: Für was hält sich dieser Kerl? Dann sagt der Hauptmann: Das kommt darauf an, was ihr hier an euren Ketten noch erwartet. Die Nordmänner werden nicht wiederkommen. Wie lange wird es dauern, bis einer einen toten Wikinger oder zwei bemerkt, die unter dem Kai die Fische füttern? Vielleicht nicht lange, vielleicht eine Weile. Es ist ein geschäftiger Hafen, und keinen interessiert, was aus euch wird. Das ist eure Wahl, sagte er. Zeigte es mit Gesten, so dass alle Männer ihn verstehen konnten. Rudert gut für mich, sagte er, und beim nächsten Vollmond seid ihr frei. Und ich denke, der Bursche ist verrückt. Was, wenn wir unterwegs angegriffen werden? Was, wenn die Nordmänner ihre Brüder rächen? Außerdem sind sie nur zu zweit und wir zu zwölft – auf dem Platz meines Bruders saß inzwischen ein Mann aus Ulster. Was wird uns davon abhalten, sie über Bord zu werfen, sobald sie uns die Ketten abnehmen? Wir sagen selbstverständlich alle Ja. Nichts hilft einem so gut wie ein Haufen Freiheit, um sich zu entscheiden.

Er hat sein Wort gehalten. Wir haben auf dem Weg nach Gallien ein paar Abenteuer erlebt, aber wir sind hingekommen, und er hat mir die Wahl gelassen, bei ihm zu bleiben oder weiterzuziehen. Seitdem bin ich bei ihm geblieben.«

»Wie alt ist ... wie alt ist der Hauptmann jetzt? Du sagtest, du wärst drei oder vier Jahre bei ihm gewesen, aber du meintest, er wäre noch ein Junge gewesen, als du ihm begegnet bist – wie kann das sein?«

Hund zählte an seinen Fingern. »Das stimmt«, sagte er schließlich. »Zweiundzwanzig, dreiundzwanzig. Ungefähr so alt. Nicht viel älter als du, Mädchen.«

»Aber ...« Ich war vollkommen verblüfft. »Er kommt mir erheblich älter vor. Ich meine ... wie kann ein so junger Mann sein, was er ist? Es ist, als hätte er schon viel mehr erlebt als andere in ihrem ganzen Leben. Er ist sehr jung für einen solchen Anführer. Und er ist viel zu jung, um so ... so verbittert zu sein.«

»Dieser Mann ist schon alt zur Welt gekommen«, meinte Hund nüchtern.

Gegen Mittag gab es ungewöhnliche Unruhe im Lager, Zaumzeug klirrte, es klang nach ordentlicher, aber eiliger Aktivität. Ich konnte nicht viel erkennen, aber was ich sah, bewirkte, dass mir kalt wurde. Unterschlüpfe wurden abgeschlagen, Satteltaschen gepackt. Die Spuren unseres

Hierseins wurden rasch getilgt. Sie brachen auf. Sie brachen auf, und niemand hatte mir etwas gesagt. Man hatte mir sechs Tage versprochen. Selbst das hätte kaum genügt.

»Du solltest lieber hingehen und herausfinden, was los ist«, sagte ich so ruhig zu Hund, wie Angst und Zorn es mir erlaubten. Ich ging wieder in die Höhle und beschäftigte mich, aber mit einem Ohr lauschte ich auf seine Rückkehr. Ich spürte Evans nervösen Blick auf mir, aber er fragte nicht. Es wurde später, und Hund kam nicht zurück. Ich kniete auf dem Boden, wusch Teller im Eimer und versuchte, mich auf die Herbstbepflanzung meines Gartens in Sevenwaters zu konzentrieren, als eine vertraute Stimme hinter mir erklang.

»Wir müssen den Plan ändern.«

Ich erhob mich langsam mit nassen Händen, die Ärmel bis zum Ellbogen hochgerollt. »Aha. Ich sehe, wie leicht du dein Wort brichst. Dieser Mann ist nicht im Stande zu reisen. Das habe ich dir schon zuvor gesagt. Hier hat sich nichts verändert.«

Bran warf einen Blick zu dem Schmied, der wach lag und zuhörte. »Er muss mitkommen, oder wir müssen ihn hier lassen«, sagte er grimmig. »Wir haben keine Wahl. Es ist wichtig, dass wir heute weiterziehen.«

»Wir hatten eine Übereinkunft. Sechs Tage, hast du gesagt. Ich nehme an, du hattest nie vor, dein Wort zu halten.«

»Du beurteilst mich wie immer übereilt. Ich bin verantwortlich für diese Männer. Ich werde ihnen nicht befehlen, hier sitzen zu bleiben und sich gefangen nehmen zu lassen, wenn ich sie noch rechtzeitig wegbringen kann. Ich werde sie nicht aufhalten, wenn sie anderswo dringend gebraucht werden. Es wäre einfach dumm, die ganze Truppe für das Leben eines Mannes zu opfern.«

Ich schwieg eine Weile und dachte nach. »Der Schmied kann nicht mitkommen«, sagte ich schließlich. »Du siehst, wie schwach er immer noch ist. Er kann kaum ohne Hilfe aufrecht sitzen. Wie kannst du ihn sicher transportieren? Wer wird sich um ihn kümmern?«

»Das geht dich nichts mehr an.« Er warf einen Blick über die Schulter. »Pack diese Sachen«, befahl er Hund, der hinter ihm aufgetaucht war.

»Einen Augenblick«, sagte ich. »Ich bin hier geblieben und habe mich um diesen Mann gekümmert, weil wir ein Übereinkommen hatten. Einen Handel. Du hast deine Seite gebrochen. Aber ich bin verantwortlich für ihn, ebenso wie du für die anderen. Das hier ist meine Aufgabe. Ich werde nicht zulassen, dass meine Arbeit auf ... auf eine Laune von dir hin weggeworfen wird.«

Bran schien kaum zuzuhören; stattdessen starrte er meinen Arm an, wo der aufgerollte Stoff die blauen Flecken entblößte, die seine Finger hinterlassen hatten. Zornig zog ich den Ärmel wieder darüber. Hund begann mit ausdrucksloser Miene zu packen.

»Setz dich«, befahl Bran. Ich starrte ihn an. »Setz dich«, sagte er leiser, verschränkte die Arme und lehnte sich mit der Schulter gegen die Felsmauer. Ich setzte mich. »Es ist keine Laune«, sagte er. »Ich kann mir solchen Luxus nicht leisten. Ich hatte nicht vor, mein Wort zu brechen – wieso hätte ich es sonst geben sollen? Die Ereignisse überrollen uns, das ist alles. Du verstehst wohl, dass ich und meine Männer in diesem Land alles andere als willkommen sind. Wir haben zahllose Feinde. Also bewegen wir uns im Verborgenen und ziehen häufig hin und her. Wegen der Verletzung des Schmieds und deiner Anwesenheit hier sind wir schon viel länger geblieben, als wir vorhatten, und damit ein großes Risiko eingegangen. Nun habe ich gehört, dass sich eine beträchtliche Truppe Bewaffneter auf dem Weg in diese Gegend befindet, und wir haben nicht viel Zeit, uns in Sicherheit zu bringen. Hier zu bleiben würde bedeuten, den Tod herauszufordern. Ich selbst würde mich dem stellen. Aber ich werde das Leben meiner Männer nicht aus einem so dummen Grund aufs Spiel setzen. Außerdem liegt unser nächster Auftrag im Norden, und jene, in deren Auftrag wir handeln, haben uns gebeten, uns rascher in diese Richtung zu bewegen. Ich habe meine Entscheidung getroffen, und sie wird rasch ausgeführt werden. Bei Sonnenuntergang wird von uns hier keine Spur mehr geblieben sein.«

Er schwieg.

»Ein dummer Grund«, sagte ich und starrte zu ihm hoch. »Du hältst Evans Leben und meine Sicherheit für eine Dummheit.«

»Als Frau«, erwiderte Bran bedächtig, »kannst du das nicht verstehen. Für uns bedeuten ein oder zwei Leben nur wenig. Ich werde meine Männer keiner unnötigen Gefahr aussetzen, nicht um deinetwillen und nicht um seinetwillen. Ich werde auch ihren nächsten Auftrag nicht gefährden. Ich habe schon genug Zeit damit verschwendet, dir zuzuhören. Ohne dich wären wir inzwischen sicher auf dem Weg. Ich hätte nie ...«

»Hauptmann.« Der Schmied versuchte sich hinzusetzen. Er war bleich und schweißüberströmt.

»Was ist?«

»Ich kann reiten. Ich bin immer noch kräftig. Ich schaffe es schon. Binde mich hinter Hund fest, ich werde so lange sitzen bleiben, wie es sein muss. Aber, Hauptmann, was ist mit dem Mädchen?«

Tiefes Schweigen. Hund hörte auf zu packen, richtete sich auf und starrte seinen Anführer wütend an. »Nun?«, knurrte er.

Bran sah mich immer noch an. »Verstehst du, was ich dir da sage?«, fragte er mit übertriebener Geduld. »Es handelt sich hier um eine sorgfältig gefällte Entscheidung, bei der ich alles bereits abgewogen habe. Ich handle nicht aus einer Laune heraus.«

Ich zuckte die Achseln. »Ich verstehe, dass ein Mann wie du seine Krieger als Einheit mit einem gewissen Wert sieht, wie Spielfiguren in einem tödlichen Spiel, die man nur aufgibt, wenn man einen Vorteil dadurch hat, und die man wegen ihres Werts für den Spieler schützt. Ich weiß, dass es die Frauen sind, die warten, bis das Spiel vorüber ist, um dann die zerbrochenen Spielfiguren aufzulesen und zu versuchen, sie zu retten.«

»Oh nein.« Seine Stimme war kalt. »Das ist nur die halbe Wahrheit – aber von deiner Art hatte ich nichts Besseres erwartet. Es sind Frauen, die den größten Schaden anrichten, die ihre Männer auf einen Pfad der Zerstörung führen. Mein Leben ist auf diese Weise zerstört worden. Hör auf, mir über die heilenden Kräfte einer Frau zu predigen. Du weißt überhaupt nichts. Du verstehst nichts.« Er hatte die Fäuste fest geballt, obwohl seine Arme noch lässig verschränkt waren.

»Evan hat dir eine Frage gestellt«, sagte ich vorsichtig. »Was wird aus mir? Kann ich jetzt nach Hause?«

Er starrte mich kalt und abschätzend an. »Es ist klar, wie wenig du von der wirklichen Welt weißt«, bemerkte er. »Du verstehst es immer noch nicht, wie? Vielleicht erklärt das deinen Mangel an Furcht. Sag es ihr, Hund.«

»Hauptmann ...«

»Sag es ihr.«

»Es ist Folgendes«, murmelte Hund. »Der Hauptmann sagt, dass er ein Problem hat. Er kann dich nicht mitnehmen, das würde uns viel zu sehr verlangsamen, wäre zu viel Ablenkung für die Männer und so. Er kann dich auch nicht zurücklassen. Im Lager des Bemalten Mannes gibt es so etwas wie Besucher nicht. Wenn jemand in Geschäftssachen herkommt, werden ihm die Augen verbunden. Du hast zu viel gesehen und gehört. Das ist das Problem.«

»Aber ...« Mein Herz begann wie wild zu klopfen. Sie meinten doch nicht ... sicher hatten sie nicht vor ... große Dana, hilf mir, der Hauptmann hatte Recht. Ich war wirklich dumm. »Du sagst mir also«, flüsterte ich, »dass du dieselbe Lösung anwenden wirst, wie du sie für Evan hier vorhattest, wenn ich mich nicht eingemischt hätte? Die Lösung mit dem kleinen scharfen Messer, ein sauberer Schnitt, und dann bist du mich los? Ist es das, was du vorhattest?«

»Nur über meine Leiche«, knurrte der Schmied.

»Glaub mir, auch daran habe ich gedacht«, meinte Bran. »Ihr seid eine verdammte Plage, alle beide, und ich bedauere bitter, dass ich euch je nachgegeben habe. Aber du«, sagte er und nickte Evan zu, »du hast deine Chance verdient, indem du so lange überlebt hast. Du wirst mit uns kommen. Was dich angeht«, mit einem Blick zu mir, »meine Männer haben mich in eine sehr unangenehme Situation gebracht. Sie haben mich gebeten, dich mitzunehmen. Tatsächlich haben sie mir klar gemacht, dass es zu einer Art Meuterei führen würde, wenn ich mich weigerte. Das ist der Einfluss von ein paar seltsamen Geschichten, erzählt von einer, die sich sehr gut mit der weiblichen Kunst der Überredung auskennt, die ihr Gesicht und ihren Körper und ihre honigsüßen Worte einsetzt, um einen Mann dazu zu bringen, zu tun, was er nicht tun sollte.«

»Das ist lächerlich!«, rief ich zornig, als die Angst erst der Empörung gewichen war. »Wie kannst du es wagen, mich zu kritisieren? Ich habe keine niederen Motive, wie du andeutest! Ich habe bei allem, was ich hier getan habe, nur versucht zu helfen. Bei allem. Ich bin keine ... keine Verführerin – sieh mich doch an, wie kannst du dir nur einbilden ... außerdem hast du dein Versprechen gebrochen. Du befindest dich selbst auf unsicherem Boden.«

»Oh nein«, meinte Bran leise. »Ich halte meine Seite des Handels ein, so gut ich kann. Du wirst bleiben und dich um deinen Patienten kümmern, wenn er die Reise übersteht. Meine Männer gestatten mir hier keine Alternative. Und was immer du gerne glauben möchtest – ich respektiere ihre Wünsche, wenn das möglich ist. Ein guter Anführer muss das tun. Du solltest aber verstehen, dass wir uns später dieser Entscheidung abermals stellen müssen. Je länger du bei uns bleibst, je mehr du siehst, desto unmöglicher wird es, dass wir dich zurückschicken. Ist es das, was du willst?«

»Wann war das, was ich will, für dich je von Belang?«, wollte ich wissen, und die Tränen, die mir in die Augen traten, waren Tränen des Zorns. Ich blinzelte sie weg. Mir war bis jetzt nicht klar gewesen, wie sehr ich mich danach sehnte, meine Mutter wieder zu sehen. Wie hatte Bran das gemeint – würde man mir nie wieder gestatten, nach Hause zurückzukehren? Ich stellte mir Sorchas zierliche Gestalt und ihre umschatteten Augen vor und meines Vaters standfeste, wachsame Präsenz. Ich dachte an Sean und Aisling und lange friedliche Tage, die ich in der tiefen Stille des Waldes verbrachte, oder beschäftigt mit den häuslichen

Arbeiten, die ich so liebte: backen, nähen, Kräuter trocknen. Ich sah mich um. Dieses Lager war kein Zuhause; diese geheime, gefährliche Existenz kein Leben. Zum ersten Mal traf mich das volle Gewicht dessen, was es meiner Familie antun würde, und eine einzelne Träne lief mir über die Wange.

»Das wird dir nichts helfen«, sagte Bran. »Eine Frau kann ihre Tränen so rasch fließen lassen wie von einer Pumpe. Ich bin immun dagegen.«

Andere offensichtlich nicht. Ich spürte Hunds große Hand auf meiner Schulter, und Evan sagte: »Weine nicht, Mädchen. Wenn es vorbei ist, wirst du bald wieder zu Hause sein, und dein Mann wartet dort auf dich.«

Bran sah Hund an. »Nimm die Hand weg«, sagte er mit einer schrecklichen, leisen Stimme. Hund riss die Hand weg, als hätte er einen Peitschenschlag erhalten.

»Wir verlieren hier nur Zeit«, sagte ich und wischte mir die Tränen ab. »Zeig mir, wie du diesen Mann transportieren willst. Vielleicht kann ich dir noch Ratschläge geben. Ich hoffe, dass ihr nicht erwartet, dass ich mit verbundenen Augen reite. Wahrscheinlich braucht ihr mich unterwegs.«

»Du kannst also reiten?«

»Das kann ich in der Tat – was glaubst du, wie ich auf diese Straße gekommen bin, von der deine Männer mich entführt haben? Du wirst feststellen, dass ich nicht vollkommen unfähig bin.«

Er reagierte nicht darauf, deutete nur mit einer Kopfbewegung an, dass ich ihm nach draußen folgen sollte. Ich war nicht zum ersten Mal versucht, etwas zu sagen, das ich später vielleicht bedauern würde. Aber ich schluckte meinen Zorn herunter und trabte hinter Bran her, als er durchs Lager ging. Nichts war mir wichtig, außer Evan am Leben zu erhalten. Ich war Heilerin, und ich hatte eine Aufgabe. Später würde vielleicht Zeit für Fragen sein.

Diese Reise war ein einziger Alptraum. Ich hielt meinen Mund geschlossen und die Augen offen. Ich war mir bewusst, dass wir nicht direkt nach Norden, sondern leicht nach Nordosten unterwegs waren, aber ich hätte die Entfernung nicht abschätzen können. Die Geschwindigkeit war gnadenlos, so schnell, wie es uns gelang, uns beinahe lautlos zu bewegen, durch Wälder, so verborgen wie möglich, durch Bachbetten und Marschland, um unsere Spuren zu verbergen. Immer ritt ein Mann als Späher voraus, und einer folgte uns als Nachhut. Es wurde dunkler, und wir ritten immer weiter. Mein Rücken schmerzte, mein Mund war trocken, aber ich schwieg und zwang mich weiterzureiten. Meine eigene Unbequemlichkeit war nichts im Vergleich zu Evans, der hinter Hunds breiten Rücken geschnallt war und hilflos auf und ab hüpfte, wenn das Pferd sich auf unebenem Boden rasch bewegte. Seine Wunde war nur durch ein Leinenpolster geschützt, das wir rasch vor unserem Aufbruch angebracht hatten. Ich hatte gehofft, wir könnten unterwegs anhalten, um ihn neu zu verbinden. Aber das war nicht der Fall. Ich konnte auch nicht darum bitten. Die Männer schwiegen, kommunizierten nur mit Zeichen, und das aus gutem Grund. Einmal, als wir über einen dicht bewaldeten Hügelkamm oberhalb freien Landes ritten, entdeckten wir andere Reiter unterhalb von uns, die in einer geordneten, wohlbewaffneten Gruppe parallel zu unserem eigenen Weg zogen, aber in die Gegenrichtung. Bran bedeutete uns mit einer kleinen Geste innezuhalten, und wir verharrten reglos, bis die Reiter weit weg waren. Die Männer trugen dunkelgrüne Waffenröcke mit einem schwarzen Turm darauf über ihre Feldrüstung. Eamonns Farben. Ob sie nach mir suchten oder ein anderes Ziel hatten, war nicht zu sagen. Ich erinnerte mich, was Eamonn über den Bemalten Mann und seine arrogante Herausforderung gesagt hatte, und wusste, dass ich mich auf einem gefährlichen Pfad bewegte. Endlich, als ich so müde geworden war, dass ich schon beinahe aus dem Sattel fiel, und Evan mit grauem Gesicht reglos in seinen Riemen hing, machten wir Halt. Wir befanden uns unter hohen Bäumen am Eingang einer Art von Gebäude, und es schien, als hätten wir unser Ziel erreicht, denn Laternen wurden entzündet und leise Anweisungen gegeben. Hund war abgestiegen, und sie legten den bewusstlosen Evan auf eine Decke. Ich wollte absteigen, sie brauchten mich, aber meine verkrampften Glieder gehorchten mir nicht. Das Pferd blieb geduldig stehen.

»Hier.« Ich spürte feste Hände an meiner Taille und wurde so leicht zu Boden gehoben, als wäre ich ein kleines Kind. Er ließ mich sofort los, und meine Beine gaben unter mir nach. Ich hielt mich am Zaumzeug fest und keuchte über den Schmerz.

»Du weinst um andere, aber nicht um dich selbst«, sagte Bran. »Ich frage mich warum? Jemand muss dir eine gewisse Selbstdisziplin beigebracht haben.«

Ich holte einmal, zweimal tief Luft. »Es hätte wenig Sinn, oder?«, flüsterte ich mit trockenem Mund. »Könntest du mir zeigen, wo sie den Schmied hinbringen? Ich werde gebraucht.«

»Kannst du laufen?«

Ich versuchte einen Schritt, immer noch das Zaumzeug in einer Hand. Das Pferd bewegte sich seitwärts.

»Nicht sehr überzeugend«, meinte Bran. »Zweite Kampfregel. Bluffe nicht, wenn du damit nicht durchkommen kannst. Dein Feind sieht deine Schwäche aus einer Meile

Entfernung. Wenn du nicht die Kraft zum Kämpfen hast, gib es zu und zieh dich zurück. Versuche es später noch einmal oder setze stattdessen deinen Kopf ein. Wenn nötig, nimm Hilfe an. Hier.« Er streckte die Hand aus, und ich fand mich gestützt und in die Richtung eines niedrigen Eingangs geführt, der kaum mehr als ein hölzerner Türsturz über grob behauenen Pfosten war, ein alter Durchgang, der offenbar direkt in einen grasbewachsenen Hügel führte. Der Abend wurde immer seltsamer. Eine Eule schrie, und ich blickte auf. Über uns, durch das Gewebe der Zweige, konnte ich einen hauchdünnen Mond am schwarzen Himmel sehen. Ich spürte Brans Blick auf mir, als er mir weiterhalf, aber ich sagte kein Wort. Wir erreichten den Eingang, durch den die anderen verschwunden waren, und etwas ließ mich innehalten.

»Ich denke, wir sollten nicht hier sein«, sagte ich, als eisige Kälte mich umfing, und dunkler Nebel schien uns beide zu umfassen, als wir dort vor der Tür standen. »Dieser Ort ist ... es ist ein sehr alter Platz, einer der Alten. Wir sollten nicht hier sein.«

Bran runzelte die Stirn. »Wir haben hier schon häufig Schutz gesucht«, sagte er und legte eine Hand lässig auf den uralten Türsturz, von dem winzige, undurchschaubare Gesichter zwischen den Spiralmustern, die ins Holz geschnitzt waren, auf uns niederschauten. Wenn je eine Hand tatsächlich dorthin gehört hatte, war es die seine. »Wer immer diesen Ort benutzt hat, ist lange weg; jetzt ist er ideal für uns, geheim, sicher, leicht zu bewachen, mit verborgenen Ausgängen, durch die wir rasch verschwinden können. Es ist ziemlich sicher.«

Aber ich war von Schrecken erfüllt, einer eiskalten, finsteren Vorahnung, die ich schlecht erklären konnte und am allerwenigsten ihm. »Es ist Tod hier«, sagte ich. »Ich sehe es. Ich spüre es.«

»Wie meinst du das?«

Dann blickte ich zu ihm auf, und einen Augenblick lang sah ich statt des Gesichts eines harten, lebendigen jungen Mannes, halb mit Mustern überzogen, halb nackt, eine schreckliche Maske, aschefarben, den Mund im Tod starr verzogen, die grauen Augen starrend und leblos. Irgendwo hörte ich ein Kind schreien. *Du hast mich losgelassen … du hast mich losgelassen* … eine kleine Hand streckte sich verzweifelt aus, aber ich konnte sie nicht erreichen. Sie brachten mich weg, ich konnte nicht zu ihm …

»Was ist es? Was siehst du da?« Er hatte die Hände auf meinen Schultern; sein Griff riss mich wieder in die Gegenwart.

»Ich … ich …«

»Sag es mir. Was hast du gesehen?«

Ich musste mich anstrengen, ruhig zu atmen. Ich hatte zu tun, ich durfte mich nicht auf diese Weise überwältigen lassen.

»Nichts. Es ist nichts.«

»Du lügst nicht gut. Sag es mir. Was ist es, das dich so beunruhigt – du siehst mich an, und du siehst … etwas, das dich erschreckt. Sag es mir.«

»Tod«, flüsterte ich. »Schrecken. Schmerz. Trauer und Verlust. Ich weiß nicht, ob es Vergangenheit oder Zukunft ist, was ich sehe, oder beides.«

»Wessen Vergangenheit? Wessen Zukunft?«

»Deine. Meine. Dieser Schatten umhüllt uns beide. Ich teile deinen Alptraum. Ich sehe einen Pfad, der gewunden und zerrissen ist. Ich sehe einen Weg, der ins Dunkel führt.«

Wir standen schweigend da, die Nacht hinter uns, die Türöffnung vor uns.

»Das hier ist unsere einzige Zuflucht in dieser Gegend«, sagte er nach einer Weile. »Wir haben keine andere Wahl.«

Ich nickte. »Es tut mir Leid«, sagte ich.

»Das ist nicht nötig«, sagte Bran. »Es kommt ungebeten, das erkenne ich. Du bist bei uns in Sicherheit. Aber das ist es nicht, was dich erschreckt, oder?«

»Sicherheit«, wiederholte ich. »Es geht mir nicht um meine eigene Sicherheit.«

»Wessen sonst? Meine kannst du ja wohl kaum meinen. Warum solltest du dir deshalb Sorgen machen?«

Ich konnte nicht antworten.

»Du siehst meinen Tod? Das macht dir Sorgen? Das sollte es nicht. Ich fürchte ihn nicht. Es gibt Zeiten, da würde ich ihn willkommen heißen.«

»Du solltest ihn fürchten«, sagte ich sehr leise. »Zu sterben, bevor du dich wirklich kennst, ist etwas Schreckliches.«

Ich hatte die Last meiner seltsamen Gaben nie intensiver empfunden als an jenem Abend, und als wir durch den Eingang in die unterirdische Kammer gingen, machte ich vor mir ein Zeichen in die Luft, eines, das ich einmal bei Conor gesehen hatte, und ich sprach lautlos die uralten Geister an, die das kalte Reich unter uns bewohnen mochten. *Wir achten diesen Ort und die Schatten, die sich hier befinden. Wir wollten nichts Böses. Wir suchen hier nur Zuflucht, wir wollen diesen Ort nicht entehren.* Und tief in mir hörte ich die Stimme meiner Mutter. *Du bist außerhalb des Musters, Liadan. Das könnte dir große Macht verleihen. Es könnte dir gestatten, Dinge zu verändern.*

Wir gingen hinein, durch eine kurze Passage in die

Hauptkammer, um die die riesige Struktur ausbalancierter Steine und hölzerner Stützpfeiler gebaut worden war. Sie war leer gewesen, jetzt befanden sich hier Bettrollen und Packtaschen, ordentlich an den Wänden gestapelt. Mit stiller, geordneter Aktivität bereiteten sich Brans Männer auf den nächsten Aufbruch vor. Rationen harten Brots, getrockneten Fleischs, Wasser und Bier wurden verteilt, ungewöhnliche Waffen überprüft, eine Landkarte zu Rate gezogen, leise Worte gewechselt. Diese Männer waren erfahren; während ich erschöpft war bis zu dem Punkt, im Stehen einschlafen zu können, schien ihnen der lange Ritt nichts ausgemacht zu haben. Dann hörte ich den Schmied stöhnen, als er das Bewusstsein wiedererlangte, und hatte plötzlich zu viel zu tun, um an etwas anderes als meine Arbeit zu denken.

Es dauerte lange, bis Evan unruhig eingeschlafen war, versehen mit dem stärksten Kräutertrank, den ich ihm geben konnte, ohne sein Leben zu gefährden. Ich saß im Schneidersitz auf dem gestampften Boden neben ihm, hielt Wache und wischte ihm das bleiche, verschwitzte Gesicht hin und wieder mit kaltem Wasser ab. Die Haut seiner Schulter und Brust hatte eine zornige Rotfärbung angenommen. Einige Männer ruhten, andere hielten am Eingang und Ausgang Wache. Es roch intensiv nach Pferd, denn sie hatten die Tiere mit hereingebracht; sie standen lose angepflockt am anderen Ende der Kammer. Otter bewegte sich zwischen ihnen, einen Eimer Wasser in den Händen.

Hund saß in meiner Nähe. In seinen kleinen Augen stand tiefer Ernst, er schaute ungewöhnlich grimmig drein. In einer anderen Ecke debattierten Möwe und Schlange mit ihrem Anführer. Möwes Hände bewegten sich in raschen, ausdrucksvollen Gesten, aber die Bedeutung war mir nicht klar, und sie sprachen leise. Schlange warf mir einen Blick zu, dann sagte er noch etwas zu Bran und runzelte die Stirn. Bran schaute streng drein, wie üblich. Ich sah, wie er die Achseln zuckte, als wollte er sagen, wenn es euch nicht gefällt, ist das euer Problem.

»Wir werden morgen weiterziehen«, sagte Hund leise. »Wir werden dich vielleicht eine Weile nicht sehen. Du bleibst selbstverständlich hier. Glaubst du, er wird es schaffen?«

Einen Augenblick lang lauschten wir dem rasselnden Geräusch von Evans Atem.

»Ich tue mein Bestes, um ihn am Leben zu halten. Aber ich muss dir ganz ehrlich sagen, dass es nicht gut aussieht.«

Hund seufzte tief. »Meine Schuld. Sieh dir nur an, in was ich dich reingezogen habe. Und das alles für nichts.«

»Still«, sagte ich und tätschelte seine große Hand. »Wir sind alle verantwortlich. Aber er am meisten.« Ich warf einen Blick quer durch die Kammer.

»Du kannst es dem Hauptmann nicht übel nehmen«, sagte Hund leise. »Er wollte nicht gehen. Er hatte eine Botschaft erhalten, dass jemand hinter uns her war. Wenn so etwas passiert, muss man schnell verschwinden. Wir wären alle erledigt gewesen, wenn wir nicht weitergezogen wären.«

»Ich wäre in Sicherheit gewesen«, meinte ich trocken. »Vielleicht haben die, die euch verfolgen, nach mir gesucht.«

»Vielleicht. Vielleicht auch nicht. Wir hätten dich kaum zurücklassen können, solange wir das nicht wussten.«

Meine kleine Laterne war nun die einzige, die in dieser dunklen unterirdischen Kammer brannte. Unter der gewölbten Decke, wo sich sorgfältig geformte Steine in einem Wunder des Gleichgewichts überlappten, lebten in Netzen zahllose kleine Geschöpfe. Der Boden war glatte, fest gestampfte Erde. An einem Ende der Kammer gab es eine riesige, dunkle Steinplatte, deren Oberfläche vom häufigen Gebrauch wie poliert aussah. Wozu sie gut war, konnte man nur raten. Darüber befand sich in einem Winkel eine einzige kleine Öffnung zwischen den Steinen, die direkt durch den Boden und die Pflanzendecke geschnitten war. An einem bestimmten Tag des Jahres würde die Sonne direkt durch diese Öffnung auf den Stein darunter fallen; an diesem Tag würden vielleicht die alten Mächte dieses Ortes erwachen. Sie waren noch nicht verschwunden. Ich konnte sie in der reglosen Luft spüren, die mich umgab, in den grob behauenen Wänden, wo hier und da ein kleines Zeichen eingemeißelt war. Ich musste plötzlich an den jungen Druiden denken, an Ciarán, der in seinem Schmerz und seiner Wut Sevenwaters so rasch verlassen hatte. Vielleicht war es besser, nicht zu viel zu empfinden. Nicht zu viel zu wünschen. Keine Vergangenheit, keine Zukunft. Nur heute. Sehr viel sicherer. Solange die Vergangenheit nicht ungebeten zurückkehrte.

»Du bist müde«, sagte Hund. »Aber wir werden morgen weg sein. Ich wollte dich fragen ... nein, vielleicht lieber nicht.«

»Was? Du kannst gerne fragen.«

»Du bist müde. Es war ein langer Ritt für dich. Wir würden gerne eine andere Geschichte hören, eine letzte Geschichte, bevor wir ... es ist zu viel. Vergiss es.«

»Schon gut.« Ich lächelte und unterdrückte ein Gähnen. »Ich kann morgen schlafen. Eine einzige Geschichte schaffe ich sicher noch.«

Obwohl wir ganz leise gesprochen hatten, wussten es seltsamerweise alle. Ich war bald von Männern umgeben, die sich schweigend an die Mauer lehnten oder vor mir hockten. Einige saßen im Schneidersitz und schärften Messer oder Speerspitzen im Laternenlicht. Spinne streckte einen langen Arm aus und reichte mir einen Krug Bier. Hinter den anderen standen Bran und Möwe nebeneinander. Im Dunkeln war Möwe beinahe nicht zu sehen, es sei denn, sein Grinsen entblößte die blitzenden Zähne. Bran beobachtete mich mit verschränkten Armen und ausdrucksloser Miene. Kein Zeichen von Müdigkeit. Und er hatte länger nicht geschlafen als wir alle, wie ich sehr genau wusste.

»Ich dachte zunächst«, meinte ich, »am Vorabend eures Auftrags sollte ich euch eine weitere Heldengeschichte erzählen, von Opfermut und Tapferkeit auf dem Schlachtfeld. Aber dazu habe ich nicht das Herz. Es ist gut möglich, dass die Männer, die ihr dort angreifen werdet, meine eigenen Verwandten sind. Außerdem habe ich gehört, dass ihr bei dem, was ihr tut, die Besten seid. Ich kann also davon ausgehen, dass ihr keine zusätzliche Ermutigung dazu braucht, euch hervorzutun. Also werde ich stattdessen versuchen, euch abzulenken, und ich erzähle euch eine Liebesgeschichte. Die Geschichte einer Frau, die entgegen aller Erwartungen treu zu ihrem Mann gehalten hat.«

Ich trank einen Schluck Bier. Es schmeckte sehr gut, aber ich stellte den Becher wieder ab. Hätte ich noch mehr getrunken, dann wäre ich vermutlich direkt eingeschlafen. Ich sah mich in dem Kreis grimmiger Gesichter um. Wie viele von ihnen würde ich wieder sehen? Wie viele würden morgen um diese Zeit noch am Leben sein?

»Sie war ein ganz gewöhnliches Mädchen, eine Bauerntochter, und sie hieß Janet. Aber ihr Liebster nannte sie Jenny – ein Name, den sonst niemand für sie benutzte. Wenn er sie so nannte, fühlte sie sich wie die schönste Frau der Welt. Und ihr Tom hielt sie ganz sicher dafür. Tom war ihr Liebster, und er war ein Schmied wie Evan hier, ein starker junger Mann, breitschultrig und ein fähiger Handwerker. Er war nicht zu groß und nicht zu klein. Er hatte lockiges braunes Haar und ein freundliches Gesicht. Aber was Jenny am liebsten an ihm mochte, waren seine dunkelgrauen Augen – vertrauenswürdige Augen, nannte sie sie. Sie wusste, was auch geschehen würde, Tom würde sie nie enttäuschen.

Jenny war ein stilles Mädchen. Ein braves Mädchen. Sie gehorchte ihrem Vater, sie half ihrer Mutter, sie lernte all die Dinge, die eine gute Frau wissen muss. Sie konnte nähen und Marmelade einkochen und Bier brauen. Sie konnte ein Huhn rupfen und Wolle spinnen und sich um kranke Lämmer kümmern. Tom war stolz auf sie, und es fiel ihm schwer, bis zu ihrem Hochzeitstag zu warten, der für Mittsommer angesetzt war. Er liebte ihr blondes Haar, das ihr bis zur Taille fiel, wenn sie es manchmal aus dem Zopf löste, so dass er sehen konnte, dass es sich wellte wie ein Weizenfeld im Sonnenlicht. Er liebte es, dass sie gerade groß genug war, dass er den Arm gut um ihre Schultern legen konnte, wenn sie nebeneinander hergingen. Wenn er sie sah, schlug sein Herz schneller, und sein Körper regte sich, und er sang an seiner Schmiede, wenn er das heiße Eisen zu Mistgabeln und Pflugscharen hämmerte, und lächelte in sich hinein und wartete auf den Mittsommertag.

So still und freundlich Jenny sein mochte, es gab eins, das bewirkte, dass sie die Nerven verlor, und das war, wenn andere Mädchen ihrem Tom Seitenblicke zuwarfen oder versuchten, mit ihm zu schäkern, wenn er an ihnen vorbeiging. ›Passt auf, wo ihr hinseht‹, sagte sie dann wütend, ›oder es wird euch noch Leid tun. Er gehört mir.‹ Tom lachte und sagte, sie sei wie ein kleiner, wilder Terrier, der einen Knochen verteidigt. Wusste sie denn nicht, dass er niemals auch nur im Traum daran denken würde, je eine andere anzusehen? War sie nicht die Frau seines Herzens?

Ah, aber sie hatten ihre Rechnung ohne das Volk unter dem Hügel gemacht. Sie mischen sich gerne ein, und nichts gefällt ihnen besser, als einen Jungen oder ein Mädchen einer Laune folgend wegzuschnappen und das arme Geschöpf zu ihrem eigenen Vergnügen zu benutzen. Einige behalten sie ein Jahr und einen Tag und andere für immer. Einige spucken sie wieder aus, wenn sie genug von ihnen haben, und diese armen Wesen sind nie wieder so wie früher. Eines Abends hatte Tom noch spät gearbeitet, drunten in der Schmiede, und er nahm eine Abkürzung durch den Wald zu dem Bauernhof, wo seine Jenny wohnte, in der Hoffnung, bevor er nach Hause ging, noch einen Kuss oder zwei rauben zu können. Dummer Tom. Er trat aus Versehen in einen Kreis aus Pilzen, und innerhalb eines Herzschlags war das Feenvolk da, in wunderschönen Gewändern, und an ihrer Spitze die Feenkönigin auf ihrem weißen Pferd. Ein Blick in ihre Augen, und er war verloren. Die Königin ließ ihn hinter sich aufsitzen, und dann galoppierten sie davon, weit, weit weg, wo kein sterbliches Wesen sie je erreichen konnte. An diesem Abend wartete Jenny mit einer brennenden Kerze im Fenster; sie wartete und wartete. Aber ihr Tom kam nicht.«

Ich hatte mich schon gefragt, ob ihnen diese Geschichte vielleicht zu albern oder kindisch vorkam, nicht passend für erwachsene Männer. Aber sie schwiegen gebannt. Ich trank noch einen Schluck Bier.

»Weiter«, sagte Schlange. »Ich dachte, du hättest gesagt, er sei verlässlich. Hört sich ziemlich dumm an. Er hätte auf der Straße bleiben und eine Laterne mitnehmen sollen.«

»Wenn das Feenvolk erst entschieden hat, dass sie dich wollen, dann kannst du nicht viel dagegen tun«, erwiderte ich. »Nun, Jenny war nicht dumm. Früh am nächsten Morgen machte sie sich auf durch den Wald zur Schmiede, und sie sah die Hufspuren überall im Gras und den Pilzkreis, oder zumindest, was davon übrig war, und sie sah Toms roten Schal, den sie selbst gesponnen und gestrickt und gefärbt hatte. Sie wusste sofort, wer ihren Mann mitgenommen hatte, und sie war entschlossen, ihn zurückzubekommen. Also ging sie zur ältesten Frau im Dorf, die so alt war, dass sie überhaupt keine Zähne mehr hatte und verkrümmte, gebogene Fingernägel und so viele Falten wie ein getrockneter Apfel vom letzten Winter. Jenny setzte sich zu dieser Uralten und gab ihr eine Schale Haferbrei, die sie für sie zubereitet hatte, und dann fragte sie sie, was sie tun sollte.

Die alte Frau sprach nur widerstrebend. Über solche Dinge schweigt man lieber. Aber Jenny war oft freundlich zu ihr gewesen, hatte ihr im Haus geholfen und ihr immer einen Bissen vorbeigebracht, also sagte sie es ihr. ›Beim nächsten Vollmond‹, sagte sie, ›wird das Feenvolk über den Weg reiten, der durchs Herz des Waldes und zur Kreuzung auf dem Moor führt.‹ Jenny sollte an dieser Kreuzung still warten, bis es Mitternacht wurde. Wenn sie vorbeikamen, musste sie ihren Tom an der Hand nehmen und ihn bis zum Morgengrauen fest halten. Dann wäre der Bann gebrochen, und er könnte wieder ihr gehören. ›Das klingt nicht sonderlich schwer‹, meinte Jenny. ›Das kann ich wohl tun.‹ Die Alte gackerte. ›Pass nur auf!‹, krächzte sie. ›Du bist wirklich gut! Es wird das Schwierigste sein, das du je getan hast, Hühnchen. Du musst ihn wirklich sehr gern haben, um dich festzuhalten. Sei auf ein paar Überraschungen gefasst. Kannst du es wirklich?‹ Und Jenny erklärte leidenschaftlich: ›Er gehört mir. Selbstverständlich kann ich das.‹« Schlange streckte den Arm aus und füllte meinen Becher nach. Die gespaltene Zunge, die auf seine Nase gezeichnet war, schien im Lampenlicht zu flackern, als wollte sie zustoßen. »Nun, sie tat genau, was man ihr gesagt hatte. Bei Vollmond um Mitternacht wartete sie allein in ihrem Kleid aus selbst gesponnener Wolle, in festen Stiefeln und einem dunklen Kapuzenumhang, der ihr helles Haar verbarg, an der Kreuzung. Sie stand wie ein Schatten im Mondlicht und wartete. Um den Hals trug sie den roten Schal, der einmal Tom gehört hatte. Und dann kamen sie; eine lange, glitzernde Truppe von Reitern, die Pferde alle weiß, die Gewänder und Hemden mit Perlen und Edelsteinen bestickt, das Haar lang über die Schultern frisiert und ebenfalls mit glitzernden Steinen und seltsamen Blättern geschmückt. Die Feenkönigin ritt in der Mitte, hoch gewachsen und königlich, ihr Gesicht bleich wie Milch, ihr Haar von einem wunderschönen, schimmernden Rotbraun, ihr Kleid tief ausgeschnitten, um die eleganten Rundungen ihrer Gestalt zu zeigen. Hinter ihr saß Tom, der Schmied, der Blick seiner grauen Augen ging ins Leere, sein einstmals freundliches Gesicht war nur noch eine ausdruckslose Maske. Er trug ein silbernes Hemd und silberne Hosen und Stiefel aus weichstem Ziegenleder. Jenny war wütend, aber sie blieb still stehen, bis die Königin die Mitte der Kreuzung erreicht hatte, bis ihr Tom direkt vor ihr und in Reichweite war. Dann stürzte sie vorwärts und ergriff seine Hand, und sie zog so fest, wie sie konnte, und er fiel vom Pferd und lag vor ihren Füßen auf dem Weg.

Das Feenvolk zischte empört, und sofort hatten sie Jenny und den armen Tom umkreist, und sie konnten nicht entkommen. Die Stimme der Feenkönigin war schrecklich, sowohl süß als auch tödlich in ihrem Zorn. ›Du!‹, fauchte sie. ›Was hast du vor? Wer hat dir das gesagt? Dieser Mann gehört mir! Nimm deine dreckigen sterblichen Hände von ihm weg! Keine Frau wagt es, mich herauszufordern!‹ Aber Jenny hielt fest, während Tom zu ihren Füßen saß wie betäubt, und sie starrte das wunderschöne Geschöpf auf dem weißen Pferd trotzig an. Dann gab die Fee ein schreckliches Lachen von sich und sagte: ›Dann wollen wir zumindest ein bisschen Spaß haben. Sehen wir mal, wie lange du festhalten kannst, Bauernmädchen! Hältst du dich für stark? Wie wenig ihr Sterblichen doch begreift.‹

Zunächst hatte Jenny kaum verstanden, was sie meinte, denn Toms Hand war schlaff in ihrer. Dann veränderten sich seine Finger plötzlich zu rasiermesserscharfen Krallen, und seine Haut wurde zu zerzaustem Haar, und statt einem Mann hielt sie ein Bein eines großen Wolfs, der nun die Zähne fletschte. Jenny wich erschrocken zurück, als der stinkende Atem des Tieres sie traf und es sich gegen den Griff ihrer Hände wehrte. Aber sie grub ihre Finger tief in das zottige Haar des Wolfs und hielt fest, während das Geschöpf sie über den Weg zerrte. Sie spürte, wie der weiße Kies an ihrem Gewand und ihrer Haut riss. Dann hörte sie ein Murmeln aus dem Kreis der Zuschauer; ein einzelnes Wort wurde in einer seltsamen Sprache gesprochen. Dann verwandelte sich das zerzauste Wolfsfell in eine glatte, schlüpfrige Oberfläche, die beinahe bewirkte, dass sie losgelassen hatte; es war so schwierig festzuhalten. Etwas wand sich und wurde dicker, und nun hielt sie statt einem großen Wolf eine gewaltige Schlange mit edelsteinschimmernden Schuppen in den Händen, ein Ungeheuer, das sich wand und versuchte, sie selbst mit seinem riesigen Körper zu umschlingen. Um festzuhalten, musste Jenny dieses Geschöpf mit ihren Armen umklammern und ihre Hände verschränken und das Gesicht gegen die kalten Schuppen drücken. Sie brauchte ihre gesamte Willenskraft, um nicht vor Schreck ohnmächtig zu werden, als der kleine bösartige Kopf auf sie zuschoss, wieder und wieder, und die Zunge dicht vor ihren Augen zuckte. ›Das ist Tom‹, sagte sie sich, und ihr Herz schlug wie eine Trommel. ›Das ist mein Liebster. Ich werde festhalten. Er gehört mir.‹

Ein weiteres Wort erklang im mondbeleuchteten Schweigen. Die Schlange wurde zu einer riesigen Spinne, einer haarigen, stachligen Kreatur mit Augen mit vielen Facetten und dicken Beinen, die sich um das hilflose Mädchen schlangen. Die giftigen Mundwerkzeuge zuckten auf sie zu, als sie weiter das Spinnenbein umklammerte, die Stacheln drangen ihr ins Fleisch, bis sie sich die Lippe blutig biss, um nicht zu schreien. Nach der Spinne kam ein Eber mit gelben Hauern und winzigen, wahnsinnigen Augen, nach dem Eber ein seltsames Geschöpf, dessen Namen sie nicht einmal kannte, mit langen, schnappenden Kiefern und wulstiger Haut. Immer noch klammerte Jenny sich fest, obwohl ihr armen Hände bluteten und ihrem Willen kaum mehr gehorchten, so verkrampft waren sie. Einmal blickte sie auf und glaubte zu sehen, dass der Himmel ein wenig heller geworden war. Die Geschöpfe um sie her waren still geworden. Dann lachte die Feenkönigin abermals. ›Nicht schlecht, wirklich nicht schlecht! Du hast dich gut gewehrt. Jetzt müssen wir gehen. Ich hätte gern meinen Jungen zurück, wenn du so nett wärst, ihn gehen zu lassen.‹ Sie bewegte herrschaftlich die Hand, und Jenny spürte, wie tausend Messer in ihre Schulter drangen, und sie hätte beinahe losgelassen. Große Flügel flatterten, und sie hatte in ihren Händen den Fuß eines riesigen Vogels, sein Schnabel so groß wie ein Pferdekopf. Die Krallen bogen sich in dem Versuch, sich loszureißen. Der andere Fuß hatte sich um ihren Arm und Schulter geschlossen, und das riesige Geschöpf zuckte und flatterte und krächzte und stach mit dem tödlichen Schnabel nach links und nach rechts und versuchte, sie abzuschütteln. Sie hörte glockenhelles Feenlachen. ›Das ist mein Mann‹, flüsterte sich Jenny zu. ›Ich liebe ihn. Sie wird ihn nicht bekommen. Ich werde nicht loslassen.‹ Und so sehr der große Vogel sich auch wehrte, er konnte sich nicht aus ihrem Griff losreißen. Dann hörte man plötzlich ein Rascheln und Seufzen und das leise Klappern vieler Hufe, und das erste Morgenlicht ließ die Ränder der Welt zu Silber werden. Das Feenvolk war verschwunden wie Nebelschwaden, und in ihren Armen hielt Jenny ihren Liebsten, der so schlaff war, als wäre er tot, und mit dem heller werdenden Licht verwandelten sich seine schimmernden Kleider in einfaches Grau. ›Tom‹, flüsterte sie, ›Tom.‹ Sie hatte nicht die Kraft, noch mehr zu sagen. Nach einer Weile spürte sie, wie er sich regte und ihr die Arme um die Taille schlang, und er legte seinen Kopf an ihre Brust und murmelte: ›Wo sind wir? Was ist geschehen?‹ Dann nahm Jenny den roten Schal ab und schlang ihn ihrem Liebsten um den Hals, und sie half ihm mit ihren blutenden, verletzten Händen auf die Beine. Sie umarmten einander, und als sich die Sonne zu einem weiteren vollkommenen Tag erhob, gingen sie langsam nach Hause. Und obwohl die Geschichte es nicht erzählt, sollte man doch annehmen, dass sie zusammen ein gutes Leben hatten, denn sie waren zwei Hälften eines Ganzen.«

Ich hörte ringsumher leises Seufzen. Niemand sagte etwas. Nach einer Weile zogen sich die Männer zurück und legten sich so gut wie möglich auf dem festen Boden nieder. Es würde hier keine Abgeschiedenheit geben. Ich dämpfte die Laterne so gut ich konnte und richtete mich darauf ein, vollständig bekleidet zu schlafen. Aber ich dachte, ich könnte zumindest die Stiefel ausziehen. Als ich mich jedoch bückte, um sie aufzuschnüren, stellte ich fest, dass ich so müde war, dass meine Finger mir nicht mehr gehorchten. Ich war so müde, dass ich beinahe über alles und nichts geweint hätte. Verflucht sollten sie sein! Es wäre so viel leichter gewesen, sie hassen zu können, wie Eamonn es tat.

»Warte.« Hund kniete neben mir, seine großen Hände lösten geschickt die Schnüre und zogen mir die Stiefel aus. »Was für kleine Füße du hast.«

Ich nickte zum Dank und war mir der Blicke der Männer bewusst. Es war beinahe dunkel. Ich hörte ein kleines Schneidegeräusch, und dann lag etwas Glattes, Spitzes in meiner Hand, und Hunds große Gestalt zog sich in den Schatten zurück. Als ich mich hinlegte und spürte, wie mich tiefste Müdigkeit überwältigte, steckte ich die Wolfskralle in meine Tasche. Diese Männer waren Mörder. Warum sollte es mich interessieren, was aus ihnen wurde? Warum konnte das Leben nicht einfach sein wie in den Geschichten? Warum ... Ich fiel in einen tiefen traumlosen Schlaf.

Ich blinzelte, einmal, zweimal. Licht fiel durch den Eingang in die Kammer. Es war Morgen. Ich setzte mich auf. Die

Kammer war leer, der Boden nackt, alle Anzeichen, dass sich Menschen hier aufgehalten hatten, verschwunden – alles bis auf meine Decke und meine kleine Tasche und mein Werkzeug. Und der Schmied lag neben mir und schlief und atmete schwer.

Wieder sah ich mich um. Nichts. Sie waren alle verschwunden. Sie hatten mich allein gelassen. Keine Angst, Liadan, sagte ich mir, als mein Herz schnell zu schlagen begann. Ich würde nicht viel Zeit haben, bevor Evan erwachte und mich brauchte. Also musste ich Wasser finden. Sehen, ob es möglich war, ein Feuer zu machen. Darüber hinaus konnte ich nichts planen.

Neben meiner Tasche befanden sich eine kleine Schüssel und ein Eimer. Mit diesen Dingen in der Hand ging ich durch den schmalen Eingang und zwinkerte, als ich in einen wunderschönen Sommermorgen hinaustrat.

»Am Nordende des Hügels gibt es einen Bach und einen Tümpel, wo du dich waschen kannst.«

Er hatte mir den Rücken zugewandt und einen Bogen über der Schulter, aber der rasierte Kopf und die bizarre, geschmückte Haut machten sofort deutlich, mit wem ich es zu tun hatte. Ich war beinahe ebenso wütend wie erleichtert und wurde unvorsichtig. »Du! Von dir hätte ich am wenigsten erwartet, dass du hier bleibst.«

»Hättest du vielleicht einen anderen vorgezogen?«, fragte er und drehte sich um. »Einen, der dir schmeichelt und süße Worte spricht?«

»Rede keinen Unsinn!« Ich war entschlossen, ihm nicht zu zeigen, dass ich mich allein geglaubt hatte. Ich wollte nicht, dass er von meiner Angst erfuhr. »Es wäre mir am liebsten, wenn keiner von euch hier geblieben wäre. Warum bist du nicht bei deinen Männern? Sie blicken zu dir auf. Der Hauptmann. Beinahe so etwas wie ein Gott. Ich verstehe nicht, wie du sie losschicken und zurückbleiben kannst. Du hättest einen anderen hier lassen können, um mich zu bewachen.«

Er sah mich aus halb geschlossenen Augen an. Die Morgensonne betonte das Hell und Dunkel des Musters auf seinem Gesicht.

»Es gibt nicht einen, dem ich bei dieser Aufgabe über den Weg trauen würde«, sagte Bran. »Ich habe gesehen, wie sie dich anschauen.«

»Ich glaube dir nicht.« Das war Unsinn.

»Außerdem«, meinte er lässig und steckte den Bogen in einen Riss zwischen den Felsen, »ist es eine gute Übung. Sie müssen lernen, mit dem Unerwarteten zurechtzukommen und selbst das Kommando zu übernehmen, wenn das notwendig wird. Sie müssen lernen, immer bereit zu sein. Es gibt andere Anführer unter ihnen. Sie werden diese Herausforderung bestehen.«

»Wie ... wie lange werden sie weg sein?«

»Lange genug.«

Da mir nichts mehr zu sagen einfiel, ging ich zum Bach, um mir das Gesicht und die Hände zu waschen und Wasser für meinen Patienten zu holen. Es gab einen stillen Tümpel zwischen den Felsen, und als ich den Eimer hineintauchte, stellte ich mir halb vor, meine Schwester da zu sehen, taillenhoch im Wasser, umschlungen von den Armen ihres Geliebten, ihr feuriges Haar und ihren weißen Körper. Arme, schöne Niamh. Ich hatte kaum einen Augenblick an sie gedacht, seit ich mich von ihr verabschiedet hatte. Sie würde inzwischen in Tirconnell sein und lernen, sich mit ihrem neuen Leben unter Fremden zurechtzufinden. Ich schauderte. Ich konnte mir nicht vorstellen, irgendwo anders zu leben als in Sevenwaters, ich wollte niemals so weit von allem entfernt sein, was so sehr zu mir gehörte. Wenn man jemanden liebte, konnte man das vielleicht tun, ohne sich entzweigerissen zu fühlen. Aber die Wälder hielten alle fest, die dort geboren waren, und sie können nicht weit reisen, ohne sich bald nach ihrer Heimat zu sehnen. Im Herzen fürchtete ich um meine Schwester. Und was Ciarán anging – niemand wusste, welchen Weg er eingeschlagen hatte.

Der Tag ging weiter. Evan hatte Schmerzen, schwitzte, übergab sich und redete Unsinn. Bran erschien und verschwand wieder, sprach wenig, half mir, den Schmied zu heben und umzudrehen, machte Wasser heiß und tat, worum ich ihn bat. Ich musste widerstrebend zugeben, dass er recht nützlich war. Einmal, als Evan schlief, rief er mich hinaus, befahl mir, mich hinzusetzen und gab mir einen Teller mit Eintopf und trockenem Brot und einen Becher Bier.

»Tu nicht so überrascht«, sagte er, setzte sich mir gegenüber auf den Boden und begann selbst zu essen. »Du musst essen. Und es ist sonst niemand da, der für dich sorgen könnte.«

Ich schwieg.

»Oder glaubst du etwa, du wärst damit allein zurechtgekommen? Ist es das? Die kleine Heilerin und Wundertäterin. Du hast dir doch wohl nicht eingebildet, dass wir dich hier allein lassen? Oder?«

Ich sah ihn nicht an, sondern konzentrierte mich stattdessen auf den Eintopf, der erstaunlich gut war. Er musste den Bogen zur Jagd benutzt haben.

»Du hast es wirklich geglaubt«, meinte er ungläubig. »Dass wir weitergezogen sind und dich hier mit einem

Sterbenden zurückgelassen haben. Du hältst uns für wenig besser als Wilde.«

»Willst du das denn nicht so?«, fragte ich herausfordernd, sah ihn nun direkt an und entdeckte einen Augenblick lang einen ganz anderen Ausdruck in seinen Augen, bevor er sich abwandte. »Der Bemalte Mann, ein Geschöpf, das Schrecken und Ehrfurcht hervorruft? Ein Mann, der beinahe alles tun kann, wenn man ihn gut genug bezahlt? Ein Mann ohne Gewissen? Wieso sollte ein solcher Mann etwas dagegen haben, eine Frau allein zurückzulassen, besonders, da er Frauen doch so sehr verachtet?«

Er öffnete den Mund, überlegte es sich noch einmal und schloss ihn wieder.

»Warum hasst du uns so sehr? Welche Frau hat dich so enttäuscht, dass du es an uns allen auslassen musst und für den Rest deines Lebens? Du bist so ablehnend. Es frisst dich von innen her auf. Du wärst ein Narr, dich davon zerstören zu lassen. Es wäre eine schreckliche Verschwendung. Was ist geschehen, das dich so verbittert hat?«

»Das geht dich nichts an.«

»Doch«, sagte ich mit fester Stimme. »Du hast dich selbst entschieden hier zu bleiben, und du wirst zuhören. Du hast meine Geschichte von der Bauerntochter Jenny gehört. Vielleicht ist sie wahr, vielleicht nicht. Aber es gibt viele gute, starke Frauen wie Jenny auf der Welt, ebenso wie andere, die weniger bewundernswert sind. Wir sind Menschen, ebenso wie du, und wir sind alle verschieden. Du siehst die Welt durch den Schatten deines eigenen Schmerzes, und du triffst ein ungerechtes Urteil.«

»Nein.« Er starrte ins Leere. Ich bedauerte schon, so mutig gewesen zu sein. »Es waren die Tricks einer Frau und ihre Macht über einen Mann, die mir sowohl meine Familie als mein Geburtsrecht genommen haben. Es war die Selbstsucht einer Frau und die Schwäche eines Mannes für sie, die mich auf diesen Weg geführt haben, die mich zu dem Geschöpf gemacht haben, das du so verachtest. Frauen verderben alles. Ein Mann sollte sie nicht zu nahe an sich herankommen und sich nicht von ihnen einfangen lassen.«

»Aber ich bin auch eine Frau«, sagte ich nach einer Weile. »Ich locke niemanden in eine Falle, ich verführe nicht, ich bin nicht böse. Ich sage, was ich denke, aber daran ist nichts Falsches. Ich lasse mich einfach nicht so beschreiben, wie du es getan hast. Mein Vorbild ist meine Mutter. Sie ist klein und zierlich, aber stark. Sie kennt nichts anderes als zu geben. Meine Schwester ist schön und vollkommen ohne Argwohn.«

»Du weinst.«

»Ich weine nicht!« Zornig rieb ich mit der Hand über die Wange. »Ich sage nur, du kannst nicht viele Frauen kennen, um eine solch engstirnige Vorstellung zu haben.«

»Ich gebe zu, dass du eine Ausnahme sein könntest«, meinte er mürrisch. »Du lässt dich nicht so leicht einordnen.«

»Du glaubst, ich wäre eher wie ein Mann?«

»Ha!« Ich wusste nicht, ob dieses Geräusch auf Belustigung oder Verachtung zurückzuführen war. »Wohl kaum. Aber du hast einige Tugenden, die ich nicht erwartet hätte. Schade, dass du keinen Stock einsetzen und keinen Bogen spannen kannst. Wir hätten dich vielleicht für die Truppe angeworben.«

Nun war ich dran zu lachen. »Das glaube ich nicht. Aber ich kann es tatsächlich. Mit einem Stock umgehen und einen Bogen spannen, meine ich.«

Er sah mich an. »Das glaube ich dir nicht.«

»Ich zeige es dir.«

Iubdan hatte mir viel beigebracht. Dieser Bogen war länger und schwerer als der, an den ich gewöhnt war, und ich konnte ihn nicht vollständig spannen. Aber es würde genügen. Bran beobachtete mich schweigend, die Brauen spöttisch hochgezogen, als ich die Sehne spannte.

»Was soll ich mit diesem Pfeil treffen?«

»Du könntest es mit diesem großen Astloch in dem Ulmenstamm dort versuchen.«

»Das könnte ein Kind tun«, meinte ich verächtlich. »Du beleidigst mich. Welches Ziel würdest du für einen jungen Mann wählen, der sich deiner Bande anschließen will?«

»Er wäre nicht so weit gekommen, ohne sich zu beweisen. Aber wenn du darauf bestehst, dann schlage ich den Apfelbaum vor, der dort zwischen den Felsen wächst. Lass es mich dir zeigen.«

Er nahm mir den Bogen ab, spannte ihn ganz, die Augen gegen das Licht ein wenig zugekniffen. Es passierte schnell. Die Bogensehne schnappte, als er sie losließ, und ich sah einen kleinen grünen Apfel zu Boden fallen, durchtrennt von der Pfeilspitze.

»Jetzt bist du dran«, sagte er trocken.

Das war ein Spiel, das Sean und ich wieder und wieder geübt hatten. Ich zog den Bogen, so weit ich konnte, hauchte ein leises Wort und ließ den Pfeil los.

»Anfängerglück«, sagte Bran, als ein weiterer Apfel fiel. »Du könntest es nicht wiederholen.«

»Doch«, sagte ich, »aber es ist mir gleich, ob du mir glaubst oder nicht. Wir haben zu tun. Wenn ich dir sage, was ich brauche, könntest du ein paar Kräuter für mich finden? Mein Vorrat geht zu Ende, und Evan hat große Schmerzen.«

»Sag mir, was du brauchst.«

Es war gut, dass ich in dieser Nacht so tief geschlafen hatte, denn in den folgenden Tagen kam ich selten dazu. Der Schmied wurde kranker und kranker, sein Gesicht rötete sich hektisch, die Haut um seine Wunde war nun fleckig und bläulich. Bran hatte gebracht, worum ich ihn gebeten hatte, und ich hatte einen Tee zubereitet, den ich Evan Tropfen um Tropfen einflößte, bis er ruhiger wurde.

»Wo bist du, Biddy?«, flüsterte er und bewegte den Kopf von einer Seite zur anderen. »Biddy? Frau? Ich kann dich nicht sehen.«

»Still«, sagte ich und wischte ihm das glühende Gesicht ab. »Ich bin hier. Schlaf jetzt.«

Aber es dauerte lange, bis er schlief, und trotz der Kräuter ruhte er nicht lange, bis die Schmerzen ihn wieder weckten. Bran war draußen, und ich rief ihn nicht herein. Wozu sollte das gut sein? Er hätte nichts tun können. Ich saß an Evans Seite im Lichtkreis der Laterne und hielt seine Hand. Ich sagte ihm, er solle nicht sprechen, aber er war nicht aufzuhalten.

»Immer noch da. Ich dachte, du wärst inzwischen weg.«

»Ja, ich bin immer noch da, wie du siehst. So schnell wirst du mich nicht los.«

»Ich dachte eine Weile, du wärst Biddy. Albern. Es bräuchte drei von deiner Art, so ein schönes, großes Mädchen ist meine Biddy.«

»Sie wird auf dich warten, daran solltest du nicht zweifeln«, sagte ich.

»Glaubst du, sie will mich immer noch? Glaubst du, sie würde sich nicht an ... du weißt schon stören?«

Ich drückte seine Hand ein wenig. »Ein starker Bursche

wie du? Selbstverständlich wird sie dich noch haben wollen. Sie werden Schlange stehen um dich, Mann.«

»Ich will mich ja nicht beschweren, denn ich weiß, du tust dein Bestes. Aber es tut so weh ...«

»Versuch mal, ob du noch ein paar Tropfen davon schlucken kannst.«

»Brauchst du Hilfe?« Bran war leise hereingekommen, mit einer kleinen Flasche in der Hand. »Möwe hat mir das hier gelassen. Es stammt aus seinem eigenen Land und ist sehr kräftig. Nur für besondere Gelegenheiten.«

»Ich bezweifle, dass er es bei sich behalten würde. Vielleicht ein paar Tropfen. Tu ein wenig davon in diesen Tee; du hast Recht, es wird Zeit für solche Dinge. Kannst du seinen Kopf und die Schultern heben? Danke.«

Die kleine Taschenflasche war aus Silber, und auf der Oberfläche befand sich ein kunstvolles Spiralmuster. Der Verschluss war aus Bernsteinglas und hatte die Form einer kleinen Katze.

»Nicht zu viel davon. Wir wollen, dass es lange genug in seinem Magen bleibt.«

Schluck um Schluck flößte ich Evan den Alkohol ein, während Bran hinter ihm saß und ihn stützte.

»Das hätte ich mir gleich denken können, Hauptmann«, meinte der Schmied schwächlich. »Du wartest, bis ich erledigt bin, dann versuchst du mich zu vergiften. Das solltest du lieber dem Mädchen hier überlassen.«

»Ich bin doch sowieso nur da, um zu tun, was sie sagt.«

»Ich glaube dir kein Wort, Hauptmann ...«

»Still«, sagte ich, »du redest zu viel. Trink und halt den Mund.«

»Hast du das gehört?«, fragte Bran. »Sie gibt gern Befehle.

Kein Wunder, dass die anderen sich schnell davongemacht haben.«

Evan schloss die Augen. »Ich habe dir doch gesagt, dass sie zu dir passt, Hauptmann«, sagte er leise. Bran enthielt sich jeden Kommentars.

»Schlaf«, sagte ich und stellte den Becher mit Kräutertee hin. Er war halb leer. Er hatte mehr getrunken, als ich erwartet hätte. »Ruh dich aus. Denk an deine Biddy. Vielleicht kann sie dich hören, obwohl sie auf der anderen Seite des Meeres ist. Manchmal passiert so etwas. Sag ihr, dass du bald zu ihr kommst. Sie wird nicht mehr lange warten müssen.«

Nach einer Weile legte Bran Evan sanft auf den Boden, den Kopf auf eine Deckenrolle gestützt, damit er leichter atmen konnte.

»Hier«, sagte er und reichte mir die Silberflasche.

»Lieber nicht.« Aber ich nahm sie und dachte dabei, dass das Muster auf seinem Arm aussah, als flösse es über die Hand und den Arm hinauf, unter den Ärmel seines einfachen grauen Hemdes, den er bis zum Ellbogen hochgerollt hatte. »Ich muss wach werden, wenn er aufwacht.«

»Du musst auch manchmal schlafen.«

»Ebenso wie du.«

»Mach dir um mich keine Sorgen. Trink zumindest einen einzigen Schluck. Es wird dir helfen zu ruhen.«

Ich setzte die Flasche an die Lippen und schluckte. Es brannte wie Feuer. Ich keuchte und spürte, wie sich das Glühen in mir ausbreitete. »Du auch«, sagte ich und reichte die Flasche zurück.

Er trank einen Schluck, dann verschloss er die Flasche wieder und stand auf. »Ruf mich, wenn er aufwacht.«

Zum ersten Mal lag eine Art von Hochachtung in seinem Ton. »Du musst nicht alles allein machen.«

Brighid, hilf! Ich wurde plötzlich von tiefer Traurigkeit überwältigt. Arroganz, Verächtlichkeit und Gleichgültigkeit, damit kam ich zurecht. Ruhige Kompetenz war in Ordnung. Mit ihm zu streiten machte beinahe Spaß. Es war diese unerwartete Freundlichkeit, die drohte, mich zerbrechen zu lassen. Ich musste wirklich müde sein. Ich schlief mit einem Bild von Sevenwaters vor meinem geistigen Auge ein: dunkle, schattige Bäume, fleckiges Sonnenlicht, das klare Wasser des Sees. Winzig und vollkommen und oh, so weit entfernt.

KAPITEL 6

Wir entwickelten eine Routine. Wir gewöhnten uns aneinander. Wenn ich schlief, hielt Bran Wache und kümmerte sich um den Schmied. Wenn Bran schlief, was selten geschah, befahl er mir, drinnen zu bleiben, und das tat ich auch. Ein Tag folgte dem anderen, und wir sahen zu, wie das Fieber das Fleisch von Evans Knochen fraß und langsam das Leben aus seinen Augen saugte. Es wäre leicht gewesen für Bran, mich daran zu erinnern, dass ich es gewesen war, die darauf bestanden hatte, diesen Mann lang genug am Leben zu halten, damit er nun einen qualvollen Tod hatte. Es wäre leicht für mich gewesen, Bran die Schuld daran zu geben, dass er den Schmied bewegt hatte, bevor er reisen durfte. Aber wir sprachen nicht von diesen Dingen. Wir sprachen überhaupt nicht viel. Es schien kaum notwendig. Er wusste, wann ich ihn brauchte, und war da. Ich begann zu erkennen, wann er allein sein musste, und dann zog ich mich schweigend in die Kammer zurück oder ging zu dem Teich, um auf den Steinen zu sitzen und mich zur Ruhe zu zwingen. Es gab dort gemeißelte Steine, uralte, gewaltige Steinplatten mit Flechten darauf, umgeben von weichem Farn. Dass hier irgendwelche Wächter der alten Wahrheit hausten, die an dieser Stelle ihren Mittelpunkt hatte, daran zweifelte ich nicht, und ich nickte ihnen voller Achtung jedes Mal zu, wenn ich vorbeikam.

Unsere Gespräche veränderten sich, als bestünde keine Notwendigkeit mehr, mit Worten zu spielen und zu kämpfen. Evan hielt durch, und ich gestattete mir die geringe Hoffnung, dass er noch nicht verloren war. Eines Abends hatten wir beide ein wenig Zeit, draußen zu sitzen unter dem zunehmenden Mond und dem Bogen von tausend Sternen, und aßen Kaninchen, das mit wildem Knoblauch in den Kohlen gebraten war, während die einzigen Geräusche, die uns umgaben, das winzige Rascheln von nächtlichen Geschöpfen im Unterholz und hin und wieder der Ruf einer jagenden Eule war. Es war ein angenehmes Schweigen. Ich begriff, dass ich diesem Mann vertraute – etwas, das ich nie für möglich gehalten hätte.

»Sag mir deine ehrliche Meinung«, meinte er, als wir mit dem Essen fertig waren. »Hat er wirklich eine Chance?«

»Er wird bis morgen Früh leben. Ich versuche, nicht weiter in die Zukunft zu sehen.«

»Du lernst schnell.«

»Einiges schon. Hier draußen ist eine andere Welt. Die alten Übereinkünfte funktionieren offenbar nicht mehr.«

»Das hast du also auch bemerkt. Du scheinst eine Menge von Kräutern und Arzneien zu wissen. Was du benutzt hast, um ihn zum Schlafen zu bringen, als wir seinen Arm abschnitten, war mächtig. Hast du noch etwas davon übrig?«

Ich konnte sein Gesicht im Schatten nicht genau sehen, aber die Augen waren wachsam.

»Ein wenig. Möwe hat eine Bemerkung darüber gemacht. Er hat daran geschnuppert und dann jeden Bestandteil genannt. Das überraschte mich.«

»Seine Mutter war eine Kräuterärztin. In ihrem Land war sie dafür berühmt. Dann gab es andere, die sie als Hexe bezeichneten. Das führte schließlich dazu, dass sie verfolgt und getötet wurde. Möwe hat Unerträgliches erlebt.«

Ich konnte nicht widerstehen zu fragen: »Ich dachte, diese Männer hätten keine Vergangenheit?«

»Sie lernen, sie hinter sich zu lassen. Um das zu tun, was wir tun, muss ein Mann mit leichtem Gepäck reisen. Er darf keine Erinnerungen und keine Hoffnungen mit sich herumschleppen. Um zu sein, was wir sind, muss man nur an die Aufgabe denken, die vor einem liegt.«

»Ich kannte Möwes Geschichte.«

»Er hat es dir erzählt?«

»Die anderen haben es mir erzählt. Jeder hat seine Geschichte. Sie liegen nicht so tief begraben. Jeder hat seine Hoffnung. Kein Mensch kann wirklich ohne Hoffnung sein.«

»Ach nein?«

Ich entschied, dass es besser wäre, diesem Thema nicht weiter zu folgen.

»Bist du nie in Versuchung geraten?«, fragte er leise. »Wenn ein Patient Schmerzen hat und du weißt, dass er nicht überleben wird? Es wäre doch einfach, diesen Trunk etwas stärker zu machen, oder nicht? So dass er nicht weiter leidet, sondern einfach einschläft und nie wieder erwacht?«

Ich hatte genau dasselbe gedacht.

»Man muss vorsichtig sein«, sagte ich. »Es kann gefährlich werden, sich in solche Dinge einzumischen, und nicht nur für das Opfer. Wir haben jeder unsere eigene Zeit, bis wir weitergehen. Es ist die Göttin, die am Ende entscheidet. Ich würde so etwas nur tun, wenn ich glaubte, dass sie mir die Hand führt.«

»Du folgst dem alten Glauben?«

Ich nickte widerstrebend, weil ich nicht über meine Familie sprechen wollte.

»Würdest du es tun?«, fragte er mich. »Wenn es schlimmer für ihn wird?«

»Dann wäre ich nicht anders als du mit deinem kleinen Messer. Deine praktische Lösung. Ich heile. Ich töte nicht.«

»Ich denke, du würdest es tun, wenn es sein müsste.«

»Ich will die Göttin nicht erzürnen, und ich würde einen solchen Schritt auch nicht vollziehen, wenn ich nicht vollkommen überzeugt wäre, dass es das ist, was Evan sich wünscht. Ich denke, ich kann nicht sagen, was ich tun würde, bis ich der Entscheidung wirklich gegenüberstehe.«

»Die Gelegenheit wirst du vielleicht erhalten.«

Ich antwortete nicht.

»Hast du geglaubt«, fuhr er nach einer Weile fort, »dass ich es getan hätte? Diese bequeme Lösung für dich selbst benutzt, weil du mir im Weg warst?«

»Damals ja. Ich hielt es für möglich. Und ... nach allem, was ich über dich gehört habe, erschien es mir durchaus möglich.«

»So etwas hätte ich nie getan.«

»Das weiß ich jetzt.«

»Versteh mich nicht falsch. Ich bin nicht weich. Das Gewissen beunruhigt mich nicht. Ich fälle Entscheidungen rasch, und ich gestatte mir nicht, sie zu bedauern. Aber ich töte nicht grundlos Unschuldige.«

»Warum hast du dann ...« Es war zu spät, die Worte zurückzunehmen.

»Warum habe ich was?« Sein Tonfall war plötzlich gefährlich geworden, er hatte mich mit seiner Freundlichkeit in die Falle gelockt.

»Nichts.«

»Sag es mir. Welche Geschichten hast du über mich gehört?«

»Ich ...« Es war klar, dass Schweigen nicht genügen

würde. Und er würde wissen, wenn ich log. »Man hat mir vor nicht allzu langer Zeit erzählt, dass eine Gruppe von Männern auf ihrem eigenen Land überfallen und getötet wurde, während sie ihre Toten nach Hause bringen wollten, um sie zu begraben. Ich hörte, man hätte ihren Anführer gezwungen zuzusehen, wie seine Freunde einer nach dem anderen starben. Für nichts. Für nichts weiter als für die Zurschaustellung eurer Kunstfertigkeit. Die Beschreibung, die er ... die Geschichte wurde so erzählt, dass es klar wurde, dass du verantwortlich warst.«

»Aha. Wer hat dir das erzählt? Wo hast du es gehört?«

»Wer war dein Vater? Wo bist du zur Welt gekommen? Ware gegen Ware, erinnerst du dich?«

»Du weißt, dass ich es dir nicht sagen werde.«

»Eines Tages wirst du es tun.« Plötzlich war diese Kälte wieder da, als wäre ein Geist vorbeigeschwebt und hätte mich mit seinem Atem berührt. Ich wusste nicht, warum ich das gesagt hatte, aber ich wusste, dass meine Worte der Wahrheit entsprachen.

»Hast du das auch gespürt?«, fragte Bran beunruhigt.

Ich starrte ihn an. »Was gespürt?«

»Diese ... diese Kälte, ein plötzlicher Luftzug. Vielleicht kippt das Wetter um.«

»Vielleicht.« Das wurde wirklich lächerlich. Ich teilte nicht nur seine Albträume, er spürte es auch, wenn der Blick mich berührte. Es war wirklich an der Zeit, nach Hause zurückzukehren.

»Er heißt Eamonn«, sagte er leise. »Eamonn von den Marschen nennen sie ihn. Sein Vater hatte einen schlechten Ruf, und der Sohn hat nichts getan, um einen besseren zu erlangen. Meine Männer haben dich in Littlefolds aufgelesen, nicht wahr? Direkt an der Grenze zum Land von diesem Eamonn? Was ist er für dich? Vetter? Bruder? Liebster?«

»Nichts davon«, stotterte ich mit laut klopfendem Herzen. Ich durfte ihm nicht sagen, wer ich war. Ich durfte meine Familie nicht verwundbar machen. »Ich kenne ihn nur von weitem. Ich habe die Geschichte gehört. Das ist alles.«

»Wo?«

»Das geht dich nichts an.«

»Du solltest dich lieber nicht mit diesem Mann einlassen. Solche wie er sind sehr gefährlich. Man kommt einem solchen Mann nicht in den Weg und zieht dann unbeschadet davon.«

»Du sprichst doch sicher von dir selbst und nicht von Eamonn.«

»Du bist schnell bereit, ihn zu verteidigen. Ist er derjenige, der so unruhig auf deine Wiederkehr wartete, wie es mir meine Männer rührenderweise erzählten?«

»Deine Männer haben zu viel Fantasie, weil sie zu wenig Unterhaltung haben. Es wartet niemand zu Hause auf mich. Nur meine Verwandten. So ist es mir lieber.«

»Das klingt nicht sonderlich glaubwürdig.«

»Es ist aber die Wahrheit.«

Wir saßen eine Weile still. Er füllte meinen Becher nach und seinen eigenen. Ich fing an, müde zu werden.

»Es war nicht zufällig.« Bran sprach in die Leere zwischen uns. »Das Töten. Es ging nicht um Unschuldige. Wir sind Männer. Wir leisten Männerarbeit. Du kannst diesen Eamonn ja vielleicht einmal fragen, wie viele er getötet hat. Wir wurden von einem alten, mächtigen Feind Eamonns gut dafür bezahlt, zu tun, was wir getan haben. Eamonns Vater hat vielen unrecht getan. Der Sohn zahlt den Preis.

Ich habe noch ein wenig hinzugefügt. Ich hörte, er war nicht beeindruckt.«

»Für mich klang es nach gedankenlosem Gemetzel. Und darauf folgte die arrogante Geste eines Mannes, der sich für unverwundbar hält.«

Dies stieß auf frostiges Schweigen. Ich bedauerte meine Worte schon, so wahr sie sein mochten. Als er wieder sprach, hatte sich sein Ton verändert. Nun klang er angespannt, beinahe verlegen: »Ich hoffe, du wirst auf mich hören. Du solltest diesem Eamonn nicht trauen. Nimm ihn zum Mann, zum Geliebten, und er wird dich aussaugen. Wirf dich nicht an ihn weg. Ich kenne seine Art. Ein solcher Mann wird dir die schönen Worte sagen, die du hören willst; er wird dich so lange einlullen, bis du ihm glaubst. Ein solcher Mann weiß nur, wie man nimmt.«

Ich starrte ihn verblüfft an. »Das glaube ich einfach nicht! Ausgerechnet du gibst mir gute Ratschläge? Habe ich außerdem je gesagt, dass ich schöne Worte will?«

»Alle Frauen lieben Schmeicheleien«, meinte er geringschätzig.

»Das ist nicht wahr. Alles, was ich je wollte, war Ehrlichkeit. Zärtliche Worte, Worte der Liebe, solch süße Worte sind bedeutungslos, wenn sie nur gesprochen werden, um ein Ziel zu erreichen. Ich würde es wissen, wenn ein Mann mich bei so etwas anlügt.«

»Ich nehme an, du hast große Erfahrung in diesen Dingen.« Ich hätte nicht sagen können, ob er es ernst meinte oder nicht, nur dass ich ihn für ausgesprochen humorlos hielt.«

»Ich würde es wissen. Tief im Herzen würde ich es wissen.«

Es kam ein Tag, an dem Evan überhaupt nichts mehr bei sich behalten konnte. Sein Hals war grausam geschwollen, das Fieber einer hohlwangigen Lethargie gewichen, die vom Ende kündete. Ohne meine Kräutertränke muss sein Schmerz schrecklich gewesen sein, aber er hatte einen Fuß bereits auf den letzten Weg gesetzt, und da er ein starker Mann war, litt er, ohne zu klagen. Es gab keinen leichten Schlaf, der von kundigen Helfern tiefer gemacht wurde und aus dem er dann friedlich in die andere Welt überging. Nicht für ihn. Er wusste, dass die Zeit gekommen war, und sah ihr mit offenen Augen entgegen.

Der Tag zog sich träge in den Nachmittag, und es schien mir, als wäre die kühle, trockene Luft in der Kammer unter der Erde voll leisen Flüsterns und Raschelns, als winkten uralte Kräfte dem Schmied zu, sich auf die letzte Reise zu begeben.

»Sag es mir ganz offen«, forderte Evan. »Es ist das Ende, nicht wahr?«

Ich saß bei ihm auf dem Boden und hielt seine Hand. »Die Göttin ruft dich. Es ist vielleicht Zeit für dich, weiterzuziehen. Du trägst es tapfer.«

»Du warst brav. Ein braves Mädchen. Hast dein Bestes getan.«

»Ich habe es versucht. Es tut mir Leid, wenn es nicht genügte.«

»Oh nein. Weine nicht um mich, Mädchen ...« Sein Atem rasselte. »Trockne die Tränen. Du hast noch viel Zeit vor dir. Verschwende deinen Kummer nicht an einen hässlichen Kerl wie mich.«

Das ließ die Tränen nur rascher fließen, nicht nur weil ein guter Mann gehen sollte, sondern auch um meine Mutter, die auf demselben Weg wandelte, und um die arme Niamh, der man versagt hatte, was sie sich so sehr wünschte, und um die Welt, die es notwendig machte, dass Männer ihre besten Jahre damit verschwendeten, ein Leben von Flucht und Heimlichkeiten und Morden zu leben. Ich weinte, weil ich nicht wusste, wie ich das ändern sollte. Evan schwieg längere Zeit. Danach begann er von seiner Frau, von Biddy, zu sprechen. Sie hatte ein paar Jungen, die Kinder eines anderen Mannes. Zwei feine Burschen. Ihr Vater war ein unangenehmer Kerl gewesen, der sie geschlagen hatte. Sie hatte ein schweres Leben hinter sich. Nun, der Mann war gestorben. Am besten redete man nicht genau darüber, wie er gestorben war. Und jetzt gehörte sie Evan. Und wartete darauf, dass er sein Söldnerleben aufgab und zu ihr zurückkam. Dann würden sie irgendwo hinziehen, er und Biddy und die Jungen, eine kleine Schmiede einrichten, vielleicht irgendwo weit weg. Es gäbe immer Arbeit für einen guten Handwerker, und Biddy war sich für keine Arbeit zu schade. Er würde den Jungen das Handwerk beibringen und ihnen eine Zukunft geben. Ein- oder zweimal sprach er so, als würde Biddy seine Hand halten, und ich nickte und lächelte.

Später ergab sich die Gelegenheit, ihm die Frage zu stellen, und ich ergriff sie.

»Evan. Ich muss ganz offen mit dir sprechen, solange du mich verstehst.«

»Was ist denn, Mädchen?«

»Es ist nicht mehr viel Zeit. Wir wissen es beide. Du hast Schmerzen, und es wird schlimmer werden. Ich wollte ... ich wollte dir einen sehr starken Schlaftrunk anbieten, einen, der dich bis zum Ende betäuben würde. Aber du wärst nicht im Stande, ihn bei dir zu behalten. Wenn du ... wenn du es abkürzen willst, könnte ich Bran bitten ... ich könnte den

Hauptmann bitten, dich … er könnte …« Ich stellte fest, dass ich die Worte nicht aussprechen konnte.

»… weiß, was ich will. Ruf ihn herein, ich sag's euch beiden … spart mir die Puste.«

Also musste ich nach draußen gehen und Bran hereinholen, nachdem ich mir fest das Gesicht abgerieben hatte, um die Tränen wegzuwischen. Er war nicht weit weg, lehnte mit dem Rücken an der Steinmauer des alten Grabhügels und starrte weit in die Ferne, offensichtlich tief in Gedanken versunken. Sein Mund war eine dünne, grimmige Linie.

»Könntest … könntest du bitte reinkommen?«

Er zuckte zusammen, als hätte ich ihn geschlagen, dann folgte er mir ohne ein Wort.

»Ich muss dich ein paar Dinge fragen. Setz dich hin, Hauptmann. Hab nicht mehr viel Luft, muss leise reden.«

»Ich bin hier. Wir sind beide hier.«

»Weißt du, was sie mich gefragt hat?« Das war der winzige, rasselnde Geist eines Lachens.

»Ich kann es mir nicht vorstellen.«

»Hat gefragt, ob ich will, dass du Schluss machst. Weil sie es nicht selber kann. Würdest du das glauben? Was für ein Mädchen.«

Beide sahen mich jetzt an, und ihre Mienen glichen einander. Süße Brighid, warum konnte ich nicht aufhören zu weinen?

»Will ich nicht. Aber danke für das Angebot. Ist nicht einfach. Ich will … ich will draußen sein. Unter den Sternen. Kleines Feuer. Geruch von brennenden Tannenzapfen, und die Nachtluft auf meinem Gesicht. Ein Tropfen zu trinken, starkes Zeug, damit mir nicht kalt wird. Und eine Geschichte. Eine gute, lange Geschichte. Das ist es, was ich will.«

»Ich denke, das lässt sich machen.« Aber nun war ich es, die Bran ansah, und wieder lag dieser Ausdruck in seinen Augen, diesmal weniger flüchtig. Diese grauen Augen, so klar und echt, die Augen eines vertrauenswürdigen Mannes. Der Mund weich von Sorge und etwas anderem. Ich spürte, dass dieser unmaskierte Bran erheblich gefährlicher für mich war, als es der Bemalte Mann je sein könnte.

»Noch eins«, flüsterte Evan. »Hauptmann. Wegen meiner Frau. Möwe weiß, wo ich mein Zeug versteckt habe. Ihr müsst euch um sie und die Jungs kümmern. Ich habe gespart. Es sollte reichen. Möwe weiß, wo sie ist.«

Bran nickte. »Mach dir deshalb keine Gedanken. Ich werde mich darum kümmern, dass für sie gesorgt wird. Wir haben schon Pläne.«

Ein dünnes Grinsen erhellte die hageren Züge des Schmieds, und dann sah er mich an. »Guter Mann, der Hauptmann«, murmelte er.

»Ich weiß«, sagte ich.

Bran trug den Schmied ohne große Anstrengung nach draußen, obwohl Evan viel größer und schwerer war. Ich holte Decken, Wasser, Kleidung. Nach einem endlosen Tag war schließlich der Abend hereingebrochen. Wir legten Evan hin, halb sitzend gegen die Steine, so warm eingewickelt wie möglich. Wir hatten eine Stelle ausgewählt, wo er gut geschützt war, aber dennoch die Bewegung der Nachtluft spüren würde. Es roch ein wenig nach Regen; ich hoffte, dass es nicht vor morgen regnen würde. Bran machte ein kleines Feuer, umgrenzt von flachen Steinen aus dem Bach, und dann verschwand er. Evan schwieg nun. Der Transport hatte ihm den größten Teil der noch verbliebenen Kraft genommen.

Ich fragte mich, was für eine Geschichte die richtige für den letzten Abend eines sterbenden Mannes sein würde. Eine lange, hatte er gesagt. Lange genug. Ich schlang die Arme um die Knie und starrte in die Flammen des kleinen Feuers. Eine Geschichte voller Hoffnung. Eine Geschichte, die ich erzählen konnte, ohne weinen zu müssen. Bran kam so lautlos zurück, wie er uns verlassen hatte, und hielt etwas vorn im Hemd. Er kippte es auf den Boden. Tannenzapfen. Ich nahm einen oder zwei und warf sie mit einer lautlosen Bitte an die Göttin ins Feuer. Es war ein Geruch, in dem das Versprechen hoher Berge lag, von Schnee und großen Vögeln, die an einem hellen Himmel kreisten.

»Hauptmann.« Die Stimme war dünn.

»Ich bin hier.« Bran setzte sich auf die andere Seite des Schmieds. Das brachte ihn ein wenig näher zu mir als die drei oder vier Schritte Abstand, die seine eigenen Regeln verlangten.

»Das Mädchen. Versprich es mir. Du schickst sie sicher nach Hause, wenn das hier erledigt ist. Versprich es, Hauptmann.«

Bran antwortete nicht. Er starrte ins Feuer.

»Ich meine es ernst, Junge.« So schwach er war, der Schmied forderte eine Antwort.

»Ich weiß nicht, welchen Wert das Versprechen eines Mannes haben kann, wie ich es bin. Aber ich gebe dir mein Wort, Schmied.«

»Gut. Und jetzt erzähle, Mädchen.«

Während er also still dasaß, begann ich. Ich wob so viel Wunder und Magie und Zauber in die Geschichte, wie ich konnte. Aber ich vergaß auch nicht die gewöhnlichen Dinge; die Dinge, die manchmal für sich genommen Wunder sind, ohne auf irgendeine Weise ungewöhnlich zu sein. Der

Held dieser Geschichte verliebte sich und heiratete und hielt seinen erstgeborenen Sohn in den Armen. Er erlebte die Freundschaft und Treue seiner Waffenbrüder. Er reiste in weit abgelegene Länder, befuhr geheimnisvolle Meere und erlebte die Freude, wieder nach Hause zurückzukehren. Überwiegend schaute ich in die Flammen, während ich sprach, aber manchmal sah ich auch Evans breites, ehrliches Gesicht und seine weit offenen Augen an, mit denen er zu den Sternen hinaufblickte. Ein- oder zweimal holte Bran die Silberflasche heraus, goss ein wenig von ihrem Inhalt auf seine Fingerspitzen und berührte damit die Lippen des Schmieds. Aber nach einer Weile verschloss er die Flasche und steckte sie wieder in die Tasche und saß einfach nur da und hörte zu. Die Geschichte ging weiter. Ein paar Abenteuer borgte ich irgendwo, andere erfand ich einfach. Der zunehmende Mond ging auf und breitete schwaches Licht über uns, und immer noch redete ich weiter. Der Wind wurde stärker, und es roch ein wenig nach dem Meer. Die Nacht wurde kühl. Bran stand auf und holte seinen Umhang.

»Hier«, sagte er und legte ihn mir um die Schultern. Ein anderes Mal brachte er mir einen Becher Wasser. Es war eine lange, lange Geschichte. Es wäre gut gewesen, wenn Sean oder Niamh oder Conor mir hätten helfen können, aber es gab niemanden. Vorsichtig; ich durfte nicht wieder weinen. Die Sterne waren wie schimmernde Edelsteine auf einem Umhang aus dunklem Samt. Aber nie hätte ich einen so wunderbaren Umhang nähen können.

»Dann kam der Tag«, sagte ich schließlich, »an dem die Göttin Eoghan zu sich rief. Denn es war an der Zeit für ihn, weiterzuziehen, Zeit, dass sein Geist sich von diesem Leben befreite und weiter zum nächsten ging. Wenn die Göttin dich ruft, kannst du dich nicht weigern. Dennoch, Eoghan dachte an seine Frau und an seinen Sohn, der noch nicht ganz erwachsen war, und als er den Ruf hörte, setzte er sich zu den gemeißelten Steinen und stellte Fragen. Wie konnte er sie verlassen? Wie würden sie ohne ihn zurechtkommen? Wer würde seiner Frau das Holz hacken, wer würde seinem Sohn das Jagen beibringen? Da entsandte die Göttin ihre Weisheit tief in sein Herz, und er verstand. Deine Frau wird um dich trauern, aber ihre Liebe wird sie stark machen. Sie wird ihre Liebe in jedem Stich des Gewands, das sie näht, einfließen lassen (Eoghans Frau war Schneiderin), dein Sohn wird lernen, was für ein Mensch sein Vater war, wenn er dem Handwerk nachgeht, das du ihm beigebracht hat. Mit der Zeit wird auch er zum Mann werden, und er wird lieben und glücklich sein und die Willenskraft und die Wissbegierde weitertragen, die er von dir gelernt hat, als du von deinen Abenteuern erzähltest. Mit der Zeit wird dein Geist wieder bei ihnen sein; vielleicht in einem großen Baum, der Schatten spendet, in dem deine Enkel spielen. Vielleicht in einem Adler, der hoch über ihnen kreist und zusieht, wie deine Liebste die Laken zum Trocknen über die Büsche breitet, und dann schaut sie plötzlich zum Himmel auf und schirmt ihre Augen gegen das Sonnenlicht ab. Du wirst bei ihnen sein, und sie werden es wissen. Ich bin nicht grausam. Ich nehme und ich gebe.«

Ich tastete über Evans Handgelenk und spürte die Stelle, wo sein Blut unter der Haut floss.

»Er atmet immer noch«, sagte Bran leise. »Aber schwach. Ich weiß nicht, ob er dich hören kann.«

Eine lange Geschichte, hatte Evan gesagt. Das bedeutete, ich musste weitererzählen. Aber nicht viel weiter. Mein ganzer Körper war starr und steif. Ich war so müde, dass ich vermutlich nur noch Unsinn redete.

»Am selben Tag hatte Eoghans Sohn nach den Schafen gesehen, und sein Heimweg führte ihn an den gemeißelten Steinen vorbei, denn er spürte gern mit den Fingern den Linien nach. Eine lang gezogene Spirale; eine Kette aus vielen seltsamen Gliedern; ein grinsender Wolfshund, ein kleines, rätselhaftes Gesicht. Aber als er den Ort erreichte, war sein Vater dort, der friedlich auf dem Boden lag, die Augen weit zum Himmel geöffnet. Der Junge war noch keine zwölf Jahre alt, aber er war der Sohn seines Vaters. Also verschränkte er Eoghans Hände auf seiner Brust und schloss die blicklosen Augen, und dann lief er ins Dorf und holte zwei Männer mit einem Brett. Erst dann ging er ruhig nach Hause und brachte seiner Mutter die Nachricht. Und es war, wie die Göttin gesagt hatte. Sie trauerten, aber sie bauten weiter an ihrem Leben. Eoghans Liebe hatte sie stark gemacht. Sie umgab sie wie ein schimmernder Umhang, der ihre Herzen wärmte und ihre Geister klar hielt, und das blieb auch so, nachdem er gegangen war. Es blieb auch in den Gedanken seiner wahren Freunde, die die Erinnerung an ihn in ihren mutigen Taten und ihren Entdeckungsreisen aufrechterhielten. Eoghan war weitergezogen, durch die Anderwelt in sein nächstes Leben. Aber was er getan hatte, wer er gewesen war, das blieb noch lange Jahre hell und wahr. Denn das ist die Hinterlassenschaft eines guten Mannes.«

Es gab ein rasselndes Geräusch, als Evan Luft holte, und sein Körper verkrampfte sich. Bran legte ihm einen Arm unter die Schulter und hob ihn ein wenig hoch.

»Dreh ihn hierher«, sagte ich. »Nach Westen.« Die Zeit war gekommen. Meine Geschichte hatte gerade lange genug gedauert. Ich stand auf und schaute in den Sternenhimmel hinauf.

»Manannán mac Lir, Sohn des Meeres«, rief ich mit der letzten Kraft meiner Stimme. »Nimm diesen Mann mit auf seine letzte Reise. Er hat lange und schwer gearbeitet, und er ist bereit zu gehen. Lass ihn nun mit günstigen Winden weitersegeln.« Ich hob die Arme und streckte sie nach Westen. Eine Wolke zog über den Mond, und die Blätter rührten sich. Ich glaubte, als die Bö über die Öffnung oben am Hügel zog, dass es leise und tief vibrierte, beinahe zu leise, als dass man es hören konnte, wie ein Ton vom Musikinstrument eines Riesen. Wie die uralte Stimme der Erde selbst. Ich machte ein Schutzzeichen in die Dunkelheit. *Dana beschütze uns. Die Göttin führe unsere Schritte.*

Neben mir legte Bran den Schmied wieder auf die Decke nieder. Ich brauchte nicht zu fragen. Es war vorüber. Der Tag war vorüber. An morgen würde ich nicht denken. Meine Rücken tat weh, mein Kopf war geschwollen von ungeweinten Tränen, und ich war so müde, dass ich nicht glaubte, mich noch bewegen zu können, und immer noch nach Westen starrte, aber nichts mehr sah. Was ich brauchte, war unmöglich. Zu Hause wäre jemand in der Nähe gewesen, um mich liebevoll in den Arm zu nehmen und zu sagen, schon gut, Liadan, jetzt ist es vorüber. Das hast du gut gemacht. Weine, wenn du willst. Hier war niemand. Nur er. Und das war unerträglich.

Ich zwang mich, mich zu bewegen. Evan lag still da, die Arme an den Seiten, die Augen geschlossen. Vielleicht war sein Geist noch nicht ganz von ihm gewichen, aber in der Morgendämmerung würde er verschwunden sein. Ich kniete mich neben ihn und beugte mich vor, um mit meinen

Lippen seine zu streifen, seine Wangen zu berühren und über seine friedliche Miene zu staunen.

»Lebe wohl«, flüsterte ich. »Du bist so tapfer gestorben, wie du gelebt hast. Jetzt ruh dich aus.«

Als ich wieder auf die Beine kommen wollte, knickten sie beinahe unter mir ein, und die Sterne drehten sich vor meinen Augen. Bran fasste mich rasch an den Armen, bevor ich umfiel.

»Du musst dich ausruhen. Geh wieder hinein. Nimm die Laterne. Ich halte Wache. Morgen haben wir genug Zeit, um zu tun, was getan werden muss.«

Ich schüttelte den Kopf. »Nein. Ich gehe da nicht rein. Nicht allein.« Meine Stimme klang seltsam und entfernt.

»Dann leg dich hierher.« Eine feste Hand führte mich zur anderen Seite des Feuers. Dann lag ich auf einer Decke, und er breitete den Umhang über mich.

»Ich kann nicht ... du musst mich wecken, wenn ...«

»Still. Schlaf ein wenig. Ich wecke dich rechtzeitig.«

Zu müde, um zu weinen, zu müde, um zu schlafen, tat ich, was er mir gesagt hatte, und schlief.

Ich wollte nicht mehr weinen. Ich fühlte mich hohl und leer, als wäre alle Bedeutung aus mir herausgesaugt und als triebe ich leicht wie ein vertrocknetes Blatt, der Gnade der vier Winde überlassen. Ich hatte keine Tränen mehr. In meinem kurzen Schlaf hatte ich Träume von seltsamer Intensität gehabt, die ich nicht hätte zusammenhängend erzählen können. Ich erinnere mich, am Rand einer Klippe gestanden zu haben, die so hoch war, dass man darunter nur wirbelnde Nebelschwaden sah, und eine Stimme erklang, die mir zurief, *Spring. Du weißt, du kannst die Dinge verändern. Tu es, spring.* Ich war erleichtert, kurz nach der Morgendämmerung wieder zu erwachen und mich damit beschäftigen zu können, die Leiche des Schmieds mit sauberem Wasser zu waschen, in dem ich ein paar Blätter der Poleiminze eingeweicht hatte, die im Überfluss am Bach wuchs. Es roch frisch und süß. Ich arbeitete rasch, aber mit Respekt. Bald würde die Leiche steif werden. Wir sollten ihn noch vorher bewegen. Bran war unten am Fuß des Hügels mit Graben beschäftigt. Ich fragte ihn nicht, wo er die Schaufel gefunden hatte. Ich entdeckte nun, da meine Arbeit beinahe vorüber war und ich Zeit hatte mich umzusehen, dass es draußen nicht ganz so aussah, wie ich mir vorgestellt hatte. Ein Pferd hatte mich erschreckt, als es aus dem Gebüsch kam und leise wieherte, während ich dort kniete. Es war ein kräftiges Geschöpf mit langer Mähne, eine Stute mit grauem Fell. Sie trug ein einfaches Halfter, war aber nicht angebunden. Ich nahm an, dass sie Brans Pferd war und gut genug erzogen, um nicht davonzulaufen. Es war also vielleicht wirklich möglich, diesen Ort zu verlassen.

Die Sonne ging auf, aber es wehte ein scharfer Wind, und die Wolken wurden schwerer. Ich konnte das Meer riechen. Ich nahm an, dass es vor Einbruch der Nacht noch regnen würde. Vielleicht wäre ich dann nicht mehr hier. Ich beendete meine Arbeit und räumte auf, und dann rief ich nach Bran.

»Wir sollten es jetzt tun.« Es wäre besser, noch zu warten, um ganz sicher zu sein. Es dauerte manchmal bis zu drei Tagen nach dem letzten Atemzug, bis der Geist den Körper verlassen hatte. Ein anderer Mann hätte vielleicht im Frieden in einer dunklen Kammer liegen können, umgeben von Kerzen, während Freunde und Verwandte sich verabschiedeten. Aber dieser Mann musste jetzt beerdigt werden, solange wir es noch tun konnten, und sein Grab würde nicht gezeichnet werden. Der Bemalte Mann hinterließ keine Spuren.

Wir legten Evan mit dem Kopf nach Norden ins Grab. Dieses Grab war gut vorbereitet, Länge und Tiefe wohl berechnet, die Humusdecke mit den Pflanzen darauf ausgestochen und beiseite gelegt, um wieder darüber gedeckt werden zu können. Ich warf einen Blick auf meinen Begleiter. Seine Züge waren ruhig, aber er war ziemlich bleich. Ich nahm an, dass es ihm wenig bedeutete. Er machte es gut, weil er es viele Male getan hatte. Was scherte ihn schon der Verlust eines weiteren Mannes, wenn sein Leben ein einziges langes Würfelspiel mit dem Tod war?

Die Sonne berührte Evans abgehärmte Züge mit ihrem goldenen Schein. Rings um uns her raschelten die Büsche.

»Wenn du nichts dagegen hast, würde ich das hier gerne richtig machen. Wenn es dich nicht stört.«

Bran nickte. Ich ging langsamen Schritts um das Grab herum, blieb dann mit dem Gesicht nach Osten stehen und spürte die Berührung des Windes auf meiner Haut.

»Geschöpfe der Luft, wir ehren eure Anwesenheit. Der Geist dieses Mannes verlässt seinen Körper und reist auf dem Weg in die Anderwelt durch euer Reich. Tragt ihn auf euren Flügeln, gewährt ihm Zuflucht und helft ihm, schnell und gerade wie ein Pfeil zu fliegen.«

Ich ging zur anderen Seite, nach Westen. Schattenflecken breiteten sich auf dem Boden aus. Ein einzelner Regentropfen fiel und hinterließ einen dunklen Kreis auf dem Boden.

»Geschöpfe der Tiefe, Manannáns Volk, die ihr in den dunklen, geheimnisvollen Wassern lebt, seid mit uns. Tragt diesen Mann auf seiner Reise wie ein starkes Schiff aus

Eichenholz, das die Wellen stolz und kräftig durchschneidet. Denn auch er war ein stolzer, starker Mann.«

Nun bewegte ich mich weiter, nach Norden und zu dem riesigen, grasbedeckten Hügel hin.

»Ihr, die ihr in der Erde weilt, deren geheimes Lied tief in ihrem Gedächtnis widerhallt, die ihr dem schlagenden Herzen unserer großen Mutter so nahe seid, hört mich an. Nehmt diese gebrochene Hülse eines guten Mannes und nutzt sie wohl. Möge er im Tod das Leben nähren. Möge er Teil des Alten und des Neuen werden, die sich an diesem Ort tiefsten Geheimnisses umeinander ranken.«

Ich war beinahe fertig. Ich ging zum Kopf des Grabes und stand nun neben Bran, dem Süden zugewandt.

»Als Letztes rufe ich euch, helle Salamander, Geister des Feuers. Erhebt euch und sendet euer Licht und nehmt einen von euch wieder auf. Denn dieser Mann war ein großer Schmied, der beste diesseits von Gallien und darüber hinaus, heißt es. Er übte sein Handwerk mit dem Feuer aus, und er nutzte es kundig und achtete seine Macht. Mit Feuer schmiedete er Waffen und Werkzeuge, er arbeitete und schwitzte und beugte das Eisen seinem Willen. Funke zu Funke, Flamme zu Flamme, lasst seinen Geist in den Himmel aufsteigen, wie sich die Hitze von einem großen Feuer hebt.«

Oben auf dem Hügel brannte unser kleines Feuer immer noch. Jetzt konnte man es riechen, der Rauch wurde von starken, wechselhaften Böen herbeigetragen. Man konnte das Pulver riechen, das ich auf die Kohlen gestreut hatte, eine nur sehr geringe Menge, aber durchdringend und rein. Es waren die Wurzeln von Eisenhut und Kerbel, fein wie Staub gerieben, die ich genau für einen solchen Zweck tief in meiner Tasche mitgebracht hatte. Ich hatte so etwas nie zuvor tun müssen und hoffte, dass es nie wieder notwendig sein würde.

Wir blieben einen Augenblick lang schweigend stehen, dann hob ich eine Hand voll Erde auf und streute sie ins Grab. Ich stellte fest, dass mir immer noch Tränen geblieben waren, aber ich hielt sie zurück und wartete, während Bran das Grab wieder zuschaufelte. Er arbeitete rasch und sorgfältig. Am Ende breitete er wieder Laub über das Grab und den einen oder anderen abgebrochenen Zweig. Es war, als wäre niemand da gewesen, kein Geschöpf außer vielleicht einem beutegierigen Eichhörnchen oder einer Waldmaus. Die Leiche würde wieder zu Erde werden. Der Geist war entwichen. Ich hatte getan, was ich konnte, um seine Reise zu beschleunigen.

Nun war es vorüber, und ich konnte nicht länger vermeiden, meine Frage zu stellen. Ich konnte nicht länger nur für den Tag leben und so tun, als zählte morgen nicht. Ich würde mit ihm reden müssen. Ich würde ihn fragen müssen, was für uns beide als Nächstes kam.

Aber wir sprachen beide kein Wort. Wir kehrten ans Feuer zurück; ich räumte meine Sachen auf, und er bereitete eine Art Mahlzeit zu – ich kann mich nicht mehr erinnern, was es war –, und wir saßen da und aßen in vollkommenem Schweigen. Dann holte er die silberne Flasche aus der Tasche, öffnete sie und trank. Er reichte sie mir, und ich nahm ebenfalls einen Schluck. Es war starker Alkohol. Ich fühlte mich ein wenig besser. Das Feuer war heruntergebrannt, aber der scharfe Geruch hing immer noch in der Luft. Ich reichte die Flasche zurück. Wir sahen einander nicht an. Niemand sagte etwas. Vielleicht warteten wir beide darauf, dass der andere redete. Die Zeit verging; die Sonne zog nach Westen, und Wolken türmten sich. Die Luft war schwer von Feuchtigkeit. Nach Hause, dachte ich vage, ich muss nach Hause gehen. Ich muss ihn jetzt fragen. Aber ich fragte nicht. Eine Traurigkeit hing über mir, das Gefühl zu treiben, plötzlich auf einem unbekannten Weg in einem unbekannten Land zu sein. Also saß ich einfach da, statt darüber nachzudenken, nahm die Flasche, wenn er sie mir anbot, und reichte sie wieder zurück. Nach einer Weile war sie leer, und wir hatten immer noch nichts gesagt. Mein Kopf war trüb, meine Gedanken abgerissen. Wie konnte man ohne menschliche Berührung leben? War das nicht das Erste, was man erfuhr, wenn man zur Welt kam und sie einen auf den Bauch der Mutter legten? Sie hob dann die Hand und strich einem über den Rücken und legte die Hand auf den Kopf und lächelte durch Tränen der Erschöpfung und des Staunens. Diese liebevolle Berührung war das Erste, was man spürte. Später hielt sie einen in den Armen und sang. Etwas Einfaches, etwas sehr Altes wie ... wie war das noch? Es gab ein Schlaflied, ein kleines Fragment eines Lieds in einer so alten Sprache, dass sich niemand mehr erinnerte, was die Worte bedeuteten. Ich summte es leise vor mich hin. Meine Mutter hatte mir und Sean dieses Lied so oft vorgesungen, dass es tief in uns gesunken war. Hier an diesem Ort uralter Geister fühlte sich das Lied richtig an. Während ich sang, erhob sich der Wind über dem großen Hügel mit der verborgenen Öffnung, und ich hörte wieder diesen leisen, tiefen Ton, der kam und ging, als wäre er Teil meines Liedes, als kämen die Worte aus der Tiefe der Erde selbst. *Spring,* sagte die Stimme. *Spring jetzt.* Eine Träne lief mir über die Wange – oder war es ein Regentropfen? Wenn ich weinte, dann verstand ich nicht, warum. Das Lied ging zu Ende, aber die tiefe Stimme des Windes erklang weiterhin, und die Wolken sammelten sich. Ich sah Bran an, und wollte vorschlagen, dass wir uns einen anderen Platz suchten. Das graue Pferd hatte sich bereits hinter die Bäume zurückgezogen.

Bran schlief. Das war nicht überraschend, denn er hatte nicht die kurze Ruhepause gehabt, die ich vor der Dämmerung genossen hatte. Er bot einen seltsamen Anblick, die wild gezeichnete Haut, der nietenbesetzte Ledergürtel und die Waffe an seiner Seite, in scharfem Gegensatz zu seiner Haltung, die Knie hochgezogen, den Kopf auf den Arm gelegt, die Faust am Mund. Er schien so verwundbar wie ein kleines Kind. Er hatte tiefe Schatten unter den Augen. Selbst ein solcher Mann konnte nicht ewig ohne Schlaf zurechtkommen, ohne davon gezeichnet zu werden. Ich stand leise auf, holte den Umhang und legte ihn ihm sorgfältig über die Schultern. Ich wollte ihn nicht wecken, denn ich wusste, dass es ihm nicht gefallen würde, dass ich ihn so gesehen hatte – ohne all seine Schutzmauern. Am besten wäre es, ihn in Ruhe zu lassen. Das Beste wäre tatsächlich, sein Pferd und ein scharfes Messer zu nehmen und ihn hier zu lassen. Nach Hause zu gehen. Nach Süden, nach Sevenwaters. Ich würde noch vor Einbruch der Abenddämmerung die Straße erreichen, wenn ich schnell ritt.

Aber ich ging nicht. Oder jedenfalls nur so weit, um ihm Ruhe zu geben. Ich wickelte mich in eine Decke gegen den Regen, nahm die Laterne für später und ging zum anderen Ende des Hügels, zu dem kleinen Teich, wo ich mich auf den glatten Steinen niederließ, während der Himmel dunkler wurde und die Violettfärbung der Abenddämmerung annahm. Immer noch zogen Wolken über mich hinweg, metalldunkel, mit einem rosa Rand. In der Ferne grollte Donner. Feigling, sagte ich zu mir selbst. Warum bist du nicht gegangen, als du noch konntest. Du willst doch nach

Hause, oder? Warum nutzt du dann nicht die Gelegenheit? Das ist einfach dumm. Aber unter diesen Worten lag eine seltsame Ruhe, das Gefühl, wie man es hat, wenn man ins Unbekannte hinausgeht, wenn sich alles verändert hat und man darauf wartet, es zu begreifen.

Ich saß lange Zeit dort. Es wurde dunkel bis auf den kleinen Kreis vom Laternenlicht, der sich im schwarzen Wasser widerspiegelte. Ein paar Regentropfen fielen auf die Steine. Zeit, nach drinnen zu gehen, dachte ich. Aber ich konnte es nicht. Etwas hielt mich hier, etwas ließ mich bleiben, wo ich war, zwischen diesen seltsamen, gemeißelten Steinen, die ihre Köpfe über den Farn hoben, hier, wo die Stimme der Erde im Wind nach mir rief. Vielleicht würde ich die ganze Nacht hier bleiben. Vielleicht würde ich im Dunkeln hier bleiben, und am Morgen gäbe es nur einen weiteren seltsamen, gemusterten Stein und Liadan wäre verschwunden ...

Es war kalt. Das Unwetter war nahe. Zu Hause würde meine Mutter ruhen und Vater am Bett sitzen und vielleicht im Kerzenlicht an seinen Berichten über die Felder schreiben, vorsichtig die Feder ins Tintenfass stecken und hin und wieder Sorcha einen Blick zuwerfen, während sie dort lag wie ein kleiner Schatten, ihre Hände klein und zierlich, weißer als das Betttuch. Mein Vater würde nicht weinen. Nicht so, dass man es sehen konnte. Er vergrub seinen Schmerz tief drinnen. Nur jene, die ihm an nächsten standen, wussten, dass es ihm das Herz zerriss. Ich stand auf und schlang die Arme um meinen Oberkörper. Zu Hause. Ich musste nach Hause gehen. Sie brauchten mich. Ich brauchte sie. Hier gab es nichts mehr für mich. Es war dumm von mir, auch nur zu denken, dass ... dass ...

»Liadan.« Brans Stimme war nur leise. Ich drehte mich

langsam um. Er war sehr nah, keine zwei Schritte entfernt. Es war das erste Mal, dass ich hörte, wie er meinen Namen aussprach. »Ich dachte, du wärst weg«, sagte er.

Ich schüttelte den Kopf und schniefte.

»Du weinst«, sagte er. »Du hast dein Bestes getan. Niemand kann mehr tun als das.«

»Ich ... ich hätte nicht ... ich ...«

»Es war ein guter Tod. Und das ist dein Verdienst. Jetzt kannst du ... jetzt kannst du nach Hause gehen.«

Ich stand da und starrte ihn an und brachte kein Wort heraus.

Er holte tief Luft. »Ich wünschte ... ich wünschte, ich könnte diese Tränen trocknen«, sagte er verlegen. »Ich wünschte, ich könnte es besser für dich machen. Aber ich weiß nicht, wie.«

Ich weiß nicht, was es war, das mich veranlasste, diesen einen Schritt vorwärts zu tun. Vielleicht das Zögern in seiner Stimme. Ich wusste, was es ihn gekostet hatte, so zu sprechen. Vielleicht war es nur die Erinnerung daran, wie er ausgesehen hatte, als er schlief. Ich wusste nur, wenn ich ihn nicht berührte, würde ich in Stücke zerbrechen. *Spring*, rief der Wind. *Spring hinüber.* Ich schloss die Augen, ging auf ihn zu, schlang die Arme um seine Taille, legte den Kopf an seine Brust und ließ die Tränen fließen. *Siehst du,* sagte die Stimme tief in mir. *Siehst du, wie leicht es war?* Bran war vollkommen reglos, dann legte er recht vorsichtig die Arme um mich, als wäre es etwas, das er nie zuvor getan hatte, und als wäre er nicht sicher, wie er es machen sollte. Wir standen eine Weile da, und es fühlte sich gut an, so gut, als käme man nach langen Anstrengungen nach Hause zurück. Bis ich seine Berührung spürte, hatte ich nicht gewusst, wie sehr ich mich danach gesehnt hatte. Bis ich ihn umschlungen hielt, war mir nicht klar gewesen, dass er genau die richtige Größe hatte, um seine Arme bequem um meine Schultern legen zu können. Damit ich meine Stirn an seinen Halsansatz legen konnte, wo das Blut unter der Haut pochte. Es passte vollkommen.

Ich kann nicht sagen, an welchem Punkt diese Umarmung, die als tröstliche begonnen hatte, zu etwas ganz anderem wurde. Ich kann nicht sagen, was zuerst geschah, dass seine Lippen mein Augenlid berührten, meine Schläfe, meine Nasenspitze, meinen Mundwinkel; dass meine Hände sich um seinen Hals schlangen, meine Finger sich in sein Hemd stahlen, um über die glatte Haut zu streichen. Beide erkannten wir den Augenblick der Gefahr. Sobald seine Lippen meine berührt hatten, war es nicht mehr möglich, unsere Münder voneinander zu trennen, und dieser Kuss war kein keusches Zeichen der Freundschaft, sondern eine verzweifelte, gierige Begegnung von Lippen und Zähnen und Zungen, die uns atemlos zittern ließ.

»Das können wir nicht tun«, murmelte Bran, als seine Hand über die Wölbung meiner Brust in dem alten Hemd fuhr.

»Wirklich nicht«, flüsterte ich und zog mit den Fingern die Spiralen und Wirbel nach, die die rechte Seite seines glatt rasierten Schädels bedeckten. »Wir sollten ... wir sollten vergessen, dass dies geschehen ist ... und ...«

»Still«, hauchte er gegen meine Wange, und seine Hände bewegten sich weiter über meinen Körper, und der Augenblick innezuhalten war für immer verloren. Begierde flackerte so leidenschaftlich und plötzlich und unaufhaltsam zwischen uns auf wie ein großes Wildfeuer, das alles auf seinem Weg verschlingt, eine wilde Begegnung, die ebenso freudig wie erschreckend war in ihrer Macht. Es begann zu regnen, und die Steine, auf denen wir eng umschlungen lagen, waren von Wasser überzogen, und wir waren vollkommen durchnässt, merkten es aber kaum, während Hände weiterhin weiche Haut erforschten und Lippen geheime Orte schmeckten und wir uns gemeinsam bewegten, als wären wir tatsächlich zwei Hälften eines Ganzen, das nun wieder vollständig war. Als ich ihn in mir aufnahm, spürte ich einen scharfen Schmerz und musste wohl einen Laut von mir gegeben haben, denn er sagte: »Was ist? Was ist los?« Ich hielt seine Worte mit meinen Fingern auf. Der Schmerz war vergessen, als ich spürte, wie ich unter seiner Berührung zu flüssigem Gold wurde und die Arme um ihn schlang, ihn so fest wie möglich hielt. Ich glaubte, ich würde ihn nie wieder gehen lassen. Aber das sagte ich nicht laut. Dieser Mann hatte nie Zärtlichkeit gelernt. Er hatte nie gelernt, wie man liebt. Und wie er selbst gesagt hatte, er kannte keine schönen Worte. Aber seine Hände und seine Lippen und sein Körper sagten alles. Als er sich umdrehte, damit ich auf ihm lag, sah ich im Licht der flackernden Laterne in seine Augen und entdeckte eine Mischung aus Staunen und Sehnsucht dort, die mir beinahe das Herz brach. Ich streckte mich über ihn, berührte ihn mit meinen Lippen und fand irgendwo tief in mir einen Rhythmus wie einen starken, langsamen Trommelschlag, der mich gegen ihn bewegte, das Anspannen und Lockern von Muskeln, das Berühren und Gehenlassen, die leidenschaftliche, größer werdende Süße – gesegnete Brighid, als es geschah, war es anders als alles, was ich mir je vorgestellt hätte. Er schrie auf und zog mich an sich, und ich keuchte von der Hitze, die meinen Körper durchdrang. Ich spürte die Vibration tief in mir und wusste, dass nichts jemals wieder so sein würde wie vorher. Wir sprechen davon in Geschichten, den

Geschichten großer Liebender, die getrennt sind und sich nacheinander sehnen und am Ende wieder zusammenfinden. Aber keine Geschichte entsprach dem, was ich erlebte. Danach lagen wir still und eng umschlungen und wussten beide nicht, was wir sagen sollten.

Einige Zeit später standen wir auf und gingen nach drinnen, und im Laternenlicht zogen wir einander die nassen Kleider aus und trockneten uns ab, und er erzählte mir mit vielen Unterbrechungen, dass ich das Schönste war, was er je gesehen hatte. Eine kleine Weile gestattete ich mir, es zu glauben. Er kniete sich vor mich, wischte mir den Regen vom Körper. Und dann sagte er: »Du blutest! Was ist das? Ich habe dich verletzt.«

Ich verbarg meine Überraschung. »Das ist nichts«, sagte ich. »Das ist beim ersten Mal ganz üblich, habe ich gehört.«

Er antwortete nicht, sah mich nur an, und ich dachte, das ist ein ganz anderer Mann, anders als der, der mich bedroht und beleidigt hat. Und dennoch ist es derselbe. Er streifte mit den Fingern leicht über meine Wange. Seine Worte, als sie schließlich kamen, waren zögernd. »Ich weiß nicht, was ich sagen soll.«

»Dann sag gar nichts«, meinte ich, »nimm mich nur in die Arme. Berühre mich einfach. Das genügt.«

Und ich tat, was ich schon lange hatte tun wollen. Ich begann oben an seinem Kopf, wo die kunstvollen Muster seines Körpers begannen, und ich fuhr mit den Fingern an ihrer Grenze entlang, strich langsam über seine Nase, die Mitte seines strengen Mundes, über Kinn und Hals und muskulöse Brust. Dann berührte ich seine Haut mit den Lippen und folgte der Linie weiter abwärts. Dieses Muster bedeckte ihn tatsächlich vollkommen, die gesamte rechte

Seite seines Körpers. Es war ein wahres Kunstwerk; nicht nur die feine detaillierte Zeichnung, sondern der Mann, dessen Identität sie geworden war. Er war weder zu groß noch zu klein, er war breitschultrig und schlank, und sein Körper war gestählt von dem Leben, das er geführt hatte, aber die Haut auf der linken Seite war hell und jung.

»Lass das, Liadan«, sagte er unruhig. »Tu ... tu das nicht, es sei denn ...«

»Es sei denn was?«

»Es sei denn, du willst, dass ich dich noch einmal nehme«, sagte er und zog mich sanft hoch.

»Das wäre ... einigermaßen akzeptabel«, antwortete ich. »Es sei denn, du hast genug?«

Er schnaubte und legte die Arme um mich, und ich spürte seinen raschen Herzschlag an meiner Brust. »Niemals«, sagte er leidenschaftlich und drückte die Lippen auf mein Haar. »Ich könnte nie genug von dir haben.« Dann legten wir uns zusammen nieder, und diesmal waren wir langsam und vorsichtig, und es war anders, aber ebenso schön, als wir einander abermals berührten und schmeckten und kennen lernten.

Wir schliefen nicht viel in dieser Nacht. Vielleicht wussten wir beide, dass die Zeit nur zu schnell vorüberging; dass im Morgengrauen morgen zu heute werden würde und Entscheidungen getroffen werden mussten. Und das Undenkbare gedacht. Wer würde eine solch kostbare Nacht mit Schlaf verschwenden? Also berührten wir einander und flüsterten und bewegten uns gemeinsam im Dunkeln. Mein Herz war so voll, dass es drohte überzufließen, und ich dachte: Dieses Gefühl wird mir für immer bleiben, ganz gleich was geschieht. Selbst wenn ... selbst wenn ... Gegen

Tagesanbruch schlief er ein, den Kopf an meiner Brust, und einmal schrie er im Traum auf, Worte, die ich nicht verstehen konnte, und bewegte seinen Arm heftig, als wollte er etwas wegschieben.

»Still«, sagte ich mit laut klopfendem Herzen. »Still, Bran. Ich bin hier. Du bist in Sicherheit. Es ist alles in Ordnung.« Ich hielt ihn in meinen Armen und starrte hinauf zur gewölbten Decke und beobachtete, wie das Licht in der schmalen Öffnung dort heller wurde. *Lass es noch nicht dämmern,* flehte ich lautlos. *Bitte noch nicht.* Aber der Regen hatte aufgehört und die Sonne ging auf, und das Lied der Waldvögel begann, durch die kühle Luft zu uns zu dringen. Am Ende konnte ich nicht länger so tun, als wäre dieser dunkle, geheime Ort, in dem wir beide uns befanden, Wirklichkeit und der Rest ein Traum.

Schweigend standen wir auf und zogen uns an, und ich faltete die Decken, während er nach draußen ging und sich um das Pferd kümmerte und nach trockenem Holz suchte. Was konnten wir sagen? Wer würde es wagen, damit anzufangen? Als das Feuer entfacht war und Wasser darüber hing, setzten wir uns nicht gegenüber, wie wir es immer zuvor getan hatten, sondern dicht nebeneinander, berührten uns, hielten uns an den Händen. Das Licht wurde heller. Es gab keine Wegweiser hier. Wir waren gemeinsam schiffbrüchig.

»Du hast immer tauschen wollen«, sagte Bran schließlich und klang, als müsste er sich die Worte entreißen. »Frage für Frage?«

»Vielleicht. Wer ist als Erster dran?«

Er streifte mit den Lippen sanft meine Wange. »Du, Liadan.«

Ich holte tief Luft. »Wirst du mir jetzt deinen Namen

nennen? Deinen wirklichen Namen? Wirst du mir damit trauen?«

»Ich bin zufrieden mit dem Namen, den du mir gegeben hast.«

»Das ist keine Antwort.«

»Was, wenn ich dir sagte, dass der Name, den man mir gegeben hat, vergessen wurde?« Seine Hand in meiner spannte sich an. »Dass ich gelernt habe zu glauben, mein Name sei Abschaum, Straßenköter, Dreck, dass ich diesen Namen so oft gehört habe, dass ich mich an keinen anderen mehr erinnere? Ein Name ist Stolz, ein Ort. Ein wertloses Geschöpf hat keinen Namen, nur Schimpfworte.«

Ich konnte kaum sprechen. »Hast du deshalb ... kannst du mir sagen, wann du ...« Meine Finger berührten leicht die Innenseite seines Handgelenks, wo es eine winzige Lücke in dem kunstvollen Muster gab. Eine leere Fläche, ein gleichmäßiges Oval, und in der Mitte war das Bild eines kleinen Insekts, vielleicht eine Biene. Schlicht ausgeführt, aber vollendet in jeder Einzelheit, fein geäderte Flügel, dünne Beine, dicker, ordentlich gestreifter Körper. Es war die einzige Stelle, an der es ein so klares Bild gab.

»Du verstehst es beinahe zu gut«, sagte er grimmig. »Ich habe diese Schimpfworte lange gehört. Als ich neun Jahre alt war, beschloss ich, dass ich ein Mann wäre, und ich ... lief vor diesem Leben davon. Zog weiter. Von dieser Zeit an bin ich meinen eigenen Weg gegangen. Das hier«, und er berührte das kleine Insekt, »war der Anfang. Ich hörte von einem Handwerker, der für Geld solche Arbeit machte. Er sagte mir, ich sei zu jung, zu klein für das, worum ich ihn bat. Aber alles, was ich hatte, waren dieser Körper, diese Hände. Die Vergangenheit war weg, ich hatte sie ausgelöscht. Die Zukunft war unvorstellbar. Ich brauchte ...

nun, er hörte mir zu, und er sagte, komme wieder, wenn du fünfzehn Jahre alt und ausgewachsen bist. Dann werde ich tun, worum du mich bittest. Aber ich bestand darauf, und am Ende sagte er, also gut. Ein einziges, kleines Bild, und den Rest, wenn du ein Mann bist. Ich bin ein Mann, sagte ich. Zumindest hat er mich nicht ausgelacht. Und dann hat er das hier gemacht, sehr klein, wie du siehst, aber es war ein Anfang. Der Rest kam später und über lange Zeit.«

»Hast du das Muster selbst ausgewählt und dieses ... kleine Geschöpf?«

Er nickte.

»Warum das?«

»Du hattest jetzt schon vier Fragen«, sagte er mit der Spur eines Lächelns. »Ich ... ich bin nicht sicher. Vielleicht habe ich mich von irgendwoher daran erinnert. Ich kann es dir nicht sagen.«

Er stand auf und beschäftigte sich mit dem Feuer. Es gab Essen: kleine, wilde Pflaumen, frisch und sauer; hartes Brot, das man kauen konnte, wenn man es in einen Becher heißen Wassers tunkte. Angemessene Rationen für einen Reisenden.

»Jetzt bin ich dran«, sagte er. Ich nickte und erwartete, dass er fragen würde, wer ich war und wo ich herkam. Ich würde es ihm sagen müssen. Ich würde ihm vertrauen müssen.

»Warum ich?«, fragte er und starrte in die Ferne. »Warum von allen Männern, die du hättest wählen können, dein Erster zu sein, warum ... warum ein Ausgestoßener, ein Mann, dessen Taten du verachtest? Warum wirfst du dich weg an ... an Abschaum?«

Das Schweigen dehnte sich aus, während die Vögel in den Bäumen rings um uns her geschäftig lärmten.

»Du musst antworten«, sagte er streng. »Ich werde es merken, wenn du mich belügst.« Er berührte mich jetzt nicht mehr, sondern saß ein Stück von mir entfernt, die Arme um die Knie geschlungen, mit Furcht erregender Miene. Wie konnte ich antworten? Wusste er es denn nicht? Hatte er die Antwort denn nicht in der Art erkennen können, mit der ich ihn berührte, in der Art, wie ich ihn anschaute? Wer konnte solche Gefühle in Worte fassen?

»Ich ... ich habe nicht geplant, dass es so geschehen sollte«, sagte ich leise. »Aber ... ich hatte keine Wahl.«

»Du hast es aus Mitleid getan? Du hast dich hingegeben, weil du glaubtest, du könntest mich verändern, mich zu einem Mann machen, den du vielleicht besser akzeptieren kannst? Die ultimative Heilung?«

»Hör auf!«, rief ich heftig und sprang auf. »Wie kannst du so etwas sagen? Wie kannst du so etwas nach der letzten Nacht auch nur denken? Ich habe dich nicht angelogen, nicht in meinen Worten und nicht in Taten. Ich habe dich gewählt, wohl wissend, was du bist und was du tust. Ich will keinen anderen. Ich werde keinen anderen akzeptieren. Begreifst du das nicht? Verstehst du das nicht?«

Als ich mich ihm wieder zuwandte, hatte er beide Hände vors Gesicht geschlagen.

»Bran?«, sagte ich leise nach einer Weile, kniete mich vor ihn und zog seine Hände weg. Kein Wunder, dass er seine Augen beschirmt hatte, denn sie waren nun bar jeden Schutzes und in ihrer klaren grauen Tiefe lagen Hoffnung und Schrecken zu gleichen Teilen.

»Glaubst du mir?«, fragte ich ihn.

»Du hast keinen Grund, mich anzulügen. Aber ich dachte nicht ... ich konnte nicht glauben ... bleib bei mir,

Liadan.« Er schlang seine Hände um meine, und in seinem Tonfall war eine Gewaltsamkeit, die mein Herz klopfen ließ.

»Das ist nicht gerade der praktischste Vorschlag, den ich je von dir gehört habe«, sagte ich bebend.

Bran holte tief Luft, und als er wieder sprach, war es mit ausgesprochener Entschiedenheit, und seine Stimme war vollkommen beherrscht. »Ich weiß, das ist kein Leben für eine Frau. Das erwarte ich auch nicht. Aber ich bin nicht mittellos. Ich habe ein Haus, das dir vielleicht gefallen würde. Ich könnte für dich sorgen.« Er wollte mich bei diesen Worten nicht ansehen.

»Das geht nicht«, sagte ich schlicht. »Ich muss zurück nach Sevenwaters. Meine Mutter ist sehr krank, und ihr bleibt kaum mehr Zeit. Sie brauchen mich dort. Ich muss zumindest bis Beltaine dort bleiben. Danach kann ich mich vielleicht entscheiden.«

Ich wusste in dem Augenblick, als ich es aussprach, dass etwas daran schrecklich falsch war. Seine Miene veränderte sich so abrupt, als hätte er sich eine Maske übergezogen, und er ließ meine Hände langsam und vorsichtig los. Er war wieder der Bemalte Mann. Aber seine Stimme war finster von Schock und Schmerz.

»Was hast du da gesagt?«

»Ich ... ich sagte, ich muss jetzt nach Hause, man braucht mich dort. Bran, was ist denn? Was ist los?«

Mein Herz klopfte heftig. Sein Blick war kalt wie der eines Fremden.

»Nach Hause, nach Sevenwaters. Das hast du gesagt, nicht wahr?«

»Ja. So heißt mein Zuhause. Ich bin eine Tochter dieses Haushalts.«

Er kniff die Augen ein wenig zusammen. »Dein Vater ... dein Vater ist Liam? Herr von Sevenwaters?«

»Du kennst ihn?«

»Beantworte die Frage.«

»Liam ist mein Onkel. Mein Vater heißt Iubdan. Aber mein Bruder ist der Erbe von Sevenwaters. Wir sind eine Familie.«

»Du solltest besser ganz ehrlich sein. Dieser Mann ... Iubdan. Liams Bruder? Vetter?«

»Was macht das schon? Wieso bist du so zornig auf mich? Es hat sich doch sicher nichts verändert und ...«

»Fass mich nicht an. Beantworte die Frage. Dieser Mann Iubdan, hat er noch einen anderen Namen?«

»Ja.«

»Verflucht, Liadan, sag es mir!«

Mir war vollkommen kalt. »Das ist der einzige Name, den er jetzt trägt. Man hat ihm den Namen gegeben, weil er ähnlich klingt wie der, den er zuvor hatte, bevor er meine Mutter heiratete. Damals hieß er Hugh.«

»Ein Brite. Hugh von Harrowfield.« Er sprach diesen Namen aus, als gehörte er der niedrigsten Lebensform, die er sich vorstellen konnte.

»Er ist mein Vater.«

»Und deine Mutter ist ... ist ...«

»Sie heißt Sorcha.« Durch mein Entsetzen hindurch spürte ich die ersten Funken von Zorn. »Liams Schwester. Ich bin stolz darauf, ihre Tochter zu sein, Bran. Es sind gute Menschen. Aufrechte Menschen.«

»Ha!« Wieder so viel Verachtung. Er stand abrupt auf, ging ein paar Schritte weg und starrte in den Wald.

Als er zu sprechen begann, sprach er leise, und er redete nicht mit mir.

»… das war nie für dich bestimmt, du Welpe einer elenden Hündin … Schwächling, elender Schwächling, nur dazu geeignet, im Dunkeln zu leben … wie konntest du einen Augenblick lang glauben … zurück in deine Kiste, Köter …«

»Bran.« Obwohl mein Herz heftig klopfte, versuchte ich so entschlossen wie möglich zu erscheinen. »Was ist los? Ich bin immer noch dieselbe Frau, die du bei Tagesanbruch in den Armen hieltest. Du musst mir sagen, was los ist.«

»Sie hat dich gut geschult, nicht wahr?«, sagte er, immer noch mit dem Rücken zu mir. »Deine Mutter. Wie du einen Mann von seinem Weg abbringen und seine Entschlossenheit schwächen und ihn nach deinem Willen biegen kannst. Darin ist sie Expertin.«

Ich war sprachlos.

»Wenn du nach Hause kommst, sag ihr, dass ich nicht so schwach bin wie er war, der ehrenwerte Hugh von Harrowfield. Ich durchschaue deine Tricks. Ich erkenne deine Verstellung als das, was sie ist. Dass ich jemals glauben konnte, dass ich dumm genug gewesen bin … ja, ich war dumm. Ich werde nie wieder einen solchen Fehler machen.«

Ich konnte einfach nicht verstehen, was er da sagte. »Meine Mutter würde nie … wenn du sie kennen würdest, wäre dir klar …«

»Oh nein, das wird nicht genügen«, sagte er und wandte sich mir wieder zu. »Diese Frau und der Mann, den sie verhext hat, haben mich zu dem Geschöpf gemacht, das du jetzt vor dir siehst: der Mann ohne Gewissen, der Mann ohne Namen, der nichts kann außer töten, der keine Identität hat als die, die in seine Haut geätzt ist. Sie nahmen mir meine Familie und mein Geburtsrecht, sie nahmen mir meinen Namen. Vielleicht haben sie dir etwas anderes erzählt.

Aber sie hat deinen Vater dort weggeholt, wo er hingehörte. Er hat seine Pflicht vernachlässigt, um ihr zu folgen. Deshalb habe ich alles verloren. Wegen ihnen bin ich ... bin ich tatsächlich wertlos, Abschaum.«

»Aber ...«

»Was für eine Ironie! Man sollte glauben, irgendjemand da draußen spielt mit uns. Wie konnte es möglich sein, dass durch reinen Zufall die einzige Frau ... die einzige Frau, die mich so dicht daran gebracht hat, zu vergessen ... dass es ihre Tochter sein sollte! Das kann kein Zufall sein. Es ist meine Strafe. Meine Strafe dafür, dass ich geglaubt habe, es könnte eine Zukunft geben.«

»Bran ...«

»Halt den Mund! Sprich diesen Namen nicht aus! Pack deine Sachen und geh, ich will dich keinen Augenblick länger sehen.«

Ein kalter Stein im Herzen. So fühlte es sich an. Es gab nicht viel zu packen. Als ich fertig war, ging ich den Hügel hinunter und blieb einen Augenblick an Evans Grab stehen. Ich konnte es kaum finden, so gut war es verborgen. Bald würde jedes Zeichen davon verschwunden sein.

»Lebe wohl, Freund«, flüsterte ich.

Bran brachte das Pferd heraus, und nun trug es einen ordentlichen Sattel. Er hatte meine kleine Tasche dahinter festgeschnallt. Eine Wasserflasche. Sein Umhang, aufgerollt und mit Seil festgebunden. Das war ein wenig seltsam.

»Sie wird dich sicher nach Hause tragen«, sagte er. »Mach dir nicht die Mühe, sie zurückzuschicken. Betrachte es als ... Bezahlung für geleistete Dienste.«

Ich spürte, wie mir das Blut aus den Wangen wich. Ich hob die Hand und schlug ihn fest auf die Wange und sah, wie sich die Haut dort rot färbte. Er versuchte nicht, dem Schlag auszuweichen.

»Du solltest lieber gehen«, sagte er kalt. »Reite nach Osten, die Straße führt dort hin. Dann nach Süden nach Littlefolds. Es ist nicht sonderlich weit.«

Dann legte er die Hände um meine Taille und hob mich in den Sattel; aber eine Hand ließ er immer noch auf meinem Oberschenkel liegen, als könne er nicht ganz loslassen.

»Liadan«, sagte er und starrte zu Boden.

»Ja«, flüsterte ich.

»Heirate nicht diesen Eamonn. Sag ihm, wenn er dich nimmt, wird er sterben.« Das war ein Gelübde.

»Aber ...«

Dann schlug er dem Pferd aufs Hinterteil, und gehorsames Tier, das es war, machte es sich im scharfen Kanter davon. Und bevor ich noch Lebewohl sagen konnte, war er schon verschwunden, und es war zu spät.

Es hatte keinen Sinn, zornig zu sein. Es war vorüber. Ich würde den Bemalten Mann nie wieder sehen. Es war Zeit, nach Hause zu gehen, und noch vor dem Neumond würde all dies zu einer Erinnerung werden wie ein fantastischer Traum. Das flüsterte ich der kräftigen grauen Stute zu, als sie stetig unter den Bäumen nach Osten trabte, vorbei an einsamen Bächen und vorsichtig zwischen den Felsen hindurch zur Straße. Ich brauchte ihre Schritte nicht zu lenken; sie schien ihren Weg zu kennen.

Als die Sonne hoch am Himmel stand, legten wir an einem Bach eine Rast ein. Die Stute trank und begann zu grasen. Ich öffnete meine Tasche und entdeckte Käse und trockenes Brot in ein Tuch gewickelt. Für einen Mann, der es kaum erwarten konnte, mich nicht mehr sehen zu müssen, war er überraschend sorgfältig gewesen. Aber ich nahm an, dass er einfach dem gut geübten Muster eiliger Aufbrüche folgte, von Entscheidungen auf der Flucht. Das war sein Leben. Es hat ihm einen Schlag nach dem anderen versetzt, und er nahm sie hin und bewegte sich weiter. Ich versuchte angestrengt, nicht an ihn zu denken. Nach Hause. Darauf musste ich meine Gedanken richten. Irgendwann, wenn ich weit genug von ihm entfernt war, musste ich die Kraft meines Geistes nutzen, um meinem Bruder Sean eine Botschaft zu schicken, damit er mir entgegenreiten konnte. Noch nicht, dachte ich. Wenn du es zu früh tust, werden die Truppen von Sevenwaters Bran und seine Männer verfolgen. Ich hatte von Zeit zu Zeit im Lager ein Ziehen an meinen Gedanken gespürt, ein Eindringen, meinen Bruder, der lautlos rief: *Liadan! Liadan, wo bist du?*, aber ich hatte mich vor ihm verschlossen. Ich hatte nicht vor, die Bande des Bemalten Mannes zu verraten und sie damit zu vernichten.

Wir zogen weiter. Ich wurde langsam müde; ich hatte wenig geschlafen, und obwohl ich es nicht wollte, hörte ich wieder und wieder die Worte dieses Morgens in meinem Kopf. »Fass mich nicht an. Ich will dich nicht mehr hier. Betrachte es als Bezahlung für geleistete Dienste.« Ich mahnte mich, nicht dumm zu sein. Was hatte ich erwartet – dass ich sein Leben für immer verändern könnte, wie er das meine verändert hatte?

Ich schickte meine Gedanken voraus nach Hause, zu meiner Rückkehr. Was sollte ich meiner Familie erzählen? Nicht, wo ich gewesen war, nichts von den Gesetzlosen, die meine Hilfe gesucht hatten und die gegen alle Regeln zu meinen Freunden geworden waren. Ganz bestimmt nichts von dem Mann, dem ich mich so unüberlegt hingegeben hatte. Hatte ich nicht den Fehler meiner Schwester wiederholt? Daraus folgte, wenn die Wahrheit herauskäme, könnte ich keine bessere Behandlung erwarten, als sie die arme Niamh erhalten hatte. Eine hastige Heirat und prompte Verbannung fern von Familie und Freunden, fern vom Wald. Ich schauderte. Sevenwaters war mein Zuhause; seine dunkle Schönheit war tief in meinem Geist eingebrannt. Aber ich hatte die Dinge verändert, ich hatte mich mit dem Bemalten Mann hingelegt, und ganz gleich, wie grausam seine abweisenden Worte gewesen waren, er war nun ein Teil von mir. Ich wollte die Wahrheit sagen; ich wollte meinen Vater fragen, welches dunkle Geheimnis in seiner Vergangenheit dazu geführt hatte, dass dieser Mann mich und die Meinen so gefährlich hasste. Wenn ich es nicht erzählte, würde ich nie erfahren, warum Bran mich weggeschickt hatte. Und dennoch, ich würde nicht darüber sprechen können.

Ich hörte Hufschlag neben mir, links und rechts. Leisen Hufschlag, einen tänzelnden, zarten Gang. Mein Pferd schauderte und zuckte nervös mit den Ohren. Ich sah mich um. Niemand war da. Nachmittagsschatten zitterten in der Sommerbrise. Ich glaubte, leises Lachen zu hören. Und immer noch die begleitenden Schritte, als wären unsichtbare Geschöpfe an meiner Seite. Mit klopfendem Herzen zügelte ich die Stute und wartete schweigend. Die Geräusche hörten auf.

»Also gut«, sagte ich so ruhig ich konnte und versuchte, mich an alles zu erinnern, was Iubdan mir über Selbstverteidigung beigebracht hatte. »Wo seid ihr? Wer seid ihr? Kommt heraus und zeigt euch!« Und ich zog den kleinen Dolch, den mein Vater mir gegeben hatte, vom Gürtel und hielt ihn bereit – für was, wusste ich nicht.

»Das wirst du nicht brauchen, noch nicht.« An meiner

Seite saß ein Mann auf einem Pferd. Ein Beinahe-Mann auf einem Beinahe-Pferd. Er war nicht plötzlich erschienen, es war mehr, als wäre er die ganze Zeit da gewesen, und als hätte ich ihn nur nicht sehen können, bevor er gesehen werden wollte. Sein Haar war von derselben unmöglichen Farbe wie sein Pferd, ein helles Mohnrot, und seine Kleider hatten viele Farben und wechselten diese wie der Sonnenuntergang. Er war ausgesprochen groß.

»Reite weiter«, riet eine Stimme von der anderen Seite, und meine Stute bewegte sich ohne Ermutigung vorwärts. »Du hast noch einen langen Weg durch den Wald.« Die Frau, die da sprach, hatte schwarzes Haar, einen blauen Umhang und war von bleicher Schönheit. Ich hatte mich manchmal gefragt, ob ich sie je sehen würde, wie meine Mutter sie gesehen hatte: die Herrin des Waldes und den flammenhaarigen Mann, der ihr Gefährte war. Ich schluckte und fand meine Stimme wieder.

»Was wollt ihr von mir?«, fragte ich und starrte staunend ihre hoch gewachsenen Gestalten und die zerbrechlichen Nichtpferde an, die sie ritten.

»Gehorsam«, sagte er und wandte mir seine zu glänzenden und zu hellen Augen zu. Ihn anzuschauen war, als starrte man ins Herz eines gewaltigen Feuers. Wenn man zu lange hinsah, würde man sich verbrennen.

»Gesunden Menschenverstand«, meinte die Dame.

»Ich bin auf dem Heimweg.« Ich konnte mir nicht vorstellen, wie so etwas solche mächtigen Wesen im Geringsten interessieren sollte. »Ich habe ein gutes Pferd und warme Kleidung und eine Waffe, die ich zu benutzen weiß. Morgen Früh werde ich nach meinem Bruder rufen. Ist das nicht vernünftig genug?«

Er brüllte vor Lachen – ein Geräusch, das die Erde zum

Beben brachte. Ich spürte das Schaudern durch den Körper des kleinen grauen Pferdes, aber das Tier ging gehorsam weiter vorwärts. »Das genügt nicht.« Die Stimme der Herrin war sanfter, aber sehr ernst. »Wir wollen, dass du etwas versprichst, Liadan.«

Das gefiel mir überhaupt nicht. Ein Versprechen gegenüber dem Feenvolk musste gehalten werden, wenn man auch nur einigermaßen bei Verstand war. Die Konsequenzen, ein solches Versprechen zu brechen, waren undenkbar. Diese Geschöpfe verfügten über unvorstellbare Macht. Alle Geschichten berichteten darüber.

»Was für ein Versprechen?«

»Das Schicksal von Sevenwaters, ja das Schicksal der Inseln könnte in deinen Händen liegen«, sagte der rothaarige Mann.

»Die ganze Zukunft deiner Art und unserer Art hängt vielleicht von dir ab«, stimmte die Herrin zu.

»Wie meint ihr das?« Vielleicht klang ich ein wenig nörglerisch; es war ein langer Tag gewesen.

Sie seufzte. »Wir hatten gehofft, unter den Kindern von Sevenwaters eines zu finden, das die Kraft und Geduld deines Vaters mit denselben Begabungen deiner Mutter vereint. Eines, das unsere Bemühungen zu einem Ende bringen wird. Ihr habt uns enttäuscht. Es scheint, als wäret ihr von rauerer Art und verstündet wenig, was über die Begierden des Fleisches hinausgeht. Deine Schwester wurde verlockt, vom Weg abzuweichen. Deine eigene Entscheidung war äußerst unklug. Du hättest den Stimmen nicht gehorchen dürfen.«

»Stimmen?«

»Den Stimmen der Erde, dort an dem alten Ort. Du hättest ihnen nicht gehorchen dürfen.«

Ich zitterte, gefangen zwischen Angst und Zorn. »Verzeiht mir«, sagte ich, »aber waren das nicht die Stimmen vom Feenvolk, wie auch ihr es seid?«

Sie schüttelte den Kopf und zog im Unglauben über meine Dummheit die Brauen hoch. »Eine ältere Art. Primitiv. Wir haben sie verbannt, aber sie sind immer noch da. Sie werden dich in die Irre führen, Liadan. Sie haben es bereits getan. Du darfst ihnen nicht lauschen.«

Ich runzelte die Stirn. »Ich bin in der Lage, meine eigenen Entscheidungen zu treffen, und brauche kein Zureden. Und ich bedauere nichts von dem, was ich getan habe. Und was ist mit der Prophezeiung? Wird sie sich nicht eines Tages erfüllen? Obwohl ihr mich und meine Schwester ablehnt, gibt es noch ein Kind, meinen Bruder Sean. Einen feinen jungen Mann, der nie einen Fehler gemacht hat. Warum ignoriert ihr mich nicht einfach und lasst mich mit meinem Leben weitermachen?«

»Oh nein. Ich glaube nicht, dass wir das können. Jetzt nicht.«

»Wie meint ihr das, jetzt nicht?«

»Prophezeiungen werden nicht einfach von selbst wahr, verstehst du? Sie brauchen ein wenig Hilfe.« Er warf mir einen tückischen Blick zu, einen Seitenblick aus seinen glühenden Augen. »Wir hatten auf Kinder gehofft. Ich sage dir eins. Wir haben nicht mit *dir* gerechnet.«

Ich dachte an die Worte meiner Mutter und dass ich sie alle überrascht hatte – das unerwartete Zwillingskind. Dass es mir die Macht gab, Dinge zu verändern.

»Ich habe eine Frage«, sagte ich.

Sie warteten.

»Warum hast du mich dazu geführt, meine Schwester und ... ihren Geliebten zu entdecken, damals im Wald?

Sie haben sie weggeschickt, und sie war unglücklich. Ciarán ebenfalls. Alle in der Familie waren gegeneinander aufgebracht und bekümmert. Warum habt ihr das getan?«

Schweigen. Er sah sie an und sie ihn.

»Das alte Böse ist immer noch wach«, sagte die Herrin schließlich, und ein Schatten lag in ihrer Stimme. »Wir müssen alle Kraft, die wir haben, benutzen, um es aufzuhalten. Was wir getan haben, war zum Besten. Was deine Schwester wollte, konnte nicht sein. Diese Männer und Frauen mit ihren kleinlichen Kümmernissen sind unwichtig. Sie dienen ihrem eigenen Zweck, das ist alles. Nur das Kind ist wichtig.«

»Das alte Böse?«, fragte ich durch zusammengebissene Zähne. Vielleicht begriff sie nicht, wie zornig ihre Worte mit ihrer grausamen Verachtung des Leidens meiner Mitmenschen mich gemacht hatten.

»Es ist zurückgekehrt«, erklärte sie feierlich und sah mich aus dunkelblauen Augen an. »Wir glaubten es besiegt, aber wir haben uns geirrt. Nun stehen wir alle dem Ende gegenüber, man bedrängt uns heftiger und heftiger, und ohne das Kind werden wir uns nicht darüber hinwegsetzen können. Du musst nach Hause zurückkehren, Liadan. Sofort. Dieses Zwischenspiel ist vorüber.«

»Das weiß ich«, sagte ich und war verärgert, die Tränen in meinen Augen brennen zu spüren. »Ich habe euch doch gesagt, dass ich auf dem Weg dorthin bin.«

Der Begleiter der Herrin räusperte sich. »Es gibt zwei junge Männer, die dich begehren: der, den du gerade verlässt, und der, zu dem du zurückkehrst. Keiner ist angemessen. Du legst in deiner Wahl eines Gefährten einen bedauerlichen Mangel an Geschmack an den Tag. Dennoch, du brauchst nicht zu heiraten. Vergiss sie beide. Kehre in den Wald zurück und bleibe dort.«

Ich starrte ihn an. »Es wäre eine Hilfe, wenn ihr etwas mehr erklären könntet. Welches Böse? Welches Ziel?«

»Die von deiner Art verstehen es nicht«, tat er meine Fragen ab. »Euer Begriffsvermögen ist eingeschränkt. Du musst lernen, die Bedürfnisse des Fleisches und die Schmerzen des Herzens zu missachten. Das sind kleinliche Dinge, so flüchtig wie die Jugend. Es ist das große Ganze, das zählt.«

»Ihr beleidigt mich«, sagte ich, »und dann erwartet ihr blinden Gehorsam.«

»Und du verschwendest Zeit, wo keine verschwendet werden darf.« Seine Stimme klang nun bedrohlich. »Du fauchst wie ein kleines, wildes Tier, das in der Falle sitzt. Du solltest lieber deine Schwäche erkennen und dich fügen. Wir können dir helfen. Wir können dich schützen. Aber nicht, wenn du diesem eigensinnigen Weg folgst. In dieser Richtung liegen Gefahren, von denen du dir kaum träumen ließest.« Er hob die Hand, bewegte sie in einem lang gezogenen Bogen vor sich, und es schien mir, als bewegte sich dort ein Schatten; das Gras duckte sich, Bäume schauderten, Büsche raschelten. Vögel stießen einen einzigen Ruf aus, dann schwiegen sie.

»Wieder stehen wir einer Feindin gegenüber, die uns schon lange bedroht«, sagte die Herrin. »Wir hielten sie für besiegt. Aber sie hat einen Weg gefunden, sich wieder einzuschleichen; sie hat sowohl die Feen als auch die Menschen umgangen, und nun hat sie die ganze Zukunft unseres Volkes in der Hand.«

Ich starrte sie entsetzt an. »Aber ... aber ich bin nur eine ganz normale Frau, wie ihr seht. Wie kann die Wahl, die ich treffe, einen Einfluss auf so große, gefährliche Dinge haben? Warum muss ich unbedingt versprechen, nach Sevenwaters zurückzukehren?«

Er seufzte. »Wie ich schon sagte, das begreifst du nicht. Ich sehen keinen Grund für dein Widerstreben, wenn man von reiner Sturheit absieht. Du musst tun, was wir dir sagen.«

Er schien zu wachsen, während ich hinsah, und flackerndes Licht lief über seinen Körper, als stünde er in Flammen. Sein Blick war durchdringend, er sah mich gnadenlos an, und mein Herz pochte vor Schmerzen.

Die Herrin sprach mit leiser Stimme, aber in ihrem Ton lag ein Kern von Eisen. »Sei nicht ungehorsam, Liadan. Dies zu tun würde größere Gefahr heraufbeschwören, als du verstehen kannst.«

»Versprich es«, sagte der Herr, und sein Haar schien sich wie eine Krone flackernden Feuers um seinen Kopf zu heben.

»Versprich es«, wiederholte die Herrin mit einer Trauer in ihrer Stimme, die mir das Herz zerriss.

Ich drückte die Knie in die Flanken der grauen Stute, und sie bewegte sich vorwärts, und diesmal ritten sie nicht mit mir, sondern blieben zurück. Ihre Stimmen folgten mir befehlend, bittend. *Versprich es, versprich es.*

»Das kann ich nicht«, flüsterte ich, und dieses Flüstern kam tief aus meinem Inneren. Es war seltsam, denn bis dahin hatte ich vorgehabt, genau das zu tun, was sie wollten: nach Sevenwaters zurückzukehren, dort mein altes Leben wieder zu beginnen und mein Bestes zu tun, den Bemalten Mann und seine Bande zu vergessen. Aber etwas hatte sich verändert. Ich würde Geschöpfen, die den Schmerz jener, die mir nahe standen, als Kleinigkeit abtaten, nicht ohne weitere Fragen gehorchen. Irgendwie wusste ich, dass ich ihren Forderungen nicht zustimmen konnte. »Ich muss meine eigenen Entscheidungen treffen und meinen eigenen Weg gehen«, sagte ich. »Ich werde jetzt tatsächlich nach Sevenwaters zurückkehren, und ich sehe keinen Grund, wieso ich nicht dort bleiben sollte. Aber die Zukunft – die ist mir unbekannt; wer weiß schon, was geschehen wird? Ich werde euch nichts versprechen.«

Wieder erklangen ihre Stimmen mit einer zornigen Kraft, die mich schaudern ließ. Auch die Stute spürte es, sie zitterte unter mir. *Du wirst tun, was wir dir befehlen, Liadan. In der Tat* musst *du es tun.* Aber ich antwortete nicht, und als ich mich das nächste Mal umdrehte, waren sie verschwunden.

Es war später Nachmittag, die Abenddämmerung hatte schon fast begonnen. Ich hatte die Straße erreicht und folgte ihr nach Süden, als die Sonne mit leuchtenden Gold- und Rosatönen unterging. Wie war das alte Sprichwort? Abendrot, gut Wetter droht. Morgenrot, schlecht Wetter droht. Ich lächelte in mich hinein. Kein Zweifel, wo ich das gehört hatte. Mein Vater, der mich in den Armen hochhielt, als er auf einer Hügelkuppe stand, umgeben von seinen jungen Eichensetzlingen, und mir zeigte, wie die Sonne im Westen unterging, über dem Land von Tir Nan'Og über der See. Jeden Abend ging sie unter, und der Himmel erzählte vom nächsten Tag. Lerne die Zeichen zu lesen, Kleines, sagte er mir. Das Feenvolk hatte ihn als Vater eines Kindes erwählt, dessen Geburt sie benötigten; sie hatten ihn wegen seiner Kraft und seiner Geduld auserwählt. Das bedeutete doch sicher, dass Bran sich geirrt hatte. Iubdan, so still und weise mit seinem Respekt vor allem, was lebte und wuchs, hätte nie etwas tun können, das die ganze Existenz eines Mannes zerstörte.

Die Stute wieherte leise und blieb plötzlich stehen. Vor uns auf der Straße war es unruhig. Männerstimmen, Hufschlag, metallisches Klirren. Wir zogen uns in den Schutz der Bäume zurück, und ich stieg im Schatten aus dem Sattel. Die Geräusche kamen näher. Im schwindenden Licht konnte ich vier oder fünf Männer im dunklen Grün erkennen, und einen, der seltsame Gewänder aus Leder und Wolfsfell trug, einen Mann mit halb rasiertem Kopf, der kämpfte wie ein Wahnsinniger, so dass man manchmal glaubte, er könnte sie tatsächlich besiegen, obwohl sie in der Überzahl waren. Ein Mann, dessen Größe und massiver Körperbau ihm einen Vorteil gaben, aber nicht so viel, dass er nicht am Ende doch vom Pferd geworfen und entwaffnet der Gnade seiner Feinde ausgeliefert war. Höhnische Schreie erklangen und Flüche und trotzige Worte. Ich hörte Knurren und Zischen und Schimpfen, und jemand schrie etwas über Vergeltung, und dann folgten weitere Schreie, als die Waffen ihr Ziel fanden. Aber schließlich herrschte beinahe Schweigen, wenn man von dem Geräusch von Tritten und Schlägen absah, die auf den Mann niederregneten, der auf der Straße lag, umgeben von seinen Angreifern. Ich konnte nichts tun. Wie hätte ich versuchen können, diese barbarische Tat zu verhindern, ohne gleichzeitig zu verraten, wo ich gewesen war? Welchen Grund hätte ein braves Mädchen wie ich, einen Schurken, einen Gesetzlosen zu verteidigen? Außerdem mochte es gut sein, dass sie mich nicht einmal bemerkten, bevor ich selbst unter einem Schwertstreich oder unter einem Axthieb fiel. Also stand ich reglos da, ebenso wie mein gehorsames Pferd, bis am Ende einer sagte: »Das genügt. Lasst ihn in seinem eigenen Saft kochen.« Die Männer in Grün stiegen wieder in die Sättel, nahmen das Pferd des anderen Mannes am Zügel und ritten nach Süden.

Vorsichtig wagte ich mich nach draußen. Es war nicht mehr viel Licht, ich fand ihn ebenso dem schwachen, blubbernden Geräusch seines Atems nach als nach Sicht. Ich kniete mich neben ihn.

»Hund?«

Er lag auf der Seite, das Gesicht schmerzlich verzogen. Er hatte beide Hände auf den Bauch gepresst, und etwas lag am Boden neben ihm. Blut und ... Díancécht helfe mir, man hatte ihm den Bauch längs und quer aufgeschnitten, seine Eingeweide hingen heraus, und er versuchte, sie zusammenzuhalten.

Es gab Worte, verzweifelt gekeucht mit schwindendem Atem. Aber ich konnte nur eines erkennen.

»... Messer ...«

Und ich wusste, wenn es so weit gekommen war, gab es tatsächlich keine Wahl. Meine Hände zitterten heftig, als ich den kleinen, scharfen Dolch zog, den mein Vater mir gegeben hatte.

»Schließ die Augen«, flüsterte ich zitternd. Ich kniete neben seinem zuckenden Körper im schwindenden Licht und berührte mit der Dolchspitze vorsichtig die Stelle unter seinem Ohr. Dann schloss ich die Augen und zog die Klinge über seine Kehle, rasch und mit aller Kraft, während mein Herz klopfte und mein Magen sich protestierend zusammenzog. Warmes Blut floss über meine Hände. Das Pferd bewegte sich unruhig. Hunds Körper wurde schlaff, und seine Arme fielen von der großen Wunde in seinem Bauch zurück und ... ich stand abrupt auf und wich zurück, und lange Zeit konnte ich mich nur an einen Baum lehnen, würgen, keuchen, den Inhalt meines Magens von mir geben,

Augen und Nase triefend, der Kopf vor Zorn pochend. Logische Gedanken waren unmöglich. Nur flammende Ablehnung und durchdringender Ekel. Der Bemalte Mann. Eamonn von den Marschen. Sie unterschieden sich in nichts. Zusammen hatten sie dafür gesorgt, dass dieser Mann das Morgen nicht mehr erleben würde. Und ich würde diejenige sein, die die Narbe dieser Tat in ihrem Geist behielt, während sie es abschüttelten und in ihrer sinnlosen gegenseitigen Verfolgung weitermachten.

Schließlich breitete der Mond ein schwaches silbernes Licht über diese verlassene Straße, und ich spürte, wie die Stute meine Schulter berührte, sanft aber beharrlich.

»Schon gut«, sagte ich. »Schon gut. Ich weiß.« Es war Zeit, weiterzuziehen. Aber ich konnte ihn nicht so zurücklassen. Ich konnte ihn auch nicht bewegen, er war zu schwer. Im schwachen Licht war sein Gesicht friedlich, die gelben Augen geschlossen, die narbigen Züge ruhig. Ich versuchte, die klaffende Wunde in seiner Kehle nicht zu sehen.

»Dana, nimm diesen Mann an dein Herz«, murmelte ich und zog das geliehene Hemd aus, das ich über meinem Kleid trug. Etwas glitzerte im Mondlicht. Der Lederstreifen war fein säuberlich durchgeschnitten, und als ich ihn hochhob, hatte ich Blut an den Fingern. »Wild wie ein Wolf«, sagte ich, und meine Tränen begannen zu fließen. »Stark wie ein furchtloser Hund, der sein Leben für seinen Herrn gibt. Sanft wie der treuste Hund, der je an der Seite einer Frau einherging. Ruh dich nun aus.«

Ich legte das Hemd über sein Gesicht und seine Brust. Dann stolperte ich zurück zur Stute, und wir zogen weiter nach Süden, bis ich der Ansicht war, dass wir weit genug weg waren. Es gab dort eine Art Unterschlupf an der windabgewandten Seite eines Heuschobers. Ich wickelte Brans Umhang um mich und legte mich hin, und das Pferd ließ sich neben mir nieder, als wüsste es, dass ich seine Wärme brauchte, um die Finsternis fern zu halten. Ich war niemals näher daran gewesen, mir zu wünschen, ich würde einschlafen und nie wieder aufwachen.

Am nächsten Morgen ritt ich weiter nach Süden und sah ein paar Bauern in ihren Karren und einen oder zwei andere Reisende, und alle sahen mich neugierig an, aber keiner sagte ein Wort. Ich nehme an, ich wirkte recht merkwürdig mit meinem zerzausten Haar und den Kleidern, die von Blut und Erbrochenem gezeichnet waren. Eine Verrückte. Als ich annahm, nah genug an Littlefolds zu sein, blieb ich an der Straße stehen und öffnete schließlich meinen Geist meinem Bruder. Ich zeigte ihm gerade genug, mit sorgfältig ausgewählten Bildern, dass er mich finden konnte. Dann setzte ich mich unter eine Eberesche und wartete. Er kann nicht so weit weg gewesen sein. Bevor die Sonne ihren Höchststand erreicht hatte, hörte ich Hufschlag auf der Straße, und dann war Sean da, sprang vom Pferd, umarmte mich fest und sah mir suchend in die Augen. Aber ich bewachte meine Gedanken sorgfältig. Ich hatte ihn erreicht, aber ich hatte ihm nichts erzählt. Nach einer Weile bemerkte ich, dass auch Eamonn da war und mehrere seiner Männer. Eamonn sah seltsam aus, seine Augen glitzerten, sein Gesicht war bleich. Er umarmte mich nicht, das wäre nicht angemessen gewesen, aber seine Stimme bebte, als er mich grüßte.

»Liadan! Wir dachten – bist du verletzt? Hat man dir etwas getan?«

»Es geht mir gut«, sagte ich müde, als die Männer in Grün ihre Pferde hinter ihm zum Stehen brachten.

»Du siehst nicht gut aus«, meinte Sean. »Wo warst du? Wer hat dich mitgenommen? Wo bist du gewesen?« Mein Bruder wusste, dass ich ihn aus meinem Geist fern hielt, und benutzte alle Tricks, die er kannte, um mich dazu zu bringen, mich ihm zu öffnen.

»Es geht mir gut«, sagte ich abermals. »Können wir jetzt nach Hause gehen?«

Eamonn sah mein Pferd an und dann den langen, weiten grauen Umhang, den ich trug, den Umhang eines Mannes. Er runzelte die Stirn. Sean sah mir ins Gesicht und bemerkte meine blutigen Hände.

»Wir werden nach Sídhe Dubh reiten«, erklärte er ernst. »Dort kannst du dich ausruhen.«

»Nein!«, sagte ich ein wenig zu heftig. »Nein«, fügte ich vorsichtiger hinzu. »Nach Hause. Ich will jetzt nach Hause.«

Die beiden Männer wechselten einen Blick.

»Es wäre vielleicht besser, wenn du mit deinen Männern vorausreitest«, sagte Sean. »Sag Iubdan Bescheid. Er wird uns entgegenkommen wollen. Wir ruhen am Weg und lassen uns Zeit.«

Eamonn nickte und ritt ohne ein weiteres Wort davon. Die Männer in Grün folgten ihm. Nun waren nur noch mein Bruder, zwei Bewaffnete und ich übrig.

Auf dem ganzen Heimweg stellte Sean ununterbrochen Fragen. Wo war ich gewesen? Wer hatte mich entführt? Warum erzählte ich es ihm nicht – verstand ich denn nicht, dass er Rache nehmen musste, wenn man mir irgendwelchen Schaden zugefügt hatte? Hatte ich vergessen, dass er mein Bruder war? Aber ich sagte nichts. Bran hatte Recht gehabt. Man durfte niemandem vertrauen. Nicht einmal denen, die einem am nächsten standen.

Also ritt ich auf dem Pferd des Bemalten Mannes zurück

nach Sevenwaters, und sein Umhang hielt mich warm. Ich hatte ein Halsband aus Wolfskrallen in meiner Tasche und Blut an den Händen. So viel dafür, dass ich Dinge ändern könnte. So viel für das Feenvolk und uralte Stimmen und Visionen des Todes. Was war ich anders als eine weitere machtlose Frau in einer Welt von Männern, die nicht nachdachten? Nichts hatte sich verändert. Überhaupt nichts, außer tief drinnen, wo niemand es sehen konnte.

KAPITEL 7

Am Tag nach meiner Heimkehr machte ich eine Kerze. Daran war nichts Bemerkenswertes; so etwas gehörte zu den regelmäßigen Arbeiten im Haushalt. Aber ich hätte mich eigentlich ausruhen sollen. Mutter überprüfte mein Schlafzimmer, stellte fest, dass der Boden sauber gefegt und die Decke ordentlich war, und kam dann zu mir in meinen Arbeitsraum. Sie sah, dass meine Lippen geschwollen waren, aber wenn sie Bissspuren an meinem Hals entdeckte, machte sie jedenfalls keine Bemerkung darüber. Stattdessen beobachtete sie meine Hände, als ich eine Seite des Bienenwachses methodisch mit einem kunstvollen Muster aus Spiralen und Wirbeln überzog. Die andere Seite war leer. Ich sagte nichts. Als ich mit meiner Arbeit zufrieden war, steckte ich diese Kerze in einen Halter und band um ihren Fuß das Lederband mit den Wolfskrallen und eine kleine Blütengirlande, die ich gemacht hatte. Schließlich sprach meine Mutter.

»Das ist ein mächtiges Amulett. Hartriegel, Schafgarbe und Wacholder. Apfel und Lavendel. Und sind das die Federn von einem Rabenflügel? Wo wird diese Kerze brennen, Tochter?«

»An meinem Fenster.«

Mutter nickte. Sie hatte mir keine wirklichen Fragen gestellt.

»Dein Leuchtzeichen ist mit Schutzkräutern und Liebeskräutern umgeben. Ich verstehe seinen Zweck. Vielleicht ist es gut, dass dein Vater und dein Bruder das nicht verstehen. Du hast dich von Sean abgeschlossen. Das tut ihm weh.«

Ich schaute sie an. Sie sah besorgt aus, aber ihr Blick war ruhig, wie üblich. Sie war die Einzige gewesen, die mir geglaubt hatte, als ich sagte, ich sei in Ordnung. Die anderen sahen die heller werdenden blauen Flecken an meinem Handgelenk, die Bissspuren, die Flecken auf meiner Kleidung, und zogen daraus falsche Schlüsse. Ihr Zorn brannte heftig.

»Ich habe keine Wahl«, sagte ich.

»Mhm.« Sorcha nickte. »Und es geht nicht darum, dich selbst zu schützen. Du hast eine große Fähigkeit zu lieben, und du gibst viel, Tochter. Und wie dein Vater machst du dich verwundbar.«

Die Kerze war fertig. Sie würde viele Nächte brennen. Sie würde auch bei Neumond brennen und den Weg nach Hause weisen.

»Ich habe keine Wahl«, sagte ich abermals, und als ich nach draußen ging, bückte ich mich vorher und küsste meine Mutter auf die Stirn. Ihre Schulter unter meinen Händen war so zerbrechlich wie die eines Vogels.

Es gab viele Fragen. Liam hatte Fragen. Wie hat man dich entführt? Was waren das für Männer? Weißt du, dass drei meiner Leute dabei getötet wurden, dich zu bewachen? Wo haben sie dich hingebracht? Nach Norden? Morrigans Fluch über deine Sturheit, Liadan. Das könnte ausgesprochen wichtig sein! Sean hatte seine eigenen Fragen, aber nach einer Weile hörte er damit auf. Ich spürte, wie verletzt er war und wie viele Sorgen er sich machte, als wären es meine eigenen Gefühle, denn so war es immer mit uns beiden gewesen. Aber diesmal konnte ich ihm nicht helfen.

Was meinen Vater anging, bei ihm musste ich all meine Willenskraft aufbringen, um weiter zu schweigen. Er saß still im Garten, sah mir beim Arbeiten zu und sagte: »Die ganze Zeit wusste ich nicht, ob du noch lebst oder tot bist. Ich habe schon eine Tochter verloren, und deine Mutter wandelt im Schatten. Ich würde alles tun, was in meiner Macht steht, damit du in Sicherheit bist, Liadan. Aber ich werde warten, bis du bereit bist, es mir zu erzählen, mein Liebes.«

»Das könnte lange dauern.«

Iubdan nickte. »Solange du wieder zu Hause und in Sicherheit bist«, sagte er leise.

Eamonn kam zu Besuch, und ich weigerte mich, ihn zu sehen. Vielleicht war das unhöflich von mir, aber niemand bestand darauf. Man schrieb es meinem schlechten Zustand nach meiner Erfahrung zu und der Tatsache, dass ich Ruhe brauchte. Was Eamonn sagte, wusste ich nicht, aber die Männer des Haushalts waren, nachdem er wieder abgereist war, recht unruhig. Tatsächlich hatte ich mich bemerkenswert rasch erholt und stellte bald fest, dass ich voller Energie war, ordentlichen Appetit hatte und so fest schlief wie ein Kind, während meine Kerze seltsame Schatten auf den Wänden des Zimmers heraufbeschwor.

Das Einzige, was ich nicht begriff, war ein Gefühl, das recht neu und seltsam für mich war, ein Schmerz tief drinnen, die Sehnsucht, zu berühren und berührt zu werden und am Ende wieder diesen Gipfel der Freude zu erreichen, wie ihn keine Worte beschreiben können. Es ist schwer zu erklären. Zweifellos spürte ich die Begierden des Körpers, das heiße Drängen eines Geschöpfs nach seinem Gefährten. Aber das war nicht alles. Ich hatte die Hand des Todes über Bran gesehen und über mir selbst, bevor wir das alte Hügelgrab betraten. Ich spürte, dass unser Schicksal miteinander verwoben war; wir standen einander näher, als es für Gefährten, Geliebte üblich war. Dies war eine Verbindung, die über den Tod hinausging und nicht zu brechen war. Das kam mir immer deutlicher vor, eine Sicherheit, die nicht in Frage gestellt werden konnte. Es war gleich, dass er mich weggeschickt hatte. Es war so, und es würde so sein. Was das Feenvolk anging – wenn sie eine Verpflichtung von mir erwarteten, würden sie mir bessere Erklärungen geben müssen. Einfach ihren Wünschen zu gehorchen, entsprach nicht meiner Vorstellung von gesundem Menschenverstand.

Ich sehnte mich danach, dass Niamh wieder zu Hause wäre. Einige Dinge kann man nur mit der Schwester besprechen. Ich wollte ihr sagen, dass ich jetzt verstand, warum sie sich so verhalten hatte, obwohl es mir damals blind und eigensüchtig vorgekommen war. Dass ich nun wusste, wie sehr es wehtun musste, jeder einzelne Tag ohne Ciarán, sich einem anderen Mann hingeben zu müssen, jeden Tag in einem Meer von Fremden zu verbringen und dabei nur an ihn zu denken, sich zu fragen, wo er war, ob er sich in Sicherheit befand, und von Berührungen zu träumen, die sie nie wieder spüren würde.

Das Leben kehrte zu seinen alten Mustern zurück. Es waren dieselben und doch nicht dieselben. Niamh fehlte uns allen, aber niemand sprach davon. Was geschehen war, war geschehen; man konnte die Vergangenheit nicht umschreiben. Was mich anging, kam es mir so vor, als wären sie alle irgendwie einen Schritt von mir entfernt. Sie misstrauten meinem Schweigen, meinem Bedürfnis, mit meinen Gedanken allein zu sein. Mit Mutter war es anders. Sie hatte ihre eigene Vorstellung der Wahrheit, und sie hielt Liam davon ab, mich weiter auszufragen.

An einem Abend, nicht lange nach Lugnasad, in der Kälte des Jahreszeitenwechsels, kam ein Bote aus Tirconnell mit willkommenen Nachrichten. Es sollte eine Versammlung im Süden geben; die Häuptlinge vieler Clans waren vom Hochkönig nach Tara gerufen worden, und Fionn würde als Vertreter seines Vaters dort hingehen. Die beiden Fraktionen der Uí Néill liebten einander vielleicht nicht, aber es wäre mehr als dumm, eine solche Einladung abzulehnen. Häufig genug war im Lauf von Generationen der Titel des Ard Ri oder Hochkönigs von einem Zweig dieser großen Familie an den anderen weitergegeben worden und wieder zurück. Auch Liam sollte an diesem Treffen teilnehmen.

Und die beste Nachricht war, dass Fionn seine Frau mitbringen würde, zumindest bis nach Sevenwaters, und ich daher meine Schwester wieder sehen würde.

Laken wurden gelüftet und Fußböden gefegt, Vorbereitungen in Küche und Stall für eine ganze Horde von Besuchern getroffen. Ich hatte vor, mich nützlich zu machen und Janis und ihren Frauen beim Salzen und Brauen zu helfen. Aber der intensive Geruch des Biers drehte mir immer wieder den Magen um, und ich musste mich rasch zurückziehen und nach draußen gehen, um unter einem Ebereschenbusch mein Frühstück wieder hervorzuwürgen. Wahrscheinlich hatte ich zu viel gegessen. Ich schien dieser Tage beinahe ununterbrochen Hunger zu haben. Später ging es mir wieder gut, und ich tat meinen Zustand als unwichtig ab. Aber als es am nächsten Tag und am übernächsten wieder geschah, hielt ich mich morgens aus der Küche fern und beschränkte mich darauf, meine Kräuter zu ernten und zu trocknen, Samen zu trocknen und die Beete zu jäten. Ich arbeitete sehr hart. Ich hatte immer zu tun. Ich gestattete mir nicht nachzudenken.

Neumond kam und ging und kam abermals. In diesen

Nächten schlief ich nicht. Stattdessen saß ich am Fenster, wo die Kerze brannte, und ich dachte an dieses kleine Kind, das seine Hand im Dunkeln zu mir ausgestreckt hatte – im Alptraum. *Lass nicht los.* Im Geist nahm ich dieses Kind, das auch ein Mann war, und schlang meine Arme um ihn und hielt ihn dicht an meinem Herzen, bis die Morgendämmerung den Himmel berührte. Und obwohl ich nie laut sprach, versuchte ich doch, meine Stimme durch die Schatten dringen zu lassen, die ihn umkreisten. *Ich bin hier. Du bist jetzt in Sicherheit. Ich passe auf dich auf. Ich lasse dich nicht gehen.* Danach kam immer ein neuer Morgen. Die Sonne ging auf, und es war ein neuer Tag. Ich sagte ihm das, und wenn es hell genug war, dass er seinen Weg finden konnte, blies ich die Kerze aus, berührte die Rabenfeder sanft mit den Fingerspitzen und ging gähnend nach draußen, um mit der Tagesarbeit zu beginnen.

Es war ein gutes Erntejahr. Iubdan war überall zu sehen und durch seine Größe und sein helles Haar leicht unter den anderen Männern des Haushalts zu erkennen, wenn er das Einbringen der Ernte, die Viehauswahl, das Schlachten von Schafen zum Salzen und Trocknen des Fleischs und das Flicken von Dächern und Mauern, um Hüttenbewohner und Herdentier vor dem gierigen Griff des Winters zu schützen, überwachte. Sean war häufig an seiner Seite, eine zierlichere Gestalt, sein Haar so dunkel und wild wie das unserer Mutter. Es war keine Aisling da, um ihn abzulenken, denn ihre eigene Ernte hielt sie und ihren Bruder fern von Sevenwaters, und ich war froh darüber. Liam bereitete sich auf seine Reise nach Süden vor, schickte viele Botschaften aus und empfing noch mehr, plante und besprach sich mit seinen Hauptleuten, aber obwohl Sean an diesen Besprechungen immer teilnahm, würde er nicht zur Versammlung reisen, die der Hochkönig einberufen hatte. Liam, stets der Stratege, ließ sich Zeit, bevor er seinen Neffen zu offensichtlich diesem einflussreichen und gefährlichen Kreis aussetzte. Er war der Ansicht, dass mein Bruder immer noch zu jung sei, um die komplizierten Machtspiele zu beherrschen. Irgendwann einmal würde Sean Herr von Sevenwaters sein. Er musste lernen, seinen Nachbarn immer einen Schritt voraus zu sein, denn ein Nachbar konnte sich in einem einzigen Augenblick vom Verbündeten in einen Feind verwandeln. Liam unterrichtete meinen Bruder gut und ließ ihm Zeit, die Überstürztheit der Jugend abzulegen und sich als wahrer Anführer zu erweisen.

Es tat mir gut, dass der Haushalt so beschäftigt war, denn Ernte und Sammeln lenkte die Menschen von mir ab. Niamh und ihr Mann würden zu Meán Fómhair eintreffen, wenn Nacht und Tag gleich lang waren und wir an der Schwelle der Dunkelheit standen. Hinter dieser Tür steht die Hüterin von Geburten und Toden. Sie mag eine alte Frau sein, aber mit großem Alter kommt auch ungeheure Weisheit. Und an jenem Tag der Jahreszeitenwende können solche, die den Mut finden, ihren Geist ihre Stimme zu öffnen, ihren Rat suchen. Und oh, ich brauchte tatsächlich Weisheit und Rat, und das bald. Aber nicht vom Feenvolk. Ich wusste, was sie sagen würden, und bekam eine Ahnung davon, was vielleicht dahinter stand. Ich begann mich wie in einer Falle zu fühlen, und das gefiel mir überhaupt nicht.

Ich schnitt ein Stück von Brans Umhang ab, so dass ich ihn draußen tragen konnte, ohne zu viel Schlamm abzubekommen. Nachdem ich den Stoffstreifen gesäubert hatte, schnitt ich ihn in ordentliche Quadrate und verstaute sie in der kleinen Eichentruhe neben meinem Bett. Ich hatte auch ein paar andere Stücke bereit. Reste eines alten Hemdes meines Vaters, die vom langen Tragen weich geworden waren. Ein hübscher rosafarbener Wollstoff von einem von Niamhs Gewändern. Ich hatte die Farbe dafür selbst angesetzt, vor langer Zeit. Sie hatte es gern getragen, bis ein anderes ihr Lieblingskleid wurde. Dann gab es noch Stücke eines praktischen Arbeitskleides und einen Teil meines verdorbenen Reitkleides. Letzteren hatte ich aus dem Rücken geschnitten, denn als ich es ansah, bemerkte ich, dass nur noch der Rücken zu retten war, so fleckig war das Kleid von Blut und Erbrochenem und anderen undenkbaren Dingen. Nachdem ich meine kleinen Flicken geschnitten hatte, verbrannte ich den Rest. Ich vergoss keine Tränen darum. Ich versuchte, nicht daran zu denken. Stattdessen arbeitete ich. Mein kleiner Arbeitsraum war wahrscheinlich nie so gut gefüllt mit Kräutern gewesen, der Garten selten so ordentlich, nicht ein einziger Schössling aus der Reihe, nicht ein einziges unwillkommenes Unkraut in Sicht. Und dann war beinahe wieder Neumond, und meine Mutter kam eines Tages herein, als ich Hagebutten zum Trocknen auf einen Faden zog, und bemerkte, dass ich leise eine Melodie aus dem alten, alten Wiegenlied vor mich hin summte.

»Hör nicht auf«, sagte Sorcha und setzte sich aufs Fensterbrett, ein zierlicher Schatten mit großen Augen, wie sie die kleinsten, zartesten, weißen Eulen haben. »Ich höre dich gern singen. Dann weiß ich, dass es dir trotz allem gut geht. Eine unglückliche Frau singt nicht.«

Ich warf ihr einen Blick zu und wandte mich wieder meinen Hagebutten zu. Sie hingen am Faden wie hellrote Blutstropfen. Wo war er? In welchem weit entfernten Land setzte er jetzt sein Leben aufs Spiel für das Silber irgendeines Fremden? Unter welchem exotischen Baum, in welch seltsamer Gesellschaft lag er nachts wach, die Waffe in der Hand, und wartete schweigend auf den Morgen?

»Liadan.«

Ich wandte mich ihr zu.

»Setz dich, Liadan. Ich habe dir etwas mitgebracht.«

Erstaunt tat ich, was sie mir sagte. Sie schüttelte das Stoffbündel aus, das sie in der Hand hielt.

»Du kennst dieses Kleid selbstverständlich. Es ist sehr alt. Inzwischen zu alt, als dass ich es noch tragen könnte.« Sie fuhr mit der Hand über den verblichenen blauen Stoff; ihre schlanken Finger berührten die alte Stickerei, die nun beinahe nicht mehr zu sehen war. »Ich dachte, du könntest vielleicht hier und hier noch ein Stück herausschneiden. Du wirst die Ränder sehr gut säumen müssen. Aber du kannst gut mit der Nadel umgehen. Es gab einen Tag, als das Meer und der Sand diesen Rock berührten, einen Tag, wie man ihn nur einmal im Leben erlebt ... und ich habe es noch einmal an einem Tag von Feuer und Blut getragen. Ich brauche das Kleid nicht mehr, um mich daran zu erinnern; beide Tage sind in meinem Herzen tief eingeprägt. Was immer es ist, das du für dein Kind herstellen willst – dieser Stoff muss ein Teil davon sein.«

Wir schwiegen beide lange, und schließlich stand ich auf und kochte einen Topf Pfefferminztee und goss ihn in zwei Becher. Ich stellte einen davon auf die Fensterbank zu meiner Mutter, und dann konnte ich ihrem Blick nicht mehr ausweichen. Sie lächelte.

»Hattest du vor, es mir zu sagen, Tochter, oder wartetest du darauf, dass ich es dir sagte?«

Ich verschluckte mich an meinem Tee.

»Ich ... ich hätte es dir selbstverständlich gesagt. Es ist nicht, dass ich mich davor fürchte, es dir zu sagen, Mutter.«

Sie nickte. »Ich habe nur eine Frage«, sagte sie. »Und nicht die, die du erwarten magst. Ich wollte fragen, ob dieses Kind in Freude empfangen wurde?«

Ich sah ihr direkt in die Augen, und sie las die Antwort in meinem Gesicht.

»Mhm.« Sie nickte abermals. »Das dachte ich mir. Ich sehe dein kleines Lächeln, deine Haltung, und das hat nichts mit einer Frau zu tun, die verwundet und geängstigt wurde. Und dennoch ist er nicht bei dir geblieben? Wie kann das sein?«

Ich setzte mich auf einen Hocker ihr gegenüber und ließ mir von dem Becher die Hände wärmen. »Er weiß nichts von diesem Kind. Das kann er selbstverständlich nicht. Und er hat mich gebeten, bei ihm zu bleiben. Ich habe Nein gesagt.«

Ich hielt einen Augenblick inne. Sie trank den Tee, vermutlich mehr um meinetwillen, als dass sie ihn wirklich wollte.

»Ich dachte«, meinte sie vorsichtig, »ich dachte, der Vater dieses Kindes sei vielleicht ... einer dieser anderen, und deshalb wärst du ohne jede Spur verschwunden, so dass auch ihre größten Anstrengungen Liam und Eamonn dich nicht finden ließen. Klammerst du dieses Geheimnis deshalb so fest an dich, Liadan?«

Ein Kind der Anderwelt – ich war beinahe versucht, Ja zu sagen; es wäre eine gute Erklärung gewesen.

»Nein, ich bin nicht über die Grenzen hinweg gereist, Mutter, obwohl ich ... ich habe das Feenvolk tatsächlich gesehen, und sie sprachen mit mir. Der Vater dieses Kindes ist ein sterblicher Mensch. Und ich werde seinen Namen nicht verraten.«

»Ich verstehe«, sagte sie. »Du hast sie gesehen. Also ist

auch dies ein Teil desselben Musters. Werden wir irgendwann später erfahren, wer es getan hat? Wer dich geschwängert hat und dann verschwand, als hätte es ihn nie gegeben? Dein Vater wird diesen Mann in die Pflicht rufen wollen; Sean und Liam würden gerne weitergehen und von Rache sprechen.«

Ich sagte nichts. Draußen kam Wind auf; Schatten von Zweigen und trockenem Laub bewegten sich über die Steinmauern. Dann kam die helle, schräge Sonne eines Herbstmorgens, ein Licht, das verlockte und Wärme versprach, die nicht mehr kommen würde.

»Mutter.« Ich konnte nicht verhindern, dass meine Stimme ein wenig zitterte.

»Schon gut, Liadan. Sag es mir, wenn du kannst.«

»Das ist ein Teil des Problems. Ich kann es niemandem sagen, nicht einmal dir. Mutter, wie kann ich darüber zu Vater sprechen? Ich kann es nicht – ich werde keinen Fremden heiraten, wie Niamh es getan hat. Ich werde mein Kind auch nicht in Schweigen und Schande tragen. Aber wie kann ich es ihm sagen? Und wie kann ich es Sean und Liam erzählen und ... und ...«

»Und Eamonn?«, fragte sie sanft.

Ich nickte bedrückt.

»Würde dein Mann zurückkommen und dich holen?«, fragte Mutter, immer noch mit ruhiger Miene. »Ein Mann, der deine Liebe verdient hat, würde das doch sicher tun.«

»Er ... er führt ein sehr gefährliches Leben«, brachte ich hervor. »In einem solchen Leben ist kein Platz für Frau und Kind. Und außerdem ... nein, schon gut. Er ist ... er ist kein Mann, den Vater für ... angemessen halten würde. Mehr kann ich nicht sagen.«

»Dein Vater und Liam werden dich verheiraten wollen«,

sagte Sorcha leise. »Das weißt du. Sie werden nicht verstehen, dass du dein Kind lieber allein haben möchtest.«

»Darauf habe ich eine Antwort«, sagte ich. »Das Feenvolk hat mich strikt angewiesen, hier in Sevenwaters zu bleiben. Ich denke, sie meinten für immer. Ich muss nicht heiraten, haben sie gesagt. Weder Eamonn noch einen anderen. Damals hatte ich keine Ahnung, warum sie das von mir erwarteten, jetzt beginne ich zu verstehen.«

Mutter nickte, offensichtlich nicht überrascht. »Das Kind«, sagte sie leise. »Es ist das Kind, das im Wald bleiben muss. Sie wollen, dass du das Kind hier aufziehst. Das ist angemessen, Liadan. Nach dem ... nach dem, was mit Niamh passiert ist, wussten wir, dass sich etwas Böses wieder rührte, das wir für längst vergangen hielten. Vielleicht ist dein Kind die Waffe dagegen.«

»Das alte Böse? So haben sie es genannt. Was meinen sie damit? Was kann so schrecklich sein, dass es sogar das Feenvolk bedroht?«

Sorcha seufzte. »Das wissen wir nicht. Wer weiß schon, welche Gestalten solche Kräfte annehmen? Du solltest die Warnungen ernst nehmen, die du erhältst.«

Ich runzelte die Stirn. »Es gefällt mir nicht. Das habe ich ihnen auch gesagt. Ich habe mich geweigert, ihnen etwas zu versprechen. Ich werde mich nicht einfach als Werkzeug für ihre Zwecke benutzen lassen und mein Sohn ebenso wenig.« Ich hatte keinen Zweifel daran, dass dieses Kind ein Junge würde. Sein Vater, dachte ich, war ganz bestimmt ein Mann, der Söhne zeugte.

»Es ist nicht klug, sich ihren Wünschen zu verweigern«, sagte Mutter ernst. »Wir sind nur kleine Spielfiguren in ihren Plänen. Ihr Leben dauert so viel länger, als wir begreifen können, Liadan. Dennoch, mit der Zeit werden wir vielleicht besser verstehen, was sie vorhaben. Es beunruhigt mich, dass du den Namen dieses Mannes nicht nennen willst. Wie könnte einer, der dich ohne einen Gedanken verlässt, solcher Treue würdig sein – oder ist es Schande, die dich schweigen lässt?«

Ich wurde rot. »Nein, Mutter«, sagte ich mit fester Stimme. »Es ist wahr, zunächst habe ich mein Bestes getan, es vor mir selbst zu verbergen. Nicht aus Schande, sondern weil ich wusste, wie schwierig es sein würde. Ich habe so getan, als fielen mir die Veränderungen meines Körpers nicht auf, ich habe ignoriert, wie viel Zeit vergangen ist, das Ab- und Zunehmen des Mondes, aber da sein Kind in mir wächst, bin ich nun mit solcher Freude erfüllt, mit einer solchen Kraft, dass ich mir nicht vorstellen kann, womit es sich vergleichen ließe. Ich fühle mich, als ... ich fühle mich, als könnte ich das Herz der Erde in mir schlagen hören.«

Sorcha schwieg eine Weile.

»Glaub mir, Tochter«, sagte sie schließlich, »dieses Kind ist mir so kostbar, wie es dir ist. Deine Worte erfreuen mich, und sie machen mir Angst. Ich werde dir etwas versprechen, und du musst dich darauf verlassen, dass ich es halte. Ich verspreche dir, dass ich im Frühling immer noch hier sein werde, um dein Kind mit eigenen Händen zur Welt zu bringen. Ich werde hier sein, Liadan.«

Ich brach in Tränen aus, und sie schlang die Arme um mich und zog mich so fest an sich, wie sie konnte, und ich spürte wieder, wie klein und zerbrechlich sie geworden war. Und dennoch, in dieser Umarmung lag eine Kraft, die in mich überging, und ich wusste, dass Bran sich geirrt hatte, über Sorcha und über Hugh von Harrowfield, der mein Vater war. Es gab nichts Böses an ihnen. Irgendwo, irgendwie war die Geschichte verzerrt und verändert worden, und ich sehnte mich danach, es wieder in Ordnung zu bringen.

Eines Tages würde ich es in Ordnung bringen.

»Weine nicht, Tochter, nicht um mich.«

»Es tut mir Leid.« Ich wischte mir die Tränen ab.

»Es ist schwierig, deine Treue zu diesem Mann zu verstehen. Er liebt dich, und dennoch wird er nicht zurückkehren. Er gibt dir sein Kind und verschwindet. Und dennoch tust du alles, um ihn zu schützen. Du behütest seine Sicherheit mit einer undurchdringlichen Mauer des Schweigens, die sogar deinen Bruder ausschließt. Und du glaubst, dass selbst das nicht genügen wird. Denn etwas lässt dich immer noch schlaflose Nächte haben.«

Ich antwortete nicht.

»Ist es Liebe, die dich an diesen Mann bindet?«, fragte sie mich.

Ich hatte ein kleines, deutliches Bild im Kopf. Ich selbst, wie ich auf dem kleinen Pferd saß, und Bran, der neben mir stand, stirnrunzelnd zu Boden starrte, seine Hand so sehr im Gegensatz zu seiner Miene, seine gemusterten Finger warm auf meinem Oberschenkel, die letzte Berührung. *Heirate nicht diesen Eamonn. Sag ihm, wenn er dich nimmt, wird er sterben.*

»Was ist, Liadan?« Mutter klang beunruhigt. Die Göttin mochte wissen, was sich auf meinem Gesicht abgezeichnet hatte.

»Er und ich – wir teilen etwas. Es ist nicht unbedingt Liebe. Es geht darüber hinaus. Er gehört mir so sicher, wie die Sonne dem Mond über den Himmel folgt. Er gehörte mir schon, bevor ich wusste, dass er existierte. Er gehört mir bis zum Tod und darüber hinaus. Er ist in schrecklicher Gefahr. Durch andere und durch sich selbst. Wenn ich mehr tun könnte, um ihn zu schützen, würde ich das tun. Aber ich werde nicht darüber reden, wer und was er ist. Das kann ich nicht.«

Sorcha nickte mit ernster Miene. »Du wirst deinen Zustand nicht länger verheimlichen können. Dir stehen schwierige Tage bevor. Ich denke, du musst dem Roten selbst davon erzählen.«

»Ich ... ich will nicht, dass er mit mir spricht wie mit Niamh. Ich will nicht, dass er mich ohne ein freundliches Wort wegschickt, als wäre ich zu einer Fremden geworden.«

Sie seufzte. »Es war für sie beide schwer. Er hatte immer etwas von sich selbst in Niamh gesehen; ich denke, er fühlte sich verantwortlich für ihre Schwäche. Er hat versucht, Frieden mit ihr zu schließen; er wollte ihr so gern seine Entscheidung erklären, so gut er konnte, aber sie weigerte sich zuzuhören. Sie schloss sich von uns beiden ab. Dein Vater hat bitterlich bereut, dass er nicht länger warten und andere Wege für Niamh finden konnte. Conor hatte uns verpflichtet zu schweigen, Liadan; wir konnten damals nicht die volle Wahrheit sagen, und wir können es immer noch nicht. Meine Brüder haben geglaubt, dass das noch Schlimmeres auf euch herabbeschwören würde. Sie hatten gute Gründe dafür; mit der Zeit werdet ihr es vielleicht erfahren. Und gerade wegen dem, was mit Niamh passiert ist und weil es ihn so beunruhigt, wird dich dein Vater vermutlich nicht so barsch behandeln. Er sieht in dir und in Sean die Stärken meiner eigenen Familie, des Volks des Waldes. Er hat sich immer auf dein Urteil verlassen, ebenso wie auf meines. Sei ehrlich mit ihm, und er wird sein Bestes tun, dich zu verstehen.«

»Ich weiß kaum, wo ich anfangen soll.«

Sie stand auf und war bereit zu gehen. »Sag es deinem

Vater bald. Dann werde ich mit Liam und Sean sprechen. Du brauchst es nicht wieder und wieder zu erzählen.«

»Danke.« Mein Hals war trocken, und ich war plötzlich schrecklich müde. »Ich würde ... ich würde gerne warten, bis es bekannt wird. Ich würde gerne warten, bis Niamh kommt und es ihr als Erste sagen.«

Sorcha runzelte ein wenig die Stirn. »Dein Vater weiß sehr genau, was in mir vorgeht, besonders im Augenblick. Ich werde es ihm nicht verraten, aber er wird spüren, dass da irgendetwas ist, also solltest du es nicht zu lange aufschieben. Wir haben keine Geheimnisse voreinander, und außerdem werden es alle bald sehen können.«

Keiner von uns erwähnte Eamonn, aber ich hatte die Straße und die Männer in Grün nicht vergessen, und nicht den Freund, dem ich im Dunkeln die Kehle durchgeschnitten hatte. Es gibt Dinge, die man nicht vergisst.

Wir erwarteten unsere Gäste mit jedem Tag. Alles war vorbereitet. Die Abende wurden kälter, und alle tranken Janis' bewährten Glühwein, aber ich trank Wasser, denn von dem intensiven Geruch des Weins wurde mir übel. Janis behielt mich im Auge, ebenso wie ihre Küchenfrauen, aber sie hielten ihren Klatsch fest unter Kontrolle. Die Männer begriffen es ohnehin nicht. Sie sprachen überwiegend von Strategien und Händeln, und hin und wieder wurde es hitzig. Es gab eine untergründige Unruhe zwischen Sean und Liam, und eines Abends brach sie offen aus.

Ein Feuer brannte in dem kleinen Zimmer, wo sich die Familie für vertrauliche Gespräche zu versammeln pflegte. Meine Mutter saß auf der Bank, gestützt von Iubdans Arm. Vater war nach einem langen Tag auf dem Feld still und müde. Ich bemerkte die Stimmen von Sean und Liam, ohne wirklich ihren Worten zu lauschen. Ich nähte an einer Decke. Sie war recht klein. Hier ein graues Quadrat, dort ein rosafarbenes. Eine Borte aus Selbstgesponnenem. Ein Stück vom hellsten Blauviolett mit einer Spur uralter Stickerei. Zarte Stiche; ein paar Blätterranken, ein winziges Insekt. Meine Nadel bewegte sich präzise und verband alles miteinander. Meine Gedanken waren weit weg. Dann sprach Sean wieder.

»Vielleicht bist du zu alt«, sagte er barsch zu Liam und riss mich damit ins Hier und Jetzt zurück. »Vielleicht siehst du nicht, dass deine Vorsicht verhindert, dass diese Angelegenheit gelöst wird.«

»Sean«, sagte Iubdan sanft. »Du bist noch nicht Herr dieses Hauses.«

»Lass ihn reden«, sagte Liam durch die zusammengebissenen Zähne.

Sean ging auf und ab, die Arme auf der Brust verschränkt. Ich spürte seine Unruhe, ohne den Grund zu begreifen.

»Haben wir es nicht wieder und wieder versucht und sind jedes Mal zurückgeschlagen worden? Gute Männer sind umgekommen, ihre Plätze wurden von weiteren guten Männern eingenommen, und dann wurden auch jene getötet! Diese Fehde hat unser Leben seit Generationen vergiftet. Wir versagen und versagen abermals, und wir machen immer weiter. Ein Außenseiter würde es als sinnlos bezeichnen.«

»Ein Außenseiter kann nicht verstehen, was die Inseln unserer Familie und unserem Volk bedeuten«, warf Mutter leise ein. »Es kann hier keine Harmonie und kein Gleichgewicht geben, ehe wir sie nicht zurückerhalten haben. Das Feenvolk verlangt es von uns.«

»Was ist mit der Prophezeiung?«, fragte ich.

»Sie soll verflucht sein«, fauchte Sean. »Haben wir je eine Spur dieses geheimnisvollen Wesens gesehen, das uns helfen soll? Weder aus Erin noch aus Britannien, sondern aus beiden Ländern, und mit dem Zeichen des Raben, was immer das bedeutet. Irgendjemand hat es vielleicht an einem bierseligen Abend erfunden. Nein, was wir brauchen, ist eine neue Herangehensweise. Wir müssen den Gedanken an einen direkten Angriff aufgeben. Wir müssen über die Vorstellung hinausdenken, dass wir nur mit überlegener Kraft oder mit den erprobten Strategien unserer Großväter siegen können. Wir müssen darauf vorbereitet sein, Risiken einzugehen und die Briten in ihrem eigenen Spiel zu schlagen. Ihre Position ist beinahe uneinnehmbar; lange Jahre des Scheiterns zeigen das leider nur zu deutlich. Um das Problem zu lösen, müssen wir darauf vorbereitet sein, das Undenkbare zu denken, das Unberührbare zu berühren.«

»Niemals.« Liam war von tiefem Ernst erfüllt. »Du weißt nicht, wovon du redest. Es ist deine Jugend und Unerfahrenheit, die aus dir spricht. Ich habe dieses Argument schon häufiger gehört und finde es heute nicht nützlicher als damals. Diese Familie hat nie unehrenhafte Methoden eingesetzt, um einen Kampf zu gewinnen, und es beschämt mich, dass ein solcher Vorschlag ausgerechnet von dir, meinem Erben, kommt. Und wir sind in diesem Unternehmen nicht allein. Was ist mit unseren Verbündeten? Was ist mit Seamus Rotbart?«

»Den könnte man überreden.« Mein Bruder hatte nicht die Spur eines Zweifels.

»Das dürfte dir recht schwer fallen.«

»Man könnte ihn überreden. Es gibt nichts Wichtigeres als die Wiedereroberung der Inseln. Und wir sind alle bereit, es zu tun, denn Fionn wird sich sicher unserer Allianz anschließen und ...«

»Was ist mit Eamonn? Seine Unterstützung wäre wesentlich. Er wird derselben Ansicht sein wie ich. Eamonn lässt sich nicht bewegen. Nichts auf der Welt könnte ihn dazu bringen, über einen solchen Vorschlag auch nur nachzudenken.«

»Ich könnte ihn überzeugen.«

»Eamonn?« Liam gab ein freudloses Lachen von sich. »Dann kennst du deinen Freund nicht so gut, wie ich dachte. In dieser Angelegenheit wird er sich nie von seinen Ansichten abbringen lassen. Niemals.«

Langsam bekam ich wegen dieses Gesprächs ein sehr unangenehmes Gefühl. »Was genau hat Sean denn vorgeschlagen?«, zwang ich mich zu fragen, obwohl ich die Antwort fürchtete. Es hing ein Schatten am Rand meiner Gedanken, und ich wollte nicht, dass er näher kam.

»Ich habe es mir folgendermaßen vorgestellt.« Sean kam zu meinem Stuhl und hockte sich neben mich. Seine Aufregung war groß; seine Energie schien die Luft zum Knistern zu bringen. Ich hielt meine Gedanken weiterhin unter scharfer Bewachung. »Man kann nicht im direkten Angriff gewinnen, ganz gleich, wie sehr man sich anstrengt. Das ist längst bewiesen. Zwei unserer Onkel sind beim letzten Versuch gefallen, und viele tapfere Männer mit ihnen. So viele, dass es uns beinahe eine Generation gekostet hat, uns zu erholen. Und dennoch, unsere Männer waren stark und diszipliniert, und ihre Verbündeten haben uns unterstützt; zwischen unseren Stellungen und denen der Nordmänner hatten die Briten keine Chance, eine eigene Basis an dieser Küste einzurichten. Warum haben wir versagt? Zunächst, weil sie den Vorteil haben, im Besitz der Inseln zu sein. Ihr

Wachturm auf der Größeren Insel gibt ihnen einen weiten Ausblick. Es gibt nur einen sicheren Weg, sich zu nähern, und den können sie von dort aus hervorragend beobachten. Zweitens haben sie ein unübertroffenes Netz von Informanten. Wir alle wissen, wer das eingerichtet hat. Vielleicht ist es der Verrat seines Vaters, der Eamonn nun zu dieser unbeugsamen Haltung veranlasst. Ganz gleich, was wir auch planen mögen, die Briten scheinen es im Voraus zu wissen. Was lernen wir also daraus?« Er bewegte die schlanken Hände zur Unterstützung seiner Argumentation. »Wir lernen, dass es sinnlos ist, einem vorhersehbaren Kurs zu folgen. Wir lernen, dass es keine Geheimnisse vor unserem Feind gibt. Ganz gleich, wie stark unsere Verbündeten auf dem Wasser sind, unser Feind wird besser sein. Er ist im Vorteil. Niemand hier hat die Fähigkeiten und das Wissen, einen alternativen Zugang zur Größeren Insel zu finden.« Er holte Luft und starrte mich an. »Im Augenblick stehen wir besonders gut da. Seamus hat eine disziplinierte Armee und Jahre der Erfahrung. Wir wissen, was Eamonn leisten kann, und dann sind da die Uí Néill, denn Fionn gehört jetzt zur Familie und wird sich leicht überzeugen lassen, uns dabei zu unterstützen. Es ist wichtig für ihn, dass unser Land sicher ist, ebenso wie das von Eamonn, denn es stellt einen Puffer zwischen ihm und einem möglichen Angriff durch seine Verwandten im Süden dar. Wir könnten mit Fionn verhandeln. Also haben wir bessere Möglichkeiten als je zuvor.«

»Man sollte annehmen, das sollte auch genügen, die Inseln ohne irgendwelche Heimtücke zurückzuerobern«, sagte Liam ernst.

»Nein, Onkel. Das glaubst du ebenso wenig wie ich. Northwoods kann so viele Männer in diesen Krieg führen, wie er will, und seine Spione warnen ihn vor unseren Plänen, lange bevor wir die Segel setzen. Wir brauchen zweierlei. Erstens hervorragende Seeleute, die alles übertreffen können, was bisher in diesem Teil der Welt zu sehen war. Schiffe, die sich der Insel insgeheim nähern und im Schutz der Dunkelheit an Stellen landen können, die man zuvor für unerreichbar hielt. Männer, die unbemerkt ins Lager der Briten eindringen. Eine Streitmacht, die sich mitten in ihrer Festung befindet, bevor unser Feind auch nur erkennt, was geschehen ist. Einen Verbündeten mit der Möglichkeit, das Informantennetz der Briten zu entdecken und zu zerstören.«

»Und zweitens?« Mein Herz klopfte heftig. Ich wusste, was kam.

»Um das Erste zu erreichen, müssen wir das Zweite tun. Das Zweite besteht darin, unsere Skrupel abzuschütteln. Wir müssen uns der Dienste des Bemalten Mannes bedienen, wer immer das sein mag.«

Meine Mutter schnappte nach Luft. Iubdan war ernst. Liam biss einfach die Zähne ein wenig fester zusammen. Zweifellos hatte er das alles schon öfter gehört.

»Ich habe mich darüber erkundigt«, fuhr Sean fort. »Zu dieser Bande gehört ein seltsamer Bursche mit schwarzer Haut, der sich in einem Maß mit Schiffen auskennt, von dem wir nur träumen können. Es gibt andere unter ihnen, Nordmänner und Pikten, die uns gemeinsam alles lehren könnten, was wir wissen müssen. Ich habe Geschichten über diese Männer gehört, die man kaum glauben würde, wenn sie nicht von Tatsachen belegt würden. Der Anführer ist ein Mann, der uns viel zu bieten hat. Er ist ein Experte, was falsche Spuren angeht. Man hat mir gesagt, er ist besser als selbst der beste hiesige Stratege. Mit diesem Mann und seiner Bande auf unserer Seite können wir nicht versagen.«

»Er würde es niemals tun.« Ich hatte gesprochen, ohne nachzudenken, und meine Stimme zitterte. Vier Augenpaare wandten sich mir neugierig zu. »Eamonn, meine ich«, sagte ich rasch und zuckte zusammen, als ich mir mit der Nadel in den Finger stach. »Er würde nie auch nur im Traum daran denken, mit ... mit dem Bemalten Mann zusammenzuarbeiten. Vergiss nicht, was er gesagt hat. ›Wenn dieser Mann wieder seinen Fuß auf mein Land setzt, ist sein Leben nichts mehr wert.‹ Etwas in dieser Richtung. Du wirst ihn nie überreden können.«

Kurzes Schweigen folgte.

»Ich verstehe Liams Zögern«, sagte Iubdan ruhig. »Du hast vielleicht große Hoffnung auf ein solches Unternehmen, Sean. Auch ich habe gehört, wie man mit einer Mischung aus Schrecken und Bewunderung von diesem Söldner sprach. Vielleicht ist es wahr, was sie von seinen Fähigkeiten erzählen. Aber man könnte einem solchen Mann nie trauen, denn ein Teil seines Wertes liegt ja gerade in seiner Fähigkeit zu betrügen und in seinem Mangel an Treue. Dieser Mann ist ein Betrüger, er hat kein Gewissen und keine Skrupel. Er kann dein Unternehmen zum Sieg führen oder es scheitern lassen. Du würdest erst im letzten Augenblick erfahren, in welcher Richtung er sich entschieden hat.«

Liam nickte. »Es ist gut möglich, dass er sich von uns bezahlen lässt und sich dann einfach davonmacht. Und es mag auch sein, dass sein Preis zu hoch ist.«

»Für dies«, erklärte Sean mit leidenschaftlicher Entschlossenheit, »ist doch sicher kein Preis zu hoch?«

In diesem Augenblick kam der Schatten. Der Raum löste

sich rings um mich her auf, und ich sah stattdessen zwei Männer, die gegeneinander kämpften. Hinter ihnen befanden sich dunkle Säulen, in die Fantasietiere eingemeißelt waren, ein fliegender Drache, ein aufrecht stehender Greif mit Dolchklauen. Der Mann in Grün hatte die Hände fest um den Hals des anderen und drückte zu. Der Mann in Grün hatte ein kantiges Gesicht, und eine Locke braunen Haars fiel ihm in die Augen. Es war Eamonn. Es sah so aus, als würde er siegen. Aber warum keuchte er dann nach Luft, warum war er so geisterhaft bleich? Schatten zuckten über die beiden hinweg, die sich im gegenseitigen Todesgriff befanden. Dann sah ich den Dolch, der tief in der Brust des grünen Hemdes steckte, einen Dolch, der sich fest in einer Hand befand, deren weiße Knöchel und angestrengte Sehnen ein zartes Muster aus Spiralen und Wirbeln zeigten. Ich brauchte die Züge dieses Mannes nicht zu sehen, um ihn zu erkennen, aber ich schaute dennoch hin, und die Vision veränderte sich, und nun verschwamm das Gesicht eines Mannes zu dem des anderen – beide waren erfüllt von Hass, und ich konnte sie nicht mehr unterscheiden. Ich stieß eine Art Schrei aus, und der Schatten ließ mich wieder in den feuerbeleuchteten Raum zurückfallen. Ich musste wohl in einer Art Ohnmacht nach vorn gesackt sein, denn ich lag halb auf dem Boden, und Sean hatte den Arm um meine Schultern gelegt. Liam sah meine Mutter an und sie ihn, als wäre ihnen das, was sie dort erblickten, nur zu vertraut. Mein Vater holte mir einen Becher Wasser, und ich trank. Bald ging es mir wieder gut, zumindest äußerlich. Aber ich wollte ihnen nicht sagen, was ich gesehen hatte.

»Sean spricht sich gut für seine Sache aus«, sagte mein Vater irgendwann später. »Wir sollten zumindest darüber nachdenken. Vielleicht hat er Recht. Vielleicht ist genug Blut vergossen worden.«

»Du glaubst, der Bemalte Mann würde keines mehr vergießen?«, fragte Liam und zog ungläubig die Brauen hoch. »Seine Hände stinken danach. Du hast gehört, was Eamonn gesagt hat.«

»Wir alle haben getötet. Und es gibt viele Geschichten. Ich schlage mich auf keine Seite. Ich schlage nur vor, dass du Seans Idee nicht sofort als unmöglich abtust. Lege sie deinen Verbündeten vor, wenn du sie alle versammelt hast. Ich würde nicht in den Hallen von Tara über ein solches Thema sprechen. Aber hier in Sevenwaters ist es sicher. Sprich mit ihnen darüber, bevor ihr zur Versammlung des Hochkönigs aufbrecht. Dann kannst du ihre Stimmung einschätzen.«

Liam schwieg.

»Du solltest Conor fragen«, sagte meine Mutter. »Er wird morgen hier sein. Frag ihn, ob er es für klug hält, die Prophezeiung einfach zu vergessen.«

»Conor!« Liams Ton war kalt. »Wir können Conors Urteil nicht mehr trauen.«

»Das ist zu viel«, sagte Iubdan. »Wir hatten alle Anteil an dem, was mit Ciarán geschehen ist. Du kannst die Schuld nicht nur deinem Bruder geben.«

»Das ist mir nur allzu klar, Brite«, fauchte mein Onkel. »Dass es deiner Tochter an Selbstbeherrschung fehlte, war ebenfalls ein Faktor.«

Vater kam auf die Beine. Er war einen guten Kopf größer als Liam. Hinter ihm hob Sorcha die Hand, um ein zartes Gähnen zu verbergen.

»Es ist spät«, murmelte sie. »Zeit, ins Bett zu gehen. Liadan, es geht dir nicht gut. Komm, ich bringe dich ins

Bett. Roter, könntest du bitte eine Kerze mitbringen?« Sie stand auf und ging zu ihrem mürrischen Bruder. »Gute Nacht, Liam.« Sie stellte sich auf die Zehenspitzen und küsste ihn auf beide Wangen. »Die Göttin möge dir süße Träume und morgen Früh einen klaren Kopf schenken. Gute Nacht, Sean.« Alle drei Männer schwiegen, und der Zorn wich aus ihrem Blick. Dana allein mochte wissen, wie sie zurechtkommen würden, wenn meine Mutter einmal nicht mehr war.

In der Morgendämmerung des nächsten Tages standen wir unter einer großen Eiche tief im Wald, bereit für das Ritual zu Meán Fómhair. Conor war da, und mehrere andere seiner Art, aber diesmal sah man nicht die reglose, aufrechte Gestalt eines gewissen rothaarigen Schülers. In den Händen hielten wir die Ergebnisse dieser guten Ernte, ein vollendetes Beispiel von jedem. Einen goldenen Kürbis, einen schönen, vielblättrigen Kohlkopf. Eine Hand voll seidigen Korns, ein kleines Fläschchen Met. Apfelwein, Honig, frische Kräuter. Ich hatte eine Eichel in der Hand, sicher in ihrer schimmernden Schutzschale, fest in ihrem kleinen Becher. Wir standen rings um den uralten Baum und schauderten in der Morgenkälte. Liam, feierlich und bleich, und neben ihm Sean, eine jüngere Version desselben Mannes. Mein Vater, der keinem Glauben anhing, stand sehr still neben dem riesigen Eichenstamm, den Arm um Mutter gelegt. Wir waren nicht im Stande gewesen, sie zu überreden, im Haus zu bleiben und sich auszuruhen. Küchenfrauen und Krieger standen still nebeneinander, Pferdeknecht und Waldarbeiter Seite an Seite, die Menschen unseres Haushalts, der Bauernhöfe und Siedlungen. Gut, dass Fionn und die Seinen noch nicht eingetroffen waren. Er wusste selbstverständlich, dass unsere Familie den alten Wegen folgte, aber es war klug, ihm nicht vor Augen zu führen, wie wichtig dies in unserem Leben war, weil es schlecht zum christlichen Glauben seines eigenen Haushalts passte. Wenn wir wollten, dass er sich mit uns verbündete, durften wir keinen falschen Schritt unternehmen.

Conor sprach die Worte, und im ersten kalten Dämmerungslicht begannen wir, unsere Gaben zwischen die knorrigen, knotigen Wurzeln dieses ältesten Waldbewohners zu legen, berührten die raue Rinde, nickten hier ehrfürchtig, flüsterten dort einen Gruß. Diesmal gab es keine Zauberei, keine Flammen, die plötzlich auftauchten. Mein Onkel sprach schlichte Worte, tief aus dem Herzen.

»Unsere Dankbarkeit ist zu groß, um sie in Worte zu fassen. Wir verleihen ihr hier unter den Eichen so viel Stimme, wie wir können. Wir danken der Sonne, die das Leben aus der Erde geholt hat. Wir danken den Wächtern des Waldes, die während der gesamten Fruchtbarkeitszeit über alles Gute wachen; die alle Dinge behüten, von der Geburt bis zum Tod und darüber hinaus. In euch liegt die Weisheit von Zeitaltern; wir ehren eure Anwesenheit und bieten euch die besten Früchte dieser üppigen Jahreszeit. Denn auch wir sind nur Bewohner des Waldes, auch wir sind Danas Kinder, obwohl wir sterblich sind, und wir folgen den Wegen, die ihr für uns eröffnet, von unserem ersten Atemzug bis zum letzten und darüber hinaus.« Conor schien müde, als müsste er sich ungeheuer anstrengen, um fortzufahren. Es lag eine Last auf seinen Gedanken, eine große Bürde. Ich spürte dies mit meinem eigenen Herzen, und dennoch hätte ich nicht sagen können, was es war. Seine Miene war gelassen wie immer, der Blick der grauen Augen ruhig im heller werdenden Licht.

»Wir ehren die kommende Dunkelheit nicht weniger. Alle

Dinge müssen schlafen. Alle Dinge müssen träumen und weise werden. Willkommen, Königin und Zauberin, die du für uns den Weg der Geheimnisse öffnest. Wir schätzen deine Einsicht. Deine Weisheit fürchten wir ebenso, wie wir sie uns wünschen. Du gibst Leben, du bringst den Tod. Wir heißen deine Wiederkehr willkommen. Wir sind bereit für die Zeit der Schatten.«

Wir blieben eine Weile stehen, die Köpfe gesenkt, während die Sonne aufging und die graue Welt der Morgendämmerung sich langsam zu Braun und Grün und Gold wärmte. Iubdan hielt meine Mutter immer noch schützend im Arm und starrte ins Leere. Conor hatte die Wahrheit gesagt; der Tod war nicht aufzuhalten. Die Bewegung des Rades ist gnadenlos, alles verändert sich, alles bewegt sich weiter. Ein Brite konnte das vielleicht verstehen, wenn er lange genug unter Menschen unserer Art lebte. Aber er würde es niemals akzeptieren.

Nachdem das Ritual vorüber war, kehrten die Menschen über die Waldwege zurück, Gedanken an ein warmes Feuer und eine warme Schale Haferbrei zweifellos zuvorderst in ihren Köpfen. Nach einer Weile fand ich mich neben meinem Onkel Conor, und plötzlich schienen alle anderen verschwunden zu sein, und nur noch wir beide waren übrig, gingen gemeinsam durch die gewaltige Stille des Waldes.

»Ich bin froh, dass du einen warmen Umhang und gute Stiefel hast«, stellte mein Onkel fest. »Wir haben einen weiten Weg vor uns.«

Dazu bemerkte ich zunächst nichts. Es schien nicht notwendig. Aber nach einer Weile meinte ich: »Mein Vater wird sich vielleicht Sorgen machen.«

Ein Grinsen zuckte über Conors ruhige Züge.

»Iubdan weiß, dass du bei mir bist. Es könnte allerdings

sein, dass er das nicht sonderlich tröstlich findet – sie trauen mir nicht mehr, wie sie es einmal getan haben. Und du scheinst die Fähigkeit zu haben ... Schwierigkeiten anzuziehen.«

Unsere Schritte auf dem Teppich feuchter Blätter waren leise.

»Was, wenn Niamh heute nach Hause kommt?«, fragte ich ihn. »Dann würde ich sie verpassen. Ich muss zu Hause sein, wenn meine Schwester kommt.«

Er nickte ernst. »Das verstehe ich, Liadan. Ich verstehe es besser, als du denkst. Aber für dich ist dies hier wichtiger. Wir werden vor Einbruch der Dunkelheit wieder zurück sein.«

Ich zog die Brauen hoch, erwiderte aber nichts.

Nach einer Weile sagte mein Onkel: »Du bist inzwischen sehr geübt, wie? Selbst ich kann deine Barriere nicht durchbrechen. Wo hast du es gelernt, solch eiserne Mauern um deinen Geist zu errichten? Und warum? Was verbirgst du dort? Ich habe solche Beherrschung nur einmal zuvor erlebt, als Finbar sich vor langer Zeit gegen deine Mutter sperrte. Das hat ihr damals sehr wehgetan.«

»Ich tue, was ich tun muss.«

Er warf mir einen Blick zu. »Hm«, war alles, was er sagte. Und dann gingen wir schweigend weiter, mit raschem Schritt, während der Tag heller und der Wald um uns herum lebendig wurde. Wir gingen die Eichenstraßen entlang, während goldene Blätter in einer auffrischenden Brise um uns herumwirbelten und Eichhörnchen sich geschäftig auf die dunkle Jahreszeit vorbereiteten. Wir kamen am grauen Wasser des Sees vorbei und gingen den siebten Bach entlang, der von den Regenfällen des Herbstes zu einem Miniaturfluss angeschwollen war. Es war ein steiler Weg über große Steinblöcke, deren Oberflächen seltsam gemustert waren, als hätte ein fremder Finger sie mit einer geheimen Sprache versehen, die nur noch jene verstanden, die längst von uns gegangen waren. Oben auf der Erhöhung ruhten wir und aßen eine frugale Mahlzeit aus trockenem Brot und schrumpeligem Obst. Wir tranken aus dem Bach, und das Wasser war so kalt, dass mir der Kopf schmerzte. Es war ein seltsamer Morgen, aber auf seine Art angenehm.

»Du fragst mich nicht, wo wir hingehen«, sagte Conor, als wir uns wieder auf den Weg machten, einen Abhang zwischen dichtem Ebereschengebüsch entlang, das mit roten Beeren beladen war.

»Nein«, antwortete ich freundlich.

Wieder grinste er, und einen Augenblick lang konnte ich den Jungen erkennen, der er einmal gewesen sein musste, der mit seinen fünf Brüdern und der kleinen Schwester wild im Wald herumrannte. Aber dann senkte sich die gelassene Maske des Erzdruiden sofort wieder über seine Züge.

»Ich sagte, dass dies für dich wichtig wäre. Ich hatte gehofft, es dir ein wenig direkter erklären zu können, von Geist zu Geist. Aber ich sehe, dass du dort niemanden zulässt. Du bewachst ein großes Geheimnis. Also muss ich Worte benutzen. Es gibt eine Quelle und einen Teich hier, die so gut verborgen sind, dass wenige von ihrer Existenz wissen. Dort bringe ich dich hin. Du musst die Gaben verstehen lernen, die du besitzt, und wissen, was du damit tun kannst, oder du wirst blind gegenüber einer Macht sein, die du kaum kennst. Ich werde es dir zeigen.«

»Du unterschätzt mich«, sagte ich kühl. »Ich bin kein Kind. Ich kenne die Gefahren von Macht, die unklug und gedankenlos eingesetzt wird.« Mutige Worte, denn ich begriff nur vage, wovon er sprach.

»Mag sein«, sagte er. Wir bogen zwischen hängenden Weidenzweigen scharf nach links ab, und plötzlich lag ein kleiner, stiller Teich zwischen moosigen Steinen vor uns, wo frisches Wasser aus dem Boden sprudelte – für sich genommen unbedeutend, ein Ort, den man zweifellos verfehlen würde, wenn man von seiner Existenz nichts wusste. »Dieser Ort enthüllt sich nicht jedem Reisenden«, sagte Conor, vollführte ein Zeichen in der Luft vor sich und blieb zwei Schritte vom Rand des Wassers entfernt stehen.

»Was jetzt?«, fragte ich ihn.

»Setz dich auf die Steine. Sieh ins Wasser. Ich werde nicht weit weg sein. An diesem Ort sind Geheimnisse sicher, Liadan. Diese Steine umfassen tausend Jahre von Geheimnissen.«

Ich setzte mich hin und konzentrierte mich auf die glatte Wasseroberfläche. An diesem Ort herrschte eine Atmosphäre der Zuflucht, ein Gefühl von Schutz. Es war, als hätte sich hier lange Zeit nichts verändert. Worte drangen lautlos zu mir. *Dieser Stein ist deine Mutter. Sie hält dich in ihrer Handfläche.* Mein Onkel hatte sich unter die Weiden zurückgezogen und war nicht mehr zu sehen. Ich versuchte, Gedanken und Bilder aus meinem Geist zu verbannen, aber zumindest eines ließ sich nicht löschen, und ich weigerte mich, den Schild zu senken, den ich dort errichtet hatte. Sollte jemand den Bemalten Mann finden, dann würde es nicht daran liegen, dass ich verraten hatte, was ich wusste. Ich durfte niemandem trauen, nicht einmal einem Erzdruiden.

Das Wasser bewegte sich ein wenig. Aber hier, in dieser kleinen Schlucht, dicht umgeben von Baum und Felsen, gab es keinen Windhauch. Das Wasser bewegte sich. Ein kurzer weißer Blitz erschien in der Tiefe und war wieder verschwunden. Ich zwang mich, nicht aufzublicken. Die Luft war still und schwer, als stünde ein Gewitter bevor, und dennoch hatte der Tag die Kälte des Herbstes. Das Wasser rührte sich und blubberte und war wieder still. Jemand stand auf der anderen Seite des kleinen Teichs, und das war nicht mein Onkel Conor.

Du bist deiner Mutter sehr ähnlich. Wer immer es sein mochte, er hatte die Mauer um meinen Geist rasch durchdrungen, sehr viel kundiger als Conor. Ich hatte keine Hoffnung, mich einer solchen Kraft widersetzen zu können. *Ähnlich, aber nicht vollkommen ähnlich.* Ich saß da, unfähig, aufzublicken. *Du brauchst nicht hinzusehen; du weißt, wer ich bin.* Das Wasser wurde trüb, dann reflektierte es. Und sein Abbild war dort. Es hätte Conor sein können, es hätte beinahe Conor sein können. Die Kleidung war selbstverständlich anders. Statt des schneeweißen Gewandes trug dieser Mann formlose Kleidung in einer undefinierbaren Farbe zwischen Grau und Braun. Seine Füße auf den Steinen waren nackt. Conors Haar war zu den ordentlichen Zöpfen der Druiden geflochten. Die schwarzen Locken dieses Mannes hingen ihm wirr auf die Schultern. Conors Augen waren grau, ruhig und still. Der Blick dieses Mannes war unergründlich tief, und seine Augen schienen so farblos wie das Wasser, in dem ich sie widergespiegelt sah. Ich konnte mich nicht zwingen aufzublicken.

Du weißt, wer ich bin. Er bewegte sich ein wenig, und wieder blitzte dieses Weiß auf. Er trug einen weiten Umhang aus grob gewebter dunkler Wolle; ein abgetragenes Kleidungsstück, das unregelmäßig herabhing und an einer Schulter befestigt war. Er bewegte sich wieder, und ich sah die Wahrheit. Meine Augen hatten mich nicht getrogen. An der Stelle seines linken Arms hatte dieser Mann den Flügel eines großen Vogels, mächtig und weiß. Er zog den Umhang wieder darüber.

Onkel. Wenn es möglich war, dass eine Gedankenstimme zittert, dann war das jetzt der Fall.

Sorchas Tochter. Du bist ihr so ähnlich. Wie heißt du?

Liadan. Aber –

Blick jetzt auf, Liadan.

Ich hatte halb erwartet, dass niemand zu sehen wäre. Er stand so still, dass man ihn tatsächlich kaum entdecken konnte, als wäre er Teil der Steine selbst, der Moose und Farne, die dort wuchsen. Ein Mann, der weder jung noch alt war, seine Züge ein Abbild meiner Mutter, aber statt ihrer scheuen grünen Augen waren seine klar und blickten weit und hatten die Farbe von Licht, das durch stilles Wasser fiel. Das Spiegelbild hatte die Wahrheit gesprochen. Ein Mann von mittlerer Größe, schlank, mit gerader Haltung. Ein Mann, der für immer das Zeichen dessen trug, was mit ihnen geschehen war, den sechs Brüdern und ihrer kleinen Schwester.

Was bist du? Bist du ein Druide?

Es ist mein Bruder, der Druide ist.

Was bist du dann? Einer von den Filidh?

Ich bin der Schlag eines Schwanenflügels auf dem Atem des Windes. Ich bin das Geheimnis im Herzen der Stehenden Steine. Ich bin die Insel im wilden Meer. Ich bin das Feuer im Kopf des Sehers. Ich bin weder von dieser noch von jener Welt. Und dennoch bin ich ein Mensch. Ich habe Blut an meinen Händen. Ich habe geliebt und verloren. Ich spüre deinen Schmerz, und ich kenne deine Kraft.

Ich starrte ihn ehrfürchtig an. *Sie glaubten, du wärst tot. Alle. Sie haben gesagt, du hättest dich ertränkt.*

Einige wussten die Wahrheit. Ich kann weder in einer

noch in der anderen Welt leben. Ich wandle auf der Grenze. Das ist das Schicksal, das die Zauberin mir auferlegt hat.

Ich zögerte. *Meine Mutter – weißt du, dass sie sehr krank ist?*

Sie hat die Zeit ihrer Reise beinahe erreicht. Mein Onkel wirkte recht ruhig.

Möchtest du sie nicht sehen, bevor diese Zeit kommt? Könntest du das nicht tun?

Ich muss nicht da sein, damit sie mich sieht. Unter der ruhigen Haltung lag tiefe Trauer. Vieles war durch Lady Oonaghs bösen Zauber verloren gegangen.

Sie weiß es also? Sie weiß, wo du bist?

Zunächst wusste sie es nicht. Nun ist es anders. Sie wissen es alle, meine Schwester, meine Brüder, jene – die geblieben sind. Es ist besser, dass andere es nicht wissen. Conors Schüler besuchen mich von Zeit zu Zeit.

Es muss … es muss sehr schwer für dich sein. Wie schwer, konnte ich mir kaum vorstellen.

Lass es mich dir zeigen. Beruhige deinen Geist, Liadan. Still und ruhig. Atme tief. Genau so. Warte ein wenig. Jetzt spüre, was ich tue. Spüre meine Gedanken, die sich um deine falten. Die dich sicher umhüllen. Spüre meinen Geist, der mit deinem eins wird. Lass, was ich bin, für eine Weile Teil von dir sein. Sieh, wie ich sehe.

Ich tat, was er mir sagte, und ich tat es ohne Angst, denn irgendwie verstand ich, dass an diesem Ort keine Gefahr drohte. Ich atmete denselben Atem; ich spürte seinen Geist, der so unmerklich und geheimnisvoll wie ein Schatten in meinen glitt und mich festhielt. Aber nicht als Gefangene, denn unter dem Schutz seiner Gedanken war ich immer noch ich selbst, und gleichzeitig war ich der junge Finbar, der in der Kälte einer nebligen Morgendämmerung am See stand und dem Bösen ins Gesicht sah, und ich spürte, wie ich mich veränderte, weiter veränderte, so dass mein Geist nur das wusste, was ein wildes Tier begreift: Kälte, Hunger, Gefahr. Essen, Schlafen. Die Eier im Nest, die Gefährtin mit ihrem anmutig gebogenen Hals und den schimmernden Federn. Geburt. Tod. Verlust. Die Kälte, das Wasser, der Schrecken der Veränderung. *So war es für uns. So ist es für mich.* Dann ließ er mich sanft gehen, und ich war schaudernd den Tränen nahe.

»Ich verstehe das nicht«, flüsterte ich. »Ich verstehe nicht, warum ich hergebracht wurde. Warum hast du dich auf diese Weise enthüllt? Ich bin kein Druide.«

Vielleicht nicht. Aber du hast Gaben. Mächtige und gefährliche Gaben, die meinen ganz ähnlich sind.

Der Blick. Die heilende Kraft des Geistes, der du dich noch kaum bedient hast. Ich sehe dich in Gefahr; ich sehe dich als ein Glied in der Kette, eines, von dem viel abhängt. Du musst lernen, deine Gaben zu zügeln, oder sie werden nicht mehr als eine Last sein.

»Sie zügeln? Meine Visionen kommen ungebeten. Ich weiß nicht, ob sie wahr oder falsch sind, Vergangenheit oder Zukunft.«

Diesmal antwortete er laut. Seine Stimme war heiser und zögernd, als hätte er sie lange nicht benutzt. »Sie können ein Rätsel sein. Sie können in die Irre führen. Manchmal sind sie auch erschreckend klar. Hier an diesem schützenden Ort ist es leichter, sie zu beherrschen. Außerhalb dieses Hains dringen die Schatten dichter auf uns ein. Lass es mich dir zeigen. Was ist es, das du so tief in deinem Herzen trägst? Was ist es, was du dringender als alles sehen möchtest? Schau ins Wasser! Beruhige deinen Geist.«

Unwillkürlich sah ich mich um, schaute nach, ob Conor

uns immer noch beobachtete. Keine Spur von ihm war zu sehen. Dann zwang ich mich zu vollkommener Ruhe. Ich atmete langsam und tief, spürte, wie sich Zeit und Ort um mich her veränderten. Licht flackerte auf, Farben im Wasser und ein Bild wurde stetig klarer. Dann veränderte es sich wieder. Es war dunkel. Dunkel, bis auf eine kleine Laterne, die im Schutz seltsamer Bäume brannte. Es waren zwei Männer dort, einer schlief in eine Decke gewickelt, das geflochtene Haar fiel ihm ins ebenholzschwarze Gesicht. Vielleicht hatte er versucht, wach zu bleiben und in dieser finsteren Zeit für seinen Freund da zu sein, aber die Müdigkeit des Kampfes hatte ihn schließlich überwältigt. Der andere Mann saß im Schneidersitz da, ein langes Messer in einer Hand, einen Stein in der anderen, und er schärfte das Messer mit entschlossenen, gleichmäßigen Strichen, eins, zwei, drei. Er hatte den Blick auf die stetige Bewegung der Waffe gerichtet, sah sie aber nicht. Manchmal schaute er auf, als hoffte er, erstes Licht am Himmel zu sehen, und begann dann resigniert wieder mit seiner Tätigkeit. Die Klinge dieses Messers wäre direkt in einen Feind eingedrungen, ob er nun eine Rüstung trug oder nicht.

Unwillkürlich streckte ich die Hand aus und gab ein leises Geräusch von mir, und in diesem Augenblick blickte der Mann im Wasser wieder auf und sah mich direkt an. Es traf mich bis ins Herz. Verbitterung, Ablehnung, Sehnsucht; ich hätte nicht sagen können, was in diesem Blick am deutlichsten war. Er riss erschrocken die Augen auf und legte langsam, sehr langsam, das Messer hin. Er hob die Hand, streckte die mit Mustern überzogenen Finger nach mir aus, und ich streckte meine eigene Hand nur ein wenig weiter aus, nur ein wenig weiter...

Berühre die Wasseroberfläche nicht.

Aber genau das hatte ich getan, und nun entstanden Wellen, und Brans Abbild war verschwunden. Ich merkte erst jetzt, dass ich den Atem angehalten hatte, und setzte mich mit Tränen in den Augen wieder hin.

»Du musst lernen, während du hier bist, Liadan. Du musst schnell lernen und deine Fähigkeiten üben. Schon bald wirst du zumindest für eine Weile nicht im Stande sein, hier hinaufzusteigen.«

Ich schnappte erschrocken nach Luft und vergaß beinahe, den Blick gesenkt zu halten. Gab es denn keine Geheimnisse mehr?

»Geheimnisse sind hier sicher.«

»Ich nehme an, du hast es gesehen. Hast gesehen, was mir gezeigt wurde.«

»Oh ja. Und er hat dich ebenfalls gesehen, daran besteht kein Zweifel. Aber es ist ihm nicht neu. Er hat dein Bild bei jedem Kampf vor Augen, in jeder Schlacht, bei jedem Messerstich, in jeder langen, finsteren Nacht. Du hast ihn mit deinem Mut und mit deinen Geschichten an dich gebunden. Du hältst ihn auch jetzt. Du hast ein wildes Geschöpf gefangen, als du keinen Ort hattest, es zu halten. Er kann dir nicht entkommen, so sehr er sich auch wünschen mag, dass es anders sein möge.«

»Du hast Unrecht. Er hat gesagt, dass er mich nicht will. Er hat mich weggeschickt. Ich versuche nur, ein wenig Sicherheit für ihn zu erreichen, ihm seinen Weg einfacher zu machen. Es gibt niemanden sonst, der das tun würde.« Seine Worte waren mir unangenehm. Sie klangen beinahe so, als wäre ich eine Verführerin, die einen Mann gegen seinen Willen besitzt.

»Du sprichst nicht mehr oder weniger als die Wahrheit. Du bist verantwortlich. Du hast seinen Weg verändert. Jetzt schließt du ihn aus. Willst du ihm sein Kind verweigern?« Finbar sah sehr ernst aus, aber in seinem Ton lag kein Urteil. Dennoch, ich wurde zornig bei diesen Worten.

»Was soll ich tun? Ich weiß nicht einmal, wer er ist. Und außerdem verachtet er mich. Er wird niemals nach Sevenwaters kommen. Er gibt uns die Schuld ... er gibt meinem Vater und meiner Mutter die Schuld an dem, was aus ihm geworden ist. Schlägst du vor, dass ich ihn suchen soll?«

»Ich schlage gar nichts vor. Ich zeige dir nur, was gesehen werden muss.«

»Ich ... ich bin dem Feenvolk begegnet, der Herrin des Waldes und einem Mann mit Haaren wie Flammen. Sie sagten ... sie haben mir befohlen, diesen Mann aufzugeben. Sie wollten, dass ich verspreche, im Wald zu bleiben und nicht zu heiraten, aber ich habe ihnen kein Versprechen gegeben.«

»Ah.«

»Ich weiß nicht, was ich denken soll. Es gab auch andere Stimmen an diesem Ort. Ältere Stimmen, und sie haben mir gesagt ... es kam mir so vor, als sagten sie mir, dass meine Wahl richtig wäre. Jetzt weiß ich nicht mehr, was ich tun soll.«

»Weine nicht, Kind.«

»Ich, ich weine ...« Meine Gefühle drohten, mich zu überwältigen. Ich hatte mich so danach gesehnt, Bran zu sehen, aber das hatte nur eine schmerzliche Trauer in mir geweckt, und die Sehnsucht nach etwas, das nicht sein konnte.

»Ich hatte einmal, vor langer Zeit, die Gelegenheit, den Lauf der Dinge zu ändern«, sagte Finbar. »Ich hatte die Gelegenheit, das Leben und die Freiheit eines Menschen zu retten. Es bestand große Gefahr, aber ich habe es getan, und ich bin froh, dass ich es getan habe, obwohl man nicht sagen kann, ob meine Wahl richtig oder falsch war. Vielleicht war das, was später geschah, die Strafe dafür, dass ich geglaubt habe, es könnte einen Unterschied machen. Denn wie du siehst, kann ich keinen Anteil an der Welt nehmen. Ich befinde mich außerhalb von ihr und gehöre weder hierhin noch dorthin. Ich bin nur ein Kanal.« Hinter seiner stillen Resignation, seinem ruhigen Akzeptieren der Dinge, spürte ich tiefen Kummer. »Ich weiß, was ich mir wünschen würde, das du tust. Aber ich werde dir keinen Rat geben. Im Augenblick sehe ich, dass du für so eine kleine Person eine schwere Last trägst. Lass sie mir dich eine Weile erleichtern. Lass mich dir Dinge zeigen, denn du wirst diese Fähigkeiten mit der Zeit selbst brauchen können. Sitz still. Lass alles los, was dich beunruhigt.«

Langsam schlichen sich Bilder in meine Gedanken: Vollmond, der sich über den See hob, ein breiter Weg aus Silber, der sich über das Wasser ausbreitete. Eine Lerche stieg in den Morgenhimmel auf, ihr Lied eine reine Freudenhymne. Das Gefühl, in starken, warmen, tröstlichen Armen zu liegen. Ich selbst und Sean ritten ans Seeufer, mit klopfenden Herzen, das Haar flatterte im Wind, als wir lachten und vor lauter Freude am Leben und jung und frei zu sein, laut jubelten. Ein Hügel, bepflanzt mit jungen Eichen, schräges Sonnenlicht auf ihren neuen Blättern verwandelte sie in Gold. Das gurrende Lachen eines kleinen Kindes. Mehr Bilder, alle von ihnen schön, alle mit einer besonderen Bedeutung, die mich an die guten Dinge in meinem Leben erinnerten, an die Dinge, die bewirkten, dass ich froh war, ein Teil von Sevenwaters und der Familie zu sein, die dort hingehörte. Ich war voller Hoffnung, voller Wohlbefinden. Die Vision wurde für einen Augenblick dunkler, und ich schaute in ein paar graue Augen, die so fest waren wie ein

Fels, vertrauenswürdige Augen. Ich hörte eine Stimme, und es war nicht Finbars Stimme, die sagte: *Du musst nicht alles allein machen.* Dann vergingen die Bilder so unmerklich, wie sie gekommen waren, und mein Geist fand zurück zu sich selbst. Ich öffnete die Augen und sah vor mir das ruhige Wasser des Teichs und die Gestalt meines Onkels, der über die spiegelnde Oberfläche ruhig zu mir hinschaute.

Ich hatte noch so viele Fragen, ich wusste nicht, wo ich anfangen sollte.

»Du wirst lernen, dies zu tun, wie ich es tue. Es braucht Willensanstrengung. Du musst daran arbeiten, stärker zu sein als der andere, du musst stark genug sein, seine Gedanken mit deinen eigenen zu beugen.«

»Du glaubst, dass ich so etwas tun muss? Wann?«

»Ich weiß, dass es geschehen wird. Ich kann dir nicht sagen, wann. Du wirst es erkennen. Und jetzt, Liadan, was ist mit dem Kind?«

Plötzlich war ich von Angst erfüllt. »Es ist mein Kind«, sagte ich leidenschaftlich. »Ich werde die Entscheidung über seine Zukunft fällen. Es steht weder dem Feenvolk noch den Menschen zu, seinen Weg zu wählen.«

»Du sagst es. Es ist dein Kind. Und du willst auch den Mann, das habe ich in deinen Augen gesehen, als du nach seinem Bild gegriffen hast. Aber dieser Mann kann nicht gezähmt werden, Liadan. Du wirst ihn nicht in Sevenwaters behalten können. Und das Kind muss um unser aller willen dort bleiben. Das Kind könnte der Schlüssel sein. Das hat dir das Feenvolk zweifellos auch mitgeteilt. Hast du vielleicht einmal daran gedacht, dass du nicht beides haben kannst?«

»Das muss doch sicher nicht so sein«, sagte ich, denn mir gefiel überhaupt nicht, wohin diese Worte zielten.

»Dein Mann trägt das Zeichen des Raben.«

»Er ist ein Brite. Das glaube ich zumindest. Ich würde schwören, dass er keinen Tropfen irisches Blut in seinen Adern hat. Er kann nicht der sein, von dem die Prophezeiung spricht. Das ist alles nur ein Zufall.«

»Du hast sofort eine Antwort bereit.« Finbars Miene war ernst. »Es wird klar, dass du schon darüber nachgedacht hast – aber du hast Recht. Sein Gesicht hat das Rabenmuster, wild genug, um alle außer dem Entschlossensten abzuwehren. Und dennoch entspricht er nicht den Worten der Prophezeiung. Weder aus Britannien noch aus Erin, aber zur gleichen Zeit aus beiden. Dieser Mann entspricht der Prophezeiung nicht, aber sein Sohn wird es tun.«

Ich machte eine abwehrende Geste.

»Still, Liadan. Ich sage dir das nur, um dich zu warnen. Der Sohn trägt das Zeichen seines Vaters in seinem Blut und in seiner Haltung. Dem wirst du nicht entgehen. Dein Sohn wird der Sohn des Raben sein. Er wird die Linie sowohl von Vater als auch von Mutter weiterführen. Ein Brite und eine Frau aus Erin, die selbst Kind beider Völker ist. Es passt. Die Zeit ist gekommen. Sobald man erfährt, wer seine Eltern sind, werden das alle sagen.«

Mir war kalt bis in die Knochen.

»Willst du mir damit sagen, es wäre besser, dass niemand erfährt, wessen Kind er ist?«

»Das habe ich nicht gesagt. Es ist schrecklich, wenn ein Sohn seinen Vater nicht kennt. Wenn ein Vater seinem Sohn nie begegnet. Frage dich selbst, warum du bestimmte Geschichten erzählt hast, als du unter den Fianna weiltest. Ich versuche nicht, dich zu beeinflussen; ich weiß, dass ich das nicht tun darf. Du wirst deine eigene Wahl treffen, ebenso wie dieser Mann mit der Rabenmaske, der noch nicht weiß, dass er Vater wird, seine eigene Wahl treffen wird. Vielleicht wirst du weiterhin das Muster brechen. Aber es wäre weise, Schritte zu unternehmen, um das Kind zu schützen. Kräfte regen sich, die wir für verschwunden hielten. Es gibt einige, die nicht wollen, dass dieses Kind zum Mann heranwächst. Hier im Wald wird er sicher sein.«

»Woher weißt du so viel?«

»Ich *weiß* überhaupt nichts. Ich sage dir nur, was ich gesehen habe.«

Ich runzelte die Stirn. »Alle – du, Mutter, Conor, selbst die Herrin des Waldes – sprechen immer wieder über das alte Böse. Etwas, was zurückkehrt und bekämpft werden muss. Was ist das? Warum erklärt es mir niemand?«

Er sah mich mit so etwas wie Mitleid an. »Sie haben es dir noch nicht gesagt?«

»Was? Was gesagt?«

»Es steht mir nicht zu, es dir zu enthüllen. Conor hat uns zum Schweigen verpflichtet. Vielleicht wirst du es mit der Zeit wissen. Inzwischen zünde weiterhin deine Kerze an, Kind. Dein Mann ist weit weg. Er ist umgeben von Schatten.«

»Ich bin stark«, sagte ich. »Stark genug, um ihn und mein Kind zu halten. Ich werde beide behalten. Ich werde sie nicht aufgeben.« Meine eigenen Worte überraschten mich; sie schienen unvernünftig zu sein, aber irgendwie wusste ich, dass sie der Wahrheit entsprachen.

Mein Onkel schwieg einen Augenblick, dann lachte er unerwarteterweise.

»Wie hätte ich je an dir zweifeln können?«, sagte Finbar mit einem Grinsen, das dem seines Bruders sehr ähnlich war und in dem umschatteten Gesicht vollkommen unglaubwürdig schien. »Du bist die Tochter deiner Mutter.«

Dann stand plötzlich und vollkommen lautlos Conor wieder neben mir und legte mir eine tröstende Hand auf die Schulter.

»Wir sollten gehen«, sagte er, und ich wusste nicht, ob er etwas davon gehört hatte, was zwischen mir und seinem Bruder vorgegangen war. »Dein Vater macht sich zweifellos schreckliche Sorgen.« Die Teichoberfläche vor uns war glatt wie Glas.

Geh jetzt nach Hause, Liadan. Ich werde hier sein, wenn du mich brauchst. Übe deine Fähigkeiten.

Ich nickte, wir drehten uns um und begaben uns unter den überhängenden Bäumen hindurch auf den langen Heimweg. Als wir schon beinahe den See erreicht hatten, fragte ich Conor: »Onkel? Weißt du, was aus dem jungen Druiden, aus Ciarán, geworden ist? Ist er zu den Nemetons zurückgekehrt?«

Er schwieg lange, und dann sagte er leise »Nein, Liadan. Er ist nicht zurückgekehrt.«

»Wohin ist er gegangen?«

Conor seufzte. »Auf eine lange Reise. Er hat einen sehr gefährlichen Pfad gewählt, um seine Vergangenheit zu finden. Er hat geschworen, nie zur Bruderschaft zurückzukehren. Es ist ein großer Verlust. Größer, als er weiß.«

»Onkel ... hat es etwas mit diesem Bösen zu tun, von dem meine Mutter spricht, mit dem Schatten der Vergangenheit, der zurückgekehrt ist?«

Conor kniff die Lippen fest zusammen. Er antwortete nicht.

»Warum sagst du es mir nicht?«, fragte ich ihn gereizt und ein wenig verängstigt. »Warum sagt es mir niemand?«

»Es kann nicht ausgesprochen werden«, erklärte Conor ernst, und dann schwiegen wir wieder.

Es war dunkel, ehe wir den Rand des Waldes erreichten und über die Felder zum Haus gingen, wo Laternen vor der Haupttür hingen und Menschen geschäftig auf dem Hof unterwegs waren.

»Du bist müde«, stellte Conor fest, als wir den Kiesweg erreicht hatten. »Sogar ich bin ein wenig erschöpft. Aber wir werden heute Abend nicht früh ins Bett kommen. Ich würde sagen, es sieht so aus, als würden der Uí Néill und deine Schwester noch heute erwartet. Wirst du damit zurechtkommen?«

»Ich komme mit allem zurecht.«

»Das ist nicht unbemerkt geblieben.«

Wir betraten die große Halle. Conor hatte Recht gehabt, man erwartete meine Schwester noch vor dem Abendessen, und während unserer Abwesenheit waren andere Gäste eingetroffen, und das Haus war voller Licht und Gerede und Gerüche nach gutem Essen. Dort war Seamus Rotbart, der seinen großen Bauch vor dem Feuer wärmte, und seine junge Frau kicherte schüchtern, als er ihr etwas ins Ohr flüsterte. Sean und Aisling, Hand in Hand, strahlend vor Glück, wieder zusammen zu sein. Mein Vater, der Conor stirnrunzelnd ansah. Und Eamonn. Der bleiche Eamonn, der aufstand, als wir hereinkamen, und den Blick auf mich richtete, als hätte er genau auf diesen Augenblick gewartet. Ich floh nach oben, um mich umzuziehen. Nie hatte ich mich so danach gesehnt, mich unter der Decke zusammenzurollen und einfach einzuschlafen. In meinem Zimmer brannte ein Feuer, als hätte Janis gewusst, wann ich nach Hause kommen würde, und ein grünes Kleid lag auf dem Bett bereit. Ich zog meine alten Sachen aus und das neue Kleid an. Mein Bauch war nur ein klein wenig runder geworden. Man würde es noch nicht bemerken, wenn man nicht danach Ausschau hielt. Aber bald würden es alle wissen. Ich hakte das Kleid zu und spritzte mir Wasser aus der Schale, die bereitstand, ins Gesicht. Ich bückte mich zum Feuer und steckte einen Span in die Flammen, bis er brannte. Die Kerze war schon tief heruntergebrannt. Bald würde ich eine neue herstellen müssen. Ich entzündete den Docht, und der Geruch nach Kräutern erhob sich in die Abendluft. Die Kräuter der Liebe, Kräuter der Heilung. *Halte aus, wo immer du sein magst. Halte aus.*

Drunten gab es keine Möglichkeit, Eamonn aus dem Weg zu gehen. Bevor ich mich in ein Gespräch mit Aisling oder mit Seamus' junger Frau stürzen konnte, war er neben mir und nahm meinen Arm, um mich zu einer Bank zu führen, und brachte mir einen Becher Wein.

»Bitte nur Wasser.«

»Du bist sehr bleich«, sagte Eamonn und holte einen anderen Kelch. Er setzte sich neben mich, und seine Finger berührten meine, als er mir den Becher in die Hand gab. »Du passt nicht gut genug auf dich auf, Liadan. Was ist los? Warum wolltest du mich nicht sehen?«

Ich holte tief Luft und atmete wieder aus, ohne ein Wort zu sagen.

»Liadan? Was ist los?« Seine Stimme war sanft, und in den braunen Augen stand Sorge.

»Es tut mir Leid, Eamonn. Es ist besser, wenn wir nicht darüber sprechen. Ich bin sehr müde. Ich war sehr lange unterwegs.«

Er runzelte die Stirn. »Jemand sollte sich um dich kümmern.«

Dazu konnte ich nichts sagen. In all dem Lachen und der Geschäftigkeit waren wir eine Insel des Schweigens.

»Ich werde das einfach nicht akzeptieren«, sagte er plötzlich. »So geht es nicht.«

»Was?« Brighid, hilf, ich war so müde. Die Berührung seiner Hand erweckte Erinnerungen an etwas, das lieber weiterschlafen sollte.

»M-mich ausschließen.« Eamonn verzog unwillig das Gesicht, zornig auf sich selbst. Er hatte das Stottern seiner Kinderjahre lange beherrschen können. »Du schuldest mir etwas Besseres, Liadan. Ich muss mit dir allein sprechen, bevor ich gehe.«

Ich holte tief Luft. Plötzlich hatte ich Tränen in den Augen. Wie konnte ich es ihm sagen? Wie konnte ich das tun? Ich sprach, ohne nachzudenken.

»Ich bin wirklich müde. Ich bin so müde.«

Seine Haltung änderte sich. Er sah sich rasch um und überzeugte sich davon, dass niemand hinschaute, dann bewegte er die Hand unauffällig und streifte kurz meine Wange mit seinen Fingern, fischte die einzelne Träne weg, die sich dort fand.

»Oh Liadan.«

Die Intensität seines Blicks machte mir Angst. Es kam mir so vor, als gäbe es nur eine dünne Grenze zwischen Liebe und Hass, zwischen Leidenschaft und Wut. Das Geräusch von Hufschlag vor der Tür rettete mich vor einer Antwort, aber als wir aufstanden, um nach draußen zu gehen, hatte Eamonn mir die Hand leicht auf den Rücken gelegt und schirmte mich vor der Menge ab. Bald würde ich es ihm sagen müssen. Bald würde ich die Worte finden müssen.

Lauter Hufschlag. Fackeln qualmten und flackerten im Dunkeln. Am Himmel waren nur Wolken, aber keine Sterne zu sehen. Sie ritten in Zweierreihen in den Hof, und der stolzen Haltung und den geraden Rücken der Männer des

Uí Néill war keine Müdigkeit anzusehen. Einer trug seine Flagge, weiß mit einem roten Zeichen, einer Schlange, die sich wand, um ihren eigenen Schwanz zu verschlingen. Dann Fionn selbst, breitschultrig und mit dünnen, angespannten Lippen, und neben ihm meine Schwester. Ich hatte mich so danach gesehnt, Niamh zu sehen, die mich während meiner Kindheit so geneckt und gequält hatte, Niamh, die einen Augenblick lang wütend war und mir im nächsten ihre tiefsten Geheimnisse anvertraute. Die lachende, goldene Niamh, die sich in einem Sonnenstrahl in ihrem weißen Kleid drehte ... *Sehnst du dich nicht auch nach etwas, das dein Leben flackern und brennen lässt, so dass die ganze Welt es sehen kann? Sehnst du dich nicht danach, Liadan?* Sie hatte mir schrecklich gefehlt, und ich konnte nicht erwarten, mit ihr zu sprechen, ob sie nun eine lange Reise hinter sich hatte oder nicht. Also lief ich die Treppe hinunter, stellte mich neben Liam, der seine Gäste begrüßen wollte, und das Pferd meiner Schwester blieb direkt vor mir stehen. Ich blickte zu ihr auf, und ich wusste es sofort: Was immer sonst ich sagen würde, mein Geheimnis konnte ich ihr niemals verraten. Denn ich stand dort in meinem grünen Gewand und glühte von dem neuen Leben, das man mir gewährt hatte, und sie warf einen Blick auf mich und wandte sich dann ab, ihre Miene erstarrt, ihre großen blauen Augen leer, ohne eine Spur ihrer alten Leidenschaft, der Hoffnungen und wilden Träume. Fionn bot ihr seine Hand, und sie stieg elegant aus dem Sattel. Ihr pelzgefütterter Umhang und die weichen Ziegenfellstiefel waren makellos. Ihr schimmerndes Haar war mit schneeweißem Leinen und mit einer Samtkapuze bedeckt. Sie war wie eine wunderschöne Muschelschale, aus der durch einen plötzlichen Sturm das lebendige Geschöpf herausgerissen worden war, sie war der liebreizende Überrest eines für immer dahingegangenen Geschöpfs. Ich trat einen Schritt vor und umarmte sie ganz fest, als wollte ich leugnen, was ich gesehen hatte, und sie zuckte vor meiner Berührung zurück.

»Liadan.« Es schien sie große Willensanstrengung zu kosten, auch nur dieses einzige Wort auszusprechen.

»Oh Niamh. Niamh, es ist so schön, dich wieder zu sehen!«

Aber es war nicht schön. Es war überhaupt nicht schön. Ich sah in das leere Gesicht meiner Schwester und spürte, wie mir eiskalt wurde.

KAPITEL 8

Irgendetwas war schrecklich falsch, und ich konnte nicht herausfinden, was. Niamh ging mir aus dem Weg. Sie weigerte sich zu reden, als wollte sie sich selbst nicht eingestehen, dass sie zu Hause war. Und dennoch, es fehlte ihrem Gesicht so an jedem Ausdruck des Willens, ihren Augen so an Seele, dass ich kaum glauben konnte, dass sie zu der Anstrengung fähig war, die dieses Leugnen brauchte. Selbst wenn die Männer sich um den großen Eichentisch versammelten und tief in ihre Strategien versunken waren, konnte ich Niamh nie allein finden. Häufig fand ich sie überhaupt nicht.

»Niamh sieht nicht gut aus«, bemerkte Aisling mit einem kleinen Stirnrunzeln. »Ich frage mich, ob sie ein Kind erwartet.«

Am dritten Abend ihres Besuchs bat ich Liam um einen Gefallen.

»Onkel, du siehst, wie es Niamh geht. Sie ist erschöpft. Sie kann nicht weiter nach Tara reisen. Fionn sieht das doch sicher auch. Bitte ihn, ob sie bei uns bleiben kann, während ihr Männer weiterzieht.«

Liam sah mich ernst an. »Sag mir, Nichte ... warum sollte ich Niamh einen Gefallen tun?«

»Du stellst mir solche Fragen? Siehst du denn nicht, was diese Ehe ihr angetan hat? Kannst du dich nicht erinnern, wie sie früher einmal gewesen ist?«

»Das ist ungerecht, Liadan. Eine Frau muss der Entscheidung ihres Vaters gehorchen, und später den Wünschen ihres Mannes. Das ist nur richtig und natürlich. Fionn ist ein hoch geachteter Mann. Er ist ein Uí Néill. Niamh muss erwachsen werden und sich anpassen, wenn sie zu diesem Haushalt etwas beitragen will; sie muss die Vergangenheit hinter sich lassen.« Er klang, als versuchte er eher sich selbst zu überzeugen als mich.

»Onkel. Bitte frag ihn.«

»Also gut. Ich will nicht abstreiten, dass es eine gute Idee ist. Eamonn hat bereits vorgeschlagen, dass du und seine Schwester Aisling ihn ein paar Tage begleiten. Das wäre mir am liebsten. Du wärst in seinem Haus sicher und könntest Aisling Gesellschaft leisten, während ihr Bruder weg ist, und es macht die Heimreise für Niamh kürzer. Du hast Recht, sie sieht wirklich nicht gut aus.«

Sean hatte den Verbündeten am zweiten Morgen seinen Plan vorgelegt. Sie waren diesmal in dem kleineren Zimmer. Als ich einen Arm voll Bettwäsche über den oberen Flur trug, hörte ich laute Stimmen, weniger zornig als in einer Mischung von Schrecken und Aufregung erhoben. Ich fing ein wenig von Seans Drängen und seinem leidenschaftlichen Bedürfnis, sie zu überzeugen, auf. Das Mittagessen wurde auf dem Tisch kalt, während sie weiter hinter verschlossenen Türen über das Thema redeten; als sie schließlich auftauchten, waren Fionn und Sean immer noch tief ins Gespräch versunken, und Eamonn war bleich und still und sah angestrengt aus. Intensive Diskussionen gingen weiter, während sie aßen und tranken. Sie waren gespalten. Fionn stand der Idee durchaus offen gegenüber, Seamus war hin- und hergerissen. Liam stand fest dagegen – er würde sich nicht mit den Fianna abgeben, er würde nicht mit gesichtslosen Söldnern verhandeln, er würde nichts unternehmen, über das er nicht selbst die Kontrolle hatte. Und alle hier wussten, dass niemand den Bemalten

Mann beherrschen konnte. Er war Gesetz für sich selbst, wenn Gesetz das richtige Wort für einen so durch und durch Gesetzlosen sein konnte, und ihm zu trauen war, als steckte man den Kopf ins Maul eines Drachen. Reiner Wahnsinn. Außerdem, warf Seamus ein, wie sollte man auch nur damit beginnen? Dieser Gesetzlose kam und ging, wie es ihm passte; niemand wusste, wo sein Hauptquartier war. Er war schlüpfrig wie ein Aal. Wie konnte man ihm eine Botschaft übermitteln und ihn wissen lassen, dass man interessiert wäre? Sean erwiderte, es gäbe Möglichkeiten, ließ sich aber nicht näher darüber aus. Eamonn trug nur wenig zu der Unterredung bei. Als das Essen abgeräumt wurde, kehrte er nicht mit den anderen in das kleine Zimmer zurück, sondern ging allein nach draußen.

Ich zwang mich, ihm zu folgen. Ich konnte nicht darauf warten, dass er mit mir sprach; ich würde ihm jetzt die schlechten Nachrichten übermitteln und der Sache ein Ende machen. Er sollte es so bald wie möglich erfahren. Es war nicht, was meine Mutter und ich geplant hatten, aber Eamonn ließ mir keine andere Wahl.

Ich fand ihn vor dem Stall. Er betrachtete das graue Pferd, das mich nach Hause getragen hatte, während einer der Stallknechte es über den Hof traben ließ. Eins und zwei, drei und vier, die graue Stute hob ihre Füße so ordentlich wie eine Tänzerin. Ihr Fell schimmerte, die silbrige Mähne und der Schweif glänzten von guter Pflege.

Ich trat an Eamonns Seite, während er beobachtend im Schatten stand.

»Liadan.« Er klang zurückhaltend.

»Du wolltest mit mir sprechen«, sagte ich. »Nun, ich bin hier.«

»Ich weiß nicht, ob ... das ist nicht der richtige Zeitpunkt.

Ich bin ... dein Bruder hat mich enttäuscht. Er hat mich mit seiner mangelnden Urteilskraft entsetzt. Ich fürchte, ich kann dir meine Gedanken darüber nicht weiter mitteilen.«

»Ich weiß, dass es kein guter Zeitpunkt ist, Eamonn. Aber ich muss dir etwas sagen, und es muss jetzt sein, da ich noch den Mut dazu habe.« Sofort wandte er mir seine Aufmerksamkeit zu.

»Du hast ... du hast Angst, es mir zu sagen? Du brauchst niemals Angst vor mir zu haben, Liadan. Du musst doch wissen, dass ich nie etwas verletzen würde, was mir so kostbar ist.«

Seine Worte machten es mir nicht leichter. Wir gingen leise hinter die Ställe, wo man sich auf eine Treppe in der Sonne setzen konnte. Es war immer ein guter Platz für Kindergeheimnisse gewesen. Hier konnte einen niemand sehen, außer vielleicht einem Druiden.

»Was ist los, Liadan? Was ist so schlimm, dass du es nicht einmal einem Freund sagen kannst?« Und er griff nach meinen Händen, so dass ich mich ihm nicht entziehen konnte. »Sag es mir, meine Liebe.«

Brighid, hilf! Ich schauderte von Kopf bis Fuß. »Eamonn. Wir kennen einander schon sehr lange. Ich achte dich, und ich schulde dir die Wahrheit, so viel ich davon preisgeben kann. Zuvor hast du ... du hast mich gebeten, deine Frau zu werden, und ich habe gesagt, ich würde dir die Antwort an Beltaine geben. Aber ich muss dir jetzt schon antworten.«

Einen Augenblick lang schwieg er.

»Ich sehe, dass ich dich zu sehr bedrängt habe«, meinte er vorsichtig. »Wenn es dir lieber ist, werde ich so lange warten, wie du willst. Nimm dir so viel Zeit, wie du brauchst, um deinen Entschluss zu treffen.«

Ich schluckte. »Das ist es ja gerade. Ich kann mir keine

Zeit nehmen. Und ich kann dich nicht heiraten, nicht jetzt und nicht später. Ich trage das Kind eines anderen Mannes.«

Und dann folgte ein sehr langes Schweigen, währenddessen ich bedrückt zu Boden starrte und er reglos dasaß und immer noch meine Hände hielt. Schließlich sprach er mit ruhiger, gleichmäßiger Stimme – der Stimme eines Fremden.

»Ich denke, ich habe dich nicht richtig verstanden. Was hast du gesagt?«

»Du hast mich gehört, Eamonn. Lass es mich nicht noch einmal aussprechen.«

Abermals Schweigen. Er ließ meine Hände los. Ich konnte ihn nicht ansehen.

»Wer hat das getan?«

»Das kann ich dir nicht sagen, Eamonn. Das werde ich dir nicht sagen.«

Er drehte sich um und packte meine Schultern fest.

»*Wer hat das getan? Wer hat genommen, was mir gehört?*«

»Du tust mir weh. Ich habe dir gesagt, was ich dir sagen musste, und nun bist du frei von mir. Mehr wirst du darüber nicht erfahren.«

»Nicht mehr? Was meinst du damit? Was bilden sie sich ein, dein Bruder, dein Vater? Sie sollten unterwegs sein und den Abschaum jagen, der dir das angetan hat und ihn für diese ... diese Unerträglichkeit zahlen lassen!«

»Eamonn ...«

»Sobald ich dich sah, sobald Sean und ich dich gefunden hatten, fürchtete ich, dass ein solches Unrecht geschehen war. Aber du wolltest nicht mit mir sprechen, und du schienst ruhig zu sein, beinahe zu ruhig ... und dann sprachen sie nicht mehr davon, also dachte ich ... aber ich werde diese barbarische Tat rächen, selbst wenn sie es nicht tun. Ich werde ihn zahlen lassen. D-dieses Kind hätte meins sein sollen.«

»Sie wussten es nicht.« Meine Stimme zitterte. »Sean, Liam, mein Vater. Sie wissen es immer noch nicht. Du bist der zweite Mensch, der davon erfährt nach meiner Mutter.«

»Aber warum?« Er sprang auf und ging nun auf und ab, ballte die Fäuste immer wieder, als könnte er es kaum erwarten zuzuschlagen. »Warum hast du es ihnen nicht gesagt? Warum gibst du deinen Verwandten nicht die Gelegenheit zur Rache?«

Ich holte tief Luft. »Weil«, sagte ich sehr klar, so dass er mich auf keinen Fall missverstehen konnte, »ich in dieser Sache zugestimmt habe. Das Kind wurde in Liebe empfangen. Ich weiß, dies wird dich mehr verletzen als der Gedanke daran, dass man mir Gewalt angetan hat. Aber es ist wahr.« Ich konnte mich immer noch nicht dazu zwingen, ihm in die Augen zu sehen.

Er ging auf und ab, auf und ab. Zumindest hatte ich ihm jetzt die Wahrheit gesagt, und bei seinem intensiven Gefühl für Anstand würde er keine andere Wahl haben, als mich in Ruhe zu lassen. Er würde sich entschuldigen und nach Tara reiten, um seine Wunden zu lecken, und sich dann nach einer anderen Frau umschauen.

»Ich glaube dir nicht.« Er blieb vor mir stehen, griff nach meinen Händen und zog mich hoch. Diesmal musste ich ihn ansehen, und ich entdeckte in seinem Blick, dass er es wirklich ernst meinte. »Ich kenne dich zu gut. Du bist nicht dazu fähig, so etwas zu tun. Du bist die klügste und anständigste Frau, die ich kenne! Ich weigere mich zu glauben, dass du dich auf diese Weise hingibst, unverheiratet und einem anderen versprochen. Das kann nicht wahr sein.«

Er hätte es mir kaum schwerer machen können, wenn er sich bewusst dazu entschlossen hätte. »Es ist wahr, Eamonn«, sagte ich leise. »Ich liebe diesen Mann. Ich trage sein Kind. Ich kann es nicht deutlicher sagen. Außerdem habe ich dir nichts versprochen.«

»Hat er angeboten, dich zu heiraten? Deinem Kind einen Namen zu geben?«

Ich schüttelte den Kopf. Ich wünschte mir so sehr, er würde schließlich aufhören und gehen. Jedes Wort machte den Schmerz größer.

»Dieses Schwein hat deine Unschuld ausgenutzt, und nun schützt du ihn wegen eines missverstandenen Gefühls der Treue. Ich werde ihn jagen, und ich werde ihn mit bloßen Händen erwürgen. Es wird mich ungemein befriedigen, ihn sterben zu sehen.«

Einen Augenblick lang tauchte das Bild wieder auf, die Hände, die fest um Brans Hals geschlungen waren, das Messer, das Blut. Dann verschwamm es wieder, und ich schwankte.

»Liadan ... was ist los? Setz dich hin. Lass mich dir helfen. Es geht dir nicht gut.«

»Ich will, dass du jetzt gehst. Bitte geh.« Ich schlug die Hände vors Gesicht, damit ich ihm nicht in die Augen sehen musste.

»Du brauchst Hilfe ...«

»Es wird mir bald besser gehen. Ich muss allein sein, bitte geh weg, Eamonn.« Meine Schwäche machte mich grausam.

»Wenn es das ist, was du willst.« Er hatte sich wieder gefasst. Er drehte sich um, um zu gehen.

»Warte.«

Ich hörte, wie er den Atem anhielt, aber ich sagte nicht, was er hören wollte.

»Ich muss dich um einen Gefallen bitten. Ich habe noch niemandem sonst davon erzählt. Bitte lass mir die Zeit, mit meinem Vater und Sean und meinem Onkel darüber zu sprechen, bevor du es erwähnst. Und ... Eamonn ... es tut mir Leid, dass ich dir wehgetan habe.«

Er antwortete nicht.

»Eamonn?«

»Du hättest Ja gesagt, oder?« Er sprach abrupt, als stürzten die Worte gegen seinen Willen aus ihm heraus. »An Beltaine. Du hättest mich akzeptiert, wenn das nicht geschehen wäre?«

»Oh Eamonn. Was nützt es jetzt, wenn ich diese Frage beantworte? Es hat sich alles verändert. Alles ist anders. Und jetzt geh bitte. Es hat keinen Sinn, weiterzureden. Es ist passiert; kein Blutvergießen kann das ändern.«

»Ich brauche Zeit.« Auch das überraschte mich. »Zeit, um damit zurechtzukommen.«

»Andere ebenfalls«, meinte ich trocken. »Es gibt viele, denen ich es noch sagen muss. Ich bitte dich noch einmal, nicht davon zu sprechen, bis ...«

»Selbstverständlich werde ich das nicht tun. Ich habe dich immer zutiefst geachtet, und ich achte dich immer noch.« Er verbeugte sich steif, dann drehte er sich um und ging endlich.

Es war ein seltsames Abendessen voller Seitenblicke, Gesten und unausgesprochener Worte. Niamh trug ein bescheidenes, hochgeschlossenes, langärmliges Kleid aus einem weichen goldbraunen Stoff, und sie saß schweigend neben ihrem Mann, während er mit Liam über Strategien sprach. Sie aß wenig, meine Mutter war nicht da, mein Vater abgelenkt. Von Zeit zu Zeit sah ich, wie er Niamh beobachtete und dann Fionn, und seine Miene spiegelte meine eigenen Sorgen wider. Ausnahmsweise war ich nicht hungrig. Ich hatte erst die erste Brücke überquert. Was Eamonn anging – er war gezwungen gewesen, an diesem Abendessen teilzunehmen, ebenso wie mein Vater, denn seine Abwesenheit hätte beleidigend gewirkt. Er trank seinen Wein, man goss ihm nach, er trank weiter. Man setzte ihm Essen vor, und er rührte es nicht an. In seinen Augen stand Finsternis.

Der nächste Tag begann sonnig. Ich war früh wach und zog ein warmes Kleid und den grauen Umhang an, eine wenig elegante, aber praktische Kombination. Das Wasser in der kleinen Schüssel war erfrischend kalt. Ich machte mich auf, meinen Vater zu suchen.

Die meisten unserer Lämmer kamen im Frühling zur Welt, aber einige Mutterschafe lammten auch im Herbst, und wenn das Wetter schlecht war, konnte das schwierig werden. Iubdan war auf den höher gelegenen Weiden und sah sich zusammen mit einem alten Hirten und ein paar Jungen, die dem alten Mann als Augen und Hände dienten, die Tiere an. Es gab ein sehr kleines Lamm, aufrecht, aber stolpernd, und sie redeten darüber, ob sie das Mutterschaf in die Scheune bringen sollten, um es zu retten, oder es hier von seinem Elend zu erlösen. »Gebt ihr eine Chance«, sagte ich und trat hinter die Männer. »Der Kleine da könnte in ein paar Jahren euer bester Zuchtwidder sein. Lasst ihm einen oder zwei Tage.«

»Weiß nicht. Nicht recht.« Der alte Mann kratzte sich das Kinn, auf dem ein paar weiße Borsten wuchsen. »Vielleicht nur Zeitverschwendung.«

»Lasst ihr einen oder zwei Tage«, sagte ich, und das Mutterschaf wandte mir seinen vertrauensvollen Blick zu. Iubdan stand auf – er hatte neben dem Tier gehockt. »Ihr Jungen, bringt sie hinunter in die Scheune. Ihr wisst, was zu tun ist.«

»Ja, genau. Wir häuten das tote Lamm und reiben das da mit dem Fell ein und versuchen, es zu dem anderen Mutterschaf zu bringen. Dann nimmt sie es vielleicht an.« Der Junge war begierig, seine Kenntnisse zu beweisen.

»Dann macht euch an die Arbeit.«

»Vater. Hättest du ein wenig Zeit für mich?«

»Selbstverständlich, mein Liebes. Um was geht es?«

Die drei anderen, der alte Mann und die beiden Jungen, hoben das Schaf auf ein Brett und machten sich auf den Weg hügelabwärts zur Scheune. Der alte Hirte folgte den beiden Jungen und trug das winzige Lamm vorsichtig in den Armen.

»Was beunruhigt dich, Tochter? Geht es um Niamh?«

»Das auch, ja. Aber ich muss mit dir über andere Dinge sprechen. Sehr ernste Dinge, Vater, und sie können nicht warten. Du wirst ... du wirst mehr als verärgert sein, fürchte ich.«

»Komm und setz dich hier her, Liadan. Das klingt wirklich wichtig. Es braucht einiges, um mich zu erzürnen, das weißt du.«

Wir setzten uns nebeneinander auf eine Mauer. Von hier aus konnte man sehen, wie der Wald sich über die Hügel ausbreitete und die grimmigen Festungsmauern von Sevenwaters umgab. Die Festung sah durch die unzähligen Äste von Eichen und Buchen, Ebereschen und Birken irgendwie weicher aus. Die Blätter verfärbten sich langsam, und die frische Morgenluft war klar, wenn man von den Rauchfahnen früher Herdfeuer absah.

»Ein schöner Morgen«, sagte Iubdan.

»Dieses Mutterschaf«, sagte ich ganz plötzlich. »Du hast ihr ein paar Tage gelassen. Du hättest sie töten können. Warum?«

Er dachte einen Augenblick lang nach. »Normalerweise folge ich dem Rat des alten Mannes. Er war schon Hirte, bevor ich zur Welt kam. Ich habe es getan, weil du mich gebeten hast. Vielleicht wird das Schaf sterben und vielleicht auch nicht. Warum fragst du?«

»Als ... als ich weg war, habe ich einen Mann getötet. Ich ... ich habe ihm die Kehle mit dem Messer durchgeschnitten, und er ist gestorben. Ich habe so etwas nie zuvor getan.«

Mein Vater sagte kein Wort. Er wartete, dass ich fortfuhr.

»Es ging nicht anders, verstehst du? Er starb, man hatte ihn sterbend liegen lassen, und er hatte schreckliche Schmerzen. Ich konnte nichts anderes tun. Du hast einmal gesagt, dass du hoffst, ich würde nie anwenden müssen, was du mir über Messer und Bogen und Stock beigebracht hast. Nun, ich habe es jetzt benutzt, und ich fühle mich deshalb nicht gut. Und dennoch, zu diesem Zeitpunkt war es die einzige Möglichkeit.«

Iubdan nickte. »War es das, was du mir sagen musstest?«

»Nur ein Teil davon.« Meine Kehle war plötzlich beinahe zugeschnürt. »Es war noch ein anderer Mann da, den ich versucht habe zu heilen – wie das Schaf. Ich habe darauf bestanden, ihn am Leben zu lassen; er hat gelitten, und am Ende ist er trotzdem gestorben. Ich habe die falsche Wahl getroffen. Aber zu Anfang war ich so sicher.«

Abermals nickte mein Vater. »Du tust, was du tun musst. Nicht jede Wahl kann die richtige sein. Und du kannst nicht sicher sein, dass deine falsch war. Deine Mutter würde sagen, dass Kräfte außerhalb von uns auf diese Dinge Einfluss nehmen. Du bist eine fähige Heilerin; wenn irgendjemand diesen Mann hätte retten können, wärst du es gewesen. Und es gab vielleicht einen anderen Grund, weshalb sein Leben noch verlängert wurde.«

Ich schwieg.

»Weißt du«, meinte Iubdan beinahe lässig, »wenn es irgendetwas gab, das ich dadurch gelernt habe, dass ich all diese Jahre mit dem Volk von Erin verbracht habe, dann ist es, dass in einer Geschichte wahrscheinlich nicht nur zwei Dinge vorkommen. Es sind immer drei. Drei Wünsche, drei Drachen, drei Männer.«

Ich holte tief Luft. »Vater. Du hast mir vor nicht allzu langer Zeit gesagt, wenn es Zeit wäre, dass ich heirate, dürfte ich meine eigene Wahl treffen. Erinnerst du dich daran?«

Er wartete einen Augenblick, bevor er etwas sagte. »Das hatte ich nicht erwartet.« Die Sonne stieg höher; das Morgenlicht ließ sein Haar im selben Rotgold schimmern wie Niamhs. Herbstrot. Eichenblattrot. »Aber ja, selbstverständlich, ich erinnere mich.«

»Ich ...« Ich konnte die Worte einfach nicht herausbringen. »Vater, ich ...«

»Du hast einen Mann kennen gelernt, der dir gefällt? Vielleicht den Alten, Hässlichen, Armen, über dessen vertrauenswürdigen Charakter wir einmal gesprochen haben?« Er lächelte, aber sein Blick ruhte fragend, ja forschend auf meinem Gesicht.

»Ich muss es dir ohne Umschweife sagen, Vater, obwohl

es dir wehtun wird, und das bekümmert mich. Ich erwarte ein Kind. Ich kann den Namen des Vaters nicht nennen, und ich werde ihn nicht heiraten und auch keinen anderen. Nichts Böses wurde mir angetan. Dieser Mann – er ist derjenige, den ich vor allen anderen wählen würde. Aber ich werde mein Kind allein bekommen und es allein aufziehen, denn dieser Mann wird nicht nach Sevenwaters kommen. Ich habe es Mutter gesagt und Eamonn. Jetzt sage ich es dir, und ich habe Angst, denn … denn mehr als alles andere möchte ich nicht deinen Respekt verlieren. Wenn du deinen Glauben an mich verlierst, könnte ich anfangen, an mir selbst zu zweifeln. Und das kann ich mir nicht leisten. Ich brauche all meine Kraft.«

Anders als Eamonn blieb mein Vater still sitzen, während er die Neuigkeiten verdaute. Er schaute auf den Wald hinaus, und seine Miene verriet nichts. Er bat mich nicht, etwas zu wiederholen. Er ging nicht auf und ab. Schließlich fragte er mich: »Was hat deine Mutter gesagt?«

»Dass sie das Kind so liebt wie ich. Dass sie hier sein wird, um ihn im Frühling mit eigenen Händen zur Welt zu bringen.«

»Ich verstehe«, sagte er, und in seiner Stimme und der Art, wie er seinen Unterkiefer anspannte, lag etwas, das mir sagte, wie sehr er sich anstrengen musste, um nicht zornig zu werden. »Ich denke, du musst es mir sagen. Ich denke, du musst mir den Namen dieses Mannes sagen. Niamhs schlecht gewählter Geliebter hatte zumindest den Mut, sich mir zu stellen und dafür einzutreten, was er getan hatte. Deiner, so scheint es, nimmt sich einfach, was er will, und zieht dann weiter.«

Ich spürte, wie mir das Blut in die Wangen stieg. »Damit machst du alles, was je zwischen mir und ihm geschehen ist, billig«, sagte ich und war erschrocken darüber, mit meinem Vater zu streiten, den ich höher achtete als jeden anderen auf der Welt. »Das war keine ... keine beiläufige Affäre, keine gedankenlose Sache ... es war ...«

»Sag mir, wie lange warst du weg?«, fragte Vater.

»Hör auf! Es ist alles falsch! Was geschieht nur mit uns, dass wir einander so wehtun und uns gegenseitig nicht mehr zuhören können?«

Er schwieg einen Augenblick, und als er wieder sprach, sprach er sehr leise.

»Also gut«, sagte er. »Ich habe das Ergebnis von Niamhs Fehler gesehen; wie es sie verändert hat. Und das macht vieles schlimmer für mich. Ich werde dich anhören. Vielleicht ist der Name dieses Mannes nicht so wichtig. Es sind seine Taten, die ich nicht verstehen kann. Du sagst, er würde nicht nach Sevenwaters kommen. Warum nicht? Welcher Mann würde nicht einer solchen Frau folgen und versuchen, sie zur Ehefrau zu gewinnen? Welcher Mann würde seinen Sohn nicht kennen wollen? Es sei denn, er ist bereits verheiratet oder deiner anderweitig unwürdig. Aber du irrst dich selten in diesen Dingen, Tochter.«

»Er ... er hat mich gebeten, bei ihm zu bleiben, und ich sagte Nein. Ich musste nach Hause zurückkehren, um Mutters willen. Und später ... als er herausgefunden hat, wer ich war, wollte er mich nur zu gerne los sein.« Plötzlich wollte ich nur noch weinen.

»Das gefällt mir überhaupt nicht. Welchen Grund hat er angegeben?«

Ich hatte nicht vorgehabt, es ihm zu sagen. Aber nun kam alles heraus.

»Etwas, was lange zurückliegt. Als du Harrowfield verlassen hast. Er sagte, dort ist ein Unrecht geschehen. Er sagte ... er sagte, du hast ihm sein Geburtsrecht genommen. Etwas in dieser Richtung. Vater, du darfst mit niemandem darüber sprechen, verstehst du das?«

Er runzelte die Stirn. »Das ist lange her. Wie alt ist dieser Mann?«

»Nicht so alt. Etwa wie Eamonn, vielleicht jünger.«

»Und er ist ein Brite?« Das war eine Frage, aber ich antwortete nicht, denn ich wollte nicht zugeben, dass ich die Antwort kannte. »Er kann kaum mehr als ein Kleinkind gewesen sein, als ich Harrowfield verließ«, fuhr Vater fort. »Das ist doch sicher unmöglich.«

»Du hast nie über diese Zeit gesprochen. Gab es etwas ... ist etwas geschehen, das erklären könnte, was er sagte? Ist einem Kind Unrecht geschehen? Es gibt etwas in der Vergangenheit, das schwer auf ihm lastet.«

Iubdan schüttelte den Kopf. »Es gab selbstverständlich Kinder im Haushalt, in den Dörfern, auf den Bauernhöfen. Aber ich habe meine Ländereien in guten Händen zurückgelassen. Ich habe mich davon überzeugt, dass alles in Ordnung war, bevor ich herkam. Meine Leute waren gut geschützt, ihre Zukunft so sicher, wie es in diesen unruhigen Zeiten nur möglich ist. Vielleicht, wenn ich mit ihm sprechen könnte ...«

»Nein«, sagte ich. »Das ist nicht möglich.«

»Schämst du dich seiner? Oder meiner?«

»Oh nein, Vater. Denk nicht einmal daran. Er kann nicht hierher kommen. Er lebt ein Leben ... der Gefahr und der Flucht. In einem solchen Leben gibt es keinen Platz für mich und für sein Kind. Es ist das Beste, wenn ich einfach allein weitermache.«

»Aber du willst Eamonn nicht heiraten.«

»Wenn ich diesen Mann nicht haben kann, werde ich keinen anderen nehmen.«

»Hast du mit Niamh gesprochen?«

»Wie könnte ich es ihr sagen? Du hast sie doch gesehen. Sie hat, seit sie nach Hause zurückgekommen ist, kaum mit mir geredet.«

Wir standen auf und begannen, langsam hügelabwärts auf die Scheune zuzugehen. Wir schwiegen eine Weile, dann sagte er: »Seit Niamhs Rückkehr kann ich sie einfach nicht erreichen, Liadan. Sie will ihre Mutter nicht sehen, die sich so danach sehnt, Balsam auf die Wunden zu streichen, die geschlagen wurden, als man Niamh ihren Geliebten verweigerte. Es ist, als wäre eine andere Frau an Stelle unserer Tochter zurückgekehrt; es ist, als hätte jemand unser strahlendes Mädchen in einen Schatten ihrer selbst verwandelt. Ich habe eine Tochter verloren, und deine Mutter geht einen dunklen Weg. Ich möchte dich nicht auch noch verlieren.«

Ich hakte mich bei ihm unter. »Ich hatte immer vor, hier zu bleiben. Das weißt du.«

»Ja. Meine kleine Tochter, die sich so gut im Haushalt auskennt und immer am glücklichsten ist, wenn sie ihre eigenen Leute um sich herum hat. Du bist das Herz des Haushalts, Liadan. Aber bist du sicher, dass es immer noch alles ist, was du willst?«

Ich antwortete nicht. Mein Vater und ich logen einander nicht an.

»Was, wenn dieser Mann morgen auf deiner Schwelle auftauchen und dich bitten würde, mitzugehen? Wie würdest du antworten?«

Wenn er morgen auf meiner Schwelle auftauchen würde und Eamonn immer noch hier wäre, hätte er Glück, mit einem gesunden Hals davonzukommen. »Ich weiß es nicht. Ich weiß nicht, was ich tun würde.«

Wir hatten den Wald verlassen, und ich konnte die weißen Wände der Scheune vor uns sehen.

»Ich habe einen Vorschlag für dich, dem wir folgen werden, wenn deine Mutter einverstanden ist.«

Es klang beinahe, als wollte Vater über einen Plan für einen Mauerbau oder die Anpflanzung eines neuen Obstgartens sprechen. Aber sein Blick war alles andere als ruhig. »Wenn Aisling nach Hause geht, wirst du sie nach Sídhe Dubh begleiten und dort bleiben, solange Eamonn in Tara ist. Nehmt Niamh mit, und mach es dir zur Aufgabe, herauszufinden, was mit ihr los ist. Ich spüre ein Unrecht, das größer ist als das, was wir bereits wissen – etwas Tiefes, Schmerzhaftes. Ich habe mein Bestes getan, sie zu erreichen, aber sie betrachtet mich als ihren Feind und will nicht mit mir sprechen. Es ist schwer genug für ihre Mutter, ihre eigene Schwäche und die Schmerzen zu ertragen, ohne jeden Tag ihre Tochter so vor Augen zu haben und dennoch ausgeschlossen zu werden. Deine Mutter sagte, wenn Niamh überhaupt mit jemandem spricht, dann mit dir. Ich bitte dich, das für mich zu tun. Nur bis Fionn zurückkommt und sie wieder abholt, dann musst du nach Hause kommen. Du wirst nicht in Eamonns Haus bleiben wollen, sobald er wieder da ist. Du sagst, du hast bereits mit ihm gesprochen. Das muss für euch beide schwer gewesen sein. Eamonn ist ein stolzer Mann; er kann einen Verlust nicht leicht ertragen.«

»Es war schrecklich.«

Mein Vater legte mir den Arm um die Schulter. »Nun gut. Was hältst du davon?«

»Wenn es das ist, was ihr wollt, dann werde ich gehen.«

Die Aussicht bedrückte mich. Ich war mir nicht sicher, ob ich wissen wollte, was hinter Niamhs leerem Blick stand. Und ich wollte Eamonns Heim nicht besuchen, selbst dann nicht, wenn er selbst unterwegs war.

»Du wirst es für mich und deine Mutter tun. Im Gegenzug werde ich dir und meinem Enkelkind Schutz bieten. Ich werde dafür sorgen, dass Liam davon erfährt, bevor er nach Tara aufbricht. Und ich werde mit Sean und Conor sprechen.«

»Mutter sagte, sie würde ...«

»Ich werde es tun. Und zwar auf eine Weise, dass keine Fragen gestellt werden und niemand etwas von dir verlangt. Du bist meine Tochter. Du und dein Kind, ihr werdet hier in Sevenwaters sicher sein, so lang ihr hier bleiben wollt.«

»Oh Vater.« Ich umarmte ihn.

»Ich werde nicht zulassen, dass du verzweifelst, wie Niamh verzweifelt ist. Auch ich habe gegen Regeln verstoßen, um zu bekommen, was ich wollte, Liadan. Ich habe nie vergessen, was ich zurückgelassen habe, als ich hierher kam. Aber ich habe nie, keinen einzigen Augenblick lang, geglaubt, dass ich die falsche Entscheidung getroffen hatte. Du bist die Tochter deiner Mutter. Ich kann mir einfach nicht vorstellen, dass du die falsche Wahl triffst. Sicherlich wird am Ende etwas Gutes daraus entstehen. Schon gut, Liebes, weine, wenn du willst. Und nachher gehst du zu Aisling, und ihr plant euren Besuch bei ihr. Vielleicht solltet ihr mit dem Wagen reisen; es tut dir vielleicht nicht gut zu reiten.«

»Ein Wagen!« Damit hatte er mich aus meinen Tränen herausgerissen. »Ich bin doch nicht krank! Ich werde auf der kleinen Stute vollkommen sicher sein. Wir werden uns schon nicht überanstrengen.«

Er hielt sein Wort. Wie es ihm gelang, weiß ich nicht, aber bevor die Männer nach Tara abreisten, wussten Liam und Sean Bescheid, ebenso wie Conor, obwohl er es vielleicht schon zuvor gewusst hatte. Mir stand ununterbrochen vor Augen, wie sehr sich das von Niamhs Erfahrung unterschied. Für meine Schwester hatte es nur kalte Ablehnung gegeben, Ausgeschlossensein, die übereilte, gezwungene Ehe. Was ich getan hatte, wurde einfach akzeptiert, als wäre mein vaterloses Kind bereits Teil der Familie von Sevenwaters. Dabei hatte ich mehr Regeln gebrochen als Niamh. Ich konnte immer noch nicht verstehen, warum die Familie Ciarán für einen so unpassenden Bewerber gehalten und ihre Gründe geheim gehalten hatte. Und es war kein Kind unterwegs gewesen. Dennoch hatte Niamh nichts von der Liebe und Wärme zu spüren bekommen, die mich nun umgab. Darin lag eine schreckliche Ungerechtigkeit. Ich war mir meiner Schwester bewusst, die sich steif im Haus bewegte, stets hinter ihrer unsichtbaren Wand, mit ausdruckslosem Blick, die Arme um den Oberkörper geschlungen oder die Hände fest verschränkt, als könnte sie es sich nicht leisten, in ihrer Wachsamkeit auch nur einen Augenblick lang nachzulassen, als hielte sie uns alle für ihre Feinde.

Trotz der Ungerechtigkeit war ich meinem Vater zutiefst dankbar, dass er mir den Weg so erleichtert hatte. Und die Nachricht verbreitete sich rasch. Ich ging vor dem Abendessen nach unten, und da war Janis selbst, die dafür sorgte, dass es genügend Kelche und Teller und Messer für den Haushalt und die Gäste gab. Janis schien nicht älter zu werden. Sie war bereits Amme meiner Mutter gewesen; sie musste schon recht alt sein, aber ihre dunklen Augen blitzten immer noch voll eifrigen Interesses an allem, was neu war, und ihr Haar, das sie in einem streng geflochtenen Knoten im Nacken trug, war schwarz und schimmernd wie ein Krähenflügel. Ihre Verwandten reisten im Land umher, aber Janis hatte sich schon vor langer Zeit in Sevenwaters niedergelassen; sie gehörte zu uns.

»Nun, Mädchen«, sagte sie grinsend, »wir brauchen das Geheimnis also nicht länger zu bewahren.«

»Hat mein Vater es dir gesagt?«

»Er hat die Nachricht auf seine eigene Weise verbreitet. Nicht, dass ich es nicht gewusst hätte. Eine Frau weiß so etwas. Ich bin nur froh, dass es dir gut geht. Und du wirst sicher keine Schwierigkeiten bei der Geburt haben, obwohl du so ein kleines Ding bist.«

Es gelang mir zu lächeln.

»Ich helfe dir, wenn deine Zeit gekommen ist«, fuhr Janis leise fort. »Sie hat bis dahin vielleicht nicht mehr die Kraft. Sie wird mir sagen, was ich tun soll. Ich werde ihr die Hände ersetzen. Schon gut, Mädchen, keine Tränen. Diese Nachricht hat ein Lächeln auf das Gesicht deiner Mutter gebracht. Und das macht wiederum ihn glücklich – den Großen. Du brauchst dich nicht zu schämen.«

»Das ist es nicht«, sagte ich und blinzelte angestrengt. »Ich schäme mich nicht. Es ist wegen meiner Mutter und wegen Niamh und ... wegen allem. Es verändert sich alles, und viel zu schnell. Ich weiß nicht, ob ich Schritt halten kann.«

»Komm, Mädchen.« Sie nahm mich in die Arme und drückte mich fest. »Die Veränderung wird dir folgen. Du bist eine von denen, die sie einladen. Aber du bist ein starkes Kind. Du wirst immer wissen, was richtig ist, für dich und für dein Kind. Und deinen Mann.«

»Das hoffe ich«, sagte ich ernst.

Als ich mich an diesem Abend in der Halle umsah, fiel mir auf, dass es vielleicht für lange Zeit die letzte Gelegenheit sein würde, an der wir alle zusammen waren. Liam saß auf seinem geschnitzten Stuhl, und das strenge Bild, das er bot, wurde vielleicht ein wenig gemildert von den jungen Wolfshunden, die zu seinen Füßen Fangen spielten. Mein Bruder stand neben ihm, und die Ähnlichkeit war wie immer verblüffend. Sean hatte das gleiche schmale, lange Gesicht und das feste Kinn; die Züge eines künftigen Anführers. Auch Conor hatte dieses Gesicht, aber es war anders, denn es war stets von einem inneren Leuchten erfüllt, einer uralten Gelassenheit. Niamh saß schweigend neben ihrem Mann. Sie hielt sich sehr gerade, den Kopf hoch erhoben, und sah niemanden an. Sie trug einen Schleier über dem Haar, und ihr Kleid war wieder ausgesprochen züchtig. So rasch war ihr Licht ausgegangen, das so intensiv geleuchtet hatte, als sie hier am Imbolcfest tanzte und strahlte. Fionn ignorierte sie. Auf der anderen Seite meiner Schwester saß Aisling und hielt mit größeren Schwierigkeiten ein einseitiges Gespräch mit ihr aufrecht. Und auch Eamonn war dort, im Schatten, einen Bierkrug vor sich. Ich versuchte, seinem Blick auszuweichen.

Meine Mutter war müde, das sah ich deutlich, und bedrückt, ihre ältere Tochter so verändert zu sehen. Ich sah, wie sie Niamh anschaute, dann den Blick wieder abwandte, und ich bemerkte das kleine Stirnrunzeln. Aber sie lächelte und unterhielt sich mit Seamus Rotbart und tat ihr Bestes vorzugeben, dass alles so war, wie es sein sollte. Vater wachte über sie und sprach wenig. Als wir mit der Mahlzeit fertig waren, wandte Mutter sich Conor zu.

»Wir brauchen heute Abend eine gute Geschichte, Conor«, sagte sie lächelnd. »Etwas Ermutigendes, um Liam und seine Verbündeten gestärkt auf den Weg nach Tara zu schicken. Es wird viele Abschiede geben, denn Sean wird die Mädchen einen Tag oder zwei nach Westen begleiten und wir werden es hier einige Zeit sehr ruhig haben. Wähle deine Geschichte gut.«

»Das werde ich tun.« Conor kam auf die Beine. Er war kein sehr großer Mann, aber er hatte etwas an sich, das ihn in seinem weißen Gewand beeindruckend, ja beinahe königlich wirken ließ. Der goldene Reif um seinen Hals schimmerte im Fackellicht, und seine Züge waren bleich und ruhig. Er stand einen Augenblick lang still, als wollte er die richtige Geschichte für diesen Abend heraufbeschwören.

»Zu Zeiten des Abschieds, des Beginns neuer Unternehmen, ist es angemessen, eine Geschichte von Dingen zu erzählen, die gewesen sind, die noch bestehen und die weiter bestehen werden«, begann Conor. »Hört alle gut zu und macht aus dieser Geschichte, was euer Herz und euer Geist wollen, denn jeder fügt zu dem Faden der Worte seine eigenen Hoffnungen, seine eigenen Erinnerungen hinzu. Woran immer ihr glaubt, lasst meine Geschichte zu euch sprechen; vergesst diese Welt für eine Weile und gestattet eurem Geist, Jahre zurückzuwandern, zurück in eine andere Zeit, als in diesem Land noch keiner von unserer Art wandelte, als die Túatha Dé Danann, das Feenvolk, an den Stränden Erins eintrafen und auf unerwarteten Widerstand jener stießen, die vor ihnen hier lebten.«

»Gute Geschichte, gute Geschichte«, brummte Seamus Rotbart und setzte seinen Becher auf dem Tisch ab.

»Die Túatha De waren ein Volk von großem Einfluss, Götter und Göttinnen«, sagte Conor. »Unter ihnen gab es mächtige Heiler und Krieger mit einer beeindruckenden Fähigkeit, sich auch von den schlimmsten Wunden wieder zu erholen, Zauberer, die einen ganzen See austrocknen oder einen Menschen in einen Lachs verwandeln oder mit einem Fingerschnippen eine Seele von ihrem ausgewählten Weg abbringen konnten. Sie waren stark und voller Willenskraft. Und dennoch konnten sie Erin nicht vollkommen kampflos einnehmen.

Denn sie waren nicht die Ersten an diesem Ufer. Andere waren vor ihnen da gewesen. Die Fomhóire waren ein schlichtes Volk, das mit beiden Füßen fest auf dem Boden stand. Es gibt Geschichten, die sagen, sie seien hässlich und missgebildet gewesen; andere sprechen sogar von Dämonen. Aber das tun nur jene, deren Verständnis auf die Oberfläche der Dinge beschränkt ist. Die Fomhóire waren keine Götter. Aber sie hatten ihre eigenen Künste und ihre eigene Art von Macht. Ihre Magie war von uralter Art, die Magie des Bauchs der Erde, der bodenlosen Höhlen, der geheimen Brunnen und geheimnisvollen Tiefen von See und Fluss. Sie hatten die Stehenden Steine errichtet, die wir nun für unsere eigenen Rituale benutzen, die ernsten Maßstäbe der Pfade von Sonne, Mond und Sternen. Sie hatten die großen Hügel- und Ganggräber geschaffen. Sie waren älter als die Zeit. Sie lebten nicht einfach nur im Land Erin, sie *waren* das Land.

Dann kam das Feenvolk und andere nach ihnen, und es gab viele grausame Kämpfe und auch viel heimtückischen Verrat und falsche Freundschaft, bevor es schließlich zu einem Frieden kam, einem brüchigen Waffenstillstand, einer Aufteilung des Landes, die so ungleich war, dass die Fomhóire einfach darüber gelacht hätten, wären sie nicht so geschwächt gewesen, dass sie keine weiteren Verluste wagen wollten. Also stimmten sie dem Frieden zu und zogen sich an die wenigen Orte zurück, die ihnen widerstrebend überlassen wurden. Das Land gehörte den Túatha De, oder zumindest glaubten sie das, und sie herrschten hier, bis die Ankunft unseres eigenen Volkes sie ebenfalls an ihre geheimen Orte trieb, Orte der Anderwelt, unter die Erdoberfläche, in die tiefen Wälder, die einsamen Höhlen unter den Hügeln, oder zurück in die Tiefe des Meeres, über das sie zunächst nach Erin gekommen waren. So schienen beide magischen Völker für diese Welt verloren.

Die Zeit ändert die Dinge. Ein Volk folgt dem anderen, herrscht für eine Weile, dann kommt ein neuer Eroberer, um seinen Platz einzunehmen. Selbst für unser Volk, selbst in der Zeit unserer Großväter, haben wir das sehen können. Unser eigener Glaube war einige Zeit beinahe verloren. Selbst hier, im großen Wald von Sevenwaters, war die geheime Überlieferung beinahe vergessen. Eine Überlieferung, die nur als die Erinnerung im Geist eines sehr alten Mannes existiert, ist so flüchtig und gefährdet wie der zarte Flügel eines Schmetterlings oder ein einzelner Faden eines Spinnennetzes. Wir haben sie uns beinahe durch die Finger gleiten lassen. Wir haben sie beinahe verloren.«

Conor senkte den Kopf. Schweigen hing in der großen Halle.

»Du hast diese Erinnerung wieder zum Leben erweckt, Conor«, sagte meine Mutter leise. »Du und die Deinen, ihr seid uns ein strahlendes Vorbild. In diesen Zeiten der Unruhe habt ihr den alten Weg bewahrt, und aus dem Funken ist wieder eine Flamme geworden.«

Ich warf Fionn einen Blick zu – immerhin war er Christ. Vielleicht war das nicht gerade eine kluge Wahl für eine Geschichte gewesen. Aber Fionn schien sich nicht daran zu stören. In der Tat fragte ich mich, ob er überhaupt zuhörte. Er hatte eine Hand leicht auf Niamhs Handgelenk gelegt und bewegte seinen Daumen über ihre Hand. Er warf ihr einen Seitenblick zu, mit einem kleinen Lächeln auf den Lippen. Niamh saß starr und aufrecht, die blauen Augen groß und blind wie die eines gefangenen Geschöpfs, das ins Licht einer flackernden Fackel starrt.

»Manchmal vergessen wir«, begann Conor die Geschichte wieder, »dass beide Völker, das Feenvolk und die Fomhóire, hier schon lange Zeit weilten, lange genug, um jeder Ecke von Erin ihre Zeichen aufzuprägen. Jeder Bach, jeder Brunnen, jede verborgene Höhle hat ihre eigene Geschichte. Jeder hohle Hügel, jeder einsame Felsen im Meer, hat seine magischen Bewohner, seine Geschichte und sein Geheimnis. Und dann gibt es auch die kleineren, weniger mächtigen Völker, die ihren eigenen Platz im Netz des Lebens haben. Die Sylphen der Himmelskuppel, die seltsamen, fischartigen Bewohner des Wassers, die Selkies des weiten Meeres, das kleine Volk von Pilz- und Baumstumpf.

Sie gehören zum Land wie die hohen Eichen und das Gras des Feldes, wie die glitzernden Lachse und die springenden Hirsche. Es ist alles ein und dasselbe, es ist miteinander verbunden und verwoben, und wenn ein Teil davon versagt, wenn ein Teil davon vernachlässigt wird, wird alles verwundbar. Es ist wie ein Torbogen, in dem jeder Stein den anderen stützt. Wenn man einen herauszieht, bricht alles zusammen.

Ich habe euch erzählt, wie unser Glaube schwächer wurde und wir gezwungen waren, uns zu verstecken. Aber in dieser Geschichte geht es nicht um den Weg der Christen und wie er an Kraft und Einfluss in unserem Land zunahm. Es ist eine Geschichte von Rache und Vertrauen. Es ist eine Geschichte, die ihr auf eigene Gefahr ignoriert, wenn ihr Verbündete von Sevenwaters sein wollt.«

Er hielt einen Augenblick inne.

»Sehr geheimnisvoll«, murmelte Liam und streckte die Hand aus, um einen der Hunde hinter dem Ohr zu kratzen. »Ich habe das Gefühl, die Geschichte hat noch nicht einmal begonnen, Bruder.«

»Du kennst mich gut«, erwiderte Conor mit einem dünnen Lächeln.

»Ich kenne Druiden«, sagte sein Bruder trocken.

Conor stand genau an demselben Platz, an dem Ciarán gestanden hatte, als er die Geschichte von Aengus Óg und der schönen Caer Ibormeith erzählt hatte, die er nach dem Bild meiner Schwester mit ihrem langen, kupferfarbenen Haar und der milchweißen Haut beschrieben hatte. Ich sah meine Schwester an und fragte mich, ob sie wohl dasselbe dachte, und bemerkte die Finger ihres Mannes, die auf ihrer Handfläche spielten, streichelten, neckten, zwickten, so dass Niamh plötzlich schmerzerfüllt zusammenzuckte.

»Komm und setz dich ein wenig zu mir, Niamh.« Meine Stimme klang laut in dem Schweigen, während Conor über den nächsten Teil seiner Geschichte nachdachte. »Wir haben wenig von dir gesehen in der letzten Zeit. Ich bin sicher, dass Fionn eine Weile auf dich verzichten kann.«

Fionn verzog in gekünstelter Überraschung den Mund. »Du bist mutig, kleine Schwester«, sagte er und zog die dunklen Brauen hoch. »Ich reite morgen Früh nach Tara; ich werde den größten Teil eines Monats ohne meine reizende Frau sein, vielleicht sogar länger, da man sie bedrängt hat, mich zu verlassen. Willst du sie mir noch weiter entziehen? Sie ist ein solcher ... Trost für mich.«

»Komm, Niamh«, sagte ich und unterdrückte einen Schauder, als ich ihm direkt in die Augen sah, dann streckte ich eine Hand nach meiner Schwester aus. Alle sahen jetzt zu, aber niemand sagte ein Wort.

»... ich würde ...«, sagte Niamh leise, aber ihr Mann hielt immer noch ihr Handgelenk fest. Also stand ich auf, ging zu ihr und hakte mich bei ihr ein.

»Bitte«, sagte ich freundlich und lächelte den Mann meiner Schwester auf eine – wie ich hoffte – bittende Weise an, obwohl ich befürchtete, dass die Botschaft meines Blicks eine andere war.

»Nun gut, wir haben später noch Zeit«, sagte er und löste seine Hand von ihrem Handgelenk.

Das ist der Uí Néill, Liadan. Sean sah mich missbilligend an. Die Stimme seines Geistes war streng. *Misch dich nicht ein.*

Sie ist meine Schwester. Und deine. Wie konnte er das vergessen? Aber es sah aus, als hätten sie es alle vergessen, als sie sie weggeschickt hatten.

Niamh setzte sich zu mir, und Conor begann wieder mit seiner Geschichte. Ich spürte, dass meine Schwester tief und schaudernd Luft holte und dann wieder ausatmete. Ich hielt ihre Hand in meiner, aber nicht sonderlich fest, denn ich hatte das Gefühl, als müsste ich mich ganz vorsichtig bewegen, wie auf Eierschalen, wenn ich ihr Vertrauen zurückgewinnen wollte.

»Dies ist die Geschichte des ersten Mannes, der sich in Sevenwaters niederließ«, sagte Conor ernst. »Er hieß Fergus, und von ihm stammen wir ab. Fergus kam aus dem Süden, aus Laigin, und er war der dritte Sohn und hatte daher wenig Aussichten auf das Land seines Vaters. Er war einer der Fianna, dieser wilden jungen Männer, die umherreiten, um ihre Schwerter an den zu verkaufen, der am meisten bietet. An einem schönen Sommermorgen wurde Fergus von seinen Freunden getrennt, direkt am Rand eines großen Waldes, und wie sehr er es auch versuchte, er konnte ihre Spur nicht mehr finden. Nach einer Weile, angelockt von der Schönheit der hochaufragenden Bäume, der sonnengefleckten Wege und des schräg einfallenden Lichtes ritt er in den alten Wald hinein und dachte: Ich werde gehen, wohin dieser Weg mich führt und sehen, welche Abenteuer dort auf mich zukommen.

Er ritt und ritt, tiefer und tiefer ins Herz des Waldes, und je weiter Fergus kam, desto mehr ergriff der Ort seinen Geist, und desto mehr staunte er über seine Schönheit und seine Seltsamkeit. Er verspürte keine Angst, obwohl er sich inzwischen vollkommen verirrt hatte. Stattdessen fühlte er sich geradezu gezwungen, weiter vorwärts zu gehen, hoch auf Hügel, die mit großen Eichen, Eschen und Fichten bedeckt waren, hinab in Täler voller Ebereschen und Haselnusssträucher, an Bächen entlang, an denen Weiden und Holunder wuchsen, bis er schließlich das Ufer eines wunderschönen Sees erreichte, der golden im Licht des Spätnachmittags glitzerte. Er wusste nicht, ob sein Weg einen einzigen Tag oder zwei oder drei gedauert hatte. Er war nicht müde; stattdessen fühlte er sich erfrischt und wie neu geboren, denn etwas war in seinem Geist erwacht, von dem er bis dahin nicht gewusst hatte, dass es existierte.

Fergus zügelte sein Pferd am Seeufer und stieg aus dem Sattel. Er beugte sich vor und schöpfte mit den Händen das klare Wasser, um einen Schluck zu trinken. Das Wasser war gut. Es schärfte seinen Geist und verlieh seinem Herzen Mut.

›Was wünschst du dir am meisten auf der Welt, Fergus?‹

Fergus fuhr erschrocken herum. Hinter ihm standen ein Mann und eine Frau, so nahe, dass er nicht begriff, weshalb sie ihm vorher nicht aufgefallen waren. Beide waren sehr groß; viel größer als Menschen. Der Mann hatte flammenfarbenes Haar, das sich über seine Stirn lockte und flackerte, als bestünde es tatsächlich aus Feuer. Die Frau war sehr schön, mit langem dunklen Haar und tiefblauen Augen, die zu ihrem fließenden Umhang passten. Fergus begriff, dass sie zu den Túatha Dé Danann gehören musste und dass es besser wäre, die Frage zu beantworten. Aber es war seltsam; seine Antwort war ganz anders, als sie noch vor ein paar Tagen gelautet hätte.

›Ich möchte hier bleiben und hier leben‹, sagte er. ›Ich möchte ein Teil dieses Ortes werden. Ich will, dass meine Kinder unter diesen Bäumen aufwachsen und das frische Wasser des Sees schmecken. Dann werden sie einen klaren Blick und einen reichen Geist haben.‹ So kurze Zeit hatte es nur gebraucht, dass dieser Ort seinen Eindruck in seiner Seele hinterließ.

›Du weißt, wer wir sind?‹, fragte die Dame.

›Ich … ich kann es mir vorstellen‹, sagte Fergus plötzlich verlegen, denn er war nie zuvor dem Feenvolk begegnet. ›Ich möchte nicht unverschämt sein, Herrin. Ich nehme an, das ist euer Land. Ich kann es kaum für mich selbst beanspruchen. Aber du hast mich gefragt.‹

Der flammenhaarige Mann lachte. ›Es gehört dir, Sohn. Deshalb wurdest du hierher gebracht.‹

›Mir?‹ Fergus riss erschrocken den Mund auf. ›Der Wald, der See – mir?‹ Das war doch sicher ein Traum.

›Du sollst sein Hüter sein, wenn dir die Aufgabe zusagt. Sein Wächter. Richte dich hier am See von Sevenwaters ein. Der Wald ist alt. Er ist eines der letzten sicheren Verstecke für unser Volk und für … die anderen. Der Wald wird dich und die deinen bewachen, und du wirst große Macht und großen Wohlstand erfahren, wenn du uns treu bleibst. Aber auch du musst deine Rolle spielen. Der alte Weg ist im Schwinden begriffen, und die geheimen Orte sind nicht mehr sicher; sie wurden offen gelegt und entweiht. Du und deine Erben, ihr werdet das Volk von Sevenwaters sein und müsst euren Einfluss in der sterblichen Welt nutzen, damit der Wald und jene, die dort leben, in Sicherheit bleiben. Alle, die dort leben. Es gibt nur noch wenige solcher Zufluchtsorte in ganz Erin, und sie werden mit jeder Drehung des Rades noch weniger. Es ist nicht unsere Art, Hilfe von solchen wie euch zu suchen. Aber die Welt verändert sich, und wir brauchen dich und die deinen, Fergus. Wirst du dieser Hüter sein? Hast du die Kraft dazu?‹

Was konnte er anders antworten als Ja? Also baute Fergus seine Festung aus Stein, und mit der Zeit sammelte er ein paar seiner alten Freunde von den wilden Fianna und ein paar Bauersleute aus dieser Gegend um sich, und er rodete ein paar Bäume, gerade genug, um Platz für Weideland und seine kleinen Bauernhöfe zu machen. Und er nahm sich eine Frau. Nicht die Tochter eines Bauern, nicht die Schwester eines seiner Freunde, wie man erwartet hätte. Nein, seine Frau war von ganz anderer Art. Er fand sie eines Tages, als er in den Hügeln oberhalb des Sees umherstreifte und einen guten Platz für einen Wachturm suchte. Er kam einen mit Ebereschen bewachsenen Hügel hinauf, und dort saß sie, hoch auf dem Felsen, in einem verwaschenen Kleid in der Farbe von Weidenblättern, und kämmte ihr dunkles Haar, schaute über die Bäume hinweg zum See hin, und er warf einen Blick in ihre seltsamen klaren Augen und war verloren. Sie sagte nie, wo sie her kam oder wer sie war. Sie war ein kleines Ding, ein zierliches Geschöpf. Sie gehörte sicher nicht den Túatha Dé an. Fergus erinnerte sich manchmal daran, wie geheimnisvoll die Herrin von *den anderen* gesprochen hatte, aber er fragte sie nie.

Sie hieß Eithne, und sie war ihm eine gute Frau und schenkte ihm drei mutige Söhne und drei tapfere Töchter. Seinen ersten Sohn unterrichtete er in der Kriegskunst, und dem zweiten brachte er alles bei, was er vom Bauernleben wusste, so dass sie zusammen den Wald und den See von Sevenwaters behüten konnten. Der dritte Sohn wurde an seinem siebten Geburtstag von einem sehr alten Mann mit geflochtenem Haar beansprucht, der hinkend aus dem Wald kam, auf einen Eichenstock gestützt. Dieser Sohn wurde ein Druide, und so wurde der alte Weg beim Volk von Sevenwaters wieder lebendig gemacht.«

»Was ist mit den Töchtern?« Ich konnte nicht widerstehen, obwohl es nicht für höflich galt, einen Druiden zu unterbrechen.

»Ah, die Töchter«, sagte Conor lächelnd. »Alle drei hatten die zierliche Gestalt ihrer Mutter und ihr dunkles Haar und ihre seltsamen Augen, und so mancher Bewerber hielt um sie an, als sie erwachsen wurden. Fergus war ein guter Stratege. Die Erste verheiratete er mit dem Herrn des Tuàth im Westen des Waldes. Die Zweite gab er dem Sohn eines anderen Nachbarn, der im Herzen des Marschlands wohnte, das hinter dem Pass im Norden liegt. Die dritte Tochter blieb zu Hause und lernte alles, was über Kräuter und Heilen zu wissen war, und die Menschen nannten sie das Herz von Sevenwaters.«

»Was ist mit den Inseln?«, fragte Sean, der darauf wartete, wie die Geschichte weiterging.

»Ah, ja.« Conor wurde feierlich. »Die Inseln. Das ist der nächste Teil der Geschichte. Aber vielleicht sind meine Zuhörer müde. Das ist eine lange Geschichte, die man am besten an zwei Abenden erzählen sollte.« Er sah sich um, die Brauen fragend hochgezogen.

»Erzähl den Rest, Conor«, sagte meine Mutter leise.

»Wie ich schon sagte, Fergus hatte seine Frau nie gefragt, was sie war oder wo sie her kam. Er wusste nie, ob sie eine gewöhnliche Sterbliche oder etwas anderes war. Sie wurde älter wie eine sterbliche Frau. Aber es heißt auch, wenn jemand aus der Anderwelt sich dazu entscheidet, einen von unserer Art zu heiraten, verliert er seine Unsterblichkeit. Wenn das wahr ist, musste Eithne ihren Mann wirklich sehr geliebt haben, und das ist vielleicht die Wurzel der Art, wie die Leute von Sevenwaters bis auf diesen Tag leben. Eithne gab ihrem Mann guten Grund zu glauben, dass sie tatsächlich eine der Alten war. Es heißt, die Fomhóire sind ein Volk des Meeres und dass sie vor langer Zeit aus der Tiefe des Ozeans gekommen waren, um das Land Erin zu bewohnen. Eithnes Geheimnis war ein Seegeheimnis. Sie erzählte Fergus von drei Inseln, drei Felsen in dem großen Wasser, das unser Land von Alba und von Britannien trennt. Geheime Inseln waren sie, sehr, sehr klein und schwer zu finden, außer für jene, die es wussten. ›Was wussten?‹, fragte Fergus. ›Wie man sie findet‹, sagte Eithne. Die Inseln waren das Herz. Das Herz von allem, der Mittelpunkt des Rads. Fergus musste dorthin gehen, dann würde er es verstehen, sagte sie. Wenn alles andere versagte, wenn alles verloren war, würden die Inseln der letzte Ort sein. Noch mehr als der See, noch mehr als der Wald mussten die Inseln bewahrt werden.

Eithnes Worte bewirkten, dass Fergus kalt wurde, und er bat sie nicht um eine Erklärung. Aber er ließ seine Männer ein Boot bauen, ein großes Boot mit einem Segel, und er folgte der Landkarte, die Eithne ihm gezeigt hatte, und machte sich von der östlichen Küste auf zur Insel Man. Das war noch vor den schlimmsten Überfällen, aber es war dennoch nicht gerade das sicherste Gewässer für ein Schiff, das mit Bauern und Waldarbeitern bemannt war. Eithne begleitete ihren Mann nicht. Sie trug ein Kind, und außerdem, sagte sie, würde sie von Seereisen krank. Also reisten Fergus und seine Männer nach Südosten, und als sie sich der Küste von Man näherten, senkte sich ein Nebel herab, so dicht, dass man die Hand nicht mehr vor Augen sehen konnte. Sie rafften das Segel und ruderten nicht weiter, aber das Boot bewegte sich, gezogen von einer unsichtbaren Strömung, während die Besatzung schaudernd vor Angst dasaß und an Seeungeheuer mit riesigen Zähnen und an messerscharfe Klippen dachte. Und nach langer Zeit kratzte der Kiel des Bootes über einen muschelbesäten Strand, und der Nebel hob sich so plötzlich, wie er sich gesenkt hatte. Sie waren am Strand einer kleinen felsigen Insel, die nicht viel mehr war als ein Fleck im Meer, ein verlassener Ort, der nur von Seehunden und Vögeln bewohnt wurde. Die Männer waren erschrocken. Fergus versuchte sie zu trösten, obwohl er selbst auch nicht glücklich über die Situation war. Es war seltsam still an diesem Ort, und er hatte das Gefühl, dass etwas Großes jede ihrer Bewegungen beobachtete. Er wies seine Männer an, das Boot an Land zu ziehen und ein Lager im Schutz überhängender Felsen aufzuschlagen, während er höher hinaufkletterte, um sich umzusehen.

Als er durch Felsen hinaufkletterte, bemerkte er überrascht, dass an diesem verlassenen Ort durchaus Leben herrschte: niedrige Kriechpflanzen, vom Wind gebogene Büsche, Krebse und Krabben und kleine, huschende Tiere. Und viele, viele Vögel flogen über ihn hinweg. Fergus stand ganz oben auf der kleinen Insel und schaute nach Norden. Dort war in der Ferne die Insel Man zu sehen, weit weg, aber immer noch zu nahe, als dass es beruhigend gewesen wäre. Im Osten, viel näher, lag eine weitere Felseninsel, größer als die, auf der sie gelandet waren. Eine Insel mit Buchten und flachem Boden, der mit Gras bedeckt war, und mit Klippen im Süden; ein Ort, an dem man sich vielleicht aufhalten konnte, wenn dort frisches Wasser zu finden war. Und im Westen gab es eine dritte Insel. Fergus wusste sofort, dass sie es gewesen war, von der Eithne gesprochen hatte. Sie ragte aus dem Meer auf wie eine große Steinsäule, steil und kahl, ihr Sockel eine Masse spitzer Felsen, über die das Meer kochte und zischte. Zu seinem Erstaunen entdeckte Fergus, dass man ein paar grobe Treppenstufen in den Felsen gehauen hatte, den ganzen Weg bis zur Spitze. Es gab dort eine Art Sims und Bäume. Bäume! Fergus konnte es kaum glauben, aber ein Hain von Bäumen, die wie Ebereschen aussahen, krönte diese seltsame Felssäule, über der die Vögel kreisten.

Fergus dachte eine Weile nach, und dann ging er wieder hinunter zu den Männern, half ihnen beim Feuermachen und versprach ihnen, sie würden am Morgen wieder zu Hause sein. Die Männer waren erleichtert. Diese Reise war einfach zu seltsam gewesen. Dann sagte Fergus: ›Aber erst will ich, dass ihr mich da rüberbringt.‹ – ›Wohin?‹, fragten seine Männer. ›Dorthin‹, sagte Fergus. Man könnte von dort, wo sie ständen, nicht mehr als die Spitze der dritten Insel sehen, also stimmten die Männer zu. Am nächsten Morgen, als sie im Boot waren und ihn hinüberrudern wollten, entdeckten sie die Felsen und die schäumende Brandung und spürten, wie sich kalter Schrecken in ihre Eingeweide senkte. ›Rudert weiter‹, sagte Fergus grimmig, und das taten sie. Dann wurde das Boot von der Strömung ergriffen; sie hoben die Ruder, und das Boot wurde weitergesaugt, näher und näher an die Felsen, bis die Männer anfingen zu schreien und zu Manannán mac Lir beteten sie, sie zu retten. Und gerade, als es so aussah, als würden sie in Stücke geschlagen, wurde das Boot plötzlich zwischen den Felsen in eine Art Höhle gezogen, wo das Wasser wirbelte, und an der Seite der Höhle gab es einen Sims und eine Öffnung und Stufen, die in den Felsen gemeißelt waren und nach oben führten.

Bevor einer noch ein Wort sagen konnte, war Fergus aus dem Boot gesprungen und auf dem Sims und vertäute das Boot an einem Eisenpfahl, der in eine Ritze zwischen die nassen Felsen getrieben war. ›Ich bleibe nicht lange‹, sagte er und ging die Treppe hinauf. Die Männer blieben im Boot und waren sehr still. Es war dunkel in der Höhle, und das Wasser bewegte sich seltsam gegen den Kiel, als befänden sich irgendwelche Geschöpfe direkt unter der Oberfläche. Das Meer rauschte zu einer Öffnung hinein und zu einer anderen wieder hinaus – einer Öffnung, in der sie kaum genug Platz haben würden, selbst mit umgelegtem Mast. Sie versuchten, nicht an die Gezeiten zu denken. Niemand fragte sich, wer den Befehl übernehmen würde, wenn Fergus nicht zurückkäme.

Sie warteten lange Zeit – zumindest kam es ihnen lange vor, bei dem rauschenden Wasser und den sich verändernden Schatten und ihrer Fantasie, die sie ständig narrte. Schließlich tauchte Fergus wieder auf, und er hatte eine seltsame Miene, als hätte er etwas entdeckt, was über seine wildesten Träume hinausging, etwas, das er nie in Worte fassen könnte. Er stieg ins Boot und löste das Seil, und die Männer duckten sich, und die Strömung trieb sie durch die niedrige Öffnung hinaus und vorwärts, weg von dem schäumenden Wasser und den Felsen, spuckte ihr Schiff ins offene Meer. Dort stellten sie den Mast wieder auf und hissten das Segel, griffen nach den Rudern und eilten sich, nach Hause zu kommen. Und sie stellten Fergus keine einzige Frage, bis sie wieder sicher an der Küste von Erin waren. Er sagte ihnen nicht, was er gesehen hatte. Vielleicht erzählte er es Eithne, aber nicht dem Rest seines Haushalts. Es war ein Geheimnis, sagte er ihnen. Aber was seine Frau ihm erzählt hatte, entsprach der Wahrheit: Diese Inseln waren der letzte Ort, und die höchste, die er Nadel nannte, war von allen am kostbarsten. Hier gab es die Höhlen der Wahrheit, bewacht von heiligen Ebereschenbäumen, die wuchsen, wo kein gewöhnlicher Baum überleben konnte. Die Inseln mussten vor der Außenwelt geschützt werden. Wenn man ihren Frieden störte, wenn sie erobert wurden, würde sich das Gleichgewicht verändern, und ganz gleich, wie sorgsam die Bewohner mit dem Wald umgingen, ganz gleich, wie sicher das Land von Sevenwaters war, dann würden sich die Dinge zum Schlechteren verändern.

Als Fergus dies eines Tages seinen Leuten sagte, glaubten sie ihm, denn er hatte ein Schimmern in den Augen und eine Ehrfurcht im Blick, die ihnen sagte, dass er tatsächlich etwas überaus Wunderbares gesehen hatte. Von dieser Zeit an stand immer eine Wache auf den Inseln, und ein Lager wurde auf der Größeren Insel aufgeschlagen, so dass weder Nordmann noch Brite noch irgendein neugieriger Fischer es wagen würde, näher zu kommen. Fergus musste rasch lernen. Die Leute von Sevenwaters waren keine Seefahrer, und sie verloren im Lauf der Jahre mehr als ein paar gute Männer, denn die Inseln liegen weit draußen und der Küste von Britannien ebenso nahe wie der von Erin. Aber ihr

Wille war stark. Es kam eine Zeit, als die Druiden aus dem Wald sich über die See zur Nadel wagten und die Samhain-Rituale auf der Felsspitze unter den heiligen Ebereschen vollzogen.

»Oh ja«, hauchte Conor strahlend, als sähe er es direkt vor sich.

»Über Generationen hielt die Familie in Sevenwaters ihr Versprechen und kümmerte sich um den Wald und seine Bewohner und wachte über die Inseln, und der Wald schenkte ihnen im Gegenzug von seinem Überfluss und sorgte dafür, dass die Feinde fernblieben.

In jeder Generation gab es einen Druiden und einen oder zwei, die den Haushalt führten und dafür sorgten, dass die Menschen zu essen hatten und das Vieh gesund war und dass die Menschen sich verteidigen konnten. Und in jeder Generation gab es einen Heiler.

Außerhalb des Waldes breitete sich der christliche Glaube über das Land aus, manchmal mit Hilfe von Gewalt, aber häufiger still und unauffällig. Außerhalb des Waldes kamen die Nordmänner, und auch andere führten Überfälle durch, und nichts war mehr sicher, kein stilles Dorf, keine königliche Festung, kein Kloster und Haus des Gebets. Die Menschen glaubten nicht mehr an die Túatha Dé und an die Manifestationen der Anderwelt, denn in ihrer Angst sahen sie nur noch Barbaren, deren Äxte vom Blut ihrer Lieben trieften. Aber Sevenwaters war sicher, ebenso wie das Land, das an den Wald angrenzte. Familien, die durch Heirat und lange Allianzen verbündet waren, hielten gegen jeden Feind stand. Aber unvermeidlich kam dann eine Zeit, in der die Familie zu selbstzufrieden wurde. Es gab eine Generation, die kein Kind zu den Weisen schickte. Töchter heirateten weiter weg und starben früh. Ein Anführer war unaufmerksam, und seine Bauern nahmen schlechte Gewohnheiten an. Und sobald die Dinge in Bewegung geraten waren, ging es rasch bergab.

In diesem Augenblick rochen die Feinde selbstverständlich Blut. Besonders die Briten, die Northwoods aus Cumbria, hatten den Wunsch, ihre Herrschaft über das Meer hinaus auszudehnen, und eine finstere Zeit für Sevenwaters begann. Die Briten kamen mit einer Flotte von Schiffen, bemannt mit erfahrenen Kriegern, und nahmen die Inseln ein. Die Wachsamkeit hatte nachgelassen, das Lager dort war heruntergekommen. Es war nur zu leicht für Northwoods. Nun machten britische Schiffe auf der Größeren Insel fest, und britische Stiefel trampelten über den Boden der heiligen Orte, und britische Stimmen hallten wider in den Höhlen der Wahrheit. Sie fällten die uralten Ebereschen, um damit ihre Feuer zu entzünden. Und es war, wie Eithne gesagt hatte. Von diesem Augenblick an wurde es in Sevenwaters schlimm. Söhne fielen im Kampf mit den Briten. Töchter starben im Kindbett. Bäume wurden irrtümlich gefällt, und es gab Feuersbrünste und Hochwasser. Verbündete wandten der Familie den Rücken. Es gab Missernten, und Krankheiten brachen aus. So ging es weiter und weiter, und die Familie hatte hart um ihre Herrschaft zu kämpfen. Sie griffen immer wieder an, aber Northwoods hielt stand, und nach ihm seine Söhne und Enkel.

Es war später, sehr viel später, zu Zeiten meines Urgroßvaters, der Cormack hieß. Dies war auch der Name eines meiner Brüder, eines anderen, der sein Leben für die Sache hingab, und indem ich diese Geschichte erzähle, ehre ich ihn.«

Conors Tonfall blieb ruhig, aber ein Schatten fiel über seine Züge, als er dies sagte. Cormack war sein Zwillingsbruder gewesen. Ich konnte mir vorstellen, wie schrecklich ein solcher Verlust sein musste. »Der Cormack dieser Geschichte war ein guter, starker Mann, genau wie sein Ahnherr Fergus. Er kämpfte und arbeitete, und er sah, dass dennoch alles schlimmer wurde, und eines Tages wandte er sich tief in den Wald und suchte Hilfe vom ältesten Druiden, einem Mann, der so uralt war, dass sein Gesicht nur noch aus Falten bestand und seine Augen glasig und blind waren. Cormack fragte ihn: ›Wie kann ich meine Leute retten? Wie können der Wald und seine Bewohner bewahrt werden? Ich werde nicht aufgeben, ich bin der Hüter dieses Landes und aller, die hier leben. Ich bin der Herr von Sevenwaters. Es muss eine Möglichkeit geben.‹

Der alte Druide sah ins Feuer, und er schwieg so lange, dass Cormack begann sich zu fragen, ob der Mann auch taub sei. Der Rauch stieg auf und ringelte sich, und das Feuer glühte in seltsamen Farben, grün und golden und purpurn. ›Es gibt eine Möglichkeit‹, sagte der alte Mann, und seine Stimme klang tief und stark. ›Nicht für dich, aber für die Kinder deiner Kinder oder für ihre Kindeskinder. Das Gleichgewicht muss wieder hergestellt werden, oder alles geht verloren.‹

›Wie?‹, fragte Cormack begierig.

›Viele werden fallen‹, fuhr der Druide fort. ›Viele werden für die Sache sterben. Das ist nichts Neues. Die Bösen werden an Kraft gewinnen. Sevenwaters wird um Haaresbreite alles verlieren, Familie und Wald, Herz und Geist. Aber es kann alles wieder gut werden.‹

›Wann?‹

›Nicht zu deiner Zeit. Aber es wird einer kommen, der weder aus Britannien noch aus Erin stammt und gleichzeitig aus beiden Ländern. Dieses Kind wird das Zeichen des

Raben tragen, und durch diesen Einfluss werden die Inseln gerettet und das Gleichgewicht wieder hergestellt.‹

›Was kann ich tun?‹

›Halte aus. Halte aus, bis es Zeit ist. Das ist alles, was du tun kannst.‹«

Conor schwieg. Es war eine seltsame Art, eine Geschichte zu beenden, aber es war unmissverständlich das Ende. In der ganzen Halle war kein Geräusch zu hören. Dann griff meine Mutter nach einer Flasche mit Pastinakenwein und goss etwas davon in einen Kelch.

»Liadan? Reich dies deinem Onkel Conor. Er hat heute Abend schwer für uns gearbeitet.«

Ich ließ Niamhs Hand, die schlaff und kalt in meiner lag, los, und trug den Wein zu meinem Onkel.

»Danke«, sagte er mit einem Nicken. »Nun sag mir, Liadan, was bedeutet diese Geschichte dir? Wenn du eine Wahrheit darin lesen müsstest, was wäre das?«

Ich sah ihm in die Augen. »Dass selbst einer von den Fianna, ein Söldner ohne Verpflichtungen, zu einem guten und vertrauenswürdigen Mann werden kann, wenn man ihm die Chance gibt«, sagte ich. »Wir sollten nicht so rasch nach dem Äußeren urteilen, da wir alle von einem solchen Mann abstammen.«

Conor lachte leise. »In der Tat. Was ist mit dir, Sean? Welche Wahrheit liest du aus meiner Geschichte?«

Sean hatte nachdenklich das Gesicht verzogen. »Zweifellos bedeutet sie mir, dass ich die Prophezeiung nicht ignorieren darf«, sagte er.

»Ah.« Conor setzte sich hin, den Becher in den schlanken Händen. »Eine Geschichte soll nicht etwas Bestimmtes bedeuten. Sie erzählt, was der Zuhörer hören will.«

»Sie spricht zu mir«, sagte meine Mutter. »Sie sagt mir,

dass der Zeitpunkt gekommen ist. Jetzt oder doch sehr bald. Ich spüre es.«

»Du hast Recht.« Einer der Welpen lag auf Liams Knie und schlief, der andere hatte sich über seine Füße gestreckt. Es sprach für meinen Onkel, dass es ihm trotzdem immer noch gelang, würdevoll auszusehen. »Conor hat für diesen Abend eine gute Geschichte ausgewählt. Wenn wir in Tara sind, dürfen wir unser Ziel nicht aus den Augen verlieren. Man wird uns – wie ich annehme – bedrängen, andere Unternehmungen zu unterstützen. Wir dürfen nicht vergessen, was für uns das Wichtigste sein muss.«

»Und wenn Sorcha tatsächlich Recht hat, sollten wir alle Möglichkeiten in Betracht ziehen, unser Ziel rasch zu erreichen.« Ich hatte geglaubt, dass Seamus Rotbart eingeschlafen war, aber er hatte zugehört, bequem zurückgelehnt.

»Es fällt mir schwer«, sagte Fionn mit einem dünnen Lächeln, »die Art und Weise zu akzeptieren, wie ihr Fantasien für die Wahrheit haltet. Es ist ein etwas anderer Weg, die Welt zu betrachten. Aber wie dem auch sei, es gibt praktische Gründe für euren Kampf. Die Inseln haben Northwoods lange einen sicheren Hafen geliefert. Nehmt ihm den ab, und ihr schwächt seinen Einfluss gewaltig. Was euer eigenes Land angeht, das ist nun wieder sicher, und Liam wird in ganz Ulster und darüber hinaus hoch geachtet. Jeder hier wäre dumm, sich Sevenwaters nicht zum Verbündeten zu wünschen.«

»Dennoch«, sagte mein Vater leise, »die Geschichte erzählt, dass Generationen guter Männer für diese Sache gestorben sind, und nicht nur Männer aus Erin. Es hat auf beiden Seiten des Wassers Witwen und vaterlose Kinder gegeben. Es wäre vielleicht wert, sich die Worte der Prophezeiung näher anzusehen, wenn man nicht mehr verlieren will als notwendig. Sie spricht nicht von einem Kampf.«

Fionn zog die Brauen hoch. »Du bist selbst eng mit Northwoods verwandt, nicht wahr? Das schafft eine interessante Komplikation. Es ist unvermeidlich, dass du die Situation ein wenig anders betrachtest.«

»Der Mann, der diesen Namen trägt, ist ein Verwandter von mir, ja«, sagte mein Vater. »Ein entfernter Vetter. Er hat erfolgreich Anspruch auf die Ländereien erhoben, als mein Onkel Richard starb. Ich mache kein Geheimnis aus meiner Verbindung mit dieser Familie. Und da du meine Tochter geheiratet hast, kannst du das nun auch von dir behaupten.«

Conor stand auf und gähnte. »Es wird spät«, sagte er.

»Wahrhaftig«, sagte Liam, stand auf und setzte die Welpen auf den Boden. »Zeit, ins Bett zu gehen. Wir müssen morgen Früh aufbrechen, und wir sind nicht mehr alle so jung.«

»Komm, Niamh.« Fionn streckte eine Hand nach meiner Schwester aus, aber sein Blick ruhte herausfordernd auf mir. Sie ging zu ihm ohne ein Wort, und er legte den Arm um ihre Taille, und sie gingen die Treppe hinauf. Ich drehte mich um, um meine Kerze zu holen, aber Eamonn war vor mir da, entzündete sie an der nächsten Fackel und gab sie mir in die Hand.

»Wir werden uns eine Weile nicht sehen«, sagte er. Das flackernde Kerzenlicht warf seltsame Muster auf sein Gesicht. Er war sehr bleich.

»Ich wünsche dir alles Gute für deine Reise nach Tara«, brachte ich hervor und fragte mich, wieso er sich nach allem, was ich ihm gesagt hatte, noch die Mühe gab, mit mir zu sprechen. »Und ... es tut mir Leid.«

»D-du solltest dir um mich keine Sorgen machen. Pass auf dich auf, bis ich wiederkomme, Liadan.« Seine Finger berührten meine, die die Kerze hielten, und dann war er verschwunden.

KAPITEL 9

Eamonns Heim hatte einen wirklichen Namen – den, den sie auf die Landkarten schrieben. Er bedeutete »Dunkle Festung«. Aber alle nannten es Sídhe Dubh, als wäre es eine Festung der Feen und nicht das Zuhause eines Häuptlings von Ulster, zumindest nicht eines der menschlichen Art. Die Geschichte dazu lautete, dass der mysteriöse Hügel, der sich von Nebeln umweht aus dem Marschland erhob, tatsächlich vor langer Zeit einmal eine Residenz der Anderwelt gewesen sei, bewohnt vom Feenvolk, oder noch wahrscheinlicher, dem älteren Volk, das vor ihnen hier war. Gnome vielleicht oder Clurichauns. Sie waren nun alle weg, geflohen, als Eamonns Ahnen eintrafen und diesem Land ihren Stempel aufdrückten. Aber viel Seltsames war geblieben.

Auch auf unseren Ländereien und denen von Seamus Rotbart gab es kleine Torfmoore, die guten Brennstoff fürs Feuer lieferten. Aber auf Eamonns Land war das anders. Hier waren die Marschen gewaltig, bedrohlich, in unheimlichen Nebel gehüllt, hier und da durchzogen von Reihen seltsam verkrüppelter Bäume, deren Wurzeln sich an die winzigen Landinseln innerhalb eines Meeres aus schwärzlichem, saugendem Schlamm klammerten. An einigen Orten gab es offenes Wasser, aber es war Wasser, wie man es sonst nirgendwo sieht, dunkel, sogar, wenn die Sonne schien, und mit einer öligen Schicht überzogen. In einer solch feindseligen Landschaft gab es nur wenige Orte, wo man sicher Häuser errichten konnte. Auf vereinzelten, etwas höher gelegenen Landstrichen gab es kleine Ansiedlungen mit Scheunen und Vorratsschuppen in der Mitte, und die Menschen lebten rings um sie her auf Pfählen, die ihre Häuser über den Sumpf hoben. Diese kleinen Inseln, gebaut aus Steinen und Holz, mit grob gezimmerten Holzpalisaden gegen Eindringlinge, waren durch schmale Brücken mit dem trockenen Land verbunden. Bei warmem Wetter sammelten sich Schwärme von Insekten über dem Wasser, und ein süßer, fauliger Geruch hing in der Luft. Dennoch, die Menschen blieben hier, wie schon ihre Väter und die Väter ihrer Väter vor ihnen. Eamonn war ein starker Anführer, und seine Leute standen treu zu ihm. Außerdem kannten sie kein anderes Leben.

Im Norden besaß Eamonn Weiden und Kornfelder und andere Höfe und Ländereien. Dennoch hatte er sich entschlossen, wie seine Vorfahren in der Mitte des Marschlandes zu leben. Es gab nur einen einzigen Weg dorthin, und der führte über einen Damm, der breit genug war, dass drei Reiter nebeneinander sich dort bewegen konnten oder ein schwerer Ochsenwagen. Auf seine Weise war Sídhe Dubh sogar noch sicherer als Sevenwaters, denn dieser Weg konnte leicht bewacht werden, und kein Eindringling wäre dumm genug gewesen, einen Angriff über das Marschland zu wagen. Denn dies hier war nicht einfach nur ein Torfmoor. Es war eine Landschaft voller Heimtücke und Täuschungen. Es war gut möglich, dass jemand sich aufmachte, um Torf zu schneiden und seinen Schubkarren belud und vor dem Sonnenuntergang schon wieder nach Hause kam. Es konnte aber auch sein, dass er einen falschen Schritt nach rechts oder links machte und in den Schlamm gesaugt wurde, bevor er noch Zeit hatte, die Dagda anzuflehen, ihn zu erlösen. Wie Eamonn selbst gesagt hatte, es war recht sicher hier, aber nur, wenn man sich auskannte.

Seit der Bemalte Mann Eamonns Krieger überrascht

hatte, waren die Verteidigungsanlagen eindeutig verstärkt worden. Dies war nicht mein erster Besuch hier, aber ich erinnerte mich nicht an sieben Wachtposten zwischen der Grenze von Eamonns Land und dem Beginn des Damms. Ich erinnerte mich nicht an zugekettete, eisenbeschlagene Tore zu diesem Eingang und an die drei Schlüssel, die es brauchte, um sie zu öffnen. Es war gut, dass wir mit Aisling unterwegs waren, die die Herrin dieses grimmigen Hauses war, denn selbst Sean oder Niamh und ich wären abgewiesen worden.

Sídhe Dubh war eine Ringfestung, die seit ihrem Bau wenig verändert worden war. Zunächst erschien sie einem als niedriger, felsiger Hügel, der sich schildförmig aus der finsteren, nebelüberzogenen Landschaft erhob. Ein Reisender, der über den Damm kam und versuchte, das seltsame Knarren, Blubbern und Gurgeln des tintenschwarzen Wassers auf beiden Seiten möglichst zu ignorieren, bemerkte bald, dass der Hügel mit einer starken, unüberwindbaren Festungsmauer aus dunklem Stein gekrönt war, die alles hinter sich verbarg. Dann wurde klar, dass auch die Felsen auf dem Hügel sorgfältig platziert waren, eine Mauer von Spitzen, die mit großer Kunstfertigkeit beinahe um den ganzen Hügel gezogen war. Zu Pferd würde man nie diesen Hügel hinaufkommen. Jemand, der versuchte, ihn zu erklettern, würde schon von Pfeilen durchsiebt sein, bevor er auch nur einen Schritt oder zwei durch die zerklüfteten Steine gestiegen wäre. Der einzige Eingang, der durch diese gezähnte Barriere führte, war ein schweres, eisenbeschlagenes Tor, das aussah, als öffnete es sich in den Hügel selbst, und das von zwei sehr großen, kräftigen Männern und zwei riesigen schwarzen Hunden an kurzen festen Ketten bewacht wurde. Als wir näher kamen, begannen die Hunde zu knurren und die Zähne zu fletschen. Aisling glitt von ihrem Pferd, ging auf sie zu und streckte eine schlanke weiße Hand aus, um eines der Tiere am Kopf zu tätscheln. Das Geschöpf hechelte vor Vergnügen, und der andere Hund winselte.

»Das habt ihr gut gemacht«, sagte sie zu den Wachen. »Und jetzt öffnet und lasst uns herein. Mein Bruder befiehlt, dass wir unsere Gäste willkommen heißen, bis er zurückkehrt. Und haltet weiter Wache. Er möchte, dass wir in Sicherheit sind. Er lässt fragen, ob die Fianna weiterhin irgendwo entdeckt wurden? Der Bemalte Mann und seine Bande?«

»Nein, Herrin. Keine Spur. Es gibt Gerüchte, der Bursche sei übers Wasser davongezogen, um einen Auftrag für einen ausländischen König zu erledigen. So sagen die Leute wenigstens.«

»Dennoch, haltet weiter gut Wache. Mein Bruder würde es mir nicht verzeihen, wenn unseren Gästen etwas zustieße.«

Als wir in den langen, dunklen Tunnel eingelassen wurden, der sich erst ein wenig absenkte und dann spiralförmig um den Hügel nach oben zog, dachte ich über Aisling nach. Sie war in Sevenwaters so liebenswert und nachgiebig, aber hier verhielt sie sich ganz anders. In Abwesenheit ihres Bruders war sie die Herrin, und alle gehorchten ihr, selbst wenn sie nur ein zartes junges Mädchen war. Im Licht der flackernden Fackeln, die an den Steinmauern in eisernen Haltern steckten, sah ich, dass Sean grinste, wenn sie Befehle gab. Was Niamh anging, die hatte kein Wort gesprochen, seit wir Sevenwaters verlassen hatten. Sie hatte sich steif von unseren Eltern verabschiedet, und ich hatte gesehen, wie meine Mutter sich mühsam die Tränen verkniff und mein Vater nur mit einiger Anstrengung ruhig blieb, weil der gesamte Haushalt zusah. Ich hatte wieder einmal gesehen, wie Geheimnisse unsere Familie spalteten, wie wir begannen, einander zu verletzen, und ich dachte oft an Conors Geschichte und was sie bedeuten sollte. Ich versuchte, nicht daran zu denken, was Finbar mir gesagt hatte. *Vielleicht kannst du nicht beides haben.*

Der unterirdische Weg führte weiter nach oben, aber es zweigten auch nach links und rechts Seitengänge voll schattiger Ecken und unerwarteter Auswirkungen des Fackellichts ab. Ich war froh, als wir schließlich in den oberen Hof kamen, wo wir am Eingang zum Hauptgebäude aus dem Sattel stiegen. Die hohe, runde Steinmauer, die den Blick auf das umgebende Land blockierte, hatte einen gedeckten Wehrgang, und viele Männer in Grün waren dort aufgestellt und hielten Wache. Innerhalb der Festungsmauern befand sich eine ganze Siedlung, Schmiede, Ställe, Vorratsschuppen, Mühle und Brauerei. Es war ein gesamtes Dorf, das dort seinen Angelegenheiten ordentlich nachging, als wäre ein so eingeschlossenes Leben absolut nichts Ungewöhnliches.

Ich gestattete mir, einen Augenblick lang darüber nachzudenken, dass ich, wenn gewisse Ereignisse nicht verhindert hätten, dass ich Eamonns Heiratsantrag angenommen hätte, in einem Jahr hier als Herrin eingezogen wäre. Ich hätte allerdings einen mächtigen Grund gebraucht, um so leben zu können, nicht im Stande, über Bäume und Wasser hinauszuschauen und auf der Suche nach Beeren über Waldwege zu schlendern und die Hügel unter den jungen Eichen zu erklettern. Ich hätte Eamonn wirklich sehr lieben müssen, um einem solchen Leben zuzustimmen. Aber Niamh hatte auch Fionn nicht gewollt. Sie hatte nicht aus dem Wald weggehen und in Tirconnell leben wollen, aber sie war dennoch gegangen. Meiner Schwester hatte man keine Wahl gelassen.

Wir bezogen unsere Zimmer. Niamh gab ihre Zurückhaltung lange genug auf, um dagegen zu protestieren, ein Schlafzimmer mit mir zu teilen, obwohl sie das sechzehn Jahre lang ohne eine einzige Beschwerde getan hatte. Aisling ließ sich nicht davon abbringen; alles war bereits organisiert, und es gab außer ihrer eigenen, die Niamh selbstverständlich gerne mit ihr teilen konnte, keine weitere passende Kammer. Niamh sah mich an und wartete darauf, dass ich vorschlug, bei Aisling einzuziehen und ihr gestattete, allein zu sein. Ich sagte nichts. Also schwieg Niamh wieder, runzelte die Stirn und verschränkte die Finger.

»Vielleicht ist eine Uí Néill zu großartig für mich«, sagte ich und versuchte recht erfolglos zu lächeln, als wir die Treppe zu unserem Zimmer hinaufgingen. Das Zimmer selbst war geräumig, wenn auch dunkel, das einzelne schmale Fenster war ein Schlitz, der in den Hof hinausging. Es gab zwei schlichte Betten mit schneeweißem Leinen und dunklen Wolldecken. Es gab einen Tisch mit einem Krug Wasser und einer Schüssel und weichen Tüchern. Alles war makellos sauber und ordentlich. Ich hatte eine grün gekleidete Wache am Fuß der Treppe und eine im oberen Flur bemerkt.

»Ihr möchtet euch vielleicht waschen und dann bis zum Abendessen ausruhen«, sagte Aisling, die in der Tür wartete. »Ich habe die Diener angewiesen, euch warmes Wasser aufs Zimmer zu bringen. Das mit den Wachen tut mir Leid. Eamonn hat darauf bestanden.«

Ich dankte ihr, und dann ging sie. Sean stand immer noch unten im Hof und sprach mit einem unserer eigenen Männer. Er würde nicht lange bleiben, denn er war in Liams

Abwesenheit für Sevenwaters verantwortlich und musste nach Hause zurückkehren, um sich um seine Pflichten zu kümmern. Mein Vater hätte das ebenfalls tun können, aber obwohl die Menschen den Großen mochten und ihm vertrauten, hatten sie dennoch nicht ganz vergessen, dass er Brite war, und so hätte er nie in Liams Fußstapfen treten können, selbst wenn er es gewollt hätte. In gewisser Weise war das eine Verschwendung, denn wenn es je einen Mann gegeben hatte, der zum Anführer geboren war, dann war es Hugh von Harrowfield. Aber er hatte seinen Weg selbst gewählt.

Sobald die Tür geschlossen war, zog ich mein Oberkleid aus und die Stiefel. Ich goss ein wenig Wasser in die Schale und wusch mir Gesicht, Arme und Hände, froh, einen Teil des Staubs und Schweißes der Reise abwaschen zu können. Ich suchte in meinem Gepäck nach Kamm und Spiegel.

»Du bist dran«, sagte ich, setzte mich aufs Bett und begann, meine windzerzausten Locken zu kämmen. Aber meine Schwester hatte nichts weiter getan, als ihre Reitstiefel auszuziehen. Sie legte sich vollständig angekleidet aufs Bett und schloss die Augen.

»Du solltest dir zumindest das Gesicht waschen«, sagte ich, »und dann kann ich dir das Haar kämmen. Und du wirst viel besser schlafen, wenn du dieses Kleid ausziehst. Niamh?«

»Schlafen?«, sagte sie tonlos und öffnete nicht einmal die Augen. »Wer hat etwas von Schlafen gesagt?«

Mein Haar war eine Katastrophe. Ich konnte froh sein, wenn ich bis zum Abendessen all die zerzausten Stellen ausgekämmt hatte. Ich zog den Knochenkamm hindurch, Strähne um Strähne, begann an den Spitzen und arbeitete mich unter Schmerzen bis zu den Wurzeln vor. Es gab einiges, was für rasierte Köpfe sprach, wenn man im Freien lebte. Niamh lag reglos auf dem Rücken und atmete langsam, aber sie schlief nicht. Sie hatte die Fäuste geballt, ihr Körper war angespannt.

»Warum sagst du es mir nicht?«, fragte ich leise. »Ich bin deine Schwester, Niamh, ich sehe doch, dass etwas nicht in Ordnung ist, etwas Schlimmeres als nur ... als nur verheiratet zu sein und dein Zuhause zu verlassen. Es würde vielleicht helfen, wenn du darüber sprichst.«

Aber sie bewegte sich nur ein wenig von mir weg. Ich kämmte mir weiter das Haar. Geräusche drangen aus dem Hof herauf, die Bewegung von Pferden, Männer, die sich etwas zuriefen, Axtschläge auf Holz. Ein schrecklicher Verdacht entstand in meinem Kopf, einer, dem ich kaum nachgehen konnte. Ich konnte sie nicht fragen. Ich schloss die Augen, saß da und stellte mir vor, meine Schwester zu sein und still in dem dunklen Steinzimmer zu liegen. Ich spürte, wie weich die Decke neben mir war, wie müde mein Körper vom Reiten, das schwere helle Haar um meinen Kopf unter dem Schleier. Ich ließ mich in der Stille des Zimmers treiben. Ich wurde zu meiner Schwester. *Ich spürte, wie allein ich war, jetzt, da ich nicht mehr Teil von Sevenwaters sein konnte, da meine Mutter, mein Vater und mein Onkel, ja sogar meine Schwester und mein Bruder mich weggeworfen hatten wie ein Stück Abfall. Ich war wertlos. Warum sonst hatte Ciarán, der gesagt hatte, er würde mich ewig lieben, mich verlassen? Was Fionn sagte, war richtig – ich war eine vollständige Enttäuschung, unfähig als Ehefrau und als Geliebte. Unhöflich zu Gästen, hatte er gesagt. Unfähig im Haus. Langweilig im Bett trotz all seiner Bemühungen, mich zu lehren. Eine Versagerin. Es war gut, dass ich zumindest war, wer ich war, oder die Heirat wäre vollkommen sinnlos gewesen. Zumindest, sagte mein Mann, war da noch die Allianz. Ich spürte den Schmerz am ganzen Körper, der es so schwierig machte zu reiten, die Wunden, die ich nicht zeigen durfte, oder es würde noch schlimmer werden, alles würde schlimmer werden. Ich durfte ihnen nicht zeigen, dass ich selbst dabei versagt hatte. Wenn ich es nicht zeigte, dann würde das die schlimmen Dinge irgendwie weniger wirklich werden lassen. Wenn ich nichts verriet, konnte ich mich vielleicht ein wenig länger zusammennehmen.*

Ich riss mich zurück und spürte, wie mir überall Schweiß ausbrach. Mein Herz raste. Niamh regte sich nicht. Sie hatte nicht gespürt, dass ich in ihre Gedanken geschaut hatte. Ich zitterte vor Empörung. Verflucht sollte mein Onkel Finbar sein! Ich hätte lieber nie erfahren, dass ich dazu in der Lage war, ich würde diese Gabe nur zu gerne zurückgeben an die, die sie mir geschenkt hatten, und nähme stattdessen eine praktische Fähigkeit wie die zum Fischefangen oder zum Addieren von Zahlen. Nicht die Kunst, die innersten Gedanken von Menschen zu lesen, nicht das Verständnis ihrer geheimsten Schmerzen. Niemand sollte über ein solch gefährliches Talent verfügen.

Nach einer Weile gab ich zu, dass ich meinem Onkel gegenüber ungerecht war. Er war weise gewesen, mich zu warnen. Außerdem war dies nicht das erste Mal. Was war mit jener Nacht, als Bran schaudernd nach meinem Arm gegriffen hatte, so fest, dass er ihn mir beinahe brach, und ich gehört hatte, wie ein Kind darum flehte, nicht allein gelassen zu werden? Ich hatte auch seinen Schmerz geteilt und versucht, ihm zu helfen. Selbst nachdem er mich abgewiesen hatte, entzündete ich immer noch die Kerze, hielt ich immer noch in Zeiten der Dunkelheit Wache und trug sein Bild in meinen Gedanken. Wenn ich diese Gabe besaß, tief verborgene Wunden erkennen zu können, dann musste ich doch auch über die Möglichkeit verfügen, sie zu heilen. Beides kam gemeinsam, so viel hatten Mutter und Finbar mir gesagt. Ich hätte viel dafür gegeben, nie den Rest von dem zu erfahren, was in Niamhs Kopf vorging, was hinter dieser leeren, verschlossenen Miene geschah. Vor meinem geistigen Auge entstanden Bilder, die mich schauern ließen. Aber ich musste es wissen, wenn ich ihr helfen sollte.

Bewege dich langsam. Bewege dich mit leichtem Schritt wie ein Rebhuhn, das in einem Haselnussdickicht kaum ein Geräusch verursacht. Geh mit leichtem Schritt, sagte ich mir, oder sie würde zu Stücken zerbrechen und es wäre zu spät. Wir hatten Zeit; einen Mond vielleicht, bevor Fionn mit Eamonn zurückkehrte und Niamh uns wieder verlassen musste. Das war lange genug, um – um was zu tun? Ich konnte mir noch nichts vorstellen, aber etwas musste geschehen. Ich würde zunächst die Wahrheit herausfinden und dann einen Plan machen. Aber nicht so rasch, dass ich meine Schwester damit um den Verstand brachte. Als sie sich also direkt nach dem Abendessen entschuldigte und zurück nach oben floh, gab ich ihr ein wenig Zeit, allein zu sein. Ein Mensch konnte nicht allzu viel ertragen, wenn er so angespannt war wie sie. Dieses Gewicht lastete schwer auf mir, und ich war in Gedanken weit weg, als Sean mich ansprach. Aisling war hinaus in die Küche gegangen, und mein Bruder und ich saßen allein bei einem Bier, ein Stück entfernt von den Männern und Frauen des Haushalts.

»Ich breche morgen Früh auf, Liadan«, sagte Sean leise. »Liadan?«

»Tut mir Leid, ich habe nicht zugehört.«

»Hm. Es heißt, Frauen werden so, wenn sie schwanger

sind. Wirr im Kopf. Nicht ganz da.« Es war das erste Mal, dass er das Thema ansprach, und sein Tonfall war scherzend, obwohl in seinem Blick eine Frage stand.

»Du wirst Onkel werden«, erklärte ich ernst. »Onkel Sean. Klingt ziemlich alt, wie?«

Er grinste, dann wurde er plötzlich ernst. »Ich bin nicht froh über diese ganze Geschichte. Ich glaube, ich habe die Wahrheit verdient. Aber ich stehe unter Befehl, dich nicht zu fragen, und ich werde es nicht tun. Liadan, ich reite morgen nach Norden. Ich kehre nicht gleich nach Hause zurück, noch nicht. Ich sage es dir, weil ich weiß, dass du es für dich behalten wirst. Und irgendjemand muss wissen, wo ich hingegangen bin, falls ich nicht zurückkehre.«

»Nach Norden«, sagte ich tonlos. »Wohin im Norden?«

»Ich werde einem Mann einen Vorschlag machen und hören, was er zu sagen hat. Man sollte annehmen, dass du dir den Rest der Geschichte selbst denken kannst.«

»Das ist keine gute Idee, Sean«, sagte ich und spürte, wie mir kalt wurde. »Du gehst eine zu große Gefahr ein, wenn die Antwort Nein lautet.«

Sean sah mich ganz direkt an. »Du scheinst sehr sicher zu sein, was diese Antwort angeht. Woher kannst du so etwas wissen?«

»Du bist in Gefahr, wenn du gehst«, sagte ich schlicht.

Sean kratzte sich den Kopf. »Ein Krieger ist immer in Gefahr.«

»Schicke einen anderen, wenn du wirklich entschlossen bist, dich mit diesem Mann in Verbindung zu setzen. Es ist dumm, selbst zu gehen und allein.«

»Nach allem, was ich gehört habe, ist dies vielleicht der einzige Weg, ihn zu finden. Ich werde mich eben direkt in die Höhle des Löwen wagen.«

Ich schauderte. »Du wirst es vergeblich tun. Er wird Nein sagen. Du wirst schon erfahren, dass ich Recht habe.«

»Ein Söldner sagt nur Nein, wenn die Bezahlung nicht hoch genug ist, Liadan. Ich weiß, wie man feilscht. Ich will die Inseln wiederhaben. Dieser Mann kann sie mir vielleicht zurückgewinnen.«

Ich schüttelte den Kopf. »Das ist nicht nur ein Handel, es ist kein einfacher Kauf von Diensten. Es ist etwas anderes. In diesem Plan lauern Tod und Verlust, Sean. Ich habe es gesehen.«

»Vielleicht. Vielleicht auch nicht. Zumindest habe ich meine Theorie überprüft. Und Liadan, ich muss dir ja wohl nicht sagen, dass dies ein Geheimnis ist. Selbst Aisling glaubt, dass ich nach Hause zurückreite. Halte es geheim, bis ... du weißt schon.«

»Sean ...« Ich zögerte, weil ich nicht sicher war, wie viel ich sagen durfte.

»Was?« Sean runzelte die Stirn.

»Ich werde es selbstverständlich für mich behalten. Und ich muss dich bitten ... ich muss dich bitten, dass du, wenn du den Mann gefunden hast, den du suchst, nur von deinem Vorschlag sprichst und nicht von ... anderen Dingen.«

Nun warf er mir einen sehr seltsamen Blick zu.

Bitte, Sean. Ich bin deine Schwester. Bitte. Und zieh keine voreiligen Schlüsse.

Er sah aus, als hätte er mich am liebsten vom Stuhl gerissen und die Wahrheit aus mir herausgeschüttelt. Aber nun kam Aisling zurück, und er nickte widerstrebend. *Ich muss Schlüsse ziehen, aber ich denke, sie können einfach nicht der Wahrheit entsprechen. Es wäre einfach unerträglich.*

Am nächsten Tag ritt Sean davon, und ich sagte nichts, aber ich hatte Angst um ihn, da ich wusste, dass er den Bemalten Mann und seine Bande suchen wollte, um sich ihre Dienste zu erkaufen. Bei Brans Ablehnung von allem, was mir lieb und teuer war – meiner Mutter und meines Vaters, sogar meines Namens –, konnte ich mir nicht vorstellen, dass er Sean auch nur anhören würde. Wahrscheinlicher wäre es, dass mein Bruder in eine Art Falle ginge. Noch wahrscheinlicher würde er einfach nicht im Stande sein, sie zu finden. Wohin er sich auch wenden würde, sie wären immer einen Schritt schneller. Und außerdem – hatten die Männer in Grün nicht gesagt, dass Bran weit weg war, in einem Land über dem Meer? Meine Vision hatte ihn an einem entfernten Ort gezeigt, unter seltsamen Bäumen. Wahrscheinlich waren sie alle weg, Möwe, Schlange, Spinne, der ganze wild zusammengewürfelte Kriegerhaufen. Und wenn es so war, dann war es gut. Das bedeutete zumindest, dass mein Bruder zwar enttäuscht, aber unversehrt wieder nach Hause zurückkehren würde.

Inzwischen musste ich mich um Niamh kümmern. Ich wusste nicht, wie ich ihr sagen sollte, was ich in ihren Gedanken entdeckt hatte, aber es sollte sich herausstellen, dass es auch nicht notwendig war, denn die Wahrheit kam schon nach ein paar Tagen heraus, trotz ihrer Anstrengungen, sie zu verbergen. Es war nicht lange vor Einbruch der Dunkelheit, und ich war ruhelos, da mich das Eingeschlossensein in Sídhe Dubh bedrückte und ich mich bereits nach der frischen Luft und Bäumen und Wasser sehnte. Ich hatte Niamh sich selbst überlassen und war auf den schwer bewachten Wehrgang hinaufgestiegen, der sich um die kreisförmige Festungsmauer zog, hoch über Marschen und Häusern, hoch genug, dass man, wenn man nach Osten schaute, den Rand des Waldes von Sevenwaters erkennen konnte, einen graublauen Schatten in der Ferne. Langsam ging ich um die Mauer herum und blieb hier und da stehen, um durch die schmalen Schlitze zu spähen, die dazu da waren, dass man einen Pfeil hindurchschießen konnte, ohne dass der Bogenschütze seinerseits getroffen werden konnte. Ich war nicht groß genug, um über die Zinnen zu schauen; sie waren dazu gedacht, einen stehenden Mann zu schützen, und ich bin klein, selbst für eine Frau. Die Stellungen waren höher angebracht, und Stufen führten hinaus. Diese Stellungen selbst waren wiederum befestigt, und man konnte von dort nach allen Seiten spähen. Ich erschmeichelte mir meinen Weg in den nördlichen davon, und man erlaubte mir, hinaufzukommen und mich umzusehen. Der zuständige Mann knurrte etwas über Lord Eamonn und die Regeln, und ich lächelte süß und sagte, wie tapfer sie doch alle sein mussten und was für eine gefährliche Aufgabe sie hier erledigten und wie sicher ich war, dass Eamonn nichts dagegen hatte, wenn sie mir die Aussicht zeigten, nur dieses eine Mal. Aber wenn sie sich Sorgen machten, nun, dann würde ich es ihm selbstverständlich nicht erzählen. Die drei Männer grinsten und machten sich daran, mir zu erklären, was was war.

»Schaut nach Norden, Herrin. Es ist nicht so weit entfernt bis zu diesen Hügeln, das ist trockenes Land. Aber man kann nicht direkt dorthin gelangen, der Weg ist zu verräterisch. Es ist alles Sumpfland. Wie aus einem Alptraum.«

»Das bedeutet, dass man Umwege machen muss«, erklärte der zweite. »Zurück auf dem Weg, auf dem ihr gekommen seid, dann nach Osten zur Kreuzung, dann wieder nach Norden und wieder in diese Richtung. Es dauert einen halben Tag zu Fuß, bis man zum Pass gelangt. Selbstverständlich gibt es auch einen direkten Weg. Einen schnellen Weg.«

Der erste Mann lächelte freudlos. »Schnell ist er wirklich. Man gerät schnell unter Wasser, wenn man einen falschen Schritt macht. Ich würde das nicht versuchen. Nicht einmal, wenn mein Leben davon abhinge.«

Der dritte Mann war ein wenig jünger, kaum älter als ein Junge, und er sagte ehrfürchtig: »Wenn man nachts da rausgeht, kann man die Kriegsfeen über das Moorland schreien hören. Es bringt einem das Blut zum Gefrieren. So sagen sie voraus, wenn jemand stirbt. Wieder eine Seele, die die Finstere in ihre Hand bekommt.«

»Aber es gibt tatsächlich einen schnellen Weg direkt dorthin?«, fragte ich und starrte über das Land, das ganz wie ein einheitlicher Streifen Marschland aussah, bis zu der entfernten Linie niedriger Hügel im Norden.

»Oh ja. Schnell und geheim. Lord Eamonn benutzt ihn, und manchmal einer der anderen Männer. Es gibt nur eine Hand voll, die diesen Weg kennen. Sie können sich nur Schritt für Schritt weiterbewegen, nur hintereinander her, und man muss sich an jeden einzelnen Teil erinnern können, zwei Schritte nach links, einer nach rechts und so weiter. Oder man hat sein Leben verspielt.«

»War dies der Weg, wo der Söldner, ihr wisst schon, der, den man den Bemalten Mann nennt …?«

»Wo er unseren Männern auflauerte und sie schlachtete wie Vieh? Nicht hier, Herrin, aber es war eine ähnliche Stelle. Wie er den Weg erfahren hat, weiß Morrigan allein. Verflucht soll dieser mörderische Abschaum sein.«

»Wir haben zumindest einen von ihnen erwischt«, sagte der erste Mann. »Einen von diesen Metzgern. Haben ihm die Gedärme rausgerissen.«

»Ich werde mich nicht zufrieden geben, bis sie alle tot sind«, erklärte der andere. »Nur der Tod ist gut genug für sie, besonders für den, den sie ihren Hauptmann nennen. Dieser Mann hat wirklich ein schwarzes Herz, durch und durch böse. Aber er wäre dumm, auch nur einen Fuß wieder auf das Land meines Herrn zu setzen. Es wäre das Todesurteil für ihn.«

»Entschuldigt mich.« Ich schlüpfte zwischen ihnen aus dem Wachtposten und die Treppe zum Wehrgang hinunter.

»Es tut mir Leid, Herrin. Ich hoffe, wir haben Euch nicht aufgeregt. Männer sprechen manchmal eine schlichte Sprache.«

»Nein, nein, es ist schon in Ordnung. Ich danke euch, dass ihr mir so viel erklärt habt.«

»Seid vorsichtig, wenn Ihr weitergeht, Herrin. Die Steine sind ein bisschen uneben hier und da. Das hier ist kein Platz für eine Frau.«

Als ich zurück zum Schlafzimmer kam, war die Tür geschlossen. Ich wollte sie aufschieben, aber etwas blockierte sie. Ich schob fester, und die Tür ging halb auf und bewegte eine kleine Truhe weiter, die man davor gestellt hatte, damit sie geschlossen blieb. Die Diener hatten eine große Schüssel und Badewasser ins Zimmer getragen. Niamh hörte mich und griff nach einem Tuch, um sich zu bedecken, aber es war zu spät. Ich hatte es gesehen. Ich schlüpfte sehr leise herein und schloss die Tür hinter mir. Dann stand ich da und starrte die blauen Flecken an, die überall den Körper meiner Schwester überzogen.

Ich sah, wie ihr festes Fleisch geschrumpft war, so dass nun ihre Rippen vorstanden, ebenso wie die Hüftknochen zu beiden Seiten ihres eingesunkenen Bauches, als wäre sie am Verhungern. Ich sah, dass ihr langes, schimmerndes Haar, das einmal bis zur Taille gereicht hatte, nun grob in Kinnlänge abgehackt war, die Enden so unregelmäßig, als wären sie mit einem stumpfen Messer abgesägt worden. Es war das erste Mal, dass ich Niamh ohne Schleier sah, seit sie aus Tirconnell zurückgekehrt war.

Ohne ein Wort ging ich zu ihr, nahm das Tuch aus ihren zitternden Händen, legte es ihr um die Schultern und schützte ihren armen gequälten Körper vor dem Licht. Ich griff nach ihrer Hand und half ihr aus dem Bad, und dann setzte sie sich aufs Bett und begann zu weinen, zuerst leise und dann mit lautem Schluchzen wie ein Kind. Ich versuchte, sie nicht zu umarmen, denn dazu war sie noch nicht bereit.

Ich fand frische Unterwäsche und ein schlichtes Gewand und zog es ihr an. Sie weinte immer noch, als wir fertig waren, und dann holte ich meinen Kamm und begann, ihn vorsichtig durch die Reste des schönen Haars meiner Schwester zu ziehen.

Nach einer Weile hörte sie auf zu schluchzen, und ihre Worte wurden zusammenhängender. Sie sagte: »Verrate es niemandem! Versprich es mir, Liadan. Du darfst es niemandem von der Familie erzählen, nicht einmal Vater oder Mutter. Nicht Sean. Und besonders nicht den Onkeln.« Sie packte mich recht fest am Handgelenk, so dass ich den Kamm beinahe fallen gelassen hätte. »Versprich mir das, Liadan!« Ich sah ihr direkt in die blauen Augen, in denen weitere Tränen standen. Ihr Gesicht war aschgrau, ihre Miene verängstigt.

»Hat dein Mann das getan, Niamh?«, fragte ich leise.

»Wie kommst du darauf?«, fauchte sie sofort.

»Jemand muss es getan haben. Wenn nicht Fionn selbst,

wer dann? Denn sicher würde dein Mann dich vor solchem Missbrauch schützen können.«

Niamh holte schaudernd Luft. »Es ist meine Schuld«, flüsterte sie. »Ich habe alles falsch gemacht, alles. Es ist eine Strafe.«

Ich starrte sie an.

»Aber Niamh – welchen Grund sollte Fionn haben, so etwas zu tun? Wieso hat er dir so schrecklich wehgetan? Wieso hat er dein Haar abgeschnitten, dein schönes Haar? Der Mann muss verrückt sein.«

Niamh zuckte die Achseln. Sie war so dünn geworden, ihre Schultern waren unter dem weichen blauen Wollkleid so knochig und zerbrechlich wie die unserer Mutter. »Ich habe es verdient. Ich habe einen Fehler nach dem anderen gemacht. Ich bin so ... so ungeschickt und dumm. Ich war eine Enttäuschung für ihn. Ich habe versagt. Kein Wunder, dass Ciarán ...« Ihre Stimme brach. »Kein Wunder, dass Ciarán weggegangen ist und nicht mehr zurückkam. Ich war nie zu etwas gut.«

Das war so vollkommener Unsinn, dass ich versucht war, ihr zu widersprechen, wie ich es früher einmal getan hätte, ihr zu sagen, sie solle nicht so albern sein und sich an dem freuen, was sie hatte. Aber diesmal glaubte sie ihre eigenen Worte wirklich; und das dort waren blaue Flecken und Narben, nicht nur auf ihrer zarten Haut, sondern tief im Geist, und keine raschen Worte würden diese Wunden heilen.

»Warum hat er dir das Haar abgeschnitten?«, fragte ich abermals.

Sie hob die Hand und fuhr durch die grob abgehackten Locken, als könne sie selbst noch nicht recht glauben, dass dieser goldene Vorhang verschwunden war.

»Das war nicht er«, sagte sie. »Ich habe es selbst geschnitten.«

Ich starrte sie an. »Aber warum?«, fragte ich ungläubig. Niamh hatte sich immer gut um ihr Haar gekümmert und ohne Eitelkeit gewusst, dass es zu ihren größten Vorzügen gehörte, und obwohl sie manchmal darüber geschimpft hatte, dass sie ihrem Vater so ähnlich sah und damit ihre britische Abstammung so deutlich zu erkennen war, hatte es ihr trotzdem gefallen, wie ihre langen Locken in der Sonne schimmerten und um sie herumflogen, wenn sie tanzte und die Aufmerksamkeit der Männer erregte. Sie hatte sie mit Kamille gewaschen und sie mit Blüten und Seidenbändern geschmückt.

»Ich glaube nicht, dass ich mit dir darüber sprechen kann«, murmelte meine Schwester sehr leise.

»Ich möchte dir helfen!«, sagte ich. Ich dachte daran, was ich zuvor gesehen hatte, als ihre Gedanken mir enthüllt wurden. Aber es war immer noch besser, wenn sie es mir freiwillig sagte. Sie hatte mich bereits einmal für einen Spion gehalten. »Aber ich kann dir nicht helfen, wenn du mir nicht verrätst, worum es geht. Hat dein Mann herausgefunden, was mit Ciarán war? War es das? War er zornig, weil du bereits vor deiner Hochzeitsnacht bei einem Mann gelegen hattest?«

Bedrückt schüttelte sie den Kopf.

»Was dann? Niamh, ein Mann darf eine Frau nicht schlagen und ungestraft bleiben. Nach dem Gesetz könntest du die Scheidung verlangen. Liam würde das für dich tun. Vater wäre zornig und empört. Wir müssen es ihnen sagen.«

»Nein! Sie dürfen es nicht wissen!« Sie zitterte.

»Das ist verrückt, Niamh. Du musst zulassen, dass deine Familie dir hilft.«

»Warum sollten sie mir helfen? Sie hassen mich. Sogar Vater. Du hast gehört, was er zu mir gesagt hat. Sean hat mich geschlagen. Sie haben mich weggeschickt.«

Danach blieben wir eine Weile schweigend sitzen. Ich wartete; sie verschränkte ihre dünnen Finger und zupfte am Stoff ihres Kleides und biss sich auf die Unterlippe. Als sie dann wieder sprach, klang es endgültig.

»Ich werde es dir sagen. Aber vorher musst du versprechen, Vater oder Liam oder anderen aus der Familie nichts davon zu verraten. Auch nicht Eamonn oder Aisling. Sie gehören beinahe zur Familie. Versprich es mir, Liadan.«

»Wie kann ich so etwas versprechen?«

»Du musst. Denn es ist alles falsch, alles, und wenn du es erzählst, wird es die Allianz zerstören, und dann habe ich auch dabei versagt und sie wieder enttäuscht, und sie werden mich alle nur noch mehr verachten als jetzt, und es wird überhaupt keinen Grund mehr geben weiterzumachen, und ich könnte mir ebenso die Handgelenke aufschneiden und es zu Ende bringen, und wenn du es ihnen erzählst, werde ich es auch tun, Liadan. Versprich es mir. Schwöre es!«

Sie meinte es ernst. Bei diesen Worten stand Angst in ihren Augen, die wirklich und erschreckend war.

»Ich verspreche es«, flüsterte ich, und ich wusste, dass mich dieser Schwur ganz allein ließ, abgeschnitten von aller Hilfe, die ich hätte finden können. »Sag es mir, Niamh. Was ist passiert?«

»Ich dachte«, sagte sie und holte Luft, »ich dachte, am Ende würde alles gut werden. Bis zum letzten Augenblick hatte ich irgendwie gehofft, dass Ciarán kommen und mich holen würde. Es schien unmöglich, dass er das nicht tun sollte; dass er zulassen würde, dass ich verheiratet und weggeschickt werde, ohne dass er etwas unternimmt. Ich war so sicher. So sicher, dass er mich ebenso liebte wie ich ihn. Aber er kam nicht. Er ist nie zurückgekommen. Also dachte ich ... ich dachte ...«

»Lass dir Zeit«, sagte ich sanft.

»Vater war so zornig auf mich«, murmelte sie ganz leise. »Vater hätte nie seine Stimme gegenüber irgendwem erhoben. Als ich noch klein war, war er immer da, du weißt schon, um mich hochzuheben, wenn ich hingefallen war, und um dafür zu sorgen, dass wir alle glücklich und in Sicherheit sind. Wenn ich traurig war, ging ich immer zu ihm, und er umarmte mich oder hatte ein freundliches Wort. Wenn etwas nicht in Ordnung war, sorgte er immer dafür, dass es besser wurde. Aber nicht diesmal. Er war so kalt, Liadan. Er hat mir nie auch nur zugehört, und auch Ciarán nicht. Er sagte einfach nur Nein, ohne einen Grund zu haben. Er hat mich für immer weggeschickt. Als wollte er mich nie wieder sehen. Wie konnte er das nur tun?«

»Das ist ein wenig ungerecht«, sagte ich. »Er macht sich jetzt große Sorgen um dich, ebenso wie Mutter. Wenn er zornig scheint, dann liegt es vielleicht daran, dass er sie vor diesen Dingen beschützen will. Und du hast Unrecht, wenn du sagst, dass sie nicht zugehört haben. Sie haben immerhin Ciarán angehört. Conor sagte, es sei Ciaráns eigener Entschluss gewesen, den Wald zu verlassen. Er sagte, er sei auf einer ... einer Reise, um seine Vergangenheit zu finden.«

Niamh schniefte. »Was für einen Sinn hat die Vergangenheit, wenn man die Zukunft wegwirft?«, meinte sie trostlos.

»Also gut, es hat dich verletzt, was Vater getan hat, und dann bist du nach Tirconnell gegangen. Was dann?«

»Ich ... ich konnte es einfach nicht tun. Ich wollte alles

richtig machen; ich dachte, nun gut, wenn Ciarán mich nicht genug geliebt hat, um zurückzukehren, dann heirate ich eben einen anderen Mann und führe ein neues Leben und zeige ihm, dass er mich nicht mehr interessiert. Ich zeige ihm, dass ich ohne ihn zurechtkomme. Aber ich konnte es nicht, Liadan.«

Ich wartete. Und dann erzählte sie es mir, erzählte es mir so deutlich, als könnte ich sie sehen, Niamh und ihren Mann, dort in ihrem Schlafzimmer. Es hatte viele solcher Szenen gegeben, seit sie geheiratet hatte. Seit sie herausgefunden hatte, dass sie sich nicht verstellen konnte.

Fionn war nackt, und er beobachtete meine Schwester, wie sie sorgfältig ihr langes Haar bürstete. Ich konnte ihre Angst spüren, das Klopfen ihres Herzens, die Kälte, die sie mit einer Gänsehaut überzog. Sie trug ein ärmelloses Nachtgewand aus feinster Wolle, und die blauen Flecken auf ihrer Haut, neue, alte, waren deutlich zu sehen. Fionn starrte sie an, und er hatte die Hand zwischen den Beinen, streichelte sich selbst und sagte: »Beeil dich gefälligst! Ein Mann kann nicht ewig warten.«

»Ich …«, sagte Niamh und sah aus wie ein Tier in der Falle. »Ich … ich möchte wirklich nicht … ich fühle mich nicht …«

»Mhm.« Fionn ging zu ihr und machte kein Geheimnis aus der Begierde, die ihn härter werden ließ. Er stand dicht hinter ihr und nahm ihr rotgoldenes Haar in die Hand. »Dann werden wir etwas dagegen tun müssen, wie? Eine Ehefrau muss es schon wollen, Niamh, zumindest manchmal. Es wäre anders, wenn du schwanger wärst, das würde dir eine Ausrede geben. Aber es sieht so aus, als könntest du nicht einmal das. Es ist genug, um dafür zu sorgen, dass ein Mann sich anderswo umsieht. Und es ist nicht so, als ob ich keine Angebote hätte. Es gibt viele Mädchen in diesem Haushalt, die mich in sich gespürt haben, bevor du herkamst, und die dafür dankbar waren. Aber du ...«, er zog ihr Haar so fest, dass ihr Kopf zurückgerissen wurde und sie vor Angst und Schmerz keuchte. »Dir ist das gleich, wie? Du kannst dich einfach nicht für mich erwärmen.« Wieder riss er an ihrem Haar, und sie unterdrückte einen Schrei. Dann ließ er plötzlich los und packte sie, zog grob das Nachthemd hoch, riss sie auf sich zu und drang von hinten in sie ein, und diesmal konnte sie ihren Aufschrei des Schmerzes und der Empörung nicht zurückhalten.

»Böses Mädchen«, sagte Fionn und verschaffte sich grimmig sein Vergnügen. »Wozu soll eine Frau gut sein, wenn sie ihren Mann nicht befriedigt? Obwohl man das wohl kaum als Befriedigung bezeichnen könnte. Es ist ein wenig, als würde man es mit einer Leiche treiben. Nur für ... die körperlichen ... Bedürfnisse ... ah«, sagte er, zog sich mit einem Schauern aus ihr zurück und griff nach einem Tuch, um sich abzutrocknen. »Vielleicht brauchst du Übung, meine Liebe. Ich habe ein paar Freunde, die sich freuen würden, dir ein wenig ... Abwechslung zu verschaffen. Vielleicht könnten die dir etwas beibringen. Wir sollten das eines Abends versuchen. Ich könnte zusehen.«

Niamh stand mit dem Rücken zu ihm und starrte geradeaus, als wäre er nicht einmal da.

»Du hast nichts zu sagen?« Wieder packte er ihr Haar, packte es im Nacken und riss sie herum, dass sie ihn ansehen musste. »Mein Gott, wenn ich gewusst hätte, was für einen kalten Fisch ich bekomme, dann hätte ich dieser Ehe nie zugestimmt, Allianz oder nicht! Ich hätte deine Schwester nehmen sollen. Ein mageres kleines Ding, aber sie hatte zumindest ein bisschen Leben in sich. Du, du traust dich nicht einmal, mir zu widersprechen. Nun, dann mach weiter, zieh dich an. Mach dich schön, wenn das nicht zu viel verlangt ist. Ich habe Gäste zum Abendessen, und du solltest zumindest so tun, als ob du höflich zu ihnen wärst.«

Nachdem er weg war, saß Niamh einige Zeit allein da, starrte ihr Spiegelbild in dem Bronzespiegel an der Wand an. Dann griff sie wieder nach dem Kamm und zog ihn einmal durchs Haar, vom Kopf bis dorthin, wo die rotgoldenen Strähnen an ihrer Hüfte endeten. Sie sah zur Wand hin, wo der Umhang ihres Mannes an einem Haken hing und daneben ein Gürtel mit einem Dolch daran, ordentlich in der Lederscheide. Es gab keine Entscheidung, nur den Willen aufzustehen und hinüberzugehen und den Dolch zu greifen und zu schneiden, eine Hand voll nach der anderen, ziehen und schneiden, ziehen und schneiden, rundherum, bis ihr schönes glänzendes Haar rings um sie her auf dem gekachelten Boden lag wie eine seltsame Ernte. Sie steckte das Messer ordentlich wieder zurück, dann zog sie sich an: ein hochgeschlossenes Kleid mit Ärmeln bis zum Handgelenk, ein Gewand, das nicht einen ihrer blauen Flecken enthüllte. Über ihre abgeschnittenen Locken legte sie einen Schleier aus feiner Wolle, der an Schläfen und Hals fest anlag, so dass ihr Haar von jeder Farbe, jeder Länge hätte sein können.

»Ich dachte einfach, dass es keinen Sinn mehr hat«, sagte Niamh. »Alles muss irgendeinen Grund haben, oder ich könnte genauso gut tot sein. Warum sollte ich so bestraft werden, wenn ich es nicht verdient habe? Wenn er mir wehtut, dann deshalb, weil ich wertlos bin. Warum so tun als ob? Warum versuchen, schön zu sein? Die Leute haben mich einmal schön genannt, aber das ist eine Lüge. Ich liebe Ciarán mehr als alles auf der Welt. Und er hat mir den

Rücken zugewandt und mich verlassen. Meine eigene Familie hat mich ausgestoßen. Ich verdiene es nicht, glücklich zu sein, Liadan Ich habe es nie verdient.«

Mir war heiß vor Zorn. Hätte ich ein Messer gehabt und wäre Fionn Uí Néill in der Nähe gewesen, dann hätte mich nichts davor zurückhalten können, ihm die Waffe ins Herz zu stoßen und noch einmal fest umzudrehen. Hätte ich einen Söldner oder mehrere erreichen können und einen kleinen Beutel Silber gehabt, um sie zu bezahlen, hätte ich seine Hinrichtung befohlen. Aber ich war hier in Sídhe Dubh, und Fionn war der Verbündete meines Bruders und Liams. Ich war hier mit meiner Schwester, die nun die Augen öffnete und mir ihr Gesicht zuwandte, so hilflos und zerbrechlich, dass ich wusste, dass Zorn nicht helfen würde, zumindest nicht in diesem Augenblick. Ich wollte sie an den Schultern packen und sie ordentlich schütteln und anschreien: *Warum hast du dich nicht gewehrt? Warum hast du ihm nicht in sein arrogantes Gesicht gespuckt und ihm einen Tritt verpasst? Oder wenn du das nicht geschafft hast, warum bist du nicht einfach weggegangen?* Denn ich wusste, wäre ich an ihrer Stelle gewesen, dann hätte ich mir so etwas nie gefallen lassen. Ich wäre lieber als Bettlerin über die Straßen gezogen, als mich so erniedrigen zu lassen. Aber irgendwo war in Niamhs Kopf alles verdreht. Sie glaubte alles, was Fionn ihr sagte. Ihr Mann sagte, es sei ihr Fehler, also musste es so sein. Nun war Niamh beinahe verschlungen von der Hässlichkeit dessen, was ihr angetan worden war. Und wir alle trugen ebenfalls Schuld daran. Die Männer unseres Haushalts hatten ihr Schicksal besiegelt, als sie sie von Sevenwaters weggeschickt hatten. Selbst ich war schuldig. Ich hätte gegen ihre Verbannung ankämpfen können und hatte es nicht getan.

»Leg dich hin, Niamh«, sagte ich sanft. »Ich will, dass du dich ausruhst, selbst wenn du nicht schlafen kannst. Du bist hier in Sicherheit. Dieser Ort ist so gut bewacht, dass selbst der Bemalte Mann nicht hier eindringen könnte. Niemand kann dich hier anrühren. Und ich verspreche dir, du brauchst nie zu deinem Mann zurückzukehren. Du wirst sicher sein. Ich verspreche es dir, Niamh.«

»Wie ... wie könntest du so etwas versprechen?«, flüsterte sie und wehrte sich gegen meine Hände, als ich versuchte, sie aufs Kissen zu drücken. »Ich bin seine Frau, ich muss ihm gehorchen. Die Allianz ... Liam ... ich habe keine Wahl ... Liadan, du hast gesagt, du würdest es nicht erzählen ...«

»Still«, sagte ich. »Ich werde einen Weg finden. Vertraue mir. Jetzt ruh dich aus.«

»Ich kann nicht«, sagte sie zitternd, aber sie legte sich hin, die blasse Wange auf eine schlanke Hand gestützt. »Sobald ich die Augen schließe, kommt alles zu mir zurück. Ich kann es nicht wegschieben.«

»Ich werde bei dir bleiben.« Ich konnte kaum meine eigenen Tränen zurückhalten. »Ich werde dir eine Geschichte erzählen oder reden – was immer du willst. Ich werde dir vorsingen, wenn du willst.«

»Lieber nicht«, sagte meine Schwester mit einem Schatten ihrer alten Bosheit.

»Dann werde ich einfach reden. Ich will, dass du auf meine Stimme hörst und über meine Worte nachdenkst. Denk nur an die Worte, sieh nur das, wovon ich spreche. Hier, lass mich deine Hand halten. So ist es gut. Wir sind im Wald, du und ich und Sean. Erinnerst du dich an den breiten Weg unter den Buchen, wo man laufen und weiterlaufen kann, scheinbar für immer? Du warst immer die

Schnellste, immer vor uns. Sean tat sein Bestes, dich einzuholen, aber er hat es nie geschafft, bis du der Meinung warst, dass du zu alt für solche Dinge wärst. Ich kam immer als Letzte, weil ich stehen blieb, um mich nach Beeren umzusehen oder ein Blatt aufzuheben oder zuzuhören, wie die Igel im Farn raschelten, oder ich versuchte den Stimmen der Baumwesen hoch über unseren Köpfen zu lauschen.«

»Du und deine Baumwesen«, schnaubte sie ungläubig, aber zumindest hörte sie zu.

»Du läufst barfuß über diesen Weg und spürst den Wind in deinem Haar, das weiche, trockene Laub unter den Füßen, du läufst durch die Lichtstrahlen, wo die Sonne schräg durch die Baumkronen fällt, wo sie das Grün und Gold der letzten Blätter des Herbstes einfängt, die noch an den Bäumen hängen. Und plötzlich hast du das Seeufer erreicht. Dir ist warm vom Laufen, und du gehst weiter ins Wasser, spürst die kühlen Wellen an deinen Fußgelenken, den weichen Schlamm unter deinen Füßen. Später legst du dich auf die Steine, zusammen mit Sean und mir, und wir lassen die Finger ins Wasser hängen und sehen zu, wie die Fische vorbeischwimmen, silbrige Fische, halb verborgen vom Glitzern des Sonnenlichts auf der Seeoberfläche. Wir warten darauf, dass die Schwäne auf dem Wasser landen. Einer führt sie an, die anderen folgen und gleiten im Gold des Spätnachmittags, um zu landen, die weißen Flügel ordentlich gefaltet, als das Wasser sie aufnimmt. Sie schwimmen wie Geister aus dem Halbdunkel der Abenddämmerung.«

So erzählte ich eine Weile weiter, und Niamh lag still da, aber sie war wach, und ich sah genug von ihrem Geist, um zu begreifen, dass die Verzweiflung nie weit von der Oberfläche entfernt war.

»Liadan«, sagte sie, als ich innehielt, um Luft zu holen. Sie öffnete die Augen, und ihr Blick war alles andere als ruhig.

»Was ist denn, Niamh?«

»Du erzählst von vergangenen Zeiten, davon, was gut und einfach war. Diese Zeiten werden nie zurückkehren. Liadan, ich schäme mich so. Ich fühle mich ... so schmutzig, so wertlos. Ich habe alles falsch gemacht.«

»Das glaubst du doch nicht wirklich, oder?«

Sie rollte sich zusammen, einen Arm um den Körper geschlungen, eine Faust gegen den Mund gedrückt. »Es ist die Wahrheit«, flüsterte sie. »Ich muss es glauben.«

Es klopfte leise an der Tür. Das war Aisling, die nachsehen wollte, ob alles in Ordnung war, denn es war beinahe Zeit zum Abendessen, und wir waren immer noch hier eingeschlossen. Ich sprach leise mit ihr und sagte, Niamh sei müde, und bat um ein wenig Essen und Wasser auf einem Tablett, wenn das nicht zu viel Umstände machte.

Kurz darauf brachte eine Dienerin Brot und Fleisch und Bier, und ich nahm es entgegen, dankte ihr und schloss die Tür wieder fest.

Niamh wollte nichts essen oder trinken, aber ich tat es. Ich hatte Hunger – das Kind wuchs. Ich konnte die leichte Schwellung meines Bauchs nun deutlich sehen und spüren, dass meine Brüste schwerer wurden. Bald würden die Veränderungen allen deutlich werden. Aber Niamh wusste es nicht, und wahrscheinlich hatte niemand daran gedacht, es ihr zu sagen.

»Liadan«, sagte sie so leise, dass ich sie kaum hören konnte.

»Hm?«

»Ich habe Mutter traurig gemacht. Ich habe sie verletzt,

als sie ... als sie ... und ich wusste es nicht einmal. Liadan, wie konnte ich nur übersehen ... .«

»Still«, sagte ich und musste mich anstrengen, mir die Tränen zu verbeißen. »Mutter liebt dich, Niamh. Sie wird uns immer lieben, ganz gleich, was geschieht.«

»Ich ... ich wollte mit ihr sprechen, ich wollte es wirklich, aber ich konnte es nicht. Ich konnte mich nicht dazu zwingen. Vater war so streng, er hasste mich dafür, dass ich sie aufgeregt hatte und ...«

»Still. Am Ende wird alles gut werden. Du wirst schon sehen.« Das war dummes Selbstvertrauen. Wie konnte ich dafür sorgen, dass es gut wurde, wenn jene, die bisher so stark gewesen waren, umherdrifteten wie Laub, das hilflos in den Stürmen von Meán Fómhair umhergeweht wurde? Vielleicht war das ein Teil des alten Bösen, von dem sie sprachen, etwas, das so böse und mächtig war, dass es alles durcheinander brachte. Dennoch versuchte ich sie zu beruhigen, und am Ende lag sie wieder still da, wenn sie auch immer noch die Fäuste ballte. Ich erinnerte mich daran, was Finbar mir gezeigt hatte, wie er meinen Geist mit freudigen Bildern und friedlichen Gedanken gefüllt hatte, damit ich mich besser fühlte. Er hatte gesagt, ich müsse lernen, meine heilende Gabe zu nutzen. Vielleicht war es für nichts anderes als dies: meiner Schwester die Ruhe zu erleichtern. Also tat ich, was ich zuvor schon getan hatte: Ich stellte mir vor, Niamh zu sein und angespannt auf dem Bett zu liegen und zu versuchen, die Welt auszuschließen. Ich ließ meinen Geist in ihren gleiten; aber diesmal behielt ich die Kontrolle, so dass ich Liadan blieb, im Stande, Antworten zu finden, im Stande zu heilen.

Es war nicht wie in jener anderen Nacht, als Bran meinen Arm so fest umklammert hatte und sein Geist zu mir aufgeschrien hatte wie der eines verängstigten Kindes. Aber ich hätte viel dafür gegeben, einige der Dinge, die ich dort sah, nicht wissen zu müssen. Ich erlebte mit meiner Schwester die Erniedrigung, die Gewalt. Bevor sie geheiratet hatten, hatte Fionn ihre Schönheit gesehen und von ihren Tugenden gehört. Sie hatte beides tatsächlich einmal im Übermaß besessen. Aber er hatte nicht mit Ciarán gerechnet und der Tatsache, dass Niamhs Herz und ihr Körper bereits vergeben gewesen waren, als sie ihn geheiratet hatte. Mit ein wenig Strategie, mit ein wenig Bemühungen und Spiel wäre sie im Stande gewesen, einen guten neuen Anfang zu haben. Sie hätte ihren Mann erfreuen können. Es ist grausam, wenn eine Frau betrügen muss, um sich zu schützen. Aber viele haben es getan, und es hat zweifellos ihre Existenz zumindest erträglich gemacht. Nicht meine Schwester. Sie war nicht im Stande gewesen, das Theater zu spielen, das zum Überleben erforderlich war. Und Fionn war kein geduldiger Mann. Ich spürte die Schläge seiner Hand und seines Gürtels, wie sie es gespürt hatte. Ich spürte, wie ich benutzt wurde, wenn ich nicht wollte, und ich spürte ihre Scham, obwohl es nicht ihr Fehler war.

Nach einer Weile begann ich, meine Anwesenheit in ihren wirren Gedanken zu zeigen. Ich zeigte ihr eine jüngere Niamh: das flammenhaarige Mädchen, das in ihrem weißen Kleid herumgewirbelt war und sich nach einem Leben des Abenteuers gesehnt hatte. Ich zeigte ihr das Kind, das auf einem Teppich aus Laub so schnell gerannt war wie eine Hirschkuh. Ich zeigte ihr Augen so blau wie der Himmel und die Wärme der Sommersonne in ihrem Haar. Und Ciaráns Gesicht, als er mir den kleinen weißen Stein gab und sagte: *Sag ihr ... gib ihr das hier.* Er liebte sie. Er war vielleicht weggegangen, aber er liebte sie. Dessen war ich sicher. Ich konnte ihr nicht die Zukunft zeigen, denn die sah ich selbst nicht. Aber ich badete ihren Geist in Liebe und Licht und Wärme, und ihre Hand entspannte sich in meiner, als die Kerze niedriger und niedriger brannte.

Sie schlief und schnarchte, leise und entspannt wie ein kleines Kind. Sehr langsam, sehr sorgfältig zog ich meinen Geist aus ihrem zurück, stopfte ihr die Decke um die knochigen Schultern zurecht, richtete mich auf, streckte mich und spürte den Schmerz vollkommener Erschöpfung in jedem Körperteil. Finbar hatte die Wahrheit gesagt; man tat so etwas nicht, ohne einen Preis dafür zu zahlen. Ich ging unsicher zu dem schmalen Fenster und schaute hinaus auf den Hof, weil ich mich irgendwie vergewissern musste, dass die wirkliche Welt noch da war, denn mein Kopf war voll böser Bilder und wirrer Gedanken. Ich war erschöpft und dem Weinen nahe.

Der Mond war im Abnehmen begriffen, eine schmale Sichel an einem dunklen Himmel mit Wolken, die rasch weitergeblasen wurden. Drunten im Hof brannten Fackeln, und ich konnte trübe die Umrisse der allgegenwärtigen Wachtposten sehen, sowohl drunten als auch hoch droben auf dem Wehrgang. Die ganze Nacht über hielten sie Wache. Das genügte schon, um zu bewirken, dass man sich wie eine Gefangene fühlte, und ich fragte mich, wie Aisling und der Rest der Menschen dieses Haushalts es ertragen konnten. Ich starrte hinaus in den Nachthimmel, und mein Geist streckte sich über die Steinmauern der Festung, über die Marschen hinweg, über das Land im Norden. Ich war müde bis in die Knochen, so müde, dass ich mich danach sehnte, dass jemand seine starken Arme um mich legte, mich umarmte und mir sagte, ich hätte mein Bestes getan und dass alles gut werden würde. Ich musste wirklich erschöpft sein, um mir eine solche Schwäche zu gestatten. Ich starrte ins Dunkel und stellte mir vor meinem geistigen Auge diese Männer um ihr Lagerfeuer vor, die gebannt zuhörten, als ich ihnen die traurige Geschichte von Cú Chulainn und seinem Sohn Conlai erzählte. Und ich dachte, sie mochten vielleicht Fianna sein, aber ich wäre lieber bei ihnen als hier, so viel wusste ich. Ich schloss die Augen und spürte, dass mir heiße Tränen über die Wangen liefen, und bevor ich mich mahnen konnte aufzuhören, schrie meine innere Stimme: *Wo bist du? Ich brauche dich. Ich glaube nicht, dass ich es ohne dich schaffen kann.* Und genau in diesem Augenblick spürte ich, wie sich das Kind zum ersten Mal in mir rührte, ein kleines Beben, als wollte er schwimmen oder tanzen oder beides. Ich legte die Hand sanft auf die Stelle, wo er sich geregt hatte, und lächelte. *Wir gehen hier weg, Sohn,* sagte ich ihm lautlos. *Zuerst helfen wir Niamh. Ich weiß noch nicht, wie, aber ich habe es versprochen, und ich muss es tun. Dann gehen wir nach Hause. Ich habe genug von diesen Mauern und Toren und Schlössern.*

Mutige Worte. Nicht, dass ich mir vorstellte, dass Niamh so leicht zu sich zurückfinden würde, oder so schnell. Wenn die Hoffnung verschwunden ist, hält man es kaum für wert, an die Zukunft zu denken. Es war gut, dass ich dieses Kind in mir trug und seinen Lebenswillen mit jeder kleinen Bewegung spürte, oder ich wäre vielleicht selbst in die Grube ihrer Verzweiflung gesunken.

Die Tage vergingen, und die Zeit, wenn Eamonn und Fionn nach Sídhe Dubh zurückkehren und ich nach Hause gehen musste, kam näher. Niamh blieb durchscheinend wie ein Geist, aß und trank kaum genug, um zu überleben, und sprach nur, wenn es die Regeln der grundlegendsten Höflichkeit notwendig machten. Aber ich konnte kleine

Zeichen der Veränderung an ihr erkennen. Sie konnte nun schlafen, solange ich an ihrem Bett saß und ihr die Hand hielt, bis sie eingeschlafen war, und diese Zeiten waren am besten dazu geeignet, in ihren Geist zu gleiten und langsam ihre Gedanken auf das Licht zuzuschieben.

Sie wollte nicht mit mir über den Wehrgang gehen, wo die Wachen standen, aber sie kam mit hinunter in den Hof, gut verhüllt in ihrem langärmeligen Gewand und matronenhaften Schleier, und ging mit mir vorbei an Rüstkammer und Vorratsschuppen, Schmiede und Ställen. Sie war sehr still. Unter Menschen zu sein schien eine Qual für sie zu sein. Ich las in ihren Gedanken, wie unrein sie sich fühlte, denn sie glaubte, dass alle sie beobachteten und sie für eine hässliche Schlampe hielten. Dass sie untereinander flüsterten, wie gut es war, dass Lord Eamonn sie nicht geheiratet hatte, wie einmal alle erwartet hatten. Dennoch, sie ging mit mir und sah zu, wie ich diesen oder jenen grüßte, mit ihnen vielleicht über ihre Krankheiten sprach, und der Aufenthalt in der Luft brachte ein wenig Farbe in ihre bleichen Wangen. An nassen Tagen erforschten wir stattdessen das Innere der Festung. Manchmal ging Aisling mit uns, aber häufiger war sie in der Küche oder in den Vorratskammern beschäftigt oder verhandelte mit einem Verwalter. Sie würde Sean eine gute Frau werden, denn sie ergänzte mit ihrer ruhigen, ordentlichen Art seine aufbrausende Energie.

Sídhe Dubh war in der Tat ein seltsamer Ort. Ich fragte mich, was für ein Mensch Eamonns Urahn wohl gewesen sein mochte, was ihn dazu gebracht hatte, sich hier niederzulassen, mitten in den unwegsamen Marschen. Er war zweifellos ein fantasievoller Mann gewesen, und vielleicht ein wenig exzentrisch, denn es gab viel seltsame Dinge hier.

Es gab gemeißelte Säulen in der Haupthalle, von denen Fantasietiere herabgrinsten, kleine Drachen, Seeschlangen und Einhörner. Und dann war da der Bauplan der Festung selbst mit ihrem Tunnelweg vom Tor nach oben und das zweistöckige Gebäude an der inneren Mauer, in dem die Familie lebte. Nie hatte ich ein Haus mit seltsamer abzweigenden Gängen, verborgenen Öffnungen, falschen Ausgängen, mit mehr Falltüren und Geheimwegen und verräterischen Brunnenschächten gesehen. Diesmal hatte ich die Gelegenheit, Stellen zu entdecken, die ich nie zuvor gesehen hatte, denn ich war ein Kind gewesen, als ich zum letzten Mal Eamonns Zuhause besuchte, und man hatte es mir verboten, mich zu weit von den anderen zu entfernen. In meinem Bedürfnis, dafür zu sorgen, dass Niamh sich bewegte – denn ich wusste, dass der Körper heilen musste, wenn die Seele heilen sollte –, ging ich mit meiner Schwester auch durch den langen Tunnel, der sich den Hügel hinabwand und unter der Steinmauer hinweg in den Hof führte. Dieser Weg war immer von Fackeln beleuchtet und voller zuckender Schatten, und viele kleinere Seitengänge zweigten dort ab. Einige hatten Holzwände, einige steinerne. Niamh weigerte sich, sie zu erforschen, aber meine Neugier war geweckt, und ich kehrte später am Nachmittag zurück, als sie schlief. Es war notwendig, ein paar Tricks einzusetzen, die ich von meinem Vater gelernt hatte, um mich ungesehen an den Wachen vorbeizuschmuggeln, um erreichen zu können, was ich wollte. Ich war der Ansicht, es wäre besser, wenn niemand mein plötzliches Interesse an möglichen Schlupflöchern aus der Festung bemerkte und mir vielleicht solche Expeditionen verbot. Ich nahm eine Laterne und folgte den abzweigenden Wegen, entdeckte eine Vorratskammer für Käse und Butter ähnlich den Höhlen, die wir zu einem solchen Zweck zu Hause benutzten. Ich fand einen kleinen Raum, der keinen Boden hatte, stattdessen ging es sehr tief abwärts, und als ich einen Stein warf, konnte ich bis fünf zählen, bevor ich das Platschen hörte. Und weiter drunten an demselben Weg gab es lichtlose Zellen mit jeweils einer Bank und eisernen Fesseln an den Mauern. Es waren keine Gefangenen hier, nicht jetzt. Die Zellen waren voller Spinnennetze und seit vielen Jahren nicht benutzt. Vielleicht achtete Eamonn darauf, erst gar keine Gefangenen zu machen. Ich war froh, dass ich Niamh nicht mitgenommen hatte, denn diese Mauern schrien die Verzweiflung geradezu heraus. Es hing eine dunkle Hoffnungslosigkeit über dem Ort, die eine kalte Hand auf meine Gedanken legte. Ich zog mich rasch zurück und nahm mir vor, meine Neugier beim nächsten Mal zu zügeln. Als ich wieder zum Haupttunnel kam, spürte ich eine winzige Bewegung hinter mir, und eine Katze schoss vorbei, tiefer aus dem dunklen Weg mit den unbenutzten Zellen, eine schwarze Katze, die sich so rasch bewegte, dass ich gerade noch Zeit genug hatte, um zu entdecken, dass sie eine sehr große und sehr tote Wasserratte im Maul hatte. Es gab also tatsächlich einen Weg nach draußen. Einen schmalen Weg, vielleicht zu schmal, als dass ein Mensch sich hindurchzwängen konnte. Aber es gab einen Weg. Ich war versucht, zurückzukehren und danach zu suchen, aber es würde bald Abendessen geben, und ich wollte keine Aufmerksamkeit auf mich lenken. *Bald, mein Sohn,* sagte ich lautlos und spürte, dass er mich auf einer gewissen Ebene verstand. *Bald gehen wir dort hinunter, und vielleicht werden wir eine Weile hier herauskommen. Ein wenig Raum finden. Wenn wir Glück haben, sehen wir vielleicht einen Vogel oder einen Frosch. Ich muss tief atmen. Ich muss über diese Steinmauern hinwegschau-*

en können. Ich hatte Aisling bereits so höflich ich konnte gefragt und die Antwort erhalten, die ich erwartet hatte. »Gehst du nie nach draußen?«, hatte ich gesagt. »Bringt es dich nicht um den Verstand, hier die ganze Zeit eingeschlossen zu sein?«

Aisling sah mich erstaunt an. »Selbstverständlich gehen die Leute nach draußen«, sagte sie. »Es ist kein Gefängnis. Wagen bringen Vorräte, und die Männer reiten Patrouillen. Wenn Eamonn zu Hause ist, ist es hier noch geschäftiger als jetzt.«

»Und ich nehme an, jeder Wagen wird von oben bis unten durchsucht«, meinte ich trocken.

»Selbstverständlich. Macht ihr das in Sevenwaters nicht?«

»Nicht, wenn es unsere eigenen Leute sind.«

»Eamonn sagt, es wäre klüger so. Man kann dieser Tage nicht vorsichtig genug sein. Und er sagte ebenfalls ...«

Sie hielt inne.

»Was?«, fragte ich und sah ihr in die Augen.

Sie hob die Hand, um sich eine ihrer roten Locken hinters Ohr zu streichen, und schaute ein wenig verlegen drein. »Nun, Liadan, wenn du es wissen musst, er sagte, er würde es vorziehen, wenn ihr, du und Niamh, nicht nach draußen gehen würdet, solange ihr hier seid. Es gibt keinen Grund für euch, die Mauern zu verlassen. Wir haben hier alles, was ihr braucht.«

»Hm.« Der Gedanke, dass Eamonn Regeln für mich aufstellte, besonders jetzt, da keine Möglichkeit einer Ehe zwischen uns bestand, gefiel mir nicht. Vielleicht war er nach allem, was geschehen war, davon überzeugt, ich würde immer wieder in Schwierigkeiten geraten.

»Versteh mich nicht falsch, Aisling«, sagte ich. »An deiner Gastfreundschaft ist nichts zu bemängeln. Aber Sevenwaters fehlt mir. Mir fehlen der Wald und das offene Gelände. Ich weiß nicht, wie du und Eamonn hier leben könnt.«

»Es ist unser Zuhause«, sagte sie schlicht. Und ich erinnerte mich, dass Eamonn einmal gesagt hatte: *Es wird kein Zuhause sein, ehe ich dich nicht in der Tür stehen sehe, mit meinem Kind in deinen Armen.* Ich schauderte. Ich betete zur Göttin, dass es in Tara viele Häuptlinge mit heiratsfähigen Töchtern gab und dass Eamonn sich für eine von ihnen erwärmen konnte. Es würde bestimmt viele Mädchen geben, die nicht zögern würden, ihm das Bett zu wärmen und ihm einen Erben zu schenken, sobald sie erfuhren, dass er auf der Suche nach einer Frau war.

Viele Tage waren vergangen, und der Mond war zu einem dünnen Lichthauch geschrumpft. Wenn ich nach Hause zurückkam, würde ich anfangen müssen zu nähen, denn meine Kleider wurden unangenehm eng über der Brust. Ich saß Tag für Tag bei Niamh, und ihr fiel die Veränderung meines Aussehens nicht auf. Ich konnte es ihr nicht sagen. Wie sollte ich die Worte finden, wenn sie sich in ihrem armen verwirrten Geist schuldig fühlte, weil sie nach drei Monaten noch kein Kind von Fionn empfangen hatte, weil sie angeblich nicht einmal die grundlegendsten Anforderungen einer guten Ehefrau erfüllte? Ich sagte zu ihr, dass es noch früh sei und nicht jede Frau sofort schwanger würde. Außerdem wäre es doch, da sie nun nicht nach Tirconnell zurückkehren würde, sicher besser, wenn sie nicht Fionns Sohn oder seine Tochter trüge.

»Ich wollte ein Kind von Ciarán«, sagte sie leise. »Mehr als alles andere auf der Welt. Aber die Göttin hat mir diesen Wunsch nicht gewährt.«

»Und das ist gut so«, entgegnete ich, und es fiel mir

schwer, nicht die Geduld zu verlieren. »Das hätte den Uí Néill wirklich nicht gefallen.«

»Scherze nicht darüber, Liadan. Du kannst nicht einmal hoffen zu verstehen, wie es sich anfühlt, einen Mann mehr als alles andere auf der Welt zu lieben, mehr als das Leben selbst. Wie wunderbar es wäre, das Kind dieses Mannes in deinem Körper zu tragen, selbst wenn der Mann selbst ... für dich verloren ist.« Sie begann leise zu weinen. »Woher solltest du auch von solchen Dingen wissen?«

»Ja, wirklich, woher«, murmelte ich und reichte ihr ein sauberes Taschentuch.

»Liadan?«, fragte sie nach einer Weile.

»Hm?«

»Du sagst immer wieder, ich muss nicht zu Fionn zurückkehren, ich muss nicht zurück nach Tirconnell. Aber wohin gehe ich?«

»Das weiß ich noch nicht. Aber mir fällt etwas ein, das verspreche ich dir. Vertrau mir.«

»Ja, Liadan.« Sie war so demütig und fügsam, dass es mich erschreckte. Denn die Zeit wurde knapp. Die Männer würden nicht allzu lange im Süden bleiben, da der Winter vor der Tür stand und sie sich um ihr eigenes Land kümmern mussten. Wenn der Mond wieder halb voll war, würden sie hier sein, und tatsächlich hatte ich noch kaum einen Plan. Niamh konnte nicht einfach nach Hause kommen, zumindest nicht ohne Erklärung. Sie musste irgendwo anders hingehen, an einen Ort, an den ich sie bringen konnte, bevor Fionn zurückkam. Sie musste versteckt bleiben, zumindest für einige Zeit. Später vielleicht konnte man die Wahrheit sagen, und sie könnte nach Sevenwaters zurückkehren. Ein christlicher Konvent wäre der beste Ort, vielleicht irgendwo im Südwesten, fern von der Küste, fern von den Überfällen der Nordmänner. Ein Ort, wo man nicht einmal den Namen Sevenwaters kannte. Es gab keinen Ort, wo die Uí Néill nicht bekannt waren, aber diesen Teil konnte man vielleicht verschweigen. Wenn jemand ihr nur eine Weile Zuflucht gewähren würde, wenn Fionn irgendwie davon überzeugt werden könnte, dass sie gegangen war und für immer, wenn ... ich verlor schnell die Geduld mit mir selbst, wenn ich wusste, dass ich nirgendwohin gelangte, und begriff, wenn ich nicht sehr bald einen durchführbaren Plan fand, würden wir keine Zeit mehr haben. Es wurde immer offensichtlicher, dass ich allein nicht weiterkam.

Ein Versprechen war ein Versprechen, und es konnte nicht gebrochen werden. Ich war der Ansicht, dass Niamh sich irrte. Wie konnte die Allianz Liam oder Conor oder meinem Vater wichtiger sein als Niamhs Glück? Ihr geschlagener Körper und der Schatten in ihrem Blick wären doch sicher ein zu hoher Preis für die zukünftige Unterstützung des Uí Néill, trotz all seinem Wohlstand und seiner großen Truppe von Kriegern. Aber ich hatte Niamh mein Wort gegeben. Außerdem ging es um mehr als um die Allianz. Es gab ein Geheimnis, das sie alle vor uns wahrten. Es stand etwas Größeres hinter dieser Geschichte – etwas, das wir nicht verstanden; etwas so Schreckliches, dass ich den Eindruck hatte, mit der größten Vorsicht vorgehen zu müssen, um nicht das Böse zu erwecken, von dem sie nur mit leisen Stimmen und gehetzten Blicken sprachen.

Eines war mir allerdings klar. Ich musste Niamh hier wegbringen, bevor die Männer zurückkehrten, und es gab niemanden im Haushalt, auf den ich mich verlassen konnte. Sie waren alle Eamonns und Aislings Leute und würden keine Geheimnisse vor ihrem jungen Herrn und der Herrin haben. Und wurde nicht jeder Wagen durchsucht? Ich dachte an Verkleidungen und tat die Idee sofort wieder ab, denn ich wusste, dass die sorgfältige Überwachung aller, die hinein- und hinausgingen, dazu führte, dass wir sofort entdeckt würden. In meinem Kopf drehten sich die Pläne, und jeder war unwahrscheinlicher als der vorherige.

In der Neumondnacht konnte ich meine besondere Kerze nicht anzünden, denn sie stand immer noch in meinem Zimmer in Sevenwaters. Aber nachdem Niamh schlief, entzündete ich eine andere und stellte sie nahe dem Fenster auf und saß während der dunkelsten Stunden daneben. Und nun, als ich Brans Bild in meinen Kopf rief, saß er nicht mehr unter fremden Bäumen, sondern ging unruhig in einer vertrauteren Umgebung auf und ab. Eine Laterne warf Schatten auf die kunstfertig gebauten Wände, das gewölbte Dach und den alten Ritualstein des großen Hügelgrabes, das uns Zuflucht gewährt hatte in einer Zeit, die mir nun schon so lange vergangen schien. Es waren andere bei ihm, und sie unterhielten sich über etwas, und er war ungeduldig. Ich spürte sein Drängen, die Unruhe, die ihm eine Falte zwischen die Brauen getrieben hatte, die Spannung in seinen Händen. Aber ich konnte ihre Worte nicht hören. Ich tat, was ich immer tat in diesen dunklen Nächten, in denen er, wie ich wusste, vor allem versuchte, wach zu bleiben. Ich versuchte, seinen Geist mit meinem eigenen zu berühren, ihm klar zu machen, dass er nie ganz allein sein würde, jetzt nicht mehr; ihn daran zu erinnern, dass selbst ein Gesetzloser mit keiner Vergangenheit und keiner Zukunft jeden einzelnen Tag gut leben konnte. Aber an diesem Abend mischten sich meine eigenen finsteren Gedanken ein. Meine Sorge um meine Schwester, meine wachsende Angst, weil ich immer noch keine Lösung für mein Problem gefunden hatte, und die Zeit verging. All das geriet in den Weg, und ich wusste nicht, ob ich ihm überhaupt etwas Gutes tat. Ich blieb die ganze Nacht wach. Das zumindest konnte ich für ihn tun. Es war nicht möglich, sein Bild die ganze Zeit in meinen Gedanken zu sehen, aber hier und da erschien es, und ich sah, wie er das Hügelgrab verließ, seine Freunde zurückließ; er stand dort im Dunkeln, starrte seine verschränkten Hände an. Später saß er im Schneidersitz nicht weit von der Stelle entfernt, wo wir unser kleines Feuer mit Tannenzapfen gemacht hatten, als Evan starb und ich ihm seine letzte Geschichte erzählte. Er hatte den rasierten Kopf in die Hände gestützt, und eine kleine Laterne hielt die Dunkelheit fern. *Ich bin hier,* sagte ich ihm. *Ich bin nicht so weit weg. Warte nur ein bisschen länger, und es wird Morgen.* Aber ich musste mich sehr anstrengen, diese andere Stimme in mir zum Schweigen zu bringen, jene die laut schrie: *Hilfe! Ich brauche dich!* Niemand konnte mir hier in Sídhe Dubh helfen. Es schien keinen Ausweg zu geben. Es sei denn ... es sei denn, man war eine Katze.

Es war den Versuch wert, sagte ich mir, als ich leise durch den Ausgangstunnel schlüpfte, gleich nach dem Morgengrauen. Was ich im Wald von Sevenwaters gelernt hatte, diente mir jetzt gut. Ich nahm an, dass ich ungesehen an den Wachen vorbeikam. Ich brauchte die Laterne, denn der Seitentunnel war schmal und der Boden unregelmäßig. Ich ging an den leeren Zellen vorbei, spürte wieder den kalten Atem der Angst, der in ihren dunklen Ecken lauerte. Ich ging weiter abwärts, und der Weg wurde schmaler und steiler, und Wasser rieselte die Wände herunter, so dass ich in einem kleinen Rinnsal lief. Und dann verschwand das Wasser abrupt und gurgelnd im Boden, und der Weg schien zu Ende; es war eine Mauer direkt vor mir, obwohl immer noch von irgendwoher Licht einfiel. Eine Sackgasse. Aber die Katze war hereingekommen. Ich stellte die Laterne ab und beugte mich nach vorn, berührte die Mauer mit den Fingerspitzen. Mein Schatten ragte vor mir auf, riesig im Laternenlicht. Und dann hörte ich sie: vertraute Stimmen, leise, tief, so tief, dass ich sie fast nicht hören konnte. Worte, die so langsam gesprochen wurden, dass sie uralt wirkten, als kämen sie aus den Steinen selbst. Nein, sie waren nicht alle geflohen, als die Menschen hier eintrafen; sie waren einfach tiefer in den Boden gezogen und warteten dort. Ich stand still und lauschte und wartete, was sie von mir wollten. *Weiter unten.*

Ich hockte mich auf den Boden und fragte mich, wonach ich suchen und wonach ich tasten sollte. Eine Falltür? Ein Geheimweg? Irgendeine Art Zeichen?

Weiter unten.

Denk nach, Liadan, sagte ich mir schaudernd. Ich bewegte mich über den Steinboden, folgte dem Sockel der Mauer mit der Hand und tastete nach einem Zeichen, einem Hinweis darauf, was ich tun sollte.

Gut. Gut.

Meine Hand hatte etwas berührt, einen Metallgegenstand, der unter einem vorstehenden Stein eingeklemmt war. Ich schloss die Finger darum. Es war ein Schlüssel, groß, schwer, kunstvoll gearbeitet. Ich kam wieder auf die Beine. Das Laternenlicht zeigte mir dasselbe ungebrochene Stück Fels, dieselbe glatte Mauer auf beiden Seiten. Es gab kein Zeichen irgendeiner Tür. Ich hob die Laterne hoch, hielt sie tief, untersuchte jede Oberfläche. Ich fand nicht das kleinste Anzeichen einer Öffnung, keinen Riss, keine Ritze, in die dieser Schlüssel hätte passen können. Ich verlor die Hoffnung wieder.

Geh zurück, sagten die Stimmen. *Zurück.*

Was wollten sie mir sagen, fragte ich mich grimmig, als ich zögernd die unterirdische Passage wieder verließ und ins Haus zurückkehrte. Dass ich in Sídhe Dubh bleiben und den Dingen ihren Lauf lassen sollte? Das war ihr Rat in dem großen Hügelgrab gewesen, und wo hatte es mich hingebracht? Ahnen oder nicht, ich fing an, mich zu fragen, ob sie wussten, was sie taten. Das Feenvolk hatte mich angewiesen, nicht auf diese alten Stimmen zu hören. Dass sie gefährlich sein konnten. Dennoch, die Alten hatten mir einen Schlüssel gegeben. Ein Schlüssel war zumindest ein Anfang.

An diesem Abend sagte mir Aisling sehr höflich, dass es besser wäre, wenn ich nicht mehr in die unterirdischen Teile der Festung ginge. »Mein Waffenmeister macht sich Sorgen um deine Sicherheit«, erklärte sie förmlich. Ich sah, dass sie verlegen war, einer Freundin Grenzen setzen zu müssen. In Sevenwaters hatten wir uns immer gut verstanden. Tatsächlich waren wir manchmal mehr wie Schwestern gewesen als Niamh und ich. Aber hier war sie die Herrin des Hauses, und ich spürte, dass es wenig Sinn hatte zu widersprechen. Und ich war erschrocken, dass sie von meinen Forschungen gehört hatte; ich war so vorsichtig gewesen.

»Es fällt mir schwer, so ... so eingesperrt zu sein«, sagte ich.

»Ja, aber diese alten Gänge und Räume sind nicht sicher«, erwiderte Aisling mit fester Stimme. »Eamonn würde nicht wollen, dass du in Gefahr bist. Bitte geh dort nicht wieder hin.«

Das war ein Befehl. So freundlich sie sich ausgedrückt hatte, ich musste ihn befolgen. Meine Möglichkeiten wurden rasch geringer. Wir waren dem Tag, an dem Eamonn und Fionn aus Tara zurückkehrten, schon sehr nahe, und ich hatte nicht einmal eine Spur eines praktischen Plans. Tatsächlich begann ich zu bezweifeln, dass ich mein Versprechen gegenüber Niamh halten könnte. Aber ich war ihre Schwester. Ich konnte sie nicht nach Tirconnell und zu einem Mann zurückkehren lassen, der sie so wenig schätzte. Ich hatte ihren Blick gesehen. Ich wusste, dass sie es ernst meinte, als sie sagte, sie würde sich lieber töten als weitermachen. Ich musste sie hier herausbringen, bevor sie zurückkehrten. Irgendwie musste ich einen Weg finden.

Am Ende wusste ich nicht, ob die Lösung eine war, die ich selbst entdeckte, oder ob die Alten mich in die richtige Richtung schoben. Vielleicht dachten wir einfach auf dieselbe Weise, da wir aus derselben Familie stammten. Es war früh am Morgen, direkt nach der Dämmerung, und Niamh schief noch, fest zusammengerollt unter ihrer Wolldecke, ihr kurz geschnittenes Haar hell auf dem Kissen. Meine Nächte waren immer ruheloser geworden. Ich lag wach und dachte über Lösungen nach, die alle gleichermaßen undurchführbar waren. Ich lag mit offenen Augen da und dachte an die Gefahren, es Sean zu erzählen oder meinem Vater oder Conor, und beschloss, dass ich es nicht tun konnte. Mein Vater hatte mir beigebracht, dass ein Versprechen nicht gebrochen werden durfte. Außerdem konnte ich nicht sicher sein, was sie tun würden. Es war durchaus möglich, dass sie die Allianz für wichtiger hielten als Niamh. Ich konnte es nicht riskieren, ihnen alles zu sagen, nur um dann vielleicht feststellen zu müssen, dass für sie Fionns strategischer Wert seine Geringschätzung meiner Schwester überwog. Also musste ich meine eigene Lösung finden. Aber es gab keinen Ausweg. Was erwarteten die Alten von mir? Sollte ich fliegen?

Im Morgengrauen stand ich auf und zog mich an, eines meiner weiten Gewänder, und ich fragte mich, wie groß mein Bauch wohl noch werden müsse, bevor Niamh die Veränderung meines Äußeren bemerkte. Unsere Kleider befanden sich in einer uralten Holztruhe, die in einer Nische des Zimmers stand, das wir teilten, einer Nische, in der ein Wandteppich hing, um die Zugluft fern zu halten. Ich wühlte in dieser Truhe nach einem Tuch, weil es ein kühler Morgen war, und als ich mich wieder aufrichtete, um es um mich zu wickeln, wurde mir einen Augenblick lang schwarz vor Augen. Ich streckte die Hand aus und stützte mich gegen die holzgetäfelte Wand der Nische. Dort berührte ich etwas. Es war eine Markierung an der Wand, ein winziger Riss in der Holzoberfläche. Es war zu dunkel, als dass ich hätte genauer sehen können, um was es sich handelte. Ich holte eine Kerze und sah mir die Stelle an. Ein Wandbehang gegen den Durchzug. Wo es Durchzug gibt, muss es auch eine Öffnung geben. Meine Hand folgte dem Riss, der ein Quadrat von der Größe bezeichnete, in das ein kleiner Mann oder eine kleine Frau gebückt passen würde. Eine Tür. Sie war ringsumher mit winzigen Schnitzereien bedeckt, Oghamzeichen wie jenes, das mein Onkel Finbar als Amulett um den Hals trug. Aber Eamonns Vorfahr war sicher kein Druide gewesen. Wurden diese geheimen Schutzzeichen auf seinen Wunsch angefertigt oder waren sie von Alten hergestellt worden, jenen, die am Ort dieser Feenfestung gelebt hatten, lange bevor die Menschen ihre Hand darauf legten und etwas beanspruchten, was nie wirklich ihnen gehören konnte? Die tiefen Orte gehörten den Alten. Kein Emporkömmling von einem Häuptling mit einem Beutel Silber und ein paar Wagenladungen Stein, um etwas zu bauen, würde daran etwas ändern können, sosehr er auch versuchte, der Landschaft seinen Stempel aufzudrücken.

Ich fand ein Schlüsselloch. Zitternd holte ich den alten Schlüssel dort hervor, wo ich ihn verborgen hatte, und probierte ihn aus; ich wusste, dass er passen musste. Nun spürte ich etwas Unvermeidliches an dieser Angelegenheit; ich wusste, dass man mich vorwärts führte. Aber ich empfand auch mehr Angst als Erleichterung. Die kleine Tür öffnete sich und enthüllte eine Wendeltreppe, die ins Dunkel hinabführte. Mir blieb nichts anderes übrig, als meine Röcke zu raffen, die Kerze in die andere Hand zu nehmen und hineinzugehen in der Hoffnung, dass Niamh nicht aufwachen würde, bevor ich zurückkehrte.

Die Treppe war so steil und schmal, dass ich nur ein paar Schritte weit sehen konnte. Sie war ein Meisterwerk der Baukunst, drang in die Tiefe des Hügels ein, bis ich mich vermutlich auch unterhalb des tiefsten Bereichs des Hauses befand, unterhalb des Hofes, ein Stück sogar unterhalb der Stellen, wo die spitzen Felsen den Hügel umgaben, unterhalb der Festungsmauer. Und endlich sah ich Licht vor mir, ein Licht, das anders war als der schwache Schein meiner flackernden Kerze, eine wachsende Helligkeit, unmissverständlich die ersten Strahlen der aufgehenden Sonne, die durch den Nebel des Marschlandes drangen. Ich kam um die letzte Biegung der Treppe, und vor mir, keine fünf Schritte entfernt am Ende eines schmalen Tunnels in den Felsen, gab es eine Öffnung in den Morgen. Ich hatte einen Weg nach draußen gefunden.

Es war nicht viel mehr als eine Ritze im Felsen, groß genug, dass ein Mädchen meiner Größe sich durchzwängen konnte, aber zu schmal für einen Mann in Rüstung. Tatsächlich war es gut, dass mein Kind gerade erst begonnen hatte, meinen Bauch schwellen zu lassen, denn bald schon würde selbst ich diesen Weg nicht mehr nehmen können. Seltsam, dachte ich, dass es einen solchen Riss in der undurchdringlichen Rüstung von Sídhe Dubh gab. Und er war unbewacht. Dann sah ich mich um und begann zu verstehen. Die Stelle, aus der ich gerade aufgetaucht war, befand sich direkt unterhalb des Kreises spitzer Felsen, die den Hügel umgaben. Hinter und über mir gingen auf den hohen Mauern Wachtposten hin und her, offensichtlich meiner Gegenwart hier nicht bewusst. Ich spähte geradeaus nach Norden, und dort befand sich die flache Linie weit entfernter Hügel, die ich von den Zinnen her gesehen hatte. Die Ebene vor mir war Sumpf, so gefährlich, dass es den Tod bedeuten würde, wenn man versuchte, ihn zu überqueren – es sei denn, man kannte den Weg. Wir konnten also bis hierher kommen, aber nicht weiter. Ich duckte mich in die Felsen in der Hoffnung, dass die Wachen mich nicht entdeckten. Ich konnte nicht sicher sein, dass sie sich die Mühe gaben, einen Eindringling erst zu identifizieren, bevor sie ihre Pfeile abschossen. Die Öffnung hinter mir, durch die ich gekommen war, war unsichtbar, nur eine weitere Unregelmäßigkeit in den zerklüfteten Felsen des Abhangs. Vielleicht war sie auch von Feenkunst verborgen. Ich hatte meine Schritte sorgfältig gezählt und mir ihre Richtung genau gemerkt, denn ich hatte nicht vor, mich hier draußen zu verirren.

Eine Weile saß ich dort still und wusste, dass ich nur eine halbe Lösung hatte, aber die zweite Hälfte nicht erreichen konnte. Es war ein kühler Morgen, und die Wolken versprachen Regen. Unten am Wasser gab es Vögel, langbeinige

Marschvögel, die mit ihren Schnäbeln nach seltsamen hüpfenden Insekten hackten. Ich beobachtete sie und spürte, wie mein Sohn seine winzigen Glieder bewegte. *Ich wünschte, du könntest diese Vögel sehen,* sagte ich ihm. *Du wirst viele Vögel sehen, wenn wir wieder zu Hause in Sevenwaters sind. Es gibt zum Beispiel einen, den sie Zaunkönig nennen. Das ist der kleinste und ein sehr magischer Vogel. Er kommt in vielen Geschichten vor. Du wirst Eulen sehen und Raben und Lerchen, die so schön singen, wenn sie am Morgen aufsteigen, dass man weinen möchte. Du wirst den großen Adler sehen, der über dem Wald segelt, und die Schwäne, die auf dem See landen, wenn wir endlich zu Hause sind.* Als ich so über das Ödland schaute, dachte ich daran, wie zerbrechlich Niamh war. Selbst wenn ich sie unentdeckt hier herunterbringen könnte, selbst wenn sie sich nicht sträuben würde, was dann? Ich wusste nicht, wie wir durch den Sumpf kommen sollten. Vielleicht mit einem Boot. Aber es gab kein Boot, und die Flecken offenen Wassers waren nicht sehr zahlreich und in großem Abstand zueinander. Und wir konnten nicht hoffen, am Tag zu fliehen, denn man würde uns sofort entdecken und zurückbringen. Selbst jetzt konnte ich nicht recht verstehen, warum die Wachen mich noch nicht entdeckt hatten. Sie patrouillierten weiterhin über mir hin und her. Nach einer Weile ging ich wieder nach oben, den ganzen Weg, und kam außer Atem und mit schmerzenden Beinen in unserem Zimmer an und wusste immer noch keine Antwort. Ich schloss die Tür, versteckte den Schlüssel und zog den Wandbehang wieder vor die Stelle. Niamh schlief weiter.

Am nächsten Morgen ging ich wieder nach unten. Es war sehr früh. Kalter Nebel überzog das Marschland, und Wolken verschleierten die Morgensonne. Verkrüppelte Büsche stachen mit unregelmäßigen Fingern durch den Dunstmantel, und es waren seltsame, knarzende Geräusche im Sumpf zu hören, leise Geräusche, die nicht von Fröschen kamen.

Ich schauderte, als ich da zwischen den Felsen saß, und zog mein Wolltuch fester um die Schultern. Ich hatte ein Rätsel zu lösen und kannte einige Spuren, aber sosehr ich es auch versuchte, ich konnte sie nicht zusammenbringen und verstehen. Die Alten hatten mich hierher geführt. Es gab tatsächlich einen Weg nach draußen. Und ich wusste, welche Tageszeit die sicherste sein würde. An diesem Morgen konnte ich keine drei Schritte über die Marsch sehen, bevor der wirbelnde Nebel alles bis auf die paar Büschel größerer Pflanzen verbarg, die irgendwie an diesem Ort überlebt hatten. Zu einer solchen Tageszeit wäre es so gut wie unmöglich, uns zu verfolgen. Aber wie konnten wir es ohne einen Führer, der sich auskannte, auch nur versuchen? Es allein zu wagen wäre wirklich dumm gewesen. Wären die Dinge anders gewesen, hätte ich die Gefahr um meiner Schwester willen gerne auf mich genommen. Ich hätte sie an der Hand gefasst und wäre mit ihr über den Sumpf gegangen und hätte mich darauf verlassen, dass die Alten uns sicher führten, hätte gehofft, dass wir Zuflucht finden konnten, bevor unsere Männer uns verfolgten. Aber nicht jetzt. Ich hätte mein eigenes Leben und das von Niamh aufs Spiel gesetzt. Aber nicht das meines Sohnes.

Seltsam, wie sich der Schritt der Zeit manchmal zu verändern scheint. Nun rasten die Tage geradezu vorüber, und bei all ihrem blinden Vertrauen in meine Fähigkeiten, die Dinge in Ordnung zu bringen, wurde Niamh wieder unruhiger, murmelte am Tag vor sich hin, wurde nachts abrupt wach, zitternd und weinend von einem Albtraum, über den sie nicht sprechen wollte. Und dann, als der Mond rasch zunahm, erhielt Aisling eine Botschaft. Als wir über einem Abendessen von Lammbraten in Rosmarinsoße saßen, gab sie sie weiter.

»Gute Nachrichten«, erklärte sie vergnügt. »Ich habe von Eamonn gehört; heute kam ein Bote. Sie haben Tara hinter sich gelassen und lagern nun in der Nähe von Knowth, wo sie sich mit den Häuptlingen dieser Gegend besprechen. Sie werden wieder in Sevenwaters Halt machen und sollten in vier Tagen hier sein.«

Niamh wurde blass. Das war ein Schlag, und ich rang um angemessene Worte.

»Du wirst froh sein, Eamonn wieder zu sehen.« Das zumindest entsprach der Wahrheit.

»Bestimmt«, gab Aisling zu. »Ich kann nicht behaupten, dass es ohne ihn einfach war. Wir haben hier selbstverständlich verlässliche und fähige Leute, aber mein Bruder nimmt die Dinge sehr genau, und daher muss ich sie gut überwachen. Außerdem mache ich mir Sorgen um Eamonn. Er war ... er war in diesen Tagen, bevor sie aufgebrochen sind, nicht er selbst. Ich hoffe, dass es ihm inzwischen besser geht.«

Darauf fand ich keine Antwort, also schwieg ich. Aber Niamhs Worte brachen aus ihr heraus wie sorglose Schritte über ein Gelände voller Fallen.

»Vier Tage! Das kann nicht stimmen. Das ist zu bald. Vier Tage, die Zeit wird nicht reichen ...«

»Mach dir keine Sorgen, Niamh«, sagte ich und sah meiner Schwester in die riesigen ausdrucksvollen blauen Augen, die so deutlich ankündigten, dass sie bald alles verraten würde. »Es wird schon alles gut.« Ich wandte mich

Aisling zu. »Es geht Niamh nicht gut. Wir werden uns bald zurückziehen. Sie braucht ihren Schlaf.«

Aislings kleines, sommersprossiges Gesicht war ernst. Ihr Blick ruhte auf Niamh, und sie schätzte das Aussehen meiner Schwester und ihre Worte ein.

»Du solltest es mir sagen, Liadan«, meinte sie vorsichtig. »Du solltest es mich wissen lassen, wenn ihr Probleme habt. Ich könnte vielleicht helfen. Eamonn würde sicher ebenfalls helfen wollen.«

Das bezweifelte ich gewaltig. »Danke, Aisling, aber es besteht kein Grund zur Sorge.«

Vier Tage. Die Göttin mochte uns helfen. Nur noch vier Tage. Ich verbrachte eine schlaflose Nacht damit, über mehrere gleichermaßen unmögliche Pläne nachzudenken, aber mir wollte keiner davon zusagen. Sobald der Himmel jene schwache Graufärbung annahm, die der Morgendämmerung vorausging, stand ich auf, froh, wieder auf den Beinen zu sein, zog meine festen Stiefel und ein warmes Gewand an und dazu einen schweren Umhang, denn ich war verzweifelt darauf versessen, nach draußen zu gelangen, weg von diesen Steinmauern, die mich und mein Problem nun fest umschlossen, ein unlösbares Rätsel in einer fest verschlossenen Truhe. Noch bevor der Morgen graute, schlüpfte ich durch die Geheimtür in der Nische nach draußen, die Wendeltreppe hinab und auf den kargen Hügel über der Marsch hinaus. Dort stand ich und starrte nach Norden. Mein Magen brannte vor Unruhe, ich hatte Kopfschmerzen, und ich war dicht daran, aus schierer Angst vor dem Gedanken daran, was ich tun musste, zu weinen. Denn es kam mir vor, als wäre die einzige Möglichkeit, die Hand meiner Schwester zu nehmen und geführt von Wahnsinn und Vertrauen in diese Ödnis hinauszugehen.

Eine Hand legte sich fest auf meinen Mund, ein Arm wurde um meine Brust geschlungen. Eine Stimme hinter mir sagte sehr leise: »Sei vorsichtig, und gib keinen Laut von dir. Die Wachen können uns nicht sehen, aber sie können uns hören. Sei still. In Ordnung?«

Der Druck des Arms ließ nach. Die kunstvoll gemusterte Hand wurde zurückgezogen. Ich brauchte diese Hand nicht zu sehen, um zu wissen, von wem die Stimme kam. Seinem Ruf getreu hatte der Bemalte Mann die Verteidigungsanlagen von Sídhe Dubh so leicht wie ein Schatten durchdrungen.

»Was? Diesmal kein Schlag auf den Hinterkopf?«, fragte ich flüsternd, ohne mich umzudrehen. Das Herz klopfte fest in meiner Brust.

»Setz dich.« Auch dies war leise gesprochen, aber eindeutig ein Befehl. »Wir sind an einem blinden Fleck. Aber es hat seine Grenzen. Wir sollten es nicht darauf anlegen, Aufmerksamkeit zu erwecken.«

Ich setzte mich hin, und dann ließ sich Bran drei Schritte von mir entfernt im Schutz der Felsen nieder. Er trug ein altes Hemd und eine Hose von undefinierbarer Farbe, und seine Stiefel waren von schwarzem Schlamm bedeckt. Er war bleich, sein Blick ernst. Er sah wunderbar aus. Er sah mich schweigend an, und ich erwiderte seinen Blick und spürte, wie ich errötete. Er runzelte die Stirn.

»Was machst du hier?«, fragte ich ihn, während sich die Gedanken in meinem Kopf überschlugen.

Er ließ sich Zeit zu antworten, und als er schließlich sprach, war es vorsichtig.

»Seltsam«, sagte er. »Ich dachte, ich hätte alle Antworten für alles, was du sagen könntest, bereit. Aber jetzt sind sie verschwunden. Jede einzelne von ihnen ist weg, jetzt, da du vor mir sitzt.«

»Es ist gefährlich für dich, hier zu sein, so allein und unbewaffnet«, sagte ich mit zitternder Stimme. Er sah mich auf eine Weise an, die ich nie wieder zu sehen erwartet hatte. »Warum bist du hergekommen? Auf deinen Kopf ist eine Belohnung ausgesetzt, das weißt du.«

»Und das beunruhigt dich?« Er klang ehrlich überrascht. »Du bist diejenige, die die Dinge zwischen uns verändert hat, nicht ich.«

Ich hielt die Hände fest gefaltet, um nicht dem Drang nachzugeben, sie nach ihm auszustrecken. »Wenn du glaubst, dass ich mich nicht um deine Sicherheit sorge, dann kennst du mich wirklich nicht gut. Und jetzt beantworte meine Frage.«

»Ich war in der Nähe, und ich dachte, du könntest in Schwierigkeiten sein.«

»Ich glaube nicht, dass das wahr sein kann. Woher solltest du wissen, dass ich hier bin? Außerdem spielt der Zufall in deinem Leben und in dem der Männer, die du anführst, keine große Rolle.«

Bran sah mich ernst an. »Ich könnte dir die Wahrheit sagen. Aber du würdest mir nicht glauben«, sagte er schlicht.

»Sag es mir. Du hast nichts zu verlieren.«

»Glaubst du?«

»Brighid, hilf! Bran, du bist mitten in Feindesland! Warum bist du so dumm, eine solche Gefahr einzugehen?«

»Still, nicht so laut. Ich bin weder allein noch unbewaffnet. Ich bin hergekommen, um dir zu sagen, dass du nach Hause gehen sollst. Ich will nicht, dass du hier in Sídhe Dubh bleibst. Die Dinge zwischen mir und diesem Mann werden bald zu einem Ende kommen. Ich will nicht, dass du darin verwickelt wirst.«

Ich öffnete und schloss den Mund ohne ein Wort.

»Wie ich schon sagte, du wirst mir nicht glauben.«

»Aber ...«

»Ich hörte einen ... einen Hilfeschrei. So kam es mir zumindest vor. Ein Schrei, den ich tief in der Nacht hörte, als ich weit weg von diesem Ort war. Ich war nicht im Stande, ihn zu missachten, also kehrte ich zurück, und ich hörte, dass du dich tatsächlich hier befindest, auf dem Land dieses Mannes. Wir überwachen diese Festung, Liadan. Ich habe dich beobachtet, wenn du im Morgengrauen herauskamst und dich umgesehen hast, als wünschtest du dir, dass du wegfliegen könntest. Die Dinge haben ein Stadium erreicht, in dem ich glaubte, dich warnen zu müssen.«

»Dennoch«, sagte ich vorsichtig, »nach ... nach den letzten Worten, die wir gewechselt haben, kommt es mir sehr seltsam vor, dass du mich aufsuchst. Es erscheint mir noch seltsamer, dass du mich bittest, nach Hause, nach Sevenwaters zurückzukehren, wenn du alle so vollkommen verachtest, die sich dort aufhalten.«

»Wir sprechen hier über deine Sicherheit, nicht über den Charakter deines Vaters. Ich verachte ihn. Aber das ist irrelevant. Die Festung deines Onkels ist gut bewacht, und ich möchte, dass du dorthin zurückkehrst. Du musst tun, was ich dir sage, Liadan. Geh nach Hause. Sobald du kannst. Es ist hier nicht sicher für dich.«

»Und noch weniger für dich. Du musst doch wissen, dass Eamonn geschworen hat, dich zu töten, wenn du jemals wieder einen Fuß auf sein Land setzt oder bedrohst, was ihm gehört. Diese Wachen werden nicht zögern, auf dich zu schießen, sobald sie dich sehen. Die Männer in Grün können rasch und grausam sein. Ich möchte nicht, dass du dasselbe Schicksal erleidest wie Hund. Niemand sollte ein solches Ende haben.«

Mir wurde, noch während ich sprach, klar, dass ich zu viel gesagt hatte. Bran beugte sich vor und starrte mich an.

»Wie kannst du wissen, was mit Hund passiert ist?«, zischte er. »Woher kannst du das wissen?«

Ein Schauder durchzuckte mich, als die Bilder zurückkehrten. Das dunkle Gehölz am Straßenrand, die gedämpften Geräusche von Schlägen, das Klirren von Zaumzeug, als sie wegritten. Hunds Stimme, kaum mehr verständlich: *Messer* ...

»Ich weiß es, weil ich dort war«, sagte ich sehr leise. »Ich weiß es, weil ich aus dem Schatten her zugesehen habe, und ich konnte sie nicht aufhalten. Ich weiß es, weil ... weil ...« Meine Stimme bebte gefährlich.

»Warum, Liadan?«, fragte Bran leise.

»Weil er am Ende nach dem Messer rief, und es war niemand da außer mir. Er rief nach dir, ein Ende zu machen, aber die Hand, die ihm das Messer über die Kehle zog, war meine.«

Ich hörte, wie er ausatmete, und dann schwieg er eine Weile. Es gelang mir, die Tränen zu verbeißen. Es gelang mir, nicht die Hand auszustrecken und ihn zu berühren.

»Ich hielt mich für stark«, sagte er schließlich und sah nicht mich an, sondern irgendeine Stelle auf der nebelverhüllten Marsch. »Ich dachte, ich könnte so etwas tun. Aber es ist eine Prüfung der Willenskraft, der ich noch nicht begegnet bin.«

Ich begriff das nicht. Und wir hatten nicht mehr viel Zeit.

»Du bittest mich, nach Hause zu gehen. Das hatte ich

immer vor. Ich bin nur zu Besuch hier, bis Eamonn aus Tara zurückkehrt. Das wird tatsächlich in vier Tagen geschehen. Dann werde ich zurück nach Sevenwaters gehen. Aber ich kann nicht vorher gehen. Meine Schwester ist hier.«

»Was hält dich und deine Schwester davor zurück, heute abzureisen? Warum wartet ihr, bis dieser Mann zurückkehrt? Wenn es Probleme mit einer Eskorte gibt, werde ich eine stellen. Wirkungsvoll, aber unsichtbar.«

»Ich bin nicht sicher, wie du darauf kommst, dass du einen Anteil an meinen Entscheidungen hast.« Ich holte tief Luft. »Außerdem ist es nicht so einfach. Ich habe ... ein Problem. Ein sehr ernstes Problem. Und es gibt niemanden, an den ich mich wenden kann. Niemanden, den ich um Hilfe bitten kann.«

Er schwieg einen Augenblick.

»Du könntest mich fragen«, erklärte er mit großer Zurückhaltung. Dann wartete er.

»Das ist tatsächlich eine Aufgabe für den Bemalten Mann«, gab ich zu. »Aber ich bezweifle, dass ich mir den Preis leisten kann.«

»Du beleidigst mich«, zischte Bran, aber er sprach immer noch leise, denn immerhin waren solche Heimlichkeiten sein Beruf.

»Warum wohl?«, fragte ich. »Du bist ein Söldner und arbeitest für Geld, oder nicht? Ein Mann ohne Gewissen? Ist es nicht üblich, mit einem solchen Mann seine Bedingungen zu besprechen, wenn man seine Dienste erwirbt?«

»Vielleicht solltest du erst erzählen, worum es geht, und wir sprechen später über die Bedingungen«, sagte er kalt.

»Ich weiß kaum, wie ich das tun soll. Aber ich werde es dir so schlicht erklären, wie ich kann, denn ich habe wenig Zeit; man wird bald bemerken, dass ich weg bin. Meine

Schwester wurde zu Mitsommer verheiratet. Ihr Mann hat großen Einfluss.«

»Einer von den Uí Néills.«

»Das weißt du?«

»Ich habe mich informiert. Weiter.«

»Sie hat nicht freiwillig geheiratet. Ihr Herz gehörte einem anderen Mann. Aber sie ging nach Tirconnell. Es ist eine Verbindung für uns zu den Uí Néill im Norden mit all den strategischen Vorteilen, die dazugehören.«

Bran nickte verständnisvoll. Er hatte nachdenklich das Gesicht verzogen, und seine Rabenmaske ließ das noch deutlicher werden.

»Ihr Mann hat ... hat ihr wehgetan. Er hat sie grausam behandelt. Niamh ist vollkommen verändert, ein Schatten der Frau, die sie einmal war. Aber sie will nicht darüber sprechen; ich habe es selbst nur zufällig herausgefunden, und sie hat mich schwören lassen, mit niemandem aus der Familie darüber zu sprechen. Ich kann nicht erlauben, dass ihr Mann sie nach Tirconnell zurückbringt. Das wird sie umbringen. Sie würde sich lieber die Pulsadern aufschneiden, als noch einmal dorthin zurückzukehren. Das weiß ich. Ich ... ich habe ihr versprochen, dass sie nicht zurückkehren muss.«

»Ich verstehe. Und jetzt hast du vier Tage, um das Unmögliche zu erreichen.«

»So sieht es wohl aus«, meinte ich leise und begriff das ganze Ausmaß meiner Dummheit.

»Was war dein Plan?«, fragte Bran.

»Ich habe bisher nur die Hälfte eines Plans. Ich wollte Niamh eines frühen Morgens hier herunterbringen, wenn der Nebel dicht genug ist. Dann wollten wir durch die Marschen nach Norden gehen. Vielleicht uns von einem Wagen mitnehmen lassen und sie irgendwo an einen sicheren Ort bringen.«

Er sah mich an.

»Dann ist es gut, dass ich hier bin«, meinte er. »Wo soll sie hingebracht werden? Wie lange? Welche Geschichte soll über ihr Verschwinden erzählt werden?«

Mein Herz hatte wieder begonnen, heftig zu klopfen.

»Ein Kloster wäre das Beste. Ich dachte, im Süden, vielleicht in Munster. Irgendwo, wo meine Familie nicht bekannt ist. Ich nehme nicht an, dass du solche Verbindungen hast ...«

»Du wärst überrascht. Was wirst du Uí Néill sagen? Und deiner Familie?«

»Es wäre das Beste, wenn Fionn sie für tot hielte. Dann wird er nicht nach ihr suchen, sondern sich eine andere Frau nehmen. Auf diese Weise wird auch die Allianz nicht gebrochen. Meiner Familie werde ich die Wahrheit allerdings kaum vorenthalten können. Ich nehme an, ich muss es ihnen am Ende sagen.«

Bran schüttelte den Kopf. »Du willst, dass sie verschwindet und nicht verfolgt wird. Die beste Möglichkeit, das zu erreichen, besteht darin, die Wahrheit vor allen zu verbergen bis auf jene, die es wirklich wissen müssen. Nur sehr wenige sollten davon erfahren. Und du musst dieselbe Geschichte für alle benutzen. Aus irgendeinem Grund – du kannst ja einen erfinden – ist deine Schwester auf die Marsch hinausgegangen und hat sich verirrt. Du hast gesehen, wie sie unterging. Du bist verzweifelt, der Mann trauert, die Familie ebenfalls. Deine Schwester ist sicher in ihrem Kloster, solange sie das will. Vielleicht für immer. Was ist mit diesem anderen Mann, dem, von dem du sagst, dass ihm ihr Herz gehört? Wird er damit zu tun haben?«

»Nein. Er ist weggegangen. Meine Familie hat verboten, dass die beiden zusammenkommen.«

»Wie heißt er?«

»Ciarán. Ein Druide. Warum willst du das wissen?«

»Wenn du meine Dienste kaufst, mache ich die Regeln, und ich stelle die Fragen. Wird deine Schwester freiwillig mitkommen?«

»Ich glaube schon. Sie ist ... verwirrt ... gebrochen. Sie ist durcheinander. Aber mehr als alles will sie ihrem Mann entkommen. Es ist eine schreckliche Ehe, eine, die sie beinahe zerstört hat.«

»Und wenn sich dieser Uí Néill nach einem Ersatz umsieht, könnte es nicht sein, dass du selbst seine nächste Wahl bist?« Er war sehr ernst geworden.

Ich verschluckte ein nervöses Lachen. »Du kannst sicher sein, dass das nicht passieren wird«, sagte ich, und das Kind schlug einen Salto in meinem Bauch.

»Es wäre nur logisch. Wenn die Familie, zu der du so störrisch bist, deine Schwester zu einer solch schrecklichen Heirat gezwungen hat, kannst du keinen Grund haben zu hoffen, dass sie dir nicht dasselbe antun.«

»Ich würde lieber davonlaufen und an der Straße betteln, als mich mit einem solchen Mann verheiraten zu lassen«, sagte ich ihm. »Das wird nicht geschehen.«

Nun umspielte die Spur eines Lächelns seine Lippen. »Außerdem kannst du dich verteidigen«, sagte er.

»Ja, und das würde ich auch tun.«

»Ich bezweifle es nicht.«

»Bran.«

»Ja?«

»Meine Mutter ist sehr krank. Das habe ich dir gesagt. Sie wird bald sterben. Es wäre grausam, ihr zu sagen, dass

Niamh tot ist, wenn das nicht der Wahrheit entspricht. Ich würde es lieber nicht tun.«

»Was das angeht, kann ich dich nur beraten. Du bist diejenige, die es tun muss. Frage dich, ob du wirklich willst, dass deine Schwester in Sicherheit ist. Wenn das der Fall ist, dann musst du darauf vorbereitet sein, den schwierigsten Weg zu nehmen.«

Ich nickte und schluckte. »Was wäre dein Preis für einen solchen Auftrag?«, fragte ich ihn.

»Du glaubst also, dass ich es tun könnte?«

Die Frage überraschte mich vollkommen, und ich antwortete ohne nachzudenken.

»Aber selbstverständlich. Ich würde dir mein Leben anvertrauen, Bran. Es gibt keinen anderen, den ich bitten würde, so etwas für mich zu tun.«

»Dann ist das der Preis.«

»Was?«, fragte ich verwirrt.

»Vertrauen. Das ist der Preis.«

Dieses Gespräch war voller Fallen. Ich sagte: »Ich denke, du glaubst nicht an Vertrauen. Das hast du mir einmal erzählt.«

»Das bleibt auch unverändert. Es ist dein Vertrauen, das den Preis für diesen Auftrag bildet. Du siehst also, du hast im Voraus gezahlt.«

»Wann wirst du es tun?«, fragte ich zitternd und spürte die Tränen gefährlich in meinen Augen brennen.

»Ich brauche zwei Tage, um mich um einige Dinge zu kümmern. Es wird nicht schneller gehen. Bist du sicher, dass du es nicht einfach vorziehen würdest, diesen Uí Néill aus dem Bild zu entfernen? Dauerhaft? Das könnte leicht erreicht werden und mehr oder weniger sofort. Er würde einfach nicht hierher zurückkehren.«

Ich schauderte. »Nein, danke. Ich bin noch nicht bereit, mein Gewissen mit einem Mord zu belasten, obwohl ich zugeben muss, dass ich daran gedacht habe. Außerdem hast du ohnehin schon mächtige Feinde. Ich möchte nicht dafür sorgen, dass es noch mehr werden.«

Er schwieg einen Augenblick.

»Du solltest lieber wieder hineingehen.« Sein Tonfall war geschäftsmäßig.

»Ich verstehe das nicht«, sagte ich zitternd. »Ich verstehe nicht, warum du uns hilfst, wenn du uns doch so sehr hasst. Was ist es, das Finsternis in deinen Blick bringt, wenn du den Namen meines Vaters hörst? Was hat er getan, um solchen Hass hervorzurufen? Er ist ein guter Mann.«

Bran biss die Zähne zusammen. »Ich will über diese Dinge nicht sprechen«, sagte er. Dann stand er auf und blickte auf zu der Mauer der Festung.

»Ja, ich weiß, ich sollte hineingehen.« Aber ich regte mich nicht.

»Wirst du mir die Hand geben, um unseren Handel zu besiegeln?«, fragte er.

Ich streckte die Hand aus, und er griff danach. Nun war er es, der meinem Blick auswich. Was mich anging, ich spürte seine Berührung in jeder Faser meines Körpers und musste mich ungeheuer anstrengen, ihn nicht auf der Stelle zu umarmen oder etwas zu sagen, das ihm klar machte, wie angestrengt ich mich beherrschte. Ich erinnerte mich, dass er seine Regeln hatte, die ihm dabei halfen. Er benutzte sie gut; dies hätte eine beliebige Verhandlung zwischen Verbündeten sein können. Er ließ meine Hand wieder los.

»Bring deine Schwester übermorgen vor der Morgendämmerung hierher; wir werden bereit sein. Geh keine unangemessenen Risiken ein, Liadan. Ich will, dass du in Sicherheit bist. Pass auf dich auf.«

»Ich würde dir dasselbe sagen, wenn ich glaubte, dass du zuhörst«, sagte ich und wandte mich ab, bevor er sehen konnte, dass ich weinte. Wie konnte ich ihm erzählen, dass ich sein Kind trug, den Enkel des verhassten Hugh von Harrowfield? Wie konnte ich ihn damit belasten? Und dennoch, die Worte waren auf meinen Lippen gewesen. Erst, als ich wieder in der Festung und in meinem Schlafzimmer war, fiel mir ein, dass ich ihn nicht einmal nach Sean und seiner Reise nach Norden gefragt hatte, und danach, ob mein Bruder ihm tatsächlich einen Vorschlag gemacht hatte.

KAPITEL 10

Danach war mein Verhalten vorbildlich. Keine geheimen Vorstöße mehr vor die Mauer, und keine Wachtposten entdeckten mich in ungewöhnlichen Teilen der Festung. Ich half Aisling bei einer Inspektion der Brauerei, und ich beriet die Kräuterkundige des Haushalts beim Sammeln von Vorräten für den Winter. Ich sagte Niamh nicht genau, was geschehen würde oder wann, denn ich konnte mich nicht darauf verlassen, dass sie es verschwieg. Stattdessen sagte ich ihr nur, dass für alles gesorgt war, und damit gab sie sich zufrieden. An der Oberfläche war ich ruhig und kompetent. Darunter war ich angespannt wie eine Harfensaite.

Ich ging immer wieder durch, was Bran mir gesagt hatte und was er nicht gesagt hatte. Ich musste zugeben, dass ich mich die ganze Zeit nach seiner Hilfe gesehnt hatte. Ich versuchte, nicht an die Dinge zu denken, die ich ihm nur zu gerne gesagt hätte und nicht gewagt hatte auszusprechen. Unmögliche Dinge wie *Bleib bei mir* und *Du wirst noch vor Beltaine einen Sohn haben.* Dann drängte ich diese Gedanken so gut ich konnte aus dem Kopf und dankte schlicht den Alten aus tiefstem Herzen, dass sie ihn zu mir gebracht hatten, als ich schon alle Hoffnung verloren hatte – dass sie ihn irgendwie zu mir zurückgeschickt hatten, als ich glaubte, dass er mich und die meinen für immer hinter sich gelassen hatte. Was zu einer solchen Veränderung geführt hatte, war mir ein Rätsel. Ich war nicht dumm genug zu glauben, ihn eines Tages wieder in den Armen halten zu können und zu hören, wie er liebevolle Worte sprach. Das waren die Gedanken eines albernen, romantischen Mädchens, sagte ich mir. Aber ich sprach mit unserem Sohn und sagte ihm: *Er ist dein Vater. Ein Mann, der immer bei allem, was er tut, der Beste ist. Ein Mann, dem du dein Leben anvertrauen kannst.*

Am Abend, bevor sie fliehen sollte, sagte ich Niamh so viel, wie sie wissen musste. Dass sie leise aufstehen musste, wenn ich sie weckte, noch vor dem Morgengrauen, und warme, dunkle Kleidung anziehen sollte, die ich für sie vorbereitet hatte. Dass wir dann rasch und lautlos die Festung verlassen würden, auf Geheimwegen, die an den Rand der Marsch führten. Dass ein Mann dort warten würde, um sie hinüberzuführen und an einen Ort zu bringen, wo sie in Sicherheit wäre. Es würde lange dauern, bis sie mich wieder sah.

»Ein Mann?« Sie blinzelte, als sie dort in ihrem Nachthemd saß, und runzelte verwundert die Stirn. »Was für ein Mann?«

»Ein Freund von mir«, sagte ich. »Du darfst dich von seinem Aussehen nicht erschrecken lassen. Er ist der beste Beschützer, den du haben könntest.«

»Wie hast du ... wie kannst du ...« Ihre Worte verklangen, aber ich konnte die wahre Botschaft in ihren Gedanken lesen, denn sie war nicht im Stande zu verbergen, was in ihr vorging. Sie fragte sich, wie eine kleine graue Maus wie ich es geschafft hatte, einen Mann kennen zu lernen, der uns etwas nützen konnte.

»Das ist unwichtig«, sagte ich. »Du darfst aber auf keinen Fall vergessen, still zu sein und zu tun, was ich dir sage, ganz gleich, was auch geschehen mag. Unser Leben hängt davon ab, Niamh. Wenn wir dann da sind, folgst du einfach seinen Anweisungen. Tu es einfach, und du wirst bald hier weg sein und in Sicherheit, noch bevor dein Mann mit Eamonn zurückkehrt.«

»Liadan?« Der Tonfall eines Kindes.

»Was?«

»Könntest du nicht mitkommen?«

»Nein, Niamh. Glaub mir, es wird dir gut gehen. Ich kann nicht mitkommen, denn wenn wir beide verschwinden, werden sie uns sicher folgen. Wenn so etwas in seinem Haus geschehen würde, würde Eamonn allen Spuren bis an ihr Ende folgen. Ich muss bleiben und eine Geschichte erzählen, die dein Verschwinden erklärt. Danach gehe ich nach Hause.«

»Eine Geschichte? Was für eine Geschichte?«

»Mach dir deshalb keine Gedanken. Jetzt musst du schlafen. Du wirst morgen Früh all deine Kraft brauchen.«

Es fing recht gut an. Nach einer schlaflosen Nacht weckte ich Niamh vor dem Morgengrauen, und wir zogen uns im Licht einer einzelnen Kerze an. Niamh bewegte sich quälend langsam, und ich musste das meiste für sie erledigen, ihr Kleid zuhaken, ihr das Haar kämmen, ihr den grauen Umhang um die Schulter legen und ihr sagen, sie müsse die Kapuze aufbehalten, sobald wir draußen waren, denn heute trug sie keinen Schleier, und die leuchtende Farbe ihres Haars musste verborgen bleiben. Ich zeigte ihr die Geheimtür und erklärte noch einmal, wohin sie führte. Meine Schwester nickte ernst und mit so etwas wie Verständnis in ihrem Blick.

»Ich bin bereit«, sagte sie. »Und ... danke, Liadan.«

»Keine Ursache«, erwiderte ich ein wenig zitternd. »Dank mir und meinen ... Freunden, wenn du sicher bei den heiligen Schwestern bist. Und jetzt ...«

In diesem Augenblick hörte ich Geräusche im Hof, und Fackeln flammten auf. Ich stieg leise auf einen Hocker und schaute aus dem schmalen Fenster. Reiter kamen durch den Haupteingang, Männer in Grün und Männer mit dem Zeichen der Uí Néill auf ihren Hemden, rot und weiß, die Schlange, die sich selbst verschlang. Es gab Hufschläge, Männerstimmen, das Geräusch von Riegeln, die zurückgeschoben wurden, als der Haushalt aufwachte. Ich entdeckte Eamonn, bleich und ernst wie immer, der vom Pferd sprang und begann, Befehle zu geben. Ich sah die aufrechte Gestalt von Fionn Uí Néill unter seinen Männern. Sie hatten offenbar nicht in Sevenwaters Halt gemacht. Sie waren direkt hierher gekommen, zwei Tage zu früh.

Bran, war mein erster entsetzter Gedanke, als ich meine Schwester unter dem Wandteppich durch die schmale Öffnung schob. *Bran ist hier, und Eamonn ist zurück. Wenn Eamonn ihn tötet, wird es meine Schuld sein.* Ich malte mir die schlimmsten Dinge aus, als wir die steile Treppe hinuntergingen, ich direkt vor Niamh, und ich führte sie, als sie erschrocken jammerte: »Liadan! Liadan, ich glaube nicht, dass ich das kann! Es ist so dunkel hier und so eng!«

»Sei still!«, zischte ich und packte ihre Hand fester. »Halte dein Versprechen, und tu, was ich dir sage.« Sie schien nicht zu begreifen, was dort im Hof geschah, und ich sagte es ihr nicht; sie war bereits so gut wie gelähmt vor Angst, und ihre Reise hatte kaum erst begonnen. Es war besser, dass sie nicht erfuhr, wie dicht ihr die Verfolger auf den Fersen sein würden.

Wir waren sehr langsam. *Komm schon, komm schon, Niamh.* Schließlich erreichten wir das Ende der Treppe und gingen den kleinen Tunnel entlang.

»Vorsichtig hier«, flüsterte ich. »Der Boden ist feucht.

Nicht ausrutschen.« Mit einigem Glück würde so früh niemand nach uns sehen. Die Männer würden zuerst essen und sich ausruhen wollen. Es war vielleicht immer noch Zeit.

Draußen war es still. Es waren keine Stimmen zu hören außer denen der Marschvögel, die den Tag begrüßten. Eine Decke von Nebel aus kränklichem Gelbgrün hing über dem Sumpf und berührte den steinigen Strand. Man hätte gedacht, selbst der Bemalte Mann könnte keinen Weg durch einen solchen Nebelschleier finden. Wir erreichten die sichere Stelle unterhalb der spitzen Steine. Hoch über uns gingen die Wachen stetig hin und her. Dann stieß Niamh einen leisen spitzen Schrei aus, und ich schlug ihr fest auf den Mund.

»Still«, zischte ich. »Willst du, dass wir alle umgebracht werden? Diese Männer sind hier, um uns zu helfen.«

»Oh ... aber ... aber ...«

»Sorg dafür, dass sie still ist.«

Meine Schwester starrte entsetzt den Mann an, der gesprochen hatte, den Mann, der plötzlich vor uns aufragte mit seinem rasierten Kopf und der gemusterten Haut und dann den Mann hinter ihm, dessen Haut so schwarz war wie die Nacht und dessen weiße Zähne in einem wilden Grinsen entblößt wurden, als er mich nun mit einem Nicken grüßte. Niamh konnte sich offenbar nicht entscheiden, wen sie für erschreckender hielt.

»Bran.« Ich zog ihn beiseite und sprach leise auf ihn ein. »Eamonn ist zurückgekehrt, gerade jetzt erst, zusammen mit dem Mann meiner Schwester. Es wimmelt von Bewaffneten.«

»Ich weiß.«

»Ihr solltet sofort aufbrechen und absolut vorsichtig sein.

Eamonn hat geschworen, dich zu töten, und er würde es auf der Stelle tun. Bitte geht schnell.«

Er sah mich an. »Mach dir um mich keine Sorgen. Ich bin es nicht wert. Außerdem hast du selbst genug Probleme.«

»Ich sorge mich um dich. Warum kannst du nicht einmal in deinem Leben auf einen guten Rat hören?«

»Komm mit«, sagte Möwe leise. Er hatte Niamhs Hand ergriffen und führte sie recht sanft über die freie Fläche zum Rand des Marschlands, wo der Nebel sie umschlingen würde.

»Du glaubst, ich wäre ein Söldner ohne Gewissen, ein Mann ohne Gefühle«, flüsterte Bran, und er hob die Hand, um mir über die Wange zu streichen. »Und dennoch wünschst du, dass ich in Sicherheit bin. Das passt nicht zueinander.«

»Du hast eine schlechte Meinung von Frauen und verachtest meine Familie«, erwiderte ich mit Tränen in den Augen, denn seine Berührung löste ein tiefes Sehnen in mir aus, das gleichzeitig Freude und Schmerz war. »Und dennoch riskierst du dein Leben, um hierher zu kommen, nur damit du mir sagen kannst, dass ich nach Hause gehen soll. Du riskierst es abermals, um meine Schwester zu retten. Noch eine Frau. Du kannst nicht gerade behaupten, dass das zusammenpasst.«

Wir sahen uns an, und ich konnte nicht vermeiden, dass mir eine Träne über die Wange lief.

»Nicht. Nicht«, sagte Bran heftig und berührte mit dem Daumen meine Haut, als wollte er die Flut aufhalten.

»Ich danke dir, dass du gekommen bist«, flüsterte ich. »Ich weiß nicht, wie ich ohne dich zurechtgekommen wäre.«

Er sagte nichts, aber als ich ihn wieder ansah, lag keine Schutzmauer mehr vor seinen Augen. Tiefe graue Augen.

In ihnen standen die Worte, die er sich nicht zugestehen würde zu sprechen. Ich legte meine Hand auf seine.

Von oben ertönte ein Ruf, und etwas surrte, und dann schoss ein Pfeil über unsere Köpfe hinweg und bohrte sich direkt hinter Möwe in den Sumpf, wo er die stolpernde Niamh in den Schutz des Nebels führte. Möwe fluchte, und Niamh schrie leise auf, und dann schien es, als würde sie vor Angst erstarren und könnte nicht mehr weitergehen.

»Brighid, hilf!«, murmelte ich und raffte meine Röcke, bereit, nach unten zu rennen und sie in Sicherheit zu schubsen, das dumme Mädchen. Brans Stimme hielt mich auf.

»Nein«, sagte er. »Bleib hier, wo sie dich nicht sehen können. Lebe wohl, Liadan.«

Dann drehte er sich um und lief in den Weg ihrer Pfeile, ein deutliches Ziel, um von meiner Schwester abzulenken, und ich blieb stehen und beobachtete ihn, denn ich hatte es versprochen. Ich hatte seine Dienste gekauft, und das bedeutete, dass er die Regeln festlegte. Oben auf dem Wehrgang waren Rufe zu hören, und ich hörte Eamonns Stimme. Es flogen nun mehr Pfeile, und sie waren gut gezielt; aber Bran war rasch und klug, wich aus, drehte sich um und machte eine rasche vulgäre Geste des Trotzes in Richtung seiner Angreifer. Er hätte die Entfernung in der halben Zeit zurücklegen können, aber er sorgte dafür, dass sowohl Möwe als auch die stolpernde, entsetzte Niamh, deren dunkle Kapuze heruntergerutscht war und nun deutlich ihr abgeschnittenes Haar enthüllte, vollständig unter der Nebeldecke verschwunden waren, bevor er ihnen hinterherrannte. Der Nebel verschlang sie, und sie waren weg.

Dann geschahen mehrere Dinge gleichzeitig. Drohend

wurden Befehle gegeben. Männer mit Schwertern und Dolchen, Speeren und Äxten kamen um die Mauern gerannt und blieben am Rand der Mauern stehen, ganz in der Nähe der Stelle, wo ich reglos unterhalb der Felsenbarriere stand. Eamonn war unter ihnen, und er war es, der sich als Erster umdrehte und mich sah. Es war nicht notwendig, meine Züge zu beherrschen – ich nehme an, ich sah bereits überzeugend erschrocken und verängstigt aus.

»Liadan! Der Göttin sei Dank, dass du in Sicherheit bist!« Ich konnte den Zorn in Eamonns Blick sehen, kaum verborgen hinter seiner Erleichterung und Sorge. »Ich dachte schon – was ist geschehen, Liadan? Sag es mir schnell, wir müssen diese Männer sofort verfolgen.«

»Ich ... ich ...«

»Schon gut, du bist jetzt in Sicherheit. Hol tief Luft und versuch, es mir zu erzählen.« Er packte mich recht fest an den Schultern, und seine Hände teilten mir deutlich seinen Drang mit, zu verfolgen, zu bestrafen, zu töten.

»Niamh ... Niamh ist weg«, schluckte ich. »Sie ist weg.«

»Wohin?«

»Ich ... ich weiß es nicht.« Bisher hatte ich nicht einmal lügen müssen. Ich konnte nicht sonderlich gut lügen. Und Eamonn kannte mich besser als die meisten. Ich musste hoffen, dass sein Zorn ihn gegenüber allen Löchern in meiner Geschichte blind machte. Eine Geschichte, die nun ein wenig anders erzählt werden musste, da nicht nur Niamh, sondern auch Möwe und Bran deutlich in Sicht gewesen waren, bevor sie flohen.

»Über das Marschland nach Norden. Ich weiß nicht, wohin oder warum.«

Eamonn verzog das Gesicht. »Sag mir alles, was du weißt, Liadan. So schnell du kannst. Jeder Augenblick zählt. Wie konnten du und Niamh hier herunterkommen, ohne dass meine Wachen euch gesehen haben?«

»Es gibt einen Geheimweg, wusstest du das nicht? Eine Wendeltreppe, eine Geheimtür. In der Nische.«

Er fluchte leise. »Du meinst – aber dieser Weg war verschlossen, solange ich mich erinnern kann. Es gibt keinen Schlüssel. Wie konntest du hineingelangen?«

Ich berührte den Schlüssel, der in meiner Tasche lag. Nun wurde es nötig zu lügen. »Ich weiß es nicht. Als ich heute Früh aufwachte, sah ich, dass Niamh weg war. Sie hatte die Geheimtür aufgelassen, und ich folgte ihr. Als ich herauskam, war sie ... sie war ...«

»Schon gut, Liadan«, sagte er mit ernster Freundlichkeit. »Das brauchst du nicht zu erzählen. Wie viele Männer hast du gesehen? Nur zwei?«

Ich nickte stumm.

»Ich nehme an, du weißt, was sie waren?«

Ich nickte abermals.

»Nun, und das verwirrt mich«, murmelte Eamonn und begann, ruhelos auf und ab zu gehen. »Warum sollte er sie mitnehmen, außer in einer Geste wahnsinnigen Trotzes? Was kann er sich davon erhoffen? Es gibt keinen Grund.«

Ich schluckte. »Glaubst du ... glaubst du, du kannst sie verfolgen und sie zurückholen?« Es kam mir so vor, als hätte der Nebel begonnen, sich aufzulösen, während die Sonne höher kletterte; ich konnte jetzt ein kurzes Stück über die Marschen sehen, der dunkle trügerische Schlamm hier und da war von niedrigen Büschen unterbrochen. Diese Vegetationsinseln waren zu weit voneinander entfernt, als dass irgendjemand einfach nur von der einen zur anderen springen konnte. Früher oder später musste er seinen Fuß auf diese schwarzbraune schwammartige Oberfläche stellen und sich darauf verlassen, dass sie sein Gewicht trug. Und das wäre nur möglich, wenn man den Weg genau kannte. Dennoch, sie waren die Besten. Wenn sie sagten, sie könnten Niamh herüberführen, dann konnten sie es.

»Eamonn! Um Gottes willen, was ist geschehen? Sie sagen, Niamh ...« Fionn kam im Laufschritt, die Stiefelsohlen knirschten auf den Steinen. Er war bleich, seine Miene grimmig.

»Ich bedauere dies zutiefst«, erklärte Eamonn förmlich, und ich begriff, dass es tatsächlich seine Stellung bei seinen Verbündeten schädigen würde, dass so etwas direkt vor seiner Tür geschehen war, beinahe vor seiner Nase. Kein Wunder, dass der Bemalte Mann wegen seiner Dreistigkeit einen solchen Ruf hatte. »Es sieht aus, als wäre sie entführt worden, und es besteht kein Zweifel, wer dafür verantwortlich ist. Meine Wachen haben sie deutlich gesehen. Ein Mann mit rabenschwarzer Haut und ein anderer, der ein eindeutiges Muster auf Gesicht und Arm trug. Das sind dieselben Fianna, die meine Krieger getötet und mich gezwungen haben, dabei zuzusehen. Ein Glück, dass meine Bogenschützen sie vertrieben haben, bevor auch Liadan entführt wurde.«

»Welchen Weg haben sie genommen?«, wollte Fionn wissen, und seine Miene erinnerte mich daran, dass er ein Uí Néill war und ein Anführer. »Ich werde diesem Burschen Arme und Beine abschneiden, wenn ich ihn finde! Wohin sind sie geflohen?«

»Du kannst ihnen nicht folgen«, sagte Eamonn schlicht. »Das ist meine Aufgabe und die meiner Männer, die wissen, wie man den Sumpf sicher überquert, und das einigermaßen schnell tun können. Ich werde mein Bestes tun, deine Frau zurückzubringen, und ich schwöre, ich werde nicht ruhen, bis diese Verbrecher ihre gerechte Strafe erhalten haben. Jetzt muss ich gehen, und zwar schnell.«

»Gerechtigkeit?«, fragte Fionn leidenschaftlich. »Gerechtigkeit ist zu gut für sie. Lass mich einen Augenblick mit diesem Abschaum und einer Axt allein, und ich werde ihnen noch ein paar schönere Muster in ihre gesetzlosen Häute schneiden. Sprich nicht zu mir oder Niamhs Schwester hier von Gerechtigkeit.«

»Geh nach drinnen, Liadan.« Eamonn ging nun auf den Rand der Marsch zu. Zwei seiner Männer warteten dort bereits, ihre grünen Hemden unter Umhängen von einer schlammbraunen Farbe, ihre Reitstiefel hatten sie gegen weicheres, beweglicheres Schuhwerk getauscht. Sie trugen enge Kapuzen und Dolche und Wurfmesser am Gürtel. Eamonn zog seine Obergewänder aus und kleidete sich rasch auf dieselbe Weise. Jeder Mann trug einen Stock, der höher war als er selbst.

»Also gut«, sagte Eamonn. »Ich gehe voran; bleibt ihr hinter mir und haltet euch bereit, sofort zuzuschlagen. Sie haben keinen großen Vorsprung, und wir können sie einholen, bevor sie trockenes Land erreichen. Dass sie eine Frau dabei haben, wird sie verlangsamen. Pad, deine Aufgabe ist es, die Frau in Sicherheit zu bringen. Sobald du sie hast, drehst du dich um und lässt uns allein. Sei vorsichtig, sie könnte verängstigt sein. Con, du kümmerst dich um den Schwarzen. Der andere gehört mir.«

Es ist kein Wunder, dass Frauen den Ruf haben, geduldiger als Männer zu sein. Wir verbringen so viel von unserer Zeit mit Warten. Warten, dass ein Kind geboren wird. Warten, dass der Mann nach Hause kommt vom Feld, vom Meer, aus der Schlacht. Endloses Warten auf Nachrichten. Das kann das Schlimmste sein, da sich die Angst tief in die Eingeweide frisst und das Herz mit kalten Fingern umschlingt. Der Geist kann einem seltsame schreckliche Bilder vorgaukeln, während man wartet.

Aisling war ein freundliches Geschöpf, und das lernte ich im Lauf dieses langen Tages zu schätzen. Es war mir unmöglich, irgendetwas zu tun. Sie brachte mir Met und gewürztes Obst und bat mich, mich in einer bequemen abgeschiedenen Ecke an einem kleinen Eschenfeuer niederzulassen. Sie erklärte mir, wie Leid es ihr tat. Ich brauchte meine Angst nicht vorzutäuschen.

»Setz dich, Liadan«, drängte Aisling, und in ihren großen blauen Augen stand die Sorge. »Komm, setz dich zu mir. Ich bin sicher, dass Niamh unbeschadet nach Hause zurückkehren wird. Eamonn kennt diese Pfade wie seinen eigenen Handrücken. Er ist sehr fähig. Wenn irgendjemand sie finden kann, dann er.«

Sie wusste ja nicht, wie sehr mir ihre Worte die Hoffnung nahmen. »Ich kann nichts dagegen tun«, sagte ich. »Es ist so leicht, einen Fehler zu machen. Das sagen alle. Bei diesem Nebel, und wenn man versucht, sich schnell zu bewegen – sie könnten den Weg so leicht verlieren, Aisling. Wie lange wird es noch dauern, bis sie einen Boten schicken?« Meine Hände zitterten, und ich verschränkte die Finger fest.

»Es könnte eine Weile dauern«, sagte Aisling sanft. »Fionn hat seine Männer über die Straße auf dem Damm geschickt, um diesen Banditen von der anderen Seite den Weg abzuschneiden. Eamonn wird vorsichtig sein – auf diesem Weg darf er sich keine Fehler leisten. Aber ganz gleich, die Gesetzlosen sitzen in der Falle.«

Während wir warteten, ging Fionn auf und ab, grimmig und schweigend. Er hatte sich entschieden, hier in Sídhe

Dubh zu bleiben und auf die ersten Nachrichten zu warten und nicht mit seinen Männern zu reiten. Nun verhielt er sich wie ein Tier im Käfig, mit zornglühenden Augen, die Hände zu Fäusten geballt. Ich fragte mich, ob er sich um seine Frau ängstigte, ob er sich so nach ihr sehnte wie ich mich nach Bran, oder ob er einfach nur wütend war, dass man etwas gestohlen hatte, das ihm gehörte, ganz gleich, mit welcher Verachtung er seinen Besitz zuvor behandelt hatte?

Mehr Zeit verging, und wir hörten immer noch nichts. Ich bemerkte, dass ich nicht mehr still sitzen konnte und bat, mich eine Weile in mein Schlafzimmer zurückziehen zu dürfen. Als ich an Fionn vorbeikam, legte er mir eine Hand auf die Schulter.

»Hab Mut«, sagte er leise. »Es kann noch alles gut werden.«

Ich warf ihm einen Blick zu, nickte und ging davon. Er sah nicht anders aus, als es sich für einen bekümmerten Mann gehört, der unruhig darauf wartete, zu erfahren, ob seine Frau lebte oder tot war. Wären nicht die blauen Flecken gewesen, die rasch verblassten, dann hätte es überhaupt keinen Beweis dafür gegeben, was Niamh ertragen hatte. Nichts als das Zeugnis ihres Geistes, aber das durfte ich niemandem mitteilen. Dana mochte uns helfen – was, wenn sie nicht entkamen? Was, wenn der Bemalte Mann doch nicht der Beste war und Eamonn ihn gefangen nahm? Das war undenkbar. Wenn dies geschehen sollte, hätte ich keine Wahl, ich müsste das Versprechen brechen, das ich meiner Schwester gegeben hatte, und die ganze Wahrheit erzählen.

Vertrauen. Das ist der Preis. Ich konnte Brans Stimme in meinem Kopf hören, als ich ins Schlafzimmer ging und die

Tür hinter mir schloss. Es gab keinen Raum für Zweifel. Ich musste ihm vertrauen. Ich vertraute ihm. Aber wieso klopfte mein Herz immer noch so rasch, wieso war meine Haut verschwitzt und kalt, wieso fühlte ich mich so erschöpft, als hätte ich einen Teil meiner selbst verloren?

Ich lag eine Weile auf meinem Bett, starrte ins Leere, und als ich etwas ruhiger wurde, konnte ich die leichten Bewegungen des Kindes in mir spüren. *Du wirst noch vor Beltaine Vater sein.* Das hatte ich Bran nicht gesagt. Wie hätte ich das auch tun können? Es zu wissen, wäre nur eine weitere Last für ihn gewesen. Ein Mann kann kein Vater sein, wenn er keine Vergangenheit und keine Zukunft hat. Ein Mann kann keinen Sohn anerkennen, in dessen Adern das Blut einer Familie fließt, die er vollkommen verachtet. Es war besser, dass er es nicht wusste. Es war besser, dass niemand wusste, wessen Sohn es war. Der Sohn des Raben. Das Kind der Prophezeiung. Ich würde nicht daran gebunden sein, und er sollte es auch nicht. Aber da war immer noch Sean. Man kann Geheimnisse nicht ewig wahren, nicht vor einem Zwilling. Er hatte einen Verdacht. Er würde es sicher bald wissen. Und nun war es noch komplizierter. Denn was immer das Ergebnis dieser Jagd durch die Marschen sein würde, es würde dem Ruf des Bemalten Mannes nur noch mehr schaden, wenn er überlebte. Was immer geschah, die Ereignisse des heutigen Tages waren so gravierend, dass die Männer meiner Familie und ihre Verbündeten nie wieder daran denken durften, mit dem Bemalten Mann zusammenzuarbeiten. Es sei denn, ich sagte die Wahrheit. Und ich hatte Niamh versprochen zu schweigen.

Arme Niamh. Sie würde so verängstigt sein. Sie würde sich vollkommen allein fühlen. Was, wenn sie in ihrer Angst davonrannte? Was, wenn sie wieder vor Schrecken erstarrte und nicht dazu bewegt werden konnte, weiterzulaufen? Ich zwang mich, langsamer zu atmen. Ganz vorsichtig streckte ich meinen Geist aus.

Sean?

Keine Antwort. Vielleicht war ich zu vorsichtig gewesen.

Sean? Antworte mir, ich brauche dich, Sean!

Nichts. Ich wartete lange Zeit, den Geist offen für seine Antwort.

So lange, dass ich beinahe begann, das Undenkbare zu denken, da ich wusste, wo er gewesen war und bei wem. Ich spürte, wie Zweifel in meinen Kopf krochen. Vertrauen, sagte ich mir. Der Preis ist Vertrauen.

Liadan? Was ist los?

Ich seufzte erleichtert. *Sean! Wo bist du?*

Zu Hause, wo sollte ich sonst sein? Was ist los?

Ich kann es dir nicht sagen. Aber es ist etwas Schlimmes, und ich komme nicht allein damit zurecht. Du musst nach Sídhe Dubh kommen. Komm sofort her, Sean. Bring eine Eskorte. Ich ... wir werden mit dir zurück nach Hause kommen.

Du solltest es mir lieber gleich sagen, Liadan. Ist etwas mit Niamh passiert?

Warum fragst du das?

Seine Antwort war vorsichtig. *Ich bin nicht blind, was immer du glauben magst. Kannst du mir sagen, was geschehen ist? Soll ich Vater oder Liam mitbringen?*

Ich schauderte, als ich dort saß, und konnte meine Angst nicht vor ihm verbergen. Jeder meiner Gedanken war von ihr überschattet.

Nein, bring sie nicht her, nur du und ein paar Männer. Ich möchte einfach nicht, dass Eamonns Wachen mit uns zurückreiten. Beeil dich, Sean.

Ich bin schon auf dem Weg. Gnädigerweise hatte er keine weiteren Fragen gestellt. Und bis er hier eintraf, würde es vorüber sein, auf die eine oder andere Art.

Es war beinahe Abend, als Eamonn zurückkehrte. Wir waren wieder in der Halle, dicht an der Feuerstelle, deren knisterndes Feuer goldenes Licht auf die seltsamen gemeißelten Säulen warf. Die Augen der Geschöpfe dort schienen zu flackern und zu glühen, während sie mürrisch auf uns niederstarrten. Gedämpfte Geräusche erklangen, als die Diener Essen und Trinken brachten und es unberührt wieder wegtrugen. Aisling gab lcise Anweisungen. Sie war blass und sah müde aus. Fionn saß am Tisch, den Kopf in die Hände gestützt. Als wir schließlich Unruhe draußen hörten, die Wachen auf den Posten und Stimmen im Hof, sprang niemand auf und rannte zum Fenster, um nachzusehen. Stattdessen saßen wir alle drei wie erstarrt, unfähig, nach so langem Warten noch zu glauben, dass es noch gute Nachrichten geben könnte, und unwillig gegenüber dem unvermeidlichen Augenblick, an dem man uns das Schlimmste mitteilte.

Eamonn war ein Mann, der nicht leicht die Beherrschung verlor. Man musste ihn gut kennen, um ihm anzusehen, wann er zornig war. Selbst sein Heiratsantrag war ein Musterbeispiel der Zurückhaltung gewesen. Aber nun, als er in die Halle trat und mit einer kaum sichtbaren Geste bewirkte, dass die Diener seines Haushalts verschwanden, war es klar, dass er beinahe unerträglich erschöpft war. Er hatte keinerlei Farbe mehr im Gesicht und sah gebrochen und alt aus. Aisling sprang auf, nahm seinen Arm und führte ihn zu einem Platz am Feuer, und er schüttelte ihren besorgten Griff mit einem heftigen Zucken des Arms ab. Das zeigte schon deutlich genug, wie weit es mit ihm gekommen war.

Schwarzer Schlamm hing an seinen Schuhen und war über seine Kleidung verspritzt.

»Du solltest es uns lieber sagen«, meinte ich grimmig.

Eamonn stand vor dem Feuer, mit dem Rücken zu uns, und starrte ins Herz der Flammen.

»Du hast meine Frau nicht zurückgebracht.« Fionn hatte seine Stimme gut unter Kontrolle, aber die Fäuste geballt. Aisling hatte sich zurückgezogen und saß nun neben mir und hielt den Mund.

Eamonn legte eine Hand auf die Augen, eine Hand, die nicht ganz ruhig war, und sagte leise: »Die Göttin möge mir helfen. Wer könnte es ertragen, solche Nachrichten zu bringen?«

Ich stand auf, ging zu ihm und nahm seine Hand in meine Hände. Diese Berührung schüttelte er nicht ab, und er hatte keine andere Wahl, als mich anzusehen.

»Eamonn«, sagte ich und begegnete seinem Blick, so gut ich konnte, obwohl es mich beunruhigte, was in seinen braunen Augen stand. »Fionn wartet auf Nachricht von seiner Frau und ich von meiner Schwester. Wir wissen, dass es keine guten Nachrichten sein können. Aber du musst es uns sagen.«

»Oh Liadan. Oh Liadan. Ich würde viel dafür geben, dir so etwas nicht sagen zu müssen.«

»Erzähl es uns, Eamonn.«

Er holte schaudernd tief Luft. »Es ist leider das Schlimmste. Deine Schwester ist tot. Ertrunken auf dem Weg zu trockenem Land.«

»Aber ... aber ...«

Aisling war aufgestanden und hatte den Arm um meine Schultern gelegt.

»Setz dich, Liadan. Komm, setz dich.«

Ich zitterte. Es gab keine Möglichkeit festzustellen, ob es der Wahrheit entsprach. Diese Falle hatte ich mir selbst gestellt.

»Was!« Fionn kam ganz langsam auf die Beine. »Was sagst du uns da? Wie konntest du das geschehen lassen? Auf deinem eigenen Land!«

»Wir haben alles Menschenmögliche getan. Wir haben Männer über die Straße geschickt, deine eigenen Männer und meine, um ihnen den Weg zu blockieren. Wir sind ihnen durch den Sumpf gefolgt, so schnell wie wir konnten. Der Nebel war sehr dicht, und das hat uns behindert; aber ich wusste, dass auch sie deswegen nicht schneller vorwärts konnten. Und ich dachte, Niamh würde sie nur verlangsamen. Sie würden sie Schritt für Schritt hinüberbringen müssen. Damit hatte ich Recht. Wir haben sie tatsächlich eingeholt, aber viel weiter weg, als ich erwartet hätte. Dieser Mann ist bei seiner schrecklichen Arbeit ausgesprochen geschickt. Wir waren näher an der anderen Seite als an der Festung, als sich der Nebel ein wenig hob, und dort waren sie. Der Bemalte Mann, der über die Schulter spähte, als er von einer sicheren Stelle zur nächsten ging. Er kannte den Weg. Ich habe nie gesehen, dass er auch nur auf den Boden geschaut hätte. Nicht ein einziges Mal.

Ich konnte nicht weit sehen, aber ich entdeckte Niamhs helles Haar und das Grau ihres Umhangs durch die Nebelschleier. Den Mann, der sie führte, konnte ich nicht sehen. Ich nahm mein Wurfmesser vom Gürtel, ging schneller, folgte meiner Beute, bis sie nur noch sieben Schritte entfernt waren. Der Bemalte Mann bewegte sich still und beinahe so lautlos wie Wild. Aber vor uns hörte ich Niamhs Stimme, die eine Frage stellte, und eine Männerstimme, die antwortete. Ich wog das Messer in der Hand, schätzte die

Entfernung zu einer bestimmten Stelle zwischen den Rippen dieses Mannes ab. Ich wusste, dass er als Erster gehen musste.«

Sag es mir. Sag es mir endlich. Ich biss die Zähne zusammen.

»Ich holte sie rasch ein. Der Bemalte Mann hatte ein Messer an seinem Gürtel, aber es sah nicht danach aus, als wollte er danach greifen. Es war beinahe, als wartete er darauf, dass ich ihn angriff. Ich hob mein Messer, wollte werfen, und blitzschnell drehte er sich um und machte eine Handbewegung, und etwas Kleines, Blitzendes flog an mir vorbei. Ich hörte den Mann hinter mir grunzen, und dann gab es ein Platschen, als er hinfiel, und als ich wieder nach vorn schaute, war der Bemalte Mann weg. Zorn ließ mich sorglos werden, und als ich weiterrannte, verlor ich beinahe den Boden unter den Füßen. Ich schrie hinter ihm her: ›Mörder! Abschaum! Ich werde deinem Leben der Zerstörung ein Ende machen! Du wirst mein Messer noch spüren, Gesetzloser!‹ Ich hörte ihn lachen, ein leeres, herzloses Geräusch, und dann schrie Niamh auf. Sie hatte meine Stimme gehört und versuchte, sich zu befreien, da sie wusste, dass Rettung nahe war.«

Seine Worte bewirkten, dass mir eiskalt wurde. Ich konnte es deutlich sehen, als wäre es direkt vor mir: Niamh, die die Stimme ihres Verfolgers hörte und verzweifelt war vor Angst, dass sie die Freiheit nun doch nicht erreichen würde. Niamh, die auf dem verräterischen Pfad in Panik geriet. »Erzähl weiter, Eamonn«, sagte ich mit zitternder Stimme.

»Ich weiß nicht, wie viel ich dir sagen soll.«

»Alles. Ebenso sehr um deinetwillen als auch um unsertwillen.«

»Heraus damit, Mann!« Fionn war weniger geduldig als ich.

»Also gut. Niamh schrie: ›Nein!‹, und dann hörte ich Kampfgeräusche vor mir. Der Nebel hing immer noch tief; er riss nur an einigen Stellen auf, hier und da, und ich konnte nicht klar sehen. Ich bewegte mich, so rasch ich konnte, und achtete kaum auf meine eigene Sicherheit. Con, der der Letzte von uns drei gewesen war, kam hinter mir. Aber so sehr wir uns eilten, wir waren zu langsam, um deine Schwester zu retten. Ich hörte den Mann, der weiter vorne gelaufen war, aufschreien, und dann wieder Niamhs Stimme: ›Helft mir! Hilfe!‹ Einen Augenblick lang sah ich die Hand des Mannes, kohlschwarz, die ausgestreckt wurde, und etwas Rotes blitzte, Niamhs Haar, als sie vom sicheren Weg ausrutschte, und ich hörte das Geräusch – nein, darüber werde ich nicht sprechen. Ich habe sehr wenig gesehen, Liadan. Als wir die Stelle erreichten, wo es geschehen war, war keine Spur mehr von ihr zu sehen, nur die Stelle auf dem Grasbüschel, wo sie ausgerutscht war, und ein ... ein Fleck auf der Schlammoberfläche, wo sie untergegangen war. Und das hier.«

Er hielt eine kleine Schnur aus geflochtenen Fäden hin, grau und rosa und blau, die Enden mit Lederstreifen gebunden. Daran hing ein kleiner weißer Stein mit einem Loch darin. Die Schnur war meine eigene Arbeit, und als ich sie sah, spürte ich, wie mir das Blut aus den Wangen wich. Denn dies würde Niamh sicher nie freiwillig zurücklassen. Niemals, ganz gleich, wohin sie ging, ganz gleich, welche Befehle sie erhielt. Es war alles, was ihr von der Liebe ihrer Familie und Ciaráns übrig geblieben war.

»Wo hast du das gefunden, Eamonn?« Ich musste die Worte herauszwingen.

»Es trieb auf der Oberfläche an einem kleinen Fleck mit offenem Wasser. Die Schnur hing am Ried. Es tut mir Leid, Liadan. Mehr, als ich dir sagen kann.«

Fionn räusperte sich. »Was dann? Was ist mit den Fianna? Hast du sie erwischt?«

Wieder starrte Eamonn ins Feuer. »Es dauerte nicht lange, bevor der Mann seine wahren Farben zeigte. Wir folgten ihnen nach Norden, und ich konnte hören, wie er lachte und mich verspottete. ›Das hat dich überrascht, wie?‹, rief er mir zu. ›Du hast wohl nicht geglaubt, ich würde so weit gehen?‹ Ein höhnisches Lachen. ›Jetzt weißt du es besser, Eamonn Dubh‹, sagte er. ›Ich kümmere mich nicht darum, was du für richtig und ehrenvoll hältst. Ich spiele nur, um zu gewinnen, und ich benutzte alle Strategien, die notwendig sind. Wenn du mich erwischen willst, musst du begreifen, dass ich nicht nach demselben Maß gemessen werden kann wie andere Männer. Ich habe die Frau nur mitgenommen, um dir die Schwäche deiner Verteidigungsanlagen zu zeigen. Nun, da ich die Aufmerksamkeit darauf gelenkt habe, bin ich sicher, dass du dich rasch darum kümmern wirst. Siehst du, ich habe dir sogar einen Gefallen getan.‹ In dieser Richtung machte er weiter, und es gelang ihm die ganze Zeit, vor mir zu bleiben, ganz gleich, wie sehr ich mich eilte. Wir kamen näher an den Ort, wo wir trockenes Land erreichen und Fionns Männern begegnen mussten. Aber der Nebel war immer noch dicht, und plötzlich verlor ich sie aus den Augen. Dann erklang ein Geräusch links vom Weg wie das Quaken eines Frosches und auf der rechten Seite die Antwort. Ich ging weiter, so rasch es nur möglich war. Als ich trockenen Boden erreichte, hob sich der Nebel. Fionns Männer warteten schweigend am Straßenrand. Aber vom Bemalten Mann und seinem schwarzhäutigen Begleiter gab es keine Spur. Irgendwie hatten sie sich davongeschlichen; sie waren aus dem Sumpf geflohen und nie an der Stelle vorbeigekommen, wo der Hinterhalt bereitstand. Wie sie das getan haben, weiß ich nicht, denn es gibt keinen anderen Weg.«

»Entschuldigt mich.« Fionn drehte sich abrupt um und ging hinaus. Sein Gesicht war grau. Er hätte mir Leid tun können, aber ich hatte die blauen Flecken meiner Schwester nicht vergessen. Er hatte es verdient, sie zu verlieren.

»Es tut mir Leid«, sagte Eamonn wieder. »Worte genügen nicht, Liadan. Verlass dich darauf, dass ich es mir zur Aufgabe mache, diese Männer zu jagen und dafür zu sorgen, dass sie die schlimmste Strafe erhalten. Aber ich weiß auch, dass das kaum einen Trost für dich bietet.«

Aisling weinte. »Arme Niamh. Was für ein schrecklicher Tod! Ich kann es kaum ertragen, daran zu denken. Wir sollten lieber nach Sevenwaters schicken. Ich werde einen Boten ...«

»Das ist nicht notwendig.« Meine Stimme zitterte. Ich holte tief Luft und zwang mich, ruhig zu bleiben. »Sean ist bereits auf dem Weg; ich habe ihn gebeten zu kommen.«

Bruder und Schwester schauten mich an, dann einander, aber sie sprachen kein Wort. Es war wohl bekannt, dass Sean und ich ohne Worte miteinander sprechen konnten, aber solche Fähigkeiten bewirken, dass selbst Freunden unbehaglich wird.

»Er wird morgen hier sein«, fügte ich hinzu. »Eamonn, ich muss dich das fragen. Bist du wirklich sicher, dass Niamh – dass sie ... bist du sicher? Immerhin hast du nicht gesehen ... hätte sie vielleicht doch die andere Seite erreichen können? Ist es möglich, dass du dich geirrt hast?«

Eamonn schüttelte ernst den Kopf. »Ich fürchte nicht. Es

gibt auf diesen Marschen keine Seitenwege. Es gibt nur diesen einen Weg. Sie hätte ihnen nicht entfliehen und überleben können, Liadan. Es werden schreckliche Nachrichten für deine Mutter sein.«

Ich nickte stumm. Wahrhaft schrecklich und noch schlimmer, weil ich nicht sagen konnte, ob sie der Wahrheit entsprachen oder nicht. Es mochte lange dauern, bis ich es erfuhr. Inzwischen mussten die Wahrheiten, die mir bekannt waren, verborgen bleiben und eine grausame Geschichte erzählt werden, die vielleicht falsch war. Denn nur für den Fall, dass Eamonn sich irrte, nur für den Fall, dass der Bemalte Mann wieder einmal das Unmögliche erreicht und meine Schwester in Sicherheit gebracht hatte, musste ich meinen Teil des Handels einhalten. *Vertrauen,* sagte ich mir wieder und wieder. *Vertrauen über alle Logik hinweg. Das ist der Preis. Ich muss verrückt sein.*

Am nächsten Tag kam Sean, und wir sagten es ihm. Er nahm die Nachrichten ruhig auf, da er vermutlich bereits das Schlimmste erwartet hatte. Ich teilte ihm mit, dass ich sofort nach Sevenwaters zurückkehren wollte, und am nächsten Morgen hatte ich schon im Morgengrauen gepackt und war bereit. Sean lehnte Eamonns Angebot einer Eskorte ab, denn er war der Ansicht, dass die fünf Männer, die er mitgebracht hatte, genügten.

»Es ist Liadans Sicherheit, an die ich denke«, erklärte Eamonn gewichtig. »Diesem Mann ist alles zuzutrauen. Ich wäre glücklicher, wenn du besser geschützt wärst, zumindest bis zur Grenze meines eigenen Landes.«

Sean warf mir einen Blick zu und zog fragend die Brauen hoch.

»Danke, Eamonn«, sagte ich, »aber ich glaube nicht, dass du dir Sorgen machen musst. Sicher wird der Bemalte

Mann nicht sobald wieder zuschlagen. Er muss wissen, dass du nach ihm Ausschau hältst. Ich bin sicher, dass wir ohne Schwierigkeiten nach Hause zurückkommen.«

Eamonn bewegte die Hände ruhelos, als könne er es kaum erwarten, eine Waffe zu ergreifen und sie zu benutzen. »Angesichts dessen, was hier passiert ist, Liadan, überrascht mich deine Selbstsicherheit. Ich werde selber mit euch reiten, zumindest bis zur letzten Siedlung.«

Das konnten wir kaum ablehnen. Wir verabschiedeten uns von Aisling und ritten unter einem tief hängenden grauen Himmel davon. Als die Zeit für Eamonn kam, zurückzureiten, zog er mich beiseite, während Sean mit seinen Männern sprach.

»Ich hatte gehofft, dass du länger bleiben würdest«, sagte er leise. »Oder mich mit zurück nach Sevenwaters kommen ließest. Ich trage die Schuld daran, was geschehen ist. Ich ... sollte es ihnen sagen oder dir helfen zu erklären ...«

»Oh nein«, sagte ich. »Wer immer daran schuld sein mag – du bist es bestimmt nicht, Eamonn. Füge das nicht noch zu deinen Bürden hinzu. Du solltest jetzt nach Hause gehen und die ganze Sache hinter dir lassen. Du solltest dich um andere Dinge kümmern.«

Sein beinahe fiebriger Blick gefiel mir überhaupt nicht.

»Du bist sehr stark«, meinte er stirnrunzelnd. »Aber das warst du immer schon. Ich habe das schon lange in dir bewundert. Es gibt wenige Frauen, die so kurz nach dem Verlust einer Schwester schon wieder so zuversichtlich wären.«

Es kam mir besser vor, nicht zu antworten.

»Dann also lebe wohl«, sagte er. »Bitte sag deinen Eltern, dass ich wünschte ... ich wünschte mir so sehr ...«

»Ich werde es ihnen sagen«, erklärte ich. »Leb wohl, Eamonn.«

Ich hatte erwartet, mich erleichtert zu fühlen, dass ich Sídhe Dubh und sein nebelverhangenes Marschland endlich hinter mir lassen konnte und wusste, dass ich wieder auf der Straße nach Hause war. Aber als ich mich umdrehte und Eamonns einsame Gestalt sah, die zurück ins Herz seines seltsamen feindseligen Landes ritt, hatte ich intensiv das Gefühl, ihn verraten zu haben. Als hätte ich ihn in seine eigene finstere Festung zurückgeschickt. Das schien merkwürdig, und ich versuchte, die Empfindung wegzuschieben, aber das Bild blieb mir im Kopf, während wir weiterritten und das Land bewaldeter wurde und zwischen zerklüfteten Felsen auf den Rand des eigentlichen Waldes hin anstieg.

Sean zügelte sein Pferd plötzlich und wies die anderen an, dasselbe zu tun.

»Was ...«, sagte ich. »Still!« Sean hob warnend die Hand. Alle saßen wir schweigend. Es war nichts zu hören als das Zwitschern der Vögel und ein paar Regentropfen. Nach einer Weile lenkte Sean sein Pferd weiter, aber langsam, und er wartete, bis ich ihn einholte.

»Was ist?«, fragte ich und befürchtete, es bereits zu wissen.

»Ich war sicher, etwas gehört zu haben«, sagte er mit einem Seitenblick zu mir. »Es ist schon eine Weile da, als würde man uns folgen. Aber als wir stehen blieben, war nichts zu hören. Du hast doch gute Ohren, hast du es nicht gehört?«

»Nur Vogelgezwitscher. Es kann niemand da sein. Wir hätten sie gesehen.«

»Ja? Vielleicht hätte ich deinen Widerstand ignorieren und Eamonns Eskorte annehmen sollen. Wir sind nicht viele; ein Hinterhalt wäre kein Problem.«

»Warum sollte es einen Hinterhalt geben?«, fragte ich und wich seinem Blick aus.

»Warum haben sie Niamh mitgenommen?«, fragte Sean. »Das ist einfach unvernünftig. Warum, direkt nachdem er …«

Er hielt inne.

»Gerade nachdem was? Du willst mir doch nicht sagen, dass er zugestimmt hat, für dich zu arbeiten?«

»Nicht genau«, meinte Sean vorsichtig. »Aber er sagte, er würde darüber nachdenken; er zieht alle Angebote in Betracht. Er sagte, er würde es mich wissen lassen, wenn er über den Preis nachgedacht hat.«

Ich war sprachlos. Was für ein Spiel spielte Bran da? Mein Bruder, der Sohn des verachteten Hugh von Harrowfield, wäre doch sicherlich der letzte Mensch, mit dem er Geschäfte machen wollte. Eine solche Allianz wäre für beide gefährlich. Dass er auch nur darüber nachgedacht hatte, beunruhigte mich gewaltig.

»Es wäre der Wendepunkt gewesen«, meinte Sean. »Genau das, was wir brauchten, um den Verlauf unserer Fehde mit den Briten zu ändern. Er hätte jeden Preis nennen können; ich hätte gezahlt. Also warum hat er jetzt eine solche Chance ruiniert? Hat der Mann den Verstand verloren, dass er meiner Schwester so etwas antut, und alles wegen … wegen einer Laune?«

»Er ist nicht launenhaft.« Das hatte ich gesagt, ohne nachzudenken.

Sean wartete, bevor er antwortete.

»Liadan.«

»Ja?«

»Es wird keinen Hinterhalt geben?«

»Ich halte das für äußerst unwahrscheinlich«, sagte ich vorsichtig.

»Liadan, unsere Schwester ist tot. Und man hat gesehen, dass sie sie über die Marschen weggebracht haben. Es gab mehrere Zeugen. Würdest du Niamhs Mörder schützen, indem du deine Geschichte zurückhältst?«

»Nein, Sean.«

»Sag es mir, Liadan. Sag mir die Wahrheit. Du spielst mit gefährlicheren Dingen, als du dir vorstellen kannst.«

Aber ich behielt meinen Schild oben und verriet nichts. Dann, als wir über einen Waldweg ritten, der feucht war von den verfallenden Fasern der Herbstblätter, spürte ich etwas neben mir, obwohl es diesmal keinen Feenhufschlag gab. Ich hörte die Stimme der Herrin leise und feierlich und sah, ohne den Kopf zu wenden, in ihre ernsten Augen.

Du hast übereilt gehandelt. Du hast dich wieder von ihnen leiten lassen. Es darf keine Fehler mehr geben, Liadan.

Es kam mir nicht wie ein Fehler vor, meine Schwester vor einem Leben des Missbrauchtwerdens zu retten. Ich war zornig. War dem Feenvolk denn nichts wichtig außer ihren eigenen langwierigen Plänen, die wir kaum verstehen konnten? Mein Bruder und seine Männer ritten weiter, ohne etwas zu bemerken. Ich warf Sean einen Blick zu und dann der Herrin.

Dein Bruder hört uns nicht. Ich habe dafür gesorgt, dass er hierfür taub ist. Und jetzt hör mir zu. Das war sehr dumm von dir. Wenn du sehen könntest, was aus dieser Sache wird, würdest du wissen, wie sehr du dich geirrt hast. Du hast dein Kind in Gefahr gebracht. Der Blick ihrer blauen Augen war kalt. *Du hast die Zukunft in Gefahr gebracht.*

Welche Gefahr? Ich war nie in Gefahr. Und nun kehre ich

nach Sevenwaters zurück. Das Kind wird dort zur Welt kommen. War es nicht das, was ihr wolltet?

Deine Schwester ist vielleicht tot. Sie sagte das ganz kühl, als hätte es nicht viel zu bedeuten. *Ertrunken. Du hast vielleicht alles für nichts aufs Spiel gesetzt.*

Sie ist in Sicherheit. Ich weiß es. Der Mann, der sie mitgenommen hat, ist vertrauenswürdig.

Er? Er ist nichts. Nur ein Werkzeug. Sein Anteil an dieser Sache ist vorbei. Jetzt brauchen dich nur noch zwei Dinge zu kümmern. Du darfst die Allianz nicht aufs Spiel setzen. Ohne die Allianz hat dein Onkel nicht die Kraft zu siegen. Ohne den Uí Néill kann er die Insel nicht zurückgewinnen. Deine Dummheit hat uns beinahe diese Chance gekostet. Und du musst das Kind schützen. Er ist unsere Hoffnung. Keine Fehler mehr. Keine Eigenmächtigkeit. Lass dir nicht einfallen, mir nicht mehr zu gehorchen. Sobald sie von deinem Sohn erfährt, wird sie versuchen, ihn zu töten. Der Junge muss im Wald bleiben, wo er angemessen beschützt werden kann.

Sie? Wer?

Aber die Herrin des Waldes schüttelte nur den Kopf, als dürfe der Name nicht ausgesprochen werden, und sie verblasste langsam, bis ich sie nicht mehr sehen konnte. Und schließlich kamen wir mit unseren schrecklichen Nachrichten nach Sevenwaters.

Es war ein Geheimnis, das ich lange und durch schwierige Zeiten wahren musste – Zeiten, die meine Willenskraft aufs Äußerste prüften, als ich sah, wie eingesunken die Züge meiner Mutter waren, und das schmallippige Schweigen meines Vaters ertragen musste. Der Winter kam, und wir waren häufiger miteinander eingeschlossen, als uns lieb war, unfähig, die Schmerzen des anderen zu lindern, und wir spürten, dass der Stoff unserer Familie zum Zerreißen gespannt war, ohne zu wissen, wo wir beginnen sollten, den Schaden zu beheben. Sean und Liam stritten sich hinter verschlossenen Türen. Liam sprach von Rache; Sean war nun derjenige, der zur Vorsicht riet. Unsere Kraft sollte bewahrt werden, sagte er, für die Zeit, wenn sich die Verbündeten zu einem letzten Angriff auf Northwoods Position zusammentun würden. Vielleicht im nächsten Sommer, oder wenn nicht dann, so doch im Herbst. Warum wertvolle Männer und Waffen mit der Verfolgung des Bemalten Mannes verschwenden? Außerdem war er angeblich ohnehin bereits außer Reichweite. In Gallien oder noch weiter entfernt. Niamh war verloren, kein Blutvergießen würde sie zurückbringen. Das war eine ungewöhnlich zurückhaltende Position für meinen Bruder, und schließlich ließ Liam sich überzeugen. Wir hörten wenig von Eamonn, aber ich wusste, dass er seine Rache nicht beiseite schieben würde. Ich hatte seinen Blick gesehen, und der hatte mir das Blut gefrieren lassen. Es lag Tod in diesem Blick, zumindest für einen von ihnen.

Ich sehnte mich danach, zu dem geheimen Teich im Wald zurückzukehren, den Conor mir gezeigt hatte. In diesen stillen Wassern würde ich vielleicht die Antworten finden, die ich so verzweifelt brauchte. Ich wollte auch mit Finbar sprechen, der so viel wusste und über nichts ein Urteil fällte, beinahe, als wäre er ein Geschöpf des Instinkts, nicht beeinflusst von Vorstellungen von Recht und Unrecht. Denn mein Geheimnis belastete mich. Ich musste meine Schwester schützen, und ich würde Bran nicht verraten. Aber weil ich nicht sagen konnte, was ich für die Wahrheit hielt, wurde denen, die ich liebte, ein schwerer Zoll abverlangt, und ich musste täglich mit ihrem Kummer weiterleben. Es schien keine Möglichkeit zu geben, vor Schuldgefühlen und Bedauern sicher zu sein.

Der Blick ist ebenso sehr eine Gabe wie ein Fluch. Und zu Zeiten wie diesen braucht man ihn am meisten. Aber er kam und ging nach eigenem Willen, und ich konnte ihn nicht durch reine Willenskraft heraufbeschwören. Ich versuchte es selbstverständlich; ich versuchte, Niamh zu sehen, wo sie war, wie es ihr ging, mit wem sie zusammen war. Ich versuchte, Bran mit meinem Geist zu berühren, aber er war sehr weit weg, und nur bei Neumond spürte ich seine Präsenz. Und es war sehr schwach, nur der Schatten der Verbindung, die ich zu Sean hatte, der zehn Monde im Leib unserer Mutter neben mir gelegen hatte.

Ich nahm an, dass Sean es wusste. Er sprach nie darüber, aber das Wissen war in seinem Verhalten deutlich zu sehen. Warum sonst hatte er seinem Onkel die Rache ausgeredet? Warum sonst verriet er nicht allen seinen Verdacht über meine Verbindung mit dem Bemalten Mann? Er wusste oder vermutete, und er verstand, dass ich vorhatte, mein Geheimnis sogar vor ihm zu wahren. Aber auch er sah den Kummer meiner Eltern, und ich nehme an, es fiel ihm schwer, mich nicht zu verurteilen.

Es gab nur einen Grund, froh zu sein und in die Zukunft zu schauen. Alle kümmerten sich um mich, als der Tag näher kam und das Kind größer wurde. Sean machte Witze über meinen zunehmenden Umfang, aber er war immer da, wenn ich Hilfe brauchte, ob es nun darum ging, eine Treppe hinaufzugehen oder den Weg zur Siedlung zurückzulegen. Bei all ihrer Schwäche beobachtete mich meine Mutter mit den scharfen Augen der Heilerin, verschrieb diverse Tees und bestand darauf, dass ich mich jeden Nachmittag ausruhte, während es wieder wärmer wurde und die ersten zarten Blätter auf den Buchenzweigen wuchsen. Mein Vater war am allerschlimmsten und achtete ständig darauf, dass ich jeden Mund voll dessen aß, was mir vorgesetzt wurde. Er verhörte mich geradezu, wie viel Schlaf ich bekam, begleitete mich auf jedem Weg nach draußen, um aufzupassen, dass ich mich nicht ermüdete. Mutter lachte ihn auf ihre sanfte Art aus und erklärte, er sei beide Male bei ihr ebenso schlimm gewesen. Dann schwieg sie, weil sie zweifellos an ihre kupferhaarige Erstgeborene denken musste, dieses reizende Mädchen, das im weißen Kleid durch die Wälder getanzt war.

Sevenwaters war trotz der ausgedehnten Ländereien eine Gemeinschaft, die eng zusammenhielt, und es war schwer, den Klatsch zu vermeiden. Was ich hörte, beunruhigte mich. Als ich zur Siedlung ging, um die Kranken zu besuchen, was ich beinahe bis zur Geburt meines Kindes tat, gab es immer Menschen, die die Hand ausstreckten, um meinen Bauch zu berühren, und schüchtern lächelten. »Es bringt Glück, Herrin«, murmelten sie. Zunächst hatte ich keine Ahnung, warum sie so etwas taten, aber schließlich hörte ich die Geschichte, die umging – eine Geschichte, die so viel seltsamer war als die Wahrheit.

Diese Geschichte erklärte, wieso ich so plötzlich verschwunden war und mit einem Kind in meinem Bauch zurückkehrte. Sie erklärte, wieso mein Vater und mein Onkel mich nicht in Ungnade davongeschickt hatten, sondern zu Hause bleiben ließen, wo ich mein vaterloses Kind in der Zuflucht des großen Waldes zur Welt bringen konnte. Es hieß, das Feenvolk hätte mich auserwählt, dieses Kind zur Welt zu bringen, damit die Prophezeiung endlich erfüllt und die Inseln gerettet wurden. Dann würden auch der See und der Wald wieder in Sicherheit sein. War ich nicht wie das Mädchen aus den alten Geschichten, die Tochter, die sie das Herz von Sevenwaters nannten? Wer wäre besser geeignet als mein Kind, um die Prophezeiung der Weisen zu erfüllen? Und kein Wunder, dass ich den Vater nicht nennen wollte, denn dies war ein Kind der Anderwelt und nur halb sterblich. Wer wusste schon, welche Macht ein solches Wesen hatte? So erzählten sie es. Ich hätte ihnen ein paar Wahrheiten mitteilen können, die ihre schöne Vision zerstörte, aber ich schwieg. Wer hätte schon geglaubt, dass die wohl behütete Tochter von Sevenwaters, die sich liebevoll um ihre Krankheiten gekümmert hatte, die verlässliche, häusliche Liadan, sich zu einem Gesetzlosen gelegt hatte und mit seinem Kind zurückgekehrt war? Wer hätte geglaubt, dass sie ein Netz von Falschheiten spinnen würde, um einen Mann zu schützen, der vielleicht für den Tod ihrer Schwester verantwortlich war? Es ist erschreckend, wie eine Lüge nur den Faden eines immer größer werdenden Stoffes der Unwahrheit darstellt. Und sobald dieser Stoff gewebt ist, kann man ihn sehr schlecht wieder auftrennen.

Die Jahreszeiten vergingen, und ich hörte kein Wort von Niamh. Ich hörte überhaupt nichts. Mutter brachte Janis bei, als Hebamme zu dienen. Die knochige, hagere Janis schien alterslos. Es war schwer zu glauben, dass man sie einmal »dicke Janis« genannt hatte, aber sowohl meine Mutter als auch Liam hatten mir das erzählt. Die schweren Winter zu Zeiten der Zauberin hatten ihren Zoll gefordert. Aber Janis hatte sanfte Hände, und ich wusste, dass ich ihr trauen konnte. Das Kind schien entschlossen, mit dem Kopf oben zu bleiben; Mutter sagte, sie konnten warten, denn es hatte immer noch Platz, sich umzudrehen. Ich war recht klein, und eine Sturzgeburt sollte lieber vermieden werden.

Ich wurde jetzt leicht müde und verbrachte den größten Teil der wärmeren Tage auf dem moosigen Steinsitz im Kräutergarten, saugte die Frühlingssonne in mich hinein und sprach lautlos mit meinem Kind.

Dieser Garten wird dir gefallen, sagte ich ihm. *Er riecht gut, und es gibt viele kleine Dinge. Bienen, das sind die mit den Streifen und Flügeln. Mit denen musst du vorsichtig sein. Wenn es heißer wird, wird es auch Grashüpfer geben. Käfer in vielen Formen und Farben, einige glänzend wie kostbare Steine. Raupen, die unser Gemüse fressen, wenn du nicht aufpasst. Deshalb pflanzen wir Knoblauch neben den Kohlköpfen. Wenn es wieder Meán Fómhair wird, wirst du schon im Stande sein, hier im Gras zu sitzen und dir alles anzusehen.*

Manchmal erzählte ich ihm von seinem Vater. Nur manchmal, denn ich gestattete mir nicht, falsche Hoffnungen zu nähren. *Er ist sehr stark. Er hat einen starken Körper, einen starken Geist und einen starken Willen. Aber irgendwo ist er vom Weg abgekommen. Ich habe ihn nach Bran, dem Reisenden, genannt, und das war angemessener als ich dachte. Denn Bran mac Feabhail, der Held der alten Geschichte, konnte von seiner langen und seltsamen Reise nie nach Hause zurückkehren. Als er wieder zur Küste von Tirconnell segelte und einer aus seiner Besatzung aus dem Boot ans Ufer sprang, welkte dieser Mann sofort dahin, als wäre er schon lange tot gewesen. Vielleicht hatte die magische Reise tatsächlich Hunderte von Jahren gedauert, obwohl Bran und seine Seeleute glaubten, nur von einem Sommer bis zum nächsten weg gewesen zu sein. So erzählte Bran seine Geschichte vom Deck seines Schiffes aus, das längsseits am Kai lag, und dann segelte er wieder weg, ohne jemals einen Fuß an die heimische Küste gesetzt zu haben.*

Für ihn gab es die liebevollen Arme einer Frau und die Freude, seinen Sohn aufwachsen zu sehen, nicht. Das Kind versetzte mir einen zielgerichteten Tritt; er hatte jetzt wenig Platz, sich zu bewegen. Vielleicht wollte er mir auf die einzige Weise, die möglich war, etwas sagen. *Also gut,* erwiderte ich und rückte unbehaglich auf der Steinbank hin und her. *Wenn es ein Ende für seine Reise gibt, werden wir es für ihn finden. Er wird uns nicht dankbar dafür sein. Und du wirst dabei helfen müssen. Ich schaffe das nicht allein.*

Meine Zeit stand dicht bevor. Ich fühlte mich bereit; die Frühlingsblumen blühten bereits, helle Narzissen, Krokusse und Schneeglöckchen, und die Wärme in der Luft war deutlich zu spüren, obwohl es beinahe ununterbrochen nieselte. Die Kirschbäume hatten einen zarten Mantel aus Blüten angelegt. Es schien eine gute Zeit zu sein. Meine Aufmerksamkeit war nach innen gerichtet; ich war eingestimmt auf jede kleine Veränderung in meinem Körper und merkte kaum, was außerhalb davon geschah. Ich wusste, dass Sean davongeritten war. Er hatte mir nicht gesagt, wohin er ging.

Sie drehten das Kind; es war beinahe zu spät dafür, und es war unangenehm, aber notwendig für eine leichtere, sichere Geburt. Danach bat ich sie, mich in Ruhe zu lassen, denn ich hatte das Gefühl, dass es nun an der Zeit war, alles den Händen der Göttin zu überlassen.

Ein paar Tage später saß ich in der Neumondnacht in meinem Zimmer und sah in die Flamme meiner Kerze. Ich hatte nun durch mehrere solcher Kerzen Wache gehalten, jede hatte ihren eigenen kleinen Kranz mächtiger Kräuter, und das Halsband mit den Wolfskrallen hatte ebenso zu jedem gehört wie die einzelne schwarze Feder, die unter das Lederband geschoben war. Vielleicht hatte es geholfen, ihn zu beschützen, vielleicht auch nicht. In dieser bestimmten

Nacht war ich so schrecklich müde; mir fielen immer wieder die Augen zu, und dann schreckte ich hoch, denn ich durfte ihn nicht allein im Dunkeln lassen. Aber schließlich siegte doch mein Körper, und ich schlief auf dem Stuhl ein.

Schmerz weckte mich, und als ich aufstand, lief mir Flüssigkeit an den Beinen entlang. Von da an war es nur Qual und Verwirrung und die schwerste Arbeit, die ich je geleistet habe. Es war gut, dass Janis da war, denn meine Mutter war sehr schwach und konnte nur an meiner Seite sitzen, damit ich ihre Hand festhalten konnte, und mir das Gesicht mit feuchten Tüchern abwischen. Aber so schwach ihr Körper geworden war, ihr Geist war noch so scharf wie eh und je, und sie wies Janis und die anderen Frauen selbstsicher und präzise an. Vielleicht selbstsicherer, als sie sich fühlte, denn sie sagte mir leise, dass das Kind sich offenbar in den letzten paar Tagen erneut gedreht hatte und nun in dieser Stellung verharrte, entschlossen, so zur Welt zu kommen. Kein Grund, mir Sorgen zu machen, erklärte sie mit fester Stimme. Ich war jung und gesund, und das Kind schien nicht sonderlich groß zu sein. Ich würde es schon schaffen.

Ich muss es schaffen, sagte ich mir. *Denn wenn ich ihn nicht herauspressen kann, bin ich tot und er ebenfalls. Ich muss es schaffen. Bitte lasst die Nabelschnur nicht um seinen Hals liegen.*

Es dauerte sehr lange. Die Kerze brannte bis zum Morgengrauen und sandte rosafarbenes und orangefarbenes Licht durch das kleine Fenster in diese Kammer, die ich einmal mit meiner Schwester geteilt hatte. Eine der Frauen wollte die kleine Flamme löschen, aber ich bat sie, sie brennen zu lassen. Auf diese Weise wäre etwas vom Vater meines Sohnes anwesend, um Zeuge der Geburt zu sein. Es wurde heller, die Aktivitäten rings um mich her hektischer, und ich konnte draußen Männerstimmen hören. Irgendwann ging meine Mutter kurz nach draußen, vielleicht, um meinen Vater zu beruhigen, denn ich konnte mir gut vorstellen, wie er unruhig auf und ab ging und darauf wartete, dass es schließlich vorüber war, und wie sehr es ihn bekümmerte, dass er überhaupt nicht helfen konnte.

»Du kannst ruhig schreien, Mädchen«, sagte Janis später. »Es ist eine grausame Arbeit; niemand erwartet, dass du sie schweigend leistest. Fluche und weine, so viel du willst.« Aber mir kam es so vor, als wäre Schweigen Beherrschung, und ich dachte auch zwischen diesen schmerzlichen Krämpfen daran, wie mutig Evan, der Schmied, gewesen war, dessen Qualen sicher schlimmer gewesen waren als diese. Hatten Frauen so etwas nicht schon mehr Jahre ertragen, als es Sterne am Himmel gab? Ich hatte etwas zu tun und musste damit fertig werden. An dieser Stelle glaubte ich eine leise Stimme zu hören, die mir ins Ohr flüsterte: *Gut. So ist es richtig.*

Später, als das Licht draußen wieder violett und grau wurde und selbst Janis langsam erschöpft aussah, ließ meine Mutter sie noch einen Tee kochen, und als ich ihn roch, zog ich die Brauen hoch, denn außer Diptam und Ysop roch ich auch noch Bergminze und einen anderen, schärferen Geruch, den ich nicht erkannte.

»Das brauche ich nicht«, sagte ich gereizt. »Ich schaffe das allein.«

Mutter lächelte, und wenn sie sich Sorgen machte, konnte sie das gut verbergen. Auf ihren Zügen lag keine Spur der Erschöpfung. Sie war bleich, aber dieser Tage war sie immer bleich.

»Die Abenddämmerung wäre eine gute Tageszeit für dieses Kind, zur Welt zu kommen«, sagte sie leise. »Ich denke, es wäre die richtige Zeit. Vergiss nicht, dass ich die Heilerin bin, Tochter.«

Ich sah sie verärgert an, aber ich trank, und dann spürte ich eine neue Welle von Schmerzen, die durch meinen Körper drang, und diesmal konnte ich nicht still bleiben. Das hier war anders, stärker, heftiger, und ich spürte einen Drang zu pressen – einen Drang, dem ich mich nicht verweigern konnte.

Danach ging es schnell, beinahe zu schnell. Ich machte erheblich mehr Lärm, als ich gewollt hatte, und meine Mutter sagte mir, ich könnte aufhören zu pressen, aber ich konnte es nicht; jemand stützte meine Schultern, und Janis sagte: »Gut, gut, das ist es, Mädchen«, und dann gab es eine letzte unmögliche Anstrengung, die mich beinahe zerriss, und plötzlich Schweigen.

»Schnell«, hörte ich Janis sagen, und jemand bewegte sich rasch. »Dreht ihn um. Ja, genau. Macht seinen Mund sauber. Gut. Jetzt ...« Ich lehnte mich vollkommen erschöpft zurück, aber als ich den ersten Zornesschrei meines Sohnes hörte, setzte ich mich wieder auf, wischte die Tränen aus den Augen und streckte die Arme nach ihm aus.

Er war einfach vollkommen. So winzig, so faltig und rot, aber er hatte bereits braune Locken, die an seinem kleinen Schädel klebten. Er war mein Sohn und Brans. *Oh. Oh, wie sehr ich mir wünschte, du wärst hier und könntest ihn sehen. Sehen, was für ein wunderbares Kind wir haben!*

»Du weinst ja, Mädchen«, sagte Janis, die verstohlen ihre eigenen Wangen wischte. »Dazu gibt es keinen Grund. Das ist ein hübscher kleiner Junge, den du da hast. Klein, aber stark. Er kann selbst nach einem so langen Kampf immer noch laut genug brüllen. Ein kleiner Kämpfer.«

Es gab viel aufzuräumen, wie immer nach einer Geburt.

Sie beschäftigten sich um mich herum, während mein Sohn, eine süße Wärme, auf meiner Brust lag. Er war jetzt still, und sein kleiner Mund arbeitete bereits in Vorbereitung auf die Brust, seine Finger klammerten sich fest um einen von meinen. *Lass nicht los.*

Mutter war seltsam still. Ich nahm an, sie sei erschöpft von der langen Nacht und dem langen Tag, aber als ich hinschaute, saß sie immer noch am Bett und betrachtete das Kind sehr nachdenklich.

Die Frauen brachten ihre Arbeit zu Ende und gingen zu einem wohlverdienten Abendessen, und Mutter bat Janis, sich ein wenig Bier und Essen zu holen und sich mit dem Zurückkommen Zeit zu lassen.

»Und sag dem Großen, er kann eine Weile heraufkommen.«

Als alle weg waren und es still wurde, sprach sie weiter. »Liadan.«

»Mhm?« Ich war beinahe eingeschlafen. Das kleine Feuer wärmte das Zimmer gut, und ein angenehmer Lavendelduft breitete sich in der Luft aus; sie verbrannten die getrockneten Blüten wegen ihrer Heilkräfte.

»Ich bin nicht sicher, wie ich es ausdrücken soll. Aber es muss gesagt werden. Liadan, ich glaube, ich könnte dem Vater dieses Kindes einen Namen geben.«

»Was!«

»Still, still. Leg dich wieder hin, sonst erschreckst du den Kleinen noch. Es könnte sein, dass ich mich irre. Wir sollten warten, bis dein Vater herkommt. Es besteht eine sehr starke Ähnlichkeit. Und der Rote hat mir gesagt ... er sagte mir, dass dein Mann irgendwie mit Harrowfield in Verbindung steht. Wenn das nicht wäre, hätte ich vielleicht nicht darüber nachgedacht.«

Wir hörten, wie gestiefelte Füße drei Stufen gleichzeitig nahmen, den Flur entlangeilten, und dann wurde die Tür aufgerissen.

»Liadan!« Mein Vater kam in zwei langen Schritten quer durchs Zimmer. »Mein Liebes, geht es dir gut?« Und dann sah er das Kind an meiner Brust und verzog den Mund zu einem strahlenden, wunderbaren Lächeln. Es war lange her, seit ich ihn hatte lächeln sehen.

»Du kannst ihn halten, wenn du willst, Großvater«, sagte ich.

Und dann erzählte meine Mutter ihre Geschichte, während mein Vater mit seinem Enkelkind in den Armen am Feuer stand und ich mich auf einen Ellbogen stützte und den Wein mit Kräutern trank, den meine Mutter mir gegeben hatte.

»Diese Geburt«, sagte Sorcha leise, »diese Geburt war einer anderen so ähnlich, an der ich vor langer Zeit teilgenommen habe, dass ich es nicht als Zufall abtun kann. Das hätte ich vielleicht getan, wäre dieses Kind nicht das Abbild des anderen, des Jungen, den ich in der Nacht von Meán Geìmridh in Harrowfield auf die Welt geholt habe.«

Vater warf ihr einen scharfen Blick zu. »Wie könnte das sein?«, fragte er. »Außerdem«, und er warf einen Blick auf das Bündel in seinen Armen, »sehen nicht alle Babys gleich aus?«

»Ich glaube, dass ich Recht habe«, sagte meine Mutter. »Und ich denke, du wirst mir bald zustimmen. Die Wehen und die Geburt folgten demselben Muster: das Kind, das trotz aller Versuche immer noch verkehrt herum lag, die langen Wehen, die schwierige Entbindung. Liadan ist jünger und kräftiger, als Margery war, und erheblich entschlossener, also brauchte sie weniger Hilfe. Aber es war dasselbe.«

»Alle Sturzgeburten sind schwierig«, sagte ich mit klopfendem Herzen. »Wer war dieses Kind?«

Aber Mutter antwortete mir nicht. »Sieh dir das Kind an«, sagte sie zu Iubdan. »Betrachte dir sein lockiges braunes Haar und die grauen Augen. Sieh dir sein Kinn an und die Form seiner Stirn. In diesen Zügen liegt eine deutliche Spur von Johns Gesicht, so rot und runzlig die des Kindes auch sein mögen. Du wirst es nicht abstreiten können, Roter.«

Mein Vater trat näher an die Kerze heran, betrachtete das Gesicht des Babys forschend, und dann erhob sich plötzlich Protestgeschrei. »Komm her«, sagte ich, stellte den Becher ab, und mein Sohn wurde mir zurückgegeben. Ich streichelte seinen Rücken und summte leise vor mich hin, ein altes Wiegenlied, das einmal seinen Vater überraschenderweise hatte einschlafen lassen.

»Roter?«

Mein Vater nickte. »Ich sehe es, Jenny.« So hatte er sie immer genannt, seit sie einander begegnet waren, als sie noch keine Stimme gehabt hatte, um ihren wahren Namen zu nennen. »Und es passt zu dem, was du mir erzählt hast, Liadan. Dass der Vater des Kindes einmal in Harrowfield gelebt hat. Der Junge war weniger als ein Jahr alt, als Jenny von dort weggegangen ist.«

»Wer ... wer war er?«, fragte ich vorsichtig, rechnete rasch im Kopf und fragte mich, ob Bran tatsächlich jünger als einundzwanzig sein könnte. Was war es, was er gesagt hatte? *Als ich neun Jahre alt war, entschied ich, dass ich nun ein Mann war.* Vielleicht entsprach es der Wahrheit.

»Sie haben ihn John genannt, nach seinem Vater. Aber sie riefen ihn Johnny.«

»Er trägt diesen Namen jetzt nicht mehr. Aber ein Name lässt sich leicht ändern.«

»Hat dein Mann graue Augen?«

»Ja.«

»Was ist mit seinem Haar? Dieses Kind hatte braunes, lockiges Haar, genau wie dein Sohn.«

Ich spürte, wie ich rot wurde und war froh, dass sie meine Gedanken nicht lesen konnten. »Das ist richtig«, sagte ich nach einiger Zeit.

»Ist er Brite?«, fragte mein Vater. »Wenn das der Fall ist, dann verstehe ich dein Zögern, über seine Identität zu sprechen. Aber du solltest nicht vergessen, wo ich herkomme. Und ich habe hier ein gutes Leben führen können.«

»Ich weiß es nicht. Aber es ist möglich. Kannst du mir bitte die Geschichte erzählen?«

Vater runzelte ein wenig die Stirn. »Deine Mutter ist sehr müde.«

»Dann erzähl du sie. Bitte, Vater.«

Er setzte sich auf der anderen Seite neben das Bett. Es war dunkel draußen.

»Ich hatte in Harrowfield zwei treue Freunde. Der eine war Ben, mein junger Pflegebruder, ein Mann, der rasch mit dem Schwert war und noch rascher mit seinem Geist. Und dann war da John. John war ein enger Verwandter, mein Lehrer, der Mann, mit dem ich alles besprach, mein Begleiter bei allem, was ich unternahm. Er war ein Mann, dem man jedes Geheimnis anvertrauen konnte. Er war ein Mann, dem man sein Leben anvertrauen würde. John heiratete ein Mädchen aus dem Süden namens Margery. Sie liebten einander sehr. Sie hatten bereits ein Kind verloren, und es sah so aus, als ob sie dieses auch verlieren würden. Aber deine Mutter war dort, und so wurde er nach einer sehr langen Nacht sicher geboren.«

»Nie wurde ein Kind mehr geliebt und nie war eines mehr erwünscht als Johnny.« Nun griff meine Mutter doch die Geschichte auf. »Margery war so stolz auf ihn, das sah man in allem, was sie tat. Sie trug ihn immer an der Schulter, sprach mit ihm, sang ihm vor. Sie nähte ihm die schönsten kleinen Hemden, alle bestickt mit kleinen Blüten und Blättern und Tieren. John war ein sehr zurückhaltender Mann. Aber er liebte die beiden abgöttisch.«

»Ist ... ist etwas geschehen? Ich begreife nicht, wie das so geliebte Kind, von dem du sprichst, zu dem Mann werden konnte, der mein Kind gezeugt hat. Er ist ... er wurde alles andere als liebevoll aufgezogen. So viel weiß ich.«

»John starb«, erklärte mein Vater. »Er wurde umgebracht; er starb unter einer Felsenlawine, während er Jenny bewachte. Es war Northwoods Tat. Das war schrecklich, und Margery trauerte sehr. Aber als ich Harrowfield verließ, tat sie ihr Bestes, das Kind allein aufzuziehen. Im Haushalt meines Bruders wären sie gut beschützt gewesen.«

»Johns Sohn würde zu einem guten Mann herangewachsen sein«, sagte Sorcha und sah mich forschend an. »Ein wirklich anständiger, guter Mann.«

Ich nickte und spürte die Tränen in meinen Augen brennen.

Mein Vater stand auf. »Wir ermüden dich«, sagte er. »Du musst schlafen; ihr müsst beide schlafen. Das habt ihr beide sehr gut gemacht. Meine starken Frauen.« Und bevor er sich umwandte, um zu gehen, sagte er noch leise zu mir: »Wenn mein Enkel auch Johns Enkel ist, erfüllt mich das mit Zufriedenheit, Tochter, John wäre froh darüber. Ich würde viel dafür geben, den Vater dieses Kindes kennen zu lernen. Ich hoffe, dass dies eines Tages geschehen wird.«

Aber ich nickte nur, und dann kam Janis mit etwas zu essen für mich zurück und ich entdeckte, dass ich schrecklich hungrig war.

»Warte, bis die Milch kommt«, meinte Janis trocken und ließ sich mit ihrem Krug Bier am Fenster nieder. »Dann wirst du essen wie ein Pferd.«

Später schlief ich ein, das Kind an meiner Brust, und die Kerze im Fenster brannte stetig eine weitere Nacht.

KAPITEL 11

Meine Onkel versammelten sich. Ich begriff, dass es nicht nur darum ging, das Neugeborene anzusehen, sondern um ernstere Dinge. Denn meine Mutter wurde rasch schwächer, als hätte sie tatsächlich nur auf die Geburt des Kindes gewartet, bevor sie Sevenwaters endgültig Lebewohl sagte.

Ich behütete mein Kind gut. Ich brauchte keine Amme: Ich stillte ihn und kümmerte mich selbst um ihn, ich hielt ihn und streichelte ihn und sang ihm vor. Ich hatte ein Mädchen, das mir half, weil Vater darauf bestand, aber sie hatte wenig zu tun. Bevor mein Sohn auch nur einen Monat auf dieser Welt zugebracht hatte, hatte er bereits die Geschichte von Bran, dem Reisenden, vollständig gehört. Ich hätte nicht sagen können, wie viel davon er verstand.

Mutter verbrachte nun den größten Teil des Tages auf dem Bett liegend oder auf einer Liege im geschützten Garten, wo sie ruhen konnte, wenn das Wetter gut war, und die Düfte der Heilkräuter einatmete. Sie hatte den kleinen Johnny gerne neben sich, so dass sie seine weichen Locken streicheln und seinen kleinen Geräuschen zuhören und ihm Geschichten zuflüstern konnte. Mein Vater wachte Tag und Nacht grimmig über sie. Liam schickte nach Sean, der in Geschäften, über die er sich nicht genauer auslassen wollte, nach Norden gereist war.

Conor kam als Erster und brachte eine ganze Reihe von weiß gekleideten, schweigenden Druiden mit, die sich so lautlos bewegten wie die Tiere des Waldes. Sie ließen sich still im Haushalt nieder und richteten sich offenbar auf längeres Verweilen ein. Conor ging direkt zu meiner Mutter und verbrachte einige Zeit an ihrem Bett. Dann kam er, um mich zu sehen und sich das Kind anzuschauen. »Ich höre«, meinte er, als er mir zusah, wie ich meinen Sohn in einer flachen Kupferschüssel badete, »dass sich die Frauen beinahe darum geschlagen haben, dir bei der Geburt zu helfen. Es ist viel von diesem Kind gesprochen worden. Sie waren alle begierig, ihm auf die Welt zu helfen.«

»Ach ja?«, sagte ich, hob meinen glitschigen Sohn aus dem Wasser und wickelte ihn in ein weiches Tuch, das ich zum Wärmen vor das Feuer gehängt hatte.

»Meinst du damit, es wurde zu viel geredet?« Der Blick meines Onkels war ernster als sein Ton.

»Ihre Geschichten versuchen, etwas zu erklären, was sie nicht verstehen können oder wollen«, sagte ich und legte den ordentlich eingewickelten Johnny an meine Schulter. »Wahrheiten, die sie kaum akzeptieren können.«

»Das ist bei einigen Geschichten so«, stimmte Conor mir zu. »Aber sicher nicht bei allen.«

»Nein. Es ist, wie du selbst einmal gesagt hast. Die größten Geschichten wecken, wenn sie gut erzählt werden, die Ängste und Sehnsüchte der Zuhörer. Jeder hört eine andere Geschichte. Jeder wird entsprechend seiner inneren Gegebenheiten davon berührt. Die Worte treffen auf die Ohren, aber die wahre Botschaft geht direkt in den Geist.«

Mein Onkel nickte ernst. Dann sagte er recht beiläufig: »Warum hast du deinem Sohn den Namen eines Briten gegeben?«

Ich hatte genug davon, zu lügen. Vater würde diesen Teil

vermutlich ohnehin erzählen. Es gab sicher keinen Grund, eine weitere Verbindung herzustellen.

»Er heißt nach seinem Vater«, sagte ich, streichelte meinem Sohn über die feuchten Locken und hoffte, dass Conor gehen würde, bevor ich das Kind stillen musste.

»Ich verstehe.« Es schien ihn offensichtlich nicht zu stören.

»Bei allem Respekt«, erwiderte ich, »selbst ein Erzdruide versteht nicht alles. Aber dies ist sein Name.«

»Welche Pläne hast du für die Zukunft, Liadan?«

»Pläne?«

»Hast du vor, hier alt zu werden und dich um deinen Vater und Liam zu kümmern? Willst du den Platz deiner Mutter einnehmen?« Ich sah ihn an. Auf seinen Zügen lag tiefer Ernst; dieses Gespräch hatte Schichten der Bedeutung, die ich kaum begriff.

»Niemand könnte ihren Platz einnehmen«, sagte ich leise. »Das wissen wir alle.«

»Aber du könntest es versuchen«, erwiderte Conor. »Die Menschen würden dich dafür achten. Sie verehren bereits das Kind, und du warst immer die bevorzugte Tochter dieses Hauses.«

»Bevorzugt. Ja, ich weiß. Ihr wart sehr grausam zu Niamh, als ihr sie weggeschickt habt. Grausam und ungerecht.«

»So muss dir unsere Entscheidung vorgekommen sein«, sagte Conor immer noch ruhig. »Aber glaub mir, wir hatten keine andere Wahl. Einige Geheimnisse dürfen nie ausgesprochen werden; einige Wahrheiten sind zu schrecklich, als dass man sie enthüllen könnte. Nun ist sie gegangen, und du möchtest vielleicht jemandem die Schuld für ihr tragisches Schicksal geben. Aber ihre Ehe war nicht der Grund. Und ich denke, es ist nicht genug, einfach deinen Vater oder Liam oder mich selbst zu bezichtigen. Hier waren viel ältere Dinge beteiligt.«

Ich war wütend, aber ich konnte ihm nicht antworten, da ich versprochen hatte zu schweigen. Es wurde sehr schwer, den Schild um meine Gedanken weiter aufrechtzuerhalten. Und Conor versuchte, meine Gedanken zu ergründen, darin bestand kein Zweifel. So vorsichtig sein Tasten auch war, ich spürte es.

»Entschuldige mich«, sagte ich und wandte ihm den Rücken zu. »Ich muss das Kind stillen. Vielleicht sehe ich dich später beim Abendessen, Onkel.«

»Ich glaube, er kann noch ein wenig warten. Im Augenblick scheint er an seiner Faust viel interessierter zu sein. Du bist ein starkes Mädchen, Liadan. Du schützt deinen Geist mit großer Kunstfertigkeit. Nur wenige können sich mir widersetzen.«

»Ich habe geübt.«

»Es ist schwierig, so viele Geheimnisse zu wahren, nicht wahr? Ich habe einen Vorschlag für dich, etwas worüber du nachdenken könntest.«

Ich schwieg.

»Deine Fähigkeiten sind recht – bedeutsam. Deine geistige Beherrschung bereits sehr entwickelt, und du begreifst schnell. Dann sind da deine anderen Gaben, die nur noch kaum angewandt hast. Warte, bis der Junge ein wenig älter ist, vielleicht entwöhnt, vielleicht bis er laufen kann. Vielleicht ein Jahr. Dann komm zu uns in die Nemetons und bring ihn mit. Wir könnten deine Fähigkeiten brauchen und dir helfen, sie weiterzuentwickeln. Du bist in einer solch häuslichen Umgebung verschwendet. Und Johnny – wer weiß, was aus ihm werden könnte, wenn er die richtige

Ausbildung erhielte? Vielleicht ist, was sie über ihn sagen, nur die Wahrheit.«

Ich wandte mich ihm zu, sah ihm direkt in seine tiefen, weisen Augen.

»Du hast Niamhs Wahl für sie getroffen, und es war eine falsche Wahl. Falscher, als du je erfahren wirst. Vielleicht versuchst du, Ciarán zu ersetzen. Ein fähiger Schüler. Ein großer Verlust für dich, denke ich. Aber du wirst nicht meine Zukunft bestimmen, wie du die meiner Schwester bestimmt hast. Johnny und ich treffen unsere eigene Wahl. Wir brauchen keine Anleitung.«

Trotz meiner barschen Worte schien er nicht beleidigt zu sein, als wären sie genau das, was er erwartet hatte.

»Triff deine Entscheidungen nicht so rasch«, sagte er. »Das Angebot besteht weiter. Das Kind sollte im Wald bleiben. Was immer du entscheidest, vergiss das nicht.«

Ein paar Tage später erschien ein weiterer Onkel. Trotz des sprechenden Vogels auf seiner Schulter, der drei Seeleute, die ihn begleiteten, und der hübschen jungen Frau an seiner Seite gelang es Padraic immer noch, bis zum Rand der Siedlung zu gelangen, ohne dass Liams Wachen ihn entdeckten. Liam war darüber recht aufgebracht, aber die Freude, nach so langer Zeit seinen Bruder wieder zu sehen, wischte alle anderen Empfindungen beiseite. Padraics wettergegerbte Haut und die blinzelnden blauen Augen, seine Grübchen und der lange Zopf sonnengebleichten braunen Haars zogen die Blicke der Frauen an, obwohl er schon sechsunddreißig Jahre alt war. Auch seine weibliche Begleiterin bewirkte, dass überall die Brauen hochgezogen und Zungen gewetzt wurden. Denn sie war sehr viel jünger als er, ihre Haut hatte das zarte goldene Braun von Pfefferminztee, und ihr schwarzes Haar war so lockig wie Schafswolle und in ordentliche, feste Reihen geflochten. Sie trug bunte Glasperlen, weiß und grün und rot, und ihre Füße unter einem gestreiften Gewand waren nackt. Padraic stellte sie als Samara vor, aber er erklärte nicht, ob sie seine Frau oder seine Liebste war oder einfach nur zur Besatzung seines Schiffes gehörte. Samara sprach nicht. Sie ließ ihre weißen Zähne zu einem Lächeln aufblitzen, das mich schmerzlich an das von Möwe erinnerte. Denn ich hatte immer noch kein Wort gehört. Meine Schwester war tatsächlich verschwunden und ihre Retter mit ihr, so sicher, als wären sie über den Rand der Welt hinweggegangen.

Es gab nur einen einzigen Menschen, von dem ich glaubte, dass er mir vielleicht helfen könnte, und das war der Onkel, der nicht aufgetaucht war. Ich wusste nicht, ob er noch kommen würde, nicht einmal, um sich von seiner Schwester zu verabschieden. Finbar war ein Geschöpf des Übergangs, unsicher zwischen einer Welt und der anderen. In all den langen Jahren, seit er Sevenwaters verlassen hatte und in die Nacht hinausgegangen war, war er nicht ein einziges Mal zurückgekehrt. Nicht für das Begräbnisritual seiner beiden Brüder, Diarmid und Cormack, die beide in der letzten großen Schlacht um die Inseln gefallen waren. Nicht für meine Geburt und Seans und nicht für die von Niamh. Nicht an dem Tag, als sein Vater gestorben war und Liam Herr von Sevenwaters wurde. Vielleicht würde er auch jetzt nicht kommen, denn er konnte Sorcha sehen und mit ihr sprechen, ohne in ihrer Nähe zu sein. Solcher Art war seine Verbindung mit seiner Schwester. Aber ich wünschte mir sehr, dass er kommen würde, denn ich musste ihm viele Fragen stellen. Wenn ich nur wissen würde, dass Niamh und Bran in Sicherheit waren, könnte ich mich mit einer geringeren Last auf meinem Gewissen von meiner Mutter verabschieden. Denn wenn meine Lügen meiner Schwester nicht die Freiheit geschenkt hatten, wenn mein Schweigen den Mann, der sein Leben aufs Spiel gesetzt hatte, um mir zu helfen, nicht geschützt hatte, dann hätte ich der Familie genauso gut die Wahrheit sagen und der Sache damit ein Ende machen können.

Das Haus war voller Menschen, und dennoch hing tiefe Stille über Sevenwaters, als wären selbst die Geschöpfe des Waldes jetzt leiser, während sie auf das Hinscheiden meiner Mutter warteten. Beim Essen ging es etwas lebhafter zu. Wir waren eine seltsame, bunt gemischte Gesellschaft – die Druiden waren ruhig und würdevoll, sprachen leise und aßen wenig; die Seeleute legten eine gesunde Begeisterung für unser gutes Essen an den Tag und noch mehr für unser Bier und hielten einen Fluss von Scherzworten aufrecht, die die Dienerinnen erröten und kichern ließen.

Am Ende des Tisches saßen die Onkel: Liam, ernst wie immer, mit einer Müdigkeit über seinen Zügen, die etwas Neues war; Conor zu seiner Rechten, nachdenklich in seinem weißen Gewand; und zu seiner Linken der unverwüstliche Padraic und seine reizende, schweigende Begleiterin. Padraic übernahm den größten Teil der Konversation, er hatte viele Abenteuer zu erzählen, und wir lauschten erfreut, denn seine Geschichten von fernen Ländern und den seltsamen Menschen, die dort lebten, lenkten uns von der Trauer ab, die unseren Haushalt befallen hatte. Sean war noch nicht wieder zurückgekehrt.

Vater aß nicht mehr länger mit uns. Ich denke, er fürchtete, auch nur einen einzigen Augenblick der Zeit zu verlieren, die Mutter noch blieb. Was Sorcha selbst anging, sie hatte vor langer Zeit schon akzeptiert, dass dieser Frühling der letzte ihres Lebens sein würde. Aber ich konnte sehen, dass sie beunruhigt war, weil es eine Last gab, die sie nicht ablegen konnte. Ich rang lautlos mit mir, als ich eines Nachmittags an ihrem Bett saß, ihre zarte Hand in meiner, und mein Vater im Schatten stand und sie beobachtete.

»Roter.« Ihre Stimme war sehr leise; sie sparte sich die Kraft, die sie hatte, auf und benutzte ihre Kenntnisse als Heilerin, um sich ein wenig mehr kostbare Zeit zu kaufen.

»Ich bin hier, Jenny.«

»Es wird jetzt nicht mehr lange dauern.« Ihre Worte waren kaum mehr als ein Seufzer. »Sind sie alle da?«

Mein Vater konnte kaum sprechen.

»Sean ist noch nicht zurückgekommen.« Meine eigene Stimme bebte gefährlich. »All deine Brüder sind hier bis auf ...«

»Bis auf Finbar? Er wird kommen. Sean muss morgen bis zur Abenddämmerung hier sein. Sag es ihm, Liadan.«

In ihren Worten lag eine Sicherheit, die mich zum Schweigen brachte. Es hatte keinen Sinn zu behaupten, sie würde vielleicht noch mehr Zeit haben. Sie wusste es. Mein Vater kniete sich neben das Bett und legte seine große Hand auf ihre. Ich hatte ihn nie weinen sehen, aber nun waren Tränenspuren auf seinem Gesicht.

»Liebes Herz«, sagte Sorcha und blickte zu ihm auf, ihre grünen Augen riesig in dem kleinen Gesicht. »Es ist nicht für immer. Ich werde immer noch hier sein, irgendwo im Wald. Und was immer meine körperliche Gestalt sein wird, ich werde stets in deiner Nähe sein.«

Ich setzte dazu an, aufzustehen, um sie allein zu lassen, aber Mutter sagte: »Noch nicht, Liadan. Ich muss mit euch beiden zusammen sprechen. Es wird nicht lange dauern.«

Sie war sehr müde; ihr Atem ging sehr schwer. Keiner von uns sagte ihr, sie solle sich nicht anstrengen. Niemand in der Familie hatte Sorcha je gesagt, was sie tun sollte.

»Es hat Geheimnisse gegeben«, sagte sie und schloss kurz die Augen. »Es ist die alte Magie, die hier wirkt, die alte Zauberei, die schon einmal ihre böse Hand um uns schloss. Sie hat versucht, uns zu trennen, zu vernichten, was hier in Sevenwaters immer so gut bewacht wurde. Vielleicht können nicht alle Geheimnisse verraten werden. Aber ich möchte dir sagen, Tochter, was immer geschieht, wir vertrauen dir. Du wirst stets deinen eigenen Weg wählen, und einige dieser Wege werden anderen falsch erscheinen. Aber ich weiß, du folgst dem Weg der alten Wahrheit, wohin du auch gehen magst. Ich sehe das in dir und in Sean. Ich vertraue dir, Liadan.« Sie blickte zu Vater auf. »Wir beide vertrauen dir.«

Iubdan wartete einen Augenblick, bevor er sprach, und ich fragte mich, ob sie ihn zum ersten Mal in ihrem Leben falsch verstanden hatte. Aber dann sagte er: »Deine Mutter hat Recht, Liebes. Warum sonst hätte ich dich immer deine eigene Wahl treffen lassen?«

»Und jetzt geh, Liadan«, flüsterte Mutter. »Versuche, mit deinem Bruder zu sprechen. Er sollte sich beeilen.«

Ich ging hinunter und über die Felder zum Waldrand, denn das Haus war voller Kummer, und ich brauchte Bäume und frische Luft. Ich brauchte einen klaren Kopf, nicht nur, um meinen Bruder zu erreichen, sondern um eine schwierige Entscheidung zu treffen. Sorcha starb. Sie verdiente die Wahrheit. Aber wenn ich es ihr sagte, musste ich es auch meinem Vater erzählen. Sie hatten erklärt, dass sie mir vertrauten, aber sicher würden sie sich entsetzt vor dem abwenden, was ich diesmal getan hatte. Wenn Vater mit meiner Geschichte zu Liam ging, dann würde alles Gute, was meine Lügen getan hatten, auf der Stelle vergebens sein. Wenn sie immer noch lebte, würde man meine Schwester verfolgen und sie nach Hause bringen. Vielleicht würden sie versuchen, sie ihrem hoch geachteten Ehemann zurückzugeben. Dann würde die ganze Wahrheit herauskommen und die Allianz zerbrechen. Was den Bemalten Mann anging, so würde Eamonn ihn jagen und töten wie ein wildes Tier in der Nacht, und ohne ihn würden seine Männer zu dem Flüchtlingsleben zurückkehren, das sie gekannt hatten, bevor er ihnen Namen und einen Sinn gab und die Gabe der Selbstachtung. Mein Sohn würde nie seinen Vater kennen lernen, nur in Geschichten, in denen man von ihm als einer Art Ungeheuer sprach. Dann würde unsere Familie tatsächlich zerstört sein. Die Aussicht bewirkte, dass mir kalt wurde. Und dann war da das Feenvolk. *Du darfst die Allianz nicht aufs Spiel setzen*, hatte die Herrin mir gesagt. Man konnte eine solche Warnung nur schwer abtun. Aber meine Mutter verdiente die Wahrheit, und auf ihre eigene Weise hatte sie mich darum gebeten. Die Frage war nicht so sehr, ob sie mir vertrauten, als ob ich ihnen vertraute. Bran hatte Vertrauen einmal als eine bedeutungslose Idee abgetan. Aber wenn man kein Vertrauen hatte, war man tatsächlich allein, denn weder Freundschaft noch Liebe, weder Familie noch Bündnis konnte ohne Vertrauen existieren. Ohne Vertrauen waren wir vereinzelt und verstreut der Gnade der vier Winde ausgeliefert und hatten nichts, woran wir uns festhalten konnten.

Am Waldrand setzte ich mich auf die Steinmauer, die die äußerste Weide umgrenzte, und beruhigte meinen Geist. Das war schwierig, denn meine Gedanken bedrängten mich. *Ich brauche ein Zeichen, einen Hinweis. Warum ist Finbar nicht da? Ihn könnte ich ohne Angst fragen.*

Ich atmete langsamer und ließ die kleinen Geräusche von Wald und Bauernhof meinen Geist füllen. Das Rascheln der Frühlingsblätter an Buchen und Birken, das Vogelgezwitscher, das Knarren des Mühlrads und das leise Plätschern des Baches. Die klagenden Stimmen der Schafe. Ein Junge, der mit seiner Gänseherde sprach – »Macht schon ihr Sturköpfe oder ihr werdet was erleben« –, die schnatternde Antwort des Ganters. Seewasser, das an den Strand plätscherte, das Seufzen des Windes in den großen Eichen. Flüsternde Stimmen über meinem Kopf, die zu sagen schienen: *Sorcha, Sorcha. Oh kleine Schwester.*

Als mein Geist einigermaßen ruhig war, sandte ich Gedanken zu meinem Bruder aus.

Sean?

Ich höre dich, Liadan. Ich bin auf dem Heimweg. Was ist mit Mutter?

Bist du weit weg?

Nicht so weit. Werde ich zu spät kommen?

Du musst vor morgen Abend hier sein. Selbst die Stimme des Geistes kann weinen. *Kannst du das schaffen?*

Wir werden da sein. Im Geist legte er die Arme um mich und drückte mich an sich, und ich sandte dasselbe Bild zurück. Das war alles.

Liadan!

Das war nicht die Stimme meines Bruders.

Onkel? Mein Herz klopfte heftig. Wo war er?

Ich bin hier, Kind. Dreh dich um.

Langsam stand ich von der Mauer auf und drehte mich um, um den Waldweg entlang in den Wald zu spähen. Er war nicht leicht zu erkennen; weniger ein Mensch als ein weiterer Teil des Musters von Licht und Schatten, des Grau und Grün und Braun von Baumstämmen, Blättern, Moosen und Steinen. Aber er stand dort, barfuß auf dem weichen Boden, immer noch in seine zerlumpten Gewänder und den dunklen Umhang gekleidet. Schwarze Locken hingen um sein kreidebleiches Gesicht. Seine Augen waren klar, farblos, voller Licht.

Ich bin froh, dass du da bist. Sie hat nach dir gefragt.

Ich weiß. Und ich bin gekommen. Aber ich denke, ich brauche deine Hilfe.

Ich spürte seine Angst, und ich wusste, dass es viel Mut gebraucht hatte, bis hierher zu kommen.

Ich werde dich ins Haus bringen. Was brauchst du?

Ich habe Angst ... berührt zu werden. Ich habe Angst ... vor dem Eingeschlossensein. Und es sind Hunde da. Wenn du mir damit helfen kannst, kann ich bleiben, und lange genug. Bis morgen zur Abenddämmerung.

»Dein Vertrauen ehrt mich«, sagte ich laut. »Das kann nicht einfach für dich sein.«

Meine Schwäche beschämt mich. Der Fluch, den die Zauberin mir auferlegt hat, hält lange an. Es gibt auch einen gewissen Ausgleich dafür. Aber ich möchte meiner Schwester und meinen Brüdern meine Schwächen nicht zeigen. Es ist kein Mitgefühl, das ich suche, nur Hilfe, damit ich für sie stark genug sein kann.

»Du bist sehr stark«, sagte ich leise. »Ein anderer hätte nicht so lange überlebt. Hätte es nicht ertragen können.«

Auch du bist stark. Warum fragst du mich nicht, was du wissen möchtest?

Weil es ... eigensüchtig ist.

Wir sind alle eigensüchtig. Es liegt in unserem Wesen. Aber du bist großzügig und gibst viel, Liadan. Du sorgst dafür, dass jene, die du liebst, in Sicherheit sind. Du gibst dafür alles, was du kannst. Später werde ich dir zeigen, was du so gerne sehen willst. Und nun müssen wir hineingehen.

»Onkel«, sagte ich laut und recht vorsichtig.

Was ist?

»Wieso erzählst du mir von deiner Angst, wenn du sie sogar vor deinen Brüdern verbirgst?«

Niemand möchte schwach sein. Aber meine Schwäche ist auch meine Gabe. Was in einer Welt vollkommen gewöhnlich ist, mag in einer anderen eine Quelle des Schreckens sein. Eine verschlossene Tür, das Bellen eines Hundes. Und dennoch, was an diesem Ort ein Geheimnis ist, wird an jenem anderen klar und schlicht. Es ist Abbild und Abbild, Wirklichkeit und Vision. Welt und Anderwelt. Ich zeige dir meine Angst, weil du sie verstehen kannst. Du verstehst es, weil du die Gabe hast. Du bist nicht belastet wie ich, aber dein Geist erkennt den Schmerz und die Kraft, die solches Wissen bringt. Du kennst die Macht der Alten und weißt, wie sie immer noch in uns arbeitet.

»Diese Gabe ... der Blick, der heilende Geist ... sie kommt von ihnen, unseren ersten Ahnen? Sie kommt von der Fomhóire-Frau Eithne?« Ich wusste in dem Augenblick, als ich es aussprach, dass es der Wahrheit entsprach.

Sie ist sehr alt. Sehr tief. So tief wie ein bodenloser Brunnen, so tief wie die tiefsten Stellen des Ozeans. Und wie sie, ist auch diese Kraft beständig.

Ich schauderte.

»Komm«, sagte Finbar und prüfte damit seine Stimme, die eindeutig selten benutzt wurde. »Seien wir mutig und zeigen wir uns.« Und wir gingen über das Feld auf das Haus zu.

Es gab einen unangenehmen Augenblick, als die Leute aus Küche und Stall herauskamen, um zu starren, und ein Hund bellte und sich mir der Geist meines Onkels lautlos mitteilte, ein Zustand herzklopfender, geistesbetäubender Angst, ein überwältigender Fluchtinstinkt. Ich sandte einen raschen, lautlosen Ruf aus.

Conor? Onkel, wir brauchen dich.

Die Menschen murmelten und flüsterten, als wir näher kamen. Ein Mann hatte seine Hand am Halsband des Hundes, aber das Tier knurrte und schnappte, als wäre ein wildes Tier in Reichweite seines Mauls gekommen. Ich wusste nicht, wie man mit dem Geist einen Hund beruhigt. Finbar neben mir erstarrte.

»Seht doch! Das ist der Mann mit dem Schwanenflügel!« Die Stimme eines Kindes, klar und unschuldig. »Der Mann aus der Geschichte!«

»Genau der, und er ist mein Bruder.« Eine ruhige, befehlsgewohnte Stimme erklang aus der Küchentür, und heraus kam mein Onkel Conor und benahm sich ganz, als würde so etwas jeden Tag geschehen. »Macht euch jetzt wieder an die Arbeit. Vor morgen Abend werden noch mehr Besucher kommen; Lord Liam wäre sehr unzufrieden, euch hier herumstehen zu sehen.«

Die Menge zerstreute sich; der Hund wurde weggeführt und stemmte sich dabei weiter gegen den Griff an seinem Halsband. Der Augenblick war vorüber. In meiner eigenen Brust konnte ich spüren, wie sich Finbars Atem beruhigte, seinen langsamer werdenden Herzschlag. Die nächste Nacht und der folgende Tag würden tatsächlich eine schwere Prüfung für ihn darstellen.

»Komm«, sagte Conor leise. »Du wirst sie sicher direkt sehen wollen. Ich bringe dich hin.«

»Ich werde mit Liam sprechen«, sagte ich. »Es müssen Vorkehrungen getroffen werden. Dann kümmere ich mich um meinen Sohn. Er wird Hunger haben.« *Und ich kümmere mich auch um die Hunde.*

Danke, Liadan. Vielleicht kannst du mir später deinen Sohn zeigen.

Liam war überraschend verständnisvoll, obwohl ich eine Besprechung mit seinen Hauptleuten unterbrochen hatte, um ihm die Nachricht zu bringen. Sofort wurden Befehle ausgegeben, dass alle Hunde in die Zwinger oder den Stallbereich gebracht wurden, zumindest für die nächste Nacht und den nächsten Tag, und dass die Leute sich zurückhalten und die Familie in Ruhe lassen sollten. Liam kettete seine eigenen Wolfshunde noch an, während er sprach, und sie wurden in vorübergehende Gefangenschaft geführt, wobei sie ihrem Herrn tadelnde Blicke zuwarfen.

»Du bist ein gutes Mädchen, Liadan«, sagte Liam, bevor er zu seiner Besprechung zurückkehrte. Von ihm war das seltenes Lob. Er neigte nicht sonderlich dazu, sich anerkennend auszusprechen. Ich fragte mich, wie gut er wohl von mir denken würde, wenn ich ihm die Wahrheit sagte.

»Danke, Onkel.«

Es wurde spät, der Abend dämmerte. Es war nur noch ein Tag übrig, und ich sehnte mich danach, an der Seite meiner Mutter zu sein und diese letzten Stunden mit ihr zu teilen. Aber wie sich das Rad dreht und das Leben davongleitet, drängt sich auch neues Leben lärmend in den Vordergrund, drängt danach, anerkannt zu werden, begierig, auf seinem Weg weiterzukommen. Mein Sohn konnte nicht warten. Er war wach und hungrig, und ich schickte das Kindermädchen zum Abendessen und setzte mich hin und stillte ihn. Die Kupferschüssel war bereits halb gefüllt mit warmem Wasser, aber das Mädchen hatte ihn noch nicht gebadet, denn sie wusste, dass ich das gern selbst tat. Ich öffnete mein Kleid und bot ihm die Brust, und er klammerte sich daran, saugte begierig und schlug mit seiner kleinen Faust dabei sanft gegen mein Fleisch, während seine ernsten grauen Augen mich forschend beobachteten. Ich summte leise vor mich hin und empfand diese seltsame Ruhe, die über einen kommt, wenn die Milch fließt, als würde einem eine innere Macht befehlen, ruhig zu bleiben, während das Kind sich satt trinkt. Später würde ich Johnny zu meiner Mutter bringen, wenn sie noch wach wäre. Nun war Finbar bei ihr, und sie waren besser miteinander allein. Sorcha hatte viele Abschiede vor sich, aber das war bis auf einen vielleicht der schwerste.

Nach einer Weile legte ich Johnny an die andere Brust. Er begann zu protestieren, klammerte dann den Mund um die Brustwarze und trank weiter. Für ein so kleines Kind hatte er einen gewaltigen Appetit. Ich dachte an Conors Vorschlag, zu den Nemetons zu gehen. Dass sowohl ich als auch mit der Zeit mein Sohn zu den Weisen gehören könnten. Ich dachte an die Anweisungen des Feenvolks. *Der Junge muss im Wald bleiben.* In keiner dieser Zukunftsvorstellungen gab es einen Ort für den Vater meines Sohnes.

Johnny schlief. Heute Abend würde er nicht baden. Janis sagte ohnehin, dass ich ihn zu oft badete, es sei unnatürlich, dass ein Kind so sauber sei oder so viel Zeit im Wasser verbrächte. Wer war er, scherzte sie, ein Sohn von

Manannán mac Lir, dem Seegott? Aber ich lachte nur über ihre Bemerkungen. Denn Johnny liebte das Wasser so sehr, er trieb gern in dieser Wärme und bewegte Arme und Beine in der beweglichen, stets veränderlichen Umgebung. Ich konnte ihm dieses kleine Vergnügen nicht verweigern und versprach ihm, dass wir im Sommer im See schwimmen würden. Wenn er älter war, würde ich ihm beibringen, wie man von den Felsen springt und zum Ufer schwimmt, wie ich es vor langer Zeit zusammen mit Sean und Niamh gemacht hatte. Ich würde ihm zeigen, wie man dort liegen konnte und sich von der Sonne den Rücken wärmen ließ, wie die uralten Steine einen hielten, während man die Finger ins Wasser steckte und die silbrigen Fische vorbeischwammen. *Das wird dir gefallen.*

Ich schloss mein Kleid wieder, stand auf und wollte den Jungen in die Wiege legen, aber als ich an der Schale abkühlenden Wassers vorbeikam, blitzte etwas auf der Oberfläche, flüchtig wie ein Regenbogen. Hatte ich es wirklich gesehen? Ich ging näher heran, Johnny warm und entspannt in meinen Armen, und starrte in das stille Wasser. Ich zwang mich, reglos zu bleiben wie ein stehender Stein, stiller als der tiefste Gedanke.

Das Wasser bewegte sich, schlug kleine Wellen, ja es schien kochen zu wollen, aber es war keine Hitze darin. Ich spürte, wie die Tür sich hinter mir leise öffnete und schloss, drehte mich aber nicht um.

Gut. Du brauchst mich also gar nicht.

Ich wusste, dass Finbar hinter mir im Schatten stand, aber ich blieb reglos.

Das Wasser begann in Sonnenrichtung zu wirbeln, als jagte es sich selbst im Kreis herum. Ich spürte, wie mir schwindlig wurde. Dann hörte die Bewegung so abrupt auf, wie sie begonnen hatte. Ich sah in die Schale.

Das Bild war klein, aber klar. Kinderhände, die Muster im Sand zeichneten. Dann wurde das Bild größer. Das Kind befand sich in einer Höhle, Licht fiel von oben herein und verlieh der Szene viele Schattierungen von Grau und Blau. Eine Höhle am Meer, wo Wasser sanft ein- und ausströmte, und man von ferne die Schreie der Möwen hörte. Ein Ort, an dem viele Elemente zusammenkamen, ein geheimer Ort. In der Höhle gab es einen winzigen, weichen Sandstrand, an dem das Kind leise spielte, während eine Frau zusah. Ich weiß nicht, ob dieses Kind ein Junge oder ein Mädchen war. Es war vielleicht zwei Jahre alt und hatte eine Kappe dunkelroter Locken und milchweiße Haut. Die Frau sagte etwas, und als das Kind aufblickte, sah ich seine Augen, die tief und dunkel waren wie reife Maulbeeren. Die Frau war so dünn, dass sich die Knochen unter ihrer Haut deutlich abzeichneten. Sie war schlank und zerbrechlich wie eine Birke im Winter. Ihr Haar war von einem verblichenen Rotgold und hing ihr offen über den Rücken. Sie beobachtete das Kind und achtete darauf, dass es nicht zu dicht ans Wasser ging. Und nach einer Weile setzte sie sich dicht neben das Kleine in den Sand und begann ihre eigenen Muster jenen hinzuzufügen, die bereits mit solcher Sorgfalt dort angebracht waren. Ihre blauen Augen lagen im Schatten, aber wenn sie ihren kleinen Schutzbefohlenen ansah, lag auf ihren abgezehrten Zügen solche Freude, solcher Stolz, dass ich spürte, wie mir Tränen über die Wangen liefen. Diese Frau war meine Schwester Niamh.

Dann war plötzlich etwas anderes da. Eine Kraft; eine Macht, wie ich sie nie zuvor erlebt hatte. Frau und Kind spielten weiter und bemerkten nichts. Aber etwas drängte gegen mich, als wäre eine sehr starke Hand gegen meine Gedanken gedrückt, als versuchte man, meine Vision zu blockieren. *Nein*, sagte eine Stimme. *Bleib draußen*. Und damit war das Bild verschwunden, und ich stand einfach da und starrte dümmlich ins Badewasser meines Kindes.

Schaudernd beschloss ich, meinen Sohn doch nicht in die Wiege zu legen, wich zurück von der Kupferschüssel, setzte mich auf meinen Stuhl und wiegte Johnny warm an meiner Schulter, während er weiterschlief. Er gab kleine, schnaufende Geräusche von sich, als wollte er mich trösten. Finbar beobachtete mich aus ein paar Schritten Entfernung.

»Hast du das gesehen?«, fragte ich ihn.

»Nicht so direkt wie du. Aber du hast deinen Geist vor mir geöffnet, also wurde ich Zeuge deiner Vision.« Er benutzte nicht die innere Stimme, sondern sprach laut, auf eine irgendwie zögernde Weise, als müsse er weiterhin diese wenig genutzte Fähigkeit üben, nachdem er nun wieder unter Menschen war.

»Was war das? Es fühlte sich an wie eine eiserne Faust, die mich wegschiebt. Wie die Barriere, die ein ... ein Zauberer errichtet, um neugierige Blicke von seinen Geheimnissen fern zu halten. Die alten Geschichten erzählen von solch unsichtbaren Mauern.«

»In der Tat. Dies ist eine Vision, die wir vielleicht lieber vor Conor verbergen sollten. Ich hätte geglaubt, es ginge um einen anderen, den du am meisten sehen möchtest, und nicht um deine Schwester.«

»Die beiden sind miteinander verbunden. Was ich von der einen sehe, erzählt mir im Augenblick auch von dem anderen. Aber diese Vision zeigte nicht die Gegenwart. Das ist nicht möglich. Es war ihr Kind, ich habe es in ihren Augen gelesen. Es musste eine Vision der Zukunft sein.«

»Oder ein Bild dessen, was du dir wünschst.«

»Das ist grausam«, sagte ich und verbiss mir die Tränen.

»Der Blick ist grausam – das weißt du bereits. Wirst du es wieder versuchen?«

»Ich ... ich weiß es nicht. Ich weiß nicht, ob ich noch mehr sehen möchte.«

»Du bist keine gute Lügnerin.«

Also legte ich Johnny in sein Bett, deckte ihn mit der bunten Steppdecke zu, die ich genäht hatte, und kehrte zur Kupferschale zurück. Finbar versuchte nicht, mich anzuleiten, aber seine stille Gegenwart gab mir Kraft.

Einige Zeit glaubte ich, dass nichts mehr geschehen würde. Das Wasser schien sich zu trüben und dunkel zu werden, aber es gab keine Bewegung. Es war reglos, als wäre es lange unberührt.

Vertrauen. Wahrheit. Ich hielt diese Worte in meinem Geist und arbeitete daran, alle anderen auszuschließen. *Wahrheit. Vertrauen.*

Ich schloss die Augen, und als ich sie wieder öffnete, befand sich ein anderes Bild auf der glatten Wasseroberfläche.

Winzige Bilder, die sich immer wieder veränderten. Sie kämpften in einem seltsamen Land unter einer brennenden Sonne. Bran verzog das Gesicht, duckte sich, als eine wirbelnde Axt an seinem Kopf vorbeiflog. Sie waren in einem Boot, reisten rasch über gnadenloses Wasser. Möwe hielt das Ruder, grinste in die Gischt, und das Segel knarrte im Wind. Bran beugte sich über einen Mann, der an Deck lag, einen Mann, dessen Hals und Schulter in blutiges Leinen gebunden war.

»Geht es nicht schneller?«, rief Bran.

»Wenn du willst, dass diese Reise am Meeresgrund endet, dann vielleicht«, gab Möwe zurück. »Würdest du gerne unter den Seeungeheuern weiterleben?«

Dann waren sie am Ufer und gruben unter Bäumen ein Loch. Sie senkten eine schlaffe Gestalt in den Boden. Andere Männer standen dabei und schwiegen. Das Grab wurde zugeschaufelt, der Boden geglättet.

»Du hättest Liadan bei dir behalten sollen«, sagte jemand. »Sie hätte gewusst, was zu tun ist. Sie hätte ihn gerettet.«

Das Geräusch eines Schlags war zu hören, und dann Brans Stimme: »Halt den Mund.«

Das Wasser wurde wieder dunkel, und ich dachte, es wäre vorüber. Aber noch ein Bild tauchte auf. Sie waren wieder an jenem Ort, diesem Ort der Alten, und zwei von ihnen standen in einer warmen Frühlingsnacht draußen und hielten Wache, während die anderen im Schutz des Hügelgrabes schliefen. Vielleicht war es die Gegenwart. Es war Vollmond, und ich konnte ihre Gesichter deutlich sehen, hell und dunkel.

»Du warst ungerecht.« Möwe sagte das ganz beiläufig. »Otter hat nur die Wahrheit gesagt. Du hättest sie nicht wegschicken sollen.«

»Maße dir nicht an, mir Ratschläge zu geben«, fauchte Bran. »Zumindest habe ich sie nicht mit dem Messer zum Schweigen gebracht. Du weißt ebenso gut wie ich, dass hier kein Platz für eine Frau ist.«

»Aber das hier ist anders, oder?«

»Wie soll das möglich sein? Wie könnte sie leben wie

wir? Außerdem ist sie die Tochter von Sevenwaters. Ihr Vater hat seinem Land und seinem Volk den Rücken zugewandt. Aus eigensüchtigen Gründen hat er sich geweigert, weiterhin für seine Leute zu sorgen. Ironisch, nicht wahr? Ihm verdanke ich es, dass ich kein angemessener Gefährte für seine Tochter bin. Er wusste nicht, was er tat, als er sich von Harrowfield abwandte.«

»Du magst sie also nicht?«

»Ich brauche nicht noch einen Vortrag«, meinte Bran müde.

»Deshalb sind wir zurückgeeilt, als du glaubtest, dass sie in Gefahr war?«

Er erhielt keine Antwort.

»Nun?« Möwe hatte nicht vor, aufzugeben.

»Du spekulierst zu viel. Es war Arbeit, und wir haben sie erledigt. Das war alles.«

»Aha. Und was ist mit dem Auftrag, den ihr Bruder dir geben wollte? Du müsstest verrückt sein, dem zuzustimmen. Es wäre der reine Selbstmord.«

»Es wäre zweifellos eine Herausforderung. Aber ich könnte es schaffen.«

Sie schwiegen eine Weile.

»Du betrügst dich selbst, wenn du glaubst, dass du es hinter dir lassen kannst«, meinte Möwe schließlich.

»Ich möchte nicht mehr von diesen Dingen sprechen«, sagte Bran gereizt. »Es gab nichts zwischen mir ... und diesem Mädchen. Sie hat sich überall eingemischt und hatte eine scharfe Zunge, und ich war froh, sie nicht mehr sehen zu müssen.«

Möwe schwieg, aber ich sah seine weißen Zähne im Dunkeln aufblitzen, und dann war das Bild verschwunden.

Meine Knie wurden weich, und ich taumelte zu meinem Stuhl. Ich wusste, dass ich weinte, und es war mir gleich, ob mein Onkel es sah oder nicht.

»Wie ich schon sagte, du wirst diesen Mann nicht in Sevenwaters halten können. Und dennoch, du planst eine Zukunft für dein Kind, ohne es zu wissen. Du siehst Johnny mit seinem Großvater, wie er lernt, Bäume zu pflanzen. Du siehst dich selbst, wie du deinem Sohn beibringst, im See von Sevenwaters zu schwimmen. Du siehst, wie das Kind in die Küche schleicht, um sich einen von Janis' Honigkuchen zu holen, wie wir es alle getan haben, als wir klein waren, und die Welt so voller Abenteuer war, dass es kaum Zeit genug gab, sie in einen Tag zu zwängen. Du siehst Conor, der dem Jungen Ogham-Zeichen auf einem Stein zeigt. Das Kind ist der Schlüssel. In deinen Gedanken erkennst du das. In der Zukunft deines Sohnes gibt es keinen Platz für diesen Mann.«

»Wie kannst du das sagen? Er ist sein Vater.«

»Er hat seinen Zweck erfüllt. Ich bin sicher, dass Conor das sagen würde.«

Darauf konnte ich nichts erwidern. Ich barst beinahe vor Zorn über diese Ungerechtigkeit, war aber dennoch gezwungen, die schreckliche Weisheit seiner Worte zu erkennen.

»Das ist es, was das Feenvolk mir gesagt hat. Aber was meinst du?«

»Ah. Nur, dass es zu einem Punkt kommen wird, an dem du eine Entscheidung treffen musst. Und es wird deine eigene Entscheidung sein. Halte mich nicht für herzlos, Liadan. Ich sehe mehr, als du denkst. Ich sehe die Verbindung zwischen dir und diesem Mann. Ich sehe, dass er dein Gefährte ist. Wie kannst du eine Wahl treffen, ohne einen Verlust zu erleiden, der dir das Herz zerreißt?«

Mutter verschwendete in ihrer letzten Nacht keine Zeit mit Schlafen. Stattdessen bat sie Liam, die Männer und Frauen des Haushalts zu ihr zu bringen, so dass sie ihnen danken und sich verabschieden konnte. Viele Tränen flossen, viele kleine Primelsträußchen oder einzelne Narzissen, mutig in Weiß und Gold, wurden zu ihren Füßen oder an ihren Kissen niedergelegt. Sie ließ sich in eine Kammer im Erdgeschoss bringen, und rings um die Mauern brannten viele Kerzen, so dass der Raum von warmem Licht erfüllt war. Sie lag klein und reglos auf ihrem Strohsack und fand für jeden Besucher ein freundliches Wort.

Sie musste beträchtliche Schmerzen haben. Sowohl Janis als auch ich wussten, was Sorcha in diesen letzten Wochen hatte einnehmen müssen, um nicht laut zu schreien, während der Krebs sich tiefer und tiefer in ihre Eingeweide fraß. Jetzt wollte sie wach sein, zuhören können, und daher hatte sie nichts genommen. Sie war wirklich eine starke Frau, und sie verbarg ihre Krämpfe so gut, dass wenige merkten, wie sehr sie litt. Mein Vater wusste es. Sein Gesicht war zu einer ausdruckslosen Maske geworden, außer, wenn er sie direkt ansah; er sagte nichts, weder zu mir noch zu Liam oder irgendjemand anderem außer ihr, wenn er es nicht musste. Ich wusste, er wünschte sich, dass wir alle weggingen und die beiden allein ließen. Aber er folgte ihren Wünschen.

Endlich war auch dieser Abschied vorüber, und der Haushalt schlief. Ich saß mit Johnny an dem kleinen Feuer, mein Vater auf einem Hocker am Bett, die langen Beine ungelenk zur Seite gebogen. Er wischte meiner Mutter das

Gesicht mit einem feuchten Tuch ab. Sie hatte die Augen geschlossen; man hätte glauben können, dass sie schliefe, wenn nicht hin und wieder ihre Hand gezuckt hätte, wenn der Schmerz zuschlug.

Du könntest es ihnen jetzt sagen. Wenn du bereit bist.

Ich warf einen Blick zu Finbar, der reglos dastand, die rechte Hand flach auf der Mauer neben dem Fenster mit dem Rücken zu mir, während er in den mondbeleuchteten Garten hinausschaute. Es bestand kein Zweifel an dem, was er meinte.

Ich bin bereit. Es würde keine bessere Zeit kommen als diese.

»Ist Sean schon zu Hause?«, flüsterte meine Mutter.

»Ich sehe nach, ob ein Bote gekommen ist«, sagte Liam leise. »Kommt, Brüder, wir sollten diese kleine Familie eine Weile allein lassen.«

Sie hatten miteinander an der Tür gestanden, um die Leute hinein- und hinauszuführen. Nun ging Liam und nahm Conor und Padraic mit sich, aber Finbar blieb. Für ihn gab es keine sichere, abgeschlossene Kammer und kein Bett mit Decken. Für ihn gab es nicht das kurzfristige Vergessen dank starken Biers. Ich hatte nicht gesehen, dass er auch nur einen Krümel gegessen und einen Tropfen getrunken hatte, seit er nach Hause zurückgekehrt war.

»Mutter. Vater. Ich habe euch etwas zu sagen.«

Sorcha öffnete die Augen, und es gelang ihr ein dünnes Lächeln. »Das ist gut, Tochter. Lass mich ... lass mich ...«

Sie war außer Atem, aber ich wusste, was sie wollte. Ich machte Platz für Johnny unter ihrer Decke und legte ihn neben sie. Mein Vater half ihr, eine Hand um den warmen Körper des Kindes zu legen. Johnnys Augen waren offen;

die grauen Augen seines Vaters. Er wuchs rasch, und ich konnte sehen, wie er sich umsah und versuchte, die Schatten und Muster in dem kerzenbeleuchteten Raum zu begreifen. Finbar, immer noch am Fenster, regte sich nicht. Ich wollte mich nicht hinsetzen. Ich stand neben dem Bett, die Hände fest gefaltet.

»Ich werde euch nicht beleidigen, indem ich um euer Vertrauen bitte«, begann ich. »Dazu ist zu wenig Zeit. Ihr habt gesagt, ihr vertraut mir, und das muss ich glauben. Ich muss euch sagen, dass ich euch belogen habe, und ich hoffe, ihr werdet mich anhören, wenn ich erkläre, warum. Es ist eine sehr, sehr geheime Angelegenheit, und von einer Traurigkeit, die weit über Tränen hinausgeht. Vielleicht wird sie allerdings ein besseres Ende haben, als wir zu hoffen wagten. Es mag sein, dass euer Vertrauen in mich aufs Höchste beansprucht wird, so wie es mit dem meinen geschah.«

Nun beobachtete mein Vater mich genau, die blauen Augen scharf und kühl. Mutter lag still da und sah das Baby an.

»Sprich weiter, Liadan.« Iubdans Tonfall war sorgfältig neutral.

»Niamh«, sagte ich. »Niamh ...«

Mut, Liadan.

»Wir alle wussten, dass etwas nicht stimmte, als sie nach Hause zurückkehrte. Ihr habt mich sogar gebeten herauszufinden, was es war. Aber wir entdeckten nicht, wie schlimm es war. Als wir in Sídhe Dubh waren, fand ich schließlich die Wahrheit heraus. Ihr ... ihr Mann hat sie auf die übelste Weise geschlagen und missbraucht. Sie war schon sehr bedrückt von dem, was hier geschehen war, sie glaubte, dass jeder, der sie geliebt hatte, sie nun abgewiesen hatte.

Sie hatte versucht, mit dieser Ehe einen neuen Anfang zu machen. Die Grausamkeit ihres Mannes machte dem ein Ende. Aber sie ließ mich schwören, es niemandem zu verraten. Sie ließ mich versprechen, es vor der Familie geheim zu halten. Niamhs Herz war gebrochen, weil Ciarán nicht bei ihr geblieben war. Sie war erschüttert, als ihr sie wegschicktet. So behandelt zu werden, glaubte sie, musste bedeuten, dass sie wertlos war. Sie wollte nicht zulassen, dass ich von Fionns Grausamkeit erzählte und damit die Allianz gebrochen wurde, denn das hätte sie als weiteres Versagen betrachtet.«

Verblüfftes Schweigen folgte. Dann sagte mein Vater: »Wenn das wahr ist, und ich weiß, dass es wahr sein muss, denn du würdest in einer solchen Angelegenheit kaum lügen, dann hättest du es uns sagen müssen. Das war ein Versprechen, das gebrochen werden musste.«

»Ich fürchte, ich ... ich war nicht sicher, ob ihr ihr wirklich helfen würdet. Immerhin hattet ihr darauf bestanden, dass sie Fionn heiratete. Ihr hattet sie nach Tirconnell geschickt. Deine Worte waren sehr klar gewesen. Sean hatte sie geschlagen, und dann waren da noch Liam und das Bündnis. Ich habe nie verstanden, warum sie Ciarán nicht heiraten konnte, warum ihr euch geweigert habt, über die Verbindung auch nur nachzudenken. Es passt nicht zu euch, so zu handeln, ohne die Möglichkeiten abzuwägen und ohne alle anzuhören. Es passt nicht zu euch, die Wahrheit zurückzuhalten. Ich habe eure Gründe nicht verstanden, und daher konnte ich es nicht wagen, es euch zu sagen.«

Mein Vater starrte mich an, und in seinen Augen stand Schmerz. »Wie konntest du glauben, dass ich so etwas zulassen würde? Dass ich zulassen würde, dass meine Tochter missbraucht und geschlagen wurde?«

»Still«, flüsterte meine Mutter. »Lass Liadan ihre Geschichte erzählen.«

»Ich ... und dann habe ich ...«

»Ein Wort nach dem anderen. Eine Lehrgeschichte. Erzähle sie langsam.«

»Ich wusste nicht, was ich tun und wohin ich mich um Hilfe wenden sollte. Wir hatten nur wenig Zeit. Aber ich wusste, ich konnte nicht zulassen, dass sie nach Tirconnell zurückkehrte. Ich fürchtete, dass sie sich etwas antäte. Also bat ich einen – einen Freund ... sie wegzubringen. An einen Ort, wo sie Zuflucht finden würde.«

Wieder spannungsgeladenes Schweigen.

»Das verstehe ich nicht«, sagte Iubdan vorsichtig. »Wurde deine Schwester nicht von den Fianna entführt und ist ertrunken? War sie nicht ein Opfer dieser Männer, die nur arrogant ihre sinnlose Barbarei zur Schau stellen wollten?«

»Nein, Vater.« Meine eigene Stimme war kaum mehr zu hören. »Die Männer, die sie wegbrachten, taten es, weil ich sie gebeten hatte. Sie kamen auf meine Bitte nach Sídhe Dubh. Sie sollten Niamh in Sicherheit bringen, in ein christliches Gebetshaus, wo sie sich verbergen konnte. Wo sie der Grausamkeit von Menschen entzogen war.«

Als mein Vater wieder sprechen konnte, sagte er angespannt: »Du wählst deine Freunde schlecht, scheint es. Es ist klar, dass sie vollkommen versagt haben, denn sie verloren sie noch, bevor sie trockenen Boden erreichten. Ich hoffe, du hast ihnen nicht zu viel gezahlt.«

Es war, als hätte er mich geschlagen, und diesmal sprach Finbar laut.

»Die Geschichte ist noch nicht zu Ende; es ist ein komplizierter Stoff mit vielen Fäden. Deine Worte verletzen deine Tochter. Sie hat all ihren Mut gebraucht, um das auszusprechen, was sie gesagt hat. Und sie war nicht die Einzige, die die Wahrheit zurückhielt. Du solltest sie in Ruhe zu Ende erzählen lassen.«

»Erzähl weiter, Liadan.« Die Stimme meiner Mutter war ruhig.

»Ich habe ... Verbindungen, von denen ich nichts verraten habe. Ich halte diese Leute für Freunde. Einer dieser Freunde ist der Mann, der Niamh von Sídhe Dubh weggebracht und sie in Sicherheit gebracht hat, an einen Ort, wo man ihr nicht wehtun wird, wo man sie mit Respekt behandelt, wo man nicht erwartet, dass sie das Spielzeug des Uí Néill ist. An einen Ort, wo ihre Familie sie nicht zwingen wird, eine lieblose Ehe einzugehen, damit eine strategische Allianz geschlossen werden kann. Ich kann euch keinen Beweis dafür geben, dass sie in Sicherheit ist. Ich kann euch nicht sagen, wo sie ist, und ich würde es auch nicht tun, wenn ich es wüsste. Aber ich habe sie in einer Vision gesehen, und ich glaube, dass mein Freund getan hat, um was ich ihn gebeten habe. Das Ertrinken, die Szene im Nebel – es war eine Vorstellung, um Eamonn und später andere davon zu überzeugen, dass sie wirklich tot war, ein Betrug, um die Jäger von der Spur abzulenken. Unter dem Schutz dieser Lüge haben sie meine Schwester in Sicherheit gebracht.«

Ein wenig Zugluft brachte die Kerzenflammen zum Flackern. Nach einer Weile sagte meine Mutter sehr leise: »Du wusstest, dass Niamh noch lebt, und hast es uns nicht gesagt?«

»Es tut mir Leid«, sagte ich bedrückt. »Wenn man diesen Mann um seine Hilfe bittet, folgt man seinen Regeln. Er sagte, es wäre sicherer, je weniger Menschen die Wahrheit kannten. Ich hielt es für das Beste. Und ... ich weiß nicht genau. Ich glaube, dass sie nicht verloren ist. Ich traue dem Mann, der uns geholfen hat, als niemand sonst uns helfen wollte.«

»Wie ich schon sagte«, Vaters Miene war starr und voller Ablehnung, »die Wahl deiner Freunde kommt mir falsch vor. Wie kannst du wissen, ob dieser Mann die Wahrheit sagt oder nicht? Betrug ist sein Lebenswerk. Alles, was wir von ihm gehört haben, beschreibt ihn als unzuverlässig, als einen Mann, der keine Treue kennt. Und er ist ausgesprochen gewalttätig. Ein Mann, der tut, wozu seine wahnsinnigen Launen ihn verleiten. Ich kann nicht glauben, dass du ihm das Leben deiner Schwester anvertraut hast. Du musst den Verstand verloren haben. Und nun besitzt du die Unverschämtheit, deiner Mutter falsche Hoffnungen zu machen, an diesem Abend, wenn ...« Er schwieg, vielleicht hatte er bemerkt, dass meine Mutter ihm den Blick zugewandt hatte.

»Nein, Roter«, sagte sie. »Sei nicht zornig. Wir haben keine Zeit für so etwas. Du musst Liadan anhören.«

Ich holte tief Luft und spürte Finbars Kraft, als er seinen Geist auf meinen konzentrierte, nicht für mich dachte, aber mir seinen Mut lieh.

»Wie ich schon sagte, ich habe sie gesehen. Ich habe sie lebendig und glücklich gesehen und mit einem Kind, das eindeutig ihres war. Eine Vision der Zukunft, eine sichere und freudige. Aber selbst ohne das glaube ich, dass sie in Sicherheit ist. Ich weiß es tief im Herzen, denn ich kann dem Mann vertrauen, der der Vater meines Sohnes ist. Es ist derselbe Mann. Ihr habt ins Gesicht meines Kindes gesehen und mir gesagt, er hat Johns Augen. Vertrauenswürdige Augen. Der Vater meines Sohnes hat dieselben Augen, in einem Gesicht mit den Zügen des Raben, dreist, wild und Furcht einflößend. Er ist der Anführer der Fianna, der, den sie den Bemalten Mann nennen. Er hat in seinem Leben Schlimmes getan, das ist nicht abzustreiten, aber er verfügt auch über großen Mut und große Kraft, und er ist treu. Er gibt nur selten Versprechen, aber jene, die er gibt, hält er. Wie Conors Geschichte zeigt, kann selbst ein Gesetzloser, wenn er die Gelegenheit erhält, ein guter, vertrauenswürdiger Mann sein. Dieser Mann hat eure Tochter gerettet. Dieser Mann ist der Vater eures Enkels. Mein Herz gehört ihm, und es wird ihm immer gehören; ich werde mich keinem anderen hingeben. Nun habe ich euch die Wahrheit gesagt, alles, was ich sagen kann, und ich vertraue euch; denn wenn dieses Wissen an die falschen Ohren gelangt, wären viele Leben in Gefahr.«

Gut gemacht, Liadan. Finbar nickte anerkennend.

Meine Eltern starrten mich an.

»Ich weiß nicht, was ich sagen soll«, meinte Iubdan.

Mutter hob die Hand und streichelte Johnnys braune Locken. »Niamh ist also in Sicherheit. Das ist ein wunderbares Geschenk, Liadan. Ich habe nie so recht geglaubt, dass sie von uns gegangen war ... ich denke, ich hätte es irgendwie gewusst.«

»Es tut mir Leid«, sagte Vater abrupt. »Du warst sehr offen, und das achte ich. Ich war vielleicht zu voreilig. Aber du hast uns großen Schmerz verursacht. Das hätte ich nicht von dir erwartet, Liadan.«

»Es tut mir ebenfalls Leid, Vater.« Ich wollte ihn umarmen, ich wollte sagen, dass alles in Ordnung war, aber irgendwie teilten mir seine Augen mit, es nicht zu tun. Noch nicht. »Ich musste zwei Leben schützen, und beide sind immer noch in Gefahr.«

»Ich kann mir kaum vorstellen, dass du dir einen solchen Mann aussuchst.«

»Fällt es dir wirklich so schwer, zu glauben, dass ich den Sohn deines Freundes John wählte?«

»John war kein Gesetzloser. John war kein bezahlter Mörder.«

»Du bist in der Aufzählung der Fehler des Bemalten Mannes offen gewesen. Aber er seinerseits beschreibt dich als den Grund dafür, weil du deiner Verantwortung in Harrowfield nicht nachgekommen bist. Das, sagt er, ist der Grund, wieso er kein angemessener Mann für deine Tochter ist.«

Vater hatte darauf keine Antwort.

»Roter.«

»Was ist, Jenny?«

»Das musst du als Nächstes tun. Du musst zurückkehren. Zurück nach Hause.«

Vater starrte sie an.

»Du meinst zurück nach Harrowfield?« Ich stellte die Frage, die er nicht stellen wollte.

Mutter nickte. Sie sah immer noch meinen Vater an, hielt ihn mit ihrem Blick fest.

»Das wird deine Aufgabe sein«, sagte Mutter. »Kehre zurück und finde heraus, was geschehen ist. Was aus Margery und ihrem Sohn wurde. Wie es geschehen konnte, dass Johns Sohn zu diesem ... diesem ...unglücklichen jungen Mann wurde.«

Vater stand auf und wandte uns allen den Rücken zu. »Du glaubst also, meine Zeit hier sei zu Ende? Dass sobald ... dass wenn ... dass danach hier in Sevenwaters kein Platz für einen Briten mehr sein wird? Das kann ich wohl verstehen. Ich nehme an, ich werde es irgendwann verstehen können.«

Finbar, der reglos und still gewesen war, bis auf die Stimme in meinem Geist, war nun rasch genug. Sofort war er an der Seite meiner Mutter. »Willst du Sorcha wirklich ausgerechnet in dieser Nacht noch zusätzlich verletzen?«, fragte er. »Sprich nicht übereilt und aus deinem eigenen Schmerz heraus. Sie gibt dir diesen Auftrag, um dafür zu sorgen, dass du dich nicht verlierst, wenn sie davongegangen ist.« Mein Onkel hatte eindeutig keine Angst vor offenen Worten. »Sie bittet dich um deiner Tochter willen zu gehen, und um deines Enkels willen. Finde die Wahrheit heraus und bringe sie zu ihnen nach Hause. Hier sind Wunden zu heilen, und einige davon sind deine eigenen.«

»Und ...« Sorcha sprach sehr leise, und mein Vater war gezwungen, sich ihr wieder zuzuwenden, um sie zu hören. Ich hatte ihn noch nie zuvor so bedrückt gesehen, und es fiel mir schwer, die Tränen zurückzuhalten, denn meine Geschichte hatte einen Mann, der bereits zu tief litt, noch mehr verletzt. »Und ... du solltest mit deinem Bruder sprechen. Du wirst Simon sagen müssen, dass ich tot bin. Er sollte es wissen. Roter ...«

Er kniete sich wieder neben ihr Bett, und sie streckte die Hand aus und streichelte seine Wange. Er legte die eigene Hand über ihre und hielt sie dort.

»Versprich es mir«, flüsterte sie. »Versprich mir, dass du es tun wirst und sicher hierher zurückkehrst.«

Er nickte.

»Sag es.«

»Ich verspreche es.«

Sie seufzte. »Es ist spät. Liadan, du solltest längst schlafen. Ist Sean schon hier?«

»Ich weiß es nicht, Mutter, soll ich nachsehen?«

»Ja«, sagte sie. »Und nimm deinen Sohn mit. Er würde

dich vermissen.« Sanft fuhr sie mit den Fingern über das kleine Ohr des Kindes, sein weiches Haar, und dann nahm ich Johnny, und ich sah in Sorchas Augen, dass sie wusste, dies war das letzte Mal, dass sie ihn berührte.

»Liadan. Hast du Sean davon erzählt?«

»Nein, Mutter. Aber er vermutet es, zumindest einen Teil davon. Er hat Liam oder Fionn oder Eamonn nichts davon erzählt. Nicht einmal Aisling.«

»Ich mag keine Geheimnisse. Ich mag keine Lügen«, sagte mein Vater ernst. »Wir hätten von Anfang an alles offen legen müssen. Aber es ist klar, dass diese Wahrheit einige Zeit noch verborgen bleiben muss. Was ist mit Conor? Weiß er davon?«

»Du wirst nur eine Antwort auf diese Frage erhalten, wenn du ihn selbst fragst«, meinte Finbar. »Und selbst dann wirst du vielleicht nicht herausfinden, was du wissen möchtest.«

»Dann muss die Frage wohl unbeantwortet bleiben, bis ich aus Harrowfield zurückkehre«, sagte mein Vater. »So zeugt eine Lüge die nächste, und wir verlieren unser Vertrauen zueinander.«

»Wir haben das Vertrauen zueinander verloren, als Niamh mit dem Uí Néill verheiratet und weggeschickt wurde«, erwiderte ich scharf. »Diese Geschichte begann schon vor langer Zeit.«

»Viel länger als das«, sagte Finbar leise. »Oh, viel länger.«

Ich nahm nicht an, dass ich im Stande sein würde zu schlafen. Vielleicht würde niemand von uns schlafen, außer Johnny, dessen Kinderträume ungetrübt von Schatten des Abschieds waren. Ich trug mein Kind in die große Halle, aber es war sein Vater, mit dem ich im Geist sprach. *Ich brauche dich. Ich wünschte, du wärst bei mir. Ich möchte deine Arme um mich spüren, deinen Körper warm an meinem, um die Trauer fern zu halten. Wäre es anders, wenn du ihre Worte hören könntest? Wenn du hören könntest, wie sie sagen: »Er hat seinen Zweck erfüllt«, würdest du kämpfen, um uns zu behalten? Oder hättest du Angst davor, was ein solcher Kampf verraten würde? Vielleicht würdest du uns einfach den Rücken zukehren und davongehen.*

Als ich dann die Halle betrat, zügelte ich meine Gedanken sofort. Sean war dort, offensichtlich gerade erst nach cinem schnellen Ritt durch die Nacht eingetroffen, denn seine Kleidung war fleckig von der Reise, und ich spürte seine tiefe Müdigkeit.

»Liadan! Ich bin gerade erst gekommen. Wie geht es unserer Mutter?«

Einen Augenblick lang fragte ich mich, warum er laut sprach und so förmlich, und dann sah ich, dass Aisling bei ihm war, bleich und erschöpft, die gerade ihren Umhang auszog und sich den Rücken rieb. Ich ging auf sie zu und verbarg, wie überrascht ich war.

»Aisling, du musst sehr müde sein. Setz dich, ich hole dir Wein ...«

Meine Worte und meine Schritte kamen zu einem abrupten Halt.

»Du hast uns vermutlich nicht erwartet, Liadan«, sagte Eamonn, der aus dem Schatten am Fenster trat. »Ich bedaure, dass wir dich stören.«

»Oh.« Ich starrte ihn dümmlich an, denn das hatte mich wirklich überrascht. »Nein ... ich ...«

»Ich war im Norden«, warf Sean rasch ein. Bei all seiner Müdigkeit hatte er schnell begriffen, um was es ging. »Ich bin über Sídhe Dubh zurückgekehrt. Aisling und Eamonn wollten mitkommen, nachdem sie gehört haben, wie schlecht es Mutter geht, und jetzt muss ich zu ihr gehen.«

»Sie hat nach dir gefragt. Sie wird sehr froh sein, dass du rechtzeitig gekommen bist. Ich begleite dich ...«

»Nein, mach dir keine Mühe. Du solltest dich hinsetzen und ausruhen, du scheinst selbst vollkommen erschöpft zu sein. Warum legst du den Jungen nicht hin und trinkst selbst einen Becher Wein?«

»Ich ...« Es gab keine höfliche Möglichkeit, den vernünftigen Vorschlag meines Bruders abzuweisen. Was ich nicht erwartete, war, dass Sean Aislings Hand nahm und sie mit sich führte, und mich mit Eamonn allein ließ. Die Männer, die sie auf ihrem Ritt begleitet hatten, hatten sich wohl bereits in die Küche zurückgezogen und von dort zur wohlverdienten Ruhe. Wir beide waren bis auf das schlafende Kind allein. Mir fielen viele Dinge ein, die ich in diesem Augenblick lieber getan hätte, als mit Eamonn zu sprechen, aber er war ein Gast, und ich hatte keine Wahl.

»Du siehst sehr müde aus, Liadan«, sagte er ernst. »Komm, setz dich her.«

Ich legte Johnny aufs Kissen vor dem Feuer und setzte mich hin. Es war Eamonn, der zwei Becher aus dem Weinkrug füllte und mir einen in die Hand gab. Er stand neben meinem Stuhl und schaute zu meinem Sohn nieder.

»Das ist also dein Kind. Er sieht ... gesund aus. Und ein Sohn kann sich immerhin seinen Vater nicht aussuchen.«

Ein eisiges Rinnsal der Angst lief mir über den Rücken. Wie meinte er das?

»Danke«, murmelte ich. »Er ist klein, aber stark.«

»Ich hoffe, dass ich noch mit deiner Mutter sprechen kann, bevor ... ich hoffe, dass ich morgen Früh mit ihr sprechen kann. Und mit deinem Vater. Wenn noch Zeit ist.«

Ich nickte, und meine Kehle war wie zugeschnürt.

»Ich möchte mich persönlich entschuldigen und ihnen mein Bedauern darüber aussprechen, was ... was mit deiner Schwester geschehen ist. Ich kann es nicht wieder gutmachen, das muss ich zugeben. Aber ich hoffe zumindest, dass ich ihnen mitteilen kann, dass ich die Angelegenheit angemessen verfolgen werde.«

»Eamonn ...«

»Was ist, Liadan?«

»Es wäre vielleicht besser, ihnen nur dein Mitgefühl für ihren Verlust auszudrücken und es dabei zu belassen. Mein Vater ist sehr bedrückt, und meine Mutter ist schwach. Sie haben ihren Frieden mit Niamhs ... Unfall geschlossen. Dies ist nicht der Zeitpunkt für Racheschwüre. Es ist kein Zeitpunkt für Zorn.«

»Jeder Zeitpunkt ist der richtige, bis ich diesen Abschaum vom Angesicht der Erde getilgt habe«, erklärte Eamonn erbost.

Ich wollte ihn nicht hören. Dunkle Visionen hingen über mir. War es möglich, dass er wusste, dass Johnny Brans Kind war? Aber woher? Ich wollte nicht von diesen gefährlichen Dingen sprechen, außerdem war es mitten in der Nacht, und ich war zu müde, um meine Gedanken oder Worte gut genug zu beherrschen. Aber ich wollte auch nicht schlafen, falls Mutter mich brauchte. Ich stand auf und setzte mich auf die Kissen vor der Feuerstelle. Hier konnte ich die Hand auf den kleinen Körper meines Sohnes legen und seine Wärme spüren. Hier konnte ich in die Flammen starren und träumen, denn es gibt Zeiten, in denen Träume sicherer sind als die wirkliche Welt.

Eamonn beobachtete mich. Ich spürte es, obwohl ich meinen Blick abgewandt hatte. »Ich wäre früher gekommen«, sagte er leise. »Um deine Eltern zu sehen und um mit dir zu sprechen. Ich war ... weg. Eine sinnlose Suche, wie sich herausstellte. Dieser Mann ist schwer zu verfolgen, er ist schlau und entzieht sich immer wieder. Aber er wäre ein Narr, wenn er mich unterschätzte. Mein Netz von Informanten ist weit. Manchmal bringen sie mir verblüffende Nachrichten, verblüffend und ... unerträglich.« Er starrte stirnrunzelnd das schlafende Kind an. »Ich werde diesen Gesetzlosen finden. Jeder hat eine Schwäche. Es ist einfach eine Frage, sie zu entdecken und sie zu benutzen, um ihn in die Falle zu locken. Ich werde ihn finden, und er wird bezahlen. Er wird blutige Wiedergutmachung leisten für das, was er gestohlen und zerstört hat. Daran solltest du keinen Zweifel haben.«

Ich schwieg und streichelte weiter den Rücken meines Sohnes und trank einen weiteren Schluck Wein. Als ich das letzte Mal müde gewesen war und Alkohol mit einem Mann getrunken hatte, hatte das weit reichende Folgen gehabt. Ich durfte nicht zeigen, dass ich Eamonns kaum verschleierte Andeutungen verstand.

»Es tut mir Leid, Liadan«, sagte er. »Ich bin nicht hergekommen, um von diesen Dingen zu sprechen.«

»Ich weiß das, Eamonn. Du bist hergekommen, um meiner Mutter deinen Respekt zu erweisen.«

Er schwieg einen Augenblick.

»Nicht genau. Ich hatte ohnehin vor, um diese Zeit vorbeizukommen. Es sind nur noch ein paar Tage bis Beltaine.«

Mein Herz wurde kalt. Ich schwieg.

»Du hast es doch sicher nicht vergessen?«

»Ich ... nein, Eamonn, ich vergesse nicht so leicht. Ich hielt diese Angelegenheit nur für abgeschlossen, seit wir das letzte Mal davon gesprochen haben, bevor du nach Tara geritten bist. Es kann doch sicherlich zwischen uns über dieses Thema keine Zweifel mehr geben?«

Eamonn ging auf und ab, wie er es offenbar immer tat, wenn er versuchte, die richtigen Worte zu finden.

»War es das, was du dachtest? Du hast dir vorgestellt, ich würde alles hinter mir lassen und vielleicht verlobt mit einer Verwandten des Hochkönigs aus dem Süden zurückkehren? Du musst mich für sehr schwach halten, wenn du glaubst, dass ich so rasch aufgebe.«

Ich starrte zu ihm auf. »Ich weiß nicht, wie du das meinst«, sagte ich. Es klang so, als wollte er sagen ... aber nein, das war unmöglich. Johnny seufzte leise und schlief weiter.

Eamonn hörte auf, auf und ab zu gehen, und kniete sich recht ungelenk neben mich. Eine Locke fiel ihm wieder in die Augen, und ich widerstand dem Bedürfnis, sie zurückzustreichen.

»Ich will keine andere Frau, Liadan. Ich will nur dich. Mit deinem Kind oder ohne es. Ich will keine andere.«

»Sage das nicht ...«, begann ich.

»Nein«, erwiderte Eamonn entschlossen. »Hör mich an. Du bist hier geblieben, um deine Mutter zu pflegen, und das ist bewundernswert. Du hast dich entschlossen, dein Kind allein zu bekommen. Das hat Mut gezeigt. Du wirst die beste Mutter sein, da bin ich sicher. Warum du mit deinem Schweigen den Mann, der das Kind gezeugt hat, beschützt, kann ich nicht verstehen. Vielleicht ist es Schande, die deine Zunge lähmt. Aber das ist gleich. Er wird sich stellen müssen. Aber verzeih mir, ich höre, dass deine Mutter an Kraft verliert und ihr nur wenig Zeit in dieser Welt bleibt. Niamh ist gegangen. Sean und Aisling werden bald heiraten, und eine neue Familie wird in diesem Haushalt entstehen. Du wirst einsam und verwundbar sein, Liadan. Du solltest nicht die unverheiratete Schwester sein, die in diesem Haushalt ihr Leben durch andere führt. Du reibst dich bereits auf, indem du versuchst, alles zu übernehmen. Du brauchst einen guten Mann, der sich um dich kümmert, der dich beschützt, der über dich wacht. Du brauchst ein eigenes Zuhause, einen Ort, an dem du deine eigene kleine Familie aufwachsen siehst. Heirate mich, und all das wird dir gehören.«

Es dauerte einige Zeit, bevor ich Worte fand. »Wie kannst du ... wie kannst du ein solches Angebot machen, wenn ich ein Kind von einem anderen Mann habe? Wie könntest du die Verantwortung für ... für einen ...«

»Es ist schade, dass das Kind ein Junge ist. Wäre es eine Tochter, dann hätte ich sie als meine eigene aufgezogen. Dein Sohn kann selbstverständlich nicht erben. Aber es gäbe einen Platz für ihn in meinem Haushalt. Wie ich schon sagte, ein Junge kann sich seinen Vater nicht aussuchen. Ich könnte etwas aus ihm machen.« Er betrachtete den schlafenden Johnny stirnrunzelnd. »Es wäre eine ... interessante Herausforderung.« Sein Blick machte mir Angst.

»Die Leute würden dich für verrückt halten, eine solche Wahl zu treffen«, brachte ich heraus, in dem Versuch, die richtigen Worte zu finden. »Du könntest so viele andere Frauen finden. Du musst mich vergessen und weitergehen. Das hättest du schon tun sollen, sobald ich es dir gesagt habe.«

Er saß nun ganz nahe bei mir auf dem Boden vor dem Feuer. Eamonn hatte sich immer an Förmlichkeit gehalten. Er zog es vor, die Dinge auf die richtige Weise zu tun. Aber dies war über alle Regeln hinausgegangen. Also hatte er sich dazu herabgelassen, sich zu mir und Johnny zu setzen, und in seinen braunen Augen stand etwas, das der Verzweiflung recht nahe kam.

»Wenn ich dich so sehe«, seine Stimme war nicht viel mehr als ein Flüstern, »mit dem Feuerlicht in deinem Haar und deiner Hand so weich auf dem Kleinen, weiß ich, dass es nur eine Wahl für mich gibt. Ich will es so einfach wie möglich ausdrücken, und ich muss hoffen, dass meine Worte dich nicht beleidigen. Ich will, dass du in mein Haus kommst und darauf wartest, mich in die Arme schließen zu können, wenn ich müde vom Kampf zurückkehre. Ich will, dass du in meinem Bett liegst. Ich will dich als meine Frau, meine Geliebte, meine Gefährtin. Ich will, dass du meine Kinder zur Welt bringst. Ich würde das Altwerden nicht fürchten, wenn du an meiner Seite wärst. Es gibt keine andere Frau auf der Welt, die ich haben möchte. Was du getan hast, dein Irrtum, wir können ... wir können das hinter uns lassen. Ich biete dir Schutz, Sicherheit, meinen Wohlstand und meinen Namen. Ich biete dir Legitimität für deinen Sohn. Weis mich nicht ab, Liadan.«

Ich versuchte, angemessene Worte zu finden, aber das war unmöglich.

»Du zögerst. Ich werde selbstverständlich deinen Vater wieder um seine Zustimmung bitten. Aber ich glaube nicht, dass er unter den Umständen etwas dagegen hat.«

»Ich ... ich kann nicht...«

Eamonn sah seine verschränkten Hände an. »Ich habe gehört, dass du in Sídhe Dubh ... ruhelos warst. Dass du es einengend fandest, nach der Freiheit, die du hier in Sevenwaters hattest. Vielleicht war das zu viel Freiheit. Aber ich würde dich nicht im Käfig halten wie einen Singvogel. Ich habe große Ländereien im Norden. Wenn du dich nicht in Sídhe Dubh niederlassen willst, werde ich ein neues Zuhause für dich bauen, das mehr deinem Geschmack entspricht. Bäume, ein Garten, alles was du willst. Selbstverständlich angemessen sicher.«

»Bist du überzeugt«, sagte ich vorsichtig, »dass das keine große Geste von dir ist, ein Versuch, gegenüber meiner Familie wieder gutzumachen, was du als deinen Fehler siehst, weil meine Schwester aus deinem Schutz entführt wurde? Ich kann mir nicht vorstellen, dass ein Mann in deiner Stellung einen solchen Schritt unternehmen würde.«

Das war ein Fehler gewesen. Wütend verzog er das Gesicht.

»Muss ich es dir zeigen?«

Und bevor ich mich regen konnte, hatte er die Hand an meinem Hinterkopf, schlang die Finger in mein Haar, sein Mund war auf meinem, und das war nicht der höfliche Kuss eines Mannes, der immer die Regeln befolgt. Als er fertig war, blutete meine Lippe.

»Es tut mir Leid«, sagte er knapp. »Ich habe lange Zeit auf dich gewartet. Du hast mir zu Beltaine eine Antwort versprochen. Ich will jetzt deine Antwort, Liadan.«

Brighid, hilf mir. Warum kam Sean nicht zurück? Ich holte tief Luft und sah ihm direkt in die Augen. Ich denke, er wusste es einen Augenblick, bevor ich es aussprach.

»Ich kann es nicht, Eamonn. Es ist ein ungemein großzügiges Angebot. Aber ich muss ehrlich mit dir sein. Ich empfinde nicht so für dich.«

»Wie meinst du das? Wie empfindest du nicht?«

Dies war schwieriger, als ich mir je hätte träumen lassen. »Wir kennen einander schon lange. Ich achte dich; ich betrachte dich als Freund. Ich möchte, dass du ein gutes Leben führst. Aber ich sehe dich nicht als ...« Ich konnte das Wort Geliebter nicht aussprechen. »Als meinen Ehemann.«

»Stößt meine Berührung dich so ab?«

»Nein, Eamonn. Du bist ein guter Mann, und eine andere Frau wird eines Tages froh sein, dich zu heiraten. Das bezweifle ich nicht. Aber dies wäre falsch. Falsch für dich, falsch für mich. Und schrecklich falsch für meinen Sohn und für seinen Vater.«

»Wie kannst du das sagen?« Er war aufgesprungen und begann wieder auf und ab zu gehen, als müsse er seine Gefühle irgendwie ablenken, damit sie ihn nicht zerrissen. »Wie kannst du weiter treu zu diesem ... diesem Wilden stehen, wenn er nichts weiteres getan hat, als dir ein Kind zu machen und sich dann zum nächsten unschuldigen Mädchen davonzuschleichen. Er wird nie zu dir zurückkehren; ein solcher Mann hat keine Gefühle für Pflicht oder Verantwortung. Du kannst froh sein, ihn los zu sein.«

»Hör auf, Eamonn. Du machst es nur noch schlimmer.«

»Du musst mir zuhören, Liadan. Dies ist eine dumme Entscheidung, und ich frage mich wirklich, ob du im rechten Geisteszustand bist, sie zu fällen. Denn wenn du Recht hast, wird dies wahrscheinlich das einzige Angebot, das du erhalten wirst, unverheiratet mit einem vaterlosen Kind. Vielleicht wird man mich für meine Wahl verachten; dafür, dass ich nicht die Tochter eines Häuptlings aus dem Süden nehme, mit makellosem Stammbaum und garantierter Jungfräulichkeit. Aber das ist mir gleich. Wenn es um dich geht, habe ich keinen Stolz mehr. Für mich bist du die einzige Wahl. Liadan, denk an deine Familie. Liam möchte dich gut verheiratet sehen, ebenso wie dein Vater. Und was ist mit deiner Mutter? Würde es sie nicht freuen, diese Neuigkeit zu hören, bevor ...«

»Hör auf! Es reicht!«

»Lass dir ein wenig mehr Zeit, wenn du willst. Du bist müde, und du trauerst. Ich werde ein paar Tage bleiben; lange genug, dass du mit deiner Familie darüber sprechen kannst. Du siehst die Dinge vielleicht klarer, wenn ...«

»Ich sehe sie jetzt schon klar«, sagte ich sehr leise, nahm meinen Sohn hoch und stand aus den Kissen auf. »Es tut mir Leid, einen solch guten Freund zu verwunden, aber ich sehe, dass es keinen anderen Ausweg gibt. Ich muss dein Angebot ablehnen. Mein Sohn und ich, wir ... wir gehören einem anderen Mann, Eamonn. Deine Meinung von ihm ändert daran nichts. Jetzt nicht und niemals. Das abzustreiten wäre dumm und gefährlich. Eine solche Wahl würde nur zu Zorn und gebrochenem Herzen und langer Bitterkeit führen. Ich möchte lieber den Rest meines Lebens allein sein, als diesen Weg zu gehen. Es tut mir Leid. Dein Angebot spricht von ausgesprochener Großzügigkeit, und ich ehre dich dafür.«

»Du kannst dich nicht weigern«, sagte er, und es wurde deutlich, wie sehr er um Selbstbeherrschung ringen musste. »Es war immer so vorgesehen, dass du und ich ... es ist richtig, dass wir heiraten, Liadan. Ich weiß, dass Liam es unterstützen wird ...«

»Die Angelegenheit ist erledigt, Eamonn.« Meine Stimme zitterte. »Und sie geht niemanden etwas an, außer dich und mich. Ich habe Nein gesagt. Du musst ohne mich weitergehen. Nun gib mir dein Wort, dass du nicht mehr darüber sprechen wirst.«

Er hatte sich zurückgezogen, weg vom Licht des Feuers, und er stand halb im Schatten.

»Das kann ich nicht tun«, sagte er mit angespannter Stimme.

»Dann werde ich dich nicht mehr sehen können, es sei

denn, in Begleitung von anderen«, sagte ich, und irgendwie fand ich in mir die Kraft, meine Tränen zurückzuhalten.

Er ging einen Schritt auf mich zu, und sein Gesicht war kreidebleich. »Tu das nicht, Liadan.« Es war ebenso eine Warnung wie eine Bitte.

»Gute Nacht, Eamonn.« Ich drehte mich um und ging auf die Treppe zu, und Johnny erwachte und begann zu weinen, und ohne einen Blick zurück floh ich in mein Schlafzimmer. Dort entzündete ich meine Kerze und wechselte die nassen Windeln meines Sohnes. Und als ich auf meinem Bett lag, das Kind an der Brust, ließ ich die Tränen gehen, die ich zurückgehalten hatte, und während die Kerze mit ihren Wirbeln und Spiralen vor dem Nachthimmel niederbrannte, sah ich wieder das Bild der beiden, umklammert im tödlichen Kampf; Eamonns Hände um Brans Hals, wie sie zupackten und die letzten Atemzüge aus ihm herausdrückten; Brans Messer zwischen Eamonns Rippen, das sich tiefer bohrte, während das Lebensblut rot über das grüne Hemd floss. Wie konnte ich glauben, dass Bran und ich eines Tages trotz alledem zusammenfinden könnten? Dass er je mehr sein könnte, als nur ein ... ein Werkzeug, hatte das Feenvolk gesagt; ein vorbeiziehender Söldner, der zufällig ein Kind zeugte und dann aus der Geschichte verschwand, sein Anteil daran vorüber, seine Bedeutung beendet? Er konnte nicht zurückkehren. Mir nahe zu kommen, würde ihm den Tod bringen. Es wäre besser, wenn er mich nie gesehen hätte, denn ich brachte ihm nur Gefahr und Kummer. Und nun streckte sich der Schatten nicht nur über ihn aus, sondern auch über meinen Sohn. Das hatte ich in Eamonns Augen gesehen. Ich musste tun, was das Feenvolk von mir verlangte, und im Wald bleiben. Ich musste Bran aus meinem Geist verbannen. Um unserer aller willen musste ich das tun.

Ich weinte und weinte, bis mir der Kopf schmerzte und die Nase lief und mein Kissen nass war. Aber Johnny saugte weiter, seine kleine Hand strich mir über die Haut, sein Körper war warm und entspannt an meinem, ein Abbild des Vertrauens. Und als ich ihn beobachtete, wusste ich, dass es in jeder dunklen Nacht irgendwo ein kleines Licht gab, das nicht gelöscht werden konnte.

KAPITEL 12

Am Morgen war meine Mutter kaum mehr bei Bewusstsein. Die Familie versammelte sich an ihrem Bett; die Menschen des Haushalts und der Siedlung drängten sich in der Halle und der Küche und unterhielten sich leise. Keine Arbeit wurde getan, außer in Vorbereitung für ihren Abschied, und das geschah leise und draußen. Von Zeit zu Zeit verschwanden Liam oder Conor und Padraic eine Weile und kehrten später ebenso unauffällig zurück. Die Atmosphäre in der Kammer war ruhig. Ein kühler Westwind wehte durchs Fenster herein und brachte den Duft von Flieder mit sich. Ich hatte eine Schale auf den kleinen Tisch gestellt mit frischen Zweigen von Basilikum und Majoran, denn beide Kräuter haben die Fähigkeit, einem in kummervollen Zeiten Mut zu geben.

»Es ist ganz gut, dass sie in den letzten Schlaf fällt«, sagte Janis leise, als wir in der Tür aneinander vorbeikamen. »Der Schmerz wird immer schlimmer; es ist zu schwer, ihn schweigend zu ertragen. Und er«, sie nickte zu der reglosen Gestalt meines Vaters hin, der am Bett saß, »er spürt es mit ihr, jeden einzelnen Krampf. Es wird schwer für ihn werden.«

»Sie hat ihn gebeten, nach Harrowfield zurückzukehren. Zu seiner Familie zu gehen. Sie hat es ihn versprechen lassen.«

»Ja. Sie war immer ein kluges Mädchen, meine Sorcha. Sie weiß, dass er, wenn sie gegangen ist, ein Ziel braucht. Sie war sein Ziel, seit er seinen Fuß in dieses Haus gesetzt hat, vor langer, langer Zeit. Nie wird eine andere an ihre Stelle treten.« Sie warf mir einen scharfen Blick zu. »Hast du dir die Lippe aufgerissen, Mädchen? Tu lieber ein wenig Salbe drauf, Thymian ist gut, um es abschwellen zu lassen. Aber das brauche ich dir wohl nicht zu sagen.«

»Es ist nichts«, erwiderte ich und ging an ihr vorbei ins Zimmer.

Ich werde nicht viel über diese letzten Stunden sprechen. Meine Mutter war sich des größten Teils der Ereignisse nicht bewusst, denn sie hatte bereits einen Fuß auf ihren neuen Weg gesetzt. Also bemerkte sie nicht meines Vaters starre Miene, als könne er selbst jetzt nicht glauben, dass er sie wirklich verlieren würde. Sie hörte nicht, wie Conor leise am Fuß ihres Bettes rezitierte, sah nicht, wie Finbar schweigend aus dem Fenster starrte, sein Gesicht so weiß wie der Flügel, den er an der Stelle des linken Arms hatte. Sie sah nicht die Linien des Kummers auf Liams Zügen oder die Tränen in Padraics Augen. Janis kam und ging und ebenso die schlanke, dunkelhäutige Frau, Samara. Sie war so ruhig und anmutig wie ein Reh, und ihre Hände waren sanft, wenn sie mit Kissen, Decken und Tüchern half, Kerzen entzündete und Kräuter verstreute.

Sean saß meinem Vater gegenüber und hielt Mutters Hand in der seinen. Und Aisling war da, die wilden Locken mit einem ordentlichen Band zurückgehalten, ihr sommersprossiges Gesicht sehr ernst. Von Zeit zu Zeit legte sie Sean tröstlich die Hand auf die Schulter, und er blickte mit einem dünnen Lächeln zu ihr auf.

Aber Eamonn war nicht dort. Eamonn war nicht mehr in Sevenwaters. So viel für seinen Respekt und eine Geste der Entschuldigung gegenüber meinen Eltern für das, was mit Niamh geschehen war. Er war nur lange genug geblieben, um sich kurz auszuruhen und ein frisches Pferd zu nehmen, sagten sie, und war dann weitergeritten, direkt zurück nach Sídhe Dubh. Er hatte seine Männer zurückgelassen. Ungewöhnlich, sagten die Leute. Beinahe unhöflich. Er musste schlechte Nachrichten erhalten haben. Ich sagte nichts dazu. Meine Lippe schmerzte, und die Schwellung war gut zu sehen, und zum größten Teil war ich erleichtert, dass ich ihn nicht wieder sehen musste.

Als die Sonne hoch am Himmel hing, kam meine Mutter wieder zu sich. Es gab eine kurze, grausame Zeit des Hustens und Würgens und um Atem Ringens, und sie strengte sich sehr an, ihren Schmerz nicht zu zeigen. Es war Finbar, der sie beruhigte, nicht durch Berührungen, aber indem er seine Gedanken in ihre fließen ließ und ihr Leiden mit der Erinnerung an gute Dinge dämpfte, an die unschuldigen Dinge der Kindheit und mit Visionen dessen, was kommen würde. Nicht zufällig ließ er seinen Geist mir gegenüber offen, genug, damit ich abermals Zeugin werden konnte, wie er seine Fähigkeiten benutzte, um zu heilen. Er konnte die Schmerzen ihres Körpers nicht erleichtern, ihr aber die Möglichkeit geben, ihnen zu widerstehen. Es war dieselbe Fähigkeit, die ich bei Niamh eingesetzt hatte, aber Finbar war ein Meister, und ich saß voller Ehrfurcht da, als er einen hellen Wandteppich für sie webte, ein Muster seiner Liebe, um das Leben seiner Schwester zu feiern und ihr Dahinscheiden zu erleichtern.

Endlich war sie ruhig, lehnte sich auf die Kissen zurück und atmete leichter.

»Ist alles bereit?«, flüsterte sie. »Habt ihr es so gemacht, wie wir geplant haben?«

»Alles ist vorbereitet«, sagte Conor ernst.

»Gut. Das ist wichtig. Die Menschen müssen Lebewohl

sagen können. Das ist etwas, was die Briten nicht immer verstehen.« Sie blickte zu meinem Vater auf. »Roter?«

Er räusperte sich, nicht in der Lage, seine Stimme zu finden.

»Erzähl mir eine Geschichte«, sagte sie leise wie ein Frühlingswind.

Mein Vater sah sich gequält um, schaute die schweigenden Onkel an, Janis und Samara, die sich leise ums Feuer kümmerten, mich und Sean und Aisling. »Ich ... glaube nicht ...«

»Komm«, sagte Sorcha, und es war, als wären nur sie beide in dem stillen, kräuterduftenden Raum. »Setz dich hier aufs Bett. Nimm mich in die Arme. Das ist gut, Liebster. Erinnerst du dich an den Tag, an dem wir allein an diesem wilden Strand waren, allein bis auf die Möwen und die Seehunde, die Wellen und den Westwind? An diesem Tag hast du mir eine wunderschöne Geschichte erzählt. Das ist meine allerliebste Geschichte.«

In diesem Augenblick wurde mir so deutlich wie nie zuvor, wie stark mein Vater war. Er wusste, als er dort mit Sorcha in seinen Armen saß und mit tränennassem Gesicht seine Geschichte erzählte, dass sie mit jedem Wort, das er sprach, weiter davonglitt. Dass sie, wenn er mit der Geschichte fertig wäre, davongegangen sein würde. Er wusste, dass er dieses vertraulichste Lebewohl mit uns allen teilte. Aber seine leise Stimme war so stark und fest wie die großen Eichen des Waldes, und seine Hand, mit der er meiner Mutter das Haar von der Schläfe zurückstrich, bewegte sich stetig, wie sich die Sonne über den Himmelsbogen bewegt.

Es war tatsächlich eine wunderschöne Geschichte. Es war die Geschichte eines einsamen Mannes, der eine Seejungfrau zur Frau nimmt, der sie mit der Musik seiner Flöte bezaubert, so dass sie dem Ozean entsagt, um ihm zu folgen. Drei Jahre bleibt sie bei ihm, und sie gebiert ihm zwei kleine Töchter. Aber ihre Sehnsucht nach der Welt unter den Wellen ist so stark, und am Ende gibt er sie auf, weil er sie liebt.

Es kam eine Stelle in der Geschichte, an der die Stimme meines Vaters versagte. Sorcha hatte leise geseufzt und die Augen geschlossen, und ihre Finger, mit denen sie eine Falte von Vaters Hemd umklammerte, als er sie an seiner Brust hielt, ließen los, und die Hand fiel auf sein Knie. Es herrschte vollkommenes Schweigen. Es war, als hielten der ganze Raum, der Haushalt und die wilden Geschöpfe von See und Wald einen Augenblick lang den Atem an. Dann begann mein Vater wieder mit der Geschichte.

»Tobys kleine Töchter wuchsen zu zwei schönen Frauen heran, und mit der Zeit nahmen sie selbst Ehemänner, und heute gibt es viele Menschen in dieser Gegend mit dunklem, lockigem Haar wie Algen und Augen, die sehr weit sehen können, und einer großen Begabung zum Schwimmen. Aber das ist wieder eine andere Geschichte.« Er zögerte wieder, starrte ins Leere, und ich sah, wie sich seine Hand um die Schulter meiner Mutter klammerte.

»Was Toby selbst angeht«, sagte ich, denn ich wusste, dass jemand anders die Geschichte für ihn beenden musste, »er hatte geglaubt, dass sein Leben vorüber war, als er sie verlor. Er hatte es für ein Ende gehalten. Auf seine Weise war es das auch. Aber das Rad dreht sich und dreht sich weiter, und jedes Ende ist ein neuer Anfang. So war es auch mit ihm.«

»Er ging jeden Tag zum Meer und setzte sich auf die Felsen und schaute nach Westen über das Wasser hinaus«, griff Conor mit seiner leisen ausdrucksvollen Stimme die Geschichte auf, »und manchmal, nur manchmal holte er seine Flöte heraus und spielte ein paar Töne, ein Teil eines Tanzlieds oder den Refrain einer alten Ballade, an die er sich erinnerte.«

Padraic stand neben seinem Bruder; er hatte den Arm um Samara gelegt. »Er hielt wieder und wieder nach ihr Ausschau«, sagte Padraic, »aber das Seevolk zeigt sich den Menschen selten. Und dennoch, manchmal in der Abenddämmerung glaubte er draußen im Wasser anmutige Gestalten im Zwielicht schwimmen zu sehen, weiße Arme, langes Haar und schimmernde Schwänze mit edelsteinglitzernden Schuppen. Er glaubte zu sehen, dass sie ihn mit bittenden Augen ansahen wie seine Töchter, Augen, in denen der wilde Ozean stand.«

»Dann ging er nach Hause«, sagte Liam, der jetzt auf der anderen Seite des Bettes neben Sean stand, »und wenn er hereinkam, zündete er nicht seine kleine Laterne an, sondern er ließ die Tür auf, und das Mondlicht fiel in die kleine Hütte, in der er lebte. Und manchmal saß er auf der Treppe vor der Tür und schaute auf den schimmernden Weg hinaus, den der Mond aufs Wasser warf, und fragte sich, wie es wohl sein würde, in der Tiefe des großen Ozeans zu leben, ein Kind von Manannán mac Lir.«

»Am Ende wusste niemand, was aus ihm geworden war.« Ich konnte an Seans Stimme hören, dass er geweint hatte, aber wie alle anderen sprach er mit fester Stimme weiter. Es kam mir vor, als wäre er in diesen letzten Monden rasch erwachsen geworden. »Man sah ihn manchmal im Dunklen an der Küste, spät bei Nacht. Andere erzählten, sie hätten gesehen, wie er aufs Meer hinausgeschwommen sei, weit, weit über die sicheren Bereiche hinaus und stetig nach

Westen. Seine Töchter waren bei ihrer Großmutter. Die Hütte war ordentlich aufgeräumt, alles, wie es sein sollte. Aber eines Tages war er einfach nicht mehr da.«

»Und sie erzählen, wenn man in dieser Gegend weilt«, sagte Finbar, der immer noch am Fenster stand, mit dem Rücken zu uns, »dass man ihn manchmal sehen kann, kurz vor Mitternacht, wenn der Mond voll ist. Wenn man leise zum Strand geht und sich sehr still auf die Felsen dort setzt, hört man Spritzen und Platschen und Unruhe im Wasser, und man sieht das Seevolk, wie es dicht am Rand zwischen Ozean und Land spielt. Die Leute sagen, Toby sei bei ihnen, sein weißer Körper silbern im Mondlicht, und das Wasser umschmeichelte ihn wie die feinen Schuppen eines Fischs. Aber ob er Mensch ist oder ein Geschöpf der Tiefe, wusste keiner zu sagen.«

Sie war gegangen. Das wussten wir alle. Aber niemand regte sich. Niemand sprach. Mein Vater hielt sie immer noch in seinen Armen, als könnte er diesen letzten Augenblick des Lebens bewahren, solange er sich nicht regte. Er hatte die Lippen an ihrem Haar und die Augen geschlossen.

Draußen wurde der Wind stärker und schickte eine Bö kühler Luft durchs Fenster, wischte Finbars dunkle Locken aus seiner Stirn und bewegte die weißen Federn an seiner Seite. Und dann begannen in den Bäumen die Vögel wieder zu singen, ihr Zwitschern erhob sich, mischte Gruß und Lebewohl, Feier und Trauer zur Stimme des Waldes selbst, der Sorchas Dahingehen grüßte.

Sie hatte nicht bis zum Abend gelebt. Vielleicht war das ihr Wille gewesen. Als wir schließlich im Stande waren, uns zu bewegen, als wir uns dazu zwangen, uns zu bewegen, küssten wir nacheinander ihre Wange, berührten ihr Haar, und dann gingen wir schweigend aus dem Zimmer, einzeln oder zu zweit, und ließen meinen Vater mit ihr allein. Es war noch Zeit, bevor die Sonne hinter den Horizont sank. Zeit für mich, Johnny von dem Kindermädchen abzuholen und ihn noch einmal zu stillen und mich zu fragen, wie viel Tränen ich wohl noch vergießen konnte, bevor keine mehr übrig waren. Zeit für Sean und Aisling, sich still davonzuschleichen und vielleicht beieinander Trost zu suchen. Zeit für die Onkel, sich zurückzuziehen und einen oder zwei Krüge Bier zu teilen und von der Kindheit zu sprechen, die sie im Wald von Sevenwaters erlebt hatten, die sechs Brüder und ihre kleine Schwester. Nun waren nur noch vier von ihnen am Leben.

Es geschah, wie sie es gewollt hatte. In der Abenddämmerung versammelten wir uns am Seeufer an einer Stelle, wo eine wunderschöne Birke wuchs. Es gab flackernde Fackeln, die ihr Licht auf die Gesichter meiner Onkel warfen, die in einem Kreis um den Baum standen. Liam nickte Sean zu, und mein Bruder gesellte sich zu ihnen.

Komm, Liadan. Zwei lautlose Stimmen riefen mich, Conors und Finbars. Auch ich ging und stellte mich zu ihnen. Der Kreis war beinahe vollständig.

Drunten am Wasser, wo der See sanfte Finger an den Strand legte, war ein kleines Boot an Land gezogen. Mein Onkel Padraic, der ein Experte in diesen Dingen war, hatte dieses Boot sorgfältig gebaut. Es war gerade lang genug, um seinen Zweck zu erfüllen. Am Bug wartete eine Fackel, entzündet zu werden, und über die ganze Länge des Bootes waren Blüten und Blätter befestigt, Federn und viele kleine Gaben aus dem Wald, um sie auf dem Weg zu begleiten. Meine Mutter lag im Boot, bleich und still in ihrem weißen Gewand, auf einem Bett weicher Kissen. Samara hatte einen kleinen Kranz aus Heidekraut und Weißdorn geflochten, aus Klee und Ringelblumen, und den trug Sorcha nun in ihrem dunklen, lockigen Haar. Sie sah nicht älter aus als sechzehn.

Mein Vater stand allein am Ufer und schaute über das dunkler werdende Wasser des Sees.

»Iubdan«, sagte Liam leise.

Er erhielt keine Antwort.

»Iubdan, es ist Zeit.« Padraics Stimme war lauter. »Du wirst hier gebraucht.«

Aber mein Vater ignorierte sie, und seine Haltung war abweisend. Aber Liam war nicht umsonst Herr von Sevenwaters. Nun trat er aus dem feierlichen Kreis, ging hinüber zu meinem Vater und legte ihm die Hand auf die Schulter. Vater bewegte sich ein wenig, und Liam zog die Hand zurück.

»Komm, Iubdan. Es ist Zeit, sie gehen zu lassen. Die Sonne sinkt bereits hinter die Bäume.«

Dann drehte Vater sich um, sein Blick voller Qual. Alle Beherrschung, die er gezeigt hatte, als er ihr diese letzte Geschichte erzählte, war von ihm gewichen. »Macht es ohne mich«, sagte er mit einer Bitterkeit, die ich noch nie zuvor bei ihm erlebt hatte. »Es gibt hier keinen Platz mehr für mich. Es ist zu Ende. Ich bin keiner von euch, und ich werde es niemals sein.«

Da streckte Liam wieder die Hand aus, sehr entschlossen, und legte sie meinem Vater auf die Schulter, und diesmal ließ er sich nicht abschütteln.

»Du bist unser Bruder«, sagte er leise. »Wir brauchen deine Hilfe. Komm.«

So war der Kreis vollständig, und wir sagten entsprechend der alten Tradition Lebewohl. In einem äußeren Kreis standen die Druiden und die Männer und Frauen des Haushalts, und hin und wieder wiederholten sie Conors feierliche Worte. Manchmal waren andere Stimmen zu hören, seltsamere Stimmen, die im Wind aus den Bäumen flüsterten oder in den kleinen Wellen des Sees oder tief zwischen den Felsen und Höhlungen des Landes selbst. Und einmal, als ich zu der Stelle hinschaute, wo das grasbewachsene Ufer endete, und die geheimnisvollen Eichen und Eschen und Buchen begannen, schattig im samtenen Zwielicht, sah ich dort Gestalten stehen, halb verborgen unter den Ästen. Eine hoch gewachsene Frau mit bleichem Gesicht, einem blauen Umhang und einem Vorhang dunklen Haars. Ein Mann, gekrönt mit hellen Flammen, größer als jeder Sterbliche. Und andere, edelsteinblitzend, geflügelt, halb sichtbar in den dunklen Linien von Blatt und Zweig.

Nachdem das Ritual vollendet war, führte Conor uns zum Ufer, und dort legte er die Hände zu einer Schale zusammen und blies hinein, recht sanft, und eine kleine Flamme glühte plötzlich golden zwischen seinen Fingern. Er ging zum Wasser, ungeachtet seines langen Gewandes, und legte die Hände an die Fackel, die im Bug von Sorchas kleinem Boot angebracht war. Die Fackel flackerte auf, und ein schimmernder Pfad erschien vor dem kleinen Schiff, glitzernd auf der dunklen Oberfläche des Sees. Weiter oben am Ufer stand ein einzelner Flötenspieler bereit. Ich bekam eine Gänsehaut, als sich die Stimme der Flöte über die einsamen Bäume erhob, über das stille Wasser und hinauf in die Nacht.

»Es ist Zeit«, sagte Conor leise. Dann legten wir alle eine Hand ans Heck des kleinen Bootes; mein Vater stand zwischen Liam und Conor. Wir schoben das Boot sanft an, aber es war kaum notwendig. Das Wasser bewegte sich bereits am Bug, als könne das Boot es kaum abwarten, sich auf seine Reise zu machen, und als es sich vom Ufer löste, griff die Strömung danach. Ich konnte schmale, bleiche Hände sehen, die sich aus dem Wasser reckten und das Boot meiner Mutter auf den Weg führten. Und leise Stimmen sangen ihren Namen: *Sorcha, Sorcha.*

»Leb wohl, kleine Eule«, sagte Conor mit einer Stimme, die ich kaum erkannte. Und Finbar schob seinen dunklen Umhang zurück und breitete seinen einzelnen Flügel so aus, dass die wunderschönen, schimmernden Federn rosa und orangefarben und golden im Fackellicht glänzten, und winkte ihr damit zum Lebewohl. Aber mein Vater stand reglos da, erstarrt in seiner Trauer, während das Klagelied der Flöte sich über den Wald erhob.

Ich strengte meine Augen an, um sie so lange wie möglich im Blickfeld zu behalten, denn auch ich trauerte, obwohl ich wusste, dass meine Mutter nicht von uns gegangen war, sondern nur weitergezogen war zu einem anderen Leben, einer anderen Drehung des Rades. Sie hatte es so gewollt. Warum willst du nicht im Herz des Waldes ruhen, wo du hingehörst?, hatte Conor gefragt. Warum bleibst du nicht hier in Sevenwaters?, hatte Liam gesagt, denn du bist die Tochter des Waldes? Aber Padraic hatte gemeint, es sei Sorchas Entscheidung. Und am allermeisten hatte sie sich gewünscht, den Weg diesen Fluss entlang zu nehmen, auf seiner Strömung vom See weggetragen zu werden, wie es vor langer Zeit schon einmal geschehen war. Denn, so hatte sie lächelnd erklärt, dieses Wasser hatte sie ganz zufällig in die Arme eines rothaarigen Briten getragen, und war er nicht ihre wahre Liebe und die Freude ihres Herzens gewesen? Also würde sie diesen Weg wieder wählen und sehen, wohin er sie führte. Ich stand da und starrte ins Dunkel hinaus, während die Flöte schluchzte und eine Eule in der Nacht rief.

Die Menschen begannen, zurück zum Haus zu gehen. Mein Vater mit gesenktem Kopf, begleitet von den Onkeln. Sean Hand in Hand mit Aisling. Janis und ihre Helferinnen eilten sich, die letzten Vorbereitungen für das Essen zu treffen, denn ein gutes Festessen mit Musik ist ein wichtiger Teil eines solchen Abschieds. Ich ging zu dem Flötenspieler, um ihm zu danken. Er war ein Mann mit beinahe magischen Fähigkeiten, denn sein Klagelied hatte meine innersten Gedanken widergespiegelt, seine Melodie hatte Sorchas Bild heraufbeschworen, ihre Geisteskraft und ihre tiefe Liebe für den Wald und seine Bewohner.

Der Flötenspieler packte sein Instrument ordentlich in einen Beutel aus Ziegenleder. Er war ein schlanker Mann mit dunklem Bart und einem kleinen Goldring im Ohr. Sein Helfer, höher gewachsen und mit einem Kapuzenumhang, hielt ihm die Tasche auf. Der Flötenspieler nickte mir höflich zu.

»Ich wollte dir danken«, sagte ich. »Ich weiß nicht, wer dich eingeladen hat, hier zu spielen, aber es war eine gute Wahl. Deine Musik kommt aus dem Herzen.«

»Danke, Herrin. Eine große Geschichtenerzählerin wie deine Mutter verdient ein angemessenes Lebewohl.«

Er hatte die Flöte eingepackt.

»Ihr seid eingeladen, zu Essen und Bier ins Haus zu gehen«, sagte ich ihm. »Habt ihr einen weiten Heimweg?«

Der Mann grinste schief. »Es ist ein ordentlicher Weg«, sagte er. »Und ein Bier würde nicht schaden. Aber ...« Er warf einen Blick auf seinen schweigenden Begleiter. Erst jetzt bemerkte ich im Halbdunkel den großen schwarzen Vogel, der auf der Schulter dieses Mannes saß und die Krallen festklammerte, das scharfe Auge abschätzend auf mich gerichtet. Ein Rabe. »Mir scheint«, meinte der Flötenspieler, und machte sich in Richtung des Hauses davon, als wäre eine Entscheidung zwischen den beiden wortlos gefallen, »dass ein Krug oder zwei nichts schaden könnte. Und ich muss ein wenig mit Tantchen reden. Ich kann kaum in diese Gegend kommen, ohne das zu tun, das würde sie mir nie verzeihen.«

»Tantchen?«, fragte ich, und ich musste mich beeilen, um mit ihm Schritt zu halten. Der Mann mit der Kapuze folgte uns schweigend. Als wir unseren Weg durch den Wald machten, wurde mir klar, dass der Flötenspieler einer von Janis' Stamm von weit verstreuten Verwandten sein musste. Einer vom fahrenden Volk; Danny Walker nannten sie ihn. Es war ein wenig seltsam. Hatte sie nicht einmal gesagt, Dan stamme aus Kerry? Das war zweifellos ein langer Weg, selbst für ein solches Ereignis.

Wir erreichten den Pfad, der zum Haupttor der Festung führte. Von drinnen waren Stimmen zu hören, und Laternen beleuchteten den Weg.

»Auch dein Freund ist willkommen«, sagte ich zu dem Flötenspieler und schaute über die Schulter. Der Mann mit der Kapuze und dem schwarzen Vogel auf der Schulter war ein paar Schritte entfernt stehen geblieben. Er hatte nicht vor, uns ins Haus zu folgen. »Möchtest du nicht auch hereinkommen?«, fragte ich höflich.

»Ich glaube nicht.«

Ich erstarrte. Sicher hatte ich diese Stimme doch schon einmal gehört. Aber wenn dies der Fall war, war sie schrecklich verändert. Zuvor war es die Stimme eines jungen Mannes gewesen, leidenschaftlich und verletzt. Nun klang sie viel älter, kalt und zurückhaltend.

Er sprach wieder. »Geh hinein, Dan. Lass dir Zeit, deine

Verwandte zu besuchen und dich auszuruhen. Ich werde morgen mit der Herrin sprechen.«

Und mit diesen Worten drehte er sich um und verschwand den Weg an der Hecke entlang.

»Er wird nicht reinkommen«, sagte Dan.

Ich blinzelte. Vielleicht hatte ich mir das alles nur eingebildet. »Meinte er mich?«, fragte ich zögernd. »Die Herrin, hat er gesagt.«

»Was das angeht«, meinte Dan, »musst du ihn selbst fragen. Ich würde an deiner Stelle früh am Morgen hier sein. Er wird nicht lange bleiben. Er lässt sie nicht gern allein, verstehst du?«

Es gab keine Möglichkeit mehr zu fragen. Ich hatte Pflichten als Herrin des Hauses; ich musste allen, die trauerten, Trost geben, und meinen Anteil nehmen an den Liedern und Geschichten, mit denen wir unsere Mutter voll Liebe und Respekt auf den Weg schickten. Es gab Bier und Met und Gewürzkuchen, Musik und Gespräche und Gesellschaft. Es gab Lächeln und Tränen. Irgendwann fand ich meinen Weg ins Bett, ging davon aus, dass der Fremde am Morgen längst gegangen sein würde und die ganze Angelegenheit vermutlich darauf zurückzuführen war, dass der Blick mich getäuscht hatte.

Dennoch war ich früh wieder auf und draußen im Kräutergarten, denn ich wusste, es würde schwer werden, dieser erste Tag ohne meine Mutter; ich wusste, dass ich hierher kommen und mich bei den Dingen aufhalten musste, die ihr etwas bedeutet hatten, inmitten ihres stillen Reichs, als wollte ich mir beibringen, dass das Leben auch ohne ihre liebevolle Anwesenheit weiterginge. Ich hatte Johnny bei dem Kindermädchen gelassen; es war draußen zu kalt für ihn. Ich ging den Weg entlang, zupfte hier ein kleines

Unkraut raus, dort ein noch kleineres und wusste, dass ich wartete. Es war kaum Morgengrauen.

Ich spürte ihn, bevor ich ihn sah. Kälte zog sich über meinen Rücken, und ich drehte mich zum Bogengang hin. Er stand reglos im Schatten, eine hoch gewachsene Gestalt, immer noch in Umhang und Kapuze in Schwarz. Der Vogel saß auf seiner Schulter, wie ein in Stein gemeißeltes Geschöpf.

»Möchtest du hereinkommen?«, fragte ich ihn und bezweifelte immer noch, dass ich mich richtig erinnert hatte. Dann trat er vor, schob die Kapuze zurück und enthüllte ein bleiches Gesicht und die dunklen Augen und Haar vom tiefen Rot inmitten eines Wintersonnenuntergangs.

»Ciarán«, hauchte ich. »Du bist es tatsächlich. Warum hast du dich nicht gezeigt? Conor ist hier, er hätte dich gern gesehen – möchtest du nicht hereinkommen und mit ihm sprechen?«

»Nein.« Die eisige Endgültigkeit seines Tonfalls brachte mich zum Schweigen. Der große Vogel beugte sich vor und zupfte mit einem Schnabel wie ein Metzgermesser sein Gefieder zurecht. Sein Blick war wild. »Dazu bin ich nicht hier. Es geht mir nicht um die Familie. Ich bin nicht dumm genug zu glauben, dass diese Kluft überbrückt werden kann. Ich bringe eine Botschaft.«

»Was für eine Botschaft?«, fragte ich leise.

»Für ihre Mutter«, erklärte er. »Niamh sagt: Ich liebe dich, verzeih mir. Aber ich komme zu spät.«

Ich brachte kein Wort hinaus.

»Sie wird traurig sein, dass ich nicht rechtzeitig gekommen bin«, sagte Ciarán leise.

»Mutter wird es wissen. Es ist gleich, dass du erst jetzt ... nachdem ... sie wird es dennoch wissen. Ist Niamh ... geht es ihr gut? Geht es ihr besser und ist sie in Sicherheit ... wie hast du ...«

»Es geht ihr recht gut. Sie hat sich sehr verändert.« Sein Tonfall war ruhig, aber ich spürte darunter tiefen Kummer, eine so schwere Last, wie kein junger Mann sie tragen sollte. Ich konnte nicht lesen, was in seinen Augen stand. »Das lachende Mädchen, das uns an Imbolc so bezaubert hat, ist verschwunden. Sie hat ihren Weg noch nicht gefunden. Aber sie ist in Sicherheit.«

»Wo? Wie hast du ...«

»In Sicherheit. *Wo* ist unwichtig.«

Er antwortete, als wäre er immer noch Druide. »Bei dir?«, fragte ich.

Ciarán nickte. »Sie braucht Schutz. Ich habe ihr gegenüber versagt. Aber zumindest Schutz kann ich ihr nun geben.«

Beide schwiegen wir eine Weile. Kleine Vögel begannen zu singen; sie verkündeten einen neuen Tag und eine neue Jahreszeit.

»Ich bin Niamhs Schwester«, sagte ich schließlich. »Ich möchte zumindest wissen, wo sie ist und ob sie zurückkehren wird, wenn die Wahrheit ans Licht kommt. Ich habe es meinem Vater gesagt. Er versteht nun, was für einen Fehler sie gemacht haben, als sie ihr einen Mann suchten. Es könnte möglich sein ... könntest du sie nicht hierher zurückbringen und ...«

Sein Lachen verblüffte mich. Es war voller Bitterkeit.

»Sie zurückbringen? Wie könnte das sein?«

Ich sagte nichts und wunderte mich über seine Reaktion. Gab es denn keine Hoffnung, dass die Dinge irgendwann besser würden? Ich wollte nicht glauben, dass meine und Brans Anstrengungen so vergeblich gewesen waren.

»Haben sie es dir nie gesagt?«, fragte Ciarán tonlos.

»Mir nie was gesagt?« Wieder ergriff mich dieses Gefühl, ein Schrecken, eine Kälte bis tief in den Kern meines Wesens, wie die Berührung längst vergangener Finsternis oder kommenden Übels.

»Die Wahrheit. Warum sie mir verboten haben, Niamh zu heiraten, und uns beide weggeschickt haben. Warum wir nie zurückkehren können und es auch nicht wollen. Dass wir verflucht sind, zweifach verflucht durch all diese Geheimnisse. Sie haben es dir nicht gesagt! Ich nehme an, du hast uns deshalb geholfen, weil sonst niemand uns helfen wollte. Hättest du die Wahrheit gewusst, dann hättest auch du uns verachtet.«

Ich wich zurück vor dem zynischen Ton seiner Stimme, der so anders war als die leidenschaftliche, glühende Hoffnung, mit der er einmal eine Liebesgeschichte erzählt hatte.

»Du solltest mir lieber alles sagen«, meinte ich. »Meine Freunde haben sich in große Gefahr gebracht, um mir zu helfen. Sag mir die Wahrheit, Ciarán. Es heißt, altes Böses sei wieder erwacht, und dass sich Dinge regten, die uns Schaden zufügen können. Was ist es? Sag es mir.«

Ich setzte mich auf die Steinbank, die zwischen fedrigen Kamillepflanzen stand, und er kam näher. Der Vogel krächzte und flog auf in den Flieder, wo er sich unsicher auf einem schlanken Zweig niederließ.

»Es war grausam«, sagte Ciarán leise. Im frühen Morgenlicht war sein Gesicht geisterhaft bleich. »Grausam, dass sie ihr die Wahrheit vorenthalten haben. Kein Wunder, dass sie sich verlassen glaubte, denn sie wusste nicht, wieso ich geflohen war und was mich vertrieben hatte. Sie verstand nicht, dass unsere Vereinigung ... unter einem Fluch stand.«

»Einem Fluch?«, wiederholte ich dümmlich, denn ich wusste nicht, was er meinen konnte.

»Verboten. Verboten durch das Blut. Erst an jenem Abend, als ich mit wild klopfendem Herzen nach Sevenwaters kam, bereit, für meine Frau zu kämpfen, wenn das notwendig würde, ließ sich Conor dazu herab, mir endlich zu sagen, wer ich war. All diese Jahre hatte er es vor mir verborgen gehalten, ein Geheimnis, das nie gelüftet werden sollte. Ich hielt mich für einen Findling, ein Kind, das das Glück hatte, von den Weisen aufgenommen und im Herzen des Waldes großgezogen worden zu sein. Ich träumte von nichts mehr als davon, in Conors Fußstapfen zu treten und mich der Bruderschaft zu widmen. Dann begegnete ich Niamh. Und es war Zeit, dass das Geheimnis gelüftet wurde.«

Tief in meinem Hinterkopf begann ich langsam zu begreifen. Das Schreckliche zu begreifen.

»Conor sagte dir, wer du warst?«

»Ja. Und dass ich Niamh niemals heiraten könne. Dass das, was wir getan hatten, schandbar und falsch war, ein Bruch der Naturgesetze, eine Abscheulichkeit, obwohl es in aller Unschuld geschah. Unsere Vereinigung konnte nie gesegnet werden. Denn ich bin der Sohn von Colum von Sevenwaters und seiner zweiten Frau, Lady Oonagh. Ich bin ein Halbbruder von Conor und Liam. Halbbruder von Niamhs und deiner Mutter. Die Frau, die mich geboren hat, war die Zauberin, die diese Familie und alles, was ihr teuer ist, beinahe zerstört hätte. So hat mir Conor mit einem einzigen Schlag meine Liebe, meine Zukunft, all meine Hoffnung auf Freude und den Sinn meines Lebens genommen. Man verbot mir nicht nur Niamh, ich wurde auch aus der Bruderschaft ausgestoßen, ohne einen Stern, der mich führte. Alles war ausgelöscht.«

»Das ist nicht, was Conor gesagt hat ...«

»Ha! Der Sohn einer Zauberin kann niemals Druide sein. In mir fließt verfluchtes Blut. Einer wie ich könnte nie wagen, die höchste Kunst der Weisen zu erlernen, sich dem Reich des Lichts zu nähern, der Inspiration reinen Geistes. Es steht mir nicht zu, und so wäre es immer gewesen. Das weiß ich jetzt. Wenn ich ihr Sohn bin, dann bin ich ein Sohn der Schatten, verdammt dazu, in Finsternis zu wandeln. Wie er mich all diese Jahre großziehen und mir das vorenthalten konnte, werde ich nie verstehen. Diese Lüge werde ich ihm nie verzeihen.«

»Der Sohn Lady Oonaghs«, hauchte ich. »Die Geschichte erzählte nie, was aus ihm geworden ist. Er verschwand einfach aus Sevenwaters, als der Zauber gelüftet wurde.«

»Das ist nur angemessen.« Ciarán klang weiterhin verbittert. »Mein Vater hat mich gefunden und zurückgebracht. Ich lebte achtzehn Jahre in den Nemetons, Liadan. Ich hielt mich in jeder Hinsicht für einen Druiden. Stell dir also vor, was für ein Schlag die Enthüllungen jenes Abends für mich waren. Und ich trug weiterhin zu meiner eigenen Schande bei. Ich lief davon. Ich überließ Niamh ihrer Verzweiflung und dem Schrecken. Mit dieser Last lebe ich jeden Tag. Ganz gleich, wie sorgfältig ich sie nun bewache, ganz gleich, wie gut ich sie beschütze, ich kann nicht ausschließen, was an jenem Abend getan wurde, denn das Vermächtnis ist tief in uns eingraviert.«

Ich sagte vorsichtig: »Wohin bist du gegangen, als du Sevenwaters an jenem Abend verlassen hast? Conor sagte, du hättest dich aufgemacht, deine Vergangenheit zu finden. Hast du ... hast du deine Mutter gesucht? Ist sie ...?«

Ich hielt inne. Es kam mir so vor, als wären gewisse Dinge zu gefährlich, um laut von ihnen zu sprechen.

»Ich habe es ihm gesagt.« Ciaráns Stimme war finster. »Ich habe es Conor gesagt. Ich habe gesagt, ein Mann kann dem Blut, das in seinen Adern fließt, nicht entkommen. Ganz gleich, ob er es als Kind entdeckt oder viel später, wenn er sich für ein ganz anderes Geschöpf hält, vielleicht für eines, das es zu edlem Geist zieht und zum Guten, es ist gleich, denn früher oder später treibt die Saat, die in uns gesät wurde, Früchte – jenes Erbe, das wir in uns tragen, beginnt uns zu beherrschen. Wenn sie es mir nicht gesagt hätten, wäre ich vielleicht alt geworden, bevor das böse Blut, das ich in mir habe, sich deutlich gezeigt und mich gezwungen hätte, dem Licht den Rücken zuzuwenden. Nun weiß ich es, habe ich ihm gesagt, und ich werde herausfinden, welche Macht dieses Erbe bringt und wie ich sie einsetzen kann. Du solltest nicht so bereitwillig sein, mich Bruder zu nennen. Und dann bin ich gegangen, im Geist noch weiter weg als im Körper. Eine gefährliche Reise. Meine Mutter weiß gut, wie man sich verbirgt. Sie wollte nicht gefunden werden, noch nicht. Aber ich fand sie. Ich habe gelernt, die Grenze zu jenem Reich zu überschreiten, in dem sie sich nun verbirgt und wo sie wartet.«

»Wie? Wie hast du so etwas tun können?«

»Es gehört zur Ausbildung der Druiden, dass man lernt, dorthin zu gehen und zurückzukehren. Eine Prüfung durch Feuer und Wasser und durch Erde und Luft. Ich hatte sie schon vorher über mich ergehen lassen, aber dies war anders.« Seine Stimme zitterte. In diesem Augenblick erinnerte ich mich, dass er immer noch kein verbitterter, alter Mann war, sondern kaum älter als ich selbst.

»Du sagst, sie wartet. Wartet ... worauf?«

Ciarán verschränkte die Arme und wandte den Blick von mir ab. Er starrte in den kalten Morgenhimmel.

»Du hast viele Fragen«, sagte er.

»Es ist lange Zeit her, dass ich etwas von euch gehört habe«, sagte ich leise. »Auch ich habe eine Botschaft. Oder genauer gesagt, ich habe etwas, das ich meiner Schwester zurückgeben möchte. Ich habe es hier. Sie braucht es vielleicht.« Ich griff in meinen Beutel und nahm das Halsband heraus, das ich für Niamh gemacht hatte, die Schnur, in die die Liebe ihrer Familie gewebt war. Einen Talisman von einer Kraft, die nicht zu brechen war. Ciarán nahm ihn in die Hand, und seine langen, knochigen Finger berührten den kleinen weißen Stein, der dort immer noch aufgefädelt war. Einen winzigen Augenblick lang lächelte er, und in diesem Augenblick sah ich wieder den jungen Mann von Imbolc vor mir, dessen freudiger Stolz allen so deutlich geworden war, als er das Frühlingsfeuer entzündete.

»Sie dachte, sie hätte es verloren«, sagte er. »Du hast es gut aufbewahrt. Ich danke dir.«

»Wir lieben sie.« Ich stand kurz vor den Tränen. »Das scheinst du nicht zu verstehen. Musst du sie von uns fern halten? Willst du sie einschließen wie eine Prinzessin in einer Geschichte, zu kostbar, um vom gewöhnlichen Volk gesehen zu werden? Werden wir sie nie wieder sehen? Nie ihr Kind sehen, außer in Visionen?«

Es war, als wäre die Zeit stehen geblieben, als wäre der Atem einen Augenblick stehen geblieben und ginge dann weiter.

»Kind?«

In diesem Wort lag etwas, das mein Herz umklammerte wie nichts jemals zuvor.

»Hin und wieder wird mir ein Blick auf diese Dinge gewährt«, sagte ich ihm, denn nun war ich der Ansicht, dass mir keine andere Wahl blieb. »Was sein wird oder sein könnte. Ich sah Niamh mit einem kleinen Kind, einem Kind mit dunkelroten Locken wie deinen eigenen und Augen wie reifen Beeren. Auf dem Sand einer Höhle. Es kommt mir so vor, als gäbe es für euch beide einen Weg vorwärts. Nicht den Weg, den mein Onkel oder mein Vater für euch gewählt hätte; nicht den Weg, von dem Conor gewünscht hätte, dass du ihm folgst, denn er wollte, dass du in die Nemetons zurückkehrst, was immer du denken magst. Ich will nicht glauben, dass ich meine Schwester nie wieder sehen kann oder ...«

»Es gibt Gefahren, von denen du dir kaum träumen ließest.« Er sprach jetzt ganz leise und unruhig. »Ein Weg, dem ich ... zu folgen angewiesen wurde. Ein Weg, von dem sie – meine Mutter – wünscht, dass ich ihn nehme. Sie wartet auf meine Antwort. Sie hat mir viel geboten. Macht, wie sie ein Mensch kaum begreifen kann. Fähigkeiten weit über die eines Erzdruiden hinaus, mehr Zauberei, als der dickste Grimoire erklären kann. Ich kann es von ihr lernen, und ich werde es tun. Ich werde meinem Bruder zeigen, was ich tun und was ich sein kann.«

»Ist das ... eine Drohung? Willst du tun, was Lady Oonagh nicht erreichen konnte?« Ich schauderte, und ich konnte einfach nicht aufhören. Im Geist sah ich ein kleines Bild meiner Schwester, das immer mehr verblasste und vor mir zurückwich.

»Was das angeht, es wird so sein, wie es sein muss. Niamh und ich – du musst verstehen, dass die Vergangenheit nicht verändert werden kann, was immer unsere Träume uns zuflüstern. Es gibt Dinge, die können nicht behoben werden. Und dennoch, als ich ihr die Wahrheit sagte, nahm sie mich in die Arme, als gäbe es nichts zu verzeihen. Ich spucke auf die Gesetze der Menschen, die festlegen, was wir füreinander empfinden dürfen und was nicht. In diesem Netz aus Kummer und Finsternis ist die Verbindung zwischen uns der einzige helle Faden, zu stark, um durchtrennt zu werden. Ich werde dafür sorgen, dass sie in Sicherheit ist; ich werde alles, was in mir ist, dafür hingeben, sie zu beschützen. Das steht an erster Stelle. Mehr kann ich nicht sagen, denn darüber hinaus ist mein Weg unbekannt, und ich habe ihn noch nicht beschritten. Was ihre und meine Familie angeht, sie sind mir gleich; sie haben uns mit Verachtung behandelt. Sie haben ihr Recht verloren, als sie sie aus Sevenwaters ausstießen. Dir jedoch sind wir etwas schuldig. Dir und dem Mann, der sie von diesem Ort weggebracht hat und dafür sorgte, dass ich davon erfuhr. Aus diesem Grund bringe ich dir ein Geschenk.«

»Was für ein Geschenk ...«, begann ich, aber als ich sprach, warf Ciarán dem großen Vogel, der im Baum über uns saß, einen kurzen Blick zu, und mit einem leichten Schwingen der Flügel und einer raschen, heftigen Luftbewegung flog der Rabe abwärts und setzte sich auf meine Schulter – ein beträchtliches Gewicht. Sein Schnabel war meinem Auge beunruhigend nah, und ich spürte seine Krallen durch Umhang und Schal und Kleid.

»Oh«, sagte ich, und dann gingen mir die Worte aus.

»Ein Bote«, sagte Ciarán. »Mehr eine Leihgabe als ein Geschenk. Du brauchst ihn vielleicht. Aber vergiss nicht – eines solchen Geschöpfs darf man sich nur im größten Notfall bedienen. Nur wenn alles andere versagt hat und du ohne jede Hilfe bist und Körper und Geist das Ende ihrer Kraft erreicht haben, dann schicke ihn aus. Ein solcher Bote sollte nicht leichten Herzens gesandt werden.«

»Ich verstehe«, sagte ich, aber ich verstand gar nichts.

Was war dieses Geschöpf – der Vertraute eines Zauberers? Ich hatte so viele Fragen, so viele.

»Ich muss gehen.« Ciarán schien plötzlich ruhelos, als hätte sich sein Geist schon vor seinem Körper in die Ferne bewegt. »Ich darf nicht lange wegbleiben.«

»Aber es ist ein langer Weg nach Kerry«, meinte ich. »Von einem Vollmond zum nächsten und länger, oder?«

»So ist es auf dem Weg, den Dan vorziehen würde, auf dem Pferderücken oder zu Fuß«, sagte Ciarán. »Aber es gibt andere Möglichkeiten.«

»Ich verstehe«, sagte ich abermals und musste an alte Geschichten über Druiden und Zauberer denken. Ich fragte mich, wie viel er in diesen achtzehn Jahren gelernt hatte, und wie viel mehr, seit ich ihn zum letzten Mal gesehen hatte.

»Dann lebe wohl«, sagte er ernst.

»Ich hätte es getan«, brach es aus mir heraus, denn er musste es wissen, und meine Schwester musste wissen, dass ich nicht so kaltherzig war, wie sie glaubten. »Selbst wenn man mir gesagt hätte, wer du bist und warum es verboten war, hätte ich ihr immer noch geholfen. Ich liebe sie. Wenn sie bei dir ist, trotz allem, dann ist es vielleicht auf gewisse Weise richtig. Vielleicht ist es auf gewisse Weise das, was es sein soll, Gesetz oder nicht.«

Ciarán nickte. »Auf die eine oder andere Weise wird es weitergehen«, sagte er und klang wieder wie ein Druide. Und als hätte er ihn gerufen, obwohl es keinen Ruf gegeben hatte, den ich bemerkt hätte, erschien Dan Walker im Bogengang zum Garten, leise vor sich hin pfeifend.

»Gehen wir?«, fragte er sachlich. Und bevor ich noch ein Wort sagen konnte, bewegte sich Ciarán wie ein Schatten, und beide waren verschwunden. Ich folgte ihnen ein Stück und spürte das Gewicht des unerwarteten Geschenks auf meiner Schulter und seine Krallen in meiner Haut. Ich kam auf den Weg hinaus und schaute an der Hecke entlang zum Waldrand. Aber es war niemand mehr zu sehen.

Die Leute gewöhnten sich mit der Zeit an den Raben.

»In der Nähe des Kleinen solltest du auf den Raben aufpassen«, warnte mich Janis, die sich vielleicht verantwortlich fühlte, da ihr Neffe etwas mit seiner Ankunft zu tun gehabt hatte. »Man kann einem Geschöpf mit einem solchen Schnabel nicht trauen. Und du weißt, was sie über Raben erzählen.«

Aber am Ende sollte sich herausstellen, wie sehr sie sich geirrt hatte. Was das Kind anging, war der Vogel von vorbildlichem Verhalten. Wenn Johnny schlief, blieb er in der Nähe, bewachte ihn gut und hielt den Schnabel. Wenn der Kleine wach war und nach seinem Essen schrie, hatte der Rabe eine Tendenz, mitzumachen und seine kräftige Stimme der des Kindes zuzugesellen und auf diese Weise dafür zu sorgen, dass er noch rascher beachtet wurde. Wenn ich am See entlangging, um die neuen Schwanenküken zu bewundern oder im Wald unter dem Dach der Buchenzweige meinen Sohn in meinen Armen wiegte, begleitete mich der Rabe, schoss wie ein dunkler Schatten von einem niedrigen Ast zum anderen und war nie weit von mir und meinem Kind entfernt. Ich begann, mich an seine Anwesenheit zu gewöhnen. Er war wie ein gut erzogener Wachhund, der mich mit seinem lauten Krächzen darauf aufmerksam machte, wenn sich eine Gruppe von Waldarbeitern oder ein Wildschwein näherte. Ich nannte ihn Fiacha, ein Name, der »kleiner Rabe« bedeutet.

Wozu er gut sein sollte, konnte ich nicht recht begreifen. Ein- oder zweimal versuchte ich im Geist, mit dem Geschöpf zu sprechen, aber ich erschöpfte mich ohne jedes Ergebnis. Vielleicht würde ich, wenn die Zeit gekommen war, wissen, was zu tun wäre. Falls die Zeit kommen würde.

Es gab so viele Gerüchte und Vorzeichen und halb gare Theorien, dass es schwierig war, die Wahrheit zu finden oder auch nur zu raten, was die Zukunft bringen mochte. Jene, die meinen schwangeren Bauch berührt hatten, weil das Glück bringen sollte, und Johnny für ein Kind der Anderwelt hielten, warfen Fiacha nun Seitenblicke zu und beäugten mich schüchtern und murmelten etwas von der Prophezeiung. Es war ein Zeichen, sagten sie. Meine Familie versuchte nicht, diesen Fantasien entgegenzuwirken. Wenn die Leute glaubten, dass ich tatsächlich einmal die Gefährtin eines der Túatha De gewesen war, sparte das einem zumindest die Erklärungen.

Ich habe in meinem Leben viele Geschichten gehört und selbst einige erzählt. Das hat mich eines gelehrt: Wenn es Ereignisse gibt, die den Lauf der Dinge ändern, dann verursachen sie Veränderungen, die weit über das Offensichtliche hinausgehen. Es ist, als würfe man einen kleinen Stein in einen Teich, der einen immer größeren Kreis von Wellen verursacht, die sich über die Wasseroberfläche ausbreiten. Dieses kleine Ding war eine Lüge, oder genauer gesagt eine zurückgehaltene Wahrheit. Conor und Liams Lüge. Selbst meine Eltern hatten von diesem geheimen Bruder gewusst. Die Familie hatte eine der Ihren angelogen. Und niemand hatte es ausgesprochen, weil es so schrecklich war, so gefährlich auf eine Weise, die ich nur halb verstand, dass sogar Niamh, deren Leben durch ihre Auswirkungen zerstört wurde, die Wahrheit nicht hatte erfahren dürfen. Ich glaubte nicht, dass ich danach einem von ihnen jemals wieder vollständig vertrauen konnte. Alles war aus dieser Lüge entstanden: wahre Liebe, zerstörte Hoffnung, Grausamkeit, Missbrauch, Flucht und für Ciarán selbst sein Abstieg in eine Finsternis, die das Wesen unserer Existenz zu bedrohen schien. Für mich und meine Familie brachte es den Verlust der Offenheit, den Bruch von Vertrauen. Abschiedsgrüße, die zu spät ausgesprochen wurden. Trennungen, die für immer dauerten. Die Lüge hatte das alte Böse wieder erweckt, und nun sah es so aus, als wiche einer nach dem anderen von seinem wahren Weg ab.

Finbar war nicht mehr lange geblieben, nachdem wir Sorcha auf den See hinausgeschickt hatten. Sehr früh am nächsten Morgen war er verschwunden, schlich sich leise in den Wald davon, und nur ich sagte ihm Lebewohl.

»Du weißt, wo ich bin«, sagte er. »Es mag eine Zeit kommen, in der du meine Hilfe brauchst. Dann ruf nach mir.«

»Danke.« Fiacha bewegte sich auf meiner Schulter, den Kopf ein wenig schief gelegt, und sah zu, wie mein Onkel auf die Bäume zuging. »Onkel?«

»Was ist, Liadan?«

»Ich muss dir etwas sagen – ich muss dir sagen, dass ich die Wahrheit über Ciarán entdeckt habe; darüber, wer er ist und warum er weggegangen ist. Und ich möchte dich etwas fragen. Wenn ich etwas über das alte Böse wissen will, und was es bedeutet ... würdest du es mir sagen? Würde irgendjemand es mir sagen? Ich habe so viele Warnungen erhalten, und ich höre Stimmen, die mich in diese und jene Richtung reißen, und niemand will etwas erklären. Wenn wir tatsächlich so bedroht sind, wie können wir dagegen ankämpfen, wenn wir es nicht einmal begreifen?«

Finbar starrte mich an. »Du hättest meine Tochter sein sollen, denke ich, denn ich höre meine eigenen Worte aus deinem Mund. Ich selbst hätte es dir längst gesagt, aber Conor hat uns schwören lassen, dass wir schweigen. Du solltest ihn am besten direkt fragen. Ich denke, nun, da unsere Schwester von uns gegangen ist, wird er mit dir über diese Dinge sprechen. Mit unserem Schweigen haben wir versucht, sie vor weiterem Schmerz zu schützen, davor, dass sie zusehen muss, wie die Finsternis wieder entsteht, die das Leben unserer Söhne und Töchter bedroht wie ihr eigenes. Als sie sich der Zauberin widersetzte, glaubte Sorcha, dass das Böse für immer verschwunden war, aber wir hatten es nicht besiegt, sondern uns nur einen Aufschub erkämpft. Sprich mit Conor. Erzähl ihm von deinen Befürchtungen und frag ihn nach der Wahrheit.«

»Das werde ich tun, Onkel. Ich danke dir. Du bist immer offen zu mir, und dafür achte ich dich.«

»Leb wohl, Liadan. Lass dein Licht weiter leuchten.«

Damit ging er. Später an diesem Morgen ließen sie die Hunde wieder frei.

Mein Vater machte sich am selben Tag auf den Weg und überraschte uns damit alle. Ich hatte gewusst, dass er sein Versprechen halten würde, denn er war immer ein Mann gewesen, der sein Wort hielt. Aber niemand hatte einen so raschen Abschied erwartet, besonders angesichts der Gefahren einer solchen Reise. Er mochte Brite sein, aber er hatte achtzehn Jahre unter den Menschen von Erin gelebt, und es gab keine Garantie dafür, wie seine eigene Familie ihn empfangen würde. Außerdem musste er zunächst überhaupt erst dort hingelangen, über eine Küste hinweg, an der es vor Nordmännern nur so wimmelte, und ein weites Meer voller Banditen und Piraten und unberechenbarer Wilder. Dass er sich allein auf eine solche Reise machte, kündete von einer Veränderung, die über alles hinausging, das von Kummer und Trauer bewirkt werden konnte. Aber Sean glaubte, dass es irgendwie Sinn machte.

»Er kann unbemerkt viel besser vorankommen und Informationen sammeln«, sagte mein Bruder. »Früher einmal war so etwas für ihn nichts Ungewohntes. Nun tut er es nur noch, weil er sein Wort gegeben hat. Aber er verfügt immer noch über die Fähigkeiten dazu.« In seiner Stimme klang Stolz mit. Was mich anging, bezweifelte ich nicht, dass mein Vater in der Lage war zu tun, was er sich vorgenommen hatte. Und ich wusste, dass Janis Recht hatte. Ich hatte die Leere in seinem Blick gesehen, und ich verstand, dass er sich ohne diese Aufgabe vielleicht tatsächlich in Trauer verlieren würde.

Vater verabschiedete sich von Sean und mir in dem kleinen Kräutergarten, wo die junge Eiche, die er im Herbst vor Niamhs Geburt dort gepflanzt hatte, nun ihren Schatten auf neue Generationen zarter Sprossen warf. Er war schlicht gekleidet und hatte nur einen kleinen Rucksack dabei, der für die nötigsten Dinge genügte.

»Ich werde zu Fuß gehen«, sagte er uns. »Es gibt unterwegs etwas, worum ich mich kümmern muss; und das muss verschwiegen getan werden. Es ist am besten, wenn ich den größten Teil des Weges ungesehen zurücklege. Was Harrowfield angeht, haben wir von dort nicht viel gehört. Ich weiß nicht, was mich dort erwarten wird.«

»Vater?« Ich hatte gewünscht, meine Stimme beherrschen zu können und stark zu sein. Aber es war alles noch zu frisch, und ich zitterte.

»Ja, Liebes?«

»Du ... du wirst doch zurückkommen, oder?«

»Was für eine dumme Frage«, fauchte Sean. Ich sah, dass auch er den Tränen nah war.

»Dein Bruder hat Recht, Liadan«, sagte Vater, legte den Arm um mich und versuchte zu lächeln. »Du solltest wirklich keine solche Frage stellen müssen. Selbstverständlich werde ich zurückkehren. Es gibt hier Arbeit für mich, und meine Familie wartet. Das hat mir Liam zumindest gesagt. Ich gehe jetzt, weil man mich gebeten hat, weil ich es versprochen habe.«

»Mach dir keine Sorgen, Vater, ich werde mich um alles kümmern.« Seans Versuch, selbstsicher zu wirken, war recht überzeugend.

»Danke, Sohn. Und nun muss ich mich von euch beiden fürs Erste verabschieden. Ich weiß, dass ihr stark und mutig sein werdet. Ich weiß, dass ihr die Kinder eurer Mutter seid.«

Er umarmte mich, und ich weinte, dann packte er Sean an der Schulter, und dann ging er.

Nicht lange darauf versammelte Padraic seine Genossen um sich und machte sich auf den Weg nach Westen zu Seamus Rotbart. Und danach – wer wusste das schon? Es gab immer neue Horizonte, neue Abenteuer. Man könnte, wie er sagte, sein ganzes Leben so verbringen und immer noch viel für seine Söhne und Enkelsöhne zurücklassen, woran sie sich die Zähne ausbeißen konnten.

»Und für deine Töchter«, fügte ich trocken hinzu.

Mein Onkel grinste und zeigte seine Grübchen. »Und für meine Töchter«, stimmte er zu. »Ich höre, du hast eine gute Hand mit dem Bogen, bist schnell mit dem Wurfmesser und gut beim Stockfechten. Wenn ich das nächste Mal vorbeikomme, bringe ich dir vielleicht das Segeln bei. Man weiß nie, wann du das brauchen könntest.«

Ich wartete ein wenig und wählte den Zeitpunkt sorgfältig. Der Haushalt war still, der Verlust meiner Mutter deutlich spürbar, und alle waren noch verstört über den Abschied meines Vaters, denn ohne seine stetige tröstliche Gegenwart schienen die Leute ein wenig verloren, als könne die Arbeit auf dem Bauernhof und im Wald und in der Siedlung nicht mit Energie und Geist erledigt werden, wenn sich seine hohe Gestalt nicht unter ihnen zeigte, wenn er dabei half, ein Dach zu decken oder die Ernte einzubringen oder sich um das Vieh zu kümmern. Conor und seine Druiden schienen längere Zeit bleiben zu wollen. Ich fand Liam ungewöhnlich zurückgezogen – Sorchas Tod hatte ihren ernsthaften ältesten Bruder offenbar tiefer getroffen, als man erwartet hätte. Aber ich befürchtete auch noch andere Gründe. Der Erzdruide war häufig anwesend, wenn ich im Garten arbeitete oder mit Johnny im Gras spielte. Er ging mit mir in die Siedlung und gab den Leuten dort gute Ratschläge oder segnete sie, während ich mich um ihre Verletzungen und Krankheiten kümmerte. Ich sah, dass er nicht mich beobachtete, sondern Johnny. Ich hatte diesem Onkel immer vertraut, der so weise, so sehr im Gleichgewicht, so sicher und so gelassen war. Nun konnte ich ihn nicht ansehen, ohne Ciaráns unruhigen Blick vor Augen zu haben und die blauen Flecken meiner Schwester. Ich dachte über Vertrauen nach und darüber, wie gefährlich es sich erweisen konnte, wenn man sich irrte. Ich dachte darüber nach, wie riskant es war, eine Wahl zu treffen, die auf Vertrauen gründete, darauf, was andere für das Richtige hielten. Mir war vollkommen klar, was Conor sich für mich und meinen Sohn wünschte. Es war dasselbe, was auch das Feenvolk wollte. Tatsächlich schien es nicht mehr als dem gesunden Menschenverstand zu entsprechen. Vielleicht war der Wald der einzige Ort, an dem mein Sohn in Sicherheit war. Aber ich war nicht überzeugt. Die einzigen Entscheidungen, von denen ich wirklich überzeugt war, waren meine eigenen.

Wir saßen zusammen im Garten, und Johnny lag auf seiner Decke unter den Bäumen. Es war niemand in der Nähe. Ich nähte, denn Johnny wuchs rasch und brauchte ständig neue kleine Hemden. Conor saß an meiner Seite und schaute zum See hin.

»Onkel«, sagte ich zögernd, »ich weiß nicht, wie ich dich das fragen soll. Ich habe viele Andeutungen über das alte Böse gehört. Etwas, wovon ihr glaubtet, es sei verschwunden, und das jetzt wieder erwacht ist. Ich habe häufig daran gedacht, besonders, seit Mutter nicht mehr bei uns ist. Ich erinnere mich an deine Geschichte – die über Fergus und Eithne. In dieser Geschichte sagt das Feenvolk, dass in Sevenwaters nichts wirklich gut sein wird, ehe die Inseln nicht wieder zurückerobert würden und das Gleichgewicht wiederhergestellt würde. Es kommt mir nun so vor, als sei alles hier falsch. Was mit Niamh geschehen ist, war schrecklich. Ich muss dir sagen, dass ich den Grund dafür entdeckt habe, wieso du ihre Heirat verboten hast. Ich weiß, wer Ciarán ist. Aber ich verstehe nicht, warum du ihnen nicht die Wahrheit gesagt hast. Zweimal hast du sie ihnen vorenthalten, zunächst Ciarán selbst, als du ihn aufwachsen ließest, ohne ihm zu sagen, wer er war, und dann hast du Niamh glauben lassen, er hätte sie einfach verlassen – du hast ihnen nur gesagt, es sei verboten, dass sie zusammenkamen, ohne den Grund zu nennen. Das war grausam. Ich verstehe nicht, warum du die Wahrheit so verborgen hast. So ist es hier früher in Sevenwaters nicht gewesen.«

»Hat Finbar dir das erzählt?« Conors Stimme war so ruhig wie immer, aber seine Hände waren nervös, und er drehte einen Haselzweig hin und her.

»Ich habe mit ihm über diese Dinge gesprochen, ja.« Ich konnte ihm nicht sagen, dass Ciarán zurückgekehrt war. Er durfte nicht wissen, dass Niamh lebte, obwohl es grausam schien, es ihm nicht zu sagen. Indem Ciarán sich entschieden hatte, meine Schwester zu beschützen, hatte er sie vollends von ihrer Familie getrennt. »Aber Finbar hat kein Versprechen gebrochen, Onkel. Er hat mir gesagt, dass du ihn in dieser Sache zum Schweigen verpflichtet hast. Ich habe die Wahrheit selbst herausgefunden, aus Visionen und ... aus anderen Dingen.«

»Ich verstehe.«

»Und nun suche ich eine Erklärung von dir, wenn du sie mir geben willst. Denn du hast mir gesagt, ich solle meinen Sohn hier im Wald aufwachsen lassen, als wäre er tatsächlich das Kind der Prophezeiung, derjenige, der alles wieder in Ordnung bringen wird. Und es sieht so aus, als wäre das Böse dabei, immer näher zu kommen. Wir haben hier viele Verluste gesehen, nicht zuletzt den des Vertrauens. Ich verstehe, was das Feenvolk mir gesagt hat – dass Johnny der Schlüssel sein könnte. Aber er ist so klein.« Ich warf einen Blick auf Johnny, der vor Anstrengung grunzte, als er versuchte seine Zehen mit den Fingern zu erreichen. »Wenn es stimmt, was sie sagen, dann mag mein Sohn eine – eine gewisse Rolle dabei spielen. Ich bin seine Mutter. Wie kann ich irgendetwas entscheiden, wenn ich nicht die ganze Wahrheit kenne?«

Conor sah mich an. »Hast du denn die ganze Wahrheit gesagt?«, fragte er ernst.

Ich spürte, wie ich errötete. »Nein, Onkel. Aber ich versuche nicht, das Böse zu verbergen, ich schütze nur jene, die ich liebe. Und ich habe meiner Mutter am Ende die Wahrheit gesagt.«

Er nickte und war damit offensichtlich zufrieden. »Auch ich habe nur versucht, jene zu schützen, die ich liebte, Liadan. Aber ich habe einen schrecklichen Fehler gemacht. Ich hielt mich für stark genug, das Böse, das sie gewirkt hat, wieder gutzumachen und ihr meine eigene Strategie entgegenzusetzen. Aber ich bin nur ein Mensch, eine kleine Figur in diesem Spiel. Sie ist mehr als das. Ein Geschöpf von größerer Macht als irgendwer hier begriffen hat. Tückisch und fantasievoll. Wir glaubten, sie sei für immer gegangen. Wir haben uns geirrt.«

»Sie? Du sprichst von Lady Oonagh, nicht wahr? Der Zauberin, die euch in Schwäne verwandelt und Sevenwaters genommen hätte, wenn Mutter den Zauber nicht gelöst hätte?«

Conor seufzte. »Du sagst, sie hätte Sevenwaters genommen. Aber es war nicht so einfach. Sie wollte es für ihren Sohn, sie wollte durch ihn Macht und Einfluss gewinnen. Ihr Sohn hatte ihr eigenes, verdorbenes Blut, das Blut einer Familie von Zauberern, aber er war auch der Sohn von Colum von Sevenwaters und hatte einen berechtigten Anspruch auf das Túath. Nachdem wir aus dem Weg waren, war er der Erbe. Mit ihrem Einfluss auf ihn und durch die Anwendung ihrer Zauberkräfte hätte sie das Schicksal von Königen verändern können, Liadan.«

»Ich weiß, dass du ihn in den Nemetons aufgezogen hast«, sagte ich. »Dein Vater hat ihn gefunden und ihn seiner Mutter weggenommen, und du hast ihn als Druiden aufgezogen. Das verstehe ich, aber warum hast du ihm nicht die Wahrheit gesagt? Warum hast du gewartet, bis es so spät war, dass es ihn beinahe zerstört hätte?«

»Mein Vater hatte es zu seiner Aufgabe gemacht, Ciarán zu finden und ihn nach Hause zu bringen«, sagte Conor leise. »Eine wie Lady Oonagh kümmert sich wenig um kleine Kinder; sie hatte offenbar vor zu warten, bis er alt genug war, um unterrichtet zu werden, und dann einen Zauberer aus ihm zu machen. Also hat sie den Jungen zu Leuten, die sie für harmlos hielt, in Pflege gegeben: ein kinderloses Paar im Süden, die nur zu froh waren, einen Beutel Silber dafür zu erhalten, dass sie sich um einen kleinen Jungen kümmerten. Ihr Haus war abgelegen, tief in einem bewaldeten Tal. Die Zauberin hielt es für sicher, ihren Sohn für eine Weile dort zu lassen. Sie hat nicht mit der Entschlossenheit meines Vaters gerechnet. So wurde Ciarán gefunden und nach Hause in den Wald zurückgebracht. Der Junge wurde mit der Überlieferung aufgezogen, im Frieden und der Disziplin des Hains. Auch Lord Colum verbrachte seine letzten Jahre dort in tiefer Versenkung und mit Studien und fand einen guten Tod. Ciarán war wie ein Sohn für mich, Liadan; ein guter, junger Mann, weise, klug, stark und diszipliniert. Er besaß alle Qualitäten, die man sich für einen künftigen Anführer unserer Art wünschte. Ich war so überzeugt, so sicher, dass ich ihren Einfluss verhindern und aus diesem Kind einen Mann machen konnte, der dem Weg des Lichts folgt, stetig und entschlossen, sicher im Glauben, niemals wankend in seiner Ergebenheit an die Mysterien. Wir sagten niemandem, wer er war. Außer mir und meinem Vater wussten nur meine Schwester und meine Brüder von seiner Existenz. Ich war derjenige, der die Entscheidung traf, ihm seine Herkunft nicht zu verraten. Kein Junge sollte im Schatten einer solch finsteren Wahrheit aufwachsen.

Stattdessen war er einfach einer von uns. Er gehörte in jeder erdenklichen Weise zu uns.«

»Und dennoch war das nicht der Fall«, sagte ich. Ich konnte in Conors Blick sehen, wie bedrückt er war, obwohl seine Stimme wie immer tief und sicher klang. »Denn sicher kann doch der Sohn einer Zauberin nie Druide werden.«

Conor war sehr bleich geworden. »Ich hatte einen schrecklichen Fehler gemacht. Der Junge hat das Blut seiner Mutter, und mit der Zeit machte es sich bemerkbar. Ich hatte geglaubt, dem etwas entgegensetzen zu können. Ich brachte ihn nach Sevenwaters. Er sehnte sich danach, einen Blick auf das Leben außerhalb der Nemetons werfen zu können, und er hatte sich wirklich als würdig erwiesen, mir bei der Imbolc-Zeremonie zu helfen. Ich hätte nie geglaubt, dass er sich versucht fühlen würde ... ich hätte nie gedacht ... aber ich habe das Böse wieder über uns gebracht. Er brauchte nur einen Blick auf Niamh zu werfen, und Lady Oonaghs Hand begann, unser Leben abermals zu beeinflussen. Durch ihren Sohn begann sie erneut mit der Zerstörung dieser Familie und jener, die wir schützen und bewachen. Ich hatte keine Wahl, Liadan. An jenem Abend haben wir darüber gesprochen, Liam und ich und dein Vater. Ich habe einen Entschluss getroffen. Ich habe sie verpflichtet zu schweigen. Wir sahen, dass Sorcha von dieser Angelegenheit bis ins Herz getroffen war, dass sie um ihre Kinder fürchtete, dass sie Angst hatte, dass auch sie wieder dem Einfluss der Zauberin ausgesetzt wären. Wir verheimlichten es euch. Wir hielten es für das Beste, wenn Niamh nicht die volle Wahrheit über die Sünde erfuhr, die sie begangen hatten. Ohne die Last dieser Schuld, so glaubten wir, würde sie es besser hinter sich lassen und neu beginnen können.

Wir haben sie gut verheiratet, sie war weit weg und sicher von allem Schaden. Was Sean anging, so wollte niemand, dass er losrannte, das Schwert in der Hand, und Wiedergutmachung von Ciarán verlangte. Sean sollte ein Anführer sein, weise wie sein Onkel und sein Vater. Es war das Beste, dass er es nicht wusste. Und wenn er es nicht erfahren sollte, konnten wir es auch kaum dir erzählen.«

»Was ist mit Ciarán?«, fragte ich grimmig. »Denn es kommt mir vor, als sei er von alldem am schlechtesten behandelt worden. Sein ganzes Leben war eine Lüge.«

»Wir sagten ihm an jenem Abend die Wahrheit.« Conor klang wie ein alter Mann, müde und traurig. »Ich konnte nicht weniger tun. Was er und Niamh getan hatten, war eine Abscheulichkeit und gegen jedes Gesetz der Natur.«

»Sie handelten in vollkommener Unschuld.« Meine Stimme zitterte.

»Das gebe ich zu«, sagte er ernst. »Es war dennoch verboten und konnte in keiner Weise gutgeheißen werden. Es war das Beste, dass Niamh heiratete und von vorn begann. Was Ciarán angeht, er hat seinen eigenen Weg gewählt. Darin sah ich den Einfluss seiner Mutter, der sich wieder einmal über uns erhob.«

Ich warf einen Blick hinauf zu Fiacha, der oben auf der Weißdornhecke saß und sein Gefieder putzte. Endlich hatte mein Onkel mir die Wahrheit gesagt. Aber es war vollkommen klar, dass ich nicht im Stande sein würde, den Gefallen zu entgegnen. Nicht jetzt und vielleicht niemals. »Weißt du, wohin Ciarán gegangen ist, als er von Sevenwaters floh?«, fragte ich vorsichtig. »Glaubst du, dass Lady Oonagh immer noch lebt und dass er sie aufgesucht hat?«

»Einige Dinge scheinen zu schrecklich, als dass man sie

laut aussprechen könnte. Ja, das ist möglich. Und wie er sie erreichen konnte ... nun, es gibt Möglichkeiten. Ciarán kennt sich aus; er könnte eine solche Reise unternommen haben, obwohl das unklug wäre. Ich habe nichts von ihm gehört, seit er von hier weggegangen ist, Liadan.«

»Du hast ihn weggeschickt, obwohl du wusstest, dass er so etwas versuchen könnte?«

»Ich habe ihn nicht weggeschickt. Er hätte bei uns bleiben können. Er war – er war ein hervorragender Schüler und zu großen Dingen fähig, ausgesprochen gut, was die Künste des Geistes und die der Magie angeht. Es war nicht notwendig, dass er uns verließ. Die Gefahr durch seine Abstammung hätte viel besser im Rahmen des heiligen Kreises beherrscht werden können, in unserer Gemeinschaft. Er selbst hat sich entschieden zu gehen. Er selbst hat sich entschieden, es hinter sich zu lassen. Ich habe versagt, Liadan. Ich habe ihn verraten, und am Ende auch meine Familie.«

»Du hast mir einmal gesagt«, sagte ich, »ich sollte keine Schuld empfinden, weil die Dinge sich entwickelten, wie sie sich entwickeln mussten. Das war vor langer Zeit, am Anfang dieser langen Geschichte. Nun höre ich dich sagen, dass es irgendwie deine Schuld ist. Vielleicht irrst du dich, was das angeht, vielleicht ist alles Teil eines Musters, eines so großen Musters, dass wir nicht mehr davon erkennen können als den winzigen Teil, zu dem wir gehören. Das war es, was das Feenvolk mir gesagt hat, dass wir es nicht verstehen könnten, und dass unsere Entscheidungen daher manchmal fehlerhaft seien. Es kommt mir manchmal so vor, als wären wir nichts weiter als Marionetten, deren Fäden sie ziehen, wie es ihnen passt. Aber ich glaube, wir haben größere Macht, als sie zugeben wollen, oder warum sonst sollte es für sie so wichtig sein, ob ich einen Weg beschreite oder den anderen? Warum wäre es sonst so wichtig, dass Johnny in Sicherheit bleibt? Vielleicht sind es tatsächlich wir kleinen Menschen, die die Prophezeiung erfüllen, ganz gleich, was sie uns erzählen.«

»Und immerhin«, meinte Conor leise »waren es menschliche Kraft und Durchhaltevermögen, die bewirkten, dass Lady Oonaghs schwarzer Zauber rückgängig gemacht wurde, nicht die Einmischung der Túatha De. Du sagst also, dass ich mich in Bezug auf Ciarán geirrt haben könnte?«

»Nach allem, was du mir erzählst, ist er weder schwach noch unwissend. Trotz seines Zorns ist er sicher ein junger Mann, der seine Entscheidungen vorsichtig und mit einiger Klugheit trifft. Ich kann nicht glauben, dass er, nur weil er ihr Sohn ist, in seinem Leben Böses tun muss. Das zu sagen wäre, als würden wir behaupten, dass wir überhaupt keine Wahl bei dem haben, was wir tun, bei dem, wie wir leben. Das glaube ich nicht, Onkel. Vielleicht verbringen wir nur kurze Zeit in dieser Welt, wie das Feenvolk behauptet; vielleicht ist unser Blickfeld begrenzt. Aber innerhalb dieser Grenzen haben wir die Macht, Dinge zu verändern, die Macht, Entscheidungen zu treffen und zu gehen, wohin wir gehen müssen. Wenn ich irgendetwas über mich gelernt habe, dann, dass ich kein Werkzeug eines Herrn oder einer Herrin sein und nach ihrer Pfeife tanzen werde. Nicht, wenn mein Herz mich auf einen anderen Weg ruft. Du hast Ciarán dazu erzogen, weise und im Gleichgewicht zu sein. Das trägt er in sich, ebenso wie das Blut der Zauberin. Was du ihm so liebevoll durch all die Jahre der Ausbildung weitergegeben hast, macht ihn stark. Vielleicht ist er stärker, als du glaubst.«

Wir sprachen nicht wieder von diesen Dingen, und schließlich, als der Sommer in den Herbst übergegangen war und Johnny allein aufrecht sitzen und umherkrabbeln konnte, brach Conor mit seinen schweigenden, weiß gewandeten Brüdern auf. Er sagte nichts weiter zu mir als: »Sorge dafür, dass er in Sicherheit ist, Liadan. Um unserer aller willen, pass auf ihn auf.«

KAPITEL 13

Wir hatten kein Wort von Eamonn gehört. Er hatte nur eine Eskorte geschickt, um seine Schwester nach Hause zu holen. Dafür war ich zutiefst dankbar, denn das letzte Gespräch zwischen uns war tief in meinen Geist eingeprägt, zusammen mit der Erinnerung an seinen Kuss. Bis zum Herbst war ich in der Lage, mir mit einiger Überzeugung zu sagen, dass er mein Nein zumindest akzeptiert haben musste und wohl beschlossen hatte, mit seinem Leben weiterzukommen. Es tat mir Leid, wenn meine Entscheidung Sean und Liam Schwierigkeiten bereitete, denn ihre Verbindung zu Eamonn war nicht nur für ihre gemeinsame Verteidigung, sondern auch für den Erfolg eines Angriffs gegen die Northwoods notwendig. Beide hatten Bemerkungen über Eamonns Schweigen gemacht. Dennoch, es war noch früh. Mit der Zeit würde das Bündnis so stark wie eh und je sein, denn sollte nicht Aisling im nächsten Frühjahr meinen Bruder heiraten? Das würde viele Wunden heilen.

An einem warmen Nachmittag nahe an Méan Fómhair, als die Ernte beinahe vorüber war und die Äpfel reif an den Bäumen hingen, nahm ich meinen Sohn mit zu einem geschützten Teil des Seeufers. Hier reichten die Äste der Trauerweiden beinahe bis zum Rand des Wassers, und die Biegung des Ufers bot sowohl Zuflucht als auch Abgeschiedenheit. Es war ein goldener Tag; die Seeoberfläche glitzerte vor Licht, und der Wald hatte begonnen, seinen Herbstschmuck anzulegen, einen Hauch von Orangefarben, Scharlachrot und Gelb rings um das ernste Grün der Fichten, die die Hügel krönten. Als Kinder hatten wir hier glückliche Tage mit Schwimmen und Tauchen verbracht, wir waren auf Bäume geklettert und hatten unzählige neue Abenteuer erfunden. Nun ließ ich meinen Sohn nackt auf dem Sand herumkrabbeln, wo er seltsame Muster mit seiner neu erlernten kriechenden Bewegungsweise hinterließ. Und später zog ich mich bis aufs Hemd aus und nahm ihn mit ins Wasser. Ich vertraute darauf, dass die Erntearbeit dafür sorgen würde, dass wir ungestört blieben. Johnny strahlte vor Entzücken und zeigte seine beiden neuen Zähne, als er das kühle Wasser auf der Haut spürte. Ich hob ihn sanft hinein und hinaus und spritzte ein wenig.

»Nächstes Jahr um diese Zeit werde ich dir das Schwimmen beibringen«, sagte ich ihm. »Du wirst wie ein Lachs schwimmen oder vielleicht wie ein Seehund. Und dann werden sie alle behaupten, dein Vater wäre ein Wesen aus dem Meer, ein Selkie.«

Wir spielten und spielten, bis er müde wurde, und dann legte ich ihn auf seine kleine Flickendecke in den Schatten der Weiden. Er schlief noch nicht ganz, aber er schien zufrieden damit, dort eine Weile zu liegen und sich das komplizierte Muster von Licht und Schatten anzusehen, das die langen, schmalen Blätter hinterließen, und leise in seiner Kindersprache, die ich nicht so recht verstand, mit sich selbst zu reden. Fiacha hockte in den Zweigen in der Nähe und sah zu. Er war unruhig geworden, als wir im Wasser waren, und unter besorgtem Krächzen über uns hinweggeflattert oder am Ufer auf und ab gegangen, wo seine kleinen, ordentlichen Fußspuren immer noch im Sand zu sehen waren. Nun war er beruhigt. Ich kehrte zurück ins Wasser und schwamm ein wenig, blickte hin und wieder zu Johnny hin, bevor ich untertauchte, um die Kühle über mein

Gesicht waschen zu lassen, und dann rasch wieder auftauchte und das Wasser aus meinem Haar schüttelte. Es fühlte sich gut an, in der festen Umarmung des Wassers zu sein, und eine Weile konnte ich die Komplikationen meines Lebens vergessen, die Entscheidungen, die mir bevorstanden, die Geheimnisse und Heimlichkeiten und Gefahren, und wieder die unschuldige Freiheit der Kindheit genießen.

Schließlich wurde mir kühl, und ich watete zurück zum Ufer. Johnny lag auf seiner kleinen Decke und schlief. Er würde später Hunger haben. Ich stand knietief im Wasser und wrang mein Haar aus. Kein Laut war zu hören, nichts regte sich. Aber etwas bewirkte, dass ich aufblickte. Die Härchen in meinem Nacken sträubten sich, und ich wusste, dass man mich beobachtete.

Unter den Weiden, so reglos, als gehörte er zum Wald, stand ein Mann. Wenn man ihn nicht kannte, hätte man das komplizierte Muster, das seine Züge kennzeichnete, für das Spiel des Lichts gehalten, Sonne, die durch Weidenzweige fiel. Er war schlicht gekleidet, in mattes Grau und Braun, angemessene Farben für einen Mann, der ungesehen durchs Waldland kommen wollte. Ich konnte keine Waffe an ihm sehen. Es schien, dass der geheimnisvolle Wald von Sevenwaters für den Bemalten Mann keine größere Herausforderung gewesen war als die Marschen von Sídhe Dubh. Oder vielleicht hatte man ihm gestattet, hier einzudringen.

Er regte sich nicht. Offensichtlich war es meine Aufgabe, nur in mein triefendes Hemd gekleidet aus dem Wasser zu steigen und mir die richtigen Worte einfallen zu lassen. Ich watete so würdevoll wie ich konnte ans Ufer, aber es ist schwierig, das Gefühl zu wahren, dass man eine Situation beherrscht, wenn man sich bücken muss, um sich Wasser aus dem Rock zu drücken, wenn Arme und Schultern und die halbe Brust nackt sind und die Füße mit Sand bedeckt und kein Kamm und kein Spiegel in Sicht. Ich erreichte den Punkt, wo mein Kleid und mein Tuch auf der Wiese oberhalb des kleinen Strandes lagen, aber er war vor mir da. Hinter uns, auf der anderen Seite unter den Weiden, hatte sich das Kind nicht gerührt.

Bran hatte mein Tuch in den Händen und streckte die Arme aus, um es mir um die Schultern zu legen. So viel für die Wahl der richtigen Worte. Ich konnte kaum atmen und erst recht nichts sagen, was irgendwie verständlich gewesen wäre. Der Schal fiel zu Boden, Bran schlang die Arme um mich, ich umarmte ihn, und ich spürte seine Lippen auf meinen, in einem Kuss von solcher Süße, dass ich beinahe geweint hätte. Er legte die Hände auf meine Wangen, fuhr sanft mit dem Daumen über die Haut von Schläfe und Wange, als könnte er nicht ganz glauben, dass ich tatsächlich da war. Das Begehren in seinem Blick strafte die Zurückhaltung dieser Berührung Lügen.

»Oh Liadan«, sagte er leise. »Liadan.«

»Du bist in Sicherheit«, brachte ich hervor und fuhr mit den Fingern leicht über seinen Nacken, und mein Herz klopfte heftig. »Ich hatte nicht gehofft ... aber du solltest nicht hier sein, Bran ... Liams Männer sind sehr wachsam. Und er glaubt immer noch ... ich habe ihm die Wahrheit nicht gesagt, was meine Schwester angeht und dass du ihr geholfen hast. Für das, was du getan hast, stehe ich tief in deiner Schuld.«

»Das stimmt nicht«, sagte er leise. »Du hast gezahlt, erinnerst du dich? Jetzt komm, lass uns eine Weile die Regeln befolgen, bevor wir vollkommen die Beherrschung verlieren. Setz dich zu mir.«

Dann hob er wieder den Schal hoch und legte ihn mir um die Schultern.

»Und jetzt«, sagte er und holte tief Luft, »müssen wir uns hinsetzen, drei Schritte voneinander entfernt, und ich werde dir etwas erzählen.«

»Ich weiß, dass meine Schwester in Sicherheit ist«, sagte ich und setzte mich hin. Er ließ sich auf dem Gras in der Nähe nieder. »Ein ... ein Bote ist gekommen, an dem Tag, als meine Mutter starb.«

»Ich verstehe. Deine Mutter ... das muss dich sehr bekümmert haben.«

Ich nickte, und es fiel mir immer noch schwer, zu sprechen und zu atmen und irgendetwas zu begreifen.

»Es gibt andere Dinge, die dich interessieren«, fuhr Bran fort, »Neuigkeiten, die ich auf dem Weg hierher gehört habe, die noch nicht die Ohren deines Onkels oder deines Bruders erreicht haben mögen. Uí Néill ist tot. Er wurde im Schlaf erwürgt, als er in der Nähe des Passes im Norden sein Lager aufgeschlagen hatte. Das ist schon vor einer Weile geschehen, noch vor Mittsommer, sagte man mir. Sie haben es verschwiegen – es gibt strategische Gründe dafür. Der Angreifer wurde nicht erkannt. Er ist im Dunkeln geflohen, und man fand Uí Néills Leiche erst bei Tagesanbruch. Es muss ein Mann mit kräftigen Händen gewesen sein, der wusste, wie man sich lautlos im Wald bewegt.«

Meine Gedanken überschlugen sich und kamen zu Ergebnissen, die mich erschreckten. »Ich verstehe«, flüsterte ich.

»Ist es möglich, dass es unter deinen Verwandten einen gibt, der die Wahrheit kennt? Einen, der keine Angst hatte, diesen Mann für das zu bestrafen, was er deiner Schwester angetan hat?«

»Es ist möglich, dass Sean die Wahrheit erraten hat«, sagte ich bedächtig. »Aber er ist seit dem Tod meiner Mutter hier in Sevenwaters geblieben.«

»Du hast es niemandem gesagt?«

»Du scheinst überrascht zu sein. Aber das war dein eigener Vorschlag. Bist du so verblüfft darüber, dass eine Frau solche Willenskraft haben könnte?«

»Eigentlich nicht. Ich begreife langsam, dass ich dich nicht einfach als *eine Frau* betrachten kann. Du bist in jeder Hinsicht du selbst.«

»Dennoch, ich habe ihnen irgendwann die Wahrheit gesagt, meinem Vater und Sorcha. Ich konnte sie nicht in dem Glauben sterben lassen, dass Niamh tot war. Ich sagte ihnen, was du für mich getan hast.«

Wir saßen schweigend da, und ich dachte über die verblüffende Möglichkeit nach, dass mein Vater, dieser Schlichter jeder Streitigkeit, der sich um alles gekümmert hatte, das lebte und wuchs, seine großen Hände um Fionn Uí Néills Hals gelegt und das Leben aus ihm gedrückt haben sollte.

»Ich würde mir deshalb keine Sorgen machen«, meinte Bran. »Wie so viele andere geheime Morde wird auch dieser vermutlich der Bande des Bemalten Manns in die Schuhe geschoben. Bei so vielen bösen Taten, was ist da eine mehr? Dein Vater hat zumindest dieses eine Mal etwas getan, um für seine vergangene Schwäche aufzukommen.«

Ich sah ihn wütend an. »Muss ein Mann denn töten, um deine Hochachtung zu erlangen?«

Er sah mich gleichmütig an. »Ein Mann oder eine Frau muss zumindest im Stande sein, vernünftige Entscheidungen zu fällen und sich daran zu halten. Wenn ein Mann

Verantwortung hat, sollte er sie nicht einfach einer Laune entsprechend abgeben. Wenn er den Weg von Land und Familie und Gemeinschaft gewählt hat, dann muss er diese Last für den Rest seines Lebens tragen und kann sie nicht einfach abwerfen, um einer Frau zu folgen, die ihn betört hat.«

Ich seufzte. »Ich wünschte, du hättest meine Mutter kennen gelernt. Du hättest nur ein einziges Mal mit ihr sprechen müssen, um deine Meinung vollkommen zu ändern. Was meinen Vater angeht – er hat eine schwierige Entscheidung getroffen, als er mit ihr hierher kam. Er ist nicht vor der Verantwortung zurückgeschreckt. Er hat einfach nur eine Last, wie du es ausgedrückt hast, gegen eine andere eingetauscht. Sie brauchte ihn, Bran. Sie brauchte ihn, so wie ...« Meine Stimme brach, und ich hielt die Worte zurück. *Ich dich brauche.* Ich würde es nicht aussprechen.

Wir saßen eine Weile schweigend da, und dann sagte er: »Ich kann nicht lange bleiben. Ich muss mit deinem Bruder sprechen, denn mein Auftrag ist erst halb erfüllt. Sind andere Frauen in der Nähe, oder bist du allein hier?«

»Es ist unwahrscheinlich, dass man uns stören wird. Warum fragst du?«

»Ich ... ich habe mir vorgenommen, mich zurückzuhalten, wenn ich dich endlich wieder sehen würde, aber ich ...«

Er sprach nicht mehr weiter, weil wir einander plötzlich wieder in den Armen lagen, uns aneinander drückten und die Flut aufgestauten Begehrens uns durchdrang und wir uns nicht zurückhalten konnten. Und es war tatsächlich wunderbar, seinen festen Körper wieder an mir zu spüren, die drängende Berührung seiner Hände durch den feuchten

Stoff meines Hemdes. Alles war verschwunden bis auf diese Gefühle. Es war, als gäbe es keinen Mann und keine Frau hier am Ufer unter den Weiden – keinen Bran, keine Liadan, nur zwei Hälften von etwas, das zerbrochen war und nun unvermeidlich wieder ein Ganzes wurde. Ich seufzte und zog ihn fester an mich. Er flüsterte etwas und bewegte sich geringfügig, und ich keuchte. Dann erklang von der anderen Seite unserer kleinen Bucht ein Jammern und ein Krächzen von dem Zweig oberhalb, und wir erstarrten beide. Das Weinen wurde lauter; wir rückten auseinander und erhoben uns, und ich ging hinüber und hob meinen Sohn hoch, während Bran reglos im Gras stand und sehr bleich geworden war.

»Es tut mir Leid«, sagte ich lächerlicherweise. »In diesem Alter können sie noch nicht auf ihr Essen warten.« Denn mein Sohn war hungrig und schlecht gelaunt, und es gab keine andere Wahl, als mich einfach hinzusetzen, mein Hemd herunterzuziehen und ihm die Brust zu geben. Das Weinen hörte sofort auf, als er zu saugen begann, und der Rabe hielt den Schnabel und landete über uns. Fiacha hatte mich nicht vor Brans Ankunft gewarnt. Das war für einen solch guten Wachhund ein seltsamer Fehler. Bran regte sich nicht. Er starrte mich und das Kind entsetzt an, dann wurde seine Miene wieder starr, eine Maske.

»Du hast offenbar keine Zeit verschwendet. Warum hast du das nicht zuvor erwähnt? Was für ein Spiel hast du gespielt?«

Erinnerungen eines ähnlichen Gesprächs kamen schmerzlich zu mir zurück, und Tränen des Zorns und der Empörung brannten in meinen Augen.

»Wie meinst du das, ich habe keine Zeit verschwendet?«, flüsterte ich zornig.

»Meine Informanten sind für gewöhnlich besser. Niemand hatte daran gedacht, mir zu sagen, dass du verheiratet bist und ein Kind hast. Es war dumm von mir zurückzukommen.«

Ich war hin- und hergerissen zwischen wahnsinnigem Gelächter und empörten Tränen. Wie konnte ein Mann, der den Ruf hatte, auch noch in schwierigsten Situationen Erfolg zu haben, so unglaublich dumm sein?

»Ich dachte, du wärst hergekommen, um mit meinem Bruder zu sprechen«, meinte ich.

»Das stimmt auch. Ich habe dich nicht angelogen. Aber ich dachte auch ... ich hoffte auch ... offensichtlich war meine Annahme falsch. Dass du jemals ... ich kann nicht glauben, dass ich mir gestattet habe, mich ein zweites Mal so überwältigen zu lassen.«

»In der Tat«, sagte ich, »dein Urteilsvermögen kann nicht viel wert sein, wenn du so etwas von mir denkst. Dass ich nicht besser bin als irgendein Geschöpf vom Straßenrand, das sich jedem Mann hingibt, der darum bittet.«

Unwillkürlich war er näher gekommen und hockte nun da, offenbar unfähig, seinen Blick von dem Kind abzuwenden.

»Ich nehme an, sie haben dir einen passenden Mann gefunden, wie für deine Schwester«, sagte er tonlos. »Zumindest hast du nicht diesen Eamonn Dubh geheiratet. Ich habe ihn gut bewacht – das hätte ich gewusst. Welchen Häuptlingssohn hat deine Familie für dich ausgewählt, Liadan? Bist du, nachdem du bei mir gelegen hast, auf den Geschmack gekommen und konntest nicht erwarten, ins Ehebett zu kommen?«

»Hätte ich nicht das Kind auf dem Arm, würde ich dich dafür ohrfeigen«, sagte ich und legte meinen Sohn an die andere Brust. »Du hast wirklich noch nicht gelernt zu vertrauen.«

»Wie könnte ich das, nach dem hier?«, murmelte er.

»Deine Vorurteile machen dich der Wahrheit gegenüber blind«, sagte ich, so ruhig ich konnte. »Hast du dich je gefragt, warum ich immer noch hier in Sevenwaters bin und nicht bei meinem Mann?«

»Ich würde nicht zu raten wagen«, erklärte er. »Deine Familie folgt offenbar eigenen Regeln.«

»Das ist wirklich gut, wenn einer wie du es sagt.« Der Mann sollte verflucht sein, er verdiente es kaum, die Wahrheit zu erfahren. Wie konnte er mich so falsch beurteilen?

»Du solltest es mir lieber sagen, Liadan. Wer ist er? Wer ist dein Mann?«

Ich holte tief Luft. »Ich bin hier geblieben, weil ich keinen Mann habe. Nicht, dass es an Angeboten mangelte. Ich hatte tatsächlich die Möglichkeit zu heiraten und habe sie abgelehnt. Ich wollte deinem Sohn nicht den Namen eines anderen Mannes geben.«

Nun war es vollkommen still, bis auf die kleinen Geräusche, die das Kind beim Saugen und Schlucken machte. Er hatte gelernt, diese Angelegenheiten rasch hinter sich zu bringen, und sobald er genug getrunken hatte, wand er sich aus meinen Armen und machte sich wieder davon. Er krabbelte halb ziellos zu Bran, legte eine kleine Hand auf die schmalen, gemusterten Finger und untersuchte sie offenbar fasziniert.

»Was hast du da gesagt?« Bran saß immer noch reglos da, als fürchtete er, sich zu bewegen, weil sonst die Welt einstürzen würde.

»Ich glaube, du hast mich verstanden. Es ist dein Sohn,

Bran. Ich habe dir einmal gesagt, ich würde keinen anderen Mann außer dir nehmen, und ich habe dich nicht belogen und werde dich auch nie belügen.«

»Wie kannst du so sicher sein?«

»Da ich mich nur mit einem einzigen Mann niedergelegt habe, und das auch nur für eine einzige Nacht, scheint es mir, dass da keinerlei Zweifel bestehen kann. Oder hast du vergessen, was zwischen uns war?«

»Nein, Liadan.« Er bewegte die Finger ein wenig über das Gras, und Johnny setzte sich plötzlich mit einem überraschten Geräusch hin. Er blickte zu seinem Vater auf, und in seinen Augen stand der gleiche faszinierte, gebannte Blick wie in Brans. »Ich habe es nicht vergessen. Solch eine Nacht und solch ein Morgen sind nichts, was man vergisst, ganz gleich, was darauf folgt. Aber das hier ... das kann ich nicht glauben. Ich muss träumen. Es ist sicherlich nur eine wilde Fantasie.«

»Es hat sich nicht sonderlich nach einem Traum angefühlt, als ich ihn zur Welt brachte«, sagte ich trocken. Er sah mich an, mit grimmig zusammengekniffenen Lippen.

»Warum hast du es mir nicht gesagt? Wie konntest du es mir verschweigen?«

»Ich war nah daran, als ich dich bei Sídhe Dubh sah. Aber es war nicht der richtige Zeitpunkt, und außerdem kam es mir so vor, als trügst du bereits mehr als genug Lasten. Ich wollte keine weitere hinzufügen. Und dennoch, ich wünschte, du wärst dabei gewesen. Ich habe mir so sehr gewünscht, dass du da wärst, um diesen Augenblick der Freude zu teilen, als unser Sohn zur Welt kam.«

Wieder schwieg er. Johnny war seiner Hand müde geworden und krabbelte zum sandigen Ufer. Bran sah ihm nach, und in seinen Augen stand ein Ausdruck, der mir das Herz zerriss. Aber als er schließlich sprach, war seine Stimme sehr beherrscht.

»Du weißt, was ich bin. Du weißt, was für ein Leben ich führe. Ich bin nicht dazu geeignet, Vater oder Ehemann zu sein. Wie du selbst sagtest, mein Handwerk ist das Morden. Ich will nicht, dass mein Sohn ebenso wird wie ich. Er ist ohne mich besser dran, und das bist du auch. Ich kann nicht hoffen, deine Verwandten zu verstehen, aber ich weiß, was immer die Fehler deines Vaters waren, dein Bruder ist ein guter Mann und im Stande, dich zu schützen und für dich zu sorgen. Dies soll ein Abschied für uns sein, Liadan. Ich kann nicht der Mann sein, den du brauchst. Ich bin ... besudelt und voller Fehler. Am besten sollte dieses Kind nie erfahren, wer sein Vater war.«

Ich konnte kaum sprechen. »Du möchtest also, dass sich die Geschichte von Cú Chulainn und Conlai wiederholt?«

»Eine traurige Geschichte«, sagte er leise. »Ebenso traurig wie unsere.«

Wir saßen beide still da und beobachteten unseren Sohn, der mit einer Entschlossenheit über den Strand krabbelte, die seiner Körperbeherrschung nicht immer entsprach. Er wackelte auf Händen und Knien hin und her, kippte manchmal zur Seite und kam dann wieder hoch.

»Ich sehe, dass ich mich geirrt habe«, sagte Bran nach einer Weile. »Als ich es eine Last nannte. Es ist keine Last, sondern ein kostbares Geschenk. Ein solches Geschenk sollte nicht an einen Mann wie mich verschwendet werden.«

»Ah«, sagte ich leise. »Aber Geschenke kommen, ob man sie will oder nicht. Wir haben das beide akzeptiert, in der

Nacht, als wir zusammenlagen. Dein Sohn fällt kein Urteil über dich, ebenso wenig, wie ich es tue. Für ihn bist du ein unbeschriebenes Blatt, auf das alles geschrieben werden könnte, von diesem Tag an. Was mich angeht, ich habe dich nie gebeten, dich zu ändern. Du bist, was du bist. Ich habe starke Hände, Bran. Auch in der finstersten Nacht habe ich Wache für dich gehalten. Zu Neumond brennt meine Kerze, um deinen Weg zu beleuchten. Du magst dich entscheiden, dieses Geschenk abzuweisen, aber ich werde nicht so leicht aufgeben. Ich trage dich in meinem Herzen, ob du es willst oder nicht.«

Er nickte. »Das wusste ich, ohne es zu verstehen. Es gab Zeiten, an denen ich glaubte, dich zu sehen, dort im Dunkeln. Aber ich habe es als Schwäche abgetan. Liadan, du solltest dich nicht auf diese Weise binden. Du hast Besseres verdient, viel Besseres. Ein Leben der Ehre, ein Leben voller guter Ziele, einen Mann, neben dem du ohne Schande einhergehen kannst. Meine Welt ist eine Welt der Gefahren und der Flucht, der Schatten und der Verstecke. Das wird sich nicht ändern. Ich würde dir eine solche Existenz nicht zumuten, oder dem ... oder meinem Sohn.«

»Wenn du keine Zukunft sehen kannst, in der wir zusammen sind, warum bist du dann gekommen, um mich zu sehen?«, fragte ich ihn. »Warum hast du nicht einfach deine Geschäfte mit Sean erledigt und dich im Verborgenen wieder davongeschlichen? Du hast mich einmal gebeten, mit dir zu kommen. Vielleicht hast du das vergessen. Du hast dich anders entschieden, als du meinen Namen erfuhrst, und dennoch gestattest du meinem Bruder, dich zu bezahlen. Was ist der Preis für diesen Auftrag? Warum arbeitest du für den Sohn von Sevenwaters, wenn du die Tochter doch abgewiesen hast? Das ergibt einfach keinen Sinn.«

»Ich nehme an«, meinte er müde, »es ist wie das Netz, das deine Mutter über Hugh von Harrowfield geworfen hat und das ihn so schwach vor Begierde machte, dass er seine Pflicht vernachlässigt hat, um ihr zu folgen. Ich stelle fest, dass schon der Gedanke an dich mich dazu bringt, Dinge zu tun und zu sagen, die mich selbst verblüffen. Meine Sehnsucht nach dir stört mein Urteilsvermögen. Ich habe dir einmal gesagt, es wäre gefährlich, Geschichten zu erzählen, weil sie bewirken, dass Männer sich etwas wünschen, das sie nicht haben können. Seit ich dir begegnet bin, werde ich von Bildern eines anderen Lebens heimgesucht, eines Lebens, in dem ich nicht allein bin. Aber ein Mann wie ich muss allein bleiben. Sich mit einem solchen Mann anzufreunden, sich ... sich einem solchen Mann zu verpflichten, kommt früher oder später einer Todesstrafe gleich. Du musst ohne mich weitergehen, Liadan.«

Ich spürte schrecklichen Schmerz, aber ich sprach scheinbar gelassen weiter. »Dann meinst du also, ich hätte Eamonn heiraten sollen, als er mich gebeten hat?«, fragte ich und zog die Brauen hoch. »Er hat mich mehrmals gebeten. Selbst nachdem das Kind zur Welt gekommen war, wollte er, dass ich ihn heirate, und hat mein Nein nur widerstrebend akzeptiert.«

»Was?« Zornig sprang er auf. »Dieser Mann hätte meine Frau und mein Kind genommen? Ein Mann, dessen Vater ein Verräter der schlimmsten Art war? Bei den Mächten der Hölle, ich hätte ihm die Kehle durchschneiden sollen, als ich die Gelegenheit dazu hatte.«

Dann änderte sich sein Tonfall abrupt. »Sollte er das da essen?«, fragte er und schaute zu dem Kind hin.

Der Kleine hatte ein fettes, sich windendes Insekt am Ufer

entdeckt und es in seine kleine Faust gepackt. Nun hob er das zappelnde Tier zu seinem Mund.

»Nein, Johnny!«, rief ich, befreite das Geschöpf aus seinem Griff und lenkte ihn rasch ab, indem ich einen Sandkuchen formte, während das Insekt entkam.

Hinter uns war Bran plötzlich still geworden. Und dann sagte er: *»Was hast du da gesagt?«* Und es wurde mir klar, dass die Intuition meiner Mutter wieder einmal Recht gehabt hatte.

»Ich habe meinen Sohn beim Namen genannt.«

»Warum hast du diesen Namen für das Kind gewählt?« Das kam sehr zögernd.

»Er ist nach seinem Vater und dem Vater seines Vaters benannt, einem Mann von großem Anstand«, sagte ich leise, immer noch damit beschäftigt, eine Burg aus dem feuchten Sand zu bauen. Sobald ich fertig war, streckte Johnny die Hand aus und zerstörte meine Schöpfung.

»Aber ... woher konntest du das wissen? Dieser Name ... dieser Name ist so viele Jahre unausgesprochen geblieben, dass ich ihn beinahe vergessen hätte.« In seinen Worten lag ein dunkler Schmerz, der mich frösteln ließ.

»In Sevenwaters ist der Name Johns nicht unausgesprochen geblieben«, sagte ich ernst. »Dein Vater war der beste Freund meines Vaters. Sie sind zusammen aufgewachsen. Mein Vater sagte mir, dass es ihn sehr freut zu wissen, dass sein Enkel auch Johns Enkel ist.«

»Woher konnte er das wissen? Ich trage nicht den Namen meines Vaters. Nicht mehr. Er ist gestorben. Er ist gestorben, bevor ich ihn kennen lernen konnte, umgekommen, als er deine Mutter verteidigte, als sie sich in die Angelegenheiten von Harrowfield einmischte und Lord Hugh von seiner Verantwortung weglockte. Vielleicht war mein Vater ein guter Mann, wie du sagtest. Ich hatte nie die Gelegenheit, es herauszufinden.«

Ich seufzte. »Wer immer dir diese Geschichte so erzählt hat, hatte eine bestimmte Absicht dabei. Vielleicht warst du zu jung, um zu erkennen, dass es nicht die ganze Wahrheit sein konnte. Wer hat es dir gesagt?«

Seine Miene wurde plötzlich ausdruckslos. »Davon will ich nicht sprechen.«

»Es wäre aber besser für dich, wenn du es tätest«, meinte ich. »Du könntest es mir sagen.«

»Es gibt Dinge, die sollen lieber begraben bleiben. Diese Last ist von einer Art, die nicht geteilt werden kann.«

»Vielleicht kann die Last nur von deinen Schultern genommen werden, nachdem du sie geteilt hast.«

»Ich kann es nicht, Liadan.«

Nach einer Weile sagte ich: »Ich habe deine Frage nicht beantwortet. Ich werde dir ein wenig mehr von deiner Geschichte erzählen, den einzigen Teil, den ich kenne. Siehst du die kleine Decke dort unter den Bäumen, auf der Johnny schläft? Bring sie her.«

Bran fuhr mit den Fingern über die Flickendecke, die ich genäht hatte, berührte einen Flicken und dann einen weiteren.

»Das ist ...«

Ich nickte. »Ich habe mir die Freiheit genommen, an deinem Umhang ein paar Änderungen vorzunehmen, so dass ich ihn tragen konnte. Diese Decke beinhaltet die Herzen von Johnnys Familie und wärmt seinen Schlaf mit ihrer Liebe. Das rosafarbene Kleid meiner Schwester Niamh, mein Reitgewand, das alte Hemd meines Vaters, fleckig von seiner Arbeit auf dem Bauernhof. Dein Umhang, der mich zugedeckt hat, als ich unter den Sternen schlief. Und ...«

Seine Finger waren auf einem Flicken aus ausgeblichenem Blau zur Ruhe gekommen, wo uralte Stickerei sich zart über den Stoff zog, eine Ranke, ein Blatt, ein winziges, fliegendes Insekt. Dann drehte er den Arm um, und dort eingraviert mit Nadel und Tinte, innen auf dem Handgelenk, war dasselbe Geschöpf zu sehen. Das erste Muster, was er verlangt hatte, als er neun Jahre alt war und entschieden hatte, ein Mann zu sein.

»Dieser Stoff kommt von einem Kleid, das meine Mutter getragen und geschätzt hat«, sagte ich. »Sie hatte eine Freundin in Harrowfield, Johns Frau Margery. Margery hat dieses Kleid selbst gemacht; sie war sehr geschickt mit der Nadel. Es war ein Geschenk an meine Mutter, ein Geschenk der Liebe. Denn als Margerys Sohn zur Welt kam, waren es nur die Fähigkeiten meiner Mutter als Hebamme, die sein Leben retteten. Als mein eigener Johnny geboren wurde, sagte meine Mutter, die Wehen seien sehr ähnlich gewesen und das Kind so sehr wie jenes andere, dass es kein Zufall gewesen sein konnte. Sie sagte: ›Ich glaube, ich könnte den Namen des Vaters nennen.‹ Iubdan – Lord Hugh – war derselben Ansicht. Ich wollte meinem Sohn den Namen seines Vaters geben. Ich wollte dir deinen Namen zurückgeben. Deine Eltern würden nicht wollen, dass du so hasst. Sie waren meiner Mutter ihren Dank schuldig, und umgekehrt schuldete meine Mutter ihnen Dank. Sie haben ihr Zuflucht gegeben und sie geliebt.«

»Das kannst du nicht wissen.«

»Ich möchte, dass du mir etwas erzählst. Du sagtest, mein Bruder sei ein guter Mann. Ich glaube, du denkst nichts Böses von mir, bei all deinem Gerede von verzauberten Netzen, und auch nicht von meiner Schwester, der du unter beträchtlichen Gefahren geholfen hast. Aber wir sind die Kinder unseres Vaters, Bran, und unserer Mutter. Vielleicht solltest du die Möglichkeit in Erwägung ziehen, dass Hugh von Harrowfield sowohl aus Liebe als auch aus Pflichtbewusstsein gehandelt hat, als er nach Sevenwaters kam. Er ist nicht einfach davongegangen, ohne für seine Leute zu sorgen.«

»Das verstehst du nicht. Es ist auch besser, dass du es nicht verstehst und dass du es nie erfährst.«

»Was ist aus deiner Mutter geworden?«

Schweigen. Die Verletzung, worin immer sie bestehen mochte, lag zu tief, um auf diese Weise entdeckt zu werden. Sie war zu gut abgeriegelt.

»Ich werde dir noch eine einzige Frage stellen, und das ist alles. Was, wenn ich mit dem Kind an einem gefährlichen Ort wäre, und du würdest eine Wache für uns organisieren, vielleicht Löwe oder Schlange? Was, wenn jemand uns angriffe und diese Wache würde getötet? Würdest du glauben, dass es unvernünftig war, ihn zu bitten, diese Pflicht zu erfüllen?«

»Sie würden nicht umkommen. Meine Männer sind die Besten. Außerdem würde es nicht so sein. Wenn du und ... Johnny in Gefahr wäret, würde ich euch selbst bewachen. Eine solche Aufgabe würde ich keinem anderen überlassen. Die Frage ist unangemessen. Ich werde dafür sorgen, dass so etwas nie geschehen würde. Wenn ich ... wenn ich für dich verantwortlich wäre, würdest du nie in Gefahr geraten.«

»Aber wenn es doch geschähe?«

»Meine Männer gehen jeden Tag solche Risiken ein«, sagte er widerstrebend. »Männer sterben, und dennoch geht unsere Arbeit weiter. Aus diesem Grund haben wir keine Frauen und keine Söhne.«

»Hm«, sagte ich. »Nun, du hast jetzt mindestens zweimal gegen die Regeln verstoßen. Wirst du es ihnen sagen, wenn du zurückkehrst?«

Er schwieg einen Augenblick lang.

»Ich werde nicht zurückkehren, ehe der Auftrag nicht erledigt ist«, sagte er. »Und ich habe die Wahrheit gesagt, als ich erklärte, dass ich hier bin, um mit deinem Bruder zu sprechen. Es wird spät; ich muss gehen.«

Er stand auf, die kleine Decke noch in seiner Hand. Johnny war in seiner Beschäftigung versunken, beide Fäuste voller Sand. Ich stand ebenfalls auf.

»Ich nehme an, es ist sinnlos, dich zu bitten, sicher zu mir zurückzukehren.« Ich musste mich anstrengen, mit fester Stimme zu sprechen. »Vielleicht ist es auch sinnlos, dich überhaupt zu bitten, zurückzukommen. Aber meine Kerze wird weiter für dich brennen, während du weg bist. Bitte pass auf dich auf.«

»Ich muss gehen, Liadan. Hab keine Angst um meine Sicherheit. Dein Bruder und ich sind uns der Gefahren bewusst. Ich ... ich muss jetzt Lebewohl sagen. Bei allen Mächten«, sagte er plötzlich und nahm mich wieder in die Arme. »Ich würde alles dafür geben, diese Nacht in deinem Bett zu verbringen. Du siehst, wie mein Urteilsvermögen nachlässt, wenn ...« Und wieder küsste er mich. Diesmal noch leidenschaftlicher. Es kam mir vor wie ein letzter Kuss; der Kuss eines Kriegers, der in die Schlacht zieht und weiß, dass er nicht zurückkehren wird. Ich hätte einfach einen Schritt zurücktreten und ihn loslassen sollen. Aber meine Arme schienen ihren eigenen Willen zu entwickeln, klammerten sich weiter fest, und seine lagen warm und fest um meinen Körper.

»Du glaubst immer noch, dass dies eine Art Bann ist,

die Schlinge einer Frau, die ich um dich gelegt habe, gegen deinen Willen?«, hauchte ich.

»Wie kann ich etwas anderes annehmen? Jede Berührung deiner Hand genügt, um mich vergessen zu lassen, wer ich bin und was ich bin und was ich nicht bin.«

»Es ist ein wohl bekanntes Phänomen«, sagte ich und versuchte zu lächeln. »Wenn ein Mann und eine Frau beisammen sind und ihre Körper miteinander sprechen ... das ist vielleicht alles.«

»Nein. Das hier ist anders.«

Ich widersprach ihm nicht, denn ich glaubte, dass er die Wahrheit sagte. Die Begierden des Fleisches waren eine Sache, und mächtig genug, wie ich Grund hatte zu wissen. Aber was zwischen uns war, war unendlich viel stärker als das: uralt, bindend und geheim. Ich hatte diese Stimmen nicht vergessen, die mich in dem alten Hügelgrab gerufen hatten. *Spring.*

»Liadan«, sagte er mit den Lippen an meinem Haar.

»Was ist?«

»Sag mir, was du von mir willst.«

Ich holte zitternd Luft und bog mich genug zurück, um ihm ins Gesicht zu sehen. Unter den Rabenzeichen sah er sehr ernst aus, und zum ersten Mal, seit ich ihn kannte, auch sehr jung; nicht älter als die einundzwanzig, die ich so schwer hatte glauben können.

»Dass dein Geist von seinen Narben geheilt wird«, sagte ich leise. »Dass du deinen eigenen Weg siehst. Das ist das, was ich will.«

Einen Augenblick lang schien er nicht zu wissen, was er sagen sollte, und er runzelte ein wenig verwirrt die Stirn. »Diese Antwort ist nicht, was ich erwartet hatte. Du hast immer eine Antwort, die mich zum Schweigen bringt.«

Ich streckte die Hand aus und fuhr mit dem Finger das Muster nach, das ihn kennzeichnete, das sein graues Auge umgab, die Fläche seiner Wange zeichnete, die stolze Linie seines Kinns. »So etwas habe ich schon öfter gehört«, sagte ich. »Von meinem Onkel Conor. Er hat mich eingeladen, in die Nemetons zu kommen und Druide zu werden, zusammen mit meinem Sohn.«

»Geh nicht weg.« Seine Antwort erfolgte auf der Stelle, ein Echo dieses Kindes, das ich in meinem Geist gehört hatte, wie es ins Dunkel hineinschrie. Er schlang die Arme fest um mich, so dass ich kaum mehr Luft bekam. *»Nimm ihn nicht weg.«*

Mein Herz klopfte. Er hatte mich erschreckt. »Schon gut«, sagte ich leise. »Meine Kerze wird weiter für dich brennen. Das habe ich dir gesagt, und ich werde dich niemals anlügen.« Ich ließ meine Stirn an seine Brust sinken und fragte mich, wie ich den Augenblick ertragen könnte, wenn er seine Arme von dort wegnahm, wo sie mich nun fest umschlungen hielten, und wieder in den Wald hineinging.

»Du hast mir gesagt«, sagte er nun sehr leise, »was du dir für mich wünschst. Aber was willst du für dich selbst?«

Ich sah ihm in die Augen, denn ich glaubte, er sollte im Stande sein, mir die Antwort vom Gesicht abzulesen. Ich würde es nicht in Worte fassen; nicht jetzt. »Das sage ich dir, wenn du wiederkommst«, sagte ich mit gefährlich bebender Stimme. »Du bist noch nicht bereit, diese Antwort zu hören. Und jetzt solltest du lieber gehen, bevor ich dir einen weiteren Grund gebe zu behaupten, dass Frauen ihre Tränen einsetzen können, wann immer sie es wollen.«

Es war schwer, ihn loszulassen. Aber schließlich trennten wir uns voneinander, und Bran kniete sich neben seinen Sohn in den feuchten Sand des kleinen Strandes. Johnny blickte auf und sagte etwas in seiner unverständlichen Kindersprache.

»In der Tat«, erwiderte Bran ernst. »Ich denke, es war gut, dass du heute Nachmittag zu diesem Zeitpunkt aufgewacht bist. Ansonsten hätte es vielleicht noch einen kleinen Sohn oder eine kleine Tochter gegeben, die in eine Welt der Schatten und Unsicherheit geboren wurde.« Er fuhr mit seinen blanken Fingern sanft durch die braunen Locken seines Sohnes, und dann stand er auf.

»Ich habe keine Antworten für dich«, sagte er mit ernster Miene. Nun hielt er die drei Schritte Abstand, als wäre es zu gefährlich, mir wieder näher zu kommen.

Es fiel mir jeden Augenblick schwerer, die Tränen zurückzuhalten. »Ich erwarte nichts«, sagte ich ihm. »Ich habe Wünsche und Hoffnungen für uns drei, aber keine Erwartungen.«

»Leb wohl, Liadan.« Er griff nach seinem Rucksack und ging von mir weg, über die Wiese in den Schatten der Weiden. Dort blieb er stehen und drehte sich noch einmal um, sah erst Johnny an und dann mich, und es kam mir so vor, als läge der Schatten in seinem Blick und rings um ihn her.

»Leb wohl, mein Herz«, flüsterte ich und bückte mich, um mein nasses, sandiges Kind aufzuheben, denn es war längst Zeit für uns, ins Haus zurückzukehren. Immer noch sah Bran uns nach, und seine Miene nahm mir den Atem – eine solch erstaunliche Mischung aus Liebe und Schmerz war es. Dann wandte er uns den Rücken zu und ging.

Danach kam der Blick ungebeten zu mir, und mit ungeheurer Intensität. Ich hielt mich für stark, aber einer solchen Prüfung hatte ich mich nie unterziehen müssen. Ich verstand das trügerische Wesen dieser Begabung: dass sie nicht immer die Wahrheit zeigte, dass die Vergangenheit, die Gegenwart und die Zukunft, das Gewesene, das Künftige und das Mögliche ununterscheidbar zu Visionen zusammengewürfelt wurde. Das war gut so, denn ohne dieses Wissen hätte ich vermutlich den Verstand verloren, wie es einigen Leuten ging, die mit derselben Begabung verflucht waren. Sie überfiel mich ohne jede Vorwarnung, und alle Bilder, die ich sah, waren finster. Und selbst, wenn keine Visionen kamen, konnte ich dem Gefühl nicht entgehen, dass man mich beobachtete, dass irgendwie alles, was ich tat, überwacht und beurteilt wurde.

Manchmal dauerte es überhaupt nicht lange. Ich war vielleicht auf dem Rückweg von der Siedlung, meinen Korb am Arm, fühlte mich ein wenig müde, und dann sah ich direkt vor mir die in Stein gemeißelten Ungeheuer auf den Säulen und Eamonns Gesicht, bleich vor verzweifeltem Zorn, und seine Hände um Brans Hals, wie sie fest zudrückten. Und diesmal fiel Brans Messer unbenutzt zu Boden, während die musterüberzogenen Finger erschlafften und sein Gesicht dunkel anlief und sich verzerrte, und ich spürte in meiner eigenen Brust das hektische Ringen um Atem, sah vor meinen eigenen Augen, wie die Schwärze sich erhob, um mich zu nehmen. Oder ich saß zu Hause am Feuer, während Johnny mit ein paar Holztieren, die mein Vater einmal für Niamh geschnitzt hatte, spielte. Ich hatte meine eigenen Fähigkeiten mit dem Messer nicht vergessen, und außer den fetten Schafen und der Kuh und der Henne mit ihren Küken gab es auch eins oder zwei, die ich hinzugefügt hatte. Einen großen, kräftigen Wolfshund. Eine aufgerollte Schlange. Einen schlanken Otter. Wir brauchten keinen Raben: Wir hatten Fiacha, eine stetig wachsame Präsenz. Ich beobachtete meinen Sohn, als er zu meinen Füßen saß, und plötzlich wurden die Geschöpfe lebendig, und eins war ein Pferd, und darauf saß ein Reiter, der auf seinem Hemd das Wappen von Sevenwaters trug, zwei ineinander verschlungene Reifen. Es war mein Onkel Liam, irgendwo außerhalb des Waldes, der einen schmalen Weg zwischen felsigen Abhängen zurücklegte. Ein Schwirren erklang, und dann fiel mein Onkel mit einem Ausdruck milder Überraschung auf dem Gesicht seitlich vom Pferd, um reglos am Boden liegen zu bleiben, und ein rot gefiederter Pfeil ragte aus seiner Brust. Diese Vision verblasste, bevor ich sehen konnte, wie es weiterging, und ich war wieder in dem stillen Raum zu Hause.

»Wau«, sagte Johnny.

»Ja, das da ist ein Hund«, antwortete ich zittrig. Liam war zu Hause, und es ging ihm gut. Das war eins der Probleme mit dem Blick. Man könnte erzählen, was man sah, und andere warnen. Aber das war keine Garantie, dass man damit den Lauf der Dinge ändern konnte. Man beschloss vielleicht zu schweigen, um die Menschen nicht zu beunruhigen. Dann geschah, was man vorhergesehen hatte, und man fühlte sich schrecklich schuldig. *Hätte ich es ihnen nur gesagt, hätte ich sie nur gewarnt* ... im Augenblick behielt ich die Vision für mich. Und ich fragte Sean nicht, was er mit dem Bemalten Mann besprochen hatte und worin der Preis für einen solchen Dienst wohl bestand. Ich wusste, dass er es mir nicht sagen würde. Aber wir waren vorsichtig miteinander, und es war unangenehm. Es war, als würde das, was jeder von uns von Bran wusste, uns so misstrauisch machen, als ob unser einzelnes Wissen zusammengefügt auf irgendeine Weise gefährlich werden könnte. Von meinem Vater hörten wir nichts, und langsam ging der Herbst in den Winter über und die Ernte war zu Ende. Die Zeit, um das Vieh zum Schlachten auszuwählen, war bereits vorüber, und die Ernte war untergebracht und Butter und Käse für die kalte Jahreszeit beiseite geschafft. Alle im Haushalt waren irgendwie unruhig, und drunten in der Siedlung erkrankten einige an einem üblen Husten.

»Wo ist Iubdan, wenn ich ihn brauche?«, hörte ich Liam murmeln, wenn er auf dem Hof umherging und alle möglichen Leute ihn gleichzeitig mit Fragen bedrängten.

Der Mond vollzog einmal, zweimal seinen Kreislauf, und die Nächte wurden kälter. Ich entzündete meine Kerze, sah zu, wie mein Kind wuchs und spürte eine Kälte in der Luft, die nicht nur mit dem Winter zusammenhing. Ich dachte an den Bemalten Mann, der irgendwo außerhalb des Waldes unterwegs war, vielleicht sogar außerhalb der Grenzen von Erin selbst, auf einem gefährlichen Auftrag. Einem selbstmörderischen Auftrag. Mein Bruder war ungewöhnlich schweigsam, und ich konnte ihm ansehen, wie unruhig er war. Er und Liam unterhielten sich lange allein und einmal mit Seamus Rotbart, der innerhalb von zwei Tagen kam und wieder ging. Irgendetwas stand bevor, und sie sprachen nicht darüber. Niemand erwähnte Fionns Tod. Ich hielt meinen Mund. Aber ich fürchtete um Bran und sagte mir, wenn ich jemals die Gelegenheit haben sollte, werde ich es ihm das nächste Mal offen sagen. Es war einfach kein Leben, immer so warten zu müssen; die kurzen Augenblicke, die wir miteinander verbrachten, damit zu verschwenden, uns zu verabschieden. Ich würde ihn vor die Wahl stellen, sein Leben zu ändern, seine Fähigkeiten anderen Zielen zuzuwenden oder mir für immer den Rücken zu kehren. Und dennoch, ich glaubte zu wissen, wie seine Antwort lauten würde, und fürchtete, es ihn aussprechen zu hören.

Dann kam eine Nacht, in der meine Visionen zu zahlreich

und zu finster wurden, und ich war gezwungen, sie mit anderen zu teilen. Vielleicht hatte ich zunächst geschlafen, vielleicht waren es nur Alpträume. Es waren nur Fragmente, als wären in meinem Geist viele Zeiten und Orte zusammengekommen und umhergewirbelt und dann wie giftige Pfeile wieder auf mich eingedrungen. Ich sah einen uralten Mann, der allein durch die leeren Hallen von Sevenwaters ging, die knorrigen Finger um einen Eibenstock geschlungen, auf den er sich stützte. Er murmelte vor sich hin: *Sie sind alle weg … keine Söhne, keine Töchter … wie kann der Wald gerettet werden, wenn es in Sevenwaters keine Kinder gibt?* Und ich sah, dass dieser verkrüppelte alte Mann mein Bruder Sean war. Das Bild änderte sich abrupt. Einen Augenblick lang war alles dunkel, und ich befand mich an einem engen Ort, meine Beine verkrampft und eingezwängt, und ich konnte nicht atmen. Es war heiß, so heiß und eng, und jemand schrie, aber es war so schwer, Luft zu bekommen, und der Schrei war kaum mehr als ein Flüstern: *Wo bist du?* Ich riss abrupt die Augen auf und fand mich keuchend und zitternd auf meinem Bett in Sevenwaters, und als mein Entsetzen nachließ, erkannte ich, dass es nicht vollkommen dunkel war, denn die kleine Kerzenflamme brannte immer noch. Mein Herz klopfte heftig, und ich spürte kalten Schweiß auf der Haut. Und es war noch nicht vorüber, denn in dem stillen Zimmer sah ich eine weitere Vision: zwei Menschen, die miteinander stritten, Aisling und ihren Bruder. Hinter ihnen sahen die gemeißelten Geschöpfe in der Halle von Sídhe Dubh Unheil verkündend zu. *Das kannst du nicht tun!,* rief Aisling, die Augen geschwollen vom langen Weinen. *Du hast bereits zugestimmt! Du hast dein Wort gegeben!* Eamonns Miene war kalt wie die eines Briten, der ein Urteil abgibt und eine

Strafe verkündet. *Dieses Bündnis ist nicht mehr angemessen,* sagte er. *Ich habe meine Entscheidung bereits gefällt.* Aisling gab ein leises, wortloses Geräusch von sich, und sie wurde vollkommen bleich, und die Vision änderte sich wieder. Sie war oben auf dem Wachturm, und die Männer hatten ihr den Rücken zugekehrt. Sie stand in ihrem weißen Gewand oben auf den Zinnen, und jemand schrie *Nein!,* und sie tat einen Schritt in die Leere und stürzte abwärts wie ein Stein, fiel ohne einen Laut auf die zerklüfteten Felsen tief drunten. Der Blick ersparte mir keine Einzelheit. Ich schrie entsetzt auf, und Johnny erwachte und begann zu weinen, und Fiacha fügte der allgemeinen Unruhe seine deutliche Stimme hinzu.

Die Reaktionen kamen rasch. Zunächst stürzte das junge Kindermädchen gähnend herein, um das Kind aufzuheben und mit sanften Worten zu beruhigen. Dann kamen Janis mit einer Laterne und Sean, der rasch die Situation abschätzte und das Entsetzen in meinen Gedanken auffing, denn zu solchen Zeiten war ich nicht im Stande, darüber zu wachen. Er schickte die anderen wieder ins Bett, und ich umarmte meinen Sohn, bis wir beide ruhiger waren, und trank den Wein, den mein Bruder mir brachte. Meine Kerze im Fenster brannte weiter, denn nun stellte ich sie dort jede Nacht auf, ob nun der Sichelmond schien oder eine ganze, schimmernde Kugel, oder ob der dunkle Himmel voller Schatten war.

»Besser?«, fragte Sean nach einer Weile.

Ich atmete schaudernd ein. »Ich ... oh Sean ... ich sah ...«

»Lass dir Zeit«, riet mein Bruder mir ruhig und klang dabei ganz ähnlich wie unser Vater. »Möchtest du mir davon erzählen?«

»Ich ... ich weiß es nicht ... es war ... es war schrecklich, nicht nur diese letzte Vision, sondern ... Sean, ich glaube nicht, dass ich dir das sagen kann.« Das Bild war immer noch vor meinem geistigen Auge, gebrochene Knochen, blicklose Augen, helles Haar und helles Blut und ... andere Dinge. Ich errichtete rasch eine Barriere, damit er meine Gedanken nicht sehen konnte.

»Ich mache mir Sorgen um dich, Liadan.« Sean hielt seinen eigenen Weinkelch in der Hand und starrte in die Kerzenflamme. Auf seinen Zügen lag neuer Ernst; Vaters Abwesenheit hatte das Gleichgewicht unseres Haushalts mehr durcheinander gebracht, als man erwartet hätte. »Diese Visionen verstören dich schon seit einiger Zeit, ich weiß. Vielleicht solltest du mit Conor reden. Er würde kommen, wenn wir nach ihm schicken.«

»Nein«, sagte ich abrupt und dachte, Johnny ist jetzt älter. Conor würde mich wieder bitten, mit ihm in den Wald zu kommen, und ich müsste einen Grund finden, es abzulehnen. »Sean, du musst mir sagen, was geschieht. Ich weiß, es ist ein Geheimnis, aber der Blick scheint mich zu warnen, und ich habe Angst um ... um alle, die mir nahe stehen, und ich kann nicht sagen, wen ich warnen muss. Was ist das für ein Auftrag, auf den du den Bemalten Mann geschickt hast? Wer sonst weiß davon? Und was ist mit Eamonn?« Ich wollte Aislings Namen nicht aussprechen, denn sobald er hören würde, wie ich ihn aussprach, würde er wissen, dass es in meiner Vision um sie gegangen war, und er würde die Wahrheit aus mir herausholen, ein Ereignis, das vielleicht eintreten würde, oder vielleicht auch nicht.

Er würde sich verpflichtet fühlen, etwas zu unternehmen, und damit die Katastrophe vielleicht erst anzetteln.

Sean kniff die Lippen zusammen. »Das brauchst du nicht zu wissen.«

»Doch, Sean. Es sind Leben in Gefahr – viele Leben. Glaub mir.«

»Liadan?«, fragte mein Bruder.

»Was?« Ich wusste, was jetzt kam.

»Das ist sein Kind, nicht wahr?«

Es hatte keinen Sinn, noch auszuweichen, nachdem er nun seinen Verdacht schließlich ausgesprochen hatte. Und dennoch konnte ich ihm nicht die ganze Wahrheit sagen. Er konnte nicht den anderen Teil der Geschichte hören, die Geschichte von Niamh und ihrem Druiden und einer seltsamen Flucht nach Kerry. Ich nickte einfach. »Sind sie einander so ähnlich?«, fragte ich mit einem mühsamen Lächeln.

»Mit der Zeit werden sie es werden.« Seans Stirnrunzeln war genau wie das von Liam. »Es ist zu spät, dich darauf hinzuweisen, wie dumm du warst; zu spät, noch zu erklären, wie gedankenlos und eigensüchtig das war. Was ist mit Eamonn? Weiß er es?«

»Ich habe es ihm nicht gesagt«, erklärte ich und wünschte mir, dass mir seine Meinung über mich nicht so wichtig wäre. »Aber ja, er weiß es. Er ... er hat Andeutungen gemacht über Spione, über Informationen, die er erhalten hat.«

»Er hat sich seltsam verhalten«, meinte Sean mit einigem Zögern, nachdem er noch einmal überprüft hatte, ob die Tür wirklich geschlossen war. »Es waren Zeiten ausgemacht, zu denen wir uns treffen sollten, und dann war er nicht da. Ich habe Botschaften geschickt und keine Antworten erhalten. Es verstört mich. Selbst Seamus fand es in letzter Zeit schwierig, seinen Enkel zu erreichen.«

»Hast du mit der Zustimmung deiner Verbündeten gehandelt, als du dem Bemalten Mann diesen Auftrag gabst?«

Johnny war eingeschlafen und schwer in meinen Armen, aber seine Wärme tröstete mich, und deshalb wiegte ich ihn weiter.

»Was glaubst du?«

»Ich befürchte, dass es ein Abkommen zwischen euch beiden ist. Persönlich und geheim.«

»Da hast du ganz Recht. Eine Gelegenheit für ihn, sich zu beweisen. Ein sehr nützliches Unternehmen für mich, bei dem ich nichts verlieren kann.«

»Wie meinst du das?« Plötzlich wurde mir kalt.

»Wir haben abgesprochen, dass meine Verantwortung endet, falls er gefangen genommen wird. Er trägt das Risiko allein. Der Mann scheint sich entweder um die Fortdauer seiner Existenz keine Gedanken zu machen, oder er hat bemerkenswertes Selbstvertrauen. Vielleicht beides.«

»Bei allem, was er tut, ist er der Beste. Aber du hast Recht, er scheint nicht sonderlich um Selbsterhaltung bemüht. Das macht ihn zu einem nützlichen Werkzeug für dich.«

»Du klingst ein wenig kritisch, Liadan. Du darfst nicht vergessen, dass wir Männer sind und uns im Krieg befinden und dass solche Abkommen jeden Tag abgeschlossen werden. Ich wäre dumm, mir die Gelegenheit entgehen zu lassen. Wenn er Erfolg hat, werde ich zahlen, und es wird mehr Arbeit für ihn geben.«

»Und wenn er stirbt, wie wirst du das mir und meinem Sohn gegenüber rechtfertigen?«, fragte ich ihn mit zitternder Stimme.

»Wenn er stirbt, dann wird das daran liegen, dass der Auftrag über seine Fähigkeiten hinausging«, erwiderte mein Bruder ruhig. »Er hat ihn aus eigenem Willen und zu seinen eigenen Bedingungen akzeptiert.«

»Sean, bitte. Bitte sag mir, um was es geht. Sag mir, was ihr vorhabt, du und Liam und Seamus. Ich habe genug von all diesen Geheimnissen. Ich muss es einfach wissen.«

Schließlich begriff er, wie verzweifelt ich war. Vermutlich stand ein Schatten meiner schrecklichen Visionen immer noch in meinem Blick.

»Also gut. Dieser Auftrag verbindet zwei Elemente, die beide dem Bündnis im Augenblick sehr nützlich sind. Vor einem Jahr waren wir in einer sehr starken Position und konnten zumindest wieder daran denken, von See aus anzugreifen, um Northwoods von den Inseln zu vertreiben. Es war Fionns Armee, die das möglich machte. Aber Fionn ist tot.«

»Ich weiß.«

»Du weißt? Wie?«

»Bran – der Bemalte Mann – hat es mir gesagt. Ich weiß es jetzt seit einiger Zeit. Ich hielt es für das Beste, nichts zu sagen, bis Liam die Nachricht offiziell erhielt.«

»Warum sollte er dir das sagen?«

»Zwischen uns gibt es keine Geheimnisse, Sean.«

Mein Bruder starrte mich an.

»Dieser Mann hat mir schon früher geholfen. Wir sind uns nicht einfach zufällig begegnet. Seine Zukunft ist mit meiner verbunden, ebenso wie mit der deinen. Vielleicht hast du das nicht erkannt, als du seine Dienste für einen Auftrag kauftest, den sonst niemand ausführen wollte. Was zahlst zu ihm?«

»Soll ich fortfahren? Fionn ist tot, und je weniger darüber gesagt wird, desto besser. Es wird deinem Freund zugeschrieben, und niemand gibt sich die Mühe, irgendwelche anderen Theorien aufzustellen. Wir standen sofort einem Problem gegenüber. Fionns Unterstützung war unbedingt notwendig. Außerdem führen die Uí Néill von Tirconnell weiterhin diese Auseinandersetzung mit ihren Verwandten im Süden. Der Hochkönig und Fionns Vater stehen sich alles andere als freundlich gegenüber. Und Sevenwaters und seine Verbündeten liegen zufällig in strategisch wichtiger Position zwischen beiden. Fionns Leute haben seinen Tod lange Zeit verschwiegen. Es ist schon vor Mittsommer geschehen, weniger als einen Mond, nachdem Vater so plötzlich abgereist ist.«

Ich nickte nur und machte keine weitere Bemerkung.

»Es ist also wichtig, die Allianz mit den nördlichen Uí Néill zu erneuern, ohne dadurch den Hochkönig zu verärgern. Solche Verbindungen werden am besten durch eine Ehe gestärkt; aber Niamh ist verloren und man kann keine Tochter mit einem vaterlosen Kind anbieten, ganz gleich, wie ihre Abstammung ist, zumindest nicht als Braut für einen hochgeborenen Häuptling. Dennoch, wir haben noch etwas anderes: Wir können bewaffnete Unterstützung liefern, ein Bollwerk gegen einen Angriff aus dem Süden. In der Zukunft werden wir auch im Stande sein ... besondere Dienste zu bieten. Die Art von Diensten, in denen der Bemalte Mann sich so hervortut. Spionage, Täuschungen, geheime Ein- und Ausgänge. Hervorragende Seeleute, meisterhafte Kämpfer. Auf diese Weise können dein Freund und ich uns gegenseitig nur helfen. Aber das liegt noch in ferner Zukunft, denn inzwischen haben Liam, Seamus und ich ein sehr vertrauliches Treffen mit den Uí Néill geplant, an einem geheimen Ort. Wir sind sicher, dass sie mit uns zusammenarbeiten werden. Eamonns Abwesenheit war Grund zur Sorge, wie ich bereits sagte, aber Seamus wird ihm inzwischen von dem Plan berichtet haben, und er wird uns sicher unterstützen. Er wäre dumm, es nicht zu tun, da seine Ländereien direkt an dem Pass im Norden liegen, über den der direkte Verkehr nach Tirconnell verläuft.«

»Du hast mir nur die Hälfte erzählt.« Ich stand auf, legte Johnny in sein kleines Bett und deckte ihn mit der bunten Steppdecke zu.

»Ah. Der Auftrag. Ich habe mich zunächst gefragt, wie Männer, die so ungewöhnlich aussehen, ihre Anwesenheit irgendwo geheim halten, spionieren und ins Feindesland eindringen können. Ich wollte einen Beobachter in Northwoods Lager schicken. Auf die Größere Insel selbst, damit ich genaue Pläne ihrer Befestigungsanlagen bekomme, ihre Schwachpunkte feststellen kann und Einzelheiten über ihre Anzahl und Truppenbewegung erhalte, ebenso wie über ihre Schiffe. Ich hielt das für unmöglich, denn der Brite hatte ein zu gutes Spionagenetz. Und ganz sicher glaubte ich, dass ein so deutlich gezeichneter Mensch keine Aussicht auf Erfolg hätte. Aber ich habe es erwähnt, da ich seinen Ruf kannte. Und wie du schon erraten hast, dies war allein meine Initiative. Keiner der Verbündeten weiß von diesem Auftrag, obwohl Seamus darüber informiert ist, dass ich über einen solchen Plan nachgedacht habe. Wenn er Erfolg hat, werde ich es ihnen sagen.«

»Du sagtest, dein Plan würde zwei Elemente verbinden«, meinte ich angespannt. »Was ist das zweite?«

»Ich wollte so viel wie möglich erfahren, aber auch eine Ablenkung arrangieren. Etwas, das Northwoods von dem ablenkt, was wir wirklich tun. Unser Mann sollte beinahe zufällig durchblicken lassen, dass Fionn tot ist – soll der Feind doch glauben, dass unser Bündnis mit den Uí Néill gebrochen ist. Er sollte ihnen deutlich machen, dass wir im Augenblick so geschwächt sind, dass wir wohl kaum angreifen werden. Dann werden wir ihnen im nächsten Herbst eine kleine Überraschung bereiten, von der der Brite sich nicht mehr erholen wird, und endlich die Inseln zurückerobern können.«

»Und Bran hat zugestimmt?«

»Zunächst nicht. Er hat mich angehört und erklärt, er würde darüber nachdenken. Als er sich wieder an mich gewandt hat, hatte sich der Plan geändert. Wie du sicherlich weißt, ist sein Ruf weit verbreitet, und demzufolge kann er so gut wie nirgendwo mehr unerkannt auftreten. Er sagte, er würde Northwoods ein Angebot machen, das dieser nicht ablehnen könne. Er würde ihm anbieten, Informationen über Sevenwaters und das Bündnis zu liefern, genügend, um den Zugriff des Briten auf die Inseln zu festigen und ihm die Möglichkeit zu geben, uns anzugreifen. Selbstverständlich werden diese Informationen falsch sein. Aber es würde genügen, um Northwoods zu täuschen, lange genug, dass der Bemalte Mann die entsprechenden Informationen sammeln und sie zu mir zurückbringen kann, bevor der Brite die Wahrheit entdeckt. Man glaubt es einem Mann wie deinem Freund leicht, dass er die Seiten häufiger wechselt als sein Hemd. Er könnte gut damit durchkommen. Wenn er mehr verspricht, haben sie guten Grund, ihn gehen zu lassen. Als er mir das letzte Mal Bericht erstattete, hatte er bereits mit Northwoods Kontakt aufgenommen und es waren Vorkehrungen getroffen, dass ein kleines Schiff ihn auf die Inseln bringen sollte. Und während Northwoods von seinem Besucher und der Unmenge faszinierender Informationen, die er mit sich bringt, abgelenkt ist, haben wir begonnen, unser neues Bündnis aufzustellen und den Lanzenangriff zu planen.«

»Welchen Grund sollten die Briten haben, ihm zu trauen?«, flüsterte ich und schaute zu, wie die Kerzenflamme in der Zugluft flackerte.

»Er hat genug echte Informationen erhalten, um sie zu überzeugen«, erklärte Sean. »Die falschen Informationen sollten danach weitergegeben werden. Aber ich will dich nicht belügen, ich werde langsam unruhig. Er hätte eigentlich schon Bericht erstatten sollen. Ich habe nichts von ihm gehört.«

»Sean. Auch ich habe Grund zur Sorge. Ich will ehrlich mit dir sein, wie du es mit mir gewesen bist: Ich denke, dass du Aisling vielleicht eine Weile hierher einladen oder sie besuchen solltest.« Ich versuchte, beiläufig zu sprechen, aber man kann einem Zwilling seine Befürchtungen nicht verheimlichen.

»*Was? Was hast du gesehen?*« Er war plötzlich bleich geworden.

»Ich werde es dir nicht sagen, Sean, aber es ist ernst. Du solltest sie holen, wenn du kannst.«

»Das kann ich nicht«, sagte er grimmig. »Nicht jetzt. Liam ist heute Abend losgeritten, um mit den Uí Néill vertraulich über die Bedingungen zu sprechen. Die Besprechung ist für übermorgen an einem verborgenen Ort nördlich des Waldes angesetzt. Seamus wird da sein, aber ich muss in der Abwesenheit unseres Onkels in Sevenwaters bleiben. Liadan? Liadan, was ist los?«

»Du musst ihn aufhalten.« Die Worte kamen als ersticktes Flüstern heraus. »Du musst Liam aufhalten. Schick ihm Männer nach und hol ihn zurück.«

Aber ich hatte in den Worten meines Bruders den Tod gehört, und im Herzen wusste ich, dass wir machtlos waren, ihn aufzuhalten, dass es bereits zu spät war.

Es waren finstere Tage. Grimmig schickte Sean Liams Waffenmeister Fealan hinter ihm her. Ich konnte eine bittere Botschaft im Geist meines Bruders lesen, obwohl er sie nicht laut aussprach. *Du hättest mich warnen sollen.*

Als Fealan zurückkam, blieb keine Zeit zum Trauern. Er überbrachte seine Nachricht vertraulich, und als Sean den Haushalt bald darauf zusammenrief, war er gefasst und bleich und ausgesprochen beherrscht. Mit noch nicht ganz achtzehn Jahren musste mein Bruder nun die Verantwortung für das größte Túath nördlich von Tara übernehmen: für seine Herden, seine Truppen, die Verteidigung und die Bündnisse, und für die Menschen, die dort lebten. Und als Herr von Sevenwaters war er der Hüter des Waldes. Liam hatte geplant, dass es irgendwann so kommen würde, nach sorgfältiger Vorbereitung. Aber nun war die Zeit viel zu früh abgelaufen.

»Ich habe sehr ernste Nachrichten für euch«, sagte Sean, als sich Bewaffnete, Dienerinnen, Stallburschen und Bauern in der Halle versammelt hatten, um ihn anzuhören. Die Türen waren verriegelt. »Lord Liam ist tot. Er wurde vom Pfeil eines Briten getötet, vor nicht einmal zwei Tagen, als er auf dem Weg zu einer geheimen Beratung war. Mein Onkel wurde verraten, und ich werde nicht ruhen, bis ich herausgefunden habe, wer für diese Tat verantwortlich ist, und diese Person für die Tat zur Rechenschaft ziehen kann.«

Ein Schauder des Entsetzens zog durch den Raum. So kurz nach dem Dahinscheiden meiner Mutter und der abrupten Abreise meines Vaters schien dies ein tödlicher Schlag; einer, von denen sich der Haushalt von Sevenwaters vielleicht nicht erholen würde.

»Ich weiß, dass ihr mich unterstützt, ebenso wie meine Verbündeten mich unterstützen«, fuhr Sean mit fester Stimme und voller Selbstvertrauen fort. »Wir werden alle um Liam trauern, und es wird uns schwer fallen, weiter zu arbeiten, sei es in der Ernte, im Haus oder an den Waffen. Aber mein Onkel würde wollen, dass wir weitermachen, die Verteidigung aufrechterhalten, den Wald und alles, was darin lebt, beschützen, wie es unserer Familie vor langer Zeit auferlegt wurde, und dass wir weiter daran arbeiten, zurückzuholen, was die Briten uns genommen haben. Wir haben einen Rückschlag eingesteckt, aber es wird uns nicht für immer zurückwerfen. Wir werden uns erholen. Wir können Lord Liam nicht betrauern, wie es uns lieb wäre, wir können ihn nicht mit der Zeremonie auf den Weg schicken, die ein solcher Anführer verdient hätte, denn es sind schwierige Zeiten, und die Informationen über diesen Verrat sollten wir am besten vorerst innerhalb unserer Gemeinschaft behalten. Aus diesem Grund werden wir seine Leiche im Verborgenen nach Hause bringen, damit sie einen Tag und eine Nacht in diesem Haus liegt, und wir werden ihn unter den Eichen begraben. In einiger Zeit wird es eine angemessene Zeremonie zur Erinnerung an seinen Namen geben, und wir können uns von ihm verabschieden. Aber im Augenblick haltet einfach sein Bild in euren Herzen und euren Köpfen und schließt den Mund fest. Habt ihr verstanden?«

»Ja, Herr.« Viele Stimmen sprachen wie eine, und nachdem sie sich die Zeit genommen hatten, ihr Entsetzen und ihre Trauer auszudrücken und meinem Bruder und mir ihr Beileid zu erklären, machten sich alle sofort wieder an die Arbeit. Die Ernte wurde fortgesetzt, Frauen beschäftigten sich damit, Obst zu trocknen und einzukochen oder Leinen zu lüften, und Fealan ritt direkt wieder weg, mit drei dunkel gekleideten Männern und einem Ersatzpferd.

Mein Bruder hatte gut angefangen. Er hatte vor den Leuten des Haushalts mit fester Stimme gesprochen, und seine Haltung war eine glaubwürdige Kopie von Liams eigener Autorität gewesen. Aber später, nachdem sie die Leiche unseres Onkels zurückgebracht und wir ihn für das Begräbnis vorbereitet und umgeben von Kerzen in der Halle zur Ruhe gelegt hatten, war es etwas anderes. Die Leute kamen herein, um an der reglosen Gestalt ihres Herrn vorbeizuschreiten, um noch einmal seine strengen Züge zu sehen, die vom Schlaf des Todes ein wenig weicher geworden waren. Man sah seinem Körper kaum etwas an. Wer immer den Pfeil abgeschossen hatte, hatte sein Handwerk verstanden. Liams Wolfshunde wollten ihren Herrn nicht verlassen; sie lagen einer zu seinen Füßen, einer an seinem Kopf, seltsam reglos, während Männer und Frauen vorbeigingen und murmelten: »Geh in Frieden, Herr«, oder: »Eine sichere Reise, Lord Liam.«

»Wer hätte das gedacht?«, sagte Janis grimmig, als sie Bier eingoss und sich verstohlen mit dem Handrücken die Wangen wischte. »Erst Sorcha und dann er, kaum eine Jahreszeit später! Es ist einfach nicht richtig. Etwas ist hier nicht richtig. Wann kommt euer Vater nach Hause?«

Johnny war bei seinem Kindermädchen, und Sean und ich saßen zusammen in dem kleinen Zimmer im ersten Stock, wo Niamh versucht hatte, den Männern der Familie zu trotzen, und keiner auf sie gehört hatte. Sean war sehr still, und als ich ihn ansah, bemerkte ich, dass er endlich, nach seinem langen, selbstbeherrschten Tag, weinte.

»Es tut mir Leid«, sagte ich, weil es mir an besseren Worten fehlte. »Er war wie ein Vater für dich, das weiß ich. Du hast es heute gut gemacht, Sean.«

»Du hättest es mir vorher sagen sollen! Du hättest mich warnen müssen, oder ihn. Du hättest es verhindern können, Liadan.« Seine Stimme war heiser vor Kummer, und seine Worte taten mir sehr weh. »Warum hast du dich entschieden, es nicht aufzuhalten? Gibt es hier eine Verschwörung, die ich nicht begreife? Denn jemand hat ihn an die Briten verraten. Jemand hat ihnen gesagt, wo er unterwegs sein würde und wann, und dass er allein wäre.«

»Hör auf, Sean.« Meine eigene Stimme war alles andere als fest. »Das ist Unsinn, und du weißt es.«

»Unsinn, ja? Dann sag mir eins. Wer wusste von dem Treffen, zu dem Liam geritten ist, wenn man von unseren Verbündeten und dem Bemalten Mann einmal absah? Er erhielt dieses Wissen aus dem umgekehrten Grund – um dafür zu sorgen, dass Northwoods vom wirklichen Ort und der Absicht dieser Beratung abgelenkt ist. Aber er war natürlich auch in einer idealen Position, um die Information direkt an die Briten weiterzugeben. Wie kann ich jetzt noch davon ausgehen, dass mein Vertrauen zu deinem Freund nicht völlig fehl am Platze war? Dieser Mord zeigt doch sicher, dass er nicht mehr ist als der Betrüger, für den alle ihn halten. Ein Mann, der die Seiten jederzeit wechselt, wenn es ihm passt. Mein eigenes schlechtes Urteilsvermögen hat dazu beigetragen, meinen Onkel zu töten.«

»Warum sollte Bran so etwas tun?«

Sean verzog verächtlich den Mund. »Vielleicht zahlt Edwin von Northwoods besser als ich. Eine Information, die den Briten die Gelegenheit gibt, meinen Onkel loszuwerden und gleichzeitig unsere Verhandlungen mit den Uí Néill zu unterbrechen, hätte ihm sicher einen guten Preis eingebracht.«

»Bran würde so etwas nicht tun, Sean. Er hat deinen Auftrag sicher ausgeführt. Er hat nur voller Hochachtung von dir gesprochen. Ich bin sicher, er hat damit nichts zu tun.«

»Man kann einem solchen Mann nicht trauen«, sagte Sean verächtlich. »Es war dumm von mir, das zu tun, und du warst sogar noch dümmer, dich von seinen schönen Worten einlullen zu lassen. Nun ist unser Onkel tot, und das Bündnis in echter Gefahr. Begreifst du denn nicht, dass das unsere Kampagne um Jahre zurückwerfen könnte? Du trägst ebenfalls einen Teil der Schuld, Liadan. Ich kann einfach nicht glauben, dass du dich entschieden hast, mir von diesen Visionen nichts zu erzählen.«

Ich saß schweigend da, während seine Worte wie böser Regen auf mich niederprasselten. Es stimmte, was Janis gesagt hatte. Es war nicht richtig. Nichts war mehr richtig.

»Ich will, dass Aisling herkommt«, erklärte Sean abrupt, und seine Stimme brach, als sie sich seinen Versuchen der Beherrschung entzog. »Ich brauche Aisling hier, aber sie antwortet nicht auf meine Botschaften, und ich kann auch nicht hinreiten, um sie zu holen; ich kann Sevenwaters nicht verlassen, ehe unsere Leute sich nicht von diesem Schlag erholt haben. Was hat deine Vision dir gezeigt, Liadan? Welcher Art war die Gefahr für Aisling?«

Aber ich wollte ihm nicht antworten, denn er hatte mich zu sehr verletzt.

»Liadan. Sag es mir.«

»Nein. Und ich werde mich nicht verteidigen. Ich werde dir nur sagen, dass du aus deinem Kummer heraus sprichst und deine Worte mir wehtun, denn auch ich trauere um Liam, auch ich habe ihn geliebt und mich auf seine Kraft verlassen. Ich sollte dir nicht sagen müssen, dass der Blick nicht immer wahre Bilder dessen zeigt, was uns bevorsteht. Wenn ich jedes Mal eine Warnung aussprechen würde,

würde ich einen solchen Aufruhr hervorrufen, dass wir kaum unseren Alltag bewältigen könnten, denn wir wären ständig damit beschäftigt, unsicher über die Schulter zu blicken. Und du irrst dich, was Bran angeht. Er ist vertrauenswürdig, und er kann es nicht getan haben. Er schätzt seine Freundschaft mit mir, und er würde seinen Sohn nicht gefährden, indem er unsere Familie an den Feind verrät. Wer immer dieses Geheimnis verraten hat, es war nicht der Bemalte Mann.«

»Dein Glaube an ihn ist unlogisch. Er beruht vielleicht mehr auf den Bedürfnissen und Wünschen des Körpers als auf irgendetwas, das gesundem Menschenverstand ähnelt. Du hättest besser Eamonn geheiratet, der dir ein wenig Stabilität bieten konnte, als dich mit einem Gesetzlosen zu verbünden, der eindeutig keine Achtung für dich oder sein Kind hat.«

»Ich hätte Eamonn niemals geheiratet. Ich gehe davon aus, dass ich nie heiraten werde. Was deine Argumente angeht – du solltest aufhören, anderen die Schuld zu geben, ohne es beweisen zu können, und dir lieber deine Sicherheitsvorkehrungen ansehen, denn es ist klar, dass es irgendwo eine undichte Stelle geben muss. Ich leugne die Tatsache nicht, dass jemand ein Geheimnis verraten hat und dass dies den Tod unseres Onkels bewirkte. Aber es war nicht Bran. Ich weiß es, Sean, und du musst mir glauben. Du musst anderswo nach deinem Informanten suchen.«

»Liadan.« Nun sprach er leise, wie es unser Vater manchmal tat.

»Was?«, fragte ich misstrauisch.

»Würdest du etwas für mich tun?«

Brighid, hilf! Was erwartete der Junge, nachdem er seine

Verbitterung auf mich losgelassen und mit seinen falschen Beschuldigungen mein Herz zum Erkalten gebracht hatte?

»Was ist?«

»Ich kann Aisling nicht holen gehen. Und wenn ich ihrem Bruder Boten schicke, werden sie vor den Toren abgewiesen. Eamonn will nicht mit ihnen sprechen, aber dich kann er nicht abweisen. Du könntest ihn dazu bringen, dir zuzuhören. Wirst du nach Sídhe Dubh reiten und mit ihm reden? Wirst du mit Aisling sprechen und versuchen, sie hierher zurückzuholen?«

Ich war unsicher. »Ich glaube nicht ...«

»Du könntest auf diese Weise etwas wieder gutmachen.«

»Es ist keine Wiedergutmachung nötig«, fauchte ich, »und Eamonn ist der letzte Mensch, den ich im Augenblick sehen möchte. Ich will nie wieder nach Sídhe Dubh gehen. Zwischen mir und Eamonn gibt es böses Blut. Es wäre sehr schwierig für mich. Und außerdem werde ich hier ebenfalls gebraucht. Die Leute verlassen sich auf mich. Und was ist mit Johnny?«

»Bitte, Liadan.« Einen Augenblick lang klang er ganz wie Niamh, wenn sie versucht hatte, mich dazu zu überreden, ihr einen Gefallen zu tun.

»Ich weiß nicht. Du hast offenbar das Vertrauen in mein Urteilsvermögen und in dein eigenes verloren. Vielleicht solltest du jemand anderen schicken. Wenn du glaubst, dass sich Bran so bereitwillig gegen dich wendet, wieso sollte ich nicht dasselbe tun?«

»Du glaubst also immer noch an ihn«, sagte er tonlos.

»Er wird uns nicht verraten, Sean. Wenn er das täte, würde er bei seinem Auftrag versagen. Wenn er nicht zurückgekehrt ist, dann liegt das daran, dass ... dass ...«

Was folgte, war ein Aufblitzen des Blicks. Es war dunkel, es war zunächst so dunkel, dass ich nicht erkennen konnte, was oben und unten war und ob sich die Mauern da draußen befanden oder hier um mich herum und wo ich nun eigentlich verkrampft saß, mit den Knien unter dem Kinn, die Arme über den Kopf gebogen. Ich versuchte, mich zu bewegen, und die Mauern waren so eng, es war erdrückend, und ich konnte nicht atmen. Ich durfte kein Geräusch von mir geben, nicht ein einziges Wimmern, oder ich würde zahlen müssen, wenn sie mich herausließen. So schrie die Stimme lautlos in meinem Kopf, während Tränen mir heiß und leidenschaftlich über die Wangen rannen und meine Nase lief, und ich konnte sie nicht einmal hochziehen, aus lauter Angst, dass sie mich hören könnten. *Wo bist du? Wieso hast du losgelassen?*

»Liadan«, sagte Sean leise. »Liadan!« Und ich kam schaudernd wieder zu mir. »Du weinst.«

»Ich habe nicht um die Gabe des Blicks gebeten«, sagte ich ihm zitternd. »Glaub mir, ich hätte alles dafür gegeben, Liams Tod verhindern zu können, aber so funktioniert es nicht. Ich hätte ihn vielleicht gewarnt, und er hätte einen anderen Weg genommen und wäre immer noch umgekommen. Das wissen wir einfach nicht.«

Sean nickte ernst. »Es tut mir Leid. Aber es fällt mir schwer, dir nicht die Schuld zu geben. Manchmal frage ich mich, ob deine Verbindung zu dem Bemalten Mann dein Urteilsvermögen vollkommen gestört hat.«

Ich seufzte. »Du hast Angst um Aisling, und das mit gutem Grund. Ich empfinde dasselbe wegen Bran. Du scheinst kaum verstehen zu können, dass ich ebenso lieben kann wie du.«

»Du hättest deine Wahl vielleicht klüger treffen sollen.

Dieser Mann kann nie Teil von Sevenwaters sein. Er ist ... wie ein wildes Tier.«

»Das weiß ich. Aber ich habe meine Wahl getroffen. Nun hast du ihn in große Gefahr geschickt, aus deinen eigenen Gründen, und ihn außerdem des Verrats und mich der Schwäche bezichtigt. Und dann bittest du mich um einen Gefallen.«

Er schwieg einen Augenblick.

»Du weißt, was du gesehen hast. Hat deine Vision von Aisling dir gezeigt, dass sie unmittelbar in Gefahr war?«

Ich nickte zögernd. Sean war sehr bleich. »Ich kann nicht dort hingehen. Meine Leute brauchen mich. Bitte tu es für mich, für mich und für sie. Eamonn wird dich nicht abweisen; er kann dir nichts versagen. Ich werde dir eine starke Eskorte mitgeben, du könntest morgen Früh aufbrechen. Nimm Johnny mit, und auch das Kindermädchen, wenn du willst.«

»Ich denke darüber nach«, sagte ich ihm, und mein Herz wurde kalt bei dem Gedanken, dass sich die Festungsmauern von Sídhe Dubh wieder um mich schließen würden, und noch kälter bei dem Gedanken, Eamonn um irgendetwas bitten zu müssen. »Aber ich werde auf keinen Fall morgen schon reiten. Ich kann Johnny nicht rechtzeitig fertig machen.«

»Es muss bald sein.«

»Ich weiß.«

Als ich aufstand, um mich in mein Schlafzimmer zurückzuziehen, setzte er die Stimme des Geistes ein. *Es tut mir Leid, Liadan. Liam hatte Recht. Ich bin noch nicht bereit. Aber jetzt muss ich es tun. Ich muss alles andere in mir verschließen und stark sein – für sie alle. Du bist meine*

Schwester, und ich werde immer für dich da sein, ganz gleich, wie du dich entscheidest.

Das weiß ich.

Ich drehte mich um, aber er sah mich nicht an. Er hatte sich vornüber gebeugt und die Hände vors Gesicht geschlagen. *Du wirst ein starker und weiser Anführer sein, Sean. Deine und Aislings Kinder werden diese Hallen wieder mit Lachen erfüllen.*

Mit diesen Worten hatte ich mich verpflichtet zu tun, worum er gebeten hatte. Aber ich fürchtete mich vor dieser Reise. Ich hatte geglaubt, ich hätte vor wenigem Angst; aber nun begriff ich, dass ich Angst vor Eamonn hatte und vor seinem seltsamen Zuhause in den Marschen und den halb erschauten Visionen schlimmer Dinge, die innerhalb dieser Mauern vor sich gingen. Ich wäre viel lieber mit Johnny zu Hause geblieben, hätte den Frauen in der Küche geholfen, den Leuten im Dorf Arzneien gebracht und wäre im Herzen des Waldes sicher gewesen. Das Feenvolk hatte mich gewarnt. Conor hatte mich gewarnt. Es war gefährlich zu gehen.

Es war nicht Seans Unruhe, die mich schließlich dazu brachte, sondern etwas viel Erschreckenderes. Der Mond begann abzunehmen, und in dieser Nacht war sein Licht von schweren Wolken umschleiert. Ein starker Wind aus Südosten brachte das Geräusch knarrender Äste und raschelnder Blätter in meine stille Kammer, als ich mich zum Schlafengehen fertig machte. Es war sehr spät. Das Kindermädchen hatte sich schon hingelegt und Johnny bei mir gelassen, der fest unter seiner bunten Decke schlief. Als er aufwachte und gestillt werden wollte, holte ich mir ihn in mein Bett, denn seine Gegenwart war eine willkommene Barriere gegen die bösen Ahnungen, die drohten, mich zu überwältigen. Fiacha saß auf einer Stuhllehne, und ob er schlief oder wach war, wusste ich nicht. Ich musste stark sein, sagte ich mir, als ich einen Span an die glühenden Kohlen in der Feuerstelle hielt und meine Kerze anzündete. Sehr stark, denn die Sicherheit anderer hing von meiner Kraft ab.

Die Kerze flackerte und ging aus. Ich legte meine Hand um den Docht, um ihn vor dem Durchzug zu schützen, und hielt den brennenden Span näher daran. Der Docht flackerte kurz auf und erstarb. Ich spürte etwas in meinem Nacken, das sich anfühlte wie die Berührung einer eisigen Hand. Sehr entschlossen nahm ich die Kerze mitsamt dem Halter und bewegte mich vom Fenster weg, um sie vorn auf die Eichentruhe am Bett zu stellen. Seltsame Schatten vom Licht des flackernden Spans tanzten über die Wände.

Hier gab es keinen Durchzug. Aber die gemusterte Kerze wollte nicht angehen. Ich überprüfte den Docht und versuchte es wieder. Und wieder, während schreckliche Angst mich ergriff. Der Docht war in Ordnung, der Span brannte stetig direkt daneben. Aber sobald ich die Hand wegzog, flackerte die Kerzenflamme und erstarb. Ich sagte mir, dass ich dumm sei und in meiner eigenen Panik dazu beitrug, dass die Kerze immer wieder ausging. Ich holte tief Luft und versuchte es noch einmal. Ich saß lange Zeit da, versuchte wieder und wieder, sie zum Brennen zu bringen, bis meine Hände zitterten und mir alles vor Augen verschwamm. Es war dunkel draußen; dichte Wolken hingen vor dem Mond, und ich konnte die kleine Kerze nicht zum Brennen zwingen. Heute Nacht würde dieses Licht nicht ins Dunkel hinausleuchten.

Ich saß schaudernd auf dem Bett, eine Decke um die Schultern, aber ich versuchte, nicht zu schlafen, nicht in dieser Nacht. Johnny wachte zweimal auf, und ich hielt ihn im Arm und stillte ihn und war froh über seine Gesellschaft. In dieser Nacht wünschte ich mir den Blick, aber nichts geschah. Ich konnte nicht einmal dieses Kind hören, das im Dunkeln schrie. Stattdessen war ich es, die im Geist rief: *Wo bist du? Zeig es mir. Zeig es mir.* Aber nichts geschah, während ich wartete, kalt vor Befürchtungen, bis das erste Morgenlicht den Himmel berührte.

Ich sagte dem verschlafenen Kindermädchen, dass ich den Tag über weg sein würde, und nahm Johnny mit. Ich erklärte ihr, falls jemand fragen sollte, solle sie behaupten, ich hätte eine Eskorte mitgenommen und mich auf einen kurzen Besuch gemacht, ich wäre rechtzeitig zurück, um meinen Onkel Liam zur Ruhe zu betten. Ich wollte an diesem Tag nicht zu Hause sein, ich musste mich um andere Dinge kümmern.

Ich hatte bereits zuvor eine Methode gefunden, Johnny bei meinen Wanderungen durch den Wald mitzunehmen, und nun packte ich ihn mir auf den Rücken, in ein Stück festes Sackleinen, dessen Enden ich über meine Schulter zog und dann um die Taille band. Ihm gefiel es, auf diese Weise unterwegs zu sein, dicht an meiner Körperwärme, weil er die Steine und den Himmel und die vielen Farben und Muster von Eichen und Eschen, Birken und Haselsträuchern sehen konnte. Wenn er einmal ein Mann war, dachte ich, als wir leise über einen laubbedeckten Weg gingen, den mein Onkel Conor mir einmal gezeigt hatte, würde er sich an diese Formen und Farben erinnern, und es würde ihm wie allen Kindern von Sevenwaters schwer fallen, sich lange vom Wald zu entfernen.

Ich beeilte mich. Da der Blick sich mir offenbar nun

verweigerte und ich nur noch auf mein Wissen angewiesen war, musste ich versuchen, mit anderen Methoden Informationen zu erlangen. Und nun, da meine Mutter weg war, gab es nur noch einen einzigen Menschen, der mir helfen würde, ohne ein vorschnelles Urteil zu fällen, und der nicht versuchen würde, mir zu sagen, was ich tun sollte und was nicht.

Es begann ein wenig zu regnen, aber die großen Eichen schützen uns, und als ich am Ufer des Siebenbaches entlangkletterte, dort wo er über die Felsen in das klarere Wasser des Sees hinabfloss, waren die Wolken dünn genug, um ein wenig Sonne durchzulassen. Fiacha flog von Ast zu Ast, einmal hinter uns, einmal vor uns, hielt Schritt und hielt Wache. Es bestand keine Gefahr, dass mir kalt wurde; mein schneller Schritt und Johnny auf dem Rücken sorgten dafür, dass dies nicht geschah. Und tatsächlich musste ich bald immer häufiger innehalten und Luft holen. Vielleicht hatten meine Visionen mich geschwächt, oder mein Körper hatte sich nach der Geburt meines Sohnes nicht so erholt, wie es sein sollte. *Sei stark, Liadan. Du musst stark sein.* Schließlich kam ich zu den dichten Ebereschen, an denen wieder üppige Beeren hingen, und schlüpfte an ihnen vorbei unter die Weiden. Vor mir befand sich die geheime Quelle, der kleine, runde, von glatten Steinen umgebene Teich, ein Ort tiefer Ruhe. Ich löste das Tuch, das Johnny auf meinem Rücken hielt. Mein Sohn war eingeschlafen, und ich legte ihn vorsichtig auf den Farn unter den Bäumen. Er regte sich nicht. Fiacha setzte sich auf einen Ast in der Nähe.

Onkel? Ich streckte bereits den Geist nach ihm aus, während ich mich noch auf die Steine am Wasser niederließ. *Ich brauche deine Hilfe.*

Ich bin hier, Liadan. Und das war er; er stand auf der anderen Seite, bleich, mit wirrem, dunklem Haar und weiten Gewändern, die nicht ganz die weißen Flügelfedern bedeckten. Seine Miene war ruhig, sein Blick klar.

Onkel Liam ist tot. Gefällt von einem britischen Pfeil.

Ich weiß. Conor ist schon auf dem Weg nach Sevenwaters. Aber ich werde nicht gehen. Nicht diesmal.

Onkel. Ich hatte schreckliche Visionen. Ich habe Liams Tod gesehen und ihn nicht gewarnt, bis es zu spät war. Mein Bruder sagte ... er sagte ...

Ich weiß. Es ist schwer. Es gibt keine Möglichkeit, dieser Schuld zu entkommen, Tochter. Ich habe lange Jahre damit gelebt. Dein Bruder wird ebenso wie meine eigenen Brüder mit der Zeit lernen, dass der Blick nicht beherrscht werden kann. Dass solche Warnungen, wenn man sie weitergibt, zu einer viel bittereren Ernte führen können, als wenn man den Dingen ihren Lauf ließe. Dein Bruder ist jung. Mit der Zeit wird er so stark werden, wie Liam war. Vielleicht sogar stärker.

Ich nickte. *Das sehe ich ebenfalls, und ich habe es ihm gesagt. Aber man hat mir eine andere Zukunft gezeigt – eine, in der Sean alt und allein war. Eine Zukunft, in der Sevenwaters leer steht, verlassen. Ich würde viel tun, um dieses Muster verändern zu können. Ich würde jene herausfordern, die unseren Weg beeinflussen, ganz gleich wie stark sie sind.*

Finbar lachte leise und erschreckte mich damit. »Oh Liadan. Wäre mein Weg anders verlaufen und wäre ich mit einer Tochter gesegnet gewesen, dann hätte ich mir eine gewünscht, die so ist wie du. Forderst du nicht bei jeder Kreuzung die Wege unseres Lebens heraus? Aber nun komm, du suchst Anleitung, du suchst eine Vision, die die

Wahrheit zeigt; ich sehe es in deinen Augen, und ich sehe, wie dringend es dir ist. Du hast lange geweint, und ich glaube, ich weiß, warum.«

»Meine Kerze, meine kleine Flamme in der Dunkelheit ... ich konnte sie nicht entzünden, obwohl ich es immer wieder versucht habe. Und ich habe kein Wort gehört, nur schreckliches Schweigen. Und nun haben die Visionen aufgehört, und ich sehe ihn nicht mehr und höre seine Stimme nicht mehr. Und ich habe Aisling gesehen, ich habe gesehen ...«

»Ich werde dir helfen. Wenn du irgendwo die Wahrheit sehen kannst, dann hier, zwischen diesen uralten Steinen. Dein Kind schläft fest. Wir haben Zeit. Komm, öffne mir deinen Geist, und wir schauen zusammen ins Wasser.«

So saßen wir auf den Steinen und spürten, dass wir sicher waren in der starken, stützenden Wärme der Hände einer Mutter. Finbar war auf einer Seite des Teichs, ich auf der anderen. Ich ließ die Schutzschilde meines Geistes gehen, und er tat dasselbe, und unsere Gedanken verschmolzen und wurden gemeinsam ruhig. Zeit verging, vielleicht lange Zeit, vielleicht auch nur wenig, und das einzige Geräusch war das Rascheln von Insekten im Gras und die Vogelrufe über unseren Köpfen und der Wind, der in den Weiden seufzte.

Die Wasseroberfläche bewegte und veränderte sich. Etwas Helles leuchtete dort, silbern im Dunkeln. Ich hielt den Atem an. Es war eine Trinkflasche, kunstfertig hergestellt. Ihre Oberfläche war mit einem komplizierten Muster verziert, der Verschluss aus Bernstein in Form einer kleinen Katze. Ein Gefäß, das ich mit dem Bemalten Mann an einem Tag von Tod und Wiedergeburt geteilt hatte. Eine Hand streckte sich nach der Flasche aus und zog den Stöpsel. Der

Mann, der die Flasche an die Lippen hob, um zu trinken, war Eamonn. Der Teich wurde wieder dunkel.

Langsam atmen, Liadan. Bleib ruhig. Mein Onkel schickte mir ein Bild stillen Wassers, von Buchenblättern in der Frühlingssonne, von einem schlafenden Kind. Ich zwang mein heftig schlagendes Herz dazu, langsamer zu werden, ich zwang meinen Geist, die Angst beiseite zu schieben. Wieder sah ich ins Wasser.

Diesmal verliefen die Bilder miteinander, und ich nahm an, dass das, was ich hier sah, gleichzeitig geschah. Aisling, die auf ihrem Bett lag und weinte und weinte, bis sie keine Tränen mehr hatte. Eine Dienerin, die mit einem Tablett mit Essen ins Zimmer kam und ein anderes solches Tablett mitnahm, das unberührt war. Dann verschloss sie die Tür von außen wieder. Schloss meine Freundin ein. Dann waren wir abrupt unten in der großen Halle von Sídhe Dubh. Es war Nacht, denn Fackeln brannten an den Wänden, und die Steintiere auf den Säulen wirkten lebendig, als das Licht auf ihren winzigen, boshaften Zügen spielte. Starrende Augen, zupackende Klauen, spitze Zähne, flammende Zungen. Nun sah ich zwei Männer dort: Eamonn in einem geschnitzten Eichensessel, das glänzende braune Haar fiel ihm ordentlich bis auf die Schultern, seine Miene war gefasst. Nur seinen Augen war die Erregung anzusehen. Und Bran, die helle Seite seines Gesichts eine Masse von Schwellungen und blauen Flecken, ein tiefer, nässender Schnitt über dem Auge und eine dunkelrote Schwiele um seinen Hals, als wäre er beinahe erwürgt worden. In Eamonns braunen Augen standen Triumph und Spott.

»Da ich deine Neigung zum Abschneiden von Körperteilen kenne«, bemerkte er beiläufig, »habe ich beschlossen, mit dem kleinsten Finger anzufangen und mich dann weiter vorzuarbeiten. Es wird interessant sein zu sehen, wie viel Schmerzen ein Mann ertragen kann. Aber vielleicht spüren schwarze Menschen Schmerz nicht so wie wir.«

Brans Stimme war ruhig und leise. »Ich werde nicht um seine Sicherheit feilschen und er nicht um meine.«

Eamonn lachte verächtlich. »Ich hatte auch nicht vor zu verhandeln. Du hast mir keine Verhandlungsmöglichkeit gegeben, als du meine Männer vor meinen Augen niedergemetzelt hast. Ich dachte nur, ich würde dich über die Fortschritte deines Freundes informieren. Du wirst etwas brauchen, womit du dich beschäftigen kannst, dort, wo du hingehst. Oh ja, ich habe Pläne für dich. Ihr beide werdet mich vor eurem Ende noch gut unterhalten. Man hat mir gesagt, du hast eine gewisse Abneigung gegen geschlossene Räume und löschst nur ungern das Licht. Wer hätte das gedacht? Der Bemalte Mann hat Angst vor dem Dunkeln?«

Kurzes Schweigen.

»Du widerst mich an«, sagte Bran schließlich. »Du bist ein Verräter, genau wie dein Vater. Hat er sich nicht gegen seine Verbündeten gewandt, genau wie du jetzt? Es heißt, man hat ihn auf beiden Seiten des Wassers verachtet und über ihn gelacht. Kein Wunder, dass Liam ihn erledigt hat, bevor er noch größeren Schaden anrichten konnte. Hast du die Geschichte gehört? Es ist ein sehr öffentliches Geheimnis. Dein eigener Großvater hatte Anteil daran, ebenso wie der dubiose Hugh von Harrowfield. Sie glaubten, dass du zu einem besseren Mann heranwachsen würdest als dein Vater. Eine vergebliche Hoffnung, wie sich nun zeigt. Welchen Preis hast du für uns beide gezahlt, Eamonn Dubh?«

»Benutz nicht diesen Namen!« Eamonn stand auf und ging auf seinen Gefangenen zu. Er bewegte sich vorsichtig, als wäre er verletzt. Vielleicht trug er einen Verband um die Rippen, unter seinem Hemd verborgen. Er hob die Hand und schlug fest in Brans Gesicht. Ich sah, dass Brans Hände gefesselt waren, ebenso wie seine Fußgelenke, und dass der Schlag ihn trotz all seiner offensichtlichen Selbstbeherrschung schwanken ließ. »Liam ist tot«, fuhr Eamonn fort. »Es gibt einen neuen Herrn in Sevenwaters, einen, der jung und unerprobt ist. Ihre Stellung ist gewaltig geschwächt.«

»Tot. Wie?« Bran kniff die Augen ein wenig zusammen. Das hatte er eindeutig noch nicht gewusst.

»Das geht dich nichts an, denn du wirst hier nie wieder herauskommen, Gesetzloser. Ich werde meinen Spaß mit dir und diesem schwarzen Wilden, den du deinen Freund nennst, haben, und dann werde ich mich eurer entledigen. Ihr werdet einfach spurlos verschwinden. Die Leute sagen, ihr hättet Sevenwaters an die Briten verraten. Später werden sie sagen, dass Liams Leute ihn rasch gerächt und euch vom Angesicht der Erde getilgt haben. Wage nicht, meine Handlungen in Frage zu stellen. Was weiß ein Mann wie du schon von Bündnissen und Treue? Du verstehst doch kaum, was diese Begriffe bedeuten.«

»Wenn ich niemandem treu bin«, sagte Bran und ließ seinen Blick nicht von Eamonn weichen, »kann ich zumindest niemanden verraten.« Er schien intensiv nachzudenken, als wollte er ein Rätsel lösen.

Eamonn hüstelte. »Was geschehen ist, ist ... misslich. Aber es kann sich zu meinem Vorteil auswirken. Was, wenn mein Großvater und der Uí Néill erfahren, dass der junge Sean einen Handel mit dem Bemalten Mann abgeschlossen hat? Was, wenn sie erführen, dass sich seine Schwester zu einem Gesetzlosen gelegt und unter den Büschen in ihrem Lager an der Straße die Beine für ihn breit gemacht hat?

Der Ruf von Sevenwaters wird sich davon nicht erholen können.«

Brans Stimme war weiter ruhig. »Du wirst diese Worte noch bedauern. Es mag sein, dass du mich jetzt gefangen hältst und glaubst, ich wäre hilflos. Aber jedes Wort über sie bringt dich dem Tod ein wenig näher.«

»Du musst wirklich dumm sein, wenn du nicht begreifst, warum ich einen so hohen Preis dafür gezahlt habe, dich in meine Gewalt zu bekommen. Seit du meine Männer getötet hast, wollte ich dich sterben sehen. Aber sobald ich wusste, dass du mir Liadan genommen hattest, sobald ich wusste, dass es deine schmutzigen Hände gewesen waren, die sie berührten, hätte ich eine königliche Summe gezahlt. Ich frage mich, was ihre Mutter dachte, als sie auf dem Totenbett hörte, dass ihre Tochter sich an einen solchen Abschaum weggeworfen hat. Sobald ich die Wahrheit wusste, war es nur noch eine Frage der Zeit. Ich hätte alles dafür gezahlt, um dich leiden und sterben zu sehen. Es geht dir nicht sonderlich gut, wie? Dein Freund wird heute Nacht Schmerzen leiden. Es brennt, ein heißes Eisen auf einer frischen Wunde zu spüren. Aber er hat nicht geschrien. Nicht ein einziges Mal. Verblüffend.«

Bran antwortete nicht. Sein Blick war leer, als hätte er sich aus seiner Umgebung und von dem, was er hörte, entfernt. Eamonn ging nun auf und ab. »Es gefällt dir nicht, wenn ich von Liadan oder dem Kind spreche, nicht wahr? Das ist seltsam, wenn man bedenkt, wie du sie behandelt hast.«

»Du solltest deine Worte mit größter Vorsicht wählen.«

»Hah! Und du bist gebunden wie ein Hühnchen vor dem Braten und nicht in der Lage, auch nur einen Schritt zu machen, ohne dass du umfällst. Ein Mann, der keine Neumondnacht ohne Laterne an seiner Seite erträgt, ein Mann, der seine eigenen Träume fürchtet. Dein Trotz amüsiert mich, Bastard.«

»Ich habe dich gewarnt. Du bewegst dich auf dünnem Eis, wenn du von ihr sprichst.«

»Ich werde sagen, was ich will. Ich bin hier zu Hause, das hier ist meine Halle, und du bist mein Gefangener. Ich werde dir sagen, was ich schon lange tun möchte. Du glaubst, du hast einen Anspruch auf die Tochter von Sevenwaters, weil du sie verlockt hast, weil du ihre Unschuld ausgenutzt und sie gegen mich gewendet hast, aber sie gehört dir nicht und wird dir nie gehören. Wenn sie dir das gesagt hat, dann hat sie gelogen. Eine Frau spricht die Wahrheit nur, wenn es ihr passt. Liadan ist mir schon seit langem versprochen, schon seit wir kaum mehr als Kinder waren. Ich kannte ihren Körper, jeden Teil davon, bevor du deine hässlichen Hände auf sie gelegt hast.« Er hielt dramatisch inne. »Lustig, nicht wahr? Es wird sich kaum feststellen lassen, ob das Kind von dir oder von mir ist.«

Nun herrschte vollkommenes Schweigen, und Bran konnte den Zorn nicht mehr aus seinem Blick zurückhalten, ebenso wenig, wie er im Stande war, sein hektisches Atmen zu beherrschen.

»Nein. Oh nein«, flüsterte ich und hörte Finbars lautlose Warnung. *Ruhig, Liadan, sonst verlieren wir dieses Bild.*

»Du lügst«, sagte Bran. Aber seine Stimme klang nicht mehr so fest.

»Ach ja? Ich denke, es dürfte dir schwer fallen, es zu beweisen. Wo ist dein Beweis?«

Bran holte tief Luft, um sich plötzlich aufzurichten. Offenbar hatte er auch noch Prellungen, wo ich sie nicht sehen konnte. Er sah Eamonn in die Augen.

»Ich brauche keinen Beweis«, sagte er ruhig und hatte die Stimme wieder unter Kontrolle. »Liadan lügt mich nicht an. Ich würde ihr mein Leben anvertrauen. Du kannst mit deinen widerwärtigen Worten nicht vergiften, was zwischen uns war. Sie ist mein Licht in der Dunkelheit und Johnny mein Weg geradeaus.«

Tränen liefen mir über die Wangen, als ich sah, wie Eamonn seine Wachen rief und Bran aus der Halle gezerrt wurde. »Schafft mir diesen Straßenköter aus den Augen«, sagte Eamonn kalt. »Bringt ihn ins Dunkel, wo er hingehört. Lasst ihn dort verrotten.«

Dann war Eamonn allein und wirkte alles andere als ruhig. Er goss sich einen Krug Bier ein, trank ihn aus und warf den leeren Krug mit solcher Gewalt durchs Zimmer, dass sich das Metall verbog. »Du wirst diese Worte wieder herunterschlucken, bevor ich mit dir fertig bin«, flüsterte er. Dunkelheit breitete sich über die Teichoberfläche aus.

Tief atmen, Liadan. Ich spürte die tröstliche Ruhe von Finbars Gedanken, der meinen schaudernden Geist mit seinem umschlang, mir Licht auf dem Wasser zeigte, die helle Flamme der Eichen im strahlenden Herbstgewand, die Fackel auf dem kleinen Boot meiner Mutter, eine brennende Kerze; die Strahlen der Nachmittagssonne, die auf meinen schlafenden, kleinen Sohn fielen, der unter den Weiden immer noch still war.

Ist es jetzt besser? Das war sehr schwer. Was wirst du tun?

»Ich habe keine andere Wahl«, sagte ich laut und rieb mir mit dem Ärmel die nassen Wangen. »Sean hat mich gebeten, nach Sídhe Dubh zu reiten und Aisling zu holen. Ich muss das sofort tun, und wenn ich dort eintreffe, muss ich ...« Alles in mir sträubte sich gegen die Aussicht. Ich konnte Sean nicht sagen, was ich gesehen hatte. Ich hörte seine Stimme immer noch: *Einem solchen Mann kann man nicht trauen ... er war in der besten Position, um diese Informationen direkt an die Briten weiterzugeben.* Wer würde den Worten des Bemalten Mannes glauben, wenn Eamonn von den Marschen das Gegenteil behauptete? Wer würde die schattenhaften Visionen des Blicks als Beweis akzeptieren? Sean hatte gesagt: *Du trägst einen Teil der Schuld, Liadan.* Ich konnte es Sean nicht sagen. Wenn Vater doch nur zu Hause gewesen wäre! Er würde wissen, was zu tun war. Aber Vater war noch nicht aus Harrowfield zurückgekehrt, und wir hatten kein Wort von ihm gehört, und jetzt war keine Zeit mehr. Ich würde auch Conor nicht um Hilfe bitten. Ich wusste, was er sagen würde. *Dieser Mann hat seinen Zweck erfüllt. Verschwende keine Energie für ihn. Das Kind ist der Schlüssel.*

»Was wirst du tun?« Finbars Blick war voller Mitleid. Er gab mir keine Ratschläge.

»Jetzt gleich«, sagte ich, »werde ich das Kind stillen und seine Windeln wechseln und nach Sevenwaters zurückkehren. Morgen Früh reite ich nach Sídhe Dubh. Ich hoffe, dass ich, wenn ich dort bin, wissen werde, was ich als Nächstes tun soll.«

Finbar nickte. »Ich habe mich gefragt«, sagte er. »Ich habe mich gefragt ... es ist lange her, seit ich mich in einer Welt der Bündnisse, Strategien und des Verrats aufhielt. Aber es kommt mir vor, als gäbe es da etwas Unausgesprochenes.«

»Etwas, das ich zu meinem Vorteil nutzen kann, wenn wir Recht haben.«

»In der Tat. Dann denken wir dasselbe.«

»Es fällt mir schwer zu glauben, dass Eamonn eines

solchen Verrats fähig ist«, sagte ich, aber in meinem Hinterkopf sah ich Eamonns Blick, als ich seine Bewerbung ablehnte, den Blick eines Mannes, der nur das sieht, was er sehen will, eines Mannes, der es nicht ertragen kann, besiegt zu werden.

»Sei vorsichtig«, sagte Finbar. »Ich würde dir noch mehr helfen, wenn ich könnte. Aber du hast bereits einen Boten in die Anderwelt.« Er sah Fiacha an, der auf einem niedrigen Ast einer Eberesche saß, ganz in der Nähe der Stelle, wo sich Johnny nun im Farnkraut rührte.

»Ich habe einen Boten, ja.« Ich bückte mich, um Johnnys Windeln zu wechseln. Er war wach, aber still, und verlangte dieses eine Mal nicht nach seinem Essen. Es war, als hätte die Gelassenheit dieses Ortes sich sogar seinem kleinen Bewusstsein eingeprägt.

»Einen sehr mächtigen. Ich brauche nicht zu fragen, wer ihn dir geschickt hat.«

»Er kam nach Sevenwaters«, sagte ich, denn ich wusste, dass Finbar der einzige Mensch war, mit dem ich darüber sprechen konnte. »Ciarán. Am Abend von Mutters Leichenschmaus. Er ließ den Vogel zurück und sagte mir die Wahrheit darüber, wer er war. Onkel ...«

»Was beunruhigt dich, Liadan?«

»Es war schrecklich, uns nicht die Wahrheit zu sagen, sobald bekannt wurde, dass meine Schwester und Ciarán einander liebten. Wenn sie das getan hätten, hätte Niamh zumindest verstanden, dass Ciarán sie nicht einfach verlassen hatte. Sie hätte sich in finsteren Zeiten daran klammern können. Und ich hätte die Bedrohung für mein Kind vielleicht eher verstanden.«

»Ist es Ciarán, den du fürchtest, obwohl er dir dieses Geschenk gegeben hat?«

»Ich weiß es nicht. Ich weiß nicht, ob er Freund oder Feind ist. Ciarán sagte ... er sagte, seine Mutter hat ihm große Macht angeboten. Dass sie darauf wartet, dass er eine Entscheidung trifft. Er war sehr zornig.« Ich schauderte. »Zornig und verbittert.«

Finbar nickte bedächtig. »Er ist noch jung. Aber all die Jahre der Disziplin müssen sich bemerkbar machen. Conor würde sagen, es wird geschehen, wie es geschehen muss.«

»Genau das hat Ciarán auch gesagt.«

»Sie sind wie Vater und Sohn. Und das ist das Schlimme daran. Es gab einen guten Grund für unser Schweigen, Liadan, sowohl damals als auch zuvor, als das Kind in den Wald zurückgebracht wurde. Wir wollten alle nicht, dass unser Halbbruder von Lady Oonagh aufgezogen würde und dass sie ihn zu einer Waffe für unsere Zerstörung machte. Conor hat versucht, den Jungen gegen diese Einflüsse zu stärken. Aber das Böse ist sehr stark. Oonagh ist nur eines von seinen Werkzeugen; vielleicht gibt es etwas Finsteres in Ciaráns Geist, das sich immer nach vorne drängen wird, ganz gleich, was sonst geschieht, um den Feinden seiner Mutter Schaden zuzufügen. Was geschehen ist, war nicht nur Zufall. Wir haben alle erkannt, dass etwas, was wir für besiegt hielten, wieder am Leben und unter uns war, und wir zweifelten an unserer Kraft, uns dieser Macht zu widersetzen. Wir spürten alle denselben Schrecken, das Erwachen einer Angst, die wir nur einmal zuvor in unserem Leben erlebt hatten. Für viele ist das Böse, das Lady Oonagh den Kindern von Sevenwaters angetan hat, zu einem Stoff der Legende geworden, einer seltsamen, magischen Geschichte aus grauer Vorzeit; aber ich brauche nur die Augen zu schließen, und dann sehe ich sie wieder vor mir stehen, wie sie mir ins Gesicht lacht, ihr Haar eine dunkle

Flamme, ihre Augen wie giftige Beeren, und ich spüre, wie ich beginne, mich zu verwandeln, vor Angst zu zittern, wenn mein menschliches Bewusstsein davongleitet. Ich werde nie wieder sein, was ich einmal war; der Weg, der einmal vor mir lag, ist mir für immer versagt. In dem, was mit Niamh und Ciarán geschah, sah ich abermals Lady Oonaghs Grausamkeit und den Schmerz meiner Schwester. Was die Zauberin an diesem Tag getan hat, hält ein Leben lang an; die Angst, die Schuldgefühle, der Schmerz, alles bleibt für den Rest unserer Tage bei uns. Wie könnte man diese Last mit einem Sohn oder einer Tochter teilen wollen? Wie könnte man den Kummer ertragen, zu sehen, dass dasselbe Böse dabei ist, eure jungen, starken Leben zu vergiften? Vielleicht haben wir uns selbst der Wahrheit verweigert.«

»Du hast meine Vision gesehen. Wenn ich ihm nicht helfe, wird Bran sterben, und auch andere, und das wird wirklich ein Triumph der Mächte des Bösen sein. Aber ich habe Angst. Nicht um mich, sondern um Johnny. Das Feenvolk hat mich gewarnt, ich dürfe ihn nicht aus dem Wald wegbringen. Und dann ist da die Prophezeiung. Mutter hätte nicht gewünscht, dass ich mich dagegen wende.«

»Du bist stark. Aber was du vorhast, ist gefährlich, daran besteht kein Zweifel.«

»Ich fühle mich im Augenblick alles andere als stark.« Ich legte meinen Sohn an die Brust und zwang mich, langsamer zu atmen. »Ich fühle mich machtlos und habe Angst. Ich habe Angst, dass ich zu spät komme.«

Schweigen senkte sich herab, und dann hörte ich Finbars Stimme im Geist, die ungewöhnlich zögernd war. *Ich glaube, ich werde dich einige Zeit nicht wieder sehen, Liadan. Vergiss mich nicht. Meine Zukunft ist mit der dieses Kindes verbunden, das habe ich gesehen. Das ist wichtig, meine Liebe. Vergiss das nicht. Es wird viele Ablenkungen geben.*

Ich werde es nicht vergessen. Und ich danke dir für deine Hilfe. Du bist sehr kundig, wenn es darum geht, diese Visionen zu beherrschen und das Entsetzen in Schach zu halten.

Auch deine Begabung ist groß. Und du lernst, sie zu beherrschen. Du bist wahrhaftig eine bemerkenswerte junge Frau. Dein Mann hat die Wahrheit gesagt, als er dich ein Licht in der Dunkelheit nannte. Ah. Jetzt weinst du wieder. Aber es ist besser, wenn du jetzt weinst, denn nach diesem Tag wirst du keine Zeit mehr dazu haben.

KAPITEL 14

Es würde ein langer Ritt werden. Sean hatte schon einmal zuvor die Entfernung in weniger als einem Tag zurückgelegt, nachdem er meinen dringenden Hilferuf gehört hatte. Aber mit einem Kind würde ich unterwegs Halt machen müssen, um den Kleinen zu stillen und ihn ruhen zu lassen, und ich selbst würde, wenn ich ihn beim Reiten auf dem Rücken trug, rascher ermüden. Ein Wagen war undenkbar, einfach zu langsam und auf den schmalen Wegen zu schwierig zu manövrieren und zu verteidigen.

Wir hatten Liam in der Abenddämmerung unter den großen Eichen von Sevenwaters zur Ruhe gebettet. Boten waren unauffällig ausgesandt worden; Conor war auf dem Weg, aber er war weit weg gewesen und konnte uns nicht rechtzeitig erreichen. Padraic war von Seamus Rotbarts Heim aus weitergezogen. Vielleicht hatte er sich bereits auf eine neue Reise zu fernen Ländern aufgemacht, er kam nur selten zu Besuch; er hatte nie einen Anteil an Land und Gemeinschaft haben wollen. Aber es war traurig, dass keine Brüder und keine Schwester im vergehenden Licht unter den uralten Bäumen standen, um diesem ernsten Häuptling Lebewohl zu sagen.

Wir machten ein Feuer und verbrannten Fichtennadeln darin. Sean sprach von der Kraft und dem Mut unseres Onkels, ich von seiner Hingabe an Familie und Túath. Die Menschen des Haushalts und der Siedlung standen schweigend dabei. Es war ein finsterer Abschied für einen solchen Mann; vielleicht würden wir später im Stande sein, sein Leben und sein Dahingehen mit einer größeren Versammlung, dem Festessen und der Musik zu feiern, die er verdient hatte, aber jetzt nicht. Es waren gefährliche Zeiten, und die Nachricht dieses plötzlichen Todes durfte nicht einfach verbreitet werden.

Danach tranken wir ruhig am Küchenfeuer einen Krug Bier. Draußen in der Nachtluft erklang ein schreckliches Geräusch, ein Heulen von Trauer und Verlassenheit, wie ein Widerhall der Leere in unseren eigenen Herzen. Diese Klage ging weiter und weiter, bis mein Kopf wehtat und ich die Tränen nicht mehr zurückhalten konnte. Dann stand Sean auf und ging zur Tür, schaute ins Dunkel hinaus und rief: »Neassa! Brock! Es reicht. Kommt rein, ihr beiden!«

Nach einer Weile hörte das Heulen auf, und die beiden Wolfshunde meines Onkels kamen aus dem Dunkel herein, die Köpfe gesenkt, die Schwänze zwischen die Beine geklemmt. Sean setzte sich wieder hin, und die Hunde gingen zu ihm, ließen sich zu seiner Rechten und seiner Linken nieder. Ich glaube, das war der Augenblick, als mein Bruder wirklich Herr von Sevenwaters wurde.

Johnny und ich waren im Morgengrauen bereit, und Sean stand auf der Treppe, um uns Lebewohl zu sagen. Ich ritt das seltsame kleine Pferd, das einmal dem alten Mann gehört hatte, und es schien auf eine Weise begierig zu sein, endlich loszutraben, die mehr war als nur die frohe Erwartung von Bewegung in frischer Luft. Fiacha saß auf einem Pfosten in der Nähe und wartete, den Kopf schief gelegt. Die Pferde, die ihn sahen, tänzelten unruhig. »Ich danke dir, Liadan«, sagte mein Bruder mürrisch. »Bring sie hierher zurück, wenn du kannst. Und sage Eamonn, ich muss mit ihm reden. Du wirst ihm von Liams Tod erzählen müssen. Danach wird er sicher begreifen, wie notwendig weitere Beratungen sind. Das Bündnis muss sich wieder zusammenfinden, und zwar schnell. Ich muss meine Stellung festigen und ihnen klar machen, dass ich meine Angelegenheiten im Griff habe. Bitte ihn, hierher zu kommen und mit mir zu sprechen. Aber als Erstes sorge dafür, dass Aisling in Sicherheit ist.«

»Ich werde tun, was ich kann. Jetzt muss ich gehen. Es ist ein langer Weg. Lebe wohl, Sean. Möge die Göttin deinen Weg beleuchten.«

»Gute Reise, Liadan.«

Es dauerte einen Tag und eine Nacht und einen Teil des nächsten Morgens, und auf jedem Schritt dieses Weges wollte ich schneller sein, und ich biss jedes Mal die Zähne zusammen, wenn mein Sohn erwachte und jammerte und wir wieder anhalten mussten, um uns um ihn zu kümmern. Ich verbiss mir erboste Worte, als meine Bewaffneten mir mitteilten, Lord Sean hätte darauf bestanden, dass wir über Nacht ein Lager aufschlugen, zumindest eine Weile, und dass sie mir eine ordentliche Mahlzeit bereiteten. Man konnte von einer Dame nicht erwarten, dass sie so unbequem reist wie ein Krieger. Also stellten sie ein kleines Zelt für mich und das Kind auf und standen Wache, während ich dort mit offenen Augen lag und sah, wie kleine Wolken über das Gesicht des abnehmenden Mondes huschten. Und am Morgen des zweiten Tags ritten wir über den Damm nach Sídhe Dubh, und Fiacha flatterte auf dunklen Flügeln über uns her.

Wir waren ohne große Schwierigkeiten an den äußeren Wachen vorbeigekommen. Die Männer dort kannten mich und kannten meine Bewaffneten, die die weißen Waffenröcke von Sevenwaters mit den Wappen der verbundenen Reifen trugen. Sie ließen uns durch und zogen höchstens die Brauen hoch, als Fiacha krächzend über uns kreiste. Wir wurden auch am anderen Ende des Damms nicht abgewiesen. Aber einer der Männer schüttelte zweifelnd den Kopf und sagte: »Man wird euch nicht weiter vorlassen. Er lässt niemanden herein, und er macht keine Ausnahme, nicht einmal für eine Dame.« In seinem Tonfall deutete etwas an, dass er mit der Situation nicht ganz zufrieden war, aber diese Männer hatten eindeutig ihre Befehle.

So kamen wir ans innere Tor, den Eingang zu dem langen, gebogenen Tunnel, der in den Hof mit seinen hohen Mauern führte. Wie zuvor befanden sich dort zwei große, kräftige Männer mit Äxten in den Händen und zwei massive schwarze Hunde, die knurrten.

»Wer da?« Die Wachen traten vor, und die Hunde zogen an ihren Ketten.

»Lady Liadan von Sevenwaters, die die Tochter des Hauses besuchen möchte«, sagte der Anführer meiner Eskorte. »Wir stammen alle aus diesem Haushalt, und ich bin verblüfft, dass du uns nicht erkennst, Garbhan, denn es ist kaum eine Jahreszeit her, dass wir genau in dieser Halle hier einen Krug Bier zusammen getrunken haben. Öffne uns die Tore. Unsere Herrin hat einen langen Weg hinter sich und ist müde.«

»Wir dürfen niemanden einlassen. Ohne Ausnahme.«

»Ich weiß nicht, ob ich das verstehe.« Die Stimme meines Bewaffneten war ruhig und fest, aber er hatte die Hand nahe am Schwertgriff. »Unsere Herrin ist gekommen, um ihre Freundin zu besuchen. Wie ihr seht, hat sie ein kleines Kind bei sich. Sie ist die Schwester von Sean von Sevenwaters. Falls irgendwelche Zweifel bestehen, informiert bitte Lady Aisling. Ich bin sicher, sie wird uns gern willkommen heißen.«

»Keine Ausnahmen. Befehl von Lord Eamonn.«

Die Hunde schienen nur zu begierig, losgelassen zu werden, als Fiacha begann, auf sie niederzustürzen, dicht vorbei an ihren schnappenden Kiefern, und dann wieder hochzuflattern, um das Manöver zu wiederholen, begleitet von verächtlichem Krächzen. Johnny erwachte und begann zu weinen.

Ich drängte mein kleines Pferd vorwärts. »Überlasst es mir«, sagte ich meinen Männern. Ich versuchte es mit dem Tonfall, den Liam benutzt hätte. »Holt Lord Eamonn«, sagte ich. »Er wird mit mir sprechen. Sagt ihm, Liadan ist hier und muss mit ihm sprechen. Sagt ihm, ich habe Informationen für ihn, und dass es wichtig ist und dass ich mich nicht abweisen lasse.«

»Ich weiß nicht, Herrin. Lord Eamonn will nicht gestört werden, und er hat gesagt, keine Ausnahmen.«

Fiacha flog so dicht am Kopf des Mannes vorbei, dass er ihm mit dem tödlichen Schnabel beinahe ein Auge ausgerissen hätte. »Sagt es ihm.«

»Jawohl, Herrin.«

Wir warteten. Eamonn kam nicht herunter, aber nach einer Weile kehrte der Mann zurück. Die Kette wurde gelöst und die Tore geöffnet, und wir ritten an den sabbernden Hunden in den gewundenen Tunnel bis zum Hof. Auf dem ganzen Weg dorthin kamen wir an vielen, vielen Bewaffneten vorbei. Genug Wachen, dachte ich grimmig, um selbst die schwierigsten Gefangenen festzuhalten. Tief im Herzen wusste ich, dass Bran hier irgendwo sein musste. Er musste immer noch am Leben und zu einer Flucht fähig sein, denn wieso sollten sie sonst so viele Bewaffnete hier konzentrieren? Als wir wieder ins Licht kamen, wimmelte es auch im Hof vor Männern, und am Eingang zum Haus stand Eamonn und sah ernst und distanziert aus. Er kam herüber, um mir aus dem Sattel zu helfen. Johnny jammerte, und der Vogel fügte dem Lärm seine eigene, deutliche Stimme hinzu. »Liadan«, meinte Eamonn barsch. »Was machst du hier?«

»Was für ein Willkommen für eine Freundin ist das?«, fragte ich. »Wir sind müde, und ich muss mich um das Kind kümmern.«

»Warum bist du hergekommen?«

Meine Bewaffneten waren abgestiegen und hörten zu. »Ich habe Neuigkeiten für dich, Eamonn, sehr wichtige Nachrichten, die vertraulich übermittelt werden müssen. Und ich muss Aisling sehen. Vielleicht wirst du meinen Männern ein wenig Bier geben lassen und mir einen ruhigen Platz zur Verfügung stellen, damit ich für das Kind tun kann, was getan werden muss. Und wenn es dir dann passt, würde ich gern mit dir allein sprechen.«

Als er sich umdrehte, um Befehle zu geben und die kleine Menschenmenge wegzuschicken, die sich versammelt hatte, sah ich, dass er sich tatsächlich ein wenig vorsichtig bewegte, wie ein Mann der sich noch nicht von einer schweren Wunde wie der von einem Messer erholt hatte. Eine Dienerin kam, um mich hineinzuführen, und suchte mir eine ruhige Ecke, in der ich meinem Sohn die Windeln wechseln und ihn stillen konnte. Essen und Trinken wurden auf einem Tablett gebracht. Es war keine Spur von Aisling zu sehen, und ich fragte nicht nach ihr.

Die Zeit verging. Johnny hatte seine Mahlzeit bekommen und war ruhig, und die Sonne zog draußen vor den schmalen Fenstern weiter. Die Dienerin kehrte mit zwei anderen wieder, und sie bewunderten glucksend das Kind und boten an, ihn eine Weile zu nehmen, damit ich mich ausruhen konnte.

»Ich möchte gerne Aisling sehen«, sagte ich. »Ist sie hier?«

»Es geht meiner Herrin nicht gut. Ich glaube nicht, dass sie jemanden sehen möchte«, sagte die älteste der Frauen, die Johnny in den Armen hielt.

»Vielleicht könnte ich helfen«, bot ich an. »Ich bin Heilerin. Was ist denn geschehen?«

»Fragt lieber Lord Eamonn.«

»Aber ...«

»Fragt lieber ihn.«

Widerstrebend ließ ich zu, dass sie Johnny in die Küche brachten, denn er schien in ihrer Gesellschaft zufrieden zu sein, und ich war tatsächlich müde und wusste nicht so recht, was ich tun sollte. Fiacha flog hinter ihnen her, sehr zur Beunruhigung der Frauen. Bei einer solchen Wache würde mein Sohn wohl im Augenblick in Sicherheit sein. Ich sah aus dem Fenster in den Hof hinab und strengte mich an, etwas Ungewöhnliches zu entdecken, irgendetwas, das darauf schließen ließ, dass sich tatsächlich sehr wichtige Gefangene in der Festung befanden. Aber von der Anwesenheit so vieler Bewaffneter einmal abgesehen, schien alles wie immer.

Endlich schickte Eamonn nach mir. Er war in der Halle, saß auf seinem Eichensessel, und sobald die Dienerin gegangen war, waren wir allein.

»Nun, Liadan. Bitte setz dich hin. Einen Becher Wein vielleicht? Er kommt den ganzen Weg aus Armorica. Er ist recht gut. Ich hatte einen solchen Besuch nicht erwartet. Es ist keine gute Zeit dafür.«

»Für Nachrichten, wie ich sie bringe, gibt es keinen guten Zeitpunkt. Mein Onkel Liam ist tot. Getötet von den Briten auf dem Weg zu seiner Besprechung mit den Uí Néill. Jemand hat uns verraten, und das Bündnis ist sehr geschwächt. Sean hat mich gebeten, dir diese Nachricht selbst zu bringen, und lässt fragen, ob Aisling mit zurück nach Sevenwaters kommen darf, denn er braucht ihre Hilfe. Und er möchte dringend mit dir sprechen.«

»Ich verstehe.« Sein Schreck und seine Sorge wirkten vollkommen echt. »Das ist tatsächlich ernst. Wann ist es geschehen?«

»Vor ein paar Tagen. Sean will es noch nicht weiterverbreiten, aus offensichtlichen Gründen. Wir haben deinen Großvater benachrichtigt, und ich bin persönlich gekommen, um es dir zu sagen. Darüber hinaus weiß es niemand, aber sobald Northwoods sich entschließt, diesen Anschlag öffentlich zu machen, werden die Feinde des Bündnisses uns vielleicht angreifen.«

Er zog die Brauen hoch. »Ich wusste nicht, dass du so viel Ahnung von Strategien hast, Liadan.«

»Ich lerne schnell«, sagte ich.«

»Du kannst Aisling nicht mit nach Sevenwaters nehmen. Sie ist ... indisponiert.«

»Darf ich sie sehen? Wenn sie krank ist, kann ich sicher helfen.«

»Nicht diesmal. Du wirst sie leider nicht sehen können, und sie wird ganz bestimmt nicht reisen.«

»Dann muss sie ernsthaft krank sein. Ich bin Heilerin, Eamonn. Du solltest zulassen, dass ich mich um sie kümmere. Aisling ist meine Freundin und die Verlobte meines Bruders. Du solltest mich helfen lassen, wenn ich kann.«

»Du wirst nicht lange genug hier bleiben, um helfen zu können. Ich kann im Augenblick keine Gäste im Haus haben. Aisling wird sich auch ohne deine Hilfe gut erholen. Sie war einfach ... störrisch und hat sich selbst krank gemacht. Du kannst sie nicht sehen.«

Ich antwortete nicht. Dieses Gespräch war wie eine Art Spiel. Ein kleines Risiko da, ein kleiner Gewinn hier. Es war schwierig, strategische Bewegungen zu vollziehen, wenn man die Regeln nicht kannte.

»Richte Sean aus, dass Aisling nicht im Stande ist zu reisen«, sagte er. »Und richte ihm mein Beileid für seinen Verlust aus.« Er erhob sich, als wollte er gehen, und wieder entstand dieses unbehagliche Schweigen. »Ich nehme an, du musst dich eine Nacht ausruhen, bevor du zurückreitest. Ich bin überrascht, dass du dein Kind mitgebracht hast, Liadan. Aber er scheint es recht gut überstanden zu haben.«

»Du wirst feststellen, dass Abschaum über eine überraschende innere Kraft verfügt«, sagte ich leise. »Eine ungewöhnliche Fähigkeit, schlechte Behandlung zu überstehen.«

Es brauchte einen Augenblick, bis er reagierte. »Was hast du da gesagt?«

»Ich bin hergekommen, um mit dir zu feilschen, Eamonn. Ich bin gekommen, um dir deine Gefangenen abzukaufen.«

Ich hatte geglaubt, er sei blass, aber das ließ sein Gesicht weiß wie eine Totenmaske werden.

»Ich ... verstehe«, sagte er vorsichtig. »Weiß dein Bruder von dieser Eskapade?«

»Sean weiß nicht, was ich vorhabe«, sagte ich, und mein Herz begann, schneller zu schlagen. »Aber er weiß, dass ich hier bin, und er erwartet, dass ich sofort wieder zurückkehre, mit oder ohne Aisling.«

»Und welche Gefangenen hättest du genau im Sinn?«

»Du brauchst keine Spielchen mit mir zu spielen, Eamonn. Ich spreche von dem Bemalten Mann und einem Mann seiner Bande, die du gefangen hältst. Ich bin hier, um mit dir zu verhandeln, damit du sie mir übergibst und uns sicher aus Sídhe Dubh abziehen lässt.«

»Verhandeln? Was meinst du mit verhandeln?«

»Oh, ich bin sicher, du hast schon viele Händel abgeschlossen.«

Er erhob sich und begann, hin und her zu gehen, hin und her.

»Du verblüffst mich, Liadan. Selbst nach allem, was geschehen ist, selbst nach allem, was zwischen uns vorgegangen ist, hatte ich dich immer noch einiger Vernunft für fähig gehalten. Dieser Mann ist böse, ein Verbrecher. Er sollte nicht mehr freigelassen werden. Und das wird auch nicht geschehen. Und jetzt sag mir«, und er blieb direkt vor mir stehen und legte mir die Hände auf die Schultern; ich holte tief Luft und zwang mich, nicht zurückzuweichen »woher du weißt, dass er hier ist? Wie konntest du das herausfinden? Niemand sonst weiß es.«

»Zumindest gibst du nicht vor, dass du ihn nicht gefangen hältst. Ich nehme an, dein Stolz verhindert das. Die Quelle meiner Informationen ist vertraulich. Aber zumindest einer aus der Familie von Sevenwaters weiß, was ich weiß, und wird es weitergeben, wenn ich Schaden nehme.«

»Schaden? Wieso sollte ich dir etwas tun? Du stellst keine Bedrohung dar, und außerdem ... nein, ich will Sentimentalitäten lieber vermeiden. Ich werde es dir ganz offen sagen,

Liadan. Niemanden interessiert, ob dieser Mann lebt oder stirbt. Du könntest der ganzen Welt erzählen, dass ich ihn gefangen halte, ihn foltere und schlage und vorhabe, ihn hinzurichten. Nicht eine Seele würde auch nur den Finger rühren, um ihm zu helfen. Er ist ein Ausgestoßener und hat keine Hoffnung mehr.«

»Du hast Unrecht«, sagte ich leise. »Du hast so Unrecht. Ein solcher Mann kann große Loyalität hervorrufen, wie du noch entdecken wirst, und zwar auf deine Kosten.«

»Ha! Die Loyalität anderer Verbrecher wie er selbst, und die Treue fehlgeleiteter Mädchen, die perverse Aufregung in den Armen eines solchen Ungeheuers finden. Ich kann nicht glauben, dass du dich ihm hingegeben hast, wo du doch ...«

»Wo ich doch dich hätte haben können? Es tut mir Leid, dass du das nicht glauben kannst, Eamonn, denn es hat dich mit einer Verbitterung erfüllt, die am Ende dazu geführt hat, dass du nicht mehr weißt, was du wirklich tust und warum. Dieser Hass frisst dich auf, so dass du deiner Familie und deinen Freunden schadest und einen finsteren Fluch über deine eigene Zukunft verhängst. Es ist nicht zu spät, um noch umzukehren. Noch nicht.«

»Hättest du mich nicht abgewiesen, dann wäre mein Weg anders verlaufen«, meinte er bedrückt. »Wenn dir nicht gefällt, was aus mir geworden ist, dann solltest du die Schuld bei dir selbst suchen.«

»Du verantwortest selbst, was du tust«, sagte ich und hielt meinen Zorn so gut wie möglich zurück. »Du triffst deine eigenen Entscheidungen. Wir alle tragen eine Last der Schuld für Entscheidungen, die wir getroffen haben oder nicht.« Ich sah das Bild meines Onkels Liam vor meinem geistigen Auge, wie er mit einem Pfeil in der Brust auf dem

Weg lag. »Du kannst dein ganzes Leben davon bestimmen lassen, oder du lässt es hinter dir und gehst weiter. Nur ein Verrückter lässt seine ganze Existenz von Eifersucht bestimmen. Nur ein schwacher Mann gibt anderen die Schuld für seine eigenen Fehler. Wirst du also mit mir verhandeln?«

»Ich kann mir nicht vorstellen, was du glaubst, mir bieten zu können«, sagte er steif. »Aber ich nehme an, eine Frau kann einem Mann immer gewisse Dienste leisten. Und es gab eine Zeit, es ist noch nicht allzu lange her, da hätte ich viel dafür gegeben, deinen Körper zu besitzen. Ich hätte mit meinem Stolz bezahlt, mit meinem Ruf, mit allem, was ich hatte. Aber jetzt nicht mehr. Nicht jetzt, wo ich diesen Mann in meinem Griff habe. Ihn leiden zu sehen ist unendlich viel mehr wert als eine Nacht in deinem Bett. Obwohl es interessant wäre, es zu tun, nur um danach zu sehen, wie er sich windet. Leider hat er das bereits hinter sich gelassen.«

»Wie meinst du das?« Ich konnte nicht verhindern, dass meine Stimme zitterte, und leider hatte er es bemerkt.

»Wusstest du, dass unser selbstloser Held Angst vor dem Dunkeln hat? Wusstest du, dass er sich vollkommen auflöst, wenn man ihn zu lange einschließt? Ich habe das herausgefunden. Ich habe tief graben müssen, um es zu entdecken. Er wahrt sein Geheimnis gut. Du wirst ihn nicht ganz so vorfinden, wie du ihn kennst, fürchte ich. Und was den anderen angeht – er sieht ziemlich schlecht aus.«

Atmen, Liadan.

»Ich glaube, du hast missverstanden, was ich mit Verhandlungen meinte«, sagte ich und trank einen Schluck von meinem Wein, nur damit meine Hände etwas zu tun hatten und nicht zitterten. »Es geht nicht so sehr darum, was ich im Austausch für ihre Freiheit anbieten kann. Es ist mehr eine Frage dessen, was du dafür gibst, um mein Schweigen zu erkaufen.«

»Schweigen? Welches Schweigen? Wovon redest du?«

»Ich verfüge über Informationen, die dir großen Schaden zufügen könnten, Eamonn. Informationen, die, sollten sie je an die Ohren meines Bruders oder an die von Seamus gelangen, dafür sorgen würden, dass du aus dem Bündnis ausgestoßen wirst und dich den Rest deiner Tage unruhig umsehen musst, ob nicht ein Mann mit einem Messer hinter dir steht. Informationen, die, sollten die Uí Néill sie erfahren, dafür sorgen würden, dass du nie wieder mit ihnen an einem Tisch sitzen wirst. Und deine Ländereien haben eine ungünstige Position. Direkt auf dem Weg nach Tirconnell. Du solltest mich anhören.«

»Ich kann nicht glauben, was ich da höre!« Er setzte sich wieder hin und starrte mich an. »Wie könntest du etwas wissen, das dein Bruder nicht schon weiß? Ein Mädchen, das mit einem Kind zu Hause sitzt, tief im Wald. Das ist nur ein Bluff.«

»Ein Bluff. Also gut. Versuchen wir es mit Einzelheiten. Und vergiss nicht, dass die Bande des Bemalten Mannes viele Geheimnisse erfahren hat und ein Ohr in vielen Lagern besitzt. Meine Quelle mag eine andere sein als die von Sean, aber meine Informationen sind genauso akkurat wie die seinen.«

»Weiter«, sagte er mit eisiger Stimme. In diesem Augenblick kam ein Mann mit einem Tablett, einer weiteren Flasche Wein und einem Teller mit Brot und Käse und kaltem Braten herein. Er stellte es auf einen Tisch, und Eamonn entließ ihn mit einer knappen Geste. Als der Mann die Halle verlassen hatte, ging er zur Tür und schob den Riegel vor.

»Also gut«, sagte er. »Welche Informationen?«

Die Sonne fiel schräg durchs Fenster hinein. Mittag war bereits vorüber; zwei ganze Tage, seit ich in meiner Vision gesehen hatte, wie Bran aus dieser Halle geschleppt wurde, seit ich gehört hatte, wie Eamonn sagte: *Werft den Straßenköter ins Dunkel.* Jetzt war der Augenblick gekommen, an dem ich alles auf eine Karte setzen musste. Ich musste hoffen, dass Finbar und ich über die Wahrheit gestolpert waren.

»Ich weiß, was du Northwoods gezahlt hast«, erklärte ich mit mühsam erkämpfter Festigkeit. »Ich weiß, dass du unserem Feind die Informationen geliefert hast, die den Tod meines Onkels zur Folge hatten. Du hast die Allianz verraten, Eamonn. Du hast Liam deinem eigenen widerwärtigen Rachebedürfnis geopfert. Weil du eifersüchtig warst. Und ich werde es Sean und Seamus erzählen, wenn du mir nicht gibst, was ich will.«

»Das ist eine Unverschämtheit!« Seine Stimme zitterte vor Zorn. »Du kannst keine Beweise haben! Ich kann mir nicht vorstellen, wie du dir eine solche Geschichte zusammengereimt hast, oder wer dir glauben würde, wenn du sie erzähltest.«

»Ich habe Beweise. Einen sehr glaubwürdigen Zeugen, der den genauen Zweck meines Besuchs hier kennt. Wenn du dich weigerst, wird dein Geheimnis bald bekannt sein, ob ich sicher nach Hause zurückkehre oder nicht. Dann bist du am Ende, Eamonn.«

Er schwieg eine Weile. »Wie kannst du mir garantieren, dass diese Informationen nicht weiterverbreitet werden, selbst wenn ich deiner lächerlichen Bitte nachkomme?«, sagte er, und eine kleine Hoffnungsflamme flackerte in mir auf. »Du könntest bekommen, was du willst, und mich immer noch verraten. Welche Sicherheiten kannst du mir dafür bieten, dass du schweigen wirst?«

»Du solltest mich besser kennen als das«, sagte ich. »Vor gar nicht so langer Zeit hast du mir gesagt, ich wäre die einzige Frau, die du je haben wolltest. Ich denke, damals meintest du das ernst. Inzwischen hast du jeden Respekt vor mir verloren. Aber einstmals waren wir Freunde. Wenn ich dir mein Wort gebe, werde ich es halten. Ich werde dafür sorgen, dass auch andere schweigen. Aber ich werde meinen Bruder nicht in Gefahr bringen. Ich werde nur so lange schweigen, wie du unserer Übereinkunft nachkommst.«

»Ich kann das einfach nicht glauben! Es ist, als hättest du dich in ein ... in ein Ungeheuer verwandelt. Wie der Mann, den du schützt. Du solltest mir jetzt deine Bedingungen nennen.«

Oh nein, dachte ich. *Du bist es, der zum Ungeheuer geworden ist; ein Mann, der verrät und foltert und mordet, und das aus keinem anderen Grund als aus eifersüchtiger Besessenheit. Du, den ich vielleicht einmal geheiratet hätte.* »Also gut«, sagte ich. »Du wirst das Bündnis achten. In Zukunft wirst du deinen Verpflichtungen gegenüber meinem Bruder nachkommen und ehrlich zu ihm sein und zur gemeinsamen Verteidigung beitragen wie zu Liams Zeiten.«

»Und?«

»Das ist das langfristige Abkommen. Sobald du es brichst, werde ich es ihnen sagen.«

»Und was ist mit den kurzfristigen Bedingungen?«

»Als Erstes holst du Aisling her. Meine Bewaffneten werden sie jetzt, noch an diesem Nachmittag, nach Sevenwaters bringen. Sie wird bis zum Frühling dort bleiben, bis sie und Sean verheiratet sind. Sie wird nicht hierher zurückkehren. Du wirst an der Hochzeit teilnehmen und lächeln und ihnen deinen Segen geben.«

»Aisling fühlt sich nicht wohl. Sie kann nicht reisen.«

»Das werde ich beurteilen. Ich denke, sie wird gehen wollen. Meine Männer wissen, wie man einer Dame bei einer langen Reise behilflich ist und sich um sie kümmert.«

»Das klingt, als hättest du nicht vor, sie zu begleiten. Was ist der Rest dieses dämonischen Handels, Liadan?«

»Ich werde hier bleiben, bis Aisling weit entfernt von Sídhe Dubh in Sicherheit ist. Es sollte nicht lange dauern. Dann wirst du diese beiden Gefangenen freilassen. Du wirst uns dreien und meinem Sohn sicheres Geleit bis zu deinen Grenzen geben.«

Er lachte. »Du musst mich wirklich für schwach halten.«

»Ich glaube, du hast genug gesunden Menschenverstand, um zu wissen, wann du mit dem Rücken an der Wand stehst«, sagte ich bedächtig. »Wirst du tun, worum ich dich gebeten habe?«

»Du lässt mir kaum eine Wahl. Aber ich habe meinen Stolz noch nicht völlig verloren, obwohl du mich nur noch demütigst. Ich werde Aisling gehen lassen. Ich wäre dumm, dem nicht zuzustimmen oder mich diesem ersten Teil des Handels zu verweigern. Ich frage mich, ob du es im Lauf der Jahre vielleicht müde werden wirst, mich zu beobachten, um zu sehen, ob ich ins Stolpern gerate. Das könnte langweilig werden.«

»Ich bin die Tochter von Sevenwaters. Mein Bruder verdient meine Loyalität und meine Unterstützung, und er wird sie bekommen. Unsere Familie versteht, wie wichtig das ist, auch wenn du es nicht tust.«

»Du solltest dich vielleicht zu beherrschen lernen. Ich

habe dem anderen Teil dieses Handels noch nicht zugestimmt.«

»Du erhältst alles oder nichts. Wenn du die Gefangenen nicht freilässt, gibt es kein Übereinkommen.«

»Ich brauche Zeit.«

»Die hast du nicht mehr. Wenn ich wollte, könnte ich meinem Bruder in diesem Augenblick, noch während du zusiehst, alles verraten; ich könnte meinen Geist dem seinen öffnen und es ihm sagen. Wenn du versuchst, mir Schaden zuzufügen, würde er es sofort wissen. Ich würde nicht zögern.«

»Verflucht sollst du sein, Liadan! Fluch über dich und deine Zauberei!«

»Wirst du diese Männer freilassen?« Es wurde schwieriger und schwieriger, mich zu beherrschen.

»Also gut«, sagte er plötzlich. »Nimm deinen elenden Geliebten und seinen bizarren Begleiter. Du wirst ja sehen, wozu sie noch gut sind, nachdem sie ereignisreiche Tage in meiner Obhut verbracht haben. Aber sicheres Geleit wirst du nicht erhalten. Es gibt keinen Mann in meinem Lager und auch sonst nirgendwo, der den Bemalten Mann zur Grenze bringen würde, ohne die Gelegenheit zu nutzen, ihm einen Dolch in den Rücken zu stoßen. Sobald ihr diese Mauern hinter euch gelassen habt, seid ihr auf euch angewiesen.«

»Willst du damit sagen, dass du uns gehen lässt, damit deine Bogenschützen uns töten können, bevor wir einen Fuß auf die Straße setzen? Das wird nicht genügen. Du musst mir schon etwas Besseres liefern. Möchtest du mit meinem Bruder sprechen? Soll ich mich an ihn wenden?«

»Nein. Ich denke, wir werden ein kleines Spiel vorbereiten. Wenn Aisling weg ist – falls sie im Stande sein sollte zu gehen –, werden wir ein kleines Versteckspiel durchführen. Erst musst du deinen Gesetzlosen finden. Dann holst du ihn heraus. Wir werden dir dabei helfen, oder es wird die ganze Nacht dauern. Du wirst keinen Fuß auf die Straße setzen. Soll er so gehen, wie er einmal gekommen ist, über die Marschen. Heißt es nicht, dass ihm kein Auftrag zu schwierig ist? Es sollte also kein Problem sein, über den verborgenen Weg zu gehen, mit einer Frau und einem kleinen Kind und einem Mann, der seine Hände nicht benutzen kann. Einfach, sollte man annehmen. Du wirst schon sehen, was für ein Held er dann ist. Wir sollten dir vielleicht eine gewisse Zeit setzen, dein Ziel zu erreichen. Ich denke, du solltest verschwunden sein, wenn es Abend wird. Danach kommen wir mit Fackeln und fangen wieder an zu schießen. Meine Männer haben dieser Tage nicht viel Unterhaltung.«

»Das ist ... widerwärtig«, flüsterte ich und starrte ihn an. War das der Mann, mit dem ich an Imbolc einmal getanzt hatte, ein Mann, den ich einmal für einen guten Ehemann gehalten hatte, wäre ich nur im Stande gewesen, ihm das Lächeln beizubringen? War tatsächlich ich es gewesen, die ihn so vollkommen verändert hatte, einfach indem ich Nein sagte? Mein Herz war kalt. »Sollte ich nicht die Bedingungen für diesen Handel stellen?«

»Nicht ganz. Du kannst dich vielleicht entscheiden, dein Geheimnis jetzt zu verraten, und du kannst versuchen, deinen Bruder über diese Entfernung hinweg von dem zu überzeugen, was du weißt. Es wird dir vielleicht gelingen, und dann zerstörst du mein Leben. Aber sobald du diesen Schritt unternimmst, wird der Bemalte Mann sterben. Auf diese Weise kannst du ihn nicht retten, und deinem Bruder ist der Gesetzlose gleich. Für ihn ist er nur eine weitere Spielfigur, die gewonnen oder verloren wird.«

Ich fuhr mit der Zunge über plötzlich trockene Lippen. »Also gut. Einverstanden. Und jetzt schicke nach Aisling.«

»Du wirst vor meiner Schwester nicht von diesen Dingen sprechen. So viel muss klar sein.«

»Ich habe dich verstanden, Eamonn. Jetzt schicke nach ihr und nach meinen Bewaffneten.«

Aisling sah krank aus. Ihr kleines, sommersprossiges Gesicht war aschgrau, und man konnte die Knochen unter der Haut ahnen. Ihre Augen waren gerötet und geschwollen und ihr lockiges Haar ungekämmt.

»Liadan«, flüsterte sie und achtete nicht auf die grimmige Miene ihres Bruders und die sechs Bewaffneten, die in der Halle warteten. »Oh Liadan, du bist gekommen! Wo ist Sean?«

»Er wartet in Sevenwaters auf dich«, sagte ich ruhig, obwohl ich hätte weinen können, als ich meine Freundin so sah. »Dein Bruder hat dir erlaubt zu gehen. Diese Männer werden dich sicher nach Sevenwaters bringen. Ich habe die Frauen gebeten, dir ein paar Sachen zu packen, und dein Pferd ist bereit. Du wirst sofort abreisen.«

»Oh Liadan, ich danke dir. Ich danke dir, Eamonn!«

Es war gut, dachte ich, dass sie so erschöpft und verzweifelt war, dass es ihr nicht einmal einfiel, Fragen zu stellen. Zweifellos würde das später der Fall sein, wenn sie bereits auf dem Weg war.

»Herrin …« Der Anführer meiner Wache sah mich besorgt an.

»Eure Befehle lauten folgendermaßen«, verkündete ich mit fester Stimme. »Ihr macht euch sofort auf den Weg. Ihr kehrt so rasch wie möglich nach Sevenwaters zurück, aber vergesst nicht, dass Lady Aisling krank gewesen ist und

Ruhe brauchen wird, ebenso wie ich. Sagt meinem Bruder, ich komme später nach.«

»Wir hatten den Befehl, euch zu bewachen.« Er klang zweifelnd. »Wenn wir jetzt aufbrechen, habt ihr keine Eskorte mehr.«

»Lord Eamonn wird mir allen Schutz geben, den ich brauche«, erklärte ich. »Ich werde eine Weile länger hier bleiben. Sagt meinem Bruder, Lord Eamonn wird sich mit ihm in Verbindung setzen. Und jetzt geht. Ihr solltet morgen in der Abenddämmerung in Sevenwaters sein.«

»Jawohl, Herrin.«

Ich ging die Treppe hinauf zum Wehrgang. Ich schaute über den Damm und den langen, geraden Weg, der den einzig sicheren Weg aus Sídhe Dubh heraus darstellte. Ich sah zu, bis Aislings rotes Haar und die Lederhelme meiner Bewaffneten in der Ferne verschwunden waren. Dann ging ich in die Küche, holte meinen Sohn und gab ihm zu essen. Ich band ihn wieder auf den Rücken, reisebereit. Draußen im Hof wartete Eamonn.

»Ich dachte, ich würde zusehen«, sagte er. »Aber ich habe nicht die Nerven dazu. Mach dir keine Gedanken, meine Wachen haben Anweisung, dich suchen zu lassen. Wenn du Schlüssel brauchst oder einen starken Mann, um einen Riegel oder zwei zu lösen, frag nur, und sie werden dir helfen. Aber du genießt solche Dinge ja, nicht wahr, Liadan? Man hat mir gesagt, dass du bei deinem letzten Besuch wie eine kleine rollige Katze hier herumgestreift bist. Also los. Bis zur Abenddämmerung ist es nicht mehr lange. Ach, und was diesen Vogel angeht ... Wenn er sich noch einmal auf einen meiner Männer stürzt, wird er sich auf dem Abendbrottisch wiederfinden, und zwar in Pastetenteig.«

Wir waren während seiner Worte über den Hof gegangen, und Fiacha flatterte über unseren Köpfen hin und her und landete schließlich auf einem leeren Wagen.

»Also los, geh schon«, wiederholte Eamonn, als schickte er ein ungezogenes Kind weg.

Ich zweifelte nicht daran, wo ich suchen musste, und ich fürchtete, was ich entdecken würde. Ich fällte einen raschen Entschluss und sah Fiacha direkt in das helle, wissende Auge. *Flieg los,* sagte ich, *hol Hilfe. Geh sofort. Ich brauche noch vor dem Abend Hilfe.*

Er flog davon, so rasch wie ein Pfeil vom Bogen schnellt, flatterte in den Himmel auf und nach Süden, direkt nach Süden. Dann raffte ich die Röcke und ging hinunter in den Tunnel, vorwärts in den Schatten.

Für die Wachen muss es schwierig gewesen sein. Sie hatten ihre Befehle und würden ihnen gehorchen. Dennoch sahen sie einander an und murmelten leise, als ich ihre unterirdische Welt durchsuchte, eine finstere Zelle nach der anderen, und die Zähne zusammenbiss, um nicht weinen zu müssen, und versuchte, mein heftig klopfendes Herz und meinen Atem zu beruhigen, wenn ich in eine leere Zelle nach der anderen stürzte.

»Wo sind sie?«, fragte ich. »Sagt es mir!« Aber sie traten von einem Fuß auf den anderen und schwiegen. Der Bemalte Mann hatte von Eamonns Leuten nur Furcht und Hass zu erwarten.

Hinter den kleinen Zellen, die ich bereits kannte, war eine eisenverriegelte Tür. Ich bat um Hilfe, und ein großer, grauhaariger Mann mit Muskeln wie Seile trat vor und öffnete sie für mich. Steintreppen führten abwärts.

»Ich brauche eine Laterne.« Johnny wurde auf meinem Rücken nun unruhig und war der Einschränkungen seiner

Bewegungen müde. Nachdem er gerade erst gelernt hatte, sich selbst zu bewegen, war er begierig auf neue Abenteuer. Ich würde nicht an Johnny und den Weg über den Sumpf denken. Ich würde nur daran denken, was jetzt als Nächstes bevorstand.

»Lord Eamonn hat nichts von Laternen gesagt.«

»Ich brauche Licht. Es ist pechschwarz da drunten. Ich könnte stürzen, und das Kind könnte sich das Genick brechen. Wollt ihr diese Geschichte euren Frauen heute Abend erzählen?«

Niemand regte sich. Grimmig raffte ich meine Röcke und tastete mich die Stufen hinab. Eine. Zwei. Es war so dunkel, dass ich meine Hand nicht vor den Augen sehen konnte.

»Hier, Herrin.«

Licht flackerte auf den Steinmauern. Der Grauhaarige war eine Stufe hinter mir, eine kleine Laterne in der Hand. Ich wollte danach greifen.

»Ich trage sie für Euch. Kümmert Ihr Euch um das Kind. Diese Stufen sind alt und unregelmäßig.«

Es waren zehn Stufen, dann führte ein schmaler Gang tief unter die Erde. Es war sehr still. Es gab nicht einmal ein Zeichen davon, dass Ratten oder Käfer hier ein Zuhause gefunden hatten. Im trüben Licht waren Eisenringe zu erkennen, die in die spinnwebenverhangenen Wände eingelassen waren. Am Ende des Gangs befand sich eine weitere Tür, oder genauer gesagt ein Gitter an Scharnieren, das mit einer schweren Kette verschlossen war. Die Luft hier war stickig und erdrückend.

»Herrin.« Der Mann sprach leise und verlegen. »Diese Männer sind Gesetzlose und der Mühe nicht wert. Ihr solltet es bleiben lassen und Euch und das Kind retten. Ihr werdet nie durch die Marschen kommen. Wenn Ihr es versucht, seid Ihr so gut wie tot und Euer Kind mit Euch. Gebt auf. Wir werden Euch sicher nach Hause bringen. Keiner von uns will das auf seinem Gewissen haben.«

»Gib mir den Schlüssel«, sagte ich. Er legte ihn mir ohne ein weiteres Wort in die Hand.

Hinter dem Gitter gab es nur eine einzige kleine Kammer, und dort fand ich Möwe. Ich hörte seinen Atem, bevor das Licht auf seine dunklen Züge fiel, die nun von kränklichem Grau waren, seine Augen glänzend vom Fieber, die Kleidung aufgerissen und fleckig. Seine Handgelenke hingen in eisernen Fesseln über seinem Kopf, so dass er sich nicht von dort wegbewegen konnte, wo er an den Ketten hing. Schmutzige, blutfleckige Lappen waren um seine Hände gewickelt.

Ich biss die Zähne zusammen und ging weiter.

»Löst die Fesseln dieses Mannes, und zwar schnell.«

»Liadan«, ächzte Möwe, als der Mann nach oben griff, um die Fesseln aufzuschließen. Dann hielt er die Luft an, als seine Handgelenke plötzlich frei waren und die Arme an seine Seiten sackten, als wäre kein Leben mehr darin.

»Es wird sehr wehtun, wenn das Gefühl zurückkehrt«, sagte ich, als er mit einem schmerzlichen Keuchen zu Boden sank. »Aber wir haben keine Zeit. Wir müssen hier raus. Wo ist Bran? Wo ist der Hauptmann?«

Möwe bewegte den Kopf von einer Seite zur anderen, um anzuzeigen, dass er das nicht wusste.

»Du musst es wissen! Irgendjemand muss es wissen! Wir haben nur Zeit bis zur Abenddämmerung, um hier wegzukommen!«

»Kann ... laufen. Kann ... gehen.« Möwe kam auf alle viere, danach auf die Knie, dann stand er schwankend auf. »Bereit ... zum Gehen.«

»Das ist gut, Möwe. Das ist sehr gut. Versuch, einen Arm um meine Schultern zu legen – aber pass auf den Jungen auf – genau so. Ich helfe dir.« Ich wandte mich dem Soldaten zu. »Sag mir, wo er ist. Bitte sag es mir. Willst du denn, dass wir alle sterben, bevor die Sonne untergeht?«

Aber der Mann schwieg und beobachtete mit kaltem Blick Möwes taumelnde Versuche, sich fortzubewegen. Die Luft war stickig, und jeder Atemzug war ein Kampf. Johnny wimmerte. Wenn wir jetzt gingen, wäre immer noch ein wenig Tageslicht übrig. Wenn wir jetzt gingen, hätten wir eine Chance, vor der Abenddämmerung außer Sichtweite zu sein. Hier könnte ich suchen und suchen, bis es wirklich zu spät war, und ihn immer noch nicht finden. *Bringt den Straßenköter wieder ins Dunkel, wo er hingehört.* »Wir sollten lieber raufgehen«, stammelte der Mann.

»Noch nicht«, sagte ich. »Steht still. Ganz still.« Denn es war da, ein leiser Schrei im Dunkeln. Das Gefühl einer Gefahr und das Heraufbeschwören ungeheurer Willenskraft, um ertragen zu können, was nicht ertragen werden konnte. *Wo bist du?* Ich konnte nicht sagen, ob ich es mir nur einbildete oder tatsächlich den Schrei dieses verlorenen Kindes hörte, der meine Gedanken heimgesucht hatte, seit ich begonnen hatte, die Wahrheit über den Bemalten Mann zu erfahren.

Die Stimme meines Geistes flüsterte im Dunkeln: *Ich bin hier. Streck die Hand aus.*

Schweigen. Hilfloses, schauderndes Schweigen. *Streck die Hand nach mir aus, Johnny. Ich werde dir helfen. Zeig mir, wo du bist.* Es war nicht mein Sohn, mit dem ich sprach, mein Sohn, der nun glücklicherweise still war, warm und sicher auf meinem Rücken. Möwe stützte sich auf meine Schulter, und ich spürte sein Zittern bei dem Versuch, seinen geschundenen Körper zu beherrschen, aufrecht zu bleiben und ruhig zu atmen, so dass ich lauschen konnte. *Wo bist du? Gib mir deine Hand. Greif nur noch ein Stückchen weiter.*

Es kam kein Laut, nichts, was ich hören konnte. Nicht in der äußeren Welt und nicht im schattenhaften Reich des Geistes. Aber ich wusste es. Plötzlich wusste ich es. Ich ging durch das Gittertor nach draußen, Möwe stolpernd neben mir, und der Soldat folgte mit der Laterne und mit mürrischer Miene. Auf halbem Weg den dunklen, unterirdischen Gang entlang blieb ich stehen.

Man konnte es kaum sehen. Es war sehr kunstvoll verborgen, schloss mit dem Boden ab, und die einzigen Zeichen seiner Existenz waren die kaum sichtbare Linie am Rand und eine kleine Senke im Stein, wo die Falltür gehoben werden konnte. Eamonns Urahn hatte tatsächlich über ungewöhnlichen Erfindungsreichtum verfügt.

»Öffne diese Falltür.«

»Das kann kein Mann allein tun.«

»Verflucht, mach sie auf! Hol einen anderen, wenn das nötig ist. Und beeilt euch!«

Sie waren langsam, quälend langsam, während ich wartete und schauderte. *Halte aus*, sagte ich ihm. *Ich bin hier. Es dauert nicht mehr lange.*

Die Falltür war schwer, eine handspannendicke Steinplatte. Alles war gut gepflegt und erhalten, aber es brauchte die gesamte Kraft der beiden Männer, um die Tür zu heben. Endlich stand sie offen.

»Gebt mir die Laterne«, forderte ich, und sie reichten sie mir. Ich stellte sie an den Rand der rechteckigen Öffnung im Boden und schaute hinein.

Der Raum war klein genug. Er reichte gerade, um einen

nicht besonders großen Mann aufzunehmen, wenn er die Knie ans Kinn gezogen und die Arme über den Kopf gebeugt hatte. Es kam Luft hinein, aber nicht viel. Es gab kein Licht. Keinen Raum, sich zu bewegen. Ein Grab, in dem man eine Weile am Leben bleiben konnte. Wie lange, das hing davon ab, wie viel Kraft jemand tief in sich fand. Wenn man ihn hin und wieder herausholte, ihm zu essen gab und ihn Luft holen ließ, bevor man ihn zurücksteckte, konnte er eine ganze Weile überleben und Unterhaltung bieten.

»Bran?« Es war dumm von mir, eine Antwort zu erwarten. Er schien tot zu sein, sein Gesicht war geisterhaft bleich, und er regte sich nicht. »Holt diesen Mann heraus. Schnell.«

Sie taten es, denn sie hatten den Befehl erhalten, mir zu helfen, zumindest bis zu einem bestimmten Punkt. Aber niemand hatte ihnen Sanftmut befohlen, und bis sie die schlaffe Gestalt aus dem winzigen Loch gezerrt und mir zu Füßen geworfen hatten, hatte Bran noch ein paar mehr blaue Flecken als zuvor. Noch immer rührte er sich nicht und lag zusammengerollt da. Ich kniete mich neben ihn, und Möwe hockte sich mit einem leisen Fluch dazu.

»Er lebt noch«, sagte ich und tastete mit den Fingern an der Stelle am Schädelansatz, wo das Blut dünn floss; ich hörte seinen schwachen Atem ... so langsam! Die Laterne warf nur wenig Licht, aber ich konnte sehen, dass die Prellungen gewaltig waren und er eine blutige Kruste am Kopf hatte, wo sich neues, weiches braunes Haar über das Muster auf dem Schädel schob.

»Schlag auf den Kopf«, murmelte Möwe. »Fest. Beinahe ... zu viel. Was jetzt?«

»Wir verschwinden von hier«, sagte ich, während sich Tränen in meinen Augen stauten und meine innere Stimme immer wieder sagte: *Atme, Liadan. Sei stark. Sei stark.* »Dann sehen wir weiter.« Ich wandte mich den Wachen zu. »Nehmt diesen Mann und tragt ihn. Und tut ihm nicht weh. Ihr habt schon genug Schaden angerichtet. Bringt uns nach draußen.«

»Schaden? Für einen wie den kann es gar nicht genug Schaden geben«, knurrte der zweite Mann, und sie waren alles andere als vorsichtig, als sie den hilflosen Bran vom Boden hoben und ihn die Treppe hinauftrugen. Wir folgten ihnen, so gut wir konnten. Ich stützte Möwe und trug die Laterne, und schließlich tauchten wir wieder in dem Tunnel auf, wo die Fackeln hell brannten, so hell, dass es meinen Augen wehtat und Möwe eine verletzte Hand vors Gesicht hielt, während schweigende Männer zusahen, wie wir vorwärts taumelten. »Unsere Befehle lauten, euch zum Rand zu bringen und da zu lassen.«

»Dann solltet ihr es tun«, sagte ich.

Bran hing schlaff wie ein Sack Getreide zwischen dem Mann, der seine Schultern, und dem, der seine Knie hielt. Sein Kopf baumelte zur Seite. Er hatte Prellungen über Prellungen; es gab keine einzige Stelle an ihm, die nicht verletzt war. Was von seiner Kleidung übrig war, war starr von Blut und Dreck. In diesem Tunnel leuchteten mehr Fackeln, und Johnny plapperte vergnügt.

»Komm«, sagte ich zu Möwe. »Hier runter. Du weißt wohin. Dann sind wir allein.«

»Allein«, wiederholte er, und ich fragte mich, wie viel er zwischen dem Fieber und den Schmerzen seiner gefolterten Hände überhaupt verstanden hatte. Man hatte ihm an beiden Händen Finger abgeschnitten, das sah ich; wie viele noch geblieben waren, verbargen die Verbände. »Rüber«, sagte er. »Andere Seite.«

Wir taumelten durch den Tunnel an den knurrenden Hunden vorbei und wurden auf einem schmalen Pfad, der nicht weit vom Wasser entfernt war, um den Hügel herumgeführt. Ich zwang mich, über die Möglichkeiten nachzudenken. Wenn Bran zu sich kommen würde und laufen könnte ... wenn Möwe den Weg finden und das Fieber seinen Geist nicht allzu sehr umwölken würde ... wenn Johnny ruhig bleiben und uns nicht ablenken würde ... wenn vor Einbruch der Dunkelheit Hilfe käme, dann könnten wir vielleicht überleben und nicht niedergeschossen werden wie Flüchtlinge, die sich der Gerechtigkeit entzogen. Wenn ... es gab zu viel Wenn und Aber. Als wir die Nordseite des Hügels erreichten und ich sah, wie niedrig die Sonne bereits am Himmel hing und wie rasch das Tageslicht verging, begriff ich, dass genau das die Wirklichkeit von Brans und Möwes Leben war, dass unsere Existenz aus Augenblicken wie diesen bestand, in denen es unmöglich schien, sich zu retten, und man tatsächlich der Beste sein, Lösungen für die schwierigsten Probleme finden und eine Kraft in sich entdecken musste, die beinahe anderweltlich war, nur um überleben zu können.

»Seid Ihr sicher?« Sie hatten Bran wieder zu meinen Füßen fallen lassen, und nun trat der grauhaarige Mann einen Schritt zurück. Hoch droben auf der Festungsmauer sammelten sich Männer und sahen zu. »Es ist noch nicht zu spät. Lasst dieses Aas hier liegen und geht mit dem kleinen Jungen nach Hause.«

»Ihr solltet lieber gehen.« Ich kniete nieder und nahm Brans Kopf auf meinen Schoß. »Lord Eamonn wird zweifellos euren Bericht hören wollen.«

»Rettet zumindest das Kind! Ihr könnt den Sumpf nicht lebend überqueren. Dieser Straßenköter da ist beinahe tot, und der andere kann nicht einmal geradeaus laufen. Wenn Ihr es auf diesem Weg versucht, seid Ihr so gut wie tot. Ihr könntet den Jungen zurücklassen. Es gibt Leute hier, die sich um ihn kümmern und ihn sicher nach Hause bringen werden.«

Etwas blitzte in meiner Erinnerung auf: die Stimme meines Onkels Finbar, wie er vor langer Zeit zu mir gesagt hatte: *Das Kind gehört dir. Und du willst auch noch den Mann dazu ... hast du schon einmal darüber nachgedacht, dass du vielleicht nicht beides haben könntest?*

»Wir gehen zusammen«, sagte ich beinahe zu mir selbst und fuhr sanft mit der Hand über Brans rasierten Schädel, wo das nachgewachsene lockige Haar das wilde Rabenmuster heller erscheinen ließ. »Wir alle zusammen.«

Der Mann sagte nichts mehr, und bald hatten sich Eamonns Leute hinter die Festungsmauern zurückgezogen, bis auf zwei Wachen mit einem Hund, die in der Nähe patrouillierten. Uns ließ man am Rand des finsteren Sumpfes liegen: Bran hilflos am Boden, ich bei ihm sitzend mit den Kind immer noch auf dem Rücken, und Möwe, der aufrecht stand und auf das Marschland hinaus zu den entfernten Hügeln im Norden schaute. Er schwankte ein wenig.

»Schlange«, murmelte er. »Otter. Andere. Da drüben.«

»Meinst du, sie werden dort sein, wenn wir rüberkommen können?«

»Andere. Drüben.« Er taumelte von einem Fuß auf den anderen und setzte sich plötzlich hin. »Kopf. Tut mir Leid. Hände.«

»Ich würde mich darum kümmern, wenn ich nur könnte! Wenn wir drüben sind ... wenn wir in Sicherheit sind, werde ich dir den Schmerz beträchtlich lindern und dir etwas geben können, das das Fieber senkt. Ich habe nach Hilfe geschickt, aber ich kann nicht sicher sein, dass jemand kommt, Möwe. Hast du verstanden?«

»Verstanden«, gab er leise zurück.

»Wir haben nur Zeit bis zum Abend, um davonzukommen. Wenn die Sonne sinkt, werden Eamonns Bogenschützen anfangen zu schießen, und dann kommen sie mit Fackeln herunter. Wir haben nur einen möglichen Weg. Wenn Bran ... wenn der Hauptmann nicht rechtzeitig zu sich kommt, weiß ich nicht, was wir tun sollen.«

In diesem Augenblick beschloss Johnny, sich zu melden, und es gab keine andere Wahl, als ihn aus der Schlinge zu holen und ihn zu stillen. Möwe war anscheinend von seinem Fieber noch nicht vollkommen betäubt, denn er beeilte sich, Brans Kopf und Schultern mit seinen Knien zu stützen, während ich mich mit dem Kind beschäftigte. Und nun, mit Johnny an der Brust und dem schwindenden Licht, das die zarte Färbung frischer Lavendelblüten annahm, und keinem Laut rings umher außer dem Schreien der Reiher im Sumpf, als Bran immer noch reglos dalag wie ein gemeißelter Krieger auf einem Grabmal, konnte ich die Tränen nicht mehr zurückhalten. Was hatte ich getan? Wieso hatte ich geglaubt, die Warnungen des Feenvolks ignorieren zu können? Ich hatte irgendwie gedacht, diese Männer retten zu können, eine Zukunft für sie und für mich selbst schaffen zu können. Nun sah es aus, als würden wir alles verlieren, und Johnny ebenfalls. Wäre mein elender Stolz nicht gewesen, dann wäre jetzt zumindest das Kind in Sicherheit.

»Stirbt«, stellte Möwe tonlos fest. »Schlag auf den Kopf. Wird nicht wach. Er würde Messer wollen, wenn er könnte.«

»Nun, das kann er nicht«, fauchte ich und hatte meine

Tränen vergessen. »Es ist nicht seine Entscheidung. Er darf nicht sterben. Ich werde es ihm nicht erlauben.«

Der Schatten eines Kicherns. »Habt gegen die Regeln verstoßen, ihr beiden. Wartet, bis ich das Schlange sag...« Seine Worte verklangen zu einem gequälten Keuchen.

»Möwe. Wir müssen es versuchen.«

»Verstanden. Gehen. Tragen. Ich bin stark genug.«

»Das bezweifle ich nicht. Und du kennst den Weg, denn du hast meine Schwester einmal hinübergeführt. Aber du bist verwundet und erschöpft, und er wird dir nicht helfen können.«

»Stark genug. Tragen.«

»Dann müssen wir jetzt gehen, sobald das Kind satt ist. Es wird rasch dunkel, und offenbar kommt die Hilfe nicht rechtzeitig.«

Möwe grunzte leise und rollte Bran auf die Seite. »Fertig«, sagte er. »Du musst helfen. Meine Hände sind nicht gut. Jetzt nicht.« Denn es ist tatsächlich fast unmöglich, den Arm eines Mannes zu packen oder eine Falte seiner Kleidung und ihn sich auf den Rücken zu laden, wenn die Hände so schwer verletzt sind wie Möwes. Die geringste Berührung ließ ihn vor Schmerz zusammenzucken.

Ein Schritt nach dem anderen. Anders ging es nicht. Wir mussten alles ganz langsam machen und nicht zu weit vorausdenken, denn das würde nur dazu führen, dass uns das Herz stehen blieb und der letzte Mut verging. Ich packte Johnny wieder auf meinen Rücken, so fest ich konnte. Im Augenblick war er still. Dann bückte ich mich, um Brans Schultern vom Boden zu heben, damit Möwe seine eigene Schulter darunter schieben und den hilflosen Mann hochhebeln konnte. Möwes Hände waren vollkommen nutzlos. Er konnte einen Arm um Bran legen und mit den Knien schieben, ihn aber weder halten noch packen. Ich verbiss mir die Worte: *Wie willst du ihn tragen? Was, wenn er rutscht?* Wir ließen ihn dreimal wieder fallen, bevor Möwe schließlich auf die Knie hochkam und dann langsam auf die Beine, seinen Freund über die Schultern balanciert, seinen Kopf links, die Beine rechts, die Arme herunterhängend. Möwe hatte seine eigenen Arme nach oben gebogen, die verletzten Hände zeigten starr in ihren blutigen Verbänden in die Luft. Von den Zinnen droben erklang höhnischer Applaus.

»Gut«, sagte ich ermutigend. »Das ist wirklich gut, Möwe. Jetzt müssen wir gehen.«

Viele Vögel zwitscherten nun draußen über dem Ödland; sie ließen sich für die Nacht in den Ecken dieses feindseligen Landes, das sie ihr Zuhause nannten, nieder. Die untergehende Sonne färbte die Pfützen offenen Wassers so rot wie Blut.

»Jetzt gehen«, sagte Möwe, und wir sahen einander an und wandten dann die Blicke ab. Ich sah die Wahrheit in seinen fieberglänzenden Augen. Wir gingen in den Tod.

»Ich denke, auf der anderen Seite brauchen wir etwas sehr Starkes zu trinken«, sagte ich. Meine Worte klangen zuversichtlich; es war das Zittern in meiner Stimme, das mich verriet.

Dann machte Möwe den ersten Schritt in den Sumpf hinaus, sehr vorsichtig, mit bloßen Füßen von einem Grasbüschel zum nächsten, nach rechts, dann wieder rechts, dann links. Und ich folgte ihm, die Röcke in den Gürtel gestopft, das Kind immer noch gnädig ruhig. Ich spürte, wie mir überall kalter Schweiß ausbrach; ich hörte das rasche, unregelmäßige Geräusch meines eigenen Atems, spürte das Klopfen meines Herzens. Ein Schritt, dann noch einer. Wir bewegten uns langsamst vorwärts, so langsam, dass ich nicht wagte, zurückzuschauen und die Entfernung einzuschätzen, in der ein Bogenschütze noch im Stande war, bei Fackellicht sein Ziel zu finden. Und dann kamen wir an eine Stelle, wo die Büschel von Vegetation weiter entfernt waren, ein Schritt für einen Mann oder eine langbeinige Frau wie meine Schwester Niamh. Für mich ein Sprung. Ich zögerte, während Möwe sich weiterbewegte. Ich konnte nicht sagen: *Warte*, sonst hätte ich ihn erschreckt, und er hätte stolpern können. *Rasch, Liadan*, sagte ich mir. *Oder du wirst ihn aus dem Blickfeld verlieren, und dann ...* ich sprang und landete ungeschickt und rutschte auf dem feuchten Gras. Ich streckte die Arme aus, um das Gleichgewicht zu halten. Rings um mich her, im dunklen Schlamm der Marschen, gab es kleine saugende und ploppende Geräusche – gierige Geräusche. Möwe kam stetig vorwärts, wenn auch sehr langsam. Ein Schritt, Pause, dann wieder ein Schritt. Er war unter Brans Gewicht vorgebeugt; es musste ihm schwer fallen, den Weg zu finden.

»Liadan?« Seine Stimme war in dieser Leere seltsam körperlos.

»Ich bin hier.«

»Fast dunkel.«

»Ich weiß.« Später würden wir, wenn es keine Wolken gab, ein wenig Licht haben. Aber der Mond war im Abnehmen begriffen, zu schwach, zu spät. »Wir müssen weiter, so gut wir können.«

Er antwortete nicht, sondern bewegte sich weiter vorwärts, und ich konnte sehen, wie seine nackten Füße auf der unvorhersehbaren Oberfläche balancierten, die Zehen sich bogen, die Füße das Körpergewicht abfingen. Ich konnte sehen, wie er selbst mit nutzlosen, verletzten Händen immer noch sorgfältig seine Last hielt, sich nach links oder rechts bog, vorwärts oder aufrecht, um sicher stehen zu können. Wenn es erst dunkel war, würde er den Weg nicht mehr finden können. Dann wäre es gleich, wie viel Kraft er hatte und wie gut er sich auskannte.

Als das Licht nachließ, begann ich, ein scharfes Stechen in meinen Händen, meinen Fußgelenken, an Gesicht und Hals zu spüren. Ich hörte hohes Sirren, das kam und ging. Schwärme stechender Insekten stiegen aus dem Sumpfland auf, zweifellos überglücklich über eine so große und saftige Mahlzeit. Johnny begann plötzlich zu schreien, ein scharfes, verzweifeltes Klagen. Ich konnte nichts tun, um ihm zu helfen, und seine leise, verängstigte Stimme klang weither über die Marsch. In der Ferne glaubte ich, einen anderen Schrei zu hören. Hohl, unirdisch, halb ein Schrei, halb Gesang. Vielleicht sagte diese Stimme einen weiteren Tod voraus, wie mir einer der Bewaffneten auf der Mauer einmal gesagt hatte. Ich mahnte mich, nicht dumm zu sein, aber das Geräusch war immer noch da, klang in meinem Kopf, vibrierte in der stickigen Sumpfluft, heulte im purpurfarbenen Dämmerungslicht rings um mich her. Der Klageschrei der Todesfee. Johnny protestierte jetzt lauthals. Es war das erste Mal in seinem kurzen Leben, dass er geschrien hatte und niemand direkt gekommen war, um ihm zu bringen, was immer er brauchte: trockene Windeln, schützende Arme, freundliche Worte, eine Lotion aus Kamille und Wermut, die die kleinen, summenden Geschöpfe fern hielt, die ihm wehtaten und wieder wehtaten und nicht aufhören wollten.

»Schon gut, Johnny«, murmelte ich, während ich auf einem lächerlich kleinen Fleck trockenen Bodens um Gleichgewicht rang. Möwe erwartete doch sicher nicht, dass ich *dort* hinübersprang? Das war zu weit weg, es war einfach ungerecht. Ich konnte nicht so weit springen, nicht mit dem Kind auf dem Rücken. Wenn Johnny doch nur aufhören würde zu weinen; wenn er nur aufhören würde ... Ich sah mich im Dämmerlicht um. Auf der anderen Seite der breiten Fläche schwarzen Schlamms war Möwe stehen geblieben. Er stand reglos, und ich spürte, dass er die Augen geschlossen hatte. Er sagte etwas, aber ich konnte die Worte nicht verstehen. Es war zu weit entfernt. Ich würde im Schlamm landen, und dann würde der Sumpf mich und mein Kind verschlingen und es wäre vorüber. Meine Kehle war trocken, mein Körper klamm vor Schweiß. Mein Kopf pochte. *Ich kann es nicht ... ich kann es nicht ...* dann sprach Möwe wieder, und ich hörte ihn.

»Liadan? Noch da?«

»Ich bin hier. Aber ich glaube nicht, dass ...«

»Brauche Hilfe. Hände. Kann nicht mehr halten.«

Dana, gib mir Kraft! Er darf nicht loslassen, er darf einfach nicht. Wir waren doch sicher nicht für nichts so weit gekommen.

»Ich komme«, rief ich und sprang, zwang meinen Körper über die unmöglich breite Fläche. Ich landete kurz vor der größeren Insel trockenen Bodens, auf der Möwe stand. Meine Füße sanken in den weichen Schlamm; ich warf mich vorwärts auf den grasigen Boden. Ich packte fest zu, als ich die Umklammerung des Sumpfes an meinen Beinen spürte, die mich nach unten zog. Johnny schluchzte schaudernd, erzählte mir seine kleine Geschichte davon, dass die Welt plötzlich so anders war und er von mir wollte, dass ich es besser machte, und zwar bitte gleich. Ich verzog vor Anstrengung das Gesicht, als ich mich an die nassen Blätter und Halme klammerte, und dann ließ mich der Schlamm mit einem entschieden unangenehmen Geräusch los. Ich kroch vom Rand weg und kam neben Möwe auf die Beine. Es war beinahe dunkel; ich konnte kaum mehr sein Gesicht erkennen.

»Stütze ihn ab«, flüsterte er, und seine Stimme kündete von einem Schmerz, den ich in dieser Dunkelheit in seinem Gesicht nicht mehr lesen konnte. »Nimm mir das Gewicht ab. Nicht lange. Ausruhen. Hände.«

Ich stellte mich hinter ihn und griff nach oben, um meine Hände gegen Brans schlaffe Gestalt zu stützen. Dann versuchte Möwe, seine Arme zu senken, wo er sie um den Freund geschlungen hatte, um ihn sicher auf seinen Schultern zu halten, aber der Krampf war so schlimm, dass er sie kaum bewegen konnte. Immer noch stoisch, verbiss er sich einen Schmerzensschrei, als er die bandagierten Hände langsam senkte. Nun, da wir still standen, erwartete Johnny offenbar eine schnelle Reaktion auf seinen Protest, und seine Stimme wurde lauter und drängender.

Möwe taumelte seitwärts, dann fing er sich wieder. Ich konnte nichts anderes tun, als dafür zu sorgen, dass Bran nicht von dort hinunterstürzte, wo er lag; wir würden ihn dann nie wieder auf Möwes Schultern bekommen, denn ein einziger Fehler auf diesem kleinen Stück Boden würde ihn in den saugenden Schlamm fallen lassen.

»Wir kommen nicht mehr weiter, wie?«, fragte ich Möwe.

»Weiter.« Er versuchte, die Finger zu biegen, und sog scharf die Luft ein. Er bog prüfend die Ellbogen und ächzte. »Weiter ... Keine Wahl. Was sonst?«

»Wir können den Weg nicht mehr sehen. Und du kannst ihn auch nicht so lange tragen.«

»Können nicht bleiben. Männer. Fackeln. Weiter ... andere Seite.«

Aber es war dunkel, und wir konnten nicht weiter.

»Vielleicht solltest du ihn hinlegen.« Mein Herz war kalt, aber ich zwang mich, es auszusprechen, obwohl es mir so vorkam, als würde ich damit zugeben, dass wir versagt hatten. Es war sinnlos, weiterzugehen. Wenn Möwe zusammenbrach, was im Augenblick immer wahrscheinlicher schien, würden die Männer beide sterben. Und das wäre auch mein und Johnnys Ende. Ohne Möwe, der uns führte, konnten wir weder vorwärts noch zurück.

»Nicht hinlegen. Kann ihn dann ... nie wieder heben.«

»Schon gut. Lass mich eine Weile nachdenken. Vielleicht gibt es eine Möglichkeit.«

»Männer ...Fackeln«, wiederholte Möwe nun mit kaum hörbarer Stimme.

»Sie würden doch nicht versuchen, den Sumpf im Dunkeln zu überqueren, um uns zu verfolgen.« Eamonn hatte nur gesagt: *Wir werden Fackeln entzünden* und *Wir werden schießen.* Nichts darüber, dass sie uns verfolgen wollten. »Oder?«

»Hör doch«, sagte Möwe. Und nun hörte ich zwischen Johnnys Schluchzern, dem seltsamen gurgelnden Lied des Sumpfes und dem Quaken der Frösche und dem endlosen Summen der Blut saugenden Insekten die Stimmen von Männern – weit entfernt, aber sie kamen stetig näher. Als ich ins Dunkel zurückspähte, glaubte ich, Lichter erkennen zu können, die sich langsam über die schwarze Oberfläche auf uns zu bewegten.

»Leg ihn ab«, erklärte ich, »wir können nicht mehr weiter.« Wenn wir schon sterben mussten, dann würde ich beide im Arm halten, Johnny und seinen Vater und seinen besten Freund neben mir. Dann hörte ich es wieder, einen unheimlichen Kontrapunkt zu den kleinen Nachtgeräuschen: dieses entfernte Klagen, das den Geist zu Eis werden ließ.

»Stark«, flüsterte Möwe. »Stark. Aushalten. Tragen.« Und wieder hob er die Arme und streckte sie, um Brans schlaffen Körper zu stützen. Johnny auf meinem Rücken schwieg plötzlich.

»Tut mir Leid«, flüsterte ich. »Wir werden selbstverständlich nicht aufgeben. Wie konnte ich so etwas nur denken? Wir haben unseren Auftrag erst halb erfüllt.«

Dann hörte ich plötzlich ein weiteres Geräusch, ein lautes Krächzen, und diesmal kam es von der anderen Seite. Das Krächzen eines Raben. Mein Herz machte einen Sprung.

»Vielleicht ist Hilfe da«, sagte ich mit trockenen Lippen. »Vielleicht ist endlich Hilfe da.«

Nun konnten wir im Norden einen kleinen Lichtball sehen, ein seltsames, flackerndes Ding, das scheinbar rasch auf uns zuflog und mit Fiachas Stimme rief. Näher und näher kam die Erscheinung über die dunkle Oberfläche, und ich hörte Rascheln und Knarren auf ihrem Weg, als veränderte sich der Sumpf selbst, wo sie vorüberflog. Möwe stand stumm neben mir. Was Johnny anging, der schwieg nun, aber er hatte seine Finger fest in mein Haar gekrallt. Es hatte viel zu viel Herumgehüpfe gegeben, sagten mir seine kleinen Hände, und ich sollte lieber dafür sorgen, dass das nicht so weiterging.

Möwe rief leise etwas in einer fremden Sprache, und ich hauchte: *Dana, Mutter der Erde, halte uns sicher in deiner Hand.* Denn nun sahen wir, dass das Licht wie eine brennende Fackel in Form eines fliegenden Raben aussah, kein wirklicher Vogel, sondern ein anderweltliches Feuer nach dem Abbild eines Vogels. Und wo dieses Licht über den Sumpf flog, erhoben sich seltsame Pflanzen aus dem

Schlamm, mit langen Zweigen und starken Ranken, und verwoben sich mit schlingenden Enden und hängenden Zweigen zu einem schmalen Weg über die Oberfläche; einem Weg, der direkt nach Norden führte, direkt in die niedrigen Hügel und die Sicherheit. Das Licht, das Fiacha war oder vielleicht auch nicht, schwebte darüber und zeigte uns den Weg.

Ich räusperte mich. »Gut, dass du ihn nicht abgesetzt hast«, sagte ich. »Kommt weiter.«

»Weiter«, sagte Möwe und trat auf die zart aussehenden Vegetationsbündel, kaum zwei Handspannen breit. Sie knarrten unter seinem Gewicht, hielten aber fest. Ich folgte ihm, und Johnny gab ein protestierendes Geräusch von sich. Ich begann, ihm vorzusingen – leise, um Möwe nicht abzulenken, der sich immer noch sehr vorsichtig bewegen musste, denn wir hatten noch einen beträchtlichen Weg vor uns und er musste seine Last stützen und geradeaus gehen. Ich sang das alte Wiegenlied, ein Lied so alt, dass sich niemand erinnern konnte, was die Worte bedeuteten. Vielleicht war diese Sprache irgendwo noch bekannt, vielleicht unter den Stehenden Steinen mit ihren rätselhaften Zeichen, die schweigend zugesehen hatten, als ich bei Bran im Regen gelegen hatte und dieses Kind gezeugt worden war. Vielleicht in den Herzen der ältesten Eichen, die an den tiefen, geheimen Orten des Waldes von Sevenwaters wuchsen. Ich sang, Johnny war still, und wir bewegten uns stetig weiter nach Norden. Das Licht flatterte von einer Seite zur anderen, manchmal hinter uns, manchmal vor uns her, und hielt stetig Schritt. Es war tatsächlich Fiacha. Einmal schaute ich zurück, denn ich konnte die Stimmen von Eamonns Männern immer noch in der Ferne hören. Und ich sah, dass hinter uns, wo wir über einen schmalen, sicheren

Weg von verbundenen Ranken gegangen waren, es nun keinen Weg mehr gab, nur eine Reihe von Blasen auf der Schlammoberfläche. Und mit der Zeit verklangen die Stimmen hinter uns, die Lichter verschwanden, und wir waren mit unserem seltsamen Führer allein in der Nacht.

Es war tatsächlich Hilfe gekommen, als wir in tiefster Not waren, als unsere eigene Kraft so gut wie erschöpft war und uns keine Lösungen mehr einfielen. Ich war müde bis auf die Knochen, und mein Kopf pochte, aber nun gestattete ich mir, darüber nachzudenken, was wir tun mussten, wenn wir trockenes Land erreichten. Möwe hatte gesagt, Bran würde nicht mehr aufwachen können. Er sagte, der Häuptling würde noch um das Messer bitten, wenn er könnte. Wenn ich ihm dies verweigerte, musste ich einen guten Grund haben. Ich hatte mich bei Evan geirrt und sein Leiden nur verlängert. Diesmal musste ich ihn wirklich heilen. Ich musste ihn zurückbringen.

»Andere Seite«, sagte Möwe vor mir. Der krächzende, flatternde Lichtball, der Fiacha war, befand sich vor ihm, und Möwes Gestalt hob sich als Umriss gegen das Licht ab; vornübergebeugt, seine armen Hände zeigten immer noch hilflos nach oben, und der bewusstlose Mann lag sicher auf den breiten Schultern seines Freundes. Diese Männer hatten solche Kraft, solches Durchhaltevermögen, dass es kein Wunder war, dass die einfachen Leute sie für etwas Übermenschliches hielten. Sie teilten eine Bruderschaft, eine Treue, die bedeutete, dass das eigene Leben wenig zählte, wenn die anderen in Schwierigkeiten waren. Und das alles besaßen sie, ohne es je zuzugeben, selbst gegenüber sich selbst.

»Ja«, erwiderte ich. »Wir müssen weitermachen, bis wir die andere Seite erreichen. Und hoffen, dass dort Hilfe wartet, denn Eamonns Männer können immer noch die Straße benutzen und tun das vielleicht gerade.«

»Nein«, sagte Möwe. »Andere Seite. Sieh.«

Verblüfft blickte ich auf und nach vorn und spürte, wie sich meine trockenen Lippen zu einem Grinsen verzogen und mir Tränen in die Augen traten. Keine zehn Schritte vor uns ging es einen Hang hinauf, und auf der Hügelkuppe wuchsen ein paar struppige Büsche und jemand stand dort mit einer Laterne. Wir hatten die andere Seite erreicht. Wir hatten es geschafft.

KAPITEL 15

Es war schwierig, noch weiterhin sorgfältig über den schmalen, geheimnisvollen Weg zu laufen, schwierig, sich nicht der plötzlichen Flut der Erleichterung zu ergeben, die durch Körper und Geist brauste und bewirkte, dass man lachend vorwärts rennen wollte. Aber Möwe marschierte stetig weiter, jeder Schritt sorgfältig berechnet, und ich folgte, Schritt um Schritt, denn die Lasten, die wir trugen, waren kostbar, und wir durften sie nicht loslassen, bis wir wirklich sicher waren, dass alles in Ordnung war.

Die Gestalt mit der Laterne stand reglos. Ein hoch gewachsener Mann mit schwarzem Umhang und schwarzer Kapuze. Nach dem, was Möwe gesagt hatte, hatte ich gehofft, dass einer von ihnen in der Nähe sein würde: Otter oder Schlange oder Spinne, und wenn wir Glück hatten, mehrere von ihnen, und Pferde. Langsam gingen wir über den letzten Rest des Sumpfes, und ich konnte hören, wie hinter mir der gewebte Pfad wieder in den Schlamm sank. Niemand würde ihn je wieder benutzen. Schließlich sah ich, wie Möwe auf trockenes Land trat und ein paar Schritte hügelaufwärts taumelte und sich bückte, um Bran von seinen Schultern auf den Boden sinken zu lassen; und ich ging weiter, bis ich neben ihm stand, und blickte dann auf.

Fiacha, ein heller Flammenball, landete auf der Schulter der hoch gewachsenen Gestalt, und in dem Augenblick, wo er landete, war das Licht verschwunden und er war wie ein gewöhnlicher Rabe, falls man Raben je als »gewöhnlich« betrachten konnte.

»Nun«, sagte Ciarán ernst. »Ihr seid hier, und er lebt noch. Das war sehr mutig.« Er sah Möwe an und dann wieder mich. »Hilfe wartet ganz in der Nähe.«

»Ich danke dir«, stotterte ich und berührte Brans Stirn, spürte, wie kalt er war, spürte, wie wenig Zeit ich noch hatte. »Dann hat Fiacha dich also gefunden! Ich hatte nicht erwartet, dass du selbst kommen würdest. Wir vier verdanken dir unser Leben.«

»Fiacha – ein angemessener Name.«

»Warum hast du uns geholfen?«, fragte ich ihn. »Warum hast du das getan? Geht das nicht gegen alles, was sie ... was deine Mutter wünschen würde?«

Er betrachtete mich ruhig, und dieser Blick erinnerte mich an meinen Onkel Conor. »Wir verdanken dir etwas, Niamh und ich. Nun haben wir es zumindest zum Teil zurückzahlen können. Was den Vogel angeht, bin ich zwar sein Hüter, aber er trifft seine eigenen Entscheidungen.«

»Du hast keine Antwort gegeben.«

»Holen wir Hilfe. Dieser Mann ist dem Tod nah. Du musst ihn bewegen, bevor es zu spät ist.« Er stieß einen kurzen, durchdringenden Pfiff aus, und Fiacha krächzte. »Du musst dich beeilen, wenn du ihn retten willst.«

»Ich weiß. Woher hast du das gewusst? Wie hast du ...?« Ich zeigte zurück auf den Sumpf, wo es jetzt keine Spur mehr des Pfades gab.

»Die Fähigkeiten eines Druiden liegen darin, das zu manipulieren, was bereits vorhanden ist«, sagte Ciarán. »Wind, Regen, Erde, Feuer. Sie liegen im Verständnis der Grenzen zwischen dieser Welt und der Anderwelt; sie liegen in der Weisheit, die alles begreift, was wächst. Was ich heute Nacht getan habe, ist gar nicht so viel. Kleine Kunstgriffe, die man in den Nemetons lernt, nicht mehr. Es gab hier keine große Magie. Aber ich bin kein Druide mehr, und Conor wird eines Tages begreifen, dass seine Belehrung für mich nur der Anfang war. Er wird irgendwann entdecken, was ich alles tun kann.«

»Du bist sein Bruder«, flüsterte ich.

»Hätte er sich entschieden, mir das zu sagen, als er begonnen hat, mich zu unterrichten, dann wären die Dinge vielleicht jetzt anders. Inzwischen bedeutet es mir nichts mehr.«

»Willst du mir damit sagen, dass du vorhast, dem Weg von Lady Oonagh zu folgen? Du willst dich dem Bösen weihen, um Macht zu erlangen? Und dennoch hütest du Niamh wie einen Schatz, und du bist gekommen um mich und ... und das Kind zu retten.«

Seine strengen Züge wurden von einem sehr flüchtigen Lächeln erhellt. Oben auf der Hügelkuppe waren die Stimmen von Männern zu hören, und eine Fackel flackerte.

»Meine Mutter hält mich für ein angemessenes Werkzeug«, sagte er leise. »Und sie kann mir tatsächlich viel beibringen. Conor selbst hat mir den Wissensdurst mitgegeben. Und was ist das hier anderes als ein gewaltiges Strategiespiel? Jetzt sind eure Männer hier, und ich muss gehen. Ich kann Niamh nicht zu lange allein lassen.«

Ich hatte einen Kloß im Hals. Ciarán war meine letzte Verbindung mit meiner Schwester, und ich spürte einen sehr langen Abschied vor mir. »Ich wünsche euch alles Gute«, sagte ich. »Ich wünsche euch alle erdenkliche Freude. Und ... und dass du nicht den Weg in die Finsternis wählst.«

»Vor allem anderen habe ich geschworen, über deine Schwester zu wachen.«

»Sag Niamh, sie wird immer in meinem Herzen bleiben«, sagte ich leise und nicht ganz sicher, ob er ihr überhaupt erzählen würde, dass er hier gewesen war oder dass er mich und meinen Sohn gesehen hatte.

Ciaráns Stimme war sehr ernst. Ich dachte, dass er nun beinahe gegen sein besseres Wissen sprach. »Ich zögere, es auszusprechen«, meinte er, »aber wenn du willst, dass dein Kind in Sicherheit ist, solltest du ihn wegbringen. So weit du kannst. Es gibt einige, die vieles dafür geben würden, dass er nie zum Mann und zu einem Anführer heranwächst. Aber es scheint euch beiden nicht an Beschützern zu fehlen.«

Noch während er sprach, kamen ein paar Männer durch die Büsche; Männer mit seltsamen, exotischen Zeichen auf der Haut ihrer Gesichter und Körper; Männer in seltsamer Kleidung aus Wolfsfell und Federn und Metall und mit Helmen, die ihnen Ähnlichkeit mit Geschöpfen der Anderwelt verliehen, halb Mensch, halb Tier. Ich spürte, wie sich auf meinem Gesicht ein dümmlich erleichtertes Grinsen ausbreitete, als ich dort saß, Brans Kopf in meinem Schoß, Möwe neben mir zu Boden gesackt. Und als ich wieder zu Ciarán hinschaute, war er verschwunden.

»Jesus Christus!« Das war Schlange mit seinen Mustern auf Handgelenk und Stirn. »Was ist mit ihm passiert?« Er hockte sich neben Bran und betastete die verschorfte Wunde auf dem Kopf. »Fester Schlag; schon Tage alt. Ihr wisst, was er sagen würde.«

Von den Männern, die uns im Dunklen umgaben, war Gemurmel zu hören.

»Fragt sie«, erklärte Möwe schwach. »Fragt Liadan.«

Schlange wandte mir seinen leidenschaftlichen Blick zu,

seine blitzenden Augen. »Glaubst du, dass du ihn retten kannst?«, wollte er wissen. Die Männer wurden sehr still.

Nun, da ich saß, fühlte ich mich ungeheuer schwach und schrecklich müde. Schlanges Stimme schien aus weiter Ferne zu kommen, und meine eigene hörte sich seltsam an.

»Selbstverständlich kann ich das«, sagte ich, und meine Selbstsicherheit war vollkommen künstlich. »Aber wir müssen uns beeilen. Erst müssen wir ihn in Sicherheit bringen. Weg von Eamonns Land. Ich will an diesen Ort, wo wir schon früher das Lager aufgeschlagen haben. Ihr wisst, was ich meine. Die Stehenden Steine. Die Kuppel unter der Erde.«

Schlange nickte. »Ein weiter Ritt«, sagte er.

»Ich weiß. Aber dort sollten wir hingehen. Und Möwe braucht ebenfalls Hilfe. Seine Hände sind schwer verletzt. Und ...«

Johnny begann wieder zu weinen, diesmal leiser, als wollte er sagen: *Warum hört mir denn keiner zu? Ich bin müde und nass und hungrig, und das habe ich dir alles schon vorher gesagt.*

Wieder erklang Murmeln, und jemand stieß einen leisen Pfiff aus.

»Ein Kind!«, rief Schlange leise. »Deins? Du bist mit einem Kind auf dem Rücken über den Sumpf gekommen?«

»Mein Sohn.«

Noch ein Pfeifen.

»Und wer ist sein Vater?«, fragte jemand recht mutig von hinten aus der Gruppe.

»Das geht dich nichts an«, mischte sich eine Stimme ein, die ich als Spinnes erkannte.

»Das hier ist sein Vater«, sagte ich ihnen, denn ich dachte, sie sollten es lieber wissen, um weitere Komplikationen zu vermeiden. »Und er wird wahrscheinlich sterben, wenn wir uns nicht bald auf den Weg machen. Wir haben nicht viel Zeit. Ihr solltet den Hauptmann lieber hinter einem der Stärksten von euch anschnallen, damit er nicht so viel herumgerüttelt wird. Habt ihr ein Pferd für mich?«

Einen Augenblick lang regten sie sich nicht. Ich hatte sie so verblüfft, dass keiner eine Antwort gab. Dann begann Schlange, Befehle auszugeben. Spinne kam herüber, berührte den Kopf des Kindes sanft mit seinen langen Fingern und bot mir an, ihn zu tragen.

»Danke«, sagte ich, »aber er ist an mich gewöhnt, und er ist müde und hat Angst. Vielleicht später.«

Ich hatte geglaubt, mir bliebe noch genug Kraft zum Reiten. Aber als zwei Männer kamen, um Bran sehr vorsichtig aufzuheben, und Otter meine Hand ergriff, um mir auf die Beine zu helfen, gaben meine Knie nach, in meinem Kopf drehte sich alles, und es schienen viele bunte Sterne vor meinen Augen zu tanzen. Es gab einen kurzen Streit darüber, wer mich und mein Kind in den Sattel nehmen würde, bis Schlange, der offenbar den Befehl hatte, Spinne auswählte und Spinne uns grinsend auf sein großes Pferd hob und hinter uns in den Sattel sprang.

Es war eine lange, anstrengende Reise. Wir machten zweimal an verborgenen Orten zwischen Felsen Rast, und nachdem er etwas zu essen und viel Aufmerksamkeit erhalten hatte, wurde Johnny wieder ruhig, als wäre unser gefährliches Abenteuer für ihn nur eine weitere geringfügige Änderung seiner Routine. *Er ist der Sohn seines Vaters*, dachte ich mit einiger Bitterkeit und musste wieder an die Geschichte von Cù Chulainn und Conlai denken. Ich würde dafür sorgen müssen, dass unsere eigene Geschichte keinem solchen Muster folgte.

Bran saß hinter Otter, an seinen Rücken gebunden, wie sie es zuvor mit Evan dem Schmied gemacht hatten. Wenn wir anhielten, ließ ich sie ihn gegen einen Baumstamm lehnen und versuchte, ihm ein wenig Wasser einzuflößen. Ich hätte weinen können, als ich sah, wie er dort so schlaff und hilflos saß. Ich wusste genau, was er sagen würde, wenn er sich selbst hätte sehen können. *Dieser Mann hat keinen Nutzen mehr*, würde er sagen. Ich sah zu, wie Schlange vorsichtig das verkrustete Blut aus der tiefen Kopfwunde wischte und der hart gesottene Otter seinem Hauptmann einen Umhang umlegte, und ich sandte ein lautloses Flehen zu Díancécht , dem großen Heiler der Túatha De Danann. *Gib mir die Kraft, zu erreichen, was ich erreichen will. Gib mir die Fähigkeiten dazu. Ich darf ihn nicht verlieren. Ich will ihn nicht verlieren.*

Möwe konnte nicht allein reiten. Er saß vor einem großen, schweigenden Mann, den sie Wolf nannten, auf einem großen, ruhigen schwarzen Pferd. Als wir Rast machten, untersuchte ich seine verwundeten Hände. Ohne eine Heilertasche, ohne Kräuter und Salben und Instrumente, ohne saubere Verbände und Zeit, konnte ich nicht viel tun. Aber ich sagte Schlange, was ich brauchen würde, wenn wir unser Ziel erreichten, und er erwiderte, dass er alles auf die eine oder andere Weise besorgen könnte. Ich hielt es für das Beste, nicht zu genau nachzufragen, was er damit meinte.

Möwe hatte an einer Hand drei Finger und an der anderen zwei verloren.

Die Wunden waren sauber ausgebrannt worden; dennoch wurde mein Herz kalt bei dem Gedanken, dass dies Eamonns Tat war, die Tat eines Mannes, den ich vielleicht einmal geheiratet hätte. Es war gleich, wer das Messer geführt hatte, er oder ein anderer. Es war sein Geist, aus dem der Plan für diese grausame Strafe gekommen war. »Barbarisch«, murmelte ich und band einen Streifen Tuch, den ich aus meinem Hemd gerissen hatte, um Möwes Hand. »Ein widerwärtiger Racheakt.« Aber im Hinterkopf hörte ich Eamonns Stimme, trostlos wie der Winter. *Wenn dir nicht gefällt, was aus mir geworden ist, dann kannst du die Schuld bei dir selbst suchen.* Ich schauderte.

»Hat mich an den Schmied erinnert«, sagte Möwe. »Als der Häuptling ihm den Arm abgeschnitten und die Wunde mit einer heißen Klinge versiegelt hat. Ich bin beinahe ohnmächtig geworden. Das hier ist ähnlich.«

»Du hast viel für ihn ertragen.«

»Was ist mit dir? Du bist eine erstaunliche Frau, Liadan. Kein Wunder, dass er für dich die Regeln gebrochen hat.«

»Diese spezielle Regel hat er doch sicher schon vorher gebrochen. Ein Mann in seinem Alter kann sich doch nicht alles versagen«, stellte ich fest und stopfte die Enden der Bandage ordentlich dahin, wo sie hingehörten.

»Ich kenne ihn, seit er kaum mehr als ein Junge war. Hab ihn nie mit einer Frau gesehen. Nicht ein einziges Mal. Selbstbeherrschung. Wichtig für ihn. Vielleicht zu wichtig. Bei dir war das anders. Du hast ihm standgehalten. Sobald er dich gesehen hat, war es nur noch eine Frage der Zeit.«

Ich antwortete nicht, aber ich wunderte mich. Konnte es möglich sein, dass auch für Bran diese Nacht voller Zauber das erste Mal gewesen war? Sicherlich nicht. Solche Dinge waren für einen Mann anders. Für einen Mann war es weniger wichtig als für eine Frau, und außerdem würde es einem Mann wie ihm nicht an Gelegenheiten fehlen. Ich bemerkte, dass ich rot wurde, und wandte mich von Möwe ab.

»Liadan?«, sagte er leise. »Wir stehen alle auf deiner Seite,

Mädchen. Wir können uns nicht leisten, den Hauptmann zu verlieren. Ohne ihn sind wir nichts.«

»Du bist so stark gewesen.« Meine Stimme zeigte deutlich, wie müde ich war. »Ohne dich hätte ich aufgegeben.«

»Das hättest du nicht.« Dann veränderte sich sein Tonfall plötzlich. »Du musst es mir sagen.«

»Dir was sagen?« Aber ich wusste, was kam.

»Wie sind meine Chancen? Wie sehr wird mich das zurückhalten? Kampf ist mein einziges Handwerk. Wenn ich nicht kämpfen kann, wenn ich mich nicht in den schlimmsten Lagen wehren kann, bin ich fertig. Sag mir die Wahrheit. Wie sieht es aus?«

»Warum warst du überhaupt da? Ich dachte, das wäre ein Einmannauftrag.«

»Du hast das gewusst? Ja, er ist allein gegangen und hat sich entschieden, uns keine brauchbaren Informationen zurückzulassen, der Dummkopf. Man sollte glauben, er wollte, dass Northwoods ihn fertig macht. Als Nächstes hieß es, er sei auf dem Rückweg nach Erin, in einem kleinen Boot, das von Männern in Grün gesegelt wurde. Ich wusste, dass das nichts mit dem Plan zu tun haben konnte. Ich versuchte, ein Held zu sein. Rettungsmission. Ich war noch dümmer als er. Aber es hätte sogar beinahe funktioniert. Eamonn war nur ein wenig zu schlau für uns und hatte uns gegeneinander ausgespielt. Das hier ist das Ergebnis. Und jetzt sag's mir.«

»Du wirst mit der linken Hand einen Bogen spannen können. Du wirst dich selbst unterrichten müssen. Du wirst reiten können, wenn du mit deinen Händen übst, während sie heilen. Du wirst kein Schwert schwingen und keine steilen Mauern hochklettern und du wirst deine Finger nicht benutzen können, um jemanden zu erwürgen. Aber du wirst die anderen im Kampf unterrichten können, und du kannst lernen, ein Heiler zu sein. Ich würde dich selbst unterrichten. Diese Bande hier braucht einen.«

»Ich dachte, du würdest vielleicht ...«, begann er und dann schwieg er wieder.

»Das mag sein«, sagte ich. »Das hängt von ihm ab. Davon, was er will.«

Möwe war eine Weile still und starrte seine verbundenen Hände an. »Was würde der Hauptmann sagen? Wie nützlich würde er mich finden?«

»Ich denke, er wäre der Ansicht, dass du es wert bist, behalten zu werden. Besonders, wenn ich ihm sage, dass du mich und sein Kind gerettet hast. Dass du ihn auf deinem Rücken über die Marschen getragen hast.«

Möwe sah mich ganz direkt an. »Du hast uns gerettet«, sagte er leise. »Ohne deinen Mut wären wir in Eamonns Verliesen gestorben. Bist du sicher? Bist du sicher, dass du ihn zurückholen kannst?«

»Du warst es, der nicht zugelassen hat, dass ich da draußen die Hoffnung aufgebe«, flüsterte ich.

Wir bewegten uns auf verborgenen Wegen wie bereits zuvor, und von Zeit zu Zeit ritten ein oder zwei Männer allein davon und schlossen sich später wieder der Truppe an und brachten eine kleine Tasche oder ein Bündel mit, das sie zuvor nicht gehabt hatten. Niemand stellte Fragen. Kurz vor der Morgendämmerung erreichten wir das große Hügelgrab und stiegen unter den hohen Buchen ab, die seinen Eingang bewachten. Spinne half mir vom Pferd. Johnny hatte den letzten Teil der Reise auf dem Rücken eines jungen Mannes verbracht, den sie Ratte nannten, und das hatte ihm offenbar nichts ausgemacht. Er betrachtete forschend die wechselnden Formen und Farben um ihn her und versuchte, das alles zu begreifen.

»Also gut«, sagte Schlange, als sich die Männer ohne weitere Befehle daran machten, sich um die Pferde zu kümmern, Wachen aufzustellen und ein Lagerfeuer zu bauen. »Wo willst du den Hauptmann haben? Drinnen?«

»Nein«, sagte ich und sah die seltsamen, kleinen, gemeißelten Gesichter auf dem Türsturz der uralten Tür an. »Nicht da drinnen. Du weißt, wir ... nutzen am besten den Raum drinnen für deine Männer, denn viele können da sicher und trocken schlafen. Können sie einen kleinen Unterstand unter den Bäumen für uns machen, vielleicht am anderen Ende, nahe dem Wasser? Trocken und abgeschieden, aber an einer Stelle, wo er den Himmel sehen kann, wenn er aufwacht. Ich brauche ein kleines Feuer und Laternen für später, und ich nehme an, jemand sollte Wache halten. Ich werde einen Mann brauchen, der mir hilft.«

»Wir werden uns abwechseln.« Sie schnallten Bran jetzt los und hoben ihn sanft von Otters Pferd, während Otter selbst die Glieder und den Rücken streckte und vorsichtig abstieg.

»Kräuter«, sagte ich. »Ich brauche jemanden, der sie sammelt. Ich muss einen Sud für die Kopfwunde machen und einen Heiltee kochen. Auch Möwe wird beides brauchen. Ich brauche Braunheide und Gartenraute, die immer noch blühen wird, und ich weiß, dass sie hier wächst. Wenn ihr wilden Thymian und Bergminze finden könnt, werde ich diese Blätter in eine kleine Schale einweichen und sie neben ihn stellen. Diese Kräuter helfen gegen Kummer – wir müssen ihn an die guten Dinge erinnern, die er aufgeben wird, wenn er nicht zu uns zurückkehren will.«

Schlange nickte. Rasch gab er Befehle aus, und die Männer legten Bran auf ein Brett und trugen ihn ans andere Ende des Hügels. Pferde wurden weggeführt, Vorräte ausgepackt. Ruhig und ordentlich gingen die Männer ihren Angelegenheiten nach. Ich hörte Johnnys leise Stimme, die Worte unverständlich, der Tonfall selbstsicher.

»Ich sollte mich um meinen Sohn kümmern«, sagte ich und dachte, wer immer ihn hatte, sollte lieber wissen, was Babys essen konnten und was nicht und wo sie in Sicherheit waren und wo nicht. »Diese Insektenstiche – man kann ihn mit Braunwurzwasser abwaschen ...«

»Dem geht es gut«, grinste Schlange. »Ratte kommt aus einer großen Familie; er wird ein gutes Kindermädchen für dich abgeben. Ich erzähle ihm von der Braunwurz. Und du gehst jetzt runter und sagst den Männern, was du für den Hauptmann brauchst. Dann solltest du dich lieber ausruhen, und das Kind auch. Ein langer Ritt für ein Mädchen.«

»Ja. Es scheint, als wäre es ein ganzes Leben her, seit ich Sevenwaters verlassen habe. Wir sind dir viel schuldig. Wie hast du gewusst, wohin ihr kommen sollt, Schlange, und wann?«

»Wir wussten, wo sie waren, er und Möwe. Wir haben diesen Ort bewacht, Sídhe Dubh, ununterbrochen, seit Eamonn schon einmal einen Freund verraten hat. Er hatte einen Verbündeten im Norden, den der Hauptmann kannte, einen Mann, der uns hin und wieder einen Gefallen getan hat, uns Zuflucht gewährte und sicheres Geleit gegeben hat, als es sonst niemand tun wollte. Dieser Bursche hatte ein festes Abkommen mit Eamonn über Land, oder er glaubte es zumindest. Er hat mit gutem Vieh damit bezahlt. Dann kamen eines Nachts die Männer in Grün zu seinem Außenposten und haben ihn niedergebrannt, während die Wachen noch drin waren. Was es noch schlimmer machte, war, dass einer von ihnen seine Familie dort hatte, Frau, kleine Töchter, die ihn besuchten. Sie sind alle verbrannt. Als der Hauptmann das gehört hat, sagte er, dass sich immer wieder zeigt, dass Söhne so werden, wie ihre Väter waren. Der alte Eamonn, der Vater von dem da, hat seine Verbündeten an die Briten verkauft.«

»Ich weiß.«

»Ja, das dachten wir schon. Jedenfalls hat Eamonns Nachbar uns zu Hilfe gerufen, und wir haben geholfen. Wir haben uns um seine Truppe auf eine Weise gekümmert, die ihm Angst machte. Der Hauptmann konnte nicht widerstehen, seinen eigenen Stil hinzuzufügen, mit der abgeschnittenen Hand und so. Sie gehörte einem Mann, der längst tot war. Wirkungsvoll, aber nicht hübsch. So macht es der Hauptmann eben.«

»Aber«, sagte ich unwillkürlich, »all die Geschichten, die sie von euch erzählen, vom Hauptmann und von euch allen ... sie schreiben euch Grausamkeiten zu, die genauso schlimm sind wie das Niederbrennen dieses Wachtpostens. Wie könnt ihr Eamonn verurteilen, wenn ihr dasselbe tut?«

Schlange runzelte die Stirn. »Wir töten keine Frauen und Kinder«, sagte er schließlich. »Wir machen keine Fehler und verbrennen die Unschuldigen zusammen mit dem Feind. Außerdem kannst du diese Geschichten nicht glauben. Wenn wir für alles verantwortlich wären, was sie uns anhängen wollen, müssten wir an fünfzig Stellen gleichzeitig sein. Frag Ratte einmal, was er von Eamonn Dubh hält. Es waren seine Mutter und seine kleinen Schwestern, die in dem Feuer gestorben sind.«

Ich schaute hinüber zu der Stelle, wo das Feuer nun eine lang gezogene Rauchwolke in die morgendliche Luft entsandte. Ratte saß da und hatte Johnny auf den Knien, beschäftigt mit einem Spiel, das meinen Sohn aufgeregt auf und ab hüpfen ließ. Die helle Haut des Kindes hatte zornige rosa Schwellungen, wo die Marschinsekten ihn angegriffen hatten; Rattes Tricks lenkten ihn davon ab, diese Stellen zu kratzen und alles noch schlimmer zu machen. Ich konnte erkennen, woher dieser junge Mann seinen Namen hatte. Seine Augen standen dicht beieinander über einer langen, spitzen Nase, und die Zähne in seinem breiten, lächelnden Mund waren unregelmäßig.

»Ratte ist ein guter Junge«, sagte Schlange. »So dumm er auch aussehen mag, er lernt rasch. Jetzt geh zum Hauptmann und überlass uns den kleinen Johnny für eine Weile. Wir rufen dich, wenn das Frühstück fertig ist.«

»Ihr habt die Frage nicht beantwortet. Wie wusstet ihr, dass ihr kommen solltet?«

»Wir haben eine Botschaft erhalten. Ein rothaariger Bursche, sah ziemlich seltsam aus. Wir waren bereits in der Nähe, weil wir wussten, dass sie da drin waren, aber wir hatten keine Ahnung, wie wir sie rauskriegen sollten, da Eamonn seine Verteidigung verstärkt hat. Der Bursche sagte uns, wir sollten am Weg warten und uns verstecken, bis er uns ein Zeichen gibt. Und nicht lange danach wart ihr da. Wie durch Zauberei.«

»In der Tat«, stimmte ich zu, und dann zwang ich meinen müden Körper, sich zu bewegen, und ging zur anderen Seite des Hügels, wo die glatten Felsen den stillen Teich einrahmten und die Stehenden Steine, verziert mit Zeichen, die so alt waren, dass selbst ein Druide ihre Bedeutung nicht verstand, stumm Wache über die tiefsten Geheimnisse der Erde standen. Und als ich an ihnen vorbeikam, glaubte ich, eine Stimme sagen zu hören: *Gut gemacht.* Das hier war kein Ort der Túatha De mit ihren Göttern und Göttinnen, ihrer blendenden Schönheit und erschreckenden Macht. Es war ein viel älterer, dunklerer Ort, ein Ort der Alten, die meine Ahnen gewesen waren, wenn man die Geschichte von dem gesetzlosen Fergus und seiner Fomhóire-Braut glauben konnte. Ich glaubte es. Ich spürte es in mir, als ich eine Hand auf die Steine des großen Hügels legte. Ich spürte träge Vibration tief drinnen in der Erde, und wieder hörte ich die Stimme sagen: *Gut gemacht*.

So wenig Zeit. So wenig Zeit, ihn zurückzubringen, bevor er an seinen Wunden oder vor Verzweiflung oder einfach vor Durst starb. Bran konnte nichts trinken. Die Männer hatten bei den Felsen einen Unterschlupf gebaut, mit einem Dach aus Segeltuch, aber vorn offen, so dass man auf den Teich hinausschauen konnte oder das kleine Feuer beobachten, das zwischen den Steinen brannte. Hier lag er reglos auf einem Strohsack.

»Du musst vorsichtig sein mit dem Kind am Feuer«, warnte ein Mann. »Aber wir haben es vorsichtshalber hoch gebaut.«

Am Ende stellte sich heraus, dass ich mir wegen Johnny keine Sorgen machen musste. Sie brachten ihn zu mir, damit ich ihn stillte, und zum Schlafen packte ich ihn auf das Bett aus Farnkraut, das sie vorbereitet hatten, und deckte ihn mit Fuchsfellen zu. Seine eigene kleine Decke, die ich mit solcher Liebe genäht hatte, war in Sídhe Dubh zurückgeblieben. Wenn er wach war, sah ich meinen Sohn meist in den Armen eines großen, ledergekleideten Kindermädchens oder vielleicht in einer Hängematte oder hoch oben auf breiten Schultern oder bei Ratte auf dem laubbedeckten Boden, ein Stück Brot in einer Hand, wie er seine schönen, neuen Zähne ausprobierte. Die Insektenstiche verblassten; jemand hatte tatsächlich Braunwurz gefunden.

Ratte erklärte, das Kind sei sehr fortgeschritten für sein Alter, und ich stimmte ihm zu. Ich akzeptierte, dass Johnny plötzlich mehr Onkel gefunden hatte, als irgendein Kind je brauchen würde, und überließ ihn ihnen, wenn auch nicht ohne Bedauern. Er war so klein und so furchtlos.

Was Bran anging, wagte ich nicht, den anderen zu verraten, wie große Angst ich hatte. Ich hatte die Kopfwunde ausgewaschen, so dass er jetzt einen ordentlichen Verband um den Schädel trug, über den rasch nachwachsenden Locken. Es war Möwe, der mir half und sich weigerte, sich auszuruhen; auch Schlange blieb in der Nähe. Wir setzten Bran aufrecht hin, hielten seinen Kopf hoch und legten einen feuchten Schwamm an seine Lippen. Aber die Flüssigkeit lief über sein Kinn und auf die Decke, als hätte er den Willen verloren, sich selbst zu helfen.

»Wie lange kann er ohne Wasser weiterleben?«, fragte Möwe.

»Vielleicht noch einen Tag.« Ich versuchte, meine Verzweiflung zu verbergen, aber das Zittern in meiner Stimme verriet mich. Ich konnte sehen, wie abgemagert Bran war, die Knochen waren deutlich unter der gemusterten Haut zu sehen. Ich konnte seine schmalen Finger spüren, das zerbrechliche Handgelenk, wo sich das kleine Abbild eines geflügelten Insekts vor der trockenen, bleichen Haut abhob. Ich konnte hören, wie flach sein Atem war. Möwe wusste nicht, wie lange Bran in diesem Verlies unter der Erde gehockt hatte, denn er hatte selbst die Tage nicht mehr zählen können, als sie in Sídhe Dubh waren.

»Du musst etwas für mich tun«, sagte ich zu Schlange, der am Fuß des Strohsacks stand.

»Was immer du willst.«

»Ich möchte, dass du jemanden ausschickst, der versucht,

meinen Vater zu finden. Er ist Iubdan von Sevenwaters, aber er hieß einmal Hugh von Harrowfield. Ein Brite. Er ist ein sehr großer Mann, kräftig gebaut, mit rotem Haar. Schwer zu übersehen. Er ist am letzten Mittsommer übers Wasser gereist und sollte längst nach Sevenwaters zurückgekehrt sein. Er könnte auf dem Rückweg sein, er sollte es sein, wenn die Nachrichten von daheim ihn erreicht haben. Ich weiß, wenn er gefunden werden kann, werden deine Männer es schaffen. Aber sie müssen sich beeilen.«

»Wird gemacht.«

»Danke«, sagte ich. »Später will ich, dass sich die Männer hier versammeln. Wir müssen ... wir müssen versuchen, den Hauptmann zurückzuholen. Irgendwie müssen wir ihm begreiflich machen, dass er noch nicht gehen darf, dass er hier gebraucht wird.«

»Ich werde sie holen. Du brauchst nur zu sagen, was du willst, und wir werden alles tun, Liadan. Du brauchst dich nicht zu ermüden. Lass uns für dich stark sein.«

Ich berührte leicht sein Handgelenk, wo das Band aus Schlangen sich um seinen muskulösen Arm wand. »Das bist du schon, Schlange. Du und alle anderen.«

Ich behielt meine Befürchtungen für mich. Ich hatte keinen Zweifel, dass dies die Aufgabe war, von der Finbar gesprochen hatte, eine Heilung, die meine Fähigkeiten bis an ihre Grenze beanspruchen würde. Aber Bran lag wie leblos da, hatte sich tief in sich selbst zurückgezogen, als wäre er aus eigenem Willen in dieses winzige, dunkle Gefängnis geflohen, in dem man ihn gehalten hatte. Beinahe als glaubte er, dass dies der Ort war, an den er gehörte. Er hatte einmal zu sich selbst gesagt: *Nur geeignet, im Dunkel zu leben* und *Zurück in deine Kiste, Köter.* Das war es also im Grunde, was er getan hatte. Er trug sein Gefängnis in sich, und die Tür war verriegelt. Sie zu finden und aufzuschließen würde bedeuten, einen Weg durch finstere Erinnerungen zu bahnen, durch Geheimnisse, von denen er mir gesagt hatte, sie sollten am besten begraben bleiben.

Aber ich war nicht allein. Vielleicht könnten wir die Kraft aufbringen, ihn zurückzurufen – wir alle, die wir ihn liebten. Das wäre der erste Schritt. Was den zweiten anging, den konnte ich nicht ohne Anleitung unternehmen, denn es war eine Aufgabe, die das mutigste Herz beben ließ.

Schlange war weg; Möwe hielt an Brans Seite Wache. Ich ging nach draußen, um mich auf die Steine oberhalb des Teiches zu setzen, wo Bran und ich einst einander in den Armen gelegen hatten, ungeachtet des Regens. Ich schaute mit einem Gefühl wachsender Sicherheit ins dunkle Wasser und rief lautlos nach meinem Onkel Finbar.

Onkel? Ich bin hier, und ich muss dich etwas fragen. Unter den Stehenden Steinen kam die Antwort sofort, wenn auch leise; und was sich auf der Wasseroberfläche zeigte, war kaum ein Abbild zu nennen, weniger das Bild eines Menschen als ein Trick des Lichts, der einen glauben ließ, dass vielleicht, nur vielleicht, jemand da sein könnte.

Liadan. Du bist also in Sicherheit.

Ich bin in Sicherheit. Aber er ist es nicht. Noch nicht. Er hat sich zu tief in sich zurückgezogen, und ich muss wissen, ob ich Recht habe, ob ich ihn wieder finden kann. Ich glaube, dies ist die Aufgabe, von der du gesprochen hast. Und ich werde es tun. Aber es macht mir Angst, Onkel. Ich fürchte mich vor dem, was ich entdecken werde.

Der Mann im Wasser nickte ernst. *Sei gewarnt, Tochter. Er wird all seine Kraft gegen dich wenden, und seine Kraft ist Furcht einflößend. Er wird dich auf jedem Schritt bekämpfen. Es ist eine grausame Aufgabe, denn du musst all die Dinge lösen, die sein Herz binden, und es freilegen. Es gibt dort großen Schmerz – einen Schmerz, den er nicht mit dir teilen will. Ein vor Angst erstarrtes Kind verbirgt sich in einem Gefängnis verlorener Träume. Finde ihn; nimm ihn an der Hand und führe ihn von diesem finsteren Ort weg.*

Mir war eiskalt. Er klang wie eine Stimme aus einer anderen Welt.

Ich werde es tun.

Wenn ich dir helfen könnte, würde ich das tun, Kind. Aber es ist deine Aufgabe. Und du musst jetzt beginnen. Je länger du es aufschiebst, desto weiter flieht er vor dir, bis es keinen Weg mehr zurück gibt.

Das Wasser bewegte sich, und dann war er verschwunden.

Ich rief nach Schlange, und er kam zu mir in den Unterstand.

»Also gut«, sagte ich, »ich glaube, es gibt zwei Teile. Zuerst müssen wir ihn rufen, um ihn von dort, wo er sich versteckt, zurückzubringen. Dann folgt die Heilung; ich muss ihn wieder zusammensetzen, damit er bei uns bleibt. Bei dem ersten Teil müsst ihr mir helfen, den zweiten muss ich allein erledigen.«

»Nicht viel Zeit«, meinte Möwe leise.

»Das weiß ich. Es muss bis zum Morgengrauen beendet sein, oder er wird uns endgültig verlassen. Ihr solltet die Männer jetzt rufen, und dann erkläre ich es ihnen.«

»Liadan«, meinte Schlange verlegen. »Du weißt, dass er es hassen würde.«

»Was soll ich tun? Ihn verdursten lassen, ihn allein sterben und ihn an einem Ort umherwandern lassen, den wir nicht sehen können? Oder ihm vielleicht mit einem kleinen, scharfen Messer auf den Weg helfen? Ist es das, was ihr glaubt, das ich tun sollte?«

»Niemand hier würde das behaupten. Niemand außer dem Hauptmann selbst. Wenn er jetzt außerhalb seiner selbst stehen und das hier sehen könnte, wäre er der Erste, der sich die Klinge über die Kehle zieht. Wir stehen alle hinter dir, Liadan. Es ist nur, dass keiner von uns derjenige sein will, der ihm das alles erklärt, wenn er zurückkommt.«

»Ich werde es ihm erklären. Und jetzt geht und holt die Männer.«

Wir setzten uns an Brans Seite und warteten. Er hatte sich nicht gerührt; sein Gesicht war bleich und ruhig, als schliefe er. Nach außen hin gab es kein Zeichen, dass er noch lebte, wenn man von dem schwachen Atem absah. Seine Finger waren schlaff und kalt, und ich zog die Decke darüber, hielt aber weiter seine Hand. Ich fragte mich, ob er irgendwo tief drinnen spüren konnte, dass ich nicht losgelassen hatte.

Die Männer kamen allein oder zu zweit, lautlos trotz ihrer schweren Stiefel. Die meisten waren bewaffnet. Alle trugen das seltsame Zeichen ihres Berufs, die Häute und Federn und Dekorationen, die ihr Stolz und ihre Identität waren. Alle waren ernst. Sie versammelten sich um den Strohsack, setzten sich hin, hockten sich, standen schweigend da. Es waren nicht alle da; selbst zu solchen Zeiten musste weiter Wache gehalten werden.

»Also gut«, sagte ich. »Bezweifelt keinen Augenblick, dass er uns hören kann. Er hat eine Kopfwunde, eine sehr schlimme, aber Menschen haben sich von Schlimmerem erholt, und ihr wisst, wie stark er ist. Aber er kann nicht schlucken, und Menschen können nicht lang ohne Wasser leben. Wir müssen ihn aus diesem Schlaf herausholen.«

»Was, wenn er nicht rauskommen will?« Das war der große Bursche mit dem dunklen Bart, Wolf. Ich hatte ihn zuvor noch nicht sprechen hören, seine Stimme war guttural, sein Akzent schwer.

»Das ist genau das Problem«, sagte ich. »Er glaubt, es ist nicht wert, zu uns zurückzukehren. Wir müssen ihn vom Gegenteil überzeugen. Er muss wissen, wie sehr ihr ihn schätzt; er muss daran erinnert werden, was für gute Dinge er für euch getan hat, und was es euch bedeutet. Er muss erkennen, was er gegeben hat und was er geben kann. Und das müsst ihr ihm sagen.«

Sie sahen einander an und rückten unbehaglich hin und her.

»Wir sind Kämpfer«, sagte Ratte, der Johnny an seiner Schulter hielt und ihm den Rücken tätschelte. »Keine Barden und keine Gelehrten.«

Ein anderer meinte nervös. »Ich weiß nicht, was ich sagen soll.«

»Erinnert ihr euch an die Geschichten, die ich euch erzählt habe?«

Sie nickten, einige lächelten.

»Also gut, es ist ganz ähnlich, nur kürzer. Jeder von euch erzählt eine kleine Geschichte, eine Geschichte vom Bemalten Mann. Wir tun es abwechselnd. Und mit euren Geschichten holen wir ihn zurück. Es ist eigentlich ganz einfach.« Ich bemerkte, wie Möwe mich fragend ansah, und befürchtete, dass er wusste, wie künstlich dieses Selbstvertrauen war. Darunter war mir vor Angst, dass wir versagen könnten, eiskalt. Aber in den Gesichtern der Männer stand jetzt ein wenig Hoffnung.

»Das ist gut«, sagte ein Mann bewundernd. »Dass dir so was eingefallen ist. Das ist wirklich gut. Kann ich anfangen?«

»Sicher.«

Es gab viele und sehr verschiedene Geschichten. Einige waren quälend, andere komisch, einige ausgesprochene Tragödien. Es gab die Geschichte, wie Bran Hund aus dem Langschiff gerettet hatte und dass, wie Schlange sagte, der arme Hund, obwohl er nun tot war, sicherlich den Gefallen zurückgezahlt hatte, denn wenn Hund mich an diesem Tag in Little Falls nicht auf den Kopf geschlagen hätte, wäre ich nie dem Bemalten Mann begegnet und es hätte keinen Johnny gegeben. Und, fügte Schlange hinzu, nun, da der Hauptmann mich und seinen kleinen Jungen hatte, müsste er ein vollkommener Dummkopf sein, wenn er nicht aufwachte. Es gab Geschichten aus dem Süden und aus dem Norden, Geschichten aus Britannien und Armorica. Sie wurden erzählt von Nordmännern und Ulstermännern und Galliern. Aber sie hatten eins gemeinsam: In jeder Geschichte ging es darum, wie der Bemalte Mann einem Ausgestoßenen die Hand gereicht hatte, einem Mann, der keinen Ort auf der Welt mehr hatte, an dem er zu Hause war, und ihn willkommen hieß in einer Bande von Kameraden, die Regeln und einen Zweck hatten. Flüsternd erzählte Möwe seine Geschichte, eine Geschichte von Blut und Trauer, von Qual und Verzweiflung.

»Du hast mich ins Leben zurückgerufen, als ich es beenden wollte. Es war, als hätte deine Hand meine festgehalten, als ich mich der Dunkelheit hingeben wollte. Jetzt bin ich an deiner Stelle. Ich bitte dich, zu uns zurückzukehren. Deine Arbeit ist noch nicht vollständig getan. Wir brauchen dich, Freund. Jetzt bin ich dran, dich zurückzurufen.«

Den ganzen Nachmittag sponnen wir unser Netz aus Worten. Es war ein gutes, starkes Netz, wie die Männer, die es gemacht hatten. Nun dämmerte der Abend.

»Hör, was Möwe sagt«, sagte ich und hielt mühsam die Tränen zurück. »Hör auf uns alle.« Ich hatte ihnen gesagt, dass Bran uns hören konnte. Nun bezweifelte ich die Wahrheit meiner eigenen Worte, denn ganz gleich, was ich auch versuchte, ich spürte nicht den geringsten Funken eines Gedankens in ihm, den schwächsten Splitter eines geistigen Blicks. Wenn er nicht bereits gegangen war, hatte er zumindest die gewaltigsten Mauern um sich errichtet.

»Bran«, sagte ich leise und fuhr mit den Fingern über seine eingesunkene Wange. »Wir lieben dich. Wir sind deine Freunde. Wir sind deine Familie. Komm heraus. Komm zurück von diesem finsteren Ort. Komm aus den Schatten heraus, mein Liebster.«

Möwe machte eine kleine Bewegung mit seiner verbundenen Hand, und dann kamen einer nach dem anderen die Männer und berührten Brans Arm oder packten seine Schulter, und hier und da sah ich, wie sich einer verstohlen eine Träne wegwischte.

Als alle bis auf Möwe und Ratte gegangen waren, nahm ich Johnny in die Arme, ging ans Feuer, um ihn zu stillen, und gestattete mir ein paar Tränen. Als ich dort saß, kam Schlange mit Wolf zurück, und sie wechselten Brans Kleidung und wuschen ihn. Während sie arbeiteten, unterhielten sie sich angeregt über einen Waffenschmied im Norden, der einen neuen Prozess des Temperns von Eisen erfunden hatte, und was für ein feines, präzises Schwert er nun herstellen konnte und wie viel eine solche hervorragende Waffe wohl kosten würde. Ich wusste, sie unterhielten sich um des Hauptmanns willen, und erkannte ihre

Anstrengungen an. Aber ich war müde, so müde, dass ich beinahe krank davon wurde und unermesslich traurig, und ich schloss die Augen. Dann überfiel mich ungebeten ein Albtraum, Mauern umdrängten mich, vollkommene Dunkelheit, kein Gefühl von Ort und Zeit, kein Laut, bis auf das pochende Herz und das schwere Atmen, und ich hatte Angst – ich hatte Angst, dass Onkel mich wieder schlagen würde, ich konnte noch den brennenden Schmerz im Rücken und meinen Beinen vom letzten Mal spüren und wie weh es getan hatte, als er mich gezwungen hatte, den Stein hoch über den Kopf zu halten ... ich war schwach gewesen und hatte ihn fallen lassen, und wenn der Gürtel wehtat, war es mein eigener Fehler, denn man wurde nur bestraft, wenn man nicht stark genug war ... meine Nase lief, und ich schniefte, ohne nachzudenken, und mein Herz raste ... kein Laut, das war die Regel, kein Laut, oder es gab Ärger ... es war schwierig, nicht zu weinen, wenn man sich in die Hosen gemacht hatte und schwitzte und Durst und Angst hatte und niemand kam ... wenn man nur wieder und wieder bis zehn zählen konnte ... wenn man wartete und wartete, dass sie zurückkam, denn vielleicht, nur vielleicht, wenn ich mutig genug war, würde sie wiederkommen, selbst jetzt ...

Ich kam abrupt wieder zu mir, mein Herz klopfte heftig, mein Kopf pochte. Der Schrecken war echt, als befände ich mich selbst dort in dieser dunklen Kammer, und ich blinzelte und zwang mich, gleichmäßig zu atmen; zwang mich dazu, das stille Wasser des Teiches und die im Zwielicht blaugrauen Weiden zu sehen. Ich spürte das warme Gewicht des Babys in meinen Armen.

»Liadan?« Möwe war neben mir, seine Züge im verblassenden Licht beinahe unsichtbar. »Alles in Ordnung?«

Ich nickte. »Ja. Er ist da, Möwe. Nicht weit weg. Er ist direkt unter der Oberfläche und zu verängstigt oder irgendwie zu beschämt, um rauszukommen. Ich weiß, dass er uns gehört hat.«

»Woher kannst du das wissen?«, fragte Möwe staunend.

»Ich ... ich höre seine Gedanken. Ich teile seine Erinnerungen und Gefühle, wenn er das zulässt. Es ist eine Gabe und ein Fluch. Es könnte mir helfen, ihn zu erreichen und die Mauern niederzureißen, die er um sich herum errichtet hat. Aber ich muss wissen. Ich muss verstehen, was ihn dazu bringt, sich so zu verstecken. Ich denke ... ich denke, was immer das war, es ist geschehen, als er noch sehr jung war. Als er noch sehr klein war. Hat er es dir je erzählt?«

»So etwas tut er nicht. Er lebt nach den Regeln. Keine Vergangenheit, keine Zukunft. Er hat nie ein Wort gesagt. Mir kam es immer so vor, als wäre der Mann schon alt zur Welt gekommen. Ich wünschte, ich könnte helfen.«

»Schon gut«, sagte ich bedrückt. »Ich muss einfach mein Bestes tun, um ihn zu erreichen. Ich muss heute Nacht mit ihm allein sein. Ich werde Johnny ins Bett legen, dann solltet ihr uns allein lassen. Ihr alle.«

»Ich werde hier draußen Wache halten.«

»Ach, Möwe! Mit diesen Händen solltest du dich selbst ausruhen. Du mutest dir zu viel zu. Schlaf wenigstens ein bisschen.«

»Was ist mit dir? Du kannst nicht immer so weitermachen.« Er legte mir die Hand auf die Schulter. »Wir sorgen für dich, weißt du. Wenn er ... wir kümmern uns um dich und den Jungen.«

»Hör auf!«, rief ich barsch. »Sag das nicht! Er wird leben. Ich will hier nichts von Niederlage hören.«

Er schwieg einen Augenblick. Dann sagte er: »Ihr seid

wirklich füreinander geschaffen. Ihr könnt einfach nicht versagen, ihr beide. Der Junge wird bestimmt einmal ein großer Anführer, wenn er erwachsen ist. Das geht gar nicht anders. Jetzt schicke ich sie, um dir etwas zu essen zu bringen, und dann tun wir, was du sagst. Aber wir brauchen einen Wachtposten. Es kann nichts schaden. Heute Nacht schläft hier ohnehin keiner.«

Ich hatte daran gedacht, sie alle in das Hügelgrab zu schicken, so dass wir allein an diesem Ort unseres Schicksals waren, an dem dunklen Teich unter einem mondlosen Himmel. Alte Dinge rührten sich; ich spürte ihre Präsenz in den Schatten, und ich wusste, dass dies eine Nacht der Veränderung war. Ich hatte gedacht, dass sich Bran im Dunklen an mich wenden würde, wie schon zuvor, und ich könnte seine Hand halten bis zum Morgen.

Aber dies hier war kein Ort für einsame Verzweiflungstaten; das war ein Ort der Gemeinschaft. Schlange brachte Essen und Bier und bestand darauf, dass ich am Feuer blieb und aß. Und als ich dort auf einem flachen Stein saß, mit einer Schale Eintopf auf den Knien, kamen andere aus der Nacht heraus und standen schweigend um mich herum. Ich sah den jungen Ratte mit neuen Augen, nachdem ich seine Geschichte gehört hatte. Das Feuer, das Eamonns Männer gelegt hatten, hatte ihm großes Unrecht zugefügt. Auch Spinne und Otter waren jetzt da, die ich den ganzen Tag über nicht gesehen hatte.

»Ich muss dich etwas fragen«, meinte Schlange zögernd.

»Was?«

»Sagen wir mal, du wirkst ein Wunder und er wird wieder wach und sagt: ›Wo bin ich?‹ Wie, glaubst du, kann er mit dem weiterleben, was geschehen ist? Und was ist mit dir und dem Kind? Er will dich. Du willst ihn. Aber er wird nie zulassen, dass du hier bei uns bleibst; es ist kein Leben für eine Frau und nicht für einen kleinen Jungen. Er wird dich nie auf solche Weise in Gefahr bringen. Und er wird es auch nie aufgeben. Das ist alles, was er kennt – die einzige Möglichkeit, wie er es rechtfertigen kann weiterzumachen. Du hast vor, ihn wieder hinzukriegen – willst du danach nach Hause reiten? Das wäre für alle Beteiligten ein grausames Ende.«

»Fragst du mich das ernsthaft?«

»Vielleicht nicht. Ich sehe irgendwie nicht, dass du so etwas tust. Aber du weißt, wie er ist. Er wird dich nicht hier bleiben lassen. Er wird dich nach Hause schicken und sich dann so schnell wie möglich umbringen lassen. Das ist meine Vorhersage.«

Die Männer schwiegen. Möwe sah erst mich und dann Schlange an, und es schien, als wollte er etwas sagen, aber er tat es nicht.

»Was ist, Möwe?«, fragte ich ihn.

»Ich habe nachgedacht«, meinte er vorsichtig.

»Dann raus damit.« Schlange war sofort aufmerksam. »Wenn du einen Plan hast, lass ihn uns hören. Wir haben nur wenig Zeit.«

»Ein Plan. Es ist kaum ein Plan. Ein Gedanke, nicht mehr. Ging mir den ganzen Weg durch diesen gottverlassenen Sumpf durch den Kopf. Sobald ich daran gedacht hatte, blieb er dort und wurde größer. Ich weiß, dass wir nicht zurückkehren und draußen in der Welt leben können, als Bauern, Fischer oder so. Aber wir haben Fähigkeiten. Wir sind gute Seeleute, wir können Fährten verfolgen, wir können kämpfen. Wir wissen, wie man einen Überfall plant und ihn fehlerlos durchführt. Wir wissen, wie man auf eine Weise an Orte gelangt, die niemandem sonst einfallen würden. Wir haben unsere eigenen Methoden, Probleme zu lösen und Informationen zu beschaffen. Es gibt sowohl in diesem Land als auch auf der anderen Seite des Wassers viele Häuptlinge, die in gutem Vieh und Silber zahlen würden, dass man ihren Männern solche Dinge beibringt.«

Wieder einmal hatte Möwe mich verblüfft. Wolf lauschte mit weit aufgerissenen Augen.

»Wo?«, fragte Schlange schlicht. »Es gibt nicht eine einzige Ecke in Erin, in der wir für länger als ein oder zwei Nächte willkommen sind. Lass dich nieder, und bevor du es noch weißt, taucht irgendein Adliger, dem wir irgendwann in die Quere gekommen sind, mit seinen Leuten auf, um unser Lager niederzubrennen und uns in der Nacht die Kehlen durchzuschneiden. Wir müssen ihnen immer zwei Schritte voraus sein. Immer unterwegs. Selbst dieser Ort ist nicht sicher; jedenfalls nicht lange.«

Ich räusperte mich. »Bran hat mir einmal gesagt ... er sagte, er hätte ein Haus. Wo ist das?«

»Davon weiß ich nichts«, meinte Schlange. »Unser Hauptmann ist nicht gerade einer, der sich niederlässt.« Er und Wolf schauten beide Möwe an.

»Es ist nicht nötig, vor Liadan ein Geheimnis zu wahren«, sagte Möwe leise. »Sie gehört zu uns.«

Einen Augenblick später nickte Schlange, und Wolf grunzte zustimmend.

Möwe wandte sich mir wieder zu. »Dann hat der Hauptmann es dir also gesagt«, meinte er und schaute hinüber zu dem Mann, der reglos in dem Unterstand lag.

»Ja. Vor langer Zeit. Was ist das für ein Ort, Möwe?«

»Eine Insel. Im Norden. Ein wilder, ungastlicher Ort. Leicht zu bewachen. Nicht leicht zu erreichen. Auf ganz eigene Art schön. Man könnte dort ein Lager bauen. Die Leute könnten hinkommen und unterrichtet werden.«

»Wie diese Insel in der Geschichte«, meinte Schlange nachdenklich, und seine Gedanken waren zweifellos seinen Worten bereits voraus. »Die Insel dieser Kriegerfrau, erinnerst du dich? Wie hieß sie noch? Und du wärst dann auch da, du und der Junge. Wie in der Geschichte.«

»Ich sage euch gleich, ich habe nicht vor, es Scáhtach oder ihrer Tochter nachzumachen«, meinte ich trocken. »Aber du hast Recht. Was immer geschieht, ich habe vor, bei ihm zu bleiben.«

»Welcher Häuptling würde solchen wie uns gutes Silber zahlen?«, fragte Ratte. »Was ist mit unserem Ruf? Diese Lords müssen auf ihre Verbündeten Rücksicht nehmen. Es gibt nicht einen, der einem solchen Unternehmen trauen würde.« Trotz seiner Worte blitzten seine Augen vor Hoffnung.

»Was das angeht«, meinte ich bedächtig, »halte ich es für möglich, dass ihr im Lauf der Zeit akzeptiert würdet. Ihr braucht nur einen Anfang. Ein hoch angesehener Anführer müsste den ersten Schritt tun. Vielleicht könnte er euch auch zusätzliche Mittel zur Verfügung stellen, darüber könnte man reden. Mein Bruder könnte euch beides geben.«

»Dein Bruder?« Möwe zog die Brauen hoch. »Der Herr von Sevenwaters? Er würde offen zugeben, dass er mit solchen wie uns zu tun hat?«

Ich nickte. »Ich glaube schon. Mein Bruder hat einmal davon gesprochen, besondere Dienste als Handelsgut zu verwenden. Er begreift den Wert dessen, was ihr da anzubieten habt. Es war ein Auftrag meines Bruders, bei dem Bran gefangen genommen wurde. Sean schuldet mir einen Gefallen dafür, und außerdem für eine andere ... Angelegenheit, die ich für ihn geregelt habe. Ich glaube schon, dass er zustimmen wird.«

Schlange stieß einen lang gezogenen Pfiff aus.

»Ihr solltet auch daran denken, eure Möglichkeiten zu erweitern«, fuhr ich fort. So langsam erwärmte ich mich für den Gedanken. »Eine Armee braucht Wundärzte und Heiler, Astronome und Navigatoren ebenso wie Krieger. Und die Männer müssen lernen, dass es mehr im Leben gibt als Tod und Zerstörung. Ich habe nicht vor, die einzige Frau auf dieser Insel zu sein.«

»Frauen?«, fragte Wolf ehrfürchtig. »Es würde dort Frauen geben?«

»Ich sehe keinen Grund, warum das nicht so sein sollte«, meinte ich. »Die Hälfte der Welt besteht aus Frauen.«

Die Männer schauten zu Bran hin, und dann sahen sie einander an.

»Wir haben zu tun«, sagte Schlange und kam auf die Beine. »Nachdenken. Planen. Ich werde mit dem Rest der Jungs reden. Was für eine Idee! Aber wer wird ihn fragen?«

»Vielleicht solltet ihr Strohhalme ziehen.«

Die Männer waren bereits tief in Diskussionen versunken, als sie zum Hauptlager zurückkehrten und mich mit Möwe allein ließen. Die begeisterte Stimmung verging sofort wieder. Bevor wir über die Zukunft nachdenken konnten, musste der Kampf dieser Nacht gewonnen werden.

»Möwe«, sagte ich. »Es ist Neumond.«

Er nickte und sagte kein Wort.

»Wenn ich ihn heute Nacht nicht erreichen kann, ist alles vorbei. Lass mich jetzt lieber allein. Kein Licht. Lass das Feuer ausgehen.«

»Wenn du sicher bist.«

»Ich bin sicher. Ich verspreche dir, ich werde dich rufen,

wenn ich dich brauche. Aber halte die anderen fern. Keine Unterbrechungen, oder ich könnte ihn verlieren.«

Er nahm die Laterne, ging am Feuer vorbei davon und ließ mich im Dunkeln zurück. Johnny schlief. Ich legte meinen Arm um Bran und den Kopf neben seinen auf den Strohsack, mein Gesicht dicht an seinem eigenen. Er atmete flach, jeweils mit einer Pause vor dem Luftholen. An jedem Wendepunkt trieb ihn immer wieder etwas zu dieser Willensanstrengung. Ich schloss die Augen und verlangsamte meinen Atem, so dass wir im gleichen Rhythmus waren ... ein ... aus ... Leben ... Tod ... und ich zwang mich, den Weg der Zeit zurückzugehen, über die geheimen Seitenstraßen und gewundenen Pfade der Erinnerung. Ich suchte mit all meiner Kraft in diesem Labyrinth nach ihm, und endlich, durch Schleier von Schatten, durch Schichten von Dunkelheit, begann er mich hindurchzulassen.

Keine Luft. Ich bekomme keine Luft. Das Herz klopft, das Blut fließt rasch, unbeherrscht, unbeherrscht ... eins und zwei und drei, vier und fünf und sechs ... wie lange bis zum nächsten Mal ... wie lange, bis es wieder hell ist ... versuch nicht, diesen Mann zu finden, hier in der Kiste im Dunkeln ... er ist längst gegangen ... er ist längst davongegangen ...

Die Gedanken verklangen. Ich bewegte mich tiefer in die Schatten hinein. *Sag es mir. Sag es mir.* Es war, als flösse mein eigener Geist in seinen hinein, wurde Teil von ihm, während mein Körper nur noch eine unbewohnte Hülse war. *Zeig es mir.*

Eine Geschichte. Erzähl mir eine Geschichte. Eine lange Geschichte, viele Nächte. Es war einmal ein Junge, der sich auf einen krummen Weg begab ... er glaubte zu wissen, wohin er geht ... vier, fünf, sechs ... aber er hat sich verlaufen, er hat sich verirrt im Dunkeln, und niemand ist gekommen ... er irrte umher und stürzte ... stürzte abwärts ...

Ich werde deine Hand halten, ganz gleich, wohin du gehst, ganz gleich, was du bist, sagte ich ihm. *Ich werde nie loslassen, was ich liebe, nicht bis zum Ende der Zeit und darüber hinaus. Sieh mich an, liebes Herz. Sieh nach oben und folge dem Licht. Komm heraus zu mir.*

Hund, dem die Eingeweide heraushingen. Evan, so stark und am Ende so hilflos. Möwe eingeschlossen mit einem Metzger. Diese Männer sind ihm gefolgt, und ihre Belohnung war Leiden und Tod. Sie sind ihm in den Schatten gefolgt ... so viele verloren ... eine unerträgliche Last ... zähl sie ... zähl die Steine in Sídhe Dubh, die Schichten von Dunkelheit über seinem Kopf, die ihn niederdrücken ... Abschaum, keiner Hoffnung wert ... flieh vor ihm, seine Berührung ist der Tod ... seine Liebe ein Fluch ...

Wenn du zählen willst, zähl die Sterne, Liebster, wie viele Sterne am Himmel, die auf uns niederschauen, wenn wir einander in den Armen liegen und Freude verspüren? Wie viele schimmernde Fische im See, wenn ich mit unserem Sohn im Wasser plantsche und seine vergnügten Schreie sich in die klare Luft erheben? Du hast einen hübschen kleinen Lachs gezeugt, in dieser Nacht im Regen. Wie oft schlägt das Herz, wie schnell fließt das Blut, wenn wir einander schließlich berühren und wieder berühren und auf dieselbe verzweifelte, sehnsuchtsvolle Art atmen? Zähl diese Dinge, denn sie sind der Stoff des Lebens und der Hoffnung.

Hoffnung ... Diesem Mann ist die Hoffnung verboten. Berühre diesen Mann, und er wird dich zu sich in die Kiste zerren, ins Dunkel. Worte wirbeln vorbei wie trockene Blätter, flüstern in Leere hinein ... Er kann sie nicht hören ...

Wieder verließ er mich, entkam meinem Griff, floh den langen, dunklen Weg hinab in sein Versteck tief in sich. Wie konnte ich ihm folgen? Wie konnte ich ihn finden, wenn ihn die Schatten wieder verbargen? Ich beschwor all meine Kraft herauf und folgte ihm. *Die Geschichte. Erzähl es mir. Ein Junge. Ein Mann. Er ging auf eine Reise. Erzähl mir seine Geschichte.*

Er tat es nur zögernd, es war ein sehr dünner Gedankenfaden. Aber es war eine Geschichte: seine eigene Geschichte.

Erzähle ... erzähle die Geschichte ... da ist ein Mann, und sie hören auf, ihn zu schlagen, und jemand in Grün steckt ihn in ein Loch am Boden und schließt die Tür. Es ist dunkel. Es ist zu dunkel und eng. Aber er muss weitermachen, weil ... weil ... er weiß nicht mehr warum, aber er muss. Er weiß, wie man weitermacht, er hat es schon öfter getan. Er hat es wieder und wieder getan. Zählen, um die anderen Dinge draußen zu halten, zählen, eins, zwei, drei ... da war ein Kind, ein Junge, und er wird in ihren Armen hin und her gerüttelt und es gefällt ihm nicht. Sie weint und läuft ganz schnell, und das lässt ihn auch weinen. Dann sagt sie: »Schon gut, Johnny. Jetzt mach dich ganz klein und sei ganz still. Es dauert nicht lange, Liebling. Ich komme, sobald ich kann, zurück und hole dich. Hab keine Angst; sei nur ganz still, ganz egal, was du hörst.« Sie steckt ihn in ein Loch am Boden und macht die Tür zu. Der Daumen im Mund, die Hände über dem Kopf, Knie hochgezogen, das Herz klopft. Eins, zwei, drei, zählt er, während er das Krachen und Schreien draußen hört, während er das Brennen und das Blut riecht. Vier, fünf, sechs. Wieder und wieder wiederholt er die Zahlen, wie einen Schutzzauber. Eins, zwei, drei ... eins, zwei, drei ... so dunkel. So lange. Zu lange. Und dann – und dann ...

Die Gedanken bebten und waren verschwunden. Ich fühlte mich so müde, als hätte ich eine ganze Schlacht gekämpft, mein Kopf pochte, meine Hände zitterten, meine Augen waren voller Tränen. Ich hob Brans kalte Hand an meine Lippen.

»Schon gut«, flüsterte ich zittrig, »es ist ein Anfang.« Aber ich konnte es kaum begreifen. Hatte seine Mutter ihn vor vielen Jahren verlassen? Diese Margery, von der meine Mutter mit solcher Liebe und Hochachtung gesprochen hatte? Wie war es wirklich gewesen?

Zeig mir mehr, bat ich mit meiner Gedankenstimme und versuchte, ihn ohne Worte spüren zu lassen, dass ganz gleich, was in seiner Vergangenheit geschehen war, wir ihn jetzt liebten und brauchten. Eine solche Botschaft hätte ich Sean oder Conor oder Finbar rasch übermitteln können. Ich hätte jemanden wie meinen Vater oder Niamh oder sogar Möwe mit etwas größeren Schwierigkeiten erreichen können, obwohl sie nicht mehr als eine gewisse Erleichterung verspürt hätten, ein Wohlgefühl, und nicht gewusst hätten, was ich tat. Auf diese Weise hatte ich mit meiner Schwester in Sídhe Dubh gearbeitet, wenn sie von der Verzweiflung beinahe überwältigt wurde. Aber so verwundet er war, Bran war ein Mann von gewaltig starkem Willen, und er kämpfte gegen mich, wie Finbar vorhergesagt hatte, und ich war bereits erschöpft von meinen Anstrengungen.

Komm heraus!

Mein Herz überschlug sich. Die Alten kamen, um mir zu helfen. Ihre Stimmen erklangen aus der Tiefe der Erde, leise und stark.

Komm heraus aus dem Dunkeln. Willst du deinen Sohn vaterlos und deine Frau allein und trauernd zurücklassen? Willst du, dass deine Männer ohne Sinn und Ziel umher-

schweifen? Komm heraus und stelle dich der Herausforderung.

»Hör nicht auf sie.«

Ich setzte mich ruckartig auf und umklammerte Brans Hand fest. Das war eine andere Stimme, und ihre Besitzerin stand, umgeben von unheimlichem Licht, am Fuß des Strohsacks. Es war die Herrin des Waldes, ihr Gesicht ein Schimmern von Weiß in der Dunkelheit, ihr Umhang mitternachtsdunkel bis auf einen Schimmer von Blau. Der flammenhaarige Lord stand hinter ihr, sein Licht zu einem geisterhaften Schimmer gedämpft. Ihre Mienen waren streng, ihre Blicke kalt. Ich zitterte, als ich sie hier sah, denn ich erinnerte mich an ihren Zorn, als ich mich ihnen verweigert hatte. Bran lag hilflos neben mir, mein kleiner Sohn war hier, und nur ich konnte sie verteidigen.

»Hör nicht auf diese Stimmen«, sagte die Herrin abermals. »Sie führen dich in die Irre. Sie sind alt und wirr. Ein altes, krankes Volk der Felsen und Brunnen. In ihren Worten liegt keinerlei Bedeutung.«

»Verzeiht mir«, sagte ich schaudernd, »ich glaube, sie sind meine eigenen Ahnen, denn die Menschen von Sevenwaters stammen von einem sterblichen Mann und einer Frau der Fomhóire ab. Jene, die du krank nennst, versuchen nur, mir bei meiner Arbeit zu helfen. Wir haben wenig Zeit. Wenn ihr nicht hier seid, um zu helfen, dann muss ich euch bitten, uns allein zu lassen.«

Der Mann zog die Brauen in erstaunliche Höhen hoch. Er setzte dazu an, etwas zu sagen, aber sie hielt ihn auf.

»Liadan«, sagte sie, und es lag Kummer in ihrer Stimme. »Dieser Mann wird sterben. Du wirst ihn nicht zurückrufen. Es ist grausam, ihn so aufzuhalten. Lass ihn gehen. Er sehnt sich danach, gehen zu dürfen. Dieser Mann ist verwundet und gebrochen, kein angemessener Gefährte für eine Tochter von Sevenwaters. Er kann das Kind nicht beschützen. Lass ihn gehen und bring den Jungen zurück in den Wald.«

Ich biss die Zähne zusammen und schwieg.

»Gehorche, Mädchen.« Bei den Worten des Mannes lösten sich Funken von seinem Haar und seinem Gewand, so dass er nun von goldenem Licht umgeben war. Es berührte Brans bleiche Züge und ließ ihn auf gruselige Weise gesund aussehen. »Finstere Mächte recken die Hände nach deinem Kind. Es gibt Wesen, die alles tun würden, damit es nicht überlebt. Wir können dafür sorgen, dass der Kleine in Sicherheit ist. Wir können dafür sorgen, dass er stark an Körper und Geist wird, stark für die Aufgabe, die vor ihm liegt. Du musst ihn zurückbringen ...«

Ich sah, wie sich die Saat einer Idee in seinen wechselhaften Augen bildete, und rasch wie der Blitz sprang ich auf, riss den schlafenden Johnny aus seinem Farnnest und hielt ihn fest in den Armen.

»Ihr werdet ihn nicht mitnehmen!«, fauchte ich voller Angst und Zorn. »Feenvolk oder nicht, ihr werdet mir nicht meinen Sohn stehlen und mir einen Wechselbalg dalassen! Und ihr werdet seinen Vater auch nicht wegschicken. Sie gehören mir, sie gehören beide mir, und ich werde sie beide behalten. Ich bin nicht dumm. Ich kenne die Gefahr. Ich weiß von Lady Oonagh und ... und ...«

Ich ging wieder zu dem Strohsack, wo ich die Arme um meine kleine Familie legen konnte, wo ich eine starke Mauer der Liebe bilden konnte, die uns drei zusammenhielt. »Wir werden in Sicherheit sein. Wir werden einander beschützen«, erklärte ich trotzig. »Ich weiß es. Wir haben viele Beschützer. Was die Prophezeiung angeht – wenn sie wahr wird, wird sie wahr werden, ganz gleich, was ich tue. Es wird geschehen, wie es geschehen muss.«

Bei diesen Worten schien die Luft dicker zu werden und noch dunkler, obwohl die Nacht bereits von tiefster Schwärze war. Eine Kälte durchzuckte mich, die mehr als nur kalt war: eine eisige Umklammerung, die bis in die Knochen drang. Es war noch eine andere Präsenz hier; eine, die nun ebenfalls beobachtend am Strohsack stand. Im Dunkeln glaubte ich, ein wehendes Gewand zu erkennen und eine Kapuze, und unter dieser Kapuze, wo ein Gesicht hätte sein können, nichts als uralte Knochen mit leeren Höhlen statt Augen.

»Du magst dich uns verweigern«, sagte die Herrin ernst. »Aber nicht *ihr*. Wenn sie ihn holen will, muss er gehen. Seine Zeit ist gekommen. Sie wird ihn dir wegnehmen, ganz gleich, wie fest du ihn hältst. Lass los, Liadan. Lass diesen gebrochenen Geist aus dem Gefängnis des Lebens. Das ist keine Liebe, sondern eigensüchtige Grausamkeit, ihn so zu halten. Die Dunkle wartet. Sie wird ihm die Ruhe geben, nach der er sich sehnt.«

Ich biss auf die Zähne und blinzelte die Tränen weg. Als ich meine Stimme schließlich fand, war es das leiseste Flüstern. »Das stimmt nicht. Er darf nicht gehen. Wir brauchen ihn hier. Ich halte ihn fest. Ich kann es tun.«

Die dunkle Gestalt regte sich, und ich entdeckte eine ausgestreckte Hand, die nicht mehr als Knochen und Sehnen war.

»Geht«, hauchte ich. »Alle. Verlasst diesen Ort jetzt. Mir ist gleich, wer oder was ihr seid. Ich trotze eurer Macht und euren Forderungen. Ich bin eine Heilerin; meine Mutter hat mir ihr Handwerk mit Liebe und Disziplin beigebracht. Dieser Mann wird nicht sterben, nicht, solange ich ihn in den

Armen halte. Solange ich sein Herz mit meinem wärme, wird er mich nicht verlassen. Ihr könnt ihn nicht nehmen. Er gehört mir.«

Und als die Verhüllte nicht gehen wollte, sondern blieb und mit ihren knochigen Fingern winkte, begann ich zu singen. Ich sang sehr leise, als wollte ich ein Kind in den Schlaf wiegen. Wieder und wieder sang ich mein kleines Lied und strich mit den Fingern über das nachgewachsene Haar auf dem gemusterten Schädel meines gefallenen Kriegers, und ich starrte ins Dunkel, und Trotz stand in meinen müden Augen. *Er gehört mir, ihr könnt ihn nicht haben.*

»Dummes Mädchen«, murmelte der flammenhaarige Lord. »Nur eine elende Sterbliche. Dass von *ihnen* so viel abhängen soll!«

Aber die Herrin stand da und beobachtete mich nachdenklich. Ich fragte mich, warum sie nicht einfach ihre magischen Kräfte benutzten, um mich zu zwingen, meinen Sohn aufzugeben, oder warum sie Bran nicht seinen letzten Atemzug raubten oder alle Briten von den Inseln vertrieben, wenn es das war, was sie wollten. Johnny hustete leise im Schlaf und seufzte.

»Wie du sagst, Kind«, meinte die Herrin. »Es wird geschehen. Deine Wahl wird entscheiden, ob es zu einem hohen Preis geschieht, mit Blut und Finsternis. Ihr seid so kurzsichtig, ihr könnt nicht sehen, wem ihr trauen könnt, und daher sind eure Entscheidungen fehlerhaft. Aber es ist eure Entscheidung, nicht unsere. Unsere Zeit ist beinahe zu Ende; es ist eure Art, die die Ereignisse weiterführen und den Gezeitenwechsel beeinflussen wird. Was immer geschieht, wir werden vergehen und uns verbergen, wie es die Alten getan haben. Für die Söhne und Töchter deiner Kindeskinder werden wir kaum mehr als eine Erinnerung sein. Der Weg, den du hier einschlägst, wird ein langer Weg sein, Liadan. Wir können nicht für dich wählen.«

Erwache. Die Stimme der Erde rief, sang, ächzte tief unter dem Gewicht von Zeitaltern. *Erwache jetzt, Krieger.*

Tränen traten mir in die Augen, und ich flüsterte meine Antwort heraus. »Ich werde ihn wecken. Vertraut mir.« Ich wandte mich wieder den hoch gewachsenen Wesen zu, die vor mir im Dunkel standen. »Für mich gibt es nur eine Wahl«, erklärte ich mit fester Stimme.

»Das Blut deines Sohnes wird an deinen Händen kleben.« Die Stimme des feurigen Herrschers bebte von einem Zorn, der weit über sterbliche Wut hinausging, ein Geräusch wie Donner. Dennoch rührte sich das schlafende Kind nicht. »Du verlangst zu viel. Du verlangst mehr, als du haben kannst.« Er verblasste, bis ich nur noch seinen schwachen Umriss in kleinen Punkten sehen konnte.

»Es ist eine lange Geschichte«, sagte die Herrin des Waldes. »Wir glaubten, sie wäre einfacher. Aber das Muster verzweigt sich. Wir glaubten nicht, dass die Kinder den Wald verlassen würden. Deine Schwester wurde verdorben. Du bist einfach störrisch. Du hast so viel von deinem Vater. Also müssen wir länger warten, als wir angenommen hätten. Aber du wirst sehen, wie es weitergeht, Liadan. Du wirst sehen, was du heute Nacht über dich gebracht hast.«

Ich weinte, als auch sie verblasste, weinte, denn ich wusste, was ich tun musste, und weil ihre Worte schreckliche Angst und nagende Schuld hinterließen, die ich versucht hatte zu vergessen, seit ich Sídhe Dubh verlassen hatte, seit ich zum ersten Mal gespürt hatte, dass Bran mich brauchte. Was, wenn ich mich irrte? Was, wenn meine Sturheit meinem Sohn den Tod brachte und die Menschen von Sevenwaters dem Bösen aussetzte? Wer war ich, selbst den Warnungen des Feenvolks zu trotzen?

Ich spürte etwas. Ein winziges Zucken an meiner Hand, wo sie Brans Hand umklammerte, als versuchte er schwach, seine Finger um meine zu legen. Oder hatte ich mir das nur eingebildet? Nun war seine Hand wieder schlaff und still. Vielleicht hatte sich Johnny geregt, der nun neben seinem Vater auf dem Strohsack lag. Aber ich war sicher, ich war beinahe sicher, was ich gespürt hatte. Ich durfte nicht aufgeben. Ich würde nicht aufgeben. Ich musste wieder von vorne beginnen, jetzt gleich, denn die Zeit verging rasch, und ich glaubte, dass Brans Atem langsamer und flacher war als zuvor; der Atem eines Mannes, der mit stetigem Schritt seinen letzten Weg geht. Die Verhüllte hatte sich zurückgezogen, aber ich spürte, dass sie immer noch dort draußen im Dunkel wartete. Vielleicht konnte sie ja geduldig sein, denn würde sie am Ende nicht ohnehin siegen?

»Helft mir«, flüsterte ich, und die Stimmen kehrten zurück, tief und sicher. *Komm aus dem Schatten, Krieger. Ein Auftrag wartet auf dich. Schreite heraus aus dem Schatten.* Wieder schloss ich die Augen.

Erzähle ... erzähle die Geschichte ... da ist der Junge. Er ist jetzt größer. Er hat viele blaue Flecken, weil er geschlagen wird. Er wird geschlagen, weil er böse ist, Abschaum, weil er bestraft werden muss. Onkel sagt das. Wenn Onkel richtig böse wird, schließt er den Jungen in die Kiste. In der Kiste ist es dunkel. Und eng. Immer enger, desto größer er wird. Er lernt, still zu sein. Er zählt im Kopf. Er lernt, nicht zu weinen, nicht zu schniefen, sich nicht zu regen, bis der Deckel wieder aufgeht und Licht hereinkommt, blendend und heftig. Sie ziehen ihn heraus, verkrampft und stinkend, und bestrafen ihn weiter.

Da ist eine Frau. Der Mann schlägt sie auch, und sie tun diese Sache, das Grunzen, Schieben, Schwitzen. Onkel zwingt ihn zuzusehen. Onkel zwingt ihn, viele Dinge anzusehen. Der Junge sagt sich, dass er es nie tun wird. Es ist eine dunkle Sache, geistlos, tierisch; dunkel wie der Schrecken der Kiste. Wenn er das tut, wird er selbst werden wie Onkel.

Eine Weile ist ein Hund da. Der Hund kommt in einer dunklen Nacht vorbei und entschließt sich zu bleiben. Er ist räudig, dürr, mit wildem Blick. Der Junge schläft in diesem Winter warm, zusammengerollt neben dem Hund im Stroh der Latrine. Am Tag folgt ihm der Hund, trabt lautlos in seinem Schatten umher.

An einem schönen Frühlingsmorgen schlägt Onkel den Hund, weil er ein Huhn getötet hat, und er Junge hält das Tier im Arm, als es stirbt. Als der Junge den Hund begräbt, leistet er einen Schwur. Wenn ich ein Mann bin, schwört er, im nächsten Winter oder dem danach, werde ich hier tun, was getan werden muss und weiterziehen. Ich werde weiterziehen und nie zurückschauen.

Ich spüre, wie mir Tränen über die Wangen laufen und das Betttuch unter meinem und Brans Kopf feucht wird. *Halte fest, halte fest.* Konnte er die Stimme meines Geistes durch all die Schatten hören, die ihn bedrängten? *Ich bin hier neben dir, ich halte dich im Arm. Wir brauchen dich hier, Bran. Komm zu uns zurück. Dieser finstere Traum ist vorüber.*

Und schwach, so schwach, glaubte ich, eine Antwort zu spüren. Einen Hauch, einen Gedankenfetzen.

... Liadan ... geh nicht ...

Dann flammte plötzlich Licht auf, draußen bei dem niedergebrannten Feuer, Schritte waren zu hören, und Bran war weg, seine innere Stimme abrupt zum Schweigen gekommen, die zögernde Verbindung sofort abgerissen. Ich sprang wütend auf und taumelte aus dem Unterschlupf, denn ich hatte nicht begriffen, wie sehr meine Anstrengungen mich erschöpft hatten, wie lange ich dort reglos gesessen hatte. Es musste tief in der Nacht sein. Wie konnten sie es wagen, uns zu stören? Ich hatte strenge Anweisungen gegeben. Wie konnten sie das tun?

»Ich habe es dir doch gesagt!«, fauchte ich, als Möwe auf mich zukam. »Ich habe euch gesagt, ihr solltet heute Nacht nicht herkommen. Was machen die Männer da?«

»Tut mir Leid«, sagte Möwe bedauernd. In seinem Tonfall lag etwas, das mich auf mehr warten ließ. »Wir dachten, mit dieser Nachricht sollten wir dich trotz aller Befehle stören.«

Drunten bei den Resten des kleinen Feuers standen vier Männer. Schlange war dort, und Spinne – das konnte ich an den langen, dünnen Beinen und den ungelenken Gesten erkennen – und außerdem der breitschultrige Otter. Bei ihnen stand ein hoch gewachsener Mann mit Haar so rot wie ein Sonnenuntergang im Herbst. Der Mann drehte sich um, als ich auf die vier zuging, und ich erkannte meinen Vater.

Ich rannte zu ihm. Er umarmte mich, und ich weinte sein Hemd nass. Die anderen Männer sahen schweigend zu, bis Möwe schließlich sagte: »Wir können jetzt gehen, wenn du willst.«

»Das wäre vielleicht das Beste«, schniefte ich. »Ich ... ich bin euch sehr dankbar, dass ihr meinen Auftrag so schnell und erfolgreich ausgeführt habt. Ich hätte nie gedacht ...«

»War gar nicht so schwer«, knurrte Otter. »Iubdan hier war schon auf dem Rückweg. Wir haben ihm aufgelauert, das ist alles. Er hat eine gute Hand mit dem Stock, dein Vater, das muss ich sagen.« Vorsichtig rieb er sich den Hinterkopf.

»Ich muss mit dir unter vier Augen sprechen, Liadan«, sagte mein Vater. »Du weißt wohl schon, dass Liam tot ist. Wir müssen morgen Früh nach Sevenwaters zurückkehren.«

»Was meint Ihr mit ›wir‹?«, wollte Schlange unvorsichtigerweise wissen.

»Liadan kann nicht mitkommen«, erklärte Möwe entschlossen. »Wir brauchen sie hier.«

»Bei allem Respekt«, sagte mein Vater mit jener leisen Stimme, die viele zu fürchten gelernt hatten. »Diese Entscheidung steht allein meiner Tochter und mir zu. Ich hoffe, ihr werdet uns die Möglichkeit geben, kurze Zeit miteinander zu sprechen.«

»Der Hauptmann stirbt«, sagte Schlange und betrachtete meinen Vater mit halb zugekniffenen Augen, vielleicht um sein Alter gegen seine Größe abzumessen. »Er braucht sie. Sie muss hier bleiben.«

Ich trat zwischen sie und packte beide am Ärmel. »Genug«, erklärte ich so bestimmt ich konnte. »Mein Vater muss mir jetzt helfen. Was den Rest angeht – darüber sprechen wir morgen Früh. Und jetzt geht.«

»Bist du sicher?«, fragte Schlange leise.

»Ihr habt Liadan gehört«, sagte Möwe. »Bewegt euch. Tut, was sie sagt.«

Einen Augenblick später war ich mit meinem Vater allein.

»Nun«, sagte Iubdan, setzte sich auf die Steine und

streckte die Beine vor sich aus. »Ich hatte nicht erwartet, dich hier zu finden. Was soll ich nur mit dir machen, Liadan? Du scheinst Geschmack daran zu finden, gegen Regeln zu verstoßen. Verstehst du eigentlich, in welcher Gefahr du hier bist?«

»Vergiss das für den Augenblick«, erwiderte ich gereizt. »Es gibt eine viel dringendere Angelegenheit, um die ich mich kümmern muss.«

»Was kann dringender sein als die Notwendigkeit, dass wir nach Sevenwaters zurückkehren, nachdem Liam tot ist und Sean dort allein und die Nachbarn zweifellos versuchen werden, einen Vorteil daraus zu ziehen? Wir sollten dort sein, nicht hier bei diesem Abschaum.«

»Ich weiß, dass du nach Hause gehen musst«, sagte ich leise. »Sean braucht dich mehr, als ihm selbst klar ist. Er steht einer großen Herausforderung gegenüber und braucht Hilfe. Und er braucht klare Köpfe in seiner Umgebung, erfahrene Männer, die beurteilen können, welchen Verbündeten er trauen kann und welche man im Auge behalten muss. Du musst bald gehen. Aber ich stehe hier ebenfalls vor einer schwierigen Aufgabe, Vater, und auch ich brauche deine Hilfe. Schlange hat die Wahrheit gesagt. Bran liegt im Sterben. Er ist kurz davor, die Hoffnung ganz aufzugeben, denn er hält sich nicht für rettenswert. Er hängt nur noch an einem seidenen Faden. Ich brauche deine Hilfe, diesen Faden intakt zu halten, bis ich seine Hand greifen und ihn zurückziehen kann. Mutter hat dich übers Wasser geschickt, um die Wahrheit herauszufinden. Ich muss wissen, was du entdeckt hast. Du musst es mir jetzt sagen. Schnell.«

»Ich verstehe dein Drängen, Liadan; ich sehe, wie eng du mit diesem Mann verbunden bist, und wie sehr du ihm vertraust. Und ich weiß, dass du weißt, was du tust. Dennoch, du erwartest viel von mir, Tochter. Sind das nicht dieselben Gesetzlosen, die deine Schwester entführt haben? Es stimmt, sie haben mich mit unerwarteter Höflichkeit behandelt. Wenn man sie von dir sprechen hört, könnte man glauben, dass du halb ihre Königin, halb ihre Göttin bist. Aber warum wollten sie mir nichts darüber sagen, wie du hierher gekommen bist, so weit von zu Hause und so bald nach dem Tod deines Onkels? Wie könnte ich unter diesen Umständen nicht um deine Sicherheit fürchten?«

»Diese Männer würden für mich oder für meinen Sohn sterben – jeder Einzelne von ihnen. Wir sind hier in Sicherheit, Vater.«

»Dein Sohn? Johnny ist auch hier? Aber ...«

»Bitte, Vater, bitte sag mir, was du entdeckt hast. Ich muss wissen, was mit Bran geschehen ist, was aus seiner Mutter geworden ist. Hast du Margerys Geschichte gehört?«

»Ja, Tochter, und es war eine traurige und schwierige Geschichte. Ich bin dieser Geschichte durch die Siedlungen von Harrowfield gefolgt, achtzehn Jahre lang in die Vergangenheit. Ich kann dir nicht die ganze Geschichte erzählen, aber in Elvington, was nicht weit von Harrowfield hinter den Hügeln liegt, habe ich einen Teil davon entdeckt, der lange geheim gehalten wurde.«

»Sag es mir. Nein, noch besser. Komm mit mir und setz dich zu ihm und erzähl es uns beiden. Er ... er glaubt, seine Mutter hätte ihn verlassen, sie hätte ihn zurückgelassen. Das ist all die Jahre eine tiefe Wunde in seinem Geist gewesen. Aber Mutter hat mir gesagt, dass Margery ihren Sohn liebte, und ich kann nicht glauben, dass sie ihn freiwillig allein gelassen hat.«

»Euch beiden erzählen?« Vater schaute verblüfft drein,

als wir schließlich neben der reglosen, bleichen Gestalt im Unterstand standen. »Wie kann er uns hören? Dieser Mann hat doch sicher jegliches Bewusstsein der Welt um ihn her verloren. Er ist nicht mehr zu retten. Deine Liebe treibt dich vielleicht dazu, Wunder zu erwarten. Aber Wunder sind selten, Liebes. Ich habe schon öfter Männer in einem solchen Zustand gesehen …«

»Hör auf!«, rief ich. »Hör auf! Wenn du nur von Niederlage und Tod reden willst, hättest du auch nicht herzukommen brauchen! Ich brauche deine Hilfe, keine düsteren Prophezeiungen! Und jetzt erzähl uns deine Geschichte.«

Ich nahm Brans gemusterte Hand in meine und hielt sie an meine Wange.

Vater starrte mich mit seinen hellen blauen Augen an. »Mir ist aufgefallen«, sagte er, »dass die Männer hier in diesem Gesetzlosenlager dir ohne Frage gehorchen. Sie sprechen deinen Namen mit einer Hochachtung aus, die an Ehrfurcht grenzt. Aber die Situation verblüfft mich. Niemand will seine Tochter in einer solchen Situation sehen. Vergib mir die offenen Worte. Ich spreche sie aus, weil ich nicht erleben will, dass man dir wehtut. Das Urteilsvermögen deiner Mutter war ohne jeden Makel. Ich habe ihr nie gesagt, was sie tun sollte. Aber die Entscheidungen, die du triffst, sind … für mich schwer zu begreifen. Ich habe dir allerdings einmal etwas versprochen, und ich habe vor, dieses Versprechen zu halten, obwohl es mir wehtut, dich hier zu sehen.«

»Erzähl die Geschichte.«

»Also gut. Es ist eine Geschichte von Unglück und verlorenen Gelegenheiten, eine Geschichte, die tatsächlich die Behauptung dieses Mannes stützt, dass ich selbst einige Verantwortung dafür trage, was aus ihm geworden ist.

Dafür kann ich Wiedergutmachung leisten. Aber die Vergangenheit kann ich nicht ändern, die Geschichte ist bereits geschrieben. Sie begann in dem Jahr, als Margerys Sohn drei Jahre alt war und sie mit Freunden zur Winterkirmes nach Elvington reisten.«

Ich lauschte seiner leisen, gemessenen Stimme. Draußen war Möwe zurückgekehrt, um am Feuer Wache zu halten, eine hoch gewachsene, dunkle Gestalt in der tieferen Schwärze der mondlosen Nacht. Hinter dem Lichtkreis sammelten sich Schatten unter den hohen Buchen, zwischen den uralten Steinen und auf der anderen Seite des dunklen Teiches. Irgendwo da draußen wartete die Verhüllte lautlos und reglos, als wäre sie selbst nicht mehr als ein Schatten.

»Du weißt bereits«, sagte mein Vater, »wie mein Freund und Verwandter John in meinem Dienst getötet wurde. Er wurde von einer Steinlawine zermalmt, als er deine Mutter bewachte. Ich hatte ihm diesen Auftrag gegeben, aber der Steinschlag war auf Richard von Northwoods Befehl ausgelöst worden. Margery nahm den Verlust ihres Mannes sehr schwer. Sie waren einander sehr ergeben gewesen, und ihren Mann zu verlieren, während ihr Sohn noch so klein war, war wirklich grausam. Margery zog sich beinahe vollkommen zurück, und nur der kleine Johnny gab ihr die Kraft weiterzumachen. In ihm sah sie die Zukunft, die John versagt geblieben war, in ihm sah sie ihren eigenen Lebenssinn.

Ihr Kind war der Mittelpunkt all ihrer Aufmerksamkeit, vor allem, solange die Wunde der Trauer noch frisch war. Wie du weißt, habe ich Harrowfield kaum ein Jahr nach Johns Tod verlassen, während Margery noch trauerte. Mit der Zeit überredeten ihre Freunde sie, dass es gut wäre, wieder ein wenig Anteil an der Welt zu nehmen. Also reiste sie im Winter, als Johnny drei Jahre alt war, mit einer kleinen Gruppe von Freunden von Harrowfield nach Elvington, um dort den Julmarkt zu besuchen. Es war kein sonderlich langer Ritt. Die Strecke kann leicht innerhalb eines Tages zurückgelegt werden, oder auch langsamer, wenn man übernachtet. Das haben sie getan, da das Kind bei ihnen war und leicht müde wurde.

Hier fängt nun die Geschichte an, unklar zu werden. Mein Bruder sagte mir, die Gruppe sei irgendwo in den Hügeln oberhalb von Elvington überfallen worden. Wer diese Angreifer waren und was sie wollten, lässt sich nicht mehr herausfinden. Vielleicht waren es piktische Stämme von der Grenze, die eigentlich Schafe stehlen wollten, und als eine Gruppe gut gekleideter Leute vorbeikam, hielten sie es für eine gute Gelegenheit, sich auf andere Art zu bereichern. Später an diesem Tag fand ein Hirte die Leichen der Reisenden nahe dem Weg, nahe einer vereinzelten Hütte; alle Erwachsenen aus der Gruppe lagen dort tot, aber das Kind war nirgendwo zu sehen. Es war nicht zu finden, obwohl man suchte. Es war seltsam. Niemand konnte so recht glauben, dass die Pikten den Jungen als Sklaven oder Geisel genommen hatten. Er war einfach zu klein, zu schwierig für Männer auf einem Raubzug. Aber nirgendwo fand man eine kleine Leiche. Wilde Hunde, hieß es schließlich. Wilde Hunde hatten ihn irgendwohin weggeschleppt, wie sie es vielleicht auch mit einem Kaninchen oder Kitz tun würden. Es hatte keinen Sinn, weiterzusuchen. Das berichtete man meinem Bruder, und er nahm die Nachricht mit Bedauern entgegen. Es war ein trauriges Ende für Margery, die einmal als junge Braut mit großen Hoffnungen nach Harrowfield gekommen war.

Das könnte tatsächlich das Ende der Geschichte sein. Sechs Jahre vergingen. Johns und Margerys Namen gingen in die Geschichte von Harrowfield ein wie mein eigener: Lord Hugh, der einmal Herr der Ländereien gewesen war und sie für eine grünäugige Zauberin verlassen hatte, die von der anderen Seite des Wassers gekommen war, eine Hexe, deren Brüder halb Menschen, halb Tiere gewesen waren. Die Jahre gingen vorüber. Mein Bruder heiratete. Die Arbeit auf Harrowfield ging weiter. Edwin beanspruchte Northwoods und begann, seine Stärke wieder aufzubauen.

Und dann, bei der ersten Gerichtssitzung des neuen Jahres, nicht lange nach Mittwinter, legte man meinem Bruder Simon einen bizarren Fall vor. Zunächst gab es keinen Grund zu glauben, dass es Teil derselben Geschichte war. Ein Mann war in einer isolierten Hütte in den Hügeln in der Nähe von Elvington umgebracht worden, ein grausamer, widerwärtiger Bursche, den alle Nachbarn hassten und fürchteten. Es war wie eine Hinrichtung gewesen, ordentlich ausgeführt mit einer kleinen, präzise platzierten Wunde direkt im Herzen, das Mordwerkzeug ein schmales, gezähntes Messer, von der Art, die für gewöhnlich zum Ausbeinen von Wildgeflügel benutzt wird. Es dauerte eine Weile, bis man die Leiche fand. Niemand ging gern zu diesem Haus. Rory konnte widerwärtig sein, wenn er zu viel getrunken hatte, er neigte zu heftigen Wutausbrüchen und interessierte sich ein wenig zu sehr für die jungen Mädchen. Als Simon mir den Namen des Mannes nannte, konnte ich mich an ihn erinnern. Er hatte schon einmal nach einer schweren Anklage vor mir gestanden, man hatte ihn bezichtigt, die Tochter des örtlichen Müllers vergewaltigt und geschwängert zu haben. Die Strafe, die ich über ihn verhängte, gefiel ihm nicht; ich habe nie eine solch hässliche

Tirade von Drohungen und Flüchen gehört. Ich befahl, dass der Familie des Mädchens beträchtliche Wiedergutmachung geleistet wurde, und verbannte ihn fünf Jahre von meinem Land. Offenbar war er zurückgekehrt, sobald er hörte, dass ich weg war. Und nun war er tot. Er hatte keine Frau; nicht mehr zu dem Zeitpunkt, an dem er getötet wurde. Sie war einfach verschwunden, und die Leute sagten, das sei kein Wunder. Er hatte sie oft geschlagen, und viele meinten, er sei einmal zu weit gegangen und hätte sie einfach still und leise verscharrt. Niemand fragte. Niemand wagte es. Wer hatte ihn also umgebracht? Wer hatte so etwas versucht und es auch wirklich tun können? Viele wünschten ihm den Tod, aber alle fürchteten, sich ihm zu nähern. Es gab niemanden. Niemanden, außer dem Kind.«

Ich hätte wissen müssen, dass dies der nächste Teil sein würde, denn Bran hatte es mir erzählt. *Ich werde tun, was getan werden muss, und dann weiterziehen.*

»Erzähl mir von dem Kind«, sagte ich.

»Es gab einen Jungen«, sagte mein Vater. »Einige Leute sagten, er wäre Rorys Sohn, andere behaupteten, er wäre ein Findling, irgendein Bastard, ein Kind, das niemand wollte, das eines Tages in die Hütte gekommen und geblieben war. Zwei weitere Hände zum Arbeiten. Niemand konnte sich erinnern, wann er dort aufgetaucht war. Sie konnten sich nicht erinnern, dass Rorys Frau je ein Kind gehabt hatte. Sie redeten nur davon, diesen abgemagerten, kleinen Jungen mit blauen Flecken gesehen zu haben. Er war wie ein Geist, aber er war kein Schwächling. Wenn die anderen Kinder ihn neckten, stürzte er sich auf sie wie ein wildes Tier, und mit der Zeit lernten sie ihn zu fürchten und ließen ihn in Ruhe.

Hier war also Rory mit einer säuberlichen Wunde im

Herzen, und es gab keine Spur des Jungen. Die Leute von Elvington berichteten all das meinem Bruder bei der Gerichtssitzung. Was sollte geschehen? Sollte der Mörder verfolgt werden? Und was war mit Rorys Hütte und seinen Hühnern? Wer würde die bekommen?

Simon befahl, dass Ermittlungen angestellt wurden. Er hatte John nie nahe gestanden und Margery kaum gekannt. Aber sie waren Verwandte, und wenn der Junge lebte, musste man ihn finden. Es ging nicht so sehr darum, ihn der Gerechtigkeit zu überantworten, denn Rorys Tod war ein Segen für die Leute von Elvington. Es ging darum, die Wahrheit herauszufinden und vergangenes Unrecht wieder gutzumachen. Sie suchten und stellten Rorys Hütte und Ställe auf den Kopf. Es war nicht viel zu finden. Der Mann hatte alles versoffen, was ihm seine Hühner eingebracht hatten. Aber dann fanden sie etwas Seltsames, und das weckte weitere Erinnerungen bei den Leuten im Dorf. Unter einem Schuppen gab es einen winzigen Keller, in die Erde gegraben und mit Dielen verschlossen. Und als einer oder zwei von den Dorfleuten das sahen, begannen sie, sich an Dinge zu erinnern, die ihnen bei den seltenen Gelegenheiten aufgefallen waren, wenn sie zu Rory gegangen waren, um eine Henne oder ein paar Eier zu kaufen.«

Ich nickte. »Sie haben ihn zur Strafe dort eingeschlossen«, sagte ich.

Mein Vater starrte mich an. »Woher weißt du das?«

»Er hat es mir gesagt. Nicht mit Worten. Er hat es mir gezeigt. Du sagst, er habe kein Bewusstsein von der Welt mehr, aber du hast Unrecht. Seine Gedanken schweifen immer noch umher. Sein Geist ist überflutet von bösen Erinnerungen. Man hat ihn vor nicht allzu langer Zeit an einem engen, dunklen Ort gefangen gehalten. Nun ist es so, als säße er hier für immer in der Falle, wenn ich ihn nicht befreien kann. Ich habe meine Fähigkeiten benutzt, um sehen zu können, was er sieht; ich habe meine Gedanken mit seinen verbunden. So hoffe ich, ihn zu erreichen, bevor es zu spät ist. Nun erzähl mir, was haben die Leute über diese Entdeckung gesagt?«

»Du raubst mir den Atem, Liadan! Das ist eine viel bedeutendere Gabe, als selbst Conor sie hat. Eine gefährliche Gabe.«

»Sag es mir, Vater.«

»Sie begannen, sich zu erinnern. Es gab Zeiten, wenn der Junge nirgendwo zu sehen war, und Rory behauptete dann immer, der Straßenköter müsse in seiner Kiste bleiben, bis er lernte zu gehorchen. Manchmal, wenn jemand an der Tür zu dem Schuppen vorbeigegangen war, hatte er leise Geräusche von unter dem Boden her gehört, winzige Bewegungen, ein Kratzen. Eine Ratte, sagte Rory. Einer von ihnen hatte es sogar gesehen, hatte gesehen, wie Rorys Frau das Kind herausholte, zitternd, bebend, schweigend, die Kleidung schmutzig, weil er sich erleichtert hatte. Dreckschwein, hatte die Frau gesagt und ihn geschlagen. Das Seltsame war, der Junge hat nie ein Wort gesprochen. Keine Tränen. Er hatte auch nicht versucht, sich zu schützen. Er hatte nur dagestanden und gewartet, bis sie fertig war. Das machte sie zornig, und sie schlug fester zu. Die Menschen gingen nicht gern dorthin, es gefiel ihnen nicht, was sie sahen. Aber niemand protestierte. Sie hatten Angst vor Rory. Außerdem sagten sie, was im Haus eines Mannes geschieht, geht niemanden etwas an.«

»Wie haben sie herausgefunden, wer das Kind war?«

»Ah. Die Suche brachte das an den Tag. In der Hütte war ein Gegenstand versteckt, der es ganz deutlich machte.«

Er griff in die Tasche und holte etwas Kleines, Weiches heraus, das aus festem Stoff mit seidiger Oberfläche bestand. Er legte es auf die Decken zwischen uns, so dass es auf Brans Herz zu liegen kam. Es gab nicht viel Licht, aber ich konnte Spuren einer Stickerei erkennen, Blätter, Blüten, kleine geflügelte Insekten. »Es besteht kein Zweifel daran, wem das gehörte«, sagte mein Vater. »Margery konnte gut mit der Nadel umgehen. Du hast solche Muster sicher auf dem blauen Kleid gesehen, das deine Mutter so gern getragen hat …« Er brach ab, denn diese Wunde war noch frisch.

»Das stimmt«, sagte ich leise.

»Margerys Eltern waren Imker im Süden gewesen«, sagte er. »Das hier war der kleine Beutel, in dem sie ihre Wertsachen aufbewahrte. Sie hatte ein wenig Silber dabei für den Markt. Das war selbstverständlich weg. Rory hatte es längst ausgegeben. Den Beutel und den Rest des Inhalts konnte er nicht verkaufen. Das hätte sofort den Verdacht auf ihn gelenkt, und alle wussten, dass Margery in dieser Gegend umgekommen war. Es ist unglaublich, dass Rory wusste, wer der Junge war, und es trotzdem geheim hielt. Er muss es gewusst haben, sobald man nach dem Kind suchte; vielleicht hatte er sich selbst sogar neben den Männern meines Bruders daran beteiligt. Warum hat er das Kind nicht hergegeben, damit es wieder nach Harrowfield gebracht wurde? Aber Rory entschied sich, sie die Geschichte von den wilden Hunden glauben zu lassen. Aus irgendeinem Grund hat er den Jungen behalten. Solche Menschen genießen die Macht, die sie haben. Ich nehme an, er fand diesen kleinen Sklaven amüsant. Rory wusste, dass das Kind mit mir verwandt war, und er hatte, nachdem ich ihn verbannt hatte, nichts als Hass und Ablehnung für mich übrig. Das ist zweifellos die Ursache der Verbitterung dieses

Mannes hier gegen mich. Während er aufwuchs, hatte er nichts als Böses über mich und die Meinen gehört.«

»Was war in dem Beutel?«

Mein Vater reichte mir einen kleinen Gegenstand an einer feinen Kette. Ich hielt ihn in der Hand, spürte den Anhänger mehr, als dass ich ihn sah. Silber, nahm ich an, mit zarten Mustern um eine emaillierte Mitte.

»Was ist da drin?«

»Zwei Haarlocken. Eine braun und lockig, die andere hell und seidenfein. Die erste stammt von John, die zweite von ihrer Tochter, die kurz nach der Geburt gestorben war. Der Anhänger war ein Geschenk von John, als er erfuhr, dass Margery schwanger war. Ein Geschenk der Hoffnung. Margery legte diesen Anhänger nie ab. Sie hätten sich beide wohl kaum träumen lassen, dass er einmal zu einem Symbol von Tod und Trauer werden würde. Wie er in Rorys Hütte kam, weiß niemand.«

»Ah«, sagte ich. »Aber er erinnert sich, und daher weiß ich es.«

»Wie kann er sich erinnern? Er war kaum drei Jahre alt.«

»Ihre Stimme. Ihre Hände. Sie hat ihn in dem kleinen Keller versteckt. Ich nehme an, sie waren dicht an dieser Hütte, die einsam in den Hügeln steht, als man sie angriff. Hineinzugehen, sich verstecken zu wollen, wäre sinnlos gewesen; die Pikten achten den Besitz anderer nicht, und sie hätten das Haus nur abgebrannt oder die Türen aufgebrochen, aber sie konnte das Kind verstecken. Sie sagte ihm, er solle ganz still sein, als sie ihn in den winzigen Keller unter der Falltür herabließ. Er tat, was sie ihm gesagt hatte, obwohl ihm die Dunkelheit nicht gefiel und auch nicht die seltsamen Geräusche, die von draußen kamen. Ich nahm an, sie hat die wertvollen Dinge, die sie bei sich trug, mit ihm in den Keller gelegt – den Beutel, die Silberstücke, den Anhänger mit den Locken ihrer Lieben. Dann ging sie wieder hinaus und lief davon, um die Angreifer abzulenken, wie eine Vogelmutter flattert und den Flügel hängen lässt, um das jagende Raubtier von dem Nest abzulenken, wo ihre Jungen hilflos warten. Also ist sie gestorben, und das Kind blieb still und rührte sich nicht von der Stelle. Obwohl es lange dauerte, wartete er und wartete er und hoffte, sie würde zurückkommen. Endlich wurde sein kleines Gefängnis geöffnet. Aber die Hände, die ihn herausholten, waren nicht die seiner Mutter. Es waren die Hände eines Ungeheuers, und erst jetzt senkte sich die Finsternis wirklich über ihn.«

Mein Vater nickte ernst. »Ich kann nicht anders, als dir zu glauben, denn das passt zu der Geschichte, die die Leute erzählen. Ich habe meinen Bruder gefragt, warum sie sich nicht wunderten, als dort plötzlich ein Kind auftauchte, nachdem ein anderes verschwunden war. Aber die Bürger von Elvington hatten dazu nicht viel zu sagen. Scheinbar hat Rory das Kind beträchtliche Zeit verborgen gehalten. Die Leute hörten nur manchmal ein Weinen. Statt sie neugierig zu machen, hatte es die gegenteilige Wirkung. In dieser Gegend sind sie ausgesprochen abergläubisch. Sie sagten, es sei ein Gespenst, das Gespenst des Kindes, das von den wilden Tieren geholt worden war. Das hielt die Leute fern. Später, als der Junge in Rorys Hütte auftauchte, glaubte niemand mehr, dass es derselbe sein könnte. Sie sagten, der Junge hätte nicht wie der Sohn von Adligen ausgesehen.«

»Sie haben zugelassen, dass man ihn all die Jahre schlug und missbrauchte, und nichts dagegen unternommen?«

»Es braucht großen Mut, um sich in die Angelegenheiten

eines Mannes wie Rory zu mischen. Er war groß und stark und wild. Ein Mann mit einem schlechten Ruf. Alle fürchteten ihn. Simon wusste damals nichts davon. Hätte er es gewusst, dann hätte er vielleicht etwas unternommen. Aber er hatte eigene Probleme. Und dafür fühle ich mich verantwortlich, Liadan, und es ist ein schweres Gewicht, das auf mir liegt. Dass Johns Sohn solcher Grausamkeit ausgesetzt war, so nah an seinem Zuhause, ist unverzeihlich. Und daher hatte dein Mann Recht, als er mir die Schuld gab. Wenn er zum Ausgestoßenen geworden ist, kann er mir tatsächlich die Verantwortung dafür zuschreiben. Ich hätte den Tod seiner Mutter nicht verhindern können. Aber ich hätte ihn beschützen können.«

»Die Vergangenheit kann nicht umgeschrieben werden, Vater.«

»Das ist wahr. Aber wir können die Zukunft formen. Wenn er überlebt.«

»Er wird überleben. Er muss nur erkennen, dass man ihn einmal wirklich geliebt hat, dass er einmal das Kind einer Frau und eines Mannes von großem Anstand war, die alles dafür gegeben hätten, ihn sicher und glücklich aufwachsen zu sehen. Er braucht das nur zu begreifen, und dann wird er frei sein.«

»Ich kann nicht glauben, dass er tatsächlich gehört und verstanden hat, worüber wir gerade gesprochen haben.«

»Du wirst es ihm noch einmal sagen müssen. Du wirst ihm erzählen müssen, was es für dich bedeutet. Vielleicht hört er es. Zumindest füllen unsere Worte das Schweigen. Wie geht die Geschichte weiter?«

»Rory wurde getötet. Niemand weinte um ihn. Sie wollten nur die Hütte und die Hühner. Hat der Junge ihn getötet?«

»Er hat ihn bestraft. Er wartete, bis er ein Mann war, und dann tat er, was er tun musste, und ging aus diesem Alptraum davon. Aber der Alptraum blieb wie ein Brandzeichen auf seinem Geist. Selbst jetzt trägt er es noch mit sich herum.«

»Ein Mann? War er nicht erst neun Jahre alt?«

Ich nickte. »Alt genug, seinen eigenen Weg zu gehen. Warum war dein Bruder nicht im Stande herauszufinden, was aus ihm geworden war?«

»Er hat es versucht, aber seine Möglichkeiten waren beschränkt. Simon hatte damals große Schwierigkeiten. Edwin hatte sich inzwischen der Ländereien von Northwoods bemächtigt, und die Fehde war wieder aufgeflackert. Dass ich sie im Stich gelassen hatte, wie sie es sahen, machte es für Harrowfield nicht leichter, neutral zu bleiben. Und Simon war nicht dazu ausgebildet, die Ländereien zu verwalten, wie ich es getan hatte. Er musste schnell lernen. Elaine hat ihm viel geholfen; sie hat einen besseren Kopf dafür, als er je haben wird. Aber die Leute erinnern sich. Man hat mir nicht verziehen, was ich getan habe, und sie haben viele Forderungen an meinen Bruder gestellt. Selbst jetzt, all diese langen Jahre später, ist sein Weg alles andere als glatt.«

»Wie meinst du das?«

»Die Nachricht von Sorchas Tod hat ihn sehr bedrückt. Obwohl er eine Frau hat und seine Leute ihn achten, hat sein Herz immer deiner Mutter gehört. Diese Geschichte ist nie erzählt worden und wird auch nie erzählt werden. Ich glaube, er war kurz davor, zu verzweifeln. Er bat mich, zu bleiben, aber das war nicht möglich. Ich fürchte um ihn, Liadan. Harrowfield hat keinen Erben, und Edwin von Northwoods liegt schon auf der Lauer.«

»Keine Erben?«

»Sie haben keine Söhne. Die nächsten Blutsverwandten sind ich und Sean und ... dieser Mann hier.« Er warf einen Blick auf Brans hohlwangiges Gesicht.

»Das verwirrt mich, Vater. Würdest du zurückkehren? Würdest du wieder Anspruch auf Harrowfield erheben?«

»Mein Bruder braucht Hilfe. Er braucht jemanden mit einer starken Hand und einem klaren Kopf; jemand, der seine Verteidigung wieder stärken und Northwoods deutlich machen kann, dass Harrowfield nicht einfach einzunehmen ist. Hätte Liam länger gelebt, wäre klar gewesen, was ich tun muss. Aber ich kann Sean nicht mit Sevenwaters allein lassen. Er ist noch jung, und so stark er auch sein mag, neigt er doch noch zu sehr dazu, übereilt zu handeln. Mit der Zeit wird er ein guter, fähiger Anführer sein, aber im Augenblick braucht er meine Hilfe, um seine Bündnisse wiederherzustellen und seine eigene Stellung zu festigen. Wir müssen mit den Uí Néill wieder von vorne beginnen. Meine erste Pflicht liegt bei meinem Sohn. Und ich habe auch meine Töchter nicht vergessen. Ich möchte, dass du in Sicherheit bist. Und Niamh ... ich habe ihr unrecht getan und ich muss sicher sein können, dass ihre Zukunft in guten Händen liegt.«

»Aber was ist mit deinem Bruder? Besteht nicht die Gefahr, dass er Harrowfield verliert, wenn du wartest? Wenn Edwin sich auch noch Simons Besitz bemächtigt, haben wir überhaupt keine Chance mehr, die Inseln zurückzuerobern.«

»Du hast Recht, das ist ein Problem, denn es wäre dumm für mich oder Sean, zu versuchen, Ländereien auf beiden Seiten des Wassers zu halten. Aber es gibt noch eine andere Möglichkeit.« Wieder sah er den bewusstlosen Mann an.

»Bran?« flüsterte ich schockiert. »Das ist ... doch sicher undenkbar ...«

»Ich würde annehmen«, meinte Iubdan, »dass für einen solchen Mann nichts undenkbar und nichts unmöglich ist. Sagen sie das nicht über ihn?«

»Ja, aber ...«

»Dieser Mann ist der Sohn meines Verwandten. Er ist im Tal von Harrowfield geboren. Nach allem, was ich höre ist er stark und fähig, wenn auch missgeleitet. Man könnte behaupten, dass Harrowfield sein Schicksal ist, Liadan, und das deine.«

»Es gibt so vieles, womit er zurechtkommen muss; er könnte sich dem nicht stellen. Noch nicht.«

»Glaubst du, es würde ihm an Mut fehlen, an den Schauplatz seines Alptraums zurückzukehren? Das passt nicht zu dem Anführer, von dem seine Männer mit solcher Hochachtung sprechen, einem Mann, der sich jeder Herausforderung gestellt hat. Es passt nicht zu der Liebe und Treue, die du ihm gibst.«

Ich schluckte. Seine Worte machten mir Angst, aber sie schlugen mich auch in ihren Bann. Das war wirklich ein Auftrag für den Bemalten Mann, der Aussicht auf eine bessere Zukunft bot. Aber zunächst mussten die Fesseln der Vergangenheit zerrissen werden.

»Vater«, sagte ich, »ich muss jetzt mit Bran allein sein. Möwe wird dir einen Platz suchen, wo du dich ausruhen kannst. Sag mir nur noch eins.«

»Was ist, Tochter?«

»Zeichne mir ein Bild von John und Margery, bevor sie dieser Schrecken überwältigte. Wie war es mit ihnen und ihrem kleinen Sohn?«

»John hielt Margery für das Kostbarste auf der ganzen

Welt. Er hatte sie auf dem Hof ihres Vaters kennen gelernt. Er brachte sie mit sich nach Norden. Die Liebe der beiden leuchtete hell, vom ersten Augenblick an. John war ein Mann knapper Worte; einige nannten ihn schweigsam. Aber man konnte es in seinen Augen erkennen, wenn er sie ansah. Man konnte es an der Art sehen, wie sie einander berührten. Ein Kind haben sie kurz nach der Geburt verloren, und sie trauerten zusammen. Dann kam Johnny zur Welt und lebte. John war so stolz! Er schämte sich nicht, mit seinem kleinen Sohn zu spielen. Er warf ihn hoch in die Luft und fing ihn mit starken Händen wieder auf, wenn das Kind vor Entzücken kreischte. Es gab ein Feuer im Haus, und ich werde nie Johns Miene vergessen, als er nach oben rannte, um seinen Sohn zu retten, und nie den Ausdruck in Margerys Augen, als die beiden sicher herauskamen. Margery wachte über das Kind, und sie liebte es. Die Leute sagten, dass der Kleine schnell lernte. Er krabbelte früh, er lief früh, er konnte früh sprechen. Margery brachte ihm Zählen bei. Sie legte eine Reihe weißer Steine auf den Boden und spielte ein kleines Spiel. Eins, zwei, drei. Nie wurde ein Kind so liebevoll aufgezogen, Liadan.«

»Danke, Vater«, sagte ich. »Es sind vielleicht diese Dinge, die ihn bisher durch die Schatten geführt haben. Heute Nacht werde ich es ihm erzählen. Und jetzt solltest du gehen.«

»Dieser Mann hat tatsächlich großes Glück, ebenso wie ich«, sagte mein Vater leise. »Die Liebe einer solchen Frau ist ein unbezahlbares Geschenk. Ich hoffe, er versteht, wie wertvoll es ist.«

»Wir haben beide ein solches Geschenk erhalten, er und ich«, sagte ich.

»Ich habe noch eine kleine Geschichte zu erzählen, und

dann werde ich tun, worum du mich bittest. Das ist etwas, was Margery sagte, etwas, was sie mir erzählte, bevor ich Harrowfield verließ. Ihr Sohn war am Mittwintertag zur Welt gekommen, vor der Morgendämmerung. Ich habe guten Grund, mich daran zu erinnern. Sie sagte, ein Kind, das an Mittwinter zur Welt kommt, erscheint am kürzesten Tag des Jahres. Von diesem Punkt an werden die Tage länger, und so geht ein Kind, das an Mittwinter geboren wurde, immer auf das Licht zu. Sein ganzes Leben lang. Der Junge lag in ihren Armen, als sie das sagte. Auch Sorcha war ein Mittwinterkind, und für sie hat diese kleine Prophezeiung sicher zugetroffen. Aber es scheint mir, dass dieser Mann es vergessen hat und nur das Dunkel sucht.«

»Es scheint so. Aber das ist nur die Oberfläche. Tief drinnen gibt es ein kleines Licht, das immer noch brennt. Heute Nacht werde ich es finden.«

»Du bist sehr überzeugt.«

»Dritte Kampfregel: Zweifle nie an dir selbst. Und jetzt geh, denn uns bleibt nur wenig Zeit.«

»Liadan.«

»Was ist?«

»Für dich ist das alles so einfach.«

»Die Welt ist, glaube ich, grundlegend einfach. Leben, Tod. Liebe, Hass. Begehren, Erfüllung. Magie. Das ist vielleicht der einzig komplizierte Teil.«

Er runzelte die Stirn. »Du versuchst, seine Wunden zu heilen. Ihn irgendwie zu erreichen und seine Sicht der Vergangenheit zu verändern. Das ist gefährlich, Liadan. Hast du nicht selbst gesagt, dass die Vergangenheit nicht umgeschrieben werden kann?«

»Ich kenne die Gefahren. Ich bin darauf gefasst. Ich wappne mich mit Liebe, Vater. Ich versuche nicht, diese

Wunden zum Verschwinden zu bringen, als hätte es sie nie gegeben. Ich weiß, dass er immer Narben tragen wird. Ich kann seinen Weg nicht breit und gerade machen. Er wird immer gewunden sein und neue Schwierigkeiten bringen. Aber ich kann seine Hand halten und an seiner Seite gehen.«

KAPITEL 16

Möwe hatte das Feuer ausgemacht und die Laterne gelöscht. Ich nahm an, dass sowohl er als auch mein Vater jetzt im Dunkeln Wache standen. In der Herbstluft schaudernd, zog ich meine Stiefel, das Kleid, das Hemd, die Unterwäsche aus. Dann schlüpfte ich unter die Decken und legte mich neben Bran. Auf seiner anderen Seite schlief Johnny weiter, eine kleine, warme Präsenz neben seinem Vater. Es war vollkommen dunkel, nichts war zu erkennen. Oben, unten, links, rechts, alles war verschwunden. Man hätte nicht sagen können, ob es ringsumher Mauern gab oder nicht, ob wir frei waren oder eingeschlossen.

Näher, hauchten die uralten Stimmen. *Näher.* Also schlang ich die Arme fest um Bran, Haut an nackte Haut. Ich konnte seinen Herzschlag spüren, mein Atem im Gleichklang mit seinem. *Schon besser*, murmelten die Stimmen. *Bleib ganz nah. Lass nicht los. Heute Nacht gibt es kein Licht, aber er hat dich.*

Und diesmal hörte ich ihn sofort, beinahe, als hätte er auf mich gewartet.

... dunkel ... zu dunkel ... eins, zwei, drei ... zu dunkel ...

Es ist Neumond. Es war schon öfter so, aber diesmal ist es anders. Ich bin hier bei dir.

... zu dunkel ... kann nicht ... zu lange ...

Sie hat gesagt, sie würde dich holen kommen, aber sie konnte nicht zurückkommen, Johnny. Sie konnte nicht zurückkommen, obwohl sie es mehr als alles andere wünschte. Stattdessen bin ich jetzt hier. Hast du je gefragt, warum sie nicht zurückgekommen ist?

Sein Herz begann zu rasen, und ich streichelte ihn mit den Fingerspitzen und wünschte mir ganz intensiv, dass wir beide ruhig bleiben würden. Sein Geist war voll finsterer Bilder, Schmerz, Verletzung, halb vollendete, verzerrte, aneinander gestückelte Bilder. Messer, Blut, Schreie; Hände, die loslassen, Tod. Verlust.

... sie ist nie zurückgekommen ... sie ist nie zurückgekommen ...

Sie hat dich geliebt. Sie hat ihr Leben geopfert, damit du in Sicherheit bist. Sie hat dich nicht verlassen, Johnny.

... Abschaum ... Bastard einer Schlampe ... meine eigene Mutter hat mich nicht haben wollen ... zu nichts gut ...

Das sind Lügen. Ich zeige es dir. Nimm mich mit zurück in die Zeit davor.

Es gibt keine Zeit davor. Sie hat mich verlassen. Sei ganz still, Johnny ... still wie eine kleine Maus, Liebling, ganz gleich, was du hörst ... warte auf mich ... ich komme und hole dich, sobald ich kann ... ihre Hände, die mich nach unten schieben, wo es dunkel ist. Ihre Hände lassen los. Die Tür klappt zu. Sie ist nie zurückgekommen. Das ist alles, es gibt nichts anderes.

Aber ich bin zurückgekommen. Sie konnte es nicht, aber sie hat dich geliebt und wünschte, dass du in Sicherheit bist. Nimm meine Hand, Bran. Ich bin ganz in der Nähe. Streck die Hand zu mir aus.

Draußen um den Teich raschelten die Blätter. Aber es gab keinen Wind.

... dunkel ... kann dich nicht sehen ...

Nimm mich mit in die Zeit davor. Tu es, Bran. Tu es.

Ich habe dir doch gesagt, es gibt keine Zeit davor. Ihre Hände, die mich loslassen ... nichts sonst.

Wer hat dich gelehrt zu zählen, eins, zwei, drei, bis zehn?

Ein kluges Kind. Ein Kind wie dein eigener Sohn, begierig nach Wissen und abenteuerdurstig. Wer hat die weißen Steine für dich hingelegt und dir die Zahlen beigebracht?

... eins, zwei, drei, vier ... ihre Finger haben sauber geschrubbte Nägel, kleine, feine Hände. Ich komme bis zehn, und sie klatscht in die Hände. Ich blicke auf, zufrieden mit mir, und sie lächelt. Ihr Haar ist wie Sonnenschein, ihre Augen strahlen. Gut, Johnny, gut. Was für ein kluger Junge! Sollen wir es wieder machen? Wir legen deine kleinen Schweinchen in zwei Reihen, genau so. Und jetzt wird der Bauer sie zählen, die Hälfte kommt auf den Markt, die Hälfte wird für den Winter gemästet. Wie viele in dieser Reihe ... eins, zwei, drei ... aber sie ist weggegangen ... sie hat mich losgelassen ...

Sie hätte dich nie freiwillig verlassen. Sie hat dich versteckt, und dann hat sie ihr Leben für dich gegeben. Hast du nicht die Geschichte gehört, die mein Vater erzählt hat? Deine Mutter war eine sehr, sehr tapfere Frau. Sie wollte ein Leben voller Freude und guter Ziele für ihren kleinen Mittwintersohn; sie wünschte sich, dass er immer auf das Licht zugeht. Was deinen Vater angeht, der Stolz auf dich stand in seinen Augen, wenn er dich mit seinen starken Händen hochgeworfen hat ... hoch, hoch in die Luft ... so hoch, und du weißt dennoch, dass diese Hände dich immer fangen werden.

... ich kann nicht ... ich ...

Immer würde er dich auffangen, jedes Mal. Seine Augen waren so grau und fest wie deine eigenen und so wahr. Kehr zurück, Johnny. Kehr zurück in die Zeit davor.

Hoch, hoch und runter. Hoch, hoch und runter. Hoch in die Luft. Ich falle in seine Hände. Er lächelt. Lockiges Haar, wettergegerbtes Gesicht. Die Augen leuchten vor Stolz. Ich kreische vor Begeisterung. Jetzt ist Schluss, Sohn, sagt er grinsend, du machst mich müde. Noch ein letztes Mal, hoch, hoch und runter. Dann Arme um mich, warm und stark. Ich lege den Kopf an seine Schulter, stecke den Daumen in den Mund. Gut. Sicher.

Ich spürte einen Wassertropfen auf meinem Gesicht, warm in der Kälte der Nacht. Aber es war nicht ich, die weinte. Ich wagte nicht, den Kopf zu heben. Ich wagte nicht, mich dort wegzubewegen, wo ich mich dicht an ihn drückte, um nicht etwas zu zerstören, das so zerbrechlich war wie ein einzelner Faden eines Spinnennetzes. Ich holte tief Luft und spürte, wie die vollkommene Erschöpfung von mir wich, es war beinahe überwältigend. Der ganze Hain ringsumher rührte sich, Blätter raschelten, Zweige knackten, Wasser gurgelte; sogar die Steine schienen ins Dunkel hinauszurufen.

»Helft mir«, flüsterte ich ins Dunkel. Und ich summte ein wenig von dem alten Lied, nur den Refrain mit seinem kleinen Melodiebogen. Seltsamer Wind rauschte über das Hügelgrab und gewann eine mächtige Stimme, ein tiefes Geräusch am Rand des Hörvermögens, ein Schrei, älter als die ältesten Erinnerungen der Menschheit. Er erklang aus dem großen Hügel, aus der Tiefe der Erde, vibrierte aus den Stehenden Steinen, ein Ruf, der nicht ignoriert werden konnte.

Komm heraus, Krieger! Ein Auftrag liegt vor dir, ein lebenslanger Auftrag, dessen Herausforderungen vielfältig sind, dessen Belohnung jedes Maß überschreitet. Komm jetzt heraus und zeig uns deinen wahren Mut. Zeig uns die wahre Kraft des Geistes, wie du es einmal getan hast, vor langen Jahren. Denn der Mann hat dieselbe Kraft, die das Kind schon hatte. Das Kind und der Mann sind eins.

Der Ruf erstarb, und das Rascheln wurde leiser, bis schließlich tiefe, erwartungsvolle Stille herrschte. Etwas wurde auch von mir erwartet, ich konnte es spüren. Bran lag reglos wie zuvor. Äußerlich hatte sich nichts verändert, bis auf die Tränen, die ihm über das Gesicht und auf meines liefen, so dass wir die Trauer um gute Menschen teilten, deren Leben viel zu kurz gewesen waren; die gleiche Trauer um verlorene Gelegenheiten. Ich musste etwas tun, aber ich war müde, so müde, dass ich glaubte, für immer schlafen zu können, dort im Warmen bei meinem Mann und meinem Sohn, den tiefen, unschuldigen Schlaf eines kleinen Kindes ... aber nein, ich durfte nicht nachgeben. Der Morgen dämmerte beinahe, und ich hatte ihn noch nicht gerettet. Das Schweigen war vollständig, bis auf das winzige Flüstern in meinem Kopf. *Tu es.* Aber was? Was? Wenn er selbst auf diesen uralten Weckruf nicht reagiert hatte, was hätte ich noch sagen können, das ihn mehr ermutigte? Ich hatte alles getan, und immer noch rührte er sich nicht. Mein Vater hatte gesagt, für mich sei alles so einfach. Aber das war es nicht. Es war das Schwierigste, was ich je getan hatte ... und dennoch, vielleicht war die Antwort sehr einfach.

Komm, Johnny. Im Geist hielt ich die Hand auf und streckte sie hinunter zu dem Kind, das in dem kleinen, dunklen Raum hockte. Er wollte nicht aufblicken; er hatte die Finger vor die Augen gelegt, als würde er unsichtbar bleiben können, wenn er das Licht fern hielt. *Nimm meine Hand, Johnny. Es sind zehn Stufen nach oben, siehst du? Aber vielleicht weißt du nicht, wie man bis zehn zählt. Doch? Dann werden wir jetzt eine nach der anderen hinaufgehen und sie dabei zählen. Wenn wir oben sind, ist die Nacht vorüber. Nimm meine Hand, Johnny. Streck deine nur noch ein wenig weiter aus. Ja. Das ist gut. Braver Junge. Und jetzt zähle. Eins, zwei, drei ... vier, fünf ... gut gemacht ... sechs, sieben ... acht ... jetzt ist es nicht mehr weit ... du schaffst es ... neun ... zehn ... gut, mein Herz. Sehr gut ...*

Die Stimmen der Alten bildeten das Echo zu meiner Stimme, wohlklingend und weise. *Gut. Gut.* Dann überwältigte mich plötzlich vollkommene Müdigkeit. Ich fiel in tiefen Schlaf, und ich träumte einen wunderbaren Traum, in dem ich an Brans Seite lag und die salzigen Tränen an seinen Wangen spürte, einen Traum, in dem er sich rührte und mich in die Arme nahm und mit den Lippen meine Schläfe streifte und wieder er selbst war. In meinem Traum schlang ich die Arme um seinen Hals und spürte seinen Körper warm und lebendig an meinem eigenen, und ich sagte ihm, dass ich ihn liebte und er erwiderte, ja, das weiß ich.

Abrupt wurde ich wach, und es war hell. Nicht das weiche Licht der frühen Morgendämmerung, sondern viel, viel später, helles Morgenlicht. Wie konnte ich nur so eingeschlafen sein? Ich streckte die Hand aus und berührte die kleine, schlafende Gestalt meines Sohnes, der ebenso in die Decke gewickelt war wie ich. War ich aufgewacht und hatte ihn gestillt und war wieder eingeschlafen, ohne es zu merken? Wie war so etwas möglich? Ich tastete weiter. Bran war verschwunden. Mein Mund wurde trocken, und eisige Finger streckten sich nach meinem Herzen aus. Er konnte doch nicht aufgewacht und aufgestanden sein! Das war unmöglich, nach so langer Zeit ohne Essen und Trinken; er wäre zu schwach gewesen. Das bedeutete ... das konnte nur bedeuten ... ich setzte mich hin und erinnerte mich zu spät, dass ich vollkommen nackt war. Ich griff nach meinem

Hemd, wo ich es letzte Nacht neben den Strohsack gelegt hatte. Meine Hände zitterten. Ich konnte es nicht finden, und auch nicht mein Kleid. Es lag ein altes Hemd da, das mir bis zu den Knien reichen würde, und ich zog es mir über den Kopf und stolperte aus dem Unterstand. Drei Männer saßen an dem frisch entzündeten Feuer: Möwe, Schlange und mein Vater. Sie wandten sich mir zu.

»Wo ... was ...«, war alles, was ich hervorbringen konnte.

Mein Vater begriff rasch, um was es ging, stand auf, nahm meine Hände und sagte tröstend: »Alles ist in Ordnung, Liadan. Ganz ruhig. Er ist wach, und er ist bei Verstand. Du bist bleich wie ein Geist, Tochter. Setz dich ein wenig zu uns.«

»Ich ... ich ... wo?«

»Nicht weit; wir behalten ihn im Auge. Da drunten.« Möwe wies mit dem Kinn zum anderen Ende des Teiches.

»Er wollte nicht, dass wir dich wecken«, sagte Schlange entschuldigend. »Er ist nicht gerade in guter Stimmung, der Hauptmann, wie wir schon dachten. Aber er ist am Leben. Du hast es geschafft.«

»Er ist aufgestanden und läuft herum?« Ich konnte es nicht glauben. Er war dem Tod so nahe gewesen. Das war doch sicher ein grausamer Traum! »Er sollte im Bett sein. Wie konntet ihr zulassen ...«

»Hat uns keine Wahl gelassen. Hat uns beinahe den Kopf abgebissen. Aber er hat viel getrunken, und wie gesagt, jemand passt auf ihn auf. Sollte vielleicht jetzt allein sein.«

»Hübsche Aufmachung«, meinte Möwe und sah mich von oben bis unten an.

Ich errötete. »Wo sind meine Sachen?«

»Sie werden irgendwo gewaschen. Wir werden dir frische suchen. Du wirst sie brauchen.«

»Ich muss gehen ... ich muss ...«

»Lieber noch nicht«, sagte Möwe. »Er hat Befehle gegeben. Lass ihn in Ruhe. Vielleicht später.«

Mein Vater räusperte sich. »Ich habe einige Zeit mit ihm gesprochen, Liadan. Ich habe ihm die Geschichte erzählt, wie du mich gebeten hast. Du solltest vielleicht auf diese Männer hören und ihm ein wenig Zeit lassen.«

»Das glaube ich nicht«, sagte ich und ging mit meinen bloßen Füßen und dem kurzen Hemd zum nördlichen Ende des Teiches, wo ein großer Baum vor langer Zeit umgestürzt war. Nun war sein massiver Stamm von Moos überwuchert, und die Risse und Kerben, die kleinen schattigen Gänge, waren zum Versteck für eine Unzahl winziger Geschöpfe geworden.

Ich hatte es wohl nicht wirklich geglaubt, bis ich ihn sah, wie er auf den Steinen hinter diesem Baum saß, mit dem Rücken zu mir, in einer trotzigen Haltung, die ich sofort erkannte. Er trug seine alten Sachen von undefinierbarer Farbe, und sie hingen an ihm, als hätten sie einem viel größeren Mann gehört. Er hatte den Blick gesenkt, und in den Händen drehte er den kleinen Silberanhänger hin und her. Ich sehnte mich danach, loszurennen, ihn zu umarmen und mir zu versichern, dass dies die Wirklichkeit war und keine falsche Vision. Aber ich bewegte mich vorsichtig, und meine bloßen Füße machten kein Geräusch. Dennoch, dieser Mann war ein Experte bei dem, was er tat. Ohne sich umzudrehen, sprach er und ließ mich innehalten, als ich noch zehn Schritte entfernt war. Seine Stimme war angestrengt beherrscht.

»Dein Vater bricht heute Früh auf. Du solltest lieber packen und mit ihm gehen. Das wäre das Beste für dich. Das Beste für das Kind. Hier gibt es nichts für dich.«

Ich brauchte jeden Fetzen Willenskraft, über den ich verfügte, um nicht in Tränen auszubrechen, denn ich wollte ihm nicht die Gelegenheit geben, mir zu sagen, dass eine Frau weinen konnte, wann es ihr passte, nur um zu bekommen, was sie wollte. Es brauchte jedes bisschen Zurückhaltung, das ich aufbringen konnte, nicht zu ihm zu gehen und ihm eine Ohrfeige zu verpassen und ihn darauf hinzuweisen, dass ich vielleicht keine Dankbarkeit erwartete, aber auch nicht, entlassen zu werden wie jemand, der seine Arbeit vollendet hat. Ich hatte viel gelernt, seit ich ihn kennen gelernt hatte. Ich hatte gelernt, dass man solch flüchtiges, schwieriges Wild vorsichtig und geduldig jagen musste.

»Ich ... ich erinnere mich, dass du mir einmal gesagt hast«, meinte ich so ruhig wie möglich, »dass du mich nicht anlügen würdest. Hat mein Vater zufällig ein Versprechen erwähnt, das er mir gegeben hat?«

Es dauerte einige Zeit, bevor er antwortete.

»Mach das nicht schwieriger für uns als nötig, Liadan«, sagte er. Und als ich näher kam, konnte ich sehen, wie seine Hände, in denen er immer noch den Anhänger hielt, zitterten.

»Hat er es gesagt?«

»Ja.«

»Also gut. Dann weißt du also, dass ich diese Entscheidung selbst treffen kann und mein Vater sich nicht einmischen wird.«

»Was für eine Entscheidung soll das denn schon sein? Es ist einfach vernünftig, dass du mich verlässt. Welche Zukunft sollte es geben für ... für ...«

Nun hatte ich ihn erreicht und stellte mich vor ihn, drei Schritte entfernt. Wenn jemand diesmal die Regeln brach, dann würde nicht ich es sein.

»Sieh mich an, Bran«, sagte ich. »Sieh mich an und sag mir dann, dass du willst, dass ich gehe. Sag mir die Wahrheit.«

Aber er starrte nur auf seine Hände nieder. »Du musst mich wirklich für schwach halten«, murmelte er. »Nach dieser Geschichte wirst du mich nicht mehr achten können.«

Und trotz all seiner Anstrengungen konnte ich die Tränenspuren auf seinem Gesicht sehen, ein Schimmern auf der gemusterten Seite.

»Ich wünschte, ich könnte diese Tränen trocknen«, sagte ich leise. »Ich wünschte, ich könnte es für dich besser machen. Aber ich weiß nicht, wie.«

Es gab einen winzigen Augenblick, einen Herzschlag der Zeit, während dessen sogar Bäume und Felsen und die Luftströmungen den Atem anzuhalten schienen. Dann streckte er blind die Hand aus und griff nach meinem Arm und zog mich zu sich. Ich stand da, seinen Kopf an meiner Brust und die Arme um seine Schultern gelegt, als er den Rest der Tränen gehen ließ, die er so lange zurückgehalten hatte.

»Schon gut, Bran, es ist alles in Ordnung. Jetzt ist alles gut. Weine nur, mein Herz.«

Es dauerte lange Zeit, oder auch nicht. Wer kann das schon sagen? Die Männer störten uns nicht, und die hohen Buchen schauten schweigend zu, und die Sonne stieg an einem kühlen Herbsthimmel höher. Es ist nicht so schrecklich für einen erwachsenen Mann zu weinen. Nicht, wenn er achtzehn Jahre voll Kummer und Sorgen mit sich herumträgt. Nicht, wenn er schließlich nach einer langen und schmerzlichen Reise die Wahrheit herausgefunden hat. Schließlich hatte er genug geweint, und ich benutzte eine Ecke meines luftigen Gewandes, um ihm das Gesicht abzuwischen, und sagte streng: »Du solltest nicht einmal aus dem Bett sein. Hast du heute Früh schon etwas gegessen oder warst du zu sehr damit beschäftigt, Befehle zu geben?« Ich setzte mich neben ihn auf die Felsen, ganz nah, so dass unsere Körper sich berührten.

»Es war tatsächlich seltsam, aufzuwachen«, meinte er mit zitternder Stimme, »und zu sehen, dass du da neben mir lagst, und das ohne einen Fetzen Kleidung. Es war sowohl wunderbar als auch ärgerlich, weil ich so schwach war, dass ich dich nur ansehen konnte. Selbst jetzt kann ich kaum den Arm heben, um ihn um dich zu legen, und erst recht nicht dieses interessante Gewand, das du da trägst, ausnutzen. Ich nehme an, das ist alles, was du anhast.«

»Ah«, sagte ich und spürte, wie ich rot wurde, »du hast inzwischen Sinn für Humor entwickelt. Das gefällt mir. Es wird andere Morgen geben.«

»Wie kann das sein, Liadan? Wie können wir eine Zukunft haben? Du kannst nicht bei mir und den Männern leben, im Verborgenen umherziehen, immer über die Schulter sehen müssen, ausgestoßen und verfolgt. Ich könnte dich oder ihn nie dieser Gefahr aussetzen. Diese Entscheidung hat nichts damit zu tun, was du oder ich wollen könnten. Deine Sicherheit ist das Wichtigste. Außerdem, wie könntest du bei mir bleiben, nach dem was geschehen ist? Ich habe zugelassen, dass ... dieser Mann mich gefangen nimmt; ich habe zugelassen, dass man Möwe verkrüppelt hat und dass du und mein Sohn die unerträglichste Behandlung erdulden mussten. Jetzt bin ich nur noch ein schaudernder, weinender Schatten eines Mannes. Was musst du von mir denken?«

»Seit unserer letzten Begegnung habe ich meine Ansicht nicht geändert«, erklärte ich bestimmt.

»Was sagst du da, Liadan?« Immer noch starrte er zu

Boden und wollte mir nicht in die Augen sehen. Ich glitt von dem Stein, auf dem wir saßen, und wollte mich vor ihn knien, damit er keine andere Wahl hatte, als mich anzusehen. Ich legte die Hände auf seine, und nun hielten und schützten wir beide den silbernen Anhänger.

»Erinnerst du dich noch«, sagte ich leise, »dass du mich in Sevenwaters einmal gefragt hast, was ich mir für mich selbst wünsche? Ich habe gesagt, du wärst noch nicht bereit, es zu hören. Glaubst du, dass du es jetzt bist? Wie viel von dem, was hier geschehen ist, weißt du noch?«

»Genug. Genug, um zu wissen, wie wir durch die Jahre gegangen sind. Genug, um zu wissen, dass du bei mir warst. Genau das macht es so schwer. Ich sollte dir befehlen, zu gehen und dem ein Ende zu machen. Ich weiß, was das Richtige ist. Aber ... ich stelle fest, dass ich es diesmal einfach nicht schaffe, dir Lebewohl zu sagen. Ich halte das Zeichen der Liebe meiner Mutter hier in der Hand und weiß, dass Liebe über den Tod hinweg andauert. Dass ein Herz, das einmal verschenkt wurde, für immer vergeben ist.«

Ich nickte, gefährlich den Tränen nah. »Sie hat versteckt, was ihr am wichtigsten war«, sagte ich. »Diesen Anhänger mit den Locken derer, die sie verloren hat. Ihren kleinen Beutel mit den Zeichen dessen, was sie war und woher sie kam. Und ihren kleinen Sohn. Sie hat ihr Leben für dich gegeben. John hat sein Leben im Dienst seines Freundes und Verwandten gegeben. Das ist die Wahrheit.«

Er nickte ernst. »Ich habe mich über einige Dinge geirrt. Ich werde Hugh von Harrowfield zwar weiterhin nicht gerade als Helden betrachten, aber ich stelle fest, dass der Mann ein paar gute Seiten hat. Er war sehr offen mit mir. Das achte ich. Er ist dir ähnlicher, als ich mir hätte vorstellen können.«

»Er ist für seine Ehrlichkeit bekannt.«

»Liadan.«

Ich sah ihm in die Augen. Sein Gesicht war kreidebleich und ausgemergelt, aber die Augen vermittelten mir eine ganz andere Botschaft. Sie waren hungrig.

»Ich habe noch nicht geantwortet, ich habe dir noch nicht gesagt, was ich will. Muss ich es aussprechen?«

Er nickte ohne ein Wort.

»Ich habe dir schon gesagt, dass ich meine Ansicht über dich nicht geändert habe, nicht seit du in Sevenwaters zu mir gekommen bist und wir eine Zeit lang beinahe den Rest der Welt vergessen haben. Was in diesen letzten Tagen geschehen ist, ist ein Teil unserer gemeinsamen Reise. Gemeinsam leiden und ertragen wir, und wir verändern uns und gehen weiter vorwärts, Hand in Hand. Ich glaube, du bist ungeheuer stark; manchmal stärker, als gut für dich ist. Ich sehe in dir einen Anführer, einen mutigen Mann mit großem Weitblick. Ich sehe einen Mann, der immer noch Angst hat, zu lieben und zu lachen, der aber beides lernt, nun, da er die Wahrheit über sich kennt. Ich sehe den einzigen Mann, den ich als meinen Mann und den Vater meiner Kinder haben will. Dich und keinen anderen, Bran.«

Er hob die Hand und streckte sie aus, um meine Wange zu berühren, sehr vorsichtig, als müsste man erst wieder lernen, wie man das macht, nun, nachdem alles sich verändert hatte.

»Das ist also ... ein Heiratsantrag?«, fragte er mich, und in seinem Mundwinkel zuckte eine winzige Spur eines Lächelns, etwas, das ich nie zuvor gesehen hatte.

»Ich denke schon«, sagte ich und wurde wieder rot. »Und wie du siehst, ich mache es auf die richtige Weise, auf den Knien.«

»Hm. Ich nehme an, es ginge um eine Gemeinschaft von Gleichen?«

»Zweifellos.«

»Ich kann es nicht aussprechen. Ich kann mich nicht dazu zwingen, dich abzuweisen. Und dennoch, wie könnte ich annehmen? Du bittest mich um etwas vollkommen Unmögliches.« Wieder war seine Miene trostlos. »Du bittest mich, jene, die ich am meisten liebe, einem Leben der Gefahr und der Flucht auszusetzen. Wie kann ich so etwas zustimmen?«

»Ah«, sagte ich, »ich wollte es dir noch nicht sagen, aber du lässt mir keine Wahl. Es scheint, als gäbe es einen Platz für dich ... für uns alle ... und zwar in Britannien, in Harrowfield. Einen Platz und einen Auftrag. Das hat mein Vater mir erzählt. Der Zugriff seines Bruders auf die Ländereien wird schwächer; Edwin von Northwoods lauert schon an der Grenze und möchte sein eigenes Land vermehren. Mein Vater kann nicht dorthin zurückkehren, um ihnen zu helfen, aber du könntest gehen. Es müsste nicht sofort sein; aber es ist etwas, worüber du nachdenken solltest. Es ist das Land deines Vaters, Bran, die Verwandten deines Vaters leben dort. Du hast Lord Hugh einmal dafür verachtet, dass er Harrowfield den Rücken zugewandt hat, um seinem Herzen zu folgen. Jetzt gibt er dir die Möglichkeit zu tun, was er selbst nicht tun kann: Du könntest Simon helfen, diese guten Menschen wieder zu stärken und zu vereinen.«

Er schwieg lange, und ich begann meine Worte zu bereuen. Vielleicht hatte ich vorher Recht gehabt. Vielleicht war es zu früh gewesen, um es ihm zu sagen.

»Hugh von Harrowfield würde mir dabei trauen?«, fragte Bran leise.

Ich sah ihm in die Augen. Es war unmissverständlich,

dass dort etwas Neues aufblitzte, eine Flamme der Hoffnung auf ein Ziel.

»Er würde Johns Sohn trauen«, sagte ich. »Und mit der Zeit tun das sicher auch die Leute in Harrowfield, wenn du dich bewiesen hast.«

»Und du würdest mit mir kommen, bis nach Britannien? Unter Fremden leben, entfernt von deiner Familie?«

»Ich wäre nicht weit weg von meiner Familie, Bran. Wo immer wir drei unterwegs sind, ist mein Zuhause. Außerdem vergisst du etwas. Ich bin selbst halb Britin. Simon von Harrowfield ist mein Onkel; es sind sowohl deine als auch meine Verwandten.«

Er nickte; dann packte er meine Hände fester. »Das kann ich alles kaum glauben«, sagte er. »Und dennoch tue ich es. Ich bin schon am Überlegen, was man tun könnte, und wie wir es erreichen werden. Ich habe Angst, dorthin zurückzukehren. Es ist ein Ort von Finsternis und Schrecken für mich. Und dennoch sehne ich mich auch danach, weil ich alles in Ordnung bringen will. Ich sehne mich danach, zu beweisen, was unmöglich schien: dass ich der Sohn meines Vaters sein kann.«

Ich hätte am liebsten geweint; ich war immer noch schrecklich müde von der Nacht zuvor und von den Veränderungen, die so rasch geschahen, dass ich kaum mit ihnen Schritt halten konnte.

»Die Männer«, sagte Bran plötzlich. »Was ist mit den Männern? Wo werden sie hingehen? Ich kann sie nicht allein lassen, ohne einen Platz und ein Ziel in der Welt.«

»Nun«, meinte ich, »es mag sein, dass diese Männer bessere Ideen haben, als du glaubst. Gehen wir zum Feuer hinauf. Kannst du stehen? Stütz dich auf mich. Gut so. Komm schon, stütz dich auf mich. Niemand erwartet, dass du göttergleiche Kraft an den Tag legst – niemand außer vielleicht dir selbst. Diese Kopfwunde allein hätte einen Mann töten können. Du hast tagelang gehungert und bist mit Prellungen bedeckt. Ich möchte sehen, wie du ein wenig Wasser trinkst und Haferbrei isst. Deine Männer haben einen Vorschlag zu machen. Einen, der dich interessieren und dir viele deiner Sorgen nehmen wird. Später werden wir ausführlicher mit ihnen über diese Dinge sprechen.«

»Ich …« Er stand schwankend auf, kreidebleich und wie ein Geist seiner selbst.

»Komm, mein Herz. Stütz dich auf mich, und dann gehen wir zusammen diesen Weg entlang.«

Sie kannten ihn gut. Und daher sprangen weder Möwe noch Schlange noch einer der anderen auf, um ihre Hilfe anzubieten, als wir langsam und vorsichtig auf das Feuer zukamen. Niemand machte eine Bemerkung. Aber es gab Platz, damit wir beide uns hinsetzen konnten, und wir bekamen Wasser und Bier und Haferbrei in Steingutschüsseln. Mein Vater war immer noch da, aber er war schon zum Aufbruch gerüstet.

»Ich höre, dass ihr mir etwas zu sagen habt«, erklärte Bran, nachdem er sich hingesetzt hatte, mit Furcht erregender Miene. Viele Männer waren um uns herum versammelt, alle, dachte ich, bis auf die wenigen, die am Rand des Lagers Wache hielten. Alle wirkten erwartungsvoll, aber das wurde bald unterbrochen, als Ratte mit meinem schreienden Sohn ankam.

»Du solltest lieber ohne mich weitermachen«, sagte ich, nahm das Kind und stand auf. »Das ist vermutlich ohnehin eine Männerangelegenheit.«

»Du gehörst hierher«, sagte Bran leise. »Wir warten, bis du fertig bist.« Er drehte sich um und sah Möwe und seine bandagierten Hände an, dann Schlange, der von mehr als einer schlaflosen Nacht bleich war, Otter und Spinne, die einen Auftrag ausgeführt hatten, den großen, grimmigen Wolf und den jungen Ratte, Hüter dessen, was für ihn am kostbarsten war. »Ich habe euch ein paar Dinge zu sagen«, begann er.

Während ich Johnny im Unterstand stillte, beobachtete ich diese Männer, und ich hoffte, dass sie nicht von Eamonn sprechen würden und davon, was er getan hatte. Mein Vater kannte offensichtlich die Wahrheit noch nicht, und er durfte sie auch nicht erfahren. Das Gleichgewicht zwischen den Partnern im Bündnis würde empfindlich genug sein, und ich musste Bran unbedingt mitteilen, welchen Handel ich mit seinem Feind abgeschlossen hatte, damit er freigelassen wurde.

Johnny war bald fertig und wand sich auf meinem Schoß, bereit für neue Abenteuer. Ich setzte ihn auf den Boden und sah, dass er andere Kleider trug als das saubere Hemd und die Hose, in denen er aus Sevenwaters gekommen war. Es schien so lange her, es war, als hätte sich die ganze Welt seit diesem Tag verändert. Jemand war fleißig mit der Nadel gewesen, und mein Sohn trug jetzt eine kleine Jacke aus Hirschleder und Stiefel aus dem gleichen weichen Leder, alles ordentlich genäht. Eine Art Hemd befand sich unter der Jacke und fiel bis auf die Stiefelränder. In das Tuch waren Streifen gewebt, blaue, braune, dunkelrote. Ein schönes Tuch; jemand hatte ein eigenes Kleidungsstück geopfert, damit dieses kleine Wunderwerk entstehen konnte. Johnny begann, aus dem Unterstand zu krabbeln, und ich nahm ihn hoch und ging zum Feuer zurück.

»Ich nehme ihn eine Weile«, sagte mein Vater, als ich

näher kam. »Du willst vermutlich nicht, dass ich beim Planen anwesend bin.«

»Ich denke, du solltest bleiben.« Bei diesen Worten warf ich Bran einen fragenden Blick zu. »Denn dieser Plan, wenn er denn zu Stande kommt, hat auch mit meinem Bruder und mit dir zu tun. Also solltest du davon wissen.«

Brans Miene wurde kritischer.

»Sie hat Recht«, sagte Möwe. »Entweder wir erhalten Hilfe von Sevenwaters, oder die Dinge bleiben, wie sie sind. Es ist kein Risiko, es ihm zu sagen.«

»Das gefällt mir nicht«, sagte Bran. »Also kommt schon, raus damit.« Er klang barsch, aber als ich mich neben ihn setzte und nach seiner Hand griff, konnte ich spüren, wie er zitterte, und wusste, dass er sich ungeheuer beherrschen musste, um diesen Eindruck zu machen. Sein Verhalten sprach eine klare Botschaft: *Ich bin der Bemalte Mann. Niemand hält mich ungestraft für schwach.*

Also sagten sie es ihm. Sie erklärten es ihm, während mein Vater mit seinem Enkel am Boden saß und ein kleines Spiel mit Zweigen und Blättern mit ihm spielte. Einer nach dem anderen taten sie ihre Meinung kund. Es war alles gut eingeübt. Möwe umriss die Grundlagen des Plans. Schlange führte ein paar Einzelheiten aus. Es gab keine Streitereien, niemand sagte etwas über Frauen und Sich-Niederlassen. Es war nur ein ordentliches, logisches Gebäude, es ging um Vorteile und Profite und darum, wie gewisse Probleme gelöst werden konnten. Der Nächste war Otter. Er konnte von dem Plan erst seit seiner Rückkehr in der vergangenen Nacht erfahren haben, aber er hatte bereits Einzelheiten entwickelt, wie für diese Angelegenheiten gezahlt werden könnte, welche Rolle mein Bruder spielen würde und wie die Einnahmen zwischen allen aufgeteilt würden, nachdem die Kosten des Unternehmens gedeckt waren. Und wie im Lauf der Zeit Seans Hilfe in Form von Silber, Vieh oder Diensten zurückgezahlt werden konnte.

Bran hatte kein einziges Wort gesagt, und seine Miene verriet nichts. Was meinen Vater anging, so war es gut, dass er ein wenig entfernt saß und Johnny beobachtete, denn ich konnte ihm ansehen, wie entsetzt er war und wie sehr er sich anstrengen musste, ruhig zu bleiben.

»Dann geht es um die Unterbringung.« Jetzt war Wolf an der Reihe, für gewöhnlich nicht ein Mann von vielen Worten. »Ich habe gehört, es gibt eine Scheune oder zwei auf dieser Insel und ein paar Steinmauern, damit die Schafe nicht von den Klippen fallen. Wir brauchen mehr als das. Schlichte, flache Häuser, die im schlechten Wetter Bestand haben. Ich kenne mich ein bisschen damit aus. Ich könnte den anderen etwas beibringen. Wir werden es folgendermaßen bauen –« Er hockte sich hin und begann mit einem Zweig auf dem Boden zu zeichnen, und alle sahen mit großer Konzentration zu. »... Dach, fest und wetterbeständig ... Übungshof ...«

Ich wurde wieder müde und legte den Kopf an Brans Schulter, beinahe ohne nachzudenken. Er packte meine Hand fester, und ich sah, wie mein Vater mich ansah. In seinem Blick stand bereits der Schatten eines weiteren Lebewohls.

Sie waren fertig. In dem folgenden Schweigen schien niemand etwas sagen zu wollen. Es war Iubdan, der als Erster das Wort ergriff.

»Ihr wollt also, dass ich diesen ... diesen Vorschlag meinem Sohn unterbreite, wenn ich nach Sevenwaters zurückkehre? Ich nehme an, ihr wisst, dass Sean erst vor kurzem

Herr seines Túath geworden ist und für einen so jungen Mann eine schwere Last trägt?«

Bran nickte. »Lord Liam war ein starker Anführer, ein ausgewogener Mann. Zweifellos wird er eine Lücke hinterlassen. Aber Euer Sohn hat die Fähigkeit, es mit der Zeit noch besser zu machen. Er hat Weitblick. Ihr braucht nicht mit ihm darüber zu reden. Ich muss erst darüber nachdenken. Wenn ich mich entscheide, es durchzuführen, werde ich ein Treffen arrangieren. Ich habe außerdem Informationen für Sean, die zu sammeln er mich ausgeschickt hat.«

»Ich nehme an, die könnte ich ihm übermitteln«, erklärte mein Vater. Er klang alles andere als begeistert.

Bran runzelte die Stirn. »Solche Dinge sollte man lieber nicht Dritten mitteilen, es sei denn, es ist unbedingt notwendig. Die Gefahr ist geringer, wenn ein Mann es direkt an den anderen weitergibt. Ich werde mich zum angemessenen Zeitpunkt mit Sean treffen.«

Jemand stieß einen leisen Pfiff aus, und Möwe sagte ungläubig: »Willst du etwa behaupten, dass dieser Auftrag nach allem doch ein Erfolg war? Dass du hast, was er braucht? Dass du es für dich behalten hast, sogar als ...«

»Kein Auftrag ist für den Bemalten Mann zu schwierig«, sagte ich rasch. »Es erstaunt mich, dass ihr das immer noch nicht wisst.«

»Macht euch jetzt wieder an die Arbeit«, sagte Schlange und stand auf. »Wir haben viel nachzudenken. Der Hauptmann wird uns seine Antwort geben, wenn er bereit ist. Geht und kümmert euch um Iubdans Pferd, und jene, die ihn eskortieren, prüfen ihre Waffen und Vorräte. Er muss sich auf den Weg machen.«

»Also gut«, sagte Ratte, hockte sich neben meinen Vater und streckte die Arme nach Johnny aus. »Ich nehme ihn jetzt.« Er hob das Kind hoch, und Johnny schlang vertrauensvoll die Arme um seinen Hals. Nun stand auch mein Vater auf. »Also gut«, sagte er distanziert und streckte die große Hand aus, um sanft über die Wange seines Enkels zu streichen. Dann machte sich Ratte auf den Weg zum Hauptlager, und sein junger Freund hüpfte und quiekte aufgeregt in seinen Armen. Die Männer gingen alle, bis auf Möwe, denn als dieser dazu ansetzte, ihm zu folgen, nahm ihn Bran am Arm und sagte: »Nein. Du bleibst hier.«

So waren wir jetzt zu viert an dem kleinen Feuer, und so vieles war zwischen uns unausgesprochen, dass es schwierig war zu wissen, wo wir auch nur beginnen sollten. Schließlich sah Bran meinen Vater an und sagte leise: »Liadan hat mir von Eurem Vorschlag für Harrowfield erzählt. Ich denke, es gibt dort viel zu tun. Bündnisse müssen neu geschmiedet, Grenzen gesichert, Bollwerke gestärkt werden.«

»Ihr wollt vielleicht einige Zeit darüber nachdenken«, sagte mein Vater vorsichtig. »Ich nehme an, dass Euch eine solche Rolle ein wenig fremd ist, aber Ihr seid mein Verwandter und der von Simon, Ihr habt einen Anspruch darauf, Euch um die Ländereien zu kümmern, und Eure Fähigkeiten kann niemand bezweifeln.«

»Ich brauche nicht weiter nachzudenken«, sagte Bran. »Wir nehmen die Herausforderung an. Aber im Augenblick möchte ich vor allem, dass Liadan und mein Sohn diese Gegend sicher verlassen. Wir werden nach Norden reiten und vielleicht einige Zeit verschwinden. Meine Männer müssten mit ihrem neuen Unternehmen beginnen, und das wird nicht einfach sein. Sobald das erledigt ist, gehen wir nach Harrowfield. Liadan und ich und Johnny. Ich muss ganz offen sein. Ich stimme nicht wegen Lord Hughs zu, sondern um meines Vaters und meiner Mutter und um des Ortes willen, an dem ich geboren bin. Ich möchte einiges zur Ruhe betten; auf diese Weise kann es vielleicht erreicht werden, und ich kann einen neuen Anfang finden.«

Vaters Blick war kühl. Aber sein beinahe unmerkliches Nicken war eine Anerkennung von Brans Kraft; ich sah ihm an, dass er ebenso überrascht wie beeindruckt war.

»Gut«, sagte er. »Ich werde dafür sorgen, dass Simon unauffällig von dem erfährt, was wir vorhaben. Diese Nachricht wird ihn ermutigen. Ich bin ein wenig beunruhigt, was die nähere Zukunft angeht. Ich möchte Euch bitten, unbedingt dafür zu sorgen, dass meine Tochter und mein Enkel in Sicherheit sind. Aber es scheint mir unangemessen, eine solche Bitte in dieser Umgebung zu stellen.«

Ich spürte, wie sich Brans Hand in meiner anspannte und wie er Luft holte.

»Sie ist sehr angemessen, Vater«, sagte ich. »Wie ich dir schon gesagt habe, diese Männer kennen sich mit solchen Dingen aus. Du vertraust doch meinem Urteilsvermögen.«

»Liadan wird bei uns gut beschützt«, warf Möwe ein, und auch er war zornig. »Sicherer als sie je im Haus einiger sein würde, die Ihr Freunde nennt.«

»Wie meint Ihr das?«

»Schon gut, Vater. Möwe bezieht sich einfach auf die Fähigkeit dieser Männer, sich unsichtbar zu machen, nicht entdeckt zu werden und ungewöhnliche Verteidigungsmethoden einzusetzen. Du brauchst dir um mich keine Sorgen zu machen. Ich hätte nie gedacht, dass ich Sevenwaters je verlassen würde. Aber es ist die richtige Entscheidung. Die einzig mögliche.«

»Ihr wollt mir also meine Tochter wegnehmen«, sagte Iubdan und beobachtete Bran forschend.

Bran erwiderte seinen Blick mit klaren grauen Augen. »Ich nehme nichts, das nicht freiwillig gegeben wurde«, sagte er.

»Ihr solltet lieber aufbrechen«, meinte Möwe. »Es ist ein langer Ritt. Unsere Männer werden Euch bis zu Eurer Grenze begleiten.«

»Das ist nicht nötig.« Vaters Tonfall war kühl. »Meine Jahre sind noch nicht so fortgeschritten, dass ich mich nicht verteidigen oder mit einem Feind fertig werden könnte.«

»Das haben wir gehört«, meinte Bran. »Dennoch, es gibt vielleicht Gefahren, von denen Ihr nichts wisst. Wer weiß, welche Fallen einen einsamen Reisenden erwarten mögen. Meine Männer werden Euch begleiten.«

»Ich möchte gern mit meiner Tochter allein sprechen«, sagte Iubdan. »Wenn Ihr das erlaubt.«

Bran ließ meine Hand los. »Liadan fällt ihre eigenen Entscheidungen. Und als meine Frau wird sie das auch weiterhin tun.«

Möwe zog die Brauen hoch, sagte aber weiter nichts.

Ich ging mit meinem Vater zum Rand des Teiches und sah zu, wie er einen glatten weißen Stein aufhob und ihn übers Wasser springen ließ, einmal, zweimal, dreimal.

»Was glaubst du, wird es funktionieren?«, fragte er. »Eine Schule für Krieger? Ein Zuhause für Gesetzlose?«

»Das liegt an ihm. Es wird zweifellos noch Veränderungen geben, Verbesserungen, die seinen eigenen Ideen entsprechen. Es ist für ihn ein neuer Weg, und er muss mit vielen Veränderungen zurechtkommen.«

»Er braucht dich. Sie brauchen dich. So viel begreife ich. Deine Entscheidung erschreckt mich dennoch. Ich glaube, ich habe einen Fehler gemacht, weil ich dich aufwachsen sah. Du bist deiner Mutter in jeder Hinsicht so ähnlich, dass ich keine Überraschungen von dir erwartete. Ich hätte wirklich nie gedacht, dass du den Wald je verlassen würdest. Aber ich habe selbst einmal gegen alle Regeln eine solche Wahl getroffen. Und du bist ebenso meine Tochter wie die ihre. Dass du am Ende in meine Heimat nach Harrowfield zurückkehren wirst, erfüllt mich mit Stolz und Hoffnung. Ich wünschte, ich könnte das Gesicht meines Bruders sehen, wenn er dich begrüßt. Aber ich kann mir Sevenwaters nicht ohne deine Mutter und dich vorstellen. Es wird so sein, als wäre das Herz des Ortes zum Stillstand gekommen.«

»Conor wird zweifellos der gleichen Ansicht sein. Aber das Herz des Waldes schlägt sehr kräftig und sehr langsam, Vater. Es würde sehr viel mehr brauchen als diesen Verlust, um seinen Rhythmus aufzuhalten.«

»Ich habe noch andere Sorgen. Es gibt hier Geheimnisse, die mich verwirren und verstören. Verschleierte Andeutungen. Ein Teil dieser Geschichte ist noch unbekannt.«

»So muss es auch bleiben, Vater. Auch ich bin an ein Versprechen gebunden.«

»Du hast mir erzählt, dass Niamh überlebt hat und an einen sicheren Ort gebracht wurde. Sie ist meine Tochter, Liadan. Ich habe davon gesprochen, Unrecht wieder gutzumachen. Hier hat es ein Unrecht gegeben, um das ich mich kümmern muss. Ich würde Niamh gern wieder zu Hause willkommen heißen. Wenn du im Stande bist, mir zu sagen, wo sie ist, solltest du das tun. Deine Mutter hat sich sehr gewünscht, dass wir so viel wie möglich wieder gut machen.«

»Es tut mir Leid«, sagte ich leise. »Ich habe eine Ahnung,

wo sie sein könnte, aber ich kann es dir nicht sagen. Aber ich weiß, dass sie in Sicherheit ist und dass man sich gut um sie kümmert. Sie will uns nicht sehen, Vater, sie will nicht zurückkehren.«

»Dann habe ich euch alle verloren«, sagte er tonlos. »Niamh und Sorcha und dich. Und auch den Kleinen.«

»In ein paar Jahren wird es einen ganzen Stamm von Kindern in Sevenwaters geben. Und du wirst mich von Zeit zu Zeit wieder sehen, und Johnny ebenfalls, dafür werde ich sorgen. Du wirst zu tun haben, Vater, zu viel, um deinem Kummer und dem Bedauern nachgeben zu können. Jetzt musst du nach Hause zu Sean und Aisling gehen und ihnen helfen. Ihr drei müsst euch anstrengen, damit Sevenwaters stark bleibt. Ihr werdet bald von uns hören. Und richte Sean meine besten Wünsche aus.«

»Das werde ich tun, Liebes.«

»Vater.«

»Was ist?«

»Ohne dich hätte ich all das nicht tun können. Wie weit ich auch reisen mag, ich werde nie vergessen, dass ich deine Tochter bin. Ich werde immer stolz darauf sein.«

Dann riefen sie nach ihm, er umarmte mich rasch und fest, und dann war er weg, eine hoch gewachsene rothaarige Gestalt, die zu den Männern ging, die schon mit den Pferden warteten. Ich stand am Teich, schaute über seine silbrige Oberfläche, und als ich das tat, erschien dort ein Bild, eine Reflektion im ruhigen Wasser: ein majestätischer weißer Schwan, der mit gefalteten Flügeln schwamm. Eine Reflektion ohne Wirklichkeit, denn auf der Oberfläche befand sich nichts, nicht ein einziger Vogel schwamm auf dem spiegelglatten Wasser. Ich blinzelte und rieb mir die Augen. Das Bild blieb, Gefieder wie eine Schneewehe im

Winter, ein anmutig gebogener Hals, Augen so farblos wie klares Wasser und tief, so tief.

Das hast du gut gemacht, Liadan. Es war die Stimme meines Onkels Finbar. *Du bist eine Meisterin in diesen Dingen, und ich grüße dich.*

Du bist der Meister. Du hast mir alles gezeigt und beigebracht.

Ich hätte nicht tun können, was du getan hast. Ich wäre nicht im Stande gewesen, die Dunkle herauszufordern und einen Mann, der an der Schwelle des Todes stand, zurückzuholen. Deine Kraft verblüfft mich. Dein Mut erstaunt mich. Ich werde mit großem Interesse weiter beobachten, welchen Weg du gehst – und welchen Weg er gehen wird. Vergiss mich nicht, Liadan. Du wirst mich brauchen, später einmal. Das Kind wird mich brauchen.

Plötzliche Kälte überfiel mich. *Wie meinst du das? Was siehst du?*

Aber draußen auf dem Wasser löste sich die wunderbare Gestalt des Schwans auf, das Weiß breitete sich über die Oberfläche aus und war verschwunden.

Drei Tage später waren wir bereit, weiterzuziehen. Ich musste sehr streng sein und dafür sorgen, dass Bran aß und trank und sich ausruhte, denn wenn ich es zugelassen hätte, hätte er versucht, seinen Körper schon jetzt dazu zu zwingen, zu sein, was er vorher gewesen war, und das hätte katastrophale Folgen gehabt. Dennoch, er verschwendete keinen Augenblick. Wenn er sich ausruhen musste, war er immer noch mit Planen beschäftigt, gab Befehle und sehnte sich unruhig danach, wieder aufspringen und aktiv sein zu können. Was die Nächte anging, so schlief ich von ihm getrennt, obwohl es mir anders sehr viel lieber gewesen wäre.

Ich teilte das Farnbett mit meinem Sohn, und Bran sagte nichts dazu. Ich war in jener Nacht mutig gewesen, mutig genug, um mich auszuziehen und seine Haut mit meiner eigenen zu wärmen. Nun war ich ein wenig verlegen, denn was zwischen uns war, war neu und zerbrechlich, und es waren viele Menschen in der Nähe. Außerdem kam es mir so vor, dass einige Dinge lieber warten sollten, bis er seine Kraft wiedergefunden hatte.

Sie machten Pläne. Die Bande sollte sich in drei Gruppen teilen. Sie hatten viel zu tun. Otters Gruppe sollte mit einem Auftrag, über den nicht weiter gesprochen wurde, nach Süden ziehen. Schlanges Gruppe ging nach Nordwesten, nach Tirconnell. Unsere eigene Gruppe machte sich auf den Weg nach Norden, an den Ort, wo das Unternehmen schließlich stattfinden sollte, um einen Blick auf die Insel zu werfen, bevor die letzten Entscheidungen getroffen wurden. Wolf würde versuchen herauszufinden, wie zugänglich die Insel für Schiffe mit Baumaterial war. Möwe würde sehen, was an Hilfe in der Nähe zu haben war, und abschätzen, welchen Empfang die Ortsansässigen einem solchen Unternehmen bereiten würden. Zur verabredeten Zeit würden sich die anderen wieder mit uns treffen, und dann würden wir über die Zukunft der Bande entscheiden. Bran hatte deutlich gemacht, dass er nichts übereilen würde. Zu viel hing davon ab.

Ich musste mich sehr anstrengen, ihn davon abzuhalten, nach Süden zu eilen, sobald er sich für fähig hielt, wieder in den Sattel zu steigen, und Blutrache zu nehmen. Ich hatte erklären müssen, welche Art Handel ich abgeschlossen hatte, um ihn und Möwe aus Sídhe Dubh herauszubekommen, und dass ich im Austausch für ihre Freilassung Schweigen versprochen hatte.

»Ein Versprechen gegenüber einem solchen Menschen ist nichts wert«, sagte er zornig. »Nach dem, was er dir angetan hat, ist der Tod noch zu gut für ihn. Wenn ich mich nicht um ihn kümmere, werden es zweifellos dein Vater oder dein Bruder tun, sobald sie die Wahrheit erfahren.«

»Sie werden sie nicht erfahren«, sagte ich. »Nicht von mir und nicht von dir oder Möwe oder irgendeinem dieser Männer. Diese Geschichte kann nicht erzählt werden. Ich habe Eamonn mein Wort gegeben, dass ich schweigen würde, und das mit gutem Grund. Er mag ein Mann sein, den seine Machtgier und seine Begierde dazu treiben, sich dem gegenüber, was richtig ist, blind zu stellen. Aber niemand kann abstreiten, dass er ein starker Anführer ist. Er ist wohlhabend, einflussreich und klug. Und er hat keine Erben – noch nicht. Wenn er jetzt umkommt, wird ein Machtkampf um sein Land stattfinden, der die Allianz in vollkommene Unordnung stürzt. Seamus Rotbart ist alt und sein Kind noch klein. Von allen Seiten her würden Ansprüche erhoben. Es wäre ein Blutbad. Es ist besser, wenn Eamonn bleibt. Wir müssen ihn nur weiter beobachten.« Meine tiefer liegenden Befürchtungen teilte ich ihm nicht mit. Ich erinnerte mich an die Warnungen des Feenvolks und an Ciaráns Worte. Irgendwo da draußen gab es jemanden, der alles tun würde, um zu verhindern, dass mein Kind zum Mann heranwuchs. Jemand, der aus eigenen Gründen nicht wollte, dass die Prophezeiung erfüllt wurde. Ich hatte Brans Blick gesehen, wenn er seinem kleinen Sohn beim Schlafen zusah oder beobachtete, wie Johnny hoch auf Rattes Schultern saß und sich mit blitzenden Augen umsah. Ich hatte gesehen, wie Brans ernste Züge sich mit diesem neu entdeckten Staunen veränderten. Ich wusste, ich konnte es ihm nicht sagen.

»Du kannst doch nicht Eamonn Dubh vertrauen«, sagte er stirnrunzelnd. »Könnte er sich nicht jederzeit gegen deinen Bruder wenden?«

Ich lächelte. »Das glaube ich nicht. Mein Bruder wird im Frühling Eamonns Schwester heiraten. Dafür habe ich gesorgt. Und Eamonn weiß, dass ich ihn beobachte. Ich habe um deine und meine Sicherheit gnadenlos gefeilscht.«

»Ich verstehe«, sagte Bran bedächtig. »Du bist eine gefährliche Frau, Liadan. Eine ausgesprochen subtile Strategin. Aber es wird mir immer in den Händen jucken, diesem Mann das Genick zu brechen. Sollte ich ihm je wieder gegenüberstehen, weiß ich nicht, was ich tun würde.«

»Dort, wo wir hingehen, wirst du viel zu beschäftigt sein, um nur einen Augenblick daran zu denken«, meinte ich.

»Du meinst also, wir werden dieses Unternehmen durchführen?«

»Ich weiß, dass du dich nicht dazu durchringen könntest, deinen Männern ihren Traum zu verweigern.«

Er sah mich an, und dieser kleine Versuch eines Lächelns lag wieder um seinen strengen Mund. »Ich kann vor dir offenbar keine Geheimnisse haben. Ich musste nur sehen, wie ihre Augen blitzten, und die Hoffnung in ihren Stimmen hören, um zu wissen, welche Entscheidung ich treffen musste. Aber ich konnte es ihnen noch nicht sagen. Nicht damals. Das wäre ihnen schwach vorgekommen. Außerdem ist das Warten eine gute Prüfung für sie. Es zwingt sie, über jeden Aspekt des Projekts nachzudenken und festzustellen, wo die Schwächen und Stärken liegen, und miteinander über die Probleme zu sprechen.«

»Ich weiß«, sagte ich.

Die Planung war vollendet, und es blieben nur noch ein oder zwei Tage bis zu unserem Aufbruch. Es war Morgen unter den hohen Buchen, die nun vor dem hellen Himmel beinahe kahl waren. Das Wetter war schön, aber kalt. Mit einigem Glück würden wir den Weg rasch hinter uns bringen können, selbst mit dem Kind. An diesem letzten Tag sollten sich die Anführer der einzelnen Gruppen noch einmal miteinander besprechen und das Lager abgebrochen werden. Das würde ganz anders sein, sobald das Unternehmen einmal begonnen hatte. Diese Männer würden sich daran gewöhnen müssen, in ihrem eigenen Bett aufzuwachen, Frauen an ihrem Herd zu sehen, sich niederzulassen. Es würde das Muster von Flucht und stetiger Veränderung beenden. Es wäre schwierig für sie, aber vielleicht nicht zu schwierig. Wenn sie es wirklich wollten. Ich musste an Evans Frau Biddy und ihre beiden Jungen denken. Vielleicht wartete sie immer noch irgendwo in Britannien darauf, dass ihr Mann zu ihr zurückkehrte. Ich nahm an, dass Biddy eine starke, fähige Frau war. Sie würden ein paar von ihrer Art brauchen. Vielleicht sollte ich das später einmal erwähnen.

Ich saß am Teich, hatte Johnny auf dem Schoß und träumte ein wenig, während ich kleine Kieselsteine ins Wasser warf. Johnny mochte das *Plopp-plopp*, das sie verursachten, und schien damit zufrieden, stillzusitzen und zuzusehen. Hinter mir im Lager begann die Arbeit des Tages mit der üblichen Ordnung und Disziplin. Es fühlte sich seltsam an zu wissen, dass ich morgen davonreiten und nur noch als Besucherin in den Wald zurückkehren würde, und ich später einmal auf dem alten Anwesen meines Vaters wohnen und meinen Sohn unter Briten aufziehen würde. Ich hoffte, dass meine Mutter das nicht als Verrat betrachtet hätte. Ich hoffte, dass sich das Feenvolk geirrt hatte, was die Bedeutung einer solchen Entscheidung anging.

Geh lieber sofort.

Die alte Stimme erschreckte mich; ich hatte nicht geglaubt, diese Uralten widersprechen zu hören, nachdem Bran nun gerettet und unser Weg nun entschieden war.

Wir werden gehen, sagte ich lautlos. *Morgen Früh. Wir werden nicht hierher zurückkehren.*

Geht jetzt. Geht.

Die Stimmen klangen träge und tief wie immer, aber diesmal enthielten die Worte eine Warnung.

Jetzt? Ihr meint ... jetzt sofort? Aber warum?

Es war vielleicht dumm von mir zu fragen. Einen Augenblick später hatte mich der Blick überwältigt, und ich sah einen jungen Krieger, der kämpfte, und ich dachte, es wäre Bran, bis ich entdeckte, dass seine Züge kein Muster hatten, außer Andeutungen einer Rabenmaske an der Stirn und ums Auge. Er war verletzt; ich sah, wie bleich er war, und hörte seinen rasselnden Atem. Er griff an, und mit einer glatten Bewegung schlug ihm sein Gegner sein Schwert aus der Hand, und ich sah in den Augen des jungen Kriegers, dass er erkannt hatte, dass er dem Tod gegenüberstand. Seine Augen waren grau, sein Blick fest, seine Miene furchtlos. Ich schlang die Arme fest um das Kind auf meinem Schoß, und Johnny quietschte widerwillig. Die Vision veränderte sich, und ich sah ein Mädchen, ein weinendes Mädchen, ihr ganzer Körper von Schluchzen geschüttelt, beide Hände in einem vergeblichen Versuch, den Kummer zu bannen, vors Gesicht geschlagen. Ihr lockiges Haar war von einem tiefen Rot, ihre Haut so hell wie frische Milch. Während sie ihren Kummer herausweinte, erhob sich Feuer um sie, die knisternden Flammen hungrig und verzehrend, und ich hatte das seltsame Gefühl, dass es ihr Weinen war, das dieses Feuer zu noch größerer Wut aufpeitschte. Dann war die Vision abrupt verschwunden. *Geht jetzt*, sagte die Stimme noch einmal, und dann schwieg sie.

Eine solche Warnung durfte man nicht missachten. Ich ging zu Bran und sagte es ihm, nicht alles, was ich gesehen hatte, aber dass der Blick mir gezeigt hatte, dass wir sofort gehen mussten. Sie waren gut eingespielt. Bevor die Sonne im Westen unterging, waren wir unterwegs, ritten in drei verschiedene Richtungen. Meine eigene Gruppe zog nach Norden, auf verborgenen Wegen. Wir legten eine Rast ein, als es dunkel wurde, denn Bran bestand darauf, dass das Kind und ich schlafen mussten. Wir lagerten unter Felsen, ein Stück einen Hügel hinauf. Ich stillte Johnny; Bran und Wolf hielten Wache; Ratte machte ein kleines Feuer und bereitete das Essen vor. Möwe kümmerte sich um die Pferde, denn er bestand darauf, seinen Teil der Arbeit zu erledigen, verletzte Hände oder nicht.

Nach einer Weile kam Bran den Hügel hinauf und hockte sich zu mir. Johnny war fertig mit Trinken; ich hielt ihn an meiner Schulter, und er schlief ein.

»Es tut mir Leid«, sagte ich leise, »deine Pläne derart durcheinander gebracht zu haben. Wir hätten vielleicht noch einen weiteren Tag bleiben können. Der Blick zeigt nicht immer die Wahrheit, und diese Stimmen können irreführend sein.«

»Vielleicht auch nicht«, sagte Bran in seltsamem Ton. »Komm hier heraus, ich will dir etwas zeigen.«

Ich folgte ihm zu einer Stelle auf den Felsen, wo man weit zurück nach Süden schauen konnte. Bei Tageslicht würde man vermutlich den großen Wald von Sevenwaters selbst sehen können. Nun war es vollkommen dunkel. Vollkommen, bis auf eine bestimmte Stelle, nicht so weit hinter uns, wo ein gewaltiges Feuer tobte.

»Seltsam, oder?«, stellte Bran fest. »Vielleicht ein Blitzschlag? Aber der Himmel ist klar, und es gibt keine Spur eines Unwetters. Und es hat geregnet; Bäume und Büsche und selbst das Gras brennen nicht auf diese Weise, mit so verschlingender Hitze, außer in Zeiten großer Trockenheit. Siehst du, wie das Feuer sich bewegt und alles auf seinem Weg verzehrt? Aber die Nacht ist ruhig. Sehr seltsam.«

»Nicht wahr?«, flüsterte ich schaudernd. »Ist das der Ort, an dem wir unser Lager hatten?«

Bran legte vorsichtig den Arm um mich, als müsse er immer noch lernen, was er sich zugestehen konnte.

»Ohne dich wären wir heute Nacht im Weg dieses Feuers gewesen«, sagte er. »Deine Gabe ist sehr mächtig. Du hast einmal meinen Tod vorhergesehen. Erinnerst du dich daran?«

»Ja.«

»Es scheint, dass du das verhindert hast, dass du den Tod zurückgehalten hast. Du hast den Lauf der Ereignisse verändert. Ich bin nicht leicht zu erschrecken, Liadan. Ich habe mich dazu erzogen, mich allem zu stellen, was auf mich zukommt. Aber das hier macht mir Angst.«

»Mir auch. Es macht mich offen für ... für viele Einflüsse, für Stimmen, die ich lieber nicht hören würde, für widersprüchliche Visionen. Es kann sehr schwierig sein herauszufinden, wann ich sie beachten und wann ich meinen eigenen Weg gehen sollte. Und dennoch, ich möchte sie nicht missen. Ohne diese Gabe hätte ich dich nicht zurückbringen können.«

Er antwortete nicht, und das Schweigen dauerte so lange, dass ich begann, mir Sorgen zu machen.

»Bran?«, fragte ich leise.

»Ich frage mich«, sagte er zögernd, »ich frage mich, ob du ... ob du das vielleicht bedauert hast. Mich zu retten, meine ich. Jetzt, wo du gesehen hast ... jetzt, wo du diese Dinge von mir weißt, Dinge, die ich nie jemandem erzählt habe ... ich bin nicht der Mann, für den du mich einmal gehalten hast. Ich dachte vielleicht ...« Die Worte gingen ihm aus.

»Warum?« Er hatte mich verblüfft. »Warum sollte ich so etwas denken? Warum sollte ich dich jetzt nicht mehr wollen oder dich weniger lieben? Ich habe dir gesagt, du bist der einzige Mann auf der Welt, den ich an meiner Seite haben will. Nichts wird das je verändern. Und das kann ich nicht noch deutlicher sagen.«

»Dann ...« Er hielt wieder inne.

»Dann was, mein Herz?«

»Warum hast du ...« Er sprach so leise, dass ich mich anstrengen musste, es zu hören. »Warum hast du mein Bett gemieden, wenn man von dieser einen Nacht einmal absah, dieser längsten aller Nächte, als ich erwachte und dich neben mir fand, ein so kostbares Geschenk, dass es ein ganzes Leben voller Schatten wegwischte? Ich sehne mich danach, diesen Augenblick wieder zu spüren und dich festzuhalten und dich zu berühren und ... ich weiß nicht die rechten Worte für diese Dinge, Liadan.«

Vielleicht war es ganz gut, dass es dunkel war. Ich lachte und weinte gleichzeitig, und ich wusste kaum, was ich ihm sagen sollte.

»Wenn ich nicht das Kind hielte«, sagte ich ein wenig zittrig, »würde ich dir sofort zeigen, wie sich mein Körper nach dir sehnt. Es kommt mir so vor, als hättest du ein schlechtes Gedächtnis. Ich erinnere mich an einen Nachmittag am See von Sevenwaters, wo nur die Einmischung unseres Sohnes dafür sorgte, dass wir wieder zur Vernunft kamen, und was diese letzten Tage angeht, ich wollte nur deine Gesundheit schonen. Du hast schwere Prüfungen hinter dir. Sie haben ihre Spuren an Körper und Geist hinterlassen. Ich wollte nicht mehr ... nicht mehr verlangen, als du ...«

Ich spürte einen wütenden, ungläubigen Blick im Dunkeln.

»Du hast geglaubt, ich könnte nicht? War es das?«

»Ich ... nun, ich ... ich bin immerhin Heilerin, und es entspricht nur dem gesunden Menschenverstand ...«

Er hielt mich mit einem Kuss auf, einem festen, deutlichen Kuss. Er war kürzer, als mir lieb gewesen wäre; Johnny war zwischen uns und in Gefahr, zerquetscht zu werden.

»Liadan?«

»Mhm?«

»Willst du heute Nacht das Bett mit mir teilen?«

Ich spürte, wie ich rot wurde. »Sehr wahrscheinlich«, sagte ich.

Ich denke, die Göttin hat uns gesegnet. Jemand wachte in dieser Nacht über uns, denn Johnny schlief ein und wachte bis zum Morgen nicht mehr auf, und die anderen verschwanden irgendwie, hielten Wache, und wir hörten von allen dreien nicht ein einziges Flüstern. Was mich und meinen Mann anging, wir lagen im Schutz der Steine und zeigten nicht mehr Zurückhaltung als an jenem Nachmittag am See, denn es war lange her. Wir umklammerten einander und keuchten und weinten in unserem Begehren füreinander, bis wir schließlich erschöpft einschliefen, unter einer Decke und der großen Sternenkuppel. In der Morgendämmerung erwachten wir aus süßem Schlaf, und keiner von uns regte sich, außer um den anderen sanft zu berühren, mit den Lippen über die Haut zu streifen und leise Worte zu flüstern, bis wir hörten, dass Ratte sich am Feuer zu schaffen machte und Möwe etwas von Aufbruch erwähnte.

»Es wird andere Morgen geben«, sagte ich leise.

»Ich glaube nicht, dass ich das bis jetzt wirklich geglaubt habe.« Bran erhob sich widerstrebend und zog die schlichte Reisekleidung an, die er bevorzugte. Ich beobachtete ihn dabei schamlos und staunte darüber, welches Glück ich hatte.

»Wir müssen es einfach glauben«, sagte ich, und in diesem Augenblick wurde Johnny wach und begann, nach seinem Frühstück zu schreien. »Wir müssen an eine Zukunft glauben, für ihn, für diese Männer und für uns selbst. Liebe ist sicherlich stark genug, um darauf eine Zukunft zu bauen.« Ich glaube, ich sprach diese Sätze mehr zum Feenvolk als zu uns. Sie ließen sich allerdings nicht anmerken, ob sie mich gehört hatten. Ich hatte meine Entscheidung getroffen. Ich hatte den Lauf der Dinge verändert. Wenn das bedeutete, dass ich nie mehr von ihnen hören würde, dann sollte das eben so sein.

Also ritten wir nach Norden, eine ruhige, ordentliche Gruppe von Reisenden in unauffälliger Kleidung. Ein Mann, dessen Gesicht eine Studie in Licht und Schatten war, dessen Züge das mutige, wilde Muster des Raben trugen und gleichzeitig jung und schön waren. Welche Seite man sah, hing einfach davon ab, von wo aus man ihn anschaute. Eine Frau mit dunklem geflochtenem Haar und seltsamen grünen Augen. Ein schwarzer Mann mit merkwürdig aussehenden Händen und einer Möwenfeder im Haar. Ein junger Mann, der ein Kind trug, und ein großer, stiller Bursche auf einem großen, stillen Pferd. Immer weiter nach Norden ritten wir, zu der zerklüfteten Küste gegenüber von Alba, dem Zuhause der Kriegerfrauen. Hinter uns erwachte das Land Ulster zu einem Herbstmorgen, die Sonne schien auf ein grünes Tal und einen glitzernden See und die dunkle Schönheit des großen Waldes von Sevenwaters. Hinter uns brannte ein Feuer aus, und eine graue Rauchwolke zeigte, wo diese zerstörerische Kraft zugeschlagen hatte, eine in ihrer Genauigkeit und Wut vollkommen anderweltliche Kraft. Vielleicht hielt die Zauberin uns nun für tot, für verbrannt. Aber wir wandten ihr unseren Rücken zu und ritten stetig davon, und während wir ritten, hörte ich es noch einmal in meinem Kopf, obwohl das Hügelgrab nun weit hinter uns lag; den tiefen, klagenden Ton des Westwindes, der sich über den alten Hügel bewegte und an der schmalen Öffnung vorbeikam, die dort geheimnisvoll die Mittwintersonne einließ. Es war wie der wohlklingende, uralte Ton eines gewaltigen Instruments; ein Gruß, ein Erkennen, ein Lebewohl. *Gut gemacht, Tochter*, hauchten die Stimmen meiner Ahnen. *Eine mutige Tat.*

GLOSSAR UND ANMERKUNGEN DER AUTORIN

KELTISCHE GOTTHEITEN

In diesem Buch werden häufig Götter, Göttinnen und Helden aus der irischen Mythologie angeführt. Daher werden die Leser vielleicht eine kurze Einführung in dieses Thema zu schätzen wissen, ebenso wie ein wenig Hilfe mit der Aussprache des irischen Gälisch. Ich muss allerdings darauf hinweisen, dass es mehrere Rechtschreibungs- und Ausspracheversionen eines bestimmten Namens geben kann, die alle gültig sein können.

Túatha Dé Danann (gesprochen: *Tu-e-ha deh denn-en*), das Feenvolk

Das Volk der Göttin Dana oder Danu, die letzten Wesen der Anderwelt, die Irland bevölkerten. Sie haben in den zwei Schlachten von Moytirra zwei andere Völker besiegt, die Fir Bolg und die Fomhóire, wurden aber selbst mit der Ankunft der ersten Menschen an verborgenere Orte des Landes vertrieben, zum Beispiel in Höhlen und Hügelgräber.

Fomhóire (gesprochen: *Fo-vo-reh*), die Alten

Ein uraltes Volk, das aus dem Meer auftauchte, um Irland zu besiedeln. Fälschlicherweise wurden sie in späteren Berichten als missgebildet und hässlich beschrieben. Sie wurden schließlich von den Túatha Dé Danann besiegt und gingen ins Exil.

Brighid (gesprochen: *Brih-jid*)
Eine jugendliche Frühlingsgöttin, die für Fruchtbarkeit und mütterliche Fürsorge steht. In späteren christlichen Aufzeichnungen wurde sie unvermeidlich mit St. Brigid identifiziert, der Gründerin eines Klosters in Kildare.

Dana/Danu (gesprochen: *Dehn-a, Dehn-u*)
Muttergöttin der Túatha Dé Danann; Erdgöttin.

Morrigan (gesprochen: *Morr-i-gen*)
Eine Kriegs- und Todesgöttin. Sie nahm gern die Gestalt einer Krähe oder eines Raben an.

Lugh (gesprochen: *Luh*)
Keltischer Sonnengott. In Lughs Adern floss sowohl das Blut der Túatha Dé Danann als auch das der Fomhóire. Ein Held mit vielen Fähigkeiten.

Dagda (gesprochen: *Dohg-de*)
Ein geachteter Anführer und Häuptling der Túatha De.

Díancécht (gesprochen: *Dih-en-kjecht*)
Gott der Heilkunst und oberster Arzt der Túatha De. Er konstruierte eine silberne Hand für den verletzten Helden Nuada.

Manannán mac Lir (gesprochen: *Men-an-ahn mec lihr*)
Ein Meeresgott, Seemann und Krieger, der auch über heilende Kräfte verfügte.

KELTISCHE FEIERTAGE

Keltische Gottheiten werden häufig mit den wichtigsten Feiertagen assoziiert, die die Wendepunkte des druidischen Jahrs bezeichnen. Diese Tage haben nicht nur rituelle Bedeutung, sie sind auch eng verbunden mit dem Kreislauf von Aussaat, Wachstum, Ernte und Aufbewahrung der Ernte und finden Parallelen in den Lebenszyklen von Mensch und Tier.

Samhain – 1. November (gesprochen: *Souw-an*)
Kennzeichnet den Beginn eines keltischen Jahres. Die dunklen Monate stehen bevor; das Saatkorn wartet darauf, neues Leben hervorzubringen. Es ist eine Zeit, Bilanz zu ziehen und nachzudenken, eine Zeit, die Toten zu ehren, ein Tag, an dem Grenzen zwischen den Welten leichter überschritten werden können und die Kommunikation zwischen der Welt der Menschen und der Geisterwelt ein wenig einfacher ist.

Imbolc – 1. Februar (gesprochen: *Imalk* oder *Imbalk*)
Fest der Milchschafe; der Göttin Brighid heilig. Ein Tag des Neubeginns, an dem häufig mit dem Pflügen begonnen wurde.

Beltaine – 1. Mai (gesprochen: *Bjältin*)
An diesem Tag beginnt die helle Hälfte des Jahres. Ein Tag von großer Bedeutung, sowohl mit Fruchtbarkeit als auch mit dem Tod verbunden. Der Tag, an dem die Túatha Dé Danann in Irland eintrafen. Viele Bräuche und Sitten drehten sich um Beltaine, darunter das Errichten des Maibaums und die Spiralentänze, das Hinterlegen von Geschenken wie Milch, Eiern und Apfelwein für das Volk der Anderwelt,

und, wie an Imbolc, das Löschen und Wiederentzünden der Feuer in einem Haushalt.

Lugnasad – 1. August (gesprochen: *Luhnasah*)
Ein Erntefeiertag, der dem Gott Lugh heilig ist, entwickelt aus den Begräbnisspielen, die er zu Ehren seiner Pflegemutter Tailtiu veranstaltete. Die Muttergöttin Dana wird an Lugnasad ebenfalls geehrt. Viele Rituale sollen für eine gute und sichere Ernte sorgen. Häufig schließen sie das rituelle Schneiden der letzten Getreidegarben ein. Spiele und Wettbewerbe sind an Lugnasad sehr beliebt.

Zusätzlich zu den vier Feuerfeiertagen, die oben angeführt wurden, stellen die Tagundnachtgleichen und die Tage des kürzesten bzw. längsten Tages ebenfalls Wendepunkte des Jahres dar, und zu jedem dieser Tage gehören feierliche Rituale. Es handelt sich um:

Meán Geimhridh – 21. Dezember
Meán Erraigh – 21. März
Meán Samhraidh – 21. Juni
Meán Fómhair – 21. September

EINIGE WEITERE NAMEN UND BEGRIFFE

Aengus Óg (gesprochen: *En-ges Ohg*)

Cael Ibormeith (gesprochen: *Keir Ie-vor-mei*)

Cú Chulainn (gesprochen: *Kuh Kha-linn*)

Scáhtach (gesprochen: ***Skoh-thack*****)**

Aisling (gesprochen: ***Esch-ling*****)**

Ciarán (gesprochen: ***Kie-ar-ahn*****)**

Fionn Uí Néill (gesprochen: ***Fjann Ih Nei-ill*****)**

Liadan (gesprochen: ***Lie-e-den*****)**

Niamh (gesprochen: ***Nie-ev*****)**

Sídhe Dubh (gesprochen: ***Schie Dahv*****)**

Bogle (gesprochen: ***Bok-li*****)**
Ein gnomartiges Geschöpf.

Bran mac Feabhail (gesprochen: ***Bren mek fiev-il*****)**
Ein Text aus dem achten Jahrhundert beschreibt die Reise dieses Helden zu weit entfernten und fantastischen Ländern. Bei seiner Rückkehr nach Irland entdeckte Bran, dass während seiner Abwesenheit im irdischen Reich Hunderte von Jahren vergangen waren.

Clurichaun (gesprochen: ***Kluh-ri-khohn*****)**
Ein kleiner, boshafter Geist, ähnlich einem Kobold.

Fianna (gesprochen: ***Fien-je*****)**
Eine Bande von jungen Kriegern und Jägern. Eine bestimmte Gruppe von Fianna wurde angeblich von dem legendären Helden Fionn mac Cumhail angeführt. Die Bezeichnung wurde auch generell für umherstreifende Banden von Kämp-

fern benutzt, die in der Wildnis lebten und ihren eigenen Regeln folgten.

Filidh (gesprochen: *Fil-lie*)
Ekstatische, visionäre Dichter und Seher aus der druidischen Tradition.

Grimoire (gesprochen: *Grimm-ohr*)
Ein Zauberbuch.

Nemeton (gesprochen: *Nem-eton*)
Heiliger Hain der Druiden.

Riasradh (gesprochen: *Rie-e-streth*)
Kampfeswahn, Berserkerwut.

Selkie (gesprochen: *Selky*)
Dieser Begriff kann sowohl für einen Seehund verwendet werden als auch für eine Art legendärer Seehundwesen, die ihr Fell ablegen und sich für einige Zeit in Menschen verwandeln können. Wenn das Fell während dieser Zeit gestohlen oder verloren wird, können die Selkie nicht mehr ins Meer zurückkehren.

Tir Na n'Og (gesprochen: *Tier na nohg*)
Land der Jugend. Ein anderweltliches Reich auf der anderen Seite des Meers im Westen.

Catherine O'Donell

Der verbotene See

Die Trilogie
der Streitenden Reiche – Band 1

Seit langer Zeit herrscht Krieg zwischen den Königreichen Fiann und Caernadon. Eine uralte Prophezeiung besagt, dass nur eine Tochter aus dem mystischen Schwanenvolk, das versteckt auf einer nebelverhangenen Insel lebt, den Menschen Frieden schenken kann, indem sie die Streitenden Reiche eint. Auch Eirion, die Adoptivtochter des Königs von Caernadon, kennt diese Geschichte – aber sie ahnt nicht, dass *sie* die Heilsbringerin ist und grausame Feinde seit langem darauf warten, sie vernichten zu können!

Catherine O'Donell –
die neue Königin der phantastischen Literatur!

Diana Marcellas

Mutter Ozean, Tochter See

Das Mädchen Brierley ist die letzte Überlebende des Hexenvolks der Sharia – doch als ihr Geheimnis entdeckt wird, gerät sie in Lebensgefahr ...

Eine herausragende neue Stimme
der weiblichen Fantasy in der Tradition
von Marion Zimmer Bradley und Ursula K. LeGuin.

Knaur

Ulrike Schweikert

Die Tochter des Salzsieders

Roman

Das mittelalterliche Leben einer deutschen Stadt und die Geschichte einer außergewöhnlichen jungen Frau. Anne Katharina Bogelmann ist die Tochter eines wohlhabenden Salzsieders und unzufrieden mit ihrer Rolle als das sittsame Mädchen, das nur auf den Ehemann zu warten hat. Ihr beschauliches Leben ändert sich, als sie dunkle Geheimnisse und sogar einen Mord entdeckt. Die Spur führt in ihre eigene Familie ...
Ein hervorragend recherchierter und mitreißend geschriebener historischer Roman von einer viel versprechenden jungen Autorin.

Sie hat vier Berufe – aber nur eine Berufung:
Die Schwäbin Ulrike Schweikert
schreibt in ihrer Freizeit Romane.
Mit *Die Tochter des Salzsieders*
gelang ihr der erste Durchbruch.

Knaur

